KB269401

방관자

고려문화사 편집국장 시절. 1949년.

1. 용정 동흥학교 시절. 주로 영어와 국어 과목을 가르쳤다. 1934년.
2. 큰아들 승렬(勝烈)을 안고 창경원에서. 1938년.
3. 선친이 시무하다 순교한 평양 남산현교회당 앞뜰의 선친 기념비 앞에서 동생(상준) 부부와 함께. 오른쪽이 필자 부부. 앞의 어린이가 장남. 1940년.

<table>
<tr><td colspan="2">①</td></tr>
<tr><td>②</td><td>③</td></tr>
<tr><td colspan="2">④</td></tr>
</table>

1. 관악산에서, 이무영, 백철, 정비석, 최정희, 노천명 등과 함께. 1948년.
2. 해방되던 해 말 '연극계 전망' 좌담회에 기자로 참석해 그 내용을 받아쓰고 있다. 뒷모습이 필자. 1945년 겨울.
3. 첫단편집 『목화씨 뿌릴 때』 출판기념회. 1946년 12월 21일.
4. 경향신문 창간 당시의 편집국원들. 앞줄 오른쪽에 앉은 이가 필자. 그 옆으로 안회남. 허준. 김학철. 지하연, 뒷줄에 박계주, 이봉구, 이원조, 이태준, 곽하신, 박찬오, 김남천, 현식, 윤세중, 안동수 씨 등. 1947년.

1. 고려문화사 편집국장 시절. 어린이 신문과 소년잡지, 일반도서를 다뤘다. 1949년.
2. 시청 앞 고려문화사(소공동 입구 소재) 옆 할빈다방 앞에서. 가운데 여자가 소설가 김송 씨 부인. 1949년 겨울.
3. 동갑내기 작가 최정희 씨와. 고려문화사 방문 기념사진.

1. 대구 피난 시절, 육군 종군작가들이 출연한 연극 「고향 사람들」. 인민군 복장을 한 주인공이 필자.
2. 지리산 아래 임시 포로수용소를 찾은 필자. 여기서 취재한 내용으로 전쟁의 아픔을 그린 「빨치산」을 썼다.
3. 중부전선을 방문, 동족간의 치열한 전투를 직접 목격하며 취재했다. 「아버지와 아들」 등 전쟁소설을 썼다.

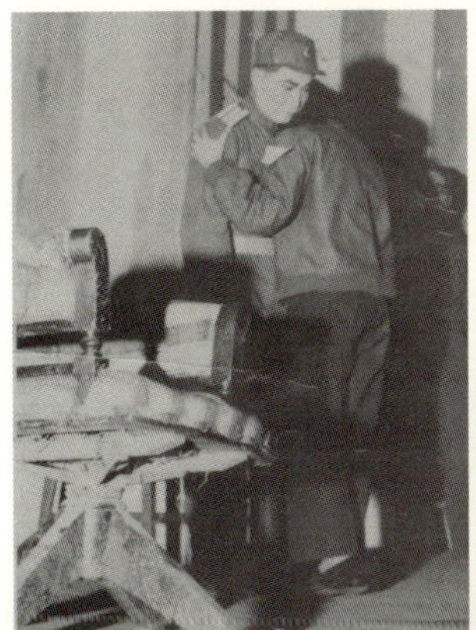

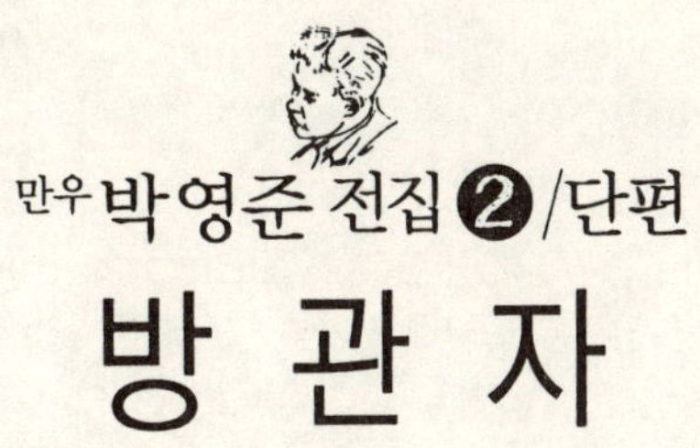

만우 **박영준 전집 ❷**/단편

방 관 자

박영준 지음

동연

『박영준 전집』을 내며

만우(晚牛) 박영준(朴榮濬) 선생이 가신 지 25년이 지났다. 선생이 돌아간 동안(1976~2001), 그처럼 지식인들이 두려워 떨던, 군사독재 정권도 무너졌고, 민간인 정권도 두 번째나 돌아와 있다. 우리는 선생의 생애가 일제의 가열한 민족 침탈기로부터 시작되었음을 기억하고 있다. 일제의 폭력이 혹독했던 1930년대에 문필 활동을 시작하여, 가장 민감했던 청년 시절에 글쓰기의 어려운 현실적 상황이 어떤 것인지를 몸소 체험하였다.

1934년 연희대학교 문과를 졸업하던 해에 《조선일보》 신춘문예에 「모범경작생」(模範耕作生)이, 같은 해 《신동아》에 장편소설 『일년』(一年)과 꽁트 「새우젓」이 동시에 당선되어 일약 문단의 화제를 일으켰던 만우 박영준은 평생을 작품 쓰기와 모교 연세대학교에서 문학 가르치는 가운데 생애를 마감하였다. 1911년 3월 2일에 태어나 1976년 7월 14일 돌아가기까지, 66년 세월을 산 그는 일제 식민체험은 물론이고 해방정국에서의 좌우익 대립의 스산한 처신, 6·25 전쟁, 군사독재의 심란한 정국 등 소용돌이치는 역사의 현장에 놓여 있었다.

66년 그 생애의 시간 도막 위에는 지울 수 없는 국내외적 회오리바람들이 있었다. 유아기로부터 소년기에 이르는 기간은 일제 폭력의 억압 속에 있었고, 광복이 된 청년기에는 6·25 동족 전쟁이 그를 괴롭혔다. 전쟁이 끝나고 난 해로부터 모교인 연세대학교에서 후진들을 기르며 작품활동을 하던 시기가 그에게는 황금기였다. 글쓰고 가르치는 동안 틈틈이 등산과 낚시 운동경기 관람 등으로 비교적 여유 있는 생활을 누리던 시기에 그는 갔다. 그는 일생 동안 자신의 작품 속에서 인간의 윤리적 관계 거리 조절에 관한 긴장의 눈길을 멈추지 않았다. 제자들에게도 그는 엄격한 윤리적 규범을 글쓰기의 핵심이라고 가르쳐 왔다. 그러한 그의 원칙은 여러 편으로 남긴 작품 속에 고스란히 살아 있다.

문학 교육에 관한 한 엄격하고도 자상한 스승으로서, 때로는 어버이 같은 자애로움으로 그는 제자들을 가르쳐 왔다. 이제 그가 남긴 필생의 문학작품을 모아 뒤늦게나마 전집으로 묶어 후생들에게 보이고자 하는 뜻은 그의 문학적 발자취와 함께, 우리에게 보인 그의 사람에 대한 치열한 애정을 드러내 보여주고자 함에 있다. 살아 있는 것에 대한 치열한 애정 없이는 문학 할 생각을 말라고 가르쳤던 분이신 박영준 선생께 우리 제자들은 그 동안 전집 발간에 관한 마음을 짐을 지고 살아왔다.

마침 선생과 너무도 닮은 모습으로 살아가시는 선배이며 만우 선생의 큰 자제인 승렬 형이 우리에게 마음의 짐을 탕감할 방도를 알려주며 격려함으로써 이 전집 간행을 보게 되어 기쁘기 한량없다. 그의 재정적인 뒷받침이 없었다면 아직도 우리는 그 많은 분량의 전집 간행을 꿈도 못 꾸었을 것이다. 이것은 또한 우리의 부끄러움이기도 하다.

출판사정이 여러 면에서 어려운 시기에 근 2년 여의 과정을 거치면서, 각 선집이나 잡지에 실린 글들은 물론이고 신문에 실려 있어 읽기가 여간 어렵지 않았던 글들을 꼼꼼히 읽고 잘못 인쇄된 철자법을 바로잡고 인멸될 처지에 있던 작품들을 찾아내어 깨끗한 인쇄에 붙이도록 만들어 준 동연출판사 백규서 사장도 우리에게는 여러 면에서 여간 고마운 게 아니다. 이 자리를 빌어 깊은 고마움의 뜻을 표하는 바이다.

2001년 12월 5일
『박영준 전집』 편집위원 일동

차례
제2권 방관자 외 36편

일러두기

1. 『박영준 전집』은 박영준이 발표한 모든 작품을 대상으로 하여 <단편소설> 6권, <중·장편소설> 6권, 그리고 '박영준 문학연구'에 콩트, 산문, 1차분 발간 후 찾은 단편소설을 한데 묶은 1권을 더해 총 13권으로 기획하였다.

2. 『박영준 전집』 1차분은 박영준 선생의 단편소설을 수집 망라하여 일반 독자에게 소개하는 것은 물론 문학사적인 연구·정리에 목표를 둔 것이지만 단편소설 가운데 찾지 못한 일부 작품과 기존에 단편소설로 분류되었으나 콩트로 재분류한 작품은 제외하였다.

3. 『박영준 전집』에 수록된 작품의 배열 순서는 창작 연대나 발표 순서에 따랐다.

4. 각 작품이 처음 발표된 원발표지, 그리고 본 전집에서 정본으로 삼은 판본의 출전은 각각 (원), (출)로 표시하여 각 작품의 마지막 쪽에 발표년월과 함께 밝혔다. 그리고 현재 발표년도와 출전이 분명하지 않은 몇 작품은 비슷한 시기에 해당하는 권의 말미에 수록했다.

5. 『박영준 전집』에 수록한 모든 작품은 발표 당시 신문·잡지의 원문을 그대로 옮긴다는 원칙에 따랐으나, 단 작가가 직접 퇴고하여 단행본으로 간행하였을 경우에는 개작본을 정본으로 삼았다.

6. 맞춤법과 띄어쓰기는 현행 규정에 맞게 고쳤으나 대화에 나오는 구어체와 사투리는 그대로 살렸다.

7. 현대 독자가 이해하기 힘든 낱말은 편집자 주(*)로 설명하였다.

8. 외래어는 현재의 외래어 표기법에 맞도록 고쳤으며, 과도하게 쓰인 생략부호(……)나 장음 표시(——)는 읽기 편하도록 조절하였다.

9. 부호는 아래와 같이 사용했다.

대화	" "	인용과 강조	' '
단편 작품	「 」	책명(단행본)과 장편	『 』
신문, 잡지	《 》	영화, 노래제목	< >

가을 저녁

시장은 몹시 혼잡했다. 내일이 추석이라 사는 사람이나 파는 사람이 모두 바쁘다. 옷감이나 반찬거리 파는 가게뿐만이 아니었다. 고무신과 운동화만 파는 가게에서도 주인이 정신을 차리지 못할 만큼 손님 사태가 났다.

회사에서 퇴근하는 길로 시장에 들러 어린애 운동화 두 켤레를 골라 놓은 춘식은 여기저기서 부르는 바람에 얼떨떨해하는 주인을 호되게 불렀다.

"여보! 이거 얼마씩 하오?"

주인은 딴 손님과의 흥정도 채 끝내지 못하고 춘식 옆으로 와서,

"네. 한 켤레에 만삼천 원씩만 주십시오."

하고 눈을 딴 데 둔 채로 대답했다.

"이거는요?"

이번에는 춘식이가 남빛 비로드로 만든 운동화를 들고 또 물었다. 주인은 그새 딴 사람과 흥정을 할라기에 대답이 없다.

"이거는 얼마냐 말이오?"

춘식의 목소리는 신경질로 변했다. 이 손님도 저 손님도 다 같이 놓치고 싶지 않은 주인은,

"네 네. 그건 일만팔천 원입니다."

하고 싹싹 빌듯이 대답했다.

춘식은 일만팔천 원짜리 비로드 운동화가 마음에 들었다. 그래서 안팎을

살펴보고 치수도 재 보았다. 그러나 주머니 속을 생각할 때 결심이 서지 않아

"꼭 얼마면 팔겠소?"

하고 물어 본다.

"꼭 사시려면 만육천 원만 주십시오."

주인은 바쁘니까 함부로 판다는 듯이 선선히 대답했다.

"이거는요?"

춘식은 일만삼천 원짜리 운동화를 다시 들고 묻는다.

"그건 만천 원만 주십시오."

이번에는 춘식이가 결심을 할 차례다. 돈은 삼만 원밖에 없는데 그것으로는 만육천 원짜리를 살 수가 없다. 혹시 좀더 깎아서 두 켤레를 산다고 하면 내일 아침 어린애들 손에 쥐어 줄 돈이 한 푼도 남지 않게 된다.

그래서 만천 원짜리를 사려고 그놈을 만지작거려 본다. 그러나 아무래도 비로드로 마음이 쏠린다. 비로드는 어린애 운동화 가운데서 최고품이다. 한 가지나마 남의 집 애들보다 좋은 놈을 사 주고 싶은 마음이 점점 더 커진다.

춘식은 마침내 주머니 돈을 전부 털어서 내놓으며,

"이거밖에 없소. 그렇게 합시다."

하고 비로드 운동화를 집었다.

주인은 돈을 다 세고 나서,

"거 밑지는데요."

하면서도 가져가라고 했다.

운동화 두 켤레를 사 들고 집으로 돌아오고 있는 춘식. 그는 제법 아버지 된 기쁨을 느낀다. 어린애들이 좋아하는 얼굴을 생각하며 슬며시 웃어도 본다. 사뭇 만족해할 아내의 얼굴을 그려 본다.

그는 빨리 걷는다. 어린애들 발에 맞기나 할는지 신겨 보고 싶은 마음과 아울러 터진 팥자루처럼 벌어질 어린애들 입이 보고 싶었다. 아버지 없는 피난생활에 언제나 다른 집 애들을 부러워하기만 하면서 살던 어린애들이기 때문에 유달리 기뻐할 것이 좋았다. 이것은 거짓 없는 즐거움이었다. 춘식은 그렇게도 즐거운 자기의 마음을 도리어 이상스러운 것이라 생각해 본다. 자

기의 친자식이 아니면서도 친자식 이상의 애정을 느끼는 자기의 마음이 혹시 위선적인 것이 아닌가 하고도 생각해 본다. 그러나 아무리 자기 마음을 들여다보아도 꾸미거나 거짓된 것이 있지는 않았다. 죽은 전처의 몸에서 어린애가 하나도 없었던 탓인지, 지금의 아내가 진심을 기울여 사랑할 수 있는 사람이 되어서 그런지는 모른다.

춘식은 종이로 싼 운동화를 왼편 손에 꼭 쥐고 걸으면서도 한참 가다가 한 번씩 오른손으로 그것을 만져 보고야 안심을 한다. 공연한 신경예민일지는 모르나 혹시나 그 중의 한 짝이 떨어지지나 않았는가 불안한 생각이 계속해서 들었기 때문이다.

집에 들어서서는 방 안에 앉아 노는 어린애들을 불러 놓고 운동화를 풀어 놓은 뒤 자기 손으로 골라서 어린애들 발에 신겨까지 주었다. 신들이 모두 발에 꼭 들어맞았다. 생전 처음 신어 보는 비로드신에 입이 벌어진 어린애들은 신발을 신은 채 방 안을 왔다갔다 하며 연신 엄마를 불렀다. 부엌에서 저녁을 짓던 아내가 들어와 비싼 것을 왜 사 왔냐고 겉으로는 나무람하듯 말하나,

"수가 났네! 아버지한테 절을 해야겠구만……."
하고 세 살 난 어린것을 쓸어 안아 주는 것으로 보아 아내도 사뭇 즐거움이 분명했다.

"이런 때나 한 번 좋은 걸 신어 봐야지."
춘식은 비싼 것을 사 온 데 대한 변명 비슷한 말을 하면서도 아내와 어린애가 꼭같이 좋아하는 데 입을 벌리고 만족했다.

조금 뒤 저녁상이 들어왔으나 어린애들은 신발을 신은 채 밥상으로 와서 앉았다. 춘식은 아무 말도 아니 하고 내버려 두었다. 즐거움을 깨뜨려 주고 싶지 않았던 것이다.

그러나 네 식구가 한 식탁에 둘러앉아 식사를 시작하려고 할 순간이었다. 누가 방문을 열었다. 군복을 입고 총을 멘 사람이었다. 방문을 열자 그는 잠시 주춤거리다가 방 안으로 들어왔다. 그러나 방 안에 들어와서는 발을 한 걸음도 떼지 않고 식탁에 모여 앉은 네 사람을 내려다보기만 했다. 누구 하

나 입을 벌리는 사람이 없다. 춘식과 그의 아내는 얼굴이 파랗게 질리어 가고 있었다.

방 안에 들어선 사내의 눈알이 갑자기 빨갛게 충혈되었으나 그래도 입을 열듯 열듯 할 뿐 떨리는 입술을 깨물기만 하고 서 있다.

조금 뒤 큰애가 서 있는 사람에게로 달려가며,

"아버지!"

하고 바짓가랑이에 늘어졌으나 사내는 들은척만척 식탁만 노려본다.

공포만이 방 안 공기를 움직였다. 사내 어깨 위에 있는 총이 금시 소리를 내고 터질 것 같은 공포가 어슬어슬한 방 안을 떨게 하였다.

말없이 공포만 그득 찬 방 안에서 근 오 분 동안의 침묵이 계속된 뒤 총을 멘 사나이가 먼저 입을 열었다.

"춘식이, 잘했네. 마음놓고 그냥 살아."

그러나 그 말에는 가장 큰 원망과 저주가 섞이어 있었다. 그 원망과 저주를 냉정한 의지로 억누르려는 노력의 목소리가 떨리어 나왔다. 그런 만큼 무엇이라고 대답을 아니 할 수 없는 춘식이언만 입을 열지 못하였다. 대답을 못하고 고개를 수그린 채 앉아 있을 때 총 멘 사나이는 처음과 달리 은은한 목소리로 말했다.

"정말이야! 나는 삼사 일밖에 휴가를 얻지 못했어. 이제 나가면 언제 죽을지 모르는 몸이야. 그 동안도 살 목숨이 아니었어. 그렇기에 만 이 년이 지나도록 소식 한 번 알리지 못했지. 도리어 자식 걱정을 안 하구 마음놓고 죽을 수 있을는지 몰라."

이것은 첫마디 말처럼 원망에 사무친 말이 절대로 아니었다. 진심에서 흘러나오는 말처럼 순순했다.

그때에야 춘식이가 겨우 입을 열었다.

"미안하네. 자네가 전사했다는 통지가 있구, 나두 상처를 했기 때문에 이렇게 됐어! 용서하게."

"뭐? 내가 전사를 해?"

사나이는 새로 흥분된 어조였다.

"이유는 모르겠지만 전사 통지서가 온 것만은 사실일세. 자네 부인께 물어 보게!"

그러나 사나이는 그 사실을 아내에게 물을 생각 대신에 머리를 숙이었다. 그리고는 눈물을 떨어뜨리었다.

"알았네. 사실은 내가 적에게 포위를 당해서 얼마 동안 행방불명이 되었었지. 그러다가 원대 복귀를 했으니까 전사로 취급했을는지도 몰라."

이렇게 하는 말에 춘식과 두 사람의 아내가 된 삼십 미만의 여인도 고개를 숙인 채 눈물만 흘리었다. 그러나 모두가 소리 없는 눈물들뿐이었다. 그야말로 마음으로 우는 눈물이었다.

한참 동안 고개를 숙이고 있던 춘식이가 눈물을 코로 삼키고,

"그러지 말구 이리로 와서 앉게."

하고 일어섰다. 그러나 일어서기만 했을 뿐 몸은 움직이지 못했다.

"정말 나를 용서하게. 자네 부인에게는 아무 죄도 없으니……."

이 말까지 했을 때에야 총 멘 사나이가,

"용서 여부가 있나. 좌우간 나는 갈 테니까 어린것들이나 잘 길러 주게……."

하고 몸을 돌이키려 했다. 그 동작과 말이 하나의 신념에서 나온 것이 분명하게 보이리 만큼 냉정했다.

"아니야. 갈 사람은 나뿐이야."

춘식의 말이다. 춘식이도 신념 속에서 나오는 확고한 말로써 자기의 마음을 말했다.

사실 춘식은 재혼한 뒤 자기의 아내가 중학 동창생의 아내였다는 것을 알았다. 그러나 이런 일이 있으리라고는 꿈에도 생각지 않았다. 자기도 상처를 한 뒤 외로운 사람, 그 여자도 남편이 전사한 뒤 홀몸으로 두 자식을 데리고 죽도 끓이지 못하는 살림에 한숨만 짓는 사람—— 이러한 두 사람을 잘 아는 어떤 사람의 중매로 서로가 결혼을 했고 반 년 이상을 사는 동안 서로의 사랑이 얽히었다. 비록 그새 동창생의 아내였다는 사실을 알았지만 그것이 죄악이라고까지는 생각하지 않았었다.

그러나 지금 어엿한 남편이 나타난 이상 이 자리를 떠날 것은 자기뿐이어야만 한다고 생각지 않을 수 없었다. 아무도 떠날 사람이 없다. 자기만이 떠나야 했다.

"아냐! 내가 떠나야 해. 아무래두 떠나야 할 사람이니까. 도리어 어린애들 때문에 걱정하던 마음이 가벼워졌어. 정말 마음놓구 잘 살아 줘!"

군복을 입은 사나이! 태석은 뒤도 돌아보지 않고 몸을 돌리어 문 밖으로 나서려 했다.

그때였다. 이때까지 말 한 마디 못하고 고개를 숙이고만 있던 두 사내의 아내가 벌떡 일어서 태석에게로 달려가,

"나를 죽이구 가십시오."

하고 태석의 다리를 붙잡았다.

"이걸 놔!"

태석은 여자가 붙잡은 다리를 들어 올리며 눈을 부릅떴다.

"죽일 년은 나예요. 죽여두 원망을 않겠어요. 정말 죽여 주구 가세요."

여자는 목메인 소리로 울었다.

"이러지 말어. 이제는 다 끝난 일을 가지구 괴롭힐 게 뭐야……."

태석은 여자의 손을 뿌리치고 문 밖을 나섰다. 그리고는 바람이 나게 걸음을 빨리 했다. 그는 정말 날개가 있으면 하고 바랄 만큼 그곳을 빨리 멀리 하고 싶었다. 전사를 하고, 돌아오지 않는 몸이 못 되었던 것이 오직 한스러웠다. 차라리 보지나 말았다면 아무렇지도 않았을 것을 살아서 돌아왔기 때문에 못 볼 것을 보고야 말았다. 모두들 죽이고 자기마저 죽어 버리고 싶은 생각도 울컥 치밀어올라왔으나 태석은 아무래도 빨리 그 자리를 멀리하는 것만 같지 못하다고 생각했다.

자기 하나만 떠나면 두 어린것과 아내가 행복스럽게 살 수 있으리라는 마음이 들었다. 일이 이미 이렇게 된 것을 슬퍼하고 흥분한다고 해서 도로 제자리에 돌아올 리는 만무한 일이다. 오직 세 사람이 살아갈 수 있는 길을 그대로 열어 주는 것이 옳을 것 같았다. 옳은 일이라기보다 그럴 수밖에 없을 것 같았다. 다행히 죽지를 않고 돌아온다면 그때 자기는 새로운 생활의 출발

을 시작할 것이며 따라서 어린것들만은 돌려 달랄 수가 있을 것 같았다.

태석이가 이런 것을 정말 따지고 생각했는지는 확실히 모른다. 휙휙 지나가는 조각조각의 생각들이 그러한 결론을 맺게 했을 뿐인지도 모른다.

어쨌든 태석이가 날아가듯이 떠나갔다.

태석이가 떠나간 지 한 시간도 못 되어 춘식은 자기의 소지품을 꾸려 놨다. 그리고는 아내에게 말했다.

"떠날 사람은 누구보다도 나요."

춘식은 어린것들 앞으로 가서 세 살배기를 안았다.

"너의 아버지는 얼마 안 있어 돌아온다. 기다리고들 있어 응!"

어린것을 안은 춘식의 눈에서는 눈물방울이 뚝뚝 떨어졌다. 자기의 아버지인 태석이를 보지 못하고 자라난 세 살배기는 춘식의 눈물을 보고,

"압바 압바."

하며 조금 전에 사다 준 운동화를 그대로 끼고 조그마한 발을 버둥거리며 울상을 지었다.

"나는 네 아빠가 아냐. 아까 왔던 그 군인이 네 아빠야."

춘식은 어린것을 내려놓고 보따리를 들었다.

마지막으로 떠나는 것이었다. 그때 아내가 방바닥에 꼬꾸라지며,

"당신두 날 죽이지 않구 길 테요?"

하고 흐느껴 울기 시작했다.

"쓸데없는 소리두 하우. 당신은 최소한도 태석이가 돌아오는 날까지만은 살아야 할 사람이오. 어떻게 해서라도 살아야 하우."

춘식은 드디어 무거운 발을 옮기기 시작했다.

내일은 추석. 어린것들이 비로드 운동화를 자랑하며 뛰어다닐 것이 눈앞에 선했으나 가을밤 싸늘한 바람이 춘식의 발걸음을 독촉할 뿐이었다.

(원) 《신천지》 1951, (출) 『그늘진 꽃밭』 신한문화사, 1953.

오빠

총을 메고 보초선에 서기는 했으나 아무래도 잠에서 아주 깬 것 같지가 않아 일등병 김상호는 한 손으로 눈을 자꾸만 부비었다. 동녘 하늘이 훤하게 밝아 오고 멀리 뻗은 골짜기 안 작은 동네에서는 새벽연기가 안개처럼 산허리에 엉키어 있었다.

그는 다시 한 번 눈을 부비고 찬 바람이 스며드는 목덜미를 외투 깃으로 여민 다음 총대를 한 번 쓸어 보았다. 그리고는 별들이 자취를 감추고 숨어 버리는 밝아 오는 하늘을 바라보았다. 싸늘한 냉기가 발바닥으로 올라와 온몸을 적시려 함을 느낄 때 선 자리에서 구보도 해 보았다.

그러나 잠은 좀체로 가시지가 않았다. 바로 말한다면 잠이 아니라 꿈이라고 말하는 것이 옳을 게다. 지난 밤의 꿈이 눈앞에서 삼삼거리어 아직까지도 꿈 속에 잠기어 있는 것만 같았다. 열아홉 살 먹은 누이동생이 울고 있다. 병든 늙은 어머니는 아랫방에 누워 있다.

폐허처럼 황량(荒凉)한 서울의 한 구석에 오뚝하니 서 있는 삼간 초옥. 반년도 못 되는 사이에 두 번씩이나 공산군에게 짓밟히어 공포와 전율 속에 떨고 있는 거리와 거리! 부수어지고 불에 타고 그래서 남은 것이라고는 무너진 벽돌과 먼지에 쌓인 콘크리트 부스러기뿐인 서울!

그러한 서울에서 병든 어머니에게 먹일 것이 없다고 꿇어앉아 눈물 흘리는 순이!

상호는 또다시 눈을 부비었다. 며칠 동안 전투를 아니 했기 때문에 집안 꿈을 꾼 것이기는 하겠지만 실은 그러한 꿈에 오랫동안 사로잡히고 싶지가 않았던 것이다.

생각한댔자 괴롭기만 한 일이었다. 남처럼 먹을 것이 있거나 돈 벌 사람이 있다면 꿈 속에 가족을 보는 것이 한 즐거움이 될는지도 모른다. 그러나 아군(我軍)의 폭격을 매일 받고 있는 적의 점령지에서 먹을 것마저 없이 허덕일 병든 어머니와 나어린 누이동생을 생각한다는 것은 다만 괴로운 일밖에 아무것도 아니다. 게다가 '오랑캐'들이 무서워 숨어 살다시피 할 가족들의 그 떨고 있는 광경을 눈앞에 그리기만 하면 치가 떨리지 않을 수 없었다. 비록 먹을 것이 없다 해도 '오랑캐'들만이 아니라면 그렇게까지 마음이 불안치는 않을 것이다. 무지스럽고 야만인 그들이 한참 피어오르고 있는 순이를 보기만 한다면 그대로 내버려 두지를 않을 것이 뻔한 일이다.

"아——."

상호는 자기도 모르는 사이에 외마디 비명을 올리었다. 생각만 해도 끔찍하고 무시무시했기 때문이었다. 그래서 그는 지난 밤 꿈에서 오는 불길한 상념을 떨어버리려고 얼어들기 시작하는 발을 구르면서 멀리 하늘을 바라보았다.

바로 그때였다. 백 미터쯤이나 될까말까한 거리에 흰 옷을 입은 여자 한 명이 이쪽을 향해 걸어오고 있었다.

상호는 머릿속에 가득 찼던 지난 밤의 꿈을 후닥딱 털어 버리고 어느덧 손에 든 총대에 힘을 주었다.

흰 그림자는 한 발자국 한 발자국 가까워 왔다.

'꿈의 연장이나 아닐까?'

상호는 자기 자신의 눈이 의아스러워 숨을 죽여 가며 흰 그림자를 응시했다. 아무래도 꿈은 아니었다. 바쁘게 그러나 발자국에 신경을 쓰며 조심스럽게 걸어오던 여자가,

"누구야?"

하고 외친 자기의 목소리에 깜짝 놀라 걸음을 멈추었다. 그러나 아무 대답

도 없이 또 걸어오기를 시작한다.

알 수 없는 여자였다. 아주 밝기도 전에 군대가 주둔해 있는 곳으로 혼자 걸어온다는 것은 아무래도 심상치 않은 일임에 틀림없었다. 상호는 힘주어 붙잡은 총뿌리를 여인에게로 돌리고 방아쇠로 손가락을 가져갔다. 여차하기만 하면 쏘아 버릴 작정이었다.

오십 미터, 사십 미터, 여인은 점점 가까이 왔다. 가까이 올수록 상호의 등덜미에서는 소름이 끼치었다.

적의 스파이나 아닐까 하고 생각하니 그것을 생포할 쾌감에 마음이 긴장되기도 했지만 여우가 둔갑한 여자 같은 불길한 생각에 어쩐지 불안하기 짝이 없었다. 아무리 적의 스파이라 해도 이렇게 대담하게 정면으로 걸어올 리는 만무했다.

상호는 머리털이 쭈뼛쭈뼛하는 무서움을 털어 버리기 위해서라도,

"거기 섯! 누구야?"

하고 있는 목청을 다하여 고함을 치지 않을 수 없었다.

"저예요."

가느다란 목소리가 들려 왔다. 그러나 걸음을 멈추지 않고 그대로 걸어 왔다.

"그 자리에 섯!"

상호는 금시 방아쇠를 잡아당길 것처럼 총대를 올리었다. 그러나 여자는 그래도 걸어오고만 있었다.

"손 들엇!"

여자는 상호의 명령대로 두 손을 들었다. 그러나 걸음은 멈추지 않았다. 드디어 십 미터 앞까지 오고야 말았다.

"거기 섯!"

그 이상은 정말로 들어오지 못하게 할 작정이었다. 만약 한 걸음만 더 걸어온다면 '쏜다'는 말을 내는 동시에 방아쇠를 잡아당기고 말 예산이었다. 여자는 걸음을 멈추었다. 그리고는 상호를 보면서 무엇인가 말을 하려고 하는 눈치를 보였다.

“누구야?”

“저…….”

“어디서 오는 누구야?”

“요 뒤에 있는 샘터에서 옵니다.”

“뭣 하러 와?”

“대장님을 좀 뵐려구요.”

상호는 마음이 좀 풀리었다. 이상스럽기는 했지만 자기의 중대장을 만나러 오는 여자라는 생각에 우선 적이 아니라는 안심이 들었다.

그러나 긴장을 풀 수는 없었다.

“뭣 땜에 왔소?”

“저, 적들이 우리 집에 와 있어요.”

이 말에 상호는 또다시 머리털이 쭈뼛했다. 마치 적들이 방금 눈앞에 나타나기나 한 것 같았다.

“뭣?”

그의 음성은 떨리었다. 그러나,

“몇 시간 전에 괴뢰군이 우리 집에 들어왔는데 아마 뒤에는 많은 군대가 따라오는 것 같애요.”

하고 대답하는 여자는 침착하기 짝이 없었다. 상호는 그 여자의 얼굴을 한 번 더 유심히 보았다.

확실히 이십 전후의 젊은 처녀였다. 얌전한 얼굴이었으나 꼭 다문 입술에는 어딘가 용감한 의지가 흐르고 있었다.

상호는 여자에게로 가서 몸을 수색하려 했다. 그러나 눈앞에 놓고 보는 처녀의 얼굴이 어쩐지 자기의 누이동생 ‘순이’ 같은 생각이 들어 그는 내밀었던 손을 뒤로 빼고야 말았다. 동그스름한 얼굴——, 그것보다도 샐쭉하고도 까마칙칙한 눈이 어쩌면 그렇게도 순이와 같은 것인가!

상호는 그 처녀의 얼굴을 유심히 보았다.

누이동생이 아닌 순이었다. 지난 밤 꿈에 본 순이가 딴 사람으로 변하여 나타난 것 같아 붙안아 주고 싶기도 했다.

그러한 처녀에게 손을 대고 몸을 수색하다니…….

그러나 어찌할 수가 없었다. 군대의 규칙이다. 뿐 아니라 빨리 수색을 하고 중대장에게 보고를 해야 한다.

비록 솜옷을 두툼하게 입었지만 뻣뻣한 광목 옷을 부드럽게 느끼며 몸 수색을 끝내자 보초병 한 명을 불러 교대시켜 놓은 뒤,

"앞서시오."

하고 여자에게 길을 가리키었다. 적은 물론 아니다. 도리어 누이동생과 같은 여자다. 그러나 임무를 다할 때까지 적처럼 취급하여야 하는 제일선(第一線)이다. 그러나,

"적들이 언제 왔습니까?"

하고 묻는 말은 부드러울 대로 부드러웠다.

"서너 시간 지났어요. 빠져 나오기가 힘들어 지금에야 몰래 뛰어나왔어요."

"몇 명이나?"

"다섯 명입니다. 모두 장교인가 봐요. 빨리 가서 그놈들을 송두리째 잡았으믄 좋겠어요."

"그래요?"

상호는 그 처녀를 데리고 중대장 앞으로 가서 들은 말 전부를 보고했다.

이윽고 비상 소집령이 내리었다. 한편 대대장에게 연락을 하면서 한편 출동을 개시했다.

그러나 상호는 보초 근무를 계속하며 중대본부를 지키라는 명령에 전투에는 참가할 수가 없었다.

처녀의 보고가 사실이라면 적의 장교를 고스란히 붙잡을 수 있는 유쾌한 전투에 자기 분대와 자기만이 참가 못함이 섭섭했다.

며칠 동안 전투를 아니 해서 몸이 가려운 것 같기도 했지만 그보다도 전우들이 모두 출동을 하였는데 그 측에 한몫 끼이지 못했다는 것이 기분 나쁠 정도의 일이 아닐 수 없었다. 꼭 부대에서 떨어진 낙오병과 같은 느낌이었다. 그와 동시에 상호에게는 새로운 걱정이 하나 생기었다. 즉 중대장이

돌아올 때까지 감시하라고 맡겨 놓은 그 처녀가 혹시 적의 밀정이기나 된다면 자기의 손으로라도 총살하지 않을 수 없다는 일이었다. 보고한 대로 적병이 샘터 자기 집에 잠복해 있지 않다면 그냥 돌려 보낼 수는 절대로 없는 일이다.

상호는 제발 그런 일이 없기를 속으로 바랐다. 누이동생 순이와 꼭 같은 그 처녀가 철천지원수 공산군의 앞잡이라니 ——. 생각만 해도 가슴이 막히는 것 같았다. 첫인상이 그래서 그런지 꼭 순이로만 생각되는 것이었다.

그러나 그 걱정만은 아니 해도 좋게 되었다. 출동한지 얼마 안 되어 전우들이 걸어간 방향에서 총소리가 들려 오기 시작했다. 일방에서만 쏘는 총소리였다. 분명 적 장교들을 포위한 우군의 사격 같았다.

조금 뒤 총소리는 그치었다. 적 장교들을 완전히 사로잡은 모양이었다. 그러나 얼마 안 있어 총소리가 다시 들리기 시작했다. 그것은 쌍방의 공방전이었다. 맹렬한 총포소리가 천지를 진동했다. 아마 뒷산에 숨었던 적군들이 자기네 장교가 붙잡힌 것을 알자 이쪽을 향하여 공격을 개시한 모양이었다. 그러나 얼마 안 가서 총소리는 뜸해졌다. 지휘자가 없는 적군이 드디어 흩어지고 만 모양이었다.

사실 그러했다. 적 장교 세 놈을 앞세운 우군이 얼마 지나지 않아 중대본부로 개가를 올리며 돌아오는 것이 아니었던가?

상호는 누구보다도 기뻤다. 적을 물리치고 승리를 거두었다는 것도 통쾌했지만 그보다도 순이와 같은 그 처녀를 죽이지 않고 살려 보낼 수 있다는 기쁨이 더욱 가슴을 흐뭇하게 했다.

중대장도 만족해했다. 그래서 처녀에게로 가서,

"고맙습니다. 덕분으루 이놈들을 붙잡아 왔습니다."

하고는 깍듯이 경례를 했다.

그러나 첫번 보고를 하러 왔을 때와 달리 그 처녀는 인사도 못 받고 얼굴을 붉히면서 부끄러움을 타기 시작했다. 자기에게 집중하는 모든 시선을 피하기에 어쩔 줄을 몰라하는 태도가 시골 색시 그대로였다.

중대장은 상호를 불러 통조림 몇 개와 적에게서 노획한 담요 한 개를 주면서 그것을 가지고 처녀를 바래다주라고 명령했다.

"넷!"

상호의 대답은 정말로 씩씩했다.

미리부터 바랐던 소원이 성취된 듯 만족하기 짝이 없었기 때문이었다.

상호는 처녀를 데리고 오솔길을 걷기 시작했다. 험산 준령 속으로 실오리처럼 좁다란 길을 앞서거니 뒤서거니 하며 걸어갈 때 상호는 무엇보다도 그 처녀의 이름이 알고 싶어졌다. 어쩐지 그 처녀의 이름이 순이일 것 같기도 했다. 아니 순이라면 얼마나 좋을 것인가.

"이름이 뭐지요?"

그때 처녀는 대답을 아니 하고 상호를 쳐다보며 생긋이 웃을 뿐이었다. 알아서는 무엇 하겠느냐는 눈짓이었다. 그 순간 상호는 가슴이 철썩 내려앉음을 느끼었다. 말없이 생긋 웃으며 바라보는 얼굴이 어쩌면 '오빠' 하고 자기를 쳐다보던 순이와 그렇게도 같을 수가 있을 것인가.

하늘과 땅 사이에는 오직 험한 산만이 있는 이 깊은 골짜기 속에서 순이를 만나다니……! 상호는 그저 묵묵히 걸었다.

"창희야요. 창성 창 기쁠 희……."

처녀는 궁금해하는 상호의 마음 속을 들여다본 듯이 간결한 대답을 했다.

역시 순이는 아니었다. 상호의 가슴은 허젓했다. 그러나 허젓한 마음을 보일 수가 없어서,

"오빠는 안 계신가요?"

하고 말문을 돌리었다.

"왜 없어요. 국군으루 나갔는데……."

이렇게 대답한 창희는 다시 상호의 얼굴을 바라보았다. 아마 상호가 순이를 생각하듯 자기의 오빠를 생각하는 모양이었다.

어떻게 된 일인지 두 사람의 발걸음은 약속이나 한 듯 꼭같이 멈추어졌다. 그리고는 서로를 마주 보았다. 잠시 말없는 시간이 흘렀다.

상호는 왜 걸음을 멈추고 섰을까 하고 생각해 보았다. 그러나 알 수 없었다. 그 대신 문득 어깨에 메고 가던 보따리에서 담요를 꺼내어,

“참 춥겠군요. 이걸 두르시지…….”

하고 내밀었다. 그러자 창희도 잠에서 깬 사람처럼,

“아니 참, 빨리 돌아가셔야 하지 않아요. 그만 가세요.”

하고 상호를 말끄러미 쳐다보았다.

“바래다드리라는 명령이니까요. 빨리 가기나 합시다. 그 대신 담요를 쓰세요.”

“춥지 않아요. 건 둘째루 혼자서두 넉넉히 갈 수 있는데 뭣 땜에 오세요.”

“그건 둘째루 치운데 담요나…….”

상호는 담요를 펴서 창희의 뒷잔등에 덮어 주었다.

그러나 창희는 담요를 건구야 말았다.

“왜 안 쓰십니까?”

상호는 이왕 메고 갈 바에야 쓰고 가면 춥지도 않고 얼마나 좋겠느냐고 몇 번이나 권했다.

“춥지 않다니까요.”

창희의 대답은 한결같았다. 그리고는 고집을 부리며 끝내 쓰지를 않았다. 무슨 고집인지 몰랐다.

그들은 한참 동안이나 걸었다. 산모퉁이를 지날 때마다 숨이 칵칵 막힐 만큼 찬바람이 획 불어 왔다.

“손이 시릴 텐데…….”

상호는 장갑 한 짝을 벗어 창희에게 주었다.

“안 춥다니까요, 선생님이나 끼구 가세요.”

창희는 아예 받을 생각도 아니 했다. 그러고는 문득,

“선생님 고향은 어디신지요?”

하고 물었다.

“서울입니다.”

“가족은 전부 피난하셨겠군요?”

“아마 못했을 겝니다. 갈 데가 있어야지오.”

"그럼 걱정이시게요."

"네, 좀 걱정됩니다."

"몇 분이나 되시는데……."

"늙은 어머니와 누이동생뿐입니다."

"………"

창희는 말 대신 상호의 얼굴을 쳐다보았다.

상호는 공연한 이야기로 또다시 어머니 생각에 침울한 얼굴을 하고 시름시름 걸었다.

"정말 기막힌 일이에요. 그놈들만 아니믄 얼마나 재미있게들 살겠어요."

아마도 상호를 위로하는 말이었으리라.

"이렇게두 지독한 비극을 빚어 낸 그놈들을 생각할 때 치가 떨려 못견디겠습니다. 피난민들의 비참한 꼴들이란……."

상호는 말끝을 맺지 못했다.

그들은 한참 동안이나 말없이 걸었다. 창희를 앞세우고 뒤따라가는 상호! 그들은 마치 따뜻한 봄날 나들이 가는 부부 같기도 했다.

"참 추울 텐데 담요를 왜 안 쓰세요?"

상호는 다시 창희가 추울 것을 걱정한다.

"남들은 손이 얼구 발이 얼어두 싸우는데 춥지두 않은 걸 뭣 땜에 써요."

"그건 고집입니다."

"고집이래두 좋아요."

고집도 땅고집이었다. 샘터 자기 집에 이를 때까지 담요를 쓰지 않았다. 그러던 창희가 자기 집을 바라보며,

"저게 우리 집예요."

하고 멈칫 서더니

"그렇게 걱정을 하셨는데 이제라도 쓸까요."

하고 손에 들었던 담요를 뒤집어쓰고는 생긋이 웃었다. 상호는 그냥 웃을 수밖에 없었다.

그러나 얼음 덮인 작은 개울 앞 동떨어진 초가집을 향해 걸어가는 그들의

발걸음은 조심성스럽기 시작했다. 몇 시간 전에 괴뢰군 장교들이 들었던 집이다. 조심성스럽지 않을 수가 없었다.

대문을 밀고 들어선 창희가,

"엄마!"

하고 종종걸음으로 방 안에 들어섰을 때 그들 눈앞에는 너무나 기막힌 비극이 벌어져 있었다.

"아이 엄마!"

창희는 몇 걸음 뒤로 물러서서 눈을 가리었다. 그리고는 다시 겹겹이 누운 두 시체 앞으로 쓰러지듯 꿇어앉았다.

아버지와 어머니는 틀림없이 싸늘한 얼음덩이었다.

창희는 흐느껴 울기 시작했다.

상호는 다만 두 주먹을 불끈 쥐었다. 그리고는,

'밀고로 붙잡히게 된 것을 알구 부모까지 죽였구나. 천하에 용서 못할 놈들 같으니라구…….'

하고 속으로 울부짖었다.

상호도 울었다. 울지 않고 배겨날 수가 없었다. 어머니의 시체를 덮고 마구 울어대는 창희 못지않게 서러운 눈물을 흘리었다.

"이리힌 비극을 만들지 않고 같은 민족끼리 오순도순 평화스럽게 살아갈 수는 없었을까."

상호의 주먹은 더 힘있게 부르쥐어졌고 위아래 턱은 소리가 나게 떨리었다.

그 날 저녁 중대본부 어떤 조그마한 방구석에 혼자 웅크리고 앉아 있던 창희에게 상호가 군복 한 벌을 들고 들어왔다.

"갈아 입어요."

창희는 아무 말 없이 군복을 받아 방바닥에 놓았다.

"크지나 않을지……."

그래도 창희는 아무 말이 없었다. 상호 역시 별로 할 말이 없었다. 중대장의 명령으로 창희를 집에까지 데려다 주었으나 불의의 참변으로 죽은 그의 부모를 뒷산 얼음땅 속에 파묻어 주었고 그 뒤에는 혼자 살 수가 없으니 군대를 따라가겠다고 매어달리는 창희를 빈집에 내버리고 혼자 돌아올 수가 없어서 부대까지 데리고 왔던 상호다. 지금 또 중대장의 명령으로 군복을 가져다 주기까지 했지만 전우들의 눈을 꺼리어 오래 있을 수도 없어서 그냥 돌아나오려 할 때였다. 창희가 갑자기,

"오빠!"

하고 상호를 불렀다.

상호는 대답을 못하고 뒤돌아서서 창희의 얼굴을 바라볼 뿐이었다. 난데없는 오빠란 말에 상호는 그야말로 어리둥절했다. 그러나 창희는 거듭,

"오빠!"

하고 상호를 부른 뒤,

"총두 하나!"

하고 말끔히 상호를 쳐다보았다.

상호는 여전히 입을 열지 못했다. 할 말이 없다는 것보다도 오빠라고 부른 창희에게 어떻게 대하여야 할지를 몰랐던 것이다.

"정말예요."

창희는 그야말로 오빠에게 응석을 부리는 그러한 태도였다. 오빠라는 데 조금도 다른 생각이 없는 모양이었다.

부모를 모조리 잃어버리고 의지할 데 없는 마음 ——. 그 빈 마음을 오빠란 말로써 채우려는 창희일 것이다. 더구나 지나치게 큰 타격으로 남의 마음을 알아볼 생각도 없이 자기 혼자서 결정한 오빠를 천연스럽게 부르는 창희의 마음을 전혀 모를 것이 아니었지만 그렇다고 해서 그 말을 선뜻 받아들일 수가 없는 것이 또한 상호였다.

"오빠, 총두 주지요?"

재차 독촉을 하는 창희의 목소리에 상호는 불현듯 순이의 목소리를 듣는 듯했다.

순이!

참으로 순이도 울기만 하는 것이 아니라 창희처럼 나라를 위해 일하고 나

라를 위해 부르짖고 있을 것 같았다. 비록 적들 속에 있을망정 무슨 일이고 간에 나라를 위해 애쓰고 있을 것만 같았다. 그래서,

'오빠! 총두 주지요?'

하고 애원하는 것이 아닐까?

'응, 주지! 내 총이라두 줄게!'

상호는 순이에게 이러한 대답을 속으로 했다. 그러나 창희에게는 말이 대담스럽게 나오지가 않아서,

"응!"

소리만 했다.

이 말을 듣자 얼음장같이 싸늘하던 창희의 얼굴이 갑자기 녹아 흐르는 듯했다.

"오빠!"

언제나 부르던 것처럼 익숙한 오빠 소리가 감격 속에서 우러나왔다.

그때였다. 중대장이 문을 열고,

"김군! 상청이 준비되었으니 같이 들어오게."

했다. 상호는 미리 들어 알았던 일이기 때문에,

"넷!"

하고 경례만 하고는 창희에게,

"가서 제사를 드립시다."

했다. 중대장실에는 간단한 상청이 준비되어 있었다.

책상 위에 흰 종이를 덮고 그 위에 냉수 한 그릇과 밥 한 그릇이 놓여 있었다. 밥그릇 양 옆에는 하늘거리는 촛불이 켜 있었다.

"앉게."

중대장은 상호가 마치 상주이기나 한 것처럼 앞자리에 앉기를 권했다. 자기가 앞자리에 앉을 계제가 아니기 때문에 창희에게 눈짓을 해서 창희를 앞으로 나서게 했다. 그러나 창희 역시,

"오빠부터 앉으세요."

하고 자기가 뒷자리를 차지했다.

일이 우습기는 했으나 그것을 가지고 승강이도 할 수가 없어서 되는대로 앉아 버리었다.

어느덧 '유세차' 하고 중대장이 축문을 외기 시작했다. 언제 그런 것을 해 보았는지 '유'를 길게 뽑으며 엄숙하게 외는 중대장의 축문이 처량하게 들리었다.

"경인년 십이월 신유 삭(辛酉 朔) 효녀(孝女) 창희 감소고우 학생부군 신위. 오호 통재, 악독한 공비 무참히도 내 어버이 두 분을 한때에 학살하였구나……."

신구 절충의 축문을 채 읽기도 전이었다. 제1소대장 김 소위가 숨가쁘게 들어와서 중대장에게 가까이 가서는 귓속말을 했다. 그러자 중대장은 읽던 축문을 중단하고,

"사향."

하고는 끝마디만 부르고 일어섰다.

"적이 ○○고지에서 공격준비를 하고 있는 모양이야! 빨리 출동해야겠어."

중대장은 벽에 걸어 두었던 권총을 내려 허리에 차고는 모자를 집어 썼다.

상호는 그 자리에서 뛰어나와 총을 들고 마당으로 달려갔다. 벌써 몇몇 전우들이 모여 있었다.

어느새 중대원 전체가 집합을 끝냈다. 그러자 중대장이,

"오늘 새벽 우리는 적들의 장교를 포로로 잡아왔다. 지금 적들은 보복적 수단으로……."

하고 말을 꺼내면서 대열 한편 옆으로 걸어갔다.

거기 대열 맨 끝에는 군복을 입은 창희가 서 있었던 것이다.

"당신은 여기 남아 계시오."

중대장의 조용한 음성이었다.

"아닙니다. 꼭 보내 주십시오."

"못 갑니다. 위험하기두 하구."

"좋아요. 조금두 걱정은 안 끼칠 테니까 꼭 데리구 가 주세요.

"안 될 텐데……."

"구경이라두 해야겠어요. 일선에 나간 국군들이 어떻게 싸우는가 구경이라두 해야겠어요."

중대장은 그 이상 더 말리지 않았다. 그 대신 수류탄 두 개를 창희에게 주면서 말했다.

"그럼 같이 싸웁시다."

창희에게로 시선을 집중시켰던 중대원 전체의 얼굴에는 이상스런 긴장미가 떠돌았다. 그리고는 제각기 무엇이라고 수군거리었다.

상호 역시 얼굴 가죽이 조이는 것 같았다. 입술에 힘이 주어지며 다리가 가벼워짐을 느꼈다.

자기 옆을 떠나지 않고 싸움터까지 따라가려는 순이의 용감스러운 얼굴이 눈앞에 스치고 지나갔다. 그뿐 아니라 앓던 것 같지도 않게 자리에서 일어나.

"싸워서 이기구 돌아오너라."

하시며 손짓을 하시는 어머니의 얼굴도 눈앞에 보이었다.

그때 상호는 창희 옆으로 자리를 바꾸어 서서,

"창희!"

하고 정말 동생을 부르듯 창희를 불러 보았다.

"응? 오빠!"

창희 역시 정말 오빠처럼 상호의 얼굴을 쳐다보았다. 바로 그때였다. 중대장이 호령을 내렸다.

"앞으롯!"

중대원들의 발자국 소리가 조용한 마을을 꿰뚫고 산 속으로 산 속으로 옮아 가기 시작했다.

어느 때보다도 그 발자국 소리는 날렵하고도 무시무시하게 들리었다. 오랑캐 아니 호랑이라도 밟아 무찌르고야 말 그러한 발자국 소리였다.

(원) 《사병문고》 1951. 3.

부산

서울을 두 번째 탈환한 국군이, 이어 삼팔선을 무찌르고 북으로 진격하는 때였다. 산에는 진달래가 만발하고 동네 어구 포플러에는 푸르름이 매일매일 달라지는 계절, 엄동을 시골 농가에서 그야말로 피난민의 생활로 보내고 있던 태호는 아무래도 부산엘 가지 않을 수 없었다.

서울을 축소한 것 같은 부산—— 거리에는 모든 친구들이 전부 모여 있다. 특별한 볼일이 있어서가 아니라 그러한 부산이 고향처럼 그리웠던 것이다. 그래서 벌써부터 부산 구경을 간다고 했었지만 차편이 없고 노자도 없고 해서 차일피일 미루기만 하고 있던 그였다. 그닥 볼일도 없는데 치위를 물리치고까지 떠날 수가 없었던 것인지도 모른다.

어쨌든 태호가 부산을 가기 위하여 버스 안에 들어섰을 때 이제는 부산에 가게 되고야 말았다는 생각과 더불어 가슴이 자꾸만 설레임을 느끼었다.

세상을 떠나 혼자서 숨어 살다가 사람 사는 고장으로 처음 떠나는 그러한 감정이 어쩐지 연인을 만나러 가는 때의 감정과 비슷했다.

입추의 여지가 없는 버스는 흔들릴 대로 흔들리었다. 만 원이나 되는 거대한 차비를 내고도 빽빽하게 숨마저 마음대로 쉬지 못하며 부산으로 가는 그 손님들은 과연 무슨 급한 일들이 그리 있을 것인가. 그러나 태호의 눈에는 여자는 물론 어린애들까지도 급한 일로 여행을 떠나는 것으로 보이었다. 자기처럼 망향병에 걸리어 부산으로 가는 사람이라고는 한 명도 없는 것 같았다. 그러기에 태호는 더욱 기뻤다. 자기만 가진 즐거움과 자기만 느낄 수 있는 기쁨을 누구에게라도 자랑하고 싶었다.

빨리 이르렀으면……. 자동차는 느리기도 했다. 낙동강에서 나루를 건너는 시간만도 몇 시간이나 되었다. 빨리 가서 만나고 싶은 친구들의 얼굴이 눈앞에 어른거리었다. 오래간만이라고 손이 떨어지게 악수를 하고는 이제야 나타난 자기를 원망하면서 반겨 줄 친구들.

그리고 시골로 다시 돌아갈 것 없이 같이 일하며 부산에서 살자고 끌어줄 친구들, 그뿐만도 아니었다. 친구들의 끌림에 어떤 곳을 선택할지를 몰라 난처해할 자기. 그러나 가장 뜻맞는 친구와 취미에 맞는 일을 하기로 하고 가족을 데리러 가는 자기의 모습까지도 생각했다.

참으로 즐거운 여행이었다.

김해(金海)를 지나 동해로 접어들 때 태호는 갑자기 옛날에 사랑하던 C를 생각했다. 이미 따로 따로 결혼을 하여 제각기의 생활을 한다고 할지라도 마음 속에서 영원히 잊을 수 없는 C다. 그도 부산에 살고 있을 것만 같고 또 거리에서 만나고야 말 것 같은 생각이 갑자기 머릿속에 들어왔던 것이다. 만나야 할 이야기도 없을 것이언만 그래도 만나고야 견딜 것 같은 사람이다.

자동차가 북부산을 거쳐 초량을 지나갈 때 태호는 차창으로 퍼뜩 부산의 바다를 보았다. 집과 집 사이로 보이는 가장 짧은 순간의 바다였지만 태호는 부산에 들어서자 바다를 보았다는 생각에 가슴은 부풀어오를 대로 부풀었다. 거기에는 갈매기도 날아들려니 생각하니 그저 가슴이 뛸 뿐이었다.

그러나 버스에서 내리는 순간 태호는 사방을 휙 둘러보았다. 처음 오는 부산이 생소해서가 아니라 어디를 향해 걸어갈 것인가 하는 생각이 그의 마음을 막연하게 했기 때문이었다.

많은 친구가 있기는 하지만 주소 아는 친구란 한 사람밖에 없다. 그 친구는 누구보다도 가난하다. 유달리 많은 가족에 작은 셋방을 얻어 간신히 살고 있다는 말을 듣고 있다. 날이 늦지나 않았다면 모르되 이미 석양이 기울었다. 가면 저녁을 먹자 할 것이요 같이 자자고 할 것이다. 저녁때만은 찾아갈 수 없는 친구였다.

그러면 어디루 갈 것인가. 우선 부풀어오른 가슴이나마 부여안고 여관에서 자는 수밖에 없었다.

그는 여관으로 찾아갔다. 그러나 첫 집부터 두 집 세 집 모두가 만원이었다. 태호는 한 번만 더 가 보지 하고 조금 으슥한 골목길로 들어서 첫눈에도 지저분한 여관엘 들어섰지만 역시 그 집도 만원이었다. 피난민의 거리라 하는 수 없었다. 그러나 태호는 자기도 모르게 침울해졌다. 이유야 어찌되었든 하룻밤 재워 줄 여관도 없다는 것이 우울하지 않을 수 없었다.

거리로 나와 시계를 본 태호는 아직까지 찻집이 문을 닫을 때가 아니라는 것을 생각한다. 길을 물어 M다방을 찾았다. 아는 친구들이 잘 모인다는 M다방이었다. 만원인 기찻간처럼 빼곡빼곡 앉아 있는 손님들 틈에서 아는 친구를 고르려고 태호는 찻집 어귀에서부터 맨 뒷구석까지 기웃거렸다. 수상한 사람을 보는 듯한 뭇 시선이 불쾌하기는 했지만 어쩔 수가 없었다. 드디어 K를 발견했다. 낯모를 사람들과 이야기하고 있는 K였다. 옛날에 같은 신문사에도 있었고 그 뒤 술친구로 다정하게 지내던 이다.

"얼마만이요, 언제 왔수?"

K는 손을 내밀고 멋진 악수를 했다. 무척 반가운 표정이기도 했다.

태호는 기뻤다. K를 만났으니 하룻밤은 더불어 이야기할 수 있으리라.

"나 오늘 왔어."

남들의 시선이야 어쨌든 태호는 반가운 인사를 했다. 그리고 뒤따라 나오려는 수많은 말이 입 안에서 빙글 빙글 돌았다. 그러나,

"좀 앉지."

하고 앉은 채 말하는 K의 입 속에는 더 할 말이 있는 것같이 보이지가 않았다.

"좀 앉아야겠는데……."

앉을 의자가 없다는 걱정뿐이었다.

"좋네."

"그래두……."

태호는 주춤하고 서 있기 때문에 하고 싶은 할 말도 꺼낼 수가 없었다.

"좀 앉아야겠는데……."

K는 또 빈 걱정을 했다. 그리고는 할 말이 없다는 듯이 빙긋빙긋 웃으며,

"참 오래간만인데!"

하고 한 번 한 이야기를 다시 되풀이했다. 앉지도 못하고 서 있는 태호가 딱한 모양이기도 했다. 그러나 자리에서 일어나 어디로 가자는 말은 죽어도 나오지가 않는 모양이었다.

"다음에 또 만나지."

할 수 없이 이런 말을 했을 때도 K는,

"이거 안됐는데……."

할 뿐 일어서지도 않았다.

"며칠 있을랜가."

태호는 그 집을 나서지 않을 수 없었다. 반갑다고 찾아갔던 집에서 쫓겨 나오듯 가슴이 허젓하기 짝이 없었다. M다방을 나서려고 할 때였다. 누가 뒤에서 '오 선생' 하고 자기를 부르는 사람이 있었다.

반가웠다. 쫓겨가는 사람을 붙잡아 주는 사람이 있을 때의 반가움이었다. 자기 앞까지 따라나와 악수를 청한 사람은 G회사에서 같이 일하던 김이었다.

"언제 오셨어요, 오 선생만 안 계셔서 여간 적적하지 않았어요. 그래 그 동안 어디 계셨습니까?"

이 친구는 대답하기가 곤란할 만큼 많은 말을 한꺼번에 물었다.

진심으로 반가워하는 마음이었다. 그러나 나이가 월등 아래였고 또 태호가 반가운 친구로 마음 속에 그린 사람이 아니었기 때문에 태호는 도리어 서먹서먹 대답을 했다.

"저녁 어떡했습니까?"

"지금 막 도착한 길인 걸……."

"그럼 가십시다."

"괜찮아……."

어쩐지 그에게서 저녁을 얻어먹고 싶지는 않았다.

"그럴 수가 있습니까?"

김은 앞장을 섰다. 어딘지 알지도 못하는 골목길로 해서 어떤 깨끗한 음식점으로 들어섰다. 김은 이것저것 비싼 음식을 청하려고 했다.

그러나 태호는 굳이 말리었다. 과분한 친절을 받아들이는 것이 미안할 뿐만 아니라 그걸 소화시킬 수 없을 것 같은 불안한 생각이 들었던 것이다.

"비빔밥 두 그릇만 주십시오."

태호는 마치 자기가 안내하고 온 듯이 큰 소리로 음식을 주문했다. 그 밖에는 아무것도 가져오지 못하게 명령했다.

김은 태호가 아는 친구들에게서 늘 자기의 말을 들었노라고 떠들기 시작했다. 누구는 만났고 누구도 만났노라 지저귀었다. 과연 만나고 싶은 사람들의 이름이었다.

"어디 가면 그들을 만날 수 있지?"

태호는 그 말만을 물었다.

김은 우선 팔목에서 번쩍이는 고급시계를 들여다보고,

"지금이라두 가면 만나실 겁니다. B다방에들 모입니다."

그 말을 듣자 태호는 B다방으로 달려갈 생각만이 급했다. 피난민으로 내려온 김이 어떻게 해서 소위 마카오 양복을 말쑥하게 입었으며 고급시계를 차고 돈을 함부로 쓸까 하는 생각이 불쾌하고 집요하게 머릿속에 들어왔으나 그런 것까지 개의할 필요가 없었다. 비빔밥을 먹고 B다방으로 가고 싶기만 했다.

밥을 다 먹고 일어서려 할 때였다.

"저, 오 선생님하구 가까우신 박 선생이 계시지 않습니까? 그이가 이번 상공부 국장이 되신 모양인데 이번에 만나시거든 저 취직이나 좀 시켜 주십시오."

했다.

"박이라니."

태호는 기억이 나지 않았다. 기억이 나지는 않았지만 김이 자기에게 베푼 친절이 결국은 그 말을 하기 위해서였다는 것을 생각하자 나오지 않는 기억을 짜내고 싶지도 않았다.

김은 박에 대한 설명을 했다. 한 마디의 설명으로도 능히 알아 낼 수 있는 사람이었지만 김은 과거에 태호와 박이라는 사람의 관계를 아는 대로 들추어 냈다.

"네 네. 알았습니다. 만나면 부탁해 보지요."

태호는 김을 떠나보냈다. B다방까지 가는 길만을 묻고 그를 돌려 보낸 후 태호는 먼저 M다방에서 만났던 K와 헤어질 때보다도 몇 배나 더한 우울을 느끼었다.

부산이란 이런 곳이던가 하는 생각도 들었다.

그러나 B다방에 들어서자 맞붙어 앉아 있는 P와 S를 만날 때 태호는 그저 반갑기만 했다. 자칫하면 큰 소리를 지를 뻔까지 했다.

오랫동안 변함없이 친해 오던 P와 S를 한꺼번에 만날 줄이야 누가 알았을 것인가?

"죽지들 않았구나……."

최상의 반가운 인사였다.

그들도 반가워했다. 악수를 하고는 옆자리를 내주며 얼마만이냐고 커피를 주문해 주었다.

오래간만에 마시는 커피도 향그러웠다. 독한 술을 마시듯 머리가 핑 도는 것 같았다.

"무엇을 하구 지내나?"

태호는 무엇이건 그들과 지껄이고 싶었다.

"피난민이 무엇 하겠나, 이렇게 놀구 있지."

아주 예사처럼 하는 말이었다.

"놀구 먹다니 놀구두 먹나?"

"친구들 신세나 지면서 사는 거지."

어쩐지 살뜰한 태도가 아니었다.

이렇게 말한 P와 S는 무엇인가 딴 이야기를 주고받았다. 아마 무슨 장사를 하는 모양이었다. 오늘 시세가 올랐다느니 있다던 곳에 물건이 없다느니 하는 그런 말이었다.

태호는 어쩐지 자기가 앉아 있는 것이 그들에게 방해가 되는 듯하여 저으기 미안했다. 딱히 가겠다는 말은 못했으나 몸을 움지작거리며 떠나려는 눈치를 보이자 P가,

"어디서 유하나?"

하고 물었다.

"방금 도착한 길이라……."

"그럼 우리 집에 와서 자지."

"어딘데?"

"저 남포동인데……."

"언제쯤 들어가겠나?"

"오늘은 특별한 회합이 있어 좀 늦어질 것 같아……."

자기도 없는 집에 혼자 들어가라는 말인가.

태호는 안 들은 것만 같지도 못했다.

"우리 집에 와서 자면 좋기는 하겠는데 여편네가 좀 앓아서……."

S도 한 마디를 아니 할 수 없는 모양이었으나 결국은 이런 말이었다.

모두 안 들은 것만 같지 못했다.

"참 W는 잘 있는가?"

태호가 문득 W의 말을 묻자 P가,

"참 거기 가면 좋겠구만! 멀지두 않구. 더구나 요새 마누라와 이별을 하구 혼자 있을 터니까."

하고 묘안을 생각해 낸 것처럼 말했다.

"이별하다니."

태호는 처음 듣는 말이었다.

"마누라가 어떤 돈 있는 친구와 바람이 난 모양이야! 부산에서 얼마든지 있는 이야기지."

"설마 그럴 수가 있을까?"

"사실이 그런 걸 어떡허나……."

참으로 맹랑한 일이었다. 그러나 갑자기 W 생각이 간절해졌다. 만나서 그 침울해하는 얼굴을 보고 싶었다.

그러나 태호는 W의 집으로 찾아갈 수가 없었다.

침울 정도가 아닐 것이다. 죽지 못해 살아가고 있는 W였다. 그를 찾아가기에는 그의 심장이 너무나 약했다.

그 괴로워하는 얼굴을 어떻게 볼 것인가. 다음 날 어디로든 끌고 나가 술이라도 먹여 가며 위로하는 수밖에 없을 일이었다.

"찾아볼 사람이 있는데 좀 만나 보구 어데루든 가지."

태호는 B다방에서마저 떠나지 않을 수 없었다.

그러나 P와 S는,

"그래."

할 뿐 다음 날 만날 약속도 아니 해 주었다.

도리어 태호 편에서,

"매일 여기 나오나?"

하고 물을 때야,

"응. 여기 오면 언제나 만날 수 있지."

하고 아주 높은 사람이 아랫사람에게 말하듯 했다.

B다방을 나설 때 태호는 정말 눈물이 나오려 하는 것을 겨우 참았다.

무엇 때문에 부산을 찾아왔던가 하는 후회까지 들었다. 이러한 부산을 보러 온 것은 확실히 아니었다.

태호는 할 수 없이 토성동을 찾았다. 어디가 어딘지는 모르나 이 사람 저 사람에게 물어 가면서도 토성동을 찾지 않을 수 없었다.

이미 날은 어두웠다. 밤이 깊기 전에 최를 찾아야 했기 때문에 그의 발길은 몹시 바빴다. 더구나 그렇지는 않겠지만 최까지 자기 집에서 재워 주지를 않는다면 또 딴 데로 가야 할 것이라 될 수 있는 대로 빨리 걸어야 했다.

한 시간이나 거의 걸려 최의 집을 찾았다. 최의 집에서마저 쫓겨나면 어찌할 것인가 하는 생각에 그 집 대문을 두드리는 태호의 손은 떨릴 대로 떨리었다. 그러나

“이게 누구야?”

하고 따라나오는 최만은 자기를 그냥 돌려 보낼 것 같지가 않았다.

“여보, 오 선생이야…….”

최의 마누라도 뜰 밖으로 달려나오며,

“웬일이세요.”

하고 맞아 주었다.

집 안에 들어앉은 태호는 아무 말도 못했다. 하루 아니 몇 시간도 안 되는 부산에서의 우울이 최를 만나자 어떻게든 터지고야 말려고 했기 때문이었다.

“조금 내버려 둬 주게. 마음을 좀 정리하게…….”

마음을 정리하기 때문이어서인지 태호는 가끔 긴 한숨만 내뿜었다.

“왜 한숨을 지세요.”

최의 마누라가 보기에 딱한 모양이었다.

그래도 태호는 자기도 모르게 한숨을 내쉬었다.

“한숨짓지 마시라니까…….”

최의 마누라는 진심으로 태호가 딱한 듯이 거짓 없는 위로를 해 주었다.

“네, 미안합니다.”

태호는 웃었다. 그리고,

“여기서 하룻밤 재워 주겠습니까?”

하고 대들듯이 물었다.

“그럼 딴 데로 가실 테예요?”

최의 마누라는 딴 데로 가기만 하면 화를 내고야 말 듯한 눈초리였다.

“참, 별 걱정을 다하네. 아무케나 자면 어때. 불편해두 그게 좋지 않아…….”

최도 그런 말은 하지도 말라는 말투였다.

태호는 다시 한숨을 길게 내뿜었다. 사방 여섯 자 방이다. 거기에 어린애가 넷, 최와 최의 마누라 도합 여섯 명이 자기에도 좁은 방이다. 어떻게 일곱 사람이 누울 수가 있을까가 걱정이었다.

그러나 최는 어린애들을 머리맡에 뉘고 나머지 둘은 아래위로 서로 발이 닿게 눕히었다. 그리고 남은 자리에 최의 부부와 태호가 잘 수 있도록 자리를 깔았다.

머리맡에 누운 어린애의 발길이 태호의 머리를 찰 것 같았다. 그러나 태호는 마음 편했다.

어린애 발길에 코가 채이어 코피가 나도 좋을 것 같았다.

창 밖으로는 훤한 달빛이 비치어 들어왔다. 잠잠하게 누운 일곱 사람들의 얼굴은 고요히 잠들기 시작했다.

멀지 않은 부두에서는 군함에서 울리는지 기적소리가 바다를 울리며 밤을 재촉하고 있었다.

(원)《신조 창간호》 1951. 4.

암야(暗夜)

　회의가 있다고 해서 오래간만에 후방 대대본부에 돌아오기는 했으나 며칠 동안의 계속적인 전투에서 얻은 피곤이 봄날의 훈훈한 바람과 더불어 사체를 노곤하게 하여 회의가 시작되기를 기다리는 짧은 사이가 한없이 즐거웠다.

　정말 깨보다도 고소한 잠에 스르르 눈이 감길 때에는 그 자리에서 쓰러져 버리고 싶을 정도였다.

　회의에 참석하기 위하여 모여든 다른 중대장들도 꾸벅꾸벅 졸고 있는 것이 모두들 똑같이 피곤한 모양이었다.

　퇴로(退路)를 구하여 북으로 도망치려는 괴뢰군을 포위하고 연 사흘 동안이나 잠을 못 자며 총공격을 한 동료들이다. 피곤하지 않을 수 없었다.

　그러나 임 대위는 구둣발 소리가 뚜벅 하고 마루를 구르기만 해도 깜짝 눈을 떴다. 아무래도 머리는 긴장된 채 몸만이 피곤에 젖은 모양이다. 눈을 뜨기는 해도 일 분도 못 가서 다시 감아지는 것이지만…….

　임 대위는 저절로 감기는 눈을 스르르 감다가 다시 깜박 눈을 떴다. 창밖에서 서성거리는 발자국 소리에 놀랐던 것이다. 그러나 어떤 사람들이 지나가건 눈여겨볼 필요도 없는 일이라 그는 다시 눈을 감으려 할 때였다.

　"빨리빨리."

하는 호령소리가 귀를 쨍 하고 울리는 바람에 다시 눈을 뜨고 마주 내다 보이는 창 밖으로 시선을 던졌다. 그 순간이었다.

임 대위는 땅 속으로 잦아드는 듯한 잠결 속에서 아주 깨어나고 말았다. 빨리빨리의 호령소리에 본부 북쪽에 있는 숙소로 끌려가는 괴뢰군 포로 속에서 동생 경재의 모습과 꼭 같은 사나이를 번뜩 보았기 때문이었다.

그는 눈을 크게 뜨고 동생과 같이 생긴 젊은 사람을 주시했다. 옆얼굴밖에 보이지 않았다. 더구나 이쪽을 보지 않고 뒷사람에게 밀리어 엎어질 듯이 걸어가는 그 사람은 금시 북쪽으로 사라지고 말았다.

그러나 틀림없는 동생이었다. 후리후리한 키와 불쑥 나온 광대뼈가 첫눈에도 경재라는 것을 알 수 있게 했다.

잠에 젖었던 눈이 번쩍 뜨이며 솜같이 가라앉았던 피곤이 어디론가 도망쳐 버렸다.

6·25 때 서울에 남아 있다가 괴뢰군에 끌려 소위 의용군(義勇軍)으로 나갔던 동생이다. 우연히 그에게 이 날을 가져다 줄 줄을 누가 알았으랴.

임 대위는 무엇보다도 기뻤다. 생사를 모르던 하나밖에 없는 동생이다.

그러나 그러한 동생을 적 포로 가운데서 발견했다는 운명의 장난이 너무나 잔인한 것 같아 머리가 돌려지지 않았다.

괴뢰군들이 서울에 침입해 들어왔을 때 수없이 많은 젊은이들을 붙잡아 갔다. 그리고 고향에 남기고 간 부모형제들에게 총부리를 향하게 하였다.

임 대위는 그러한 괴뢰군들이 새삼스럽게 미워지기도 했으나 그보다도 죽지 않고 살아 있는 동생을 발견했다는 즐거움을 숨길 수 없었다.

늙은 부모가 동생이 살아서 돌아온 것을 안다면 얼마나 기뻐하실 것인가.

임 대위는 밖으로 뛰어나갔다. 그리고는 포로들을 취급하는 선임하사관을 찾았다. 무엇보다도 동생이라는 것을 확인한 뒤 구출해 내고 싶었기 때문이었다.

"지금 막 이리로 지나간 포로들의 명부가 있나?"

이렇게 물었을 때 선임하사관이,

"오늘 붙잡아 온 것들이기 때문에 아직 명부를 못 만들었습니다."

하고 대답했다.

"그럼, 포로들을 좀 보게 해 줘."

"네!"

하사관은 경례를 붙이고 임 대위를 안내했다. 사병들 숙소의 일부분이었다. 그리 넓지 못한 방 안에 열대여섯 명의 포로가 창백한 얼굴로 불안 속에 떨고 있었다.

임 대위는 포로들 속에서 동생의 얼굴을 찾았다. 맨 구석에 쭈그리고 앉아 있는 사람에게로 시선이 갔을 때 그는 고함을 칠 뻔했다.

그러나 자기를 보았음에 틀림없으련만 보고도 못 본 척 어릿어릿할 뿐 형이라고 부르지 못하는 동생을 보자 그는 한참 동안이나 말을 못하고 멍하니 바라보기만 했다.

눈에서 눈물이 핑 돌았다. 틀림없는 동생 —— .

"네 이름이 뭐냐?"

그래도 임 대위는 먼저 동생의 이름을 부를 수가 없었다. 다른 포로들이 이상하게 생각할 것을 걱정했기 때문이었다.

"임경재입니다."

동생 역시 이름을 몰라 묻는 것이라고는 생각되지 않았을 것이지만 그래도 틀리지 않게 대답하는 음성이 몹시 떨렸다.

"이리 나와."

"네."

임 대위는 몇 걸음을 걸었다. 포로들이 보이지 않는 곳까지 걸어와서 뒤따라오는 동생을 보고는,

"나다. 알겠니?"

하고 손을 내밀었다.

"형님!"

경재는 형의 손목을 붙잡고 울기를 시작했다. 그리고는 울음 섞인 말을 꺼내는 것이었다.

"형님, 그놈들에게 끌려갔다가 몇 번이나 도망을 치려구 했지만 끝까지 도망을 못 쳤습니다. 형님, 아버지 어머니 다 무사하십니까? 그새 얼마나 보

구 싶었는지 몰라요. 형님, 저를 살려 주시겠지요?"

"다들 무사하실 게다. 아마 부산쯤 피난 가서 사시겠지. 나두 아직 가 보지는 못했다만……."

임 대위는 뼈만 남은 동생의 팔목을 힘주어 꼭 쥐었다. 얼마나 굶주리고 고생을 했는지 뼈가 앙상하고 살결이 새까매진 얼굴이 마음을 슬프게도 했다.

"잘 만났다."

죽었으리라고만 생각했던 동생이다. 만약 죽지를 않았다고 해도 영원히 만날 수 없는 동생이라고 생각했던 임 대위였던 것이다.

사실 무사히 살아 있다고 해도 공산주의와 민주주의가 절대로 타협할 수 없는 두 길을 서로 걷고 있는 한 아무리 보고 싶은 사람이라 해도 만날 수 없다는 것이 민족의 슬픈 운명이 아니겠는가.

그러나 영원히 만날 수 없으리라 생각했던 동생이 눈앞에 나타나고 말았다.

경재 역시 그렇게 생각했으리라. 그러나 그는 포로병이라는 것을 잊을 수가 없었다. 형이 국군 장교라는 것을 알고는 있으나 우선 그 형이 자기를 어떻게 대해 줄 것인가가 알고 싶었으리라.

"형님! 저만은 살려 주시겠지요?"

"포로라구 해서 누가 죽인다던?"

임 대위는 다시 눈시울이 뜨거워졌다. 포로이기 때문에 총살이라도 당할 것처럼 겁을 집어먹고 있는 동생이다. 그 동안도 얼마나 많은 죽음의 고개를 넘었을 것인가. 국군의 출혈(出血) 작전으로 수많은 괴뢰군들이 쓰러질 때 동생은 부모 형제를 만나지도 못하고 죽고 말 것을 몇 번이나 슬퍼했을 것인가.

"들어가 기다리구 있거라."

임 대위는 동생을 돌려 보냈다. 오랫동안 사담을 할 수도 없지만 무엇이라고 결정적인 말을 해 줄 수가 없었기 때문이었다. 그는 동생과 헤어지자 즉시 대대장을 찾아갔다.

"대대장님, 제 동생이 오늘 포로로 잡혀 온 모양인데 제가 책임을 지기루

하구 어떻게 안 될까요?"

그는 약간 주저주저하며 찾아간 목적을 말했다.

"그래?"

대대장은 놀라는 표정을 지었다.

"6·25 때 서울서 괴뢰군에게 붙들려 의용군으루 나갔던 모양입니다."

"그래! 참 우연이란 것두 있구만……. 임 대위 동생이라면야 어떻게든
해야지."

임 대위는 대대장의 승낙을 얻자 마음이 가벼워짐을 느꼈다. 죽었던 동생
을 살린 듯한 기쁨을 억누를 수 없었다.

그 뒤 회의가 끝나자 다른 중대장들은 각기 자기 부대로 돌아갔으나 임
대위만은 내일 중으로 동생을 데려다 우선 자기의 일을 돕게 하려는 생각에
부대로 돌아가지 않고 대대본부 장교와 같이 하룻밤을 지내기로 했다.

임 대위에게 있어서 이 날 밤은 참으로 길었다.

단 둘밖에 안 되는 형제다. 어렸을 때 장마에 불은 냇물에서 장난을 치다
가 깊은 골수로 들어간 동생이 흙탕물 속에 빠져 둥둥 떠내려가던 때 발굽
을 구르며 울기만 하던 자기가 생각났다.

그때도 자기의 고함소리에 동네 사람이 구해 주지 않았다면 이미 죽고 말
았을 동생이다.

싸움도 적지 않게 했다. 그러나 자기는 훌륭한 실업가가 되고 동생은 유
명한 법률가가 되어 서로 성공을 하자고 철이 들 때부터 맹세한 형제다. 그
래서 그들은 열심으로 공부도 했다.

그러나 임 대위가 중학을 졸업하자 공부를 더 계속할 수가 없게 되었다.
아버지가 사업에 실패를 했던 것이다. 그때부터 임 대위는 취직을 했다. 그
래도 동생만은 공부를 시키었다. 동생의 소원인 법과대학에 입학까지 시키
었다. 그렇기 때문에 임 대위는 삼십이 가깝도록 결혼도 못했다.

그런 동생이 의용군으로 끌려갔다는 말을 들었을 때 임 대위는 몇 번이나
눈물을 지었는지 모른다. 용하게 탈출해 넘어오지 못한다면 영원히 보지 못
하게 되는지도 모른다.

다 늙은 부모들은 동생이 아주 없어진 것처럼 슬퍼했다. 지금까지도 슬퍼하고 있다. 그러한 동생이 그야말로 우연하게 자기가 소속해 있는 부대에 포로로 잡혀 왔기 때문에 다시 자기 힘으로 살릴 수 있다는 것을 생각할 때 모두가 꿈 같기만 했다.

만약 다른 부대에 붙잡혔다면 죽이지는 않는다 해도 포로로서의 생활을 면할 수 없을 것이다. 따라서 언제나 만나게 되는지를 모른다.

모든 과거와 더불어 너무나 숙명적인 현실이 잠을 이룰 수 없을 만큼 그의 머리를 두들기었다.

다음 날 아침 임 대위는 조반을 먹자 대대본부로 달려갔다. 대대장을 만나자 즉시로,

"오늘 제 동생을 놔 주실 수 있을까요?"

하고 말했다.

"글쎄⋯⋯."

대대장의 대답은 의외로 냉정했다.

"안 되겠습니까?"

갑자기 달라진 대대장의 태도가 무엇 때문인지 궁금하기 짝이 없었다.

"바루 그 자가 임 대위의 동생이로군⋯⋯."

"바루 그 자라니요."

임 대위는 가슴이 두근거리기 시작했다. 동생이 어떠한 일을 저질러 석방이 안 될 만큼 악질이었던가 하는 직감이 들었기 때문이었다.

"다른 포로들은 순순히 끌려왔는데 그 자만은 끝까지 대항을 했다누만⋯⋯. 그 보고를 듣고 직접 만나 보기까지 했는데 참 모를 일이야."

임 대위는 그 뒷말을 물어 볼 용기가 없었다. 비록 자기의 동생이라 할지라도 어떠한 행동을 했는지 알 수가 없다.

"손을 들라구 몇 번이나 고함을 질렀는데두 그 자는 총을 버리지 않구 제 1대대의 김 일등병을 쏘아 버렸대. 같이 있던 최 하사가 끝내 붙잡기는 했지만⋯⋯ 참 난처한데⋯⋯."

대대장은 절대로 용서 못하겠다는 태도 같았다. 만약 임 대위의 동생만이

아니라면 홍분을 참을 수 없다는 그러한 태도였다.

"그래요?"

임 대위는 놀랐다. 그러나 할 말은 없었다. 도리어 대대장 앞에 앉아 있기가 부끄러웠다.

확실히 부끄러운 일이었다.

대대장님의 말처럼 경재가 정말 자기의 가장 사랑하는 동생이라면 비록 괴뢰군에게 끌려갔다 할지라도 자기가 속해 있는 국군을 향하여 악착스런 총질을 하진 않았을 것이다.

형이 국군 장교인 줄 뻔히 알면서도 국군에 대하여 남보다도 더 대항해 왔다고 하면 경재는 확실히 자기를 형으로서 그다지 사랑했다고는 볼 수가 없다. 형도 잊어버리고 괴뢰군의 앞잡이가 되었다면 동생이라고 해서 그 목숨을 살려 달라고 대대장에게 청을 드릴 수도 없는 일이다.

그러나 임 대위는 지난 밤에 경재가 도망칠래야 도망을 칠 수가 없었노라고 하소연하던 말이 생각났다.

"그래두 도망을 칠려구 그랬다던데요."

동생을 변명하려는 것은 아니었다. 자기의 면목을 위해서라도 동생이 공산주의자가 아니기를 바랐던 것이다.

"글세, 나두 임 대위 동생을 특별히 취급해 주구 싶기는 한데……."

대대장은 확실한 증거를 붙잡은 듯이 태도를 조금도 고치지 않았다.

"제가 다시 한 번 만나 보겠습니다."

임 대위는 대대장 앞을 떠났다. 아무래도 한 번 만나 따져 봐야 안심을 할 것 같기도 했지만 그것보다도 대대장의 오해를 한시 빨리 풀어 놓고만 싶었던 것이다.

"만나는 봐. 그래두 너무 실망은 하지 말어……. 아무리 형제간이래두 사상이 다르면 할 수 없으니까……."

대대장은 끝까지 냉정했다.

임 대위도 마음이 약간 풀리는 것 같았다.

이 년 전 자기가 육군사관학교 입학시험을 치를 때 극력 반대하던 경재였다.

그때부터 공산주의 사상을 가졌는지도 모른다. 차라리 경재가 공산주의자가 되어 버렸다면 나을 것 같았다. 그렇다면 동생이라기보다도 원수로서 대하면 그뿐일 것 같았기 때문이었다.

그러나 모든 것이 믿어지지가 않았다. 아무래도 동생이라고 하는 애정의 미련을 끊을 수가 없었던 모양이다.

그는 포로수용실로 가서 포로들을 지키고 있는 사병에게 말을 한 다음 동생을 불러 내었다.

사병들의 숙소인 빈방으로 끌고 가서,

“너, 그새 빨갱이가 됐니?”

하고 다짜로 그 말부터 물었다.

“형님두! 내가 어떻게 빨갱이가 됩니까?”

동생은 의외라는 듯이 얼굴을 붉히며 대답을 했다.

“그래두 네가 최후까지 발악을 했다던데…….”

“꼭 죽는 줄 알았습니다. 이왕 죽는 바에야 그놈들한테 욕을 먹으며 죽구 싶지가 않았기 때문이에요. 형님 내가 아마 정신이 나갔던 모양이에요. 정말 미쳤던가 봐요. 용서해 주세요. 네? 형님 살려만 주세요.”

어렸을 때 동무들한테 매를 맞고 달려와서 역성을 들어 달라고 조르던 때와 꼭 같았다.

“아무리 정신이 나갔기루서니 꼼짝 못하게 된 줄 알면서두 발악할 게 뭐란 말이냐? 똑바루 말해라. 그래야 나두 솔직하게 말하구 특별한 청을 드릴 수 있지 않겠니…….”

“형님, 형님까지 저를 의심하십니까. 저는 정말 북한이 지긋지긋했습니다. 하루빨리 남한으로 넘어와 부모님과 형님을 만나 뵈옵구 싶었어요. 정말 저를 믿어 주세요. 목숨만 살려 주시면 아실 수 있을 겝니다. 정말예요.”

“정말 그렇다면 어째서 남들은 손을 들었는데 너만 끝까지 총질을 했느냐 말이다. 그걸 누가 믿을 수 있겠니. 거짓말을 하면 더욱 힘들다는 것을 알아야 해! 내한테야 숨길 게 어디 있니?”

동생은 한참 동안 대답을 못했다. 머리를 숙이고 눈을 감고 있었다. 한참 동안 무엇을 생각하다가 번뜩 고개를 쳐든 경재는 질린 사람처럼 얼굴빛을 파랗게 해 가지고

"죽이구 싶거든 죽이세요. 죽여두 좋아요."

정말 최후의 발악을 하듯 대들었다.

임 대위는 터무니가 없었다. 이때까지 굽실굽실 목숨만 살려 달라고 하던 동생이 차마 이렇게 나올 줄은 몰랐다. 죽이고 싶거든 죽여 달라니……. 누가 죽이겠다고 했단 말인가.

임 대위는 자기도 모르는 새 동생의 뺨으로 손을 올리었다. 찰싹 하고 소리가 났다.

"흥, 죽이겠으면 그저 죽일 거지 때리기는 왜 때려요?"

경재의 눈은 독이 오른 뱀의 눈과 같았다.

"이 자식 누가 너를 죽인대던? 응?"

임 대위는 한 번 다시 손바닥이 얼얼하도록 동생의 뺨을 후려갈겼다.

그리고는 한참 동안 벙어리처럼 동생을 바라보았다.

"역시 빨갱이었구나."

혼자 웅얼거리는 임 대위의 눈에서는 뜨거운 눈물방울이 떨어졌다.

"부모두 형제두 민족두 모르는 빨갱이가 되구야 말았구나."

임 대위는 흐느끼기까지 하며 울었다. 임 대위는 과거에 별반 울어 본 적도 없었지만 이렇게 가슴이 무너지는 듯한 괴로움을 맛보기는 이것이 처음이었다. 말을 잊어버린 것 같았다. 아니, 말을 잊어버리고 싶은 그였다. 동생이면서도 동생이라고 말할 수 없는 그에게 무슨 말이 있을 것인가.

눈물도 채 닦지 못하고 뛰쳐 나온 임 대위는 사병에게 경재를 수용소로 끌어다 넣으라는 명령을 하고는 대대장 앞으로 달려갔다.

"대대장님, 마음대루 해 주십시오."

"역시 빨갱이지?"

"넷."

임 대위는 경례를 하고 나서 대대장에게 작별 인사를 했다. 근무처로 돌

아가는 수밖에 없었던 것이다.

"임 대위, 우리는 확실히 불행한 시대에 살고 있소. 부자의 의리와 형제의 의리마저 빼앗겼나 보오. 인간성을 무시하는 공산주의의 잔인한 선물이 아니겠소. 너무 서러워 말구 다 잊어버리시오. 다만 우리에게 이 비극의 시대를 극복시켜야 하는 의무가 있다는 것만 생각합시다. 그것만이 우리의 의무입니다. 청년의 의무인 동시에 세계적 의무입니다. 아우도 이제 깨달을 날이 있을 것이요."

하고 임 대위를 위로했다. 몹시 부드러운 말씨였다.

"넷."

부하로서 상관의 말에 복종하는 그러한 형식적인 대답이 아니었다.

자기가 하고 싶은 말을 해 준 대대장에게 고맙다는 뜻을 표하는 대답이었다.

임 대위는 거수경례를 한 채 한참 동안이나 대대장의 얼굴을 바라보았다.

떠나가라는 말이 있기를 기다리며 대대장을 바라보고 있을 때 어쩐지 대대장이 아버지와 같은 생각이 들었다.

아들의 마음을 잘 알아 주는 아버지! 임 대위는 자기도 모르게 거수경례를 한 채 눈물을 떨어뜨렸다.

"임 대위, 울기는 왜 울어. 그래서야 싸울 수 있나. 그러지 말구 돌아가서 부하들이나 사랑해! 그것이 민족을 사랑하는 것일게요. 개인을 사랑하는 것보다 더 위대한 사랑이 아니겠소."

"넷!"

그래도 그의 눈에서는 눈물이 가시지 않았다. 눈물을 떨어뜨리면서도,

"잘 알겠습니다. 용감하게 싸우겠습니다."

하고 대답을 했다.

대대장과 작별하고 나자 임 대위는 다시는 울지를 말자고 결심했다. 모든 것을 운명으로 돌리자 생각했다.

그러나 대대장에게,

"마음대로 해 주십시오."

하고 마지막 말을 하던 것이 자꾸만 머릿속에 떠올랐다.

마음대로 하라는 것은 내 동생이 빨갱이니 나는 모르겠다는 말이 아니겠는가. 동생이라는 말을 다시 부르지 않겠다는 뜻이 아니겠는가. 그런 것을 생각하니 다시는 울지 말자던 눈물이 또 흘러내렸다. 동생을 원망한다기보다 차라리 하늘을 원망하고 싶은 그러한 마음에서였다.

그러나 임 대위는 다시 결심을 새롭게 했다.

대대장이 말한 바 맡은 의무를 다함으로 모든 것을 잊자는 것이었다. 잊어버리는 것밖에 달리 도리가 없었다.

잊기 위해서는 가슴이 비지 않도록 일을 바쁘게 하는 도리밖에 없었다.

그는 바쁘게 돌아가 중대본부로 가는 보급물자도 타야 했고 중대원들의 부식물을 사기도 해야 했다. 그리고 이번 전투에서 부상당한 부하들을 한번 찾아보기도 해야 했다.

목이 빠지도록 자기를 기다리고 있을 부하들만 생각하며 발에 불이 나게 돌아다녔으나 출발 준비는 저녁때가 다 돼서야 겨우 끝이 났다.

"빨리 가!"

짐을 트럭에 실어 놓은 뒤 임 대위는 자동차 운전수에게 명령했다.

"넷!"

자동차 엔진이 소리를 내기 시작했다. 운전대에 앉아 트럭이 떠나기만 기다리고 있던 임 대위는 잊었던 것을 생각해 낸 듯이 의자에서 벌떡 일어나 밖으로 나왔다.

"강 하사! 이걸 가지구 가서 과자를 사다가 포로 감시원에게 주구 와. 내가 주더라 하구 임경재란 포로에게 멕이두룩 해."

그는 주머니 속에서 오천 원을 꺼내어 연락병 강 하사에게 주었다.

비록 형과 아우의 관계를 더 가지지 못한다 할지라도 마지막으로 먹일 것이나마 보내고 싶은 순결된 마음의 발로였으리라.

강 하사를 보내고 난 임 대위는 그 이상 다른 것을 생각지 않았다. 다만 부하들이 있는 곳으로 빨리 돌아가 북쪽으로 도망가는 오랑캐와 인민군의 뒤를 따라가며 공격하고 싶은 마음만 조급했다. 얼마 안 있어 강 하사가 돌

아왔다. 틀림없이 전해 주었다는 보고를 듣자 임 대위는,

'그래, 그 포로가 받아 먹든가?'

하고 물어 보고 싶었으나 그는 그 말마저 묻지 않았다. 알 필요가 없었다. 또 알아서는 안 될 것만 같았다. 그것을 알려고 하면 또 다른 생각이 꼬리를 물고 나올 것이 분명했기 때문이었다.

"출발!"

그는 운전수에게 명령했다. 트럭은 희미한 저녁 공기를 뚫으며 움직이기 시작했다.

×읍의 좁은 거리를 지나 논밭 사이로 내뻗은 신작로에서 트럭이 속력을 내려고 할 때였다.

갑자기 읍내로부터 칼빈총 소리가 요란하게 들려 왔다. 임 대위는 별일이 아니려니 하고 차를 그대로 달리게 하려 할 때 칼빈총 소리와 더불어 고함 소리가 높이 들려 왔다.

임 대위는 트럭을 스톱시켰다. 그리고는 고함소리가 나는 곳으로 고개를 내밀었다. 어슬어슬한 저녁 길이라 분명히는 보이지 않았으나 두 사람이 발을 꿰뚫고 산 밑으로 달음질치고 있다.

그 뒤로 사병 몇 명이 칼빈총을 쏘며 따라가고 있다.

"포로다!"

"거기 섰거라, 쏜다."

뒤로 따라가는 사병들의 고함소리다.

어렴풋이 알아들을 정도로 들려 왔다. 임 대위는 가슴이 뜨끔했다. 도망가는 포로라면 자기의 동생일는지도 모를 일이다.

그러나 임 대위는 자동차를 몰아 도망치는 포로의 앞길을 가로막을 수 있는 지점까지 갔다. 그리고는 밭고랑에 숨어 도망 오는 포로들이 가까워지기를 기다리고 있었다. 두 놈의 포로는 그것도 모르고 죽을힘을 다해 뛰어오고 있었다.

백 미터 오십 미터. 드디어 포로는 권총 사격거리 안으로 들어왔다.

임 대위는 권총을 들고 포로를 향해 조준을 했다.

그러나 어찌하랴. 사격거리에 들어온 포로는 틀림없는 동생이었다.

임 대위는 조준을 한 채 눈을 감았다.

'죽일 자식! 무엇 때문에 이리루 도망을 온담.'

그는 속으로 부르짖었다.

그러나 쏘지 않을 수도 없다. 쏘지를 않는다면 그것은 군기를 위반하는 일이다.

"팡!"

"팡!"

임 대위는 눈을 감은 채 권총을 쏘았다. 그리고는 눈을 감은 채 한참 동안이나 누워 있었다. 그의 눈에서는 주먹 같은 눈물이 뚝뚝 떨어지고 있었다. 그리고 그의 왼손에는 붉은 흙덩이가 가득 쥐어 있었다.

한 오 분 동안이나 움직임 없이 누워 있던 임 대위는 벌떡 일어서며 뒤를 지키고 서 있던 연락병에게,

"빨리 가자! 빨리 가."

하고 고함을 질렀다.

(원)《전선문학 1》 1952. 4, (출)『그늘진 꽃밭』 신한문화사, 1953.

빨치산

　내가 지금 이런 말을 한다고 해서 내 목숨에 대한 애착심으로 현실에 굴복할 수밖에 없다는 비굴한 마음에서라고만은 생각지 말아 주십시오. 결코 비굴한 마음에서는 아닙니다. 만약 내가 비굴하다는 마음을 털끝만큼이라도 가졌다면 나는 아직까지 살아 있지도 않았을 것입니다. 나는 몇 번이나 죽었던 목숨인지 모릅니다. 그리고 죽음쯤 언제든지 받아들일 용기를 가지고 있는 사람입니다.
　빨치산의 세 가지 각오를 아십니까?
　하나, 우리는 죽기를 각오했다.
　둘, 우리는 굶어 죽기를 각오했다.
　셋, 우리는 얼어 죽기를 각오했다.
　이러한 각오를 가져야만 하는 '빨치산'의 부대장인 내가 어찌 죽음에 대한 애착을 가졌다고 말하겠습니까.
　물론 죽고 싶다고 말할 사람이야 어디 있겠습니까만 다만 비굴하게까지 살고 싶지가 않다는 말입니다.
　2월 13일 내가 대을산에서 국군의 추격을 받아 교전을 할 때 나는 그때 죽었어야 할 사람입니다. 아니 죽은 목숨이라고 나는 혼자서 간주하고 있습니다. 그날 그때가 나의 과거 생활이 아주 끝나는 순간이었으니까요. 국군에 붙잡히는 순간은 내가 죽는 순간이라고 일찍부터 각오하고 있었습니다.

그때 죽지를 못하고 살아서 국군에 생포되었다는 것은 나의 삶에 대한 연장이 아니라 새로운 삶의 창조였다고 볼 수밖에 없습니다.

지극히 높은 데서 본다면 나는 지금 생명의 덤 속에서 살고 있는 것일 겝니다.

투전 밑천이 떨어졌을 때 옆 사람에게서 개평 뗀 돈이 밑천까지 뽑고도 돈을 따는 수가 있는 것처럼 내 생의 덤이 나의 과거를 씻어 주고 도리어 나의 생을 빛나게 해 줄지를 누가 알겠습니까?

그러나 개평 뗀 돈이 그 자리에서 사라져 버린다고 해서 그것을 밑천보다도 아까워할 수는 없습니다.

그렇기 때문에 개평으로 얻은 덤의 목숨을 아까워하지도 않으며 따라서 그것을 붙잡으려 비굴한 노력까지 하고 싶지가 않다는 것입니다.

국군이 나를 죽여 준다 해도 나는 그 죽음을 고맙게 받겠습니다. 만약 살려 준다면 그것을 미끼로 밑천까지 뽑아 볼 생각만은 가지고 있습니다만…….

나는 정말 죽음을 아까워하지 못했습니다. 안 한 것과 못 한 것의 논리가 얼마나 다르다는 것은 나보다도 더 잘 아실 터이니까 설명을 약하겠습니다만 죽음을 아끼지 않는 것을 보임으로만이 나의 당원으로서의 생명이 있기 때문이었습니다.

내가 공산주의자로서의 불명예스러운 낙인을 찍히지 않기 위해서는 목숨을 내던졌다는 결심을 보이는 길 하나밖에 없습니다.

서울대학교 법과대학 2년을 중퇴하고 이북으로 넘어갈 때까지는 나도 '레닌'이나 '스탈린'처럼 유명해질 수가 있다는 자부심을 가졌었습니다. 정당한 이론을 공부하여 혁명사업에 참가하고 또 지도적 역할을 한다면 '레닌'이나 '스탈린'처럼 못 되리라는 법이 없으리라고 생각했던 것입니다.

그러나 강동 정치학교 군사부에 입학을 시킬 때 정치부가 아니라 하필 군사부라는 것을 알 때부터 나에게는 나의 옳지 못한 성분이 나를 감시하고 있음을 느꼈습니다. 나의 이력서에는 명예로운 노동자가 아니라 기회주의자인 '인테리'의 불명예스러운 낙인이 찍혀 있음을 그때야 발견했습니다.

나의 할아버지는 3·1 운동 때 민족운동을 했고 나의 아버지는 일제 때 친일 행동을 했다는 것도, 다시 말하자면 조상의 생활까지를 나의 원죄로 받아들이지 않으면 안 된다는 것을 알았습니다.

나는 나의 원죄를 속죄받고 새로운 성분의 창조를 위하여 그들의 명령에 충실하지 않으면 안 되는 운명 속에 놓여 있었습니다.

나는 성분이 좋은 노동자 출신보다도 훌륭한 혁명투사가 되려고 했습니다. 누구 못지않은 공산주의자가 되려 했던 것입니다.

공산주의만이 대다수의 인류를 행복하게 할 수 있는 것이라 믿었고 따라서 진정한 공산주의자가 못 됨은 진실한 진리를 사랑할 줄 모르는 낙오된 인간이 되는 것이라 믿었기 때문이었습니다. 사실 유산자보다도 무산자가 세상에는 그 수효가 더 많으니까요.

안 그렇습니까? 그 생각에는 아직도 변함이 없습니다. 소수의 인간으로 말미암아 다수의 인간이 학대를 받는다면 그것은 너무나 불합리한 일입니다.

공산주의가 소수의 인간과 다수의 인간을 합한 전 인류의 불평을 초래하는 사상인 것만은 몰랐습니다.

공산사회에서도 고급 당원을 중심으로 한 유복 계급과 그 밑에서 자본주의 사회의 노동자보다 더 비참한 생활을 하고 있는 피압박 계급이 있다는 사실도 북한의 현실을 내 눈으로 목격하고 비로소 느끼었습니다.

그러나 그러한 생각은 나의 공산주의가 되려는 노력 밑에 깔리어 형태를 나타낼 수가 없었습니다.

나는 열심히 공부를 했습니다.

그리고 6·25가 터지자 '빨치산'으로 출발하라는 명령을 받았을 때도 만족감을 느끼었습니다. 가장 용감한 혁명투사인 '빨치산'으로서 나의 사명을 다한다면 나의 성분만은 내 손으로 능히 고칠 수 있으리라 생각했기 때문이었습니다.

그때는 소대장이었습니다. 소대장으로 신불산(神佛山)에 들어온 지 얼마가 안 되어 나는 부대장(部隊長)이 되고야 말았습니다. 계급을 따지자면 중령이나 대령쯤 됩니다. '빨치산'의 부대장이란 정규군의 연대장과 같은 것이니까요.

말하자면 소대장에서 일약 부대장이 되리 만큼 나는 용감히 싸운 것입니다.

참 말씀드리지 않은 것이 있습니다. 세상에서는 흔히 나를 추일(秋一)이라고 부르고 있습니다만 나의 본명은 김명구(金命九)입니다. 나이는 스물일곱입니다. 두월이란 별명을 또 하나 가지고 있습니다. 그것은 보시다시피 나의 머리가 벗겨져 있기 때문입니다. '빨치산'들은 별명을 한두 개씩 가지고 있는 것이 습관입니다.

그것은 자기를 은밀시키려는 마음에서일 것입니다. '빨치산'의 내부적 의무 가운데 가장 큰 의무는 은밀성의 보장입니다. 자기의 위치가 발견되게 하지 않기 위하여 첫째 소리를 내지 말아야 하고, 둘째 물체를 보이지 않게 숨겨야 하고, 셋째 연기를 내지 말아야 합니다. 이것은 자기 개인만을 위하는 것이 아니라 '빨치산' 전체를 위하는 것이기 때문에 은밀성 보장이란 산 속에서 가장 엄격한 규율로 되어 있습니다.

생명 보장의 유일한 길이니 안 그럴 수도 없겠지요. 이름을 두세 개씩 가지는 것도 그런 뜻에서일 것입니다마는 나는 김명구란 본명을 쓰지 않고 추일이라고 통용되는 것이 좋았습니다. 나는 내 부하들에게까지 나의 본명을 가르치지 않았습니다. 본명을 알린다고 해서 숨겼던 죄가 드러나는 것은 아니었지만 김명구란 세 글자가 나의 동무 같지가 않고 나를 감시하는 주문 같았기 때문이었습니다. 이름 석 자를 생각하기만 해도 나는 나의 과거가 머릿속에 떠올랐습니다. 할아버지, 아버지 그리고 사랑하던 여자 그뿐만도 아니었습니다. 의식 없이 놀아 대던 학생생활이 향수처럼 가슴 속에서 우러나왔습니다.

나는 운동선수였습니다. 축구단 주장까지 지냈습니다. 공부보다도 운동을 즐기던 나의 과거가 나를 반동적 요소가 다분히 있는 좋지 못한 성분이라는 자기 혐오감을 끌어다 주기도 했습니다.

그렇기 때문에 나는 '김명구'보다도 김명구를 무시한 '추일'이가 좋았습니다.

"공비 두목 추일 부대장."

이만하면 성분이 나쁘다고 해서 감시를 받거나 위험을 당하지는 않아도 좋을 것입니다.

나는 참으로 용감했습니다. 지대장으로부터 명령만 오면 무엇이나 다 했습니다. 부락 습격은 이루 셀 수도 없습니다. 교량을 부순 것이 적어도 열 개는 넘었을 것입니다. 국군 트럭을 기습하여 불을 놓고 무기를 빼앗은 것도 대여섯 번이나 됩니다. 내 손에 쓰러진 생명은 열 명도 훨씬 넘었습니다.

그래서 영웅 칭호는 받지 못했지만 군공 훈장은 몇 개나 받았습니다.

아실는지도 모르겠지만 6·25 이후 공적이 큰 군인에게는 김일성의 이름으로 영웅의 칭호를 주기로 되어 있습니다. 군공 훈장만도 군인에게는 여간 큰 명예가 아닙니다. 이것만 타게 되면 산 속에서는 비교적 자유스럽게 됩니다. 웬만한 과오가 있어도 눈을 감아 주는 것입니다.

그렇기 때문에 누구나 그것을 타려고 애를 쓰지요.

내가 그 훈장을 탄 것은 양산(梁山) 근처의 전투에서였습니다. 괴뢰군이 후퇴를 하기 시작한 때였습니다. 물론 그때는 후퇴를 하는지 진격을 하는지도 몰랐지요. 그것은 극비에 붙이고 있었기 때문에 부대장인 나로서도 알지를 못하고 있었습니다.

몇 달이 지난 뒤에야 그때가 국군의 총진격 때라는 것을 알았습니다.

어쨌든 군용도로를 피괴하라는 지령을 받은 나는 대원을 데리고 양산 근처까지 갔습니다. 국군의 트럭이 수없이 많이 지나갔습니다.

나는 밤중을 이용하여 도로 밑으로 구멍을 파고 내 손으로 만든 지뢰를 묻었습니다. 대원 몇 명을 데리고 내가 직접 그런 일을 했습니다. 결국은 나의 공적을 세우기 위한 것이었겠지요.

군용 트럭이 연방 통과하고 있는 그 밑에서 구멍을 소리 안 나게 판다는 것은 여간 대담해 가지고는 할 수가 없는 일입니다. 나는 기어이 구멍을 판 뒤 기회를 보아 지뢰를 파묻고 심지를 길게 하여 길바닥 위에 끌어 놓았습니다.

새벽 여섯 시 지나가던 보급차는 무참하게도 폭발되고야 말았습니다. 도로는 사방 다섯 자 이상이 푹 패였습니다. 대단하지 않은 일 같기는 하지만 '빨치산'에게 있어서 가장 중요한 것은 시간입니다.

부락 습격이나 그 밖의 위험한 사업을 하는데도 한 시간 이상이 경과하는 일이 별반 없습니다. 빨리 하고 빨리 자리를 감추는 것이 빨치산의 생명입니다. 세 시간 이상 계속 사업을 진행한다는 것은 위험하기 짝이 없는 일입니다.

더구나 그 도로의 파괴로 말미암아 후퇴하던 괴뢰군의 작전이 조금 유리하게 되었던지 지대장은 나를 칭찬하고 그 자리에서 훈장 수여의 선언을 했습니다. 빨치산의 훈장이란 모두가 공수표입니다.

이북에 돌아가거나 그렇지 않으면 괴뢰군이 남한 전체를 점령하는 날 받기로 하고 우선 말로 훈장을 받는 것입니다.

공수표의 훈장이라고 해서 효과가 없는 것은 아닙니다. 대원들이 모일 때마다 지대장은 훈장 탄 사람의 이름을 부르고 누구나 그만큼 용감해야 한다는 말을 하기 때문에 빨치산은 누구나 그것을 갖고 싶어하고 있습니다.

말하자면 선전술이지요. 선전술만을 가지고 금훈장 몇 배의 효과를 내는 것이 공산주의이기도 합니다.

나는 그 뒤 더 용감성을 발휘하기 위하여 동래에서 십 리밖에 안 되는 부락까지 습격을 했습니다. 이것은 참으로 위험한 일이었습니다. 퇴로가 먼 데다가 지서가 대단히 가까운 곳이었습니다.

동래 경찰서에서 자동차를 타고 나오기만 하면 끝장입니다.

빨치산으로 그렇게 부산 가까이까지 가 본 일은 아마 내가 처음이었을 것입니다. 그래서 나는 소대장 근무를 시작한 지 3개월도 안 되어 부대장으로 승급을 했습니다.

이제는 나의 과거 성분이 문제가 되지 않고 오직 용감한 부대장 '추일'로서 활동하게 되었습니다. 그리고 나약한 '인테리'로서가 아니라 혁명적인 '빨치산'으로 내가 나를 믿게 되었습니다.

어떠한 일이 있어도 나의 가족이 그립다거나 옛날 친구가 그립다거나 하는 일이 없게 되었습니다. 어떻게 하면 대한민국의 치안을 교란시키고 '빨치산'의 임무를 다할 수 있는가만을 생각하게 되었습니다. 그러나 나는 얼마 안 가서 내가 혁명적인 성격을 완전히 개조하지 못한 것을 느꼈습니다. 그것은 다름이 아니라 부대장이 된 지 얼마 안 되어 괴뢰군들이 멀리 후퇴하고 국군이 함흥, 청진까지 진격했다는 소식을 들었을 때부터입니다. 괴뢰군이 며칠 안 있어 부산까지 점령한다는 말이 있을 때에는 죽는 것이 조금도 겁나지 않았지만 그들이 멀리 떠나갔다는 말을 들었을 때부터는 정말 가슴이 캄캄해지며 희망이 꽉 막히는 것 같았습니다.

무인도에 도착한 '로빈슨 크루소'가 어찌 그때의 내 마음 같았겠습니까. 꼭 죽은 것만 같았습니다. 살 도리가 전연 없는 것 같았습니다.

언제나 죽어도 좋다는 목숨이었지만 살 희망이 없다고 생각될 때 어쩌면 그렇게도 죽음에 대한 공포가 커지는 것일까요? 보급투쟁으로 부락 습격 가는데도 흥이 나지 않았습니다. 모든 것이 싫어졌습니다. 그뿐만도 아니었습니다. 8월 15일까지는 부산까지 틀림없이 점령할 테니까 걱정 말고 후방 교란에만 전력을 다하라고 말하던 출발 당시의 북한 괴뢰정권의 거짓말이 원망스럽기도 했습니다. 그러나 그렇다고 해서 그러한 나의 심정을 조금이라도 나타낼 수는 없었습니다. 부대장의 책임이란 것도 있을 뿐 아니라 또다시 나의 성분이 머릿속에 아롱거렸기 때문이었습니다.

아무리 죽는 한이 있다 해도 성분이 나쁜 놈은 할 수 없다는 그런 말을 듣지 말아야 한다는 자책이 꼬리를 물고 일어났던 것입니다. 말하자면 자기기만이지요.

공산주의란 어떠한 타입의 인간이든 하나의 '올가니즘' 속에 완전 용해시키지 않고는 배겨날 수가 없는 것입니다. 아무리 존귀한 것이라 해도 그리고 또 아무리 위대한 것이라 해도 독자적인 입장에서 살릴 수가 없습니다. 오직 공산주의의 '올가니즘'만이 절대적입니다. 절대적인 것 앞에 모든 것이 무시되어야 한다는 원칙은 위대한 기만성 없이 이루어지는 것이 아닙니다. 그 기만성을 협박과 또는 의식적인 미화로 은폐하는 것이지요.

삶이 인간에게 있어서 절대적인 것이라면 절망 속에서 생의 위축감을 느낀다는 것은 당연 가운데도 당연한 일이지만 그 당연을 부정하여야만 하는 것이 공산주의입니다.

어쨌든 외면적인 나에게는 변동이 있을 수 없기 때문에 전과 같은 행동을 그대로 계속할 수밖에 없었습니다.

그러할 즈음 중공군이 한국 전선에 참가하여 물밀듯 내려온다는 소식과 더불어 지리산 '빨치산' 부대에서 응원부대 육십여 명이 영남지구로 넘어왔습니다.

그 응원부대에 여자가 한 명 있었는데 지대장이 어떻게 생각하였는지 그 젊은 여자를 나의 부대에 배속시켰습니다. 처음에는 그 여자를 귀찮은 존재라고 생각하여 무척 경계를 했습니다.

이름이 윤귀향이라고 하는 스물한 살의 아름다운 처녀였습니다. 김일성대학 재학생입니다.

나는 지대장이 나를 시험하기 위하여 나에게 보낸 것이라 생각하고 대원들에게 각별한 주의를 시키는 동시 나는 될 수 있는 대로 개인적인 담화까지 삼가했습니다. 만약 남녀 간에 불미한 행동이 있을 때는 절대로 용서를 안 한다고 엄격한 명령을 내린 뒤 서로가 한가로운 담화시간을 가지지 못하도록 시간의 여유를 주지 않았습니다.

한 번 부락 습격을 나갔다 오면 으레 '아지트'를 바꾸어야 하는 것이 보통이지만 그럴 때만은 나는 일부러 먼 곳을 택하여 행군을 길게 하였습니다. 그리고 전보다도 부락 습격을 많이 하도록 했습니다. 그래도 시간적 여유가 있을 때는 교양사업과 자기비판회를 날마다 열었습니다. 이것은 공산주의가 인간을 기계로 만드는 가장 중요한 방법입니다.

사색의 자유를 주지 않고 꼭 같은 것을 몇 번이고 거듭 가르치는 것! 이것은 정신의 단일화를 위한 불가결의 조건입니다. 인간의 정신을 복잡한 데서부터 축소시켜 간소화시킨다는 것은 인간 사고의 능력을 낮은 데로 끌고 가는 것밖에 안 될 것입니다마는 역시 그렇게 되지 않고서는 공산주의 속에서 배겨낼 수도 없는 것입니다.

얼마 동안을 그렇게 지내던 어떤 날 백여 리의 행군을 하는 도중 귀향의 배낭을 대신 메고 가는 남자 대원을 보았습니다. 그때 나는 그 자리에서 귀

향을 불러 세우고,

"동무는 자기의 배낭을 메고 행군할 만한 힘이 없습니까?"

하고 힐난을 했습니다. 귀향은 아무런 대답도 아니 하고 남자 대원에게로 가서 자기의 배낭을 도로 찾아 자기가 메고 갔습니다.

한편 불쌍한 생각도 들기는 했지만 나 자신이 그에게 엄격하지 않으면 안 되었습니다. 그 뒤로부터 나는 귀향에게 남자보다 조금이라도 일을 더 시켰습니다. 안 된 일인 줄 알면서도 나의 빨래까지 시켰습니다.

어떤 날 귀향은 몸이 불편하다고 했습니다. 그러나 그 날 밤 부락 습격을 갈 때도 나는 그를 출동시키고야 말았습니다. 그러나 목적한 부락에 이르렀을 때 후방 지휘를 하게 된 나는 그를 내 옆에 남아 있게 허락하였습니다. 그것은 불편한 몸으로 들어갔다가 돌아 나올 때 남보다 늦어서 혹시 사고나 일으키지 않을까 두려워했기 때문이었습니다.

동네 뒷산 밤나무 밑에 앉아 부하들이 돌아오기를 기다리고 있을 때였습니다. 귀향이가 갑자기,

"부대장 동무! 여자를 혹사시킴으로 자기의 결백성을 보이려는 것은 비굴한 행동이 아닐까요!"

하고 나를 비판하기 시작했습니다. 나에게 개인적인 말을 한 것은 그때가 처음인 데다가 그 말이 나를 비꼬는 것 같아 불쾌했습니다. 그래서 나는,

"그게 부대장에게 하는 언사야?"

하고 거칠게 말했습니다. 그랬더니 귀향이는,

"여자라고 해서 특별대우를 바라는 것은 아닙니다. 그래도 너무나 의식적인 학대에 현실적인 비애를 갖게 하는 것은 옳은 일이 아니라고 생각합니다."

"의식적인 학대를 한 것이 뭐요?"

"과오가 있으면 그것을 냉혹하게 지적해 주었으면 차라리 고맙겠어요."

이렇게 말한 뒤 귀향은 눈을 가리고 흐느껴 울기 시작했습니다.

참으로 이상했습니다. 눈물이란 것을 본 지가 너무나 오래 되어서 그런지 나는 그때 아무 말도 못하고 무조건 사과를 했습니다.

"내가 잘못했소. 결국 내가 미욱했던 모양이오."

그랬더니 귀향은,

"아니에요. 그런 말을 들으려 한 것은 아니에요. 제가 정신적으로 반동할까 혼자서 두려워했기 때문이에요."

하고 소리를 내어 느껴 울었습니다.

"용서하시오. 부대의 질서를 확보하기 위한 나머지 그런 것 같소."

그렇게 말을 했으나 어쩐지 나도 귀향이와 같이 울고 싶어졌습니다. 귀향이를 그토록 심각한 괴로움 속에 빠뜨리게 한 자신이 어쩐지 슬퍼졌던 것입니다. 그래서 그의 어깨를 주물러 주면서,

"울지를 말아요. 웅! 빨치산이 울 수가 있나."

하고 위로를 해 주었습니다. 그랬더니 귀향이는 뜻밖에도 그의 어깨를 쓸어 주는 내 손을 꼭 잡았습니다. 정말 뜻밖이었습니다. 나는 그가 하는 대로 내버려 두었습니다. 손을 뺄 수도 없었으며 무엇이라고 말을 할 수도 없었습니다. 귀향이가 내 손을 만지작거리며 우는 것을 멀거니 바라볼 뿐 그대로 뛰쳐 나는 수밖에 없었습니다. 한참 뒤 그는,

"부대장 동무. 우리는 언제까지 이 산 속에서 살아야 할까요?"

하고 물었습니다. 나는 그때,

"무슨 말을 그렇게 해? 우리는 여기서 죽을 것을 결심하지 않았어?"

하고 부대장다운 말을 했지만 실상은 마음에 찔리는 데가 있었습니다. 아니 나 스스로 '언제까지 산 속에서 살아야 하나?' 하는 자문을 했었기 때문입니다. 죽어 넘어진 시체를 까마귀가 뜯어 먹을 그러한 내 운명이 눈앞에 가물거렸습니다.

그러한 일이 있는 뒤 나는 대원들의 눈을 속여 가며 귀향이와 자주 만나는 사이가 되었습니다. 풍기를 단속하는 척하면서도 귀향이를 사랑하지 않을 수 없었습니다. 만약 나와 귀향이와의 관계가 대원들에게 알려지면 군기가 문란해질 것을 뻔히 알면서도 어찌할 수가 없었습니다. 사실은 우리의 비밀이 절대로 탄로나지 않으리라 믿기도 했던 것입니다만…… 서로 사랑하는 사이가 되니까 사상을 배반하려는 생각에서가 아니라 공산사회에서는 절대로 용서 못할 이야기도 하게 되었습니다.

중공군과 괴뢰군이 아주 참패를 당하고 정전회담이 시작됐다는 말이 있을 때 우리는 이런 말을 주고받았습니다.

"공화국에서는 우리를 내버릴 작정인가 부지요?"

"글쎄, 그런 것 같은데…… 일체 연락두 없구……."

"소련이 정말 미국과 싸워서 이길 수 있을까요?"

"쉽지는 않겠지……."

"정전회담을 먼저 신청한 것을 보면 소련이 싸울 수 없기 때문이 아니에요?"

"아무래도 소련이 약한 것 같기두 해!"

이러한 시국적인 이야기를 하다가 귀향은 문득,

"부대장 동무!"

하고 나를 불렀습니다.

"동무는 외로움을 느낀 때가 없어요?"

하고 내 얼굴을 쳐다보았습니다. 딴 사람이 들으면 큰일날 일입니다. 그러나 나는 서슴지 않고,

"비 오는 날이면 죽고 싶게 외로움을 느끼지. 그것은 언제나 마찬가지야. 산짐승과 같은 생활이 기약 없이 계속된다는 서러움이 비 오는 날이면 반드시 비가 땅에 젖어들듯 육체 속으로 젖어든단 말이야. 참으로 산짐승이 아냐? 우리 생활이……."

하고 말했습니다.

그때 귀향이는 먼지가 뽀얗게 앉은 내 양복 웃저고리를 털면서 말했습니다.

"그래 나도 마음놓구 한 번 울어 보구 싶어요. 그리구 그리운 사람의 이름을 한 번만이라도 불러 보구 싶어요."

"나도 한 번 그래 봤으면 좋겠어!"

"부대장 동무는 어떤 사람인데?"

"귀향 동무는?"

여기까지 말한 우리들은 서로 얼굴을 뚫어지게 바라보았습니다. 그리고는 한참 동안 말이 없다가 그만 끌어안고 말았습니다. 누가 먼저 안았는지

도 모릅니다. 한참 안고 있다가 귀향이가,

  "귀향이의 이름이야 왜 못 불러요?"

하고 말했습니다.

  "귀향이는 왜 내 이름을 못 불러?"

  "추일 동무라구는 부르구 싶지 않아요."

  "참, 내 이름을 모르던가?"

  나는 내 본명을 가르쳐 주고 귀향의 뺨을 쓸어 주었습니다.

  그랬더니 귀향은 내 손잔등을 살살 쓸면서,

  "산짐승! 그럼 숫노루와 암노루가!"

하고 혼자 중얼거렸습니다. 그때 나는 정말 소리가 나게 웃었습니다. 산 속에 들어가서 처음 웃는 만족한 웃음이었습니다. 그리고는,

  "아니 암사슴과 숫사슴이지 왜 하필 노루야!"

하고 다시 귀향이를 힘있게 껴안았습니다. 그리고 우리는 어디까지나 공산당원이어야 했습니다. 보급투쟁도 전과 같이 했습니다만 다른 것은 사랑이라는 것을 하기 시작한 뒤로 마음이 약해진 것입니다. 과연 마음이 약해져 그런가 생각해 보면 그런 것 같기도 했지만 어쨌든 넉넉지 못한 집에 가서 쌀과 옷을 빼앗을 때 전처럼 무감각 상태가 아니라 빼앗기는 사람의 편이되어 생각하는 마음이 들기 시작했습니다.

  어떤 부락에 가서 보급투쟁을 할 때 늙은 노파가 나와,

  "우리는 쌀이 없어서 죽만을 끓여 먹습니다."

하고 애원을 할 때 나는 대원에게 그 집에는 들어가지 못하게 했습니다. 전에는 그런 일이 한 번도 없었습니다. 오막살이라도 집을 쓰고 있는 사람에게는 용서 없는 약탈을 했습니다. 정말 없다고 쌀을 내놓지 않으면 반동이라고 도리어 집에 불을 놓았던 것입니다.

  어떤 부락에서는 악질 반동이라고 구장을 죽이기도 했는데 대원들이 그가족 전부를 총살했습니다. 죄 없는 어린애의 시체를 본 나는 대원들에게

  "어린애를 죽인 동무가 누구요?"

하고 책임자를 적발한 뒤 그 시체를 산 속에까지 업어다 묻어 주게 했습니다.

물론 어린애까지 죽이면 인심이 돌아간다는 이유였습니다만 어쩐지 죄 없는 어린 시체를 그대로 볼 수가 없었습니다. 생각하면 마음이 약해진 것이 아니라 사랑이 인간적인 마음의 눈을 뜨게 한 것 같습니다.

나와 같은 얼굴에 나와 같은 옷을 입고 나와 같은 말을 하는 동포의 슬픔에 어찌 무감각하여야 하겠습니까? 인간이 인간으로 자처하는 데 인정을 무시하고 어찌 자기의 존엄성을 말할 수 있겠습니까?

공산주의는 오직 하나의 목적을 위하여 모든 것을 부정하는 것으로 자랑을 삼고 있지만 인간의 존귀성이 남아 있는 한 사랑에 대한 향수를 영원히 끊어 버리지 못하리라고 생각합니다.

얼마 전부터 국군이 우리를 토벌하기 시작했습니다. 비행기로 뿌린 '삐라'로 알았습니다. 그때 우리는 정말 전멸하게 되고야 마는 줄 알았습니다. 그래서 귀향은,

"그만 손 들구 나가지요."

하고 귓속말을 했습니다. 나는 그때 우리의 목숨보다도 나머지 대원들을 모조리 죽일 것이 근심되어 한 번 의논해 볼까 하고 말한 적이 있습니다.

정말 고집을 피우다 죽느니보다 그들에게 최후 선택하는 자유를 주어 자기 운명에 대한 판단을 스스로 할 기회를 주고 싶었습니다.

명령에 살고 죽는 사람들을 내 손으로 죽일 그러한 결과를 맺고 싶지가 않았던 것입니다.

그러나 그런 말을 했다가 도리어 나를 반동이라 지적한다면 내 입장만 곤란할 것 같아 끝내 말을 꺼내지 못하고 말았습니다. 그 대신 국군에게 쫓기어다니기에 고달픈 몸이 되고 말았습니다. 하루에도 백여 리 길은 걸어야 했고 '아지트'를 짓고 그 속에서 잠잘 생각은 꿈에도 못하게 되었습니다. 그러면서도 부하를 대여섯 명이나 잃어버렸습니다.

그런 중에도 어떤 날 지대장으로부터 선을 받았습니다(레포=연락) 즉 실탄을 빼앗으라는 지령이었습니다.

사실은 줄어 가기만 하는 실탄의 부족을 나 자신 못 느낀 것은 아니지만 쫓겨다니는 몸으로 지서를 습격하거나 군용 '트럭'을 습격한다는 것은 절대

로 용이하지가 않았습니다. 위험한 지대로 나갈 수도 없었지만 그러니까 적 정을 살필 도리가 없었습니다.

그래서 그만 지대장의 지령을 실천하지 못하고 말았습니다. 그랬더니 하 루는 나를 호출하여 사흘 동안의 교양을 주었습니다. 지대장은,

"추일 동무는 역시 자기 성분에 대한 반성을 더 해야겠어. 좀더 경각성을 높여야 부대장의 임무를 완수할 수 있을 거야."

하고 교양 명령을 내렸습니다. 국군으로 말하자면 영창생활이지요. 사흘 동 안 밥도 못 먹고 앉아서 자기 반성을 해야 했습니다. 그것은 대단한 처벌은 아니었지만 군공 훈장까지 탄 부대장에게는 있을 수 없는 처벌이었습니다. 나는 참으로 분했습니다. 근 이 년 동안 목숨을 바치고 싸워 온 결과가 고작 이것이었던가 하는 슬픔이 들지 않을 수 없었습니다.

그러나 백 번 일을 잘해도 한 번만 실수하면 한 번의 실수로 과거를 잃어 버린 뒤 백지로 돌아가 새 출발을 하지 않으면 안 되는 것이 공산주의니까 할 수 없는 일이기도 했습니다. 나는 지대장의 명령을 실천 못한 과오를 자 기 반성하고 앞으로는 그야말로 경각성을 높이어 용감히 싸울 것을 맹서했 습니다. 그러나 귀향이와의 애정 문제는 손톱만큼도 변하지 않았습니다. 그 것을 말하면 내가 치명상을 받는다는 공포에서가 아니라 그것만은 나의 재 산으로 지니고 싶다는 나의 순정 때문이었습니다.

그러나 그 일이 있은 지 일 주일도 못 되어 우리는 국군에게 발각되어 추 격을 당하고야 말았습니다. 우리는 도망을 쳤습니다. 도망을 치기는 했으나 결국은 붙잡히고야 말게 되었을 때 우리는 국군과 교전을 했습니다. 그때였 습니다. 바로 귀향이가 총탄에 맞았습니다. 나는 그의 시체를 안고 능선 밑 으로 내려와 숨었습니다마는 영영 가 버리고 만 귀향이의 얼굴을 볼 때 나 는 나의 생명도 마지막이라는 것을 느꼈습니다.

나는 눈물 흘릴 여유도 없었습니다만 눈물 흘릴 여유도 없는 그 순간에 느낀 나의 슬픔은 영원이라는 것의 몇 배가 되었을지도 모릅니다. 죽어야겠 다는 생각뿐이었습니다. 죽자, 귀향이와 같이 죽자. 그것만이 나의 산 보람 을 느끼게 하는 것이라 생각하는 순간 삼십여 미터 전방에서,

"손 들엇!"

하는 소리가 들렸습니다. 그때 나는 내가 쥐고 있던 '칼빈'총으로 내 가슴을 쏠까 생각했습니다.

그러나 두 번째,

"손 들고 내려오너라."

하는 소리를 들었을 때 나는 나도 모르게 손을 들었습니다. 아무래도 죽기에는 생명에 대한 미련이 너무나 컸던가 부지요. 본능에서 오는 생명의 애착이었는지도 모릅니다.

사실 나는 어째서 죽지를 못했는지 그 순간의 내 마음을 따지지 못하겠습니다. 손을 들고 국군 앞으로 걸어갈 때 나는 속으로,

'잡히기라도 해 보자!'

하고 혼자서 중얼거려 보았으니까요.

붙잡히기라도 한다면 나에게는 새로운 운명이 전개될 것 같은 생각이 들었습니다.

그러나 생포가 되어 이곳 부대까지 도착하는 동안 나는 꼭 살리라고는 생각지 않았습니다.

지금도 꼭 살려 달라고 애원할 마음은 없습니다. 다행히 살려 준다면 덤으로 얻은 생명이 본전을 빼도록 애써 보겠다는 것뿐입니다. 한 번 잃었던 때문인지 새로 빌견한 인간성에 대한 애착심은 얻어 본 일이 없는 사람보다 몇 배나 강할 것 같습니다. 그것만은 숨길 수 없는 일입니다. 그러나 나는 악의 세계에서 탈출했다는 것만으로 만족합니다. 죽임을 받는다고 해서 불만을 품지는 않겠습니다.

대단하지 않은 내 한 목숨을 받아 주십시오.

(원) 《신천지 51》 1952. 5, (출) 『그늘진 꽃밭』 신한문화사, 1953.

변 노파

변 노파는 죽는 날까지 하늘을 보지 않으려 했다. 남편을 잃었는 데다가 하나밖에 없는 아들을 죽여 버리고 이제 늙어 빠진 자기만이 목숨이 붙었다고 해서 어찌 하늘을 쳐다보며 살 수 있으랴 생각했던 것이다. 죽는 날까지 방 속에서 눈물이나 짜다가 눈을 감으리라 했다.

그러나 아들이 죽은 지 반 년이 지났고 또 며칠 앞둔 그 아들의 생일을 손꼽아 보니 한 번쯤 불공이라도 드려 줘야겠다는 마음에 부끄러운 하늘 밑 으로나마 기어 나오지 않을 수 없었다.

아들의 뼈가 안치되어 있는 대구로 떠날 때 변 노파는 반 년 동안이나 흘려도 채 마르지 않은 눈물을 모조리 쏟아 놓고 오리라고 생각했다. 정거장 에서 군복 입은 젊은 사람들을 볼 때마다 자기도 모르게 가슴이 울컥 하고 눈물이 쏟아지려는 것을 그는 입술을 깨물며 참았다. 참고 참았다. 아들의 뼈 앞에서 실컷 울겠다 마음먹었기 때문이다.

그러나 타노라고 탄 찻간이 군인들로만 꼭 채워 있는 것을 보자 그는 하 필 그런 찻간이 왜 자기에게 차례가 왔는가 하는 원망스런 생각이 들었다. 아들과 비슷한 군인들을 마주 보게 되면 자연 또 눈물을 흘려야 하지 않겠 는가. 아무리 칠십이 거의 된 노파라 해도 사람 많은 데서 찔끔거리며 울고 싶지는 않았다.

그런데다가 앉을 자리도 없고 해서 다른 찻간으로 옮겨 가려고 할 때였

다. 어떤 젊은 사람이 와서,

"할머니, 여기는 군인만 타는 찻간입니다."

하고 나가 달라는 뜻의 말을 했다. 말투가 쌍스럽지도 않았다. 모르는 사람을 곱게 타이르는 그러한 태도였다. 그러나 노파는 역증이 났다. 그렇지 않아도 울음이 터지려는 것을 억지로 참고 있는 판인데 자기를 건드리는 것이 울화를 치밀게 했던 것이다.

"나두 이 차에 탈 만한 사람이오."

나가라고 하니 도리어 나가고 싶지가 않아졌다.

"군복을 입은 사람이래야 해요."

또 타이르는 말이었다. 그러나 노파는 목청을 높여,

"내 아들은 싸우다 죽었소. 그래 자식을 죽이구 차두 아무데나 못 탄단 말이유?"

하고 분풀이하듯 고함을 질렀다. 그는 두말 않고 물러섰다. 마음씨가 고운 헌병임에 틀림없다. 그러나 차라리 무어라고 더 따지고 자기를 내쫓으려 했다면 심사를 풀어 보았을 걸 착한 사람의 태도로 말없이 물러가는 것이 실상은 변 노파의 마음을 아프게 했다.

'내 자식도 늙은 사람들에게 악한 짓을 못하고 저렇게 고맙게 해 줬겠지.'

말하자면 아들의 생각이 치밀어왔던 것이다. 그는 수건을 꺼내어 눈물을 적셨다. 바로 그때였다. 삶은 계란을 사리고 그 비좁은 자리를 부비며 노파의 치마를 잡아당기는 소년이 있었다.

"빌어먹을 놈 같으니. 빨리 저리루 못 가!"

그는 눈물을 막으려고 일부러 화를 내었다. 짜증을 내고 보니 정말 눈물이 가시고 말았다.

그러나 옆자리에 앉아 있던 젊은 군인이 그의 앞으로 나오며 자기 자리에 앉으라고 할 때 그는 또 눈물이 나왔다. 어쩐지 자기 자식이 자기에게 돌아온 것 같았기 때문이다.

울려기에 대답도 못하고 있을 때 그 사병은 변 노파의 어깨를 가볍게 밀면서 빨리 앉으라 권했다. 그러자 노파는 가슴이 칵 치밀어올라와서,

　"죽지 못해 사는 것이 앓기나 하면 뭘 하우?"

하고 또 수건으로 얼굴을 가렸다.

　"그러시지 말구 빨리 앉으세요."

　"하루 종일 서 가두 다리 아플 길이 아니오."

　그래도 자리를 비워 준 사병은 그이 손을 잡아끌어 끝내 자리에 앉히고야 말았다.

　앉히는 대로 앉고야 만 노파는 문득 자기 대신 서 있게 된 사병에게,

　"나이가 몇이요?"

하고 부질없는 말을 물었다.

　"스물하나입니다."

　"뭣?"

　문득 반말이 나왔다. 그리고는 또 얼굴을 수건으로 가렸다.

　그때 맞은편에 앉았던 딴 군인이,

　"너무 우시지 마십시오."

하고 위로하는 말을 했다.

　"나두 울구 싶어 울지는 않소. 여러분들이 내 아들만 같아서 저절루 울음이 나오는구료."

　"저희두 언제 죽을지 모릅니다. 자꾸 우시면 저희들 마음이 나빠지지 않아요."

　"그러니까 더 눈물이 나오지……."

　"저희들 부모가 할머니처럼 우신다면 우리는 어떡합니까. 마음이 놓여야 싸우지요."

　"부모쳐놓구 자식 걱정 안 할 사람이 어디 있겠수. 나는 자식이 죽기 전에두 밤낮 눈물루 지냈수. 그러던 자식이 죽었다니 안 울래야 안 울 수가 있단 말이유? 하나밖에 없던 자식이유. 집에서두 큰소리 한 번 안 듣구 자라난 것이 얼마나 고생을 하다가 죽었을까 생각하면 뼈가 녹는 것 같아서……."

　"할머니 아들만 그렇겠습니까. 귀한 아들이기야 모두 마찬가지겠지요. 좌우간 그만 우십시오."

"난 남편을 빨갱이들한테 잃어버렸수. 정말 칠십이나 거의 되는 걸 잡아 가선 뭣 합니까. 지금쯤은 죽구 말았을 거요. 그래두 남편 없어진 건 분하기만 할 뿐이지 뼈가 녹는 것 같지는 않습니다. 이제 한참 재미볼 나이에 고생을 하다가 죽었을 자식을 생각하면……."

"글쎄, 생각하시면 뭘 합니까, 죽은 아들이 돌아오나요? 저희들 마음만 나쁘게 그러시지 마십시오. 우리들은 대한의 모든 어머니와 아버지들을 울지 않게 하려구 싸우는 것 아닙니까. 만약 빨갱이들을 없애지 않아 보십시오. 너 나 할 것 없이 모두 울어야 할 게 아닙니까. 그러니까 큰 마음을 잡쉬야지요."

"그래두 자꾸만 그 놈이 생각나는 걸 어떡허우. 저 양반두 내 아들과 꼭 같은 스물한 살이라니 생각 안 할래야 안 할 수가 있수."

노파는 자기에게 자리를 비워 준 사병을 보기 위해서 겨우 얼굴에서 수건을 떼었다.

그때였다. 바로 자기 옆에 앉아 있는 사병의 손으로 가린 얼굴에서 눈물 방울이 떨어지고 있음이 보였다. 얼굴을 푹 수그리고 있었기 때문에 잘 보이지 않았으나 그 사병은 눈물을 남에게 안 보이려고 눈을 부비는 척 눈물을 남모르게 닦아 버렸다.

변 노파는 자기도 모르는 새 눈물을 그치고,

"젊은 양반두 심란한 일이 있수?"

하고 물었다.

"아니요."

그 사병은 우는 것이 아니라는 듯 얼굴을 숙인 채 낮은 목소리로 대답했다.

"심상치 않은 일이 있는 듯한데요?"

노파는 젊은 사병의 손목을 잡아 흔들며 다시 물었다.

"일은 무슨 일이 있어요?"

"아니야. 젊은 사람의 눈물은 우리 늙은 것 하구두 다르지. 누가 돌아가셨수?"

그때였다. 젊은 사병은 머리를 들고 언제 눈물을 흘렸느냐는 듯이 웃음까지 띠며 대답을 했다.

"저에게두 늙은 어머니가 계셨습니다. 이북에 계셨어요, 얼마 전 친구에게서 그 어머니가 굶어 돌아가셨다는 소식을 들었습니다. 할머니가 우시는 걸 보니까 굶어 돌아가신 어머니가 좀 생각났지요."

"아니, 언제요?"

"벌써 작년 일입니다."

"다른 가족은 없었는데요?"

"왜요, 형님두 있었지요. 그래두 형이 어디 집에 남아 있었겠습니까. 어디루라두 끌려갔겠지……."

"저 일을 어쩌지?"

"뭐 할머니나 마찬가지 아닙니까. 늙은 어머니가 굶어서 퉁퉁 부어 돌아갔을 게 좀 안됐지만……."

젊은 사병은 아주 남의 이야기를 하듯 말했다.

"참, 고얀 놈들이루군. 늙은이를 굶어 죽게 만들다니. 그럼 우리 늙은이두 굶어 죽었을지 모르겠군……."

"글쎄요. 알 수 있습니까?"

"정전인가 뭔가 그게 되면 우리 늙은이두 돌아올까요?"

"납치해 간 사람요, 강제루 끌구 간 것이 아니라 제 발루 걸어간 것이라구 안 돌려 보낸다 붑디다."

"납치라니?"

"댁의 영감처럼 붙잡혀 가는 것 말입니다."

"붙잡아 갔기에 끌려갔지 누가 제 발루 걸어가요?"

"그래두 공산주의가 좋아서 제 발루 넘어갔다니 어떡헙니까?"

"지주 노릇을 했다구 잡아 두었다가 밀려갈 때 데리구 갔는데 누가 제 발루 걸어가요."

"그걸 누가 압니까? 그놈들이 그렇게 말하니까 걱정이지요."

"그래두 정전을 합니까. 끌려간 사람들을 그냥 내버려 두구도……."

"누가 압니까?"

“그런 정전은 해서 뭣 해요?”

“누가 압니까? 우리두 하나마나 마찬가지 같습니다만…….”

변 노파는 잠시 입을 다물었다. 그리고는 옆에 놓았던 보따리에서 담배와 성냥을 꺼내어 한 대 피워 물고 나서,

“당신네들이 하나마나하다는 정전은 뭣 땜에 하는 거요?”

하고 물었다. 그때였다. 맞은편에 앉아 있던 사병이,

“거, 우리 나라에서 하나요!”

하고 의미 있는 듯이 웃었다. 그리고는 주머니 속에서 사과 한 개를 꺼내어 노파에게 주었다. 화제를 돌리자는 모양 같았다.

“아니요, 난 싫소.”

노파는 손을 내밀어 사과를 밀었다.

“괜찮습니다. 잡수십시오.”

“아니, 내가 당신네 것을 먹어서 쓰나. 싫어요, 안 먹어.”

노파는 내미는 사과를 받아 사병의 호주머니 속에 넣어 주었다.

“할머니두 고집은 엔간하시군…….”

사병도 할 수 없다는 듯이 할머니에게 주려던 사과를 노파 옆에 앉아 있는 사병에게 주고 자기는 새로 하나를 꺼내어 씹어 먹기 시작했다.

담배만 피우며 맞은편 사병을 쳐다보던 변 노파는 새삼스럽게 무슨 생각이 났던지,

“젊은 양반은 어디까지 가슈?”

하고 물었다.

“부산까지 갑니다.”

사병이 사과를 씹으면서 대답했다.

“부산에는 가족들이 있수?”

“가족은 어디 있는지두 모릅니다.”

“모르다니?”

“서울서 피난을 간 모양인데 어디루 갔는지 알 수가 있어야지요.”

“아니, 그게 정말이유?”

“네.”

“아니, 가족 소식두 모르면 어떡헌단 말이유. 세상에 그런 일두 있담.”

“가족 소식을 아는 사람이 얼마나 되는 줄 아십니까?”

“얼마나 되다니?”

“일선에 나가 있으면 대부분 가족 소식을 모르게 된답니다.”

“이 일을 어쩌지……?”

변 노파는 엇비슷이 마주 앉은 사병에게,

“젊은 양반두 양친 소식을 모르슈?”

하고 물었다. 그 사병도,

“네——.”

하고 빙긋이 웃을 때 노파는,

“부모님들이 얼마나 궁금해하실까?”

하고 긴 한숨을 내쉬었다.

그때 옆에서 눈물 홀리던 사병이,

“할머니, 전쟁할 때는 다 그런 겁니다. 걱정 마십시오.”

하고 주머니 속에서 비스킷 한 줌을 꺼내어 권했다.

“아, 이것 바루 그 비스키라는 거루군. 내 자식놈한테서 편지가 왔을 때 배가 고프면 비스키를 먹는다구 그러더니…….”

비스키란 말에 옆에 앉았던 사병들은 다 같이 웃었다. 그러나 노파는 무슨 뜻인지도 모르고 따라 웃다가,

“그건 두었다가 배고플 때나 자시우.”

하고 방금 그 옆을 지나가는 계란장수를 불렀다. 그는 계란 다섯 개를 사서 옆에 앉은 사람과 자리가 없어서 그 옆에 서 있는 사람에게까지 하나씩 쥐어 주었다.

모두들 사양했으나,

“당신네들 월급을 나도 잘 알우, 걱정 말구 자시기나 하슈.”

하고 굳이 쥐어 주고야 말았다.

“내 아들놈 월급이 이천육백 원이라던가. 달걀 여섯 개 값이로군…….”

노파는 혼자서 웃기까지 했다.

조금 있다가 사과장수가 지나가는 것을 보고 노파는 또 사과를 다섯 개 사서 하나씩 나누어 주었다. 그때도 사병들이 사양을 하면,

"나 먹을려구 산 것 아니요. 빨리 드시우."

하고는 강제로 맡겼다.

얼마 뒤 오징어장수가 지나갔다. 그때도 노파는 장사꾼을 불러 세우고 이번에는 열 마리를 사서 옆에 앉고 서 있는 사병뿐 아니라 건너편에 앉은 사병에게도 나누어 주었다.

조금 있으려니 그때는 호두과자 장수가 약장수처럼 떠벌이며 지나갔다. 그때도 노파는 호두과자를 삼천오백 원씩 주고 두 봉지나 사서 나누었다.

"왜 이러십니까. 할머니……."

받기가 체면 없다는 듯이 맞은편 사병이 말리자 노파는,

"이렇게 먹는 게 좋지 않소? 여러분들이 맛있게 먹는 게 그저 좋구려."

하고 히죽히죽 웃었다.

"아드님 불공드릴 돈이 다 떨어지게요?"

옆에 서 있던 사병이 웃으며 말했다.

"죽은 아들 불공 적게 드리구 살아 있는 아들 좀 멕이기루서니 어떨라구."

변 노파는 활짝 트인 얼굴로 웃었다.

"할머니 마음이 단단히 변하셨군요?"

눈물 흘리던 사병도 웃었다.

"어쩐지 당신네들이 내 아들만 같구려. 이런 말 하믄 안 될까?"

"왜 안 돼요? 할머니두……."

이런 말을 주고받을 때 이번에는 커피장수가 큰 소리를 치며 걸어왔다.

"뭐요?"

변 노파는 그것도 사려는 모양이다.

"커피요."

"커피라니?"

“사탕물이요.”

“사탕물? 그거 좋군, 있는 대루 주슈!”

이때 옆에 섰던 사병이 커피장수를 밀치며

“빨리 가시오, 우린 안 먹을 테니까.”

하고 할머니에게는 말할 생각도 않고 커피장수를 몰아 보냈다.

“아니, 목이 마를 텐데 왜 못 사게 해!”

노파는 불복인 듯 말했다.

“그러다가 아드님 불공두 못 드리면 어떡해요?”

“나는 이래 뵈두 우리 군에서 갑부요. 돈이 떨어지면 집에 돌아갔다가 내일 또 오면 되지 않수…….”

변 노파는 정말 돈이 아까운 줄을 몰랐다. 아니 집에 있는 재산을 다 팔아서라도 젊은 군인들을 먹이고 싶었다.

그때였다. 눈물을 흘리던 사병이 ‘날 사랑하시던 어머니’란 노래를 휘파람으로 불었다. 그 노래를 듣던 변 노파는 문득 그 사병의 팔을 부여잡고

“그거 내 죽은 아들놈이 좋아하던 바루 그, 그 노래루구만. 그걸 어떻게 아슈? 한 번만 더 불러 주시겠수?”

했다.

죽은 아들이 또 생각난 모양이다.

“그러지요.”

사병은 찻간이라 크지 않은 목소리로 노래를 부르기 시작했다.

　　날 사랑하시던 어머니
　　어디로 가셨나
　　일구월심 오래도록
　　나의 맘이 외롭다.

노파는 그 노래를 들으며, 책상 위에 걸터앉아 노래 부르던 아들의 모습을 분명 눈앞에 그리고 있으리라. 그러나 눈물을 흘리진 않았다. 도리어,

“목청두 내 아들과 비슷한데……?”

하고는 그 사병을 물끄러미 들여다보았다.

어느덧 기차는 대구에 거의 닿았다.

“할머니, 내릴 준빌 하세요!”

옆에서 사병들이 말할 때에도 그는 서두르지를 않았다. 도리어,

“언제들 또 돌아가시유?”

하고 물었다. 그러나 대답이 모두 구구했다. 같은 날짜에 돌아간다는 이가
없었다.

“같이들 간대믄 나두 그 날 돌아가구 싶은데…….”

변 노파는 할 수 없이 혼자서 대구역에서 내리지 않을 수 없었으나 마음
은 아수하기 짝이 없었다. 돌아왔던 아들을 놓쳐 버린 것 같기도 했다. 뒤를
돌아보고 또 돌아보며 푸른 하늘 밑으로 걸어 나온 변 노파는 그래도 마음
이 끌리는지 정거장 안으로만 눈을 돌리고 주춤하니 서 있다.

(원)《문예 14》 1952. 5.

수운(愁雲)

1

다방 문을 닫고 방안으로 들어온 경옥 형제가 하루의 수지 계산을 마친 바로 그때였다. 다방 문을 두들기는 소리가 요란하게 들려 왔다. 둘이는 방 바닥에 벌려 놓은 돈을 간수할 생각도 못하고 귀를 쭈빗 밖으로 기울였다. 유리창이 깨질 듯한 소리가 두 번째 들릴 때는 둘이 꼭같이 자리에서 일어섰다. 그리고 둘의 손은 꼭같이 전등 스위치를 더듬었다. 누구의 손이 스위치를 돌렸는지 모르나 어쨌든 불이 꺼지는 동시에 둘은 숨을 죽이고 같은 자리에 앉았다. 세 번째 소리가 나고 네 번째 소리가 나도 그들은 벙어리처럼 입을 다물었다. 다섯 번 여섯 번 두들겨도 그들은 꼼짝을 안 했다. 여섯 번이 지난 뒤에는 문을 두들기는 소리가 아주 멎어 버리고 말았으나 그래도 그들은 몸 하나 까딱거리지 않았다. 오 분 이상이나 지났을까 그때에야 경옥이가,

"애, 이젠 불을 켜라."

하고 입을 열었다. 경원은 시키는 대로 일어나 전등을 켜고 나서야,

"누굴까?"

하고 물었다.

"그까짓 건 알아 무엇하니. 차 먹으러 오는 남자의 하나겠지?"

"그래두……."

"그런 건 알려구두 안 하는 게 좋아. 알아서 좋은 거 하나두 없으니까. 내

밤낮 이야기하지 않았던! 돈이나 치워라.”

그들은 그 이야기에 대해서 이상 더 주고받지를 않았다. 그런 일이 그 날 비로소 처음 있은 것이 아니었으니까……. 매일이라면 거야 과장된 말이겠지만 사실 며칠에 한 번씩은 그런 일이 늘 있었다. 교통 시간이 끝날 무렵 자동차를 가지고 데리러 오는 사람, 그렇지 않으면 다방문을 닫을 때까지 앉았다가 안방으로 들어가 이야기를 좀 하다가 가겠다는 사람, 별의 별 사람을 많이 보아 온 그들이다. 그러나 끌리어 밖으로 나가거나 손님을 데리고 안방으로 들어와 본 일은 한 번도 없다. 그러한 일에 대해서는 하나의 신념 같은 것을 가진 듯했다.

“언니, 차 끓이는 사람을 갈아야 하겠어! 커피 맛이 없다구들 자꾸 그러지 않아…….”

그 대신 그들의 관심은 이러한 것이었다.

“그래서 돈을 좀더 줘두 딴 사람을 쓸려구 수소문을 하구 있지 않니!”

경옥이도 조금 전의 일은 기억에도 남지 않는다는 듯이 옷을 벗어 못에 걸며 말했다.

경원이도 옆에서 잠든 어린애들에게 이불을 당겨 덮어 주고는 옷을 벗고 자리를 깔았다. 돈을 이불 밑에 넣고 자리 속에 들어가자 경원이가,

“내일 커피세트 사구 설탕을 사구 또 석탄두 살래면 돈이 좀 모자르지 않을까요?”

하고 걱정을 시작했다.

“글쎄 어떻게 사게 되겠지. 그런 걱정은 말구 네 스웨터나 사라. 이 추운데 오버 하나 없이 다니는 걸 어디 보겠던…….”

언니 경옥의 대답이었다.

“언니두 누가 그걸 못 사서 걱정했수? 당장에 내일 사야 할 것이 걱정되서 그랬지. 회사에 가기만 하면 뜨뜻한 난로가 있는데 스웨터가 뭐 급해서…….”

경원이는 돈걱정한 것이 혹시 오해나 사지 않았나 근심되는 모양이었다.

“그만둬! 우리가 피난 와서 내가 다방을 내구 네가 회사에 다니는 것두

다 살자구 하는 노릇이 아니니? 다방두 중요하기는 해두 우선 우리가 떨지를 말아야 하지 않니…….”

“그래두 난 바쁘지 않아요.”

그들은 이불 속에서 서로가 다른 것을 생각하는지 한참 동안 말이 없이 잠을 청하는 것처럼 보였다. 그러나 한참이나 지난 뒤 경원이가 다시 입을 열고 뚱딴지 같은 말을 꺼냈다.

“언니 오늘두 그 사람이 왔댔지? 언니한테 편지한 그 사람 말이야. 난 암만 생각해두 그 사람이 언니하구 꼭 맞을 것 같아…….”

2

“애는 별소리두 다한다. 그만 자기나 해.”

경옥이는 다시 두말을 못하게 불을 끄고 누워 버렸다.

“그래두 언니가 좋아할 수 있는 사람이라면 공연히 싫다구만 할 게 어디 있수. 경제력두 있구 회사 중역이면 사회적 지위두 괜찮구 또 상처한 게 사실이라면 남부끄러울 것두 없지 않아요. 무엇보다두 나는 그 선량해 보이는 인품이 좋은 것 같아. 언니두 외롭게 늙느니 그런 사람과 결혼하는 게 어때요. 나야 어린것이 있으니 할 수 없지만 내가 결혼할 수 없다구 언니두 결혼 안 하는 건 나 싫어. 내 걱정은 정말 말아요. 네…….”

경원은 회사에서 퇴근하고 돌아와 언니를 도와 주며 차를 나를 때 김이란 남자가 저녁을 같이 먹으러 나가자고 기다렸으나 언니가 바쁘다 핑계 대고 혼자 돌려 보낸 것을 생각하는 모양이었다. 더 긴말을 안 하고 쓸쓸히 돌아가던 그 사람의 뒷모습 그리고 혼자 가는 것을 보기가 안된 듯 곧 뒤로 돌아서서 꽃병을 만지던 언니……. 그리고 경원은 모든 남자를 욕하면서도 편지까지 보낸 김에 대해서만은 한 마디도 나쁘게 이야기하지 않는 언니의 마음을 생각했다.

“갑자기 왜 그런 말을 하니? 내가 언제 결혼한다던. 산 남편을 두고 결혼을 어떻게 하니.”

언니가 이렇게 결혼 문제를 근본적으로 부정했으나 경원은,

“아저씨가 살아 있는지 죽었는지 누가 알우. 살아 있다기로서니 언제 만나겠다구. 또 살아 있다면 아저씨가 혼자 있으란 법이 어디 있어.”
하고 언니의 마음을 돌리려 했다.

“글쎄 듣기 싫다니까. 어서 잠이나 자.”

“언니! 그럴 게 아니라 언니의 장래를 생각지 않아야 하우. 언니는 어린 애두 없구 뭐 거리낄 게 있수.”

“난 내 이마에 남부끄러운 주름살을 잡히지 않으려구 해. 결혼하구 싶거든 네나 하렴! 난 잔다. 자.”

경원은 할 수 없이 입을 다물었다. 더 하고 싶은 말이 얼마든지 있는 것 같았으나 입을 다물지 않을 수 없었다. 6·25 때 이북으로 납치되어 간 남편을 생각하여 죽었는지 살았는지 그 생사도 모르는 지금 결혼 같은 것은 생각지도 않겠다는 언니에게 그 이상 더 할 말이 없었다. 그것을 아름다운 것이라 생각하는 언니가 아닌가. 사실은 남편이 죽었으나 살아 있는 것도 자식을 위해 결혼을 안 하기로 결심한 경원인 만큼 언니의 결혼관을 틀린 것이라고는 생각지 않고 있다. 다만 좋아는 하면서도 재혼 못하는 자기를 동정해서 언니가 결혼을 안 하려는 것이나 아닌가라는 생각에 결혼을 권해 보는 것뿐이었다.

경원은 눈을 감고 잠이나 청하려 했다. 그러나 좀체로 잠은 오지 않았다.

머리가 백발이 되고 허리가 꾸부러진 두 노파가 의지할 데 하나 없이 화롯불을 지고 마주 앉아 있는 광경이 화면처럼 눈앞에 나타나기도 했다. 외로운 두 형제의 일생이 끝없이 길 것 같기도 했다.

경옥이도 쉽사리 잠이 오지 않는지 이불 뒤채는 소리를 밤늦게까지 내었다.

비록 잠은 밤늦게야 들었다 해도 아침에는 또 일찌감치 일어나지 않을 수 없었다. 다음 날 아침 그들은 새벽처럼 일어나 경옥은 아침을 짓고 경원은 다방 청소를 하는 데 바빴다. 조반을 먹으면 언니는 다방으로 그리고 동생은 회사로 나가는 데 또 바빴다. 경원이가 회사로 나가려 할 때였다. 경옥이가 돈 이십만 원을 내주며 스웨터를 사라고 했다. 경원은 오늘 사야 할 것이 많으니까 다음에 사겠다고 했다. 그러나 어머니보다도 더 무섭게 눈을 부릅뜨고,

"너 내 말을 안 들을래?"

하고 노려볼 때 경원은 할 수 없이 그 돈을 받고야 말았다.

3

서울보다도 더 춥게 느껴지는 대구 추위에 오버 없이 지내는 것이 못견딜 지경이었다. 자기의 추움도 추움이려니와 무엇보다도 남보기에 안된 것 같았다. 회사에 출근하면 우선 사원들에게 얼마나 추우냐고 인사받는 것이 싫기도 했다. 그러나 삼사십만 원밖에 못 받는 월급으로는 어린애들 치닥거리와 잔용처(用處)에 쓰기에도 바쁘다. 그렇다고 해서 대부분의 원조를 받는 언니에게 옷까지 사 달라기가 미안해서 사양을 해 오던 경원인 만큼 명령조로 돈을 주는 데까지는 거역할 수가 없었다.

경원이는 미안은 하나 내일부터 스웨터를 입고 다닐 생각에 총총히 걸어 회사로 갔다. 사원들이 춥다는 인사를 한다 해도 오늘이 마지막이려니 하고 생각하니 어쩐지 마음이 즐겁기도 했다.

과연 사무실에 들어서자 남자 사원들이 치마 저고리뿐인 경원의 소름끼친 얼굴을 보자 악의는 아니나마,

"굉장히 칩지오."

하고 저마다 인사를 했다. 그것이 악의는 아니나마 경원은 오버도 없으니 얼마나 춥겠느냐고 동정하는 말처럼 들리어,

"뭣이 그렇게 칩다고들 하세요. 일선장병들을 생각하면 치울 거 하나 없지 않아요."

하고 제 자리에 앉아 일 준비만을 했다. 듣는 사람들이 무안해할 것을 모르지는 않지만 매일처럼 듣는 인사가 듣기 싫기도 했거니와 내일부터는 들으려야 들을 수도 없다는 생각에 마지막으로 큰 소리나 해 보고 싶었던 것이다.

언 손을 스토브에 녹일 생각도 안 하고 책상정리를 하고 앉아 있을 때였다. 전무가 부른다고 사환애가 경원이 옆에 와 섰다. 경원은 무심하게 자리에서 일어나 전무실로 들어갔다. 경례를 하고 가까이로 가서 용무를 기다릴

때였다. 나이 젊은 전무가 한참 동안 말을 못하다가 약간 붉어진 얼굴로,

　"경원 씨, 조금도 달리 생각지 마십시오. 하두 보기가 딱해서 오버 하나를 사 왔으니 이걸 입구 다니십시오."

하고 종이로 싼 부피 있는 물건을 내밀었다.

　경원은 온몸이 후끈 달아올라옴을 느꼈다. 그리고 언니가 늘 말하던,

　'남자에게는 공것이 없단다.'

하던 말이 번갯불처럼 머릿속에 번쩍했다. 더구나 독신자인 전무가 아닌가. 얼굴만 붉히고 말을 못할 때 전무가,

　"받기가 거북하시단 말씀이죠? 사실은 내가 산 것두 아닙니다. 사장 어른이 사 주신 건데 그렇게 거북하시다면 그냥 나가십시오. 내가 생각을 채 돌리지 못했던 것이 미안합니다."

하고 도리어 무안을 당한 듯이 말했다.

　경원이는 전무가 그렇게까지 말하는데 무엇이라 할 말이 없어,

　"저 오늘 옷을 사기루 했으니까 걱정 마세요. 고맙기는 하지만."

하고 아무렇지도 않다는 듯이 대답하고 전무실을 나왔다. 자기의 얼굴빛만을 보고 먼저 미안하다고 한 전무의 선량한 그 마음에 경원은 어쩐지 머리가 수그려지는 것 같아 이때까지 가깝게 대하지 못했던 자기가 후회되는 것 같기까지 했다.

　책상에 앉아 사무를 보는 동안 고맙게 받지 않았다는 조그마한 사실 때문에 전무가 자기를 이상하게 생각하고 또 자기는 회사를 그만두어야 하는 데까지 이르지나 않을까 하고 걱정해 보았다.

　그러나 사무를 끝낸 뒤 자유시장으로 가서 스웨터를 사 입고 언니의 다방으로 들어섰을 때 경원은 뜻밖에 한편 구석에서 회사 전무의 얼굴을 보고 깜짝 놀랐다.

　'역시 꼭 같은 남자였구나……'

　경원은 이런 생각을 하면서 전무에게 인사를 아니 할 수는 없었다.

4

“이제야 나오시오?”

전무가 무뚝뚝한 표정으로 말했다.

“네, 시장에 들렀다가 왔어요.”

경원은 대답만을 하고 언니에게로 가서 입고 온 스웨터를 보인 뒤 자기 회사 전무가 왔다는 이야기를 보고했다.

“그래?”

경옥은 전무가 왔다는 말에 놀라는 표정을 짓자 인사를 해야겠다면서 경원을 앞세웠다.

경원은 전무에게 언니를 소개하고 레지로 돌아와 언니와 이야기하는 전무의 표정만을 살피었다. 찾아온 것을 미안하게 말하는 전무의 얼굴. 직접 주려고 했으나 사원들의 눈을 꺼리는 것 같고 또 다른 뜻이 있는가 불쾌해 할 것 같아 오버를 가지고 왔다면서 작지 않은 물건을 내미는 손.

일자리를 갖게 해 주는 것만도 고마운데 그런 것까지 주는 것은 너무도 큰 짐이 된다고 사양하는 언니의 말에 자기의 뜻이 아니라 사장의 마음이니 빨리 받아 달라고 제발 창피를 주지 말아 달라는 듯한 표정.

그럼 고맙게 받아 동생에게 주겠다는 언니의 말이 떨어지기가 무섭게 고맙다고 사례를 하며 그 자리에서 일어서는 그 얼굴! 그런 얼굴을 하나 빼지 않고 보던 경원은 전무 앞으로 달려갔다. 언니가 물건을 받은 이상 고맙다는 인사라도 아니 할 수 없었다.

“고맙습니다.”

그러나 전무는 자기의 임무를 완수했다는 안도감만을 느끼는지,

“고맙습니다.”

라는 말을 던지듯 말해 버린 뒤 다방을 나섰다. 한 다리가 의족(義足)인 전무는 굵다란 지팡이를 끌면서 천천히 걷고 있었다. 사람 많은 다방에서 혹시 넘어지지나 않을까 조심성스럽게 걸어가고 있는 것을 보자 경원은 그 앞으로 달리어 발에 걸릴 듯한 의자를 치워 놓았다.

전무가 나간 뒤 경옥이는 아무래도 받는 것이 좋을 것 같아 받았다며 경원에게 오버를 넘겨 주고,

"그이가 왜 다리를 저니?"

하고 물었다. 경원은 전무가 상이군인이라는 것 그리고 학생 때 군대에 들어가 결혼할 새도 없었다는 말까지 설명했다.

"그럼 계급두 높았을 텐데——."

언니가 또 물었다.

"연대장을 했다나 봐……."

"그래?"

언니는 잘 알았다는 듯이 이야기를 중단하고 새로 들어온 손님이 있는 테이블로 걸어갔다.

저녁때가 되어 손님이 몰려들어 언니 혼자서 바빠하는 것을 뻔히 보면서도 경원은 오버를 들고 안방으로 들어갔다. 입어 보지 않고는 배겨날 수가 없었던 것이다.

오버를 입고 거울 앞에 선 경원은 참으로 춤이라도 추고 싶을 만큼 좋았다. 품과 기장이 맞고 빛깔도 자기가 좋아하는 회색이라 마음에 들었다. 남편이 죽은 뒤 삼 년이 거의 되는 지금 자기를 즐겁게 해 주는 사람도 세상에는 있다는 생각이 가슴을 흐뭇하게 했다.

그러나 오래오래 거울 앞에만 서 있을 수는 없었다. 언니가 혼자 바삐 설레이고 있을 것이 걱정되었던 것이다.

오버를 조심스럽게 벽에 걸고 다방으로 나갔을 때였다. 언니의 찢어지는 듯한 목소리가 들리었다.

"여자와 악수하러 다방에 다니세요? 우리는 그렇게 차를 파는 사람이 아니에요."

경원은 깜짝 놀랐다. 많은 손님 가운데서 무슨 말을 그렇게 할까 하고 언니에게로 달려가려 할 때 이미 손님은 일어섰고 언니는 레지 쪽으로 걸어오기 시작했다. 경원은 흥분한 언니에게 무엇이라 말할 수가 없었다. 그 대신 언제 와서 앉았는지 김이란 사람이,

"최 선생, 흥분하지 말구 이리 좀 오십시오."

하고 경옥이를 불렀다.

5

좀체로 손님과 마주 앉는 법이 없는 경옥이었지만 흥분 때문인지 그렇지 않으면 김을 보통 손님이라 생각지 않았던지 서슴지 않고 김의 앞에 앉았다.

"곱게 말해 보내지 그럴 게 뭐요. 그게 다 보통인 걸."

김이 경옥의 마음을 위로하기 시작했다. 그러나 경옥은 그런 말을 하는 사람까지 경멸한다는 듯이 말했다.

"전 보통이란 게 싫어요. 그게 보통이라면 제 예편네를 다방에 내놓고 뭇 사내의 손을 만지게 할 게 아녜요."

"그래두 영업이란 걸 생각해야지……."

"영업요? 누군 그걸 모르나요. 그래두 전 살기 위해서 영업을 하는 게지, 욕을 보려 영업을 하지는 않아요."

"누가 그걸 모른대나? 살래면 방편이라는 것두 있으니까 하는 말이지."

"전 너무 어려운 그런 걸 생각지 않을래요. 마음이 시키는 대루 사는 게 제일 떳떳하지 않아요."

두 사람의 말소리가 남에게까지 들릴 만큼 크지는 않았으나 다방은 어쩐지 엄숙한 공기에 찬 듯했다. 경옥은 그 엄숙해진 공기가 몸으로 느껴졌던지 갑자기 이마를 테이블 위에 대고 두 손으로 머리를 감추었다. 아마 눈물을 흘리는 모양이었다.

그러나 잠시 뒤 경옥은 경련을 일으킨 듯 일어나서 안방으로 뛰어들어갔다. 김이란 사내가 그 뒤를 따랐다.

방안에 들어가 앉은 김은,

"최 여사두 역시 여자로군! 울기는 그까짓 일에……."

하고 또 다시 마음을 만져 주려 했다.

"전 여자라는 게 좋아요. 여자이기 때문에 슬프기도 하지만 또 여자이기 때문에 그 슬픔을 이겨 갈 수 있다는 게 좋아요."

"자──, 이젠 그런 소릴 그만두구 나갑시다. 내 오늘 세무서와 가까운 친구를 데리구 왔으니까 나가 인사두 하구 빨리."

김은 경옥의 저고리 소매를 잡아끌었다. 그러나 경옥은 나갈 생각은 안

하고 애원하듯이,

"김 선생은 왜 그런 사람을 소개해 주시려구 그러세요. 세금을 좀 들 내게 해 준 뒤 내 맘을 그 몇 배 아프게 하는 걸 보시구 싶으세요."

하고 말했다.

"내가 소개하는 사람인데 무얼 그럴라구……."

"말씀 마세요. 지불할 건 깨끗이 지불하구 사는 게 떳떳해요. 제가 물건 하나 사는 데두 손수 시장에 가는 걸 아세요."

"그래두 혼자 너무 애쓰는 것이 보기 딱해서……."

"딱할 거 하나 없어요. 제 마음을 굽히지 않구 살아가는 한 조금두 딱할 것 없지 않아요."

그러나 경옥은 마음이 더욱 격해지는지 그만 자리에 쓰러지며 느끼기를 시작했다.

"딱할 거 없지 않아요, 네 ── ."

같은 말을 두 번씩 되풀이해 가며 흐느껴 울었다.

"경옥 씨! 자, 나갑시다."

김은 경옥의 겨드랑을 붙잡아 일으키었다. 그리고는 볼에 흘러내리는 눈물을 수건으로 닦아 주었다. 모든 것을 하는 대로 내맡긴 경옥은 김의 힘껏 껴안은 품속에서 뿌리쳐 나오지를 않았다.

"경옥 씨 ── ."

김의 부르는 말에 경옥은,

"선생님 ── ."

하고 그의 품속을 더욱 깊이 파고들었다. 그러나 얼마 안 가서 경옥은 술에서 깨어난 사람처럼 눈을 크게 뜨고 김을 바라보면서,

"용서하세요. 제가 미쳤나 봐요."

하고는 김의 가슴을 뿌리치고 다방으로 뛰어나왔다.

다방으로 나온 경옥은 아무 일도 없었다는 듯이 화독에 석탄을 넣고 오는 손님 가는 손님에게 '어서 오십시오, 또 오세요'의 인사를 했으나 김의 가슴에 안겨든 것을 생각할 때마다 가슴 속이 후끈후끈 달아오르는 것 같았다.

6

　한 달이 거의 지난 어떤 날 밤이었다. 자매가 나란히 누워 잠을 청하고 있을 때 경원이가 언니를 불렀다.

　"자지 않구 또 무슨 이야기냐?"

하고 경옥이가 귀찮다는 듯이 말했으나 경원은 말하기가 거북하다는 듯이 얼마간 머뭇거리다가,

　"언니 왜 김 선생하구 결혼을 안 하세요?"

하고 말을 꺼냈다. 그때 경옥은 경원에게로 몸을 돌려 누우며,

　"내가 김 선생과 사귀는 것이 결국 결혼을 목적으루 한 것처럼만 보이든? 네 눈에 그렇게 보일 거야. 틀림없겠지. 그럼 내일부터 만나지두 않두룩 할게."

하고 사죄하듯이 말했다.

　"아냐. 그렇게 보인다는 게 아니라 그랬으면 좋겠다는 말이지 뭐……."

　"나는 내가 어디까지 괴로움을 이겨 나갈 수 있는가를 보기 위해서 살구 있다. 내가 괴로움을 완전히 이길 수 있다는 자신이 설 때는 결혼두 하지. 내한테 결혼을 자꾸 권하는 것을 보니 네가 결혼할 생각이 있는 게 아니냐?"

　이 말에 경원은 귀밑을 붉히었다. 언니가 결혼할 의사가 있기만 하다면 자기도 회사 전무와의 결혼에 대해서 의논을 하려고 했던 때문이었다. 언니가 미리 자기의 마음을 알고 있는 듯함이 부끄러웠다. 그러나,

　"언니두 내가 어떻게 결혼을 하우."

하고 거짓을 꾸며 내었다.

　"가만 보니 전무와 심상치 않은 새가 된 것 같던데……."

　"언니두……."

　경원은 당치 않은 말이라는 듯이 말을 끊어 버리고 잠이나 자자고 입을 다물었다.

　경옥이도 더 추궁하고 싶지가 않아,

　"전무가 참 좋은 사람 같더라. 세상에서 좋다는 사람을 만나기가 쉬운 일이 아니니까 그이가 좋다구만 하면 결혼을 해라. 나는 절대 찬성이다."

하고 자기의 의사만을 말했다. 그 말에 경원도 한 마디만 더 했다.

"참말 좋은 사람이 그리 쉽지 않아요. 언니두 김 선생을 놓치면 언제 또 그런 분을 만날지 알우?"

경옥은 더 대답을 안 했다. 사실 경옥은 김을 좋아했다. 김도 물론 자기를 좋아한다. 자기가 승낙만 한다면 언제나 결혼할 수 있는 사이다. 그러나 경옥은 한 번도 결혼할 생각을 가져 본 일이 없다. 그새 김으로부터 결혼신청이 없는 것도 아니지만 경옥은 굳게 거절했다.

이유는 남편의 생사도 모른다는 것과 과부 동생과 헤어질 수가 없다는 것이었다. 그러나 말도 못하는 이유 가운데는 자기가 놀아나기가 싫다는 것이 가장 컸다. 먹고 살기 위함이 그리고 자기의 정력을 한 곳에 기울여 보기 위하여 다방을 냈다. 그러한 당초의 목적에서 벗어나 다방으로 말미암아 결혼을 맺는다면 그것은 결국 곁길로 걷는 일이 된다. 말하자면 놀아나는 것이다. 경옥은 놀아난다는 것보다 더 싫은 것이 없었다. 여러 젊은 여성들의 경멸을 받고 있다면 그것은 결국 생활의 줏대를 잃고 놀아나기 때문이 아닐까 생각하고 있는 경옥이다.

어쨌든 경옥은 경원에게 자기가 김 선생과 결혼할 것처럼 보였다는 것부터 자기의 잘못이라 생각했다. 그래서 다음 날 김이 다방으로 찾아왔을 때 경옥은 김에게 조용히 말했다.

"김 선생님 용서하세요. 저는 참으로 나쁜 여자입니다. 이때까지 선생님을 속여 왔어요. 그러나 선생님을 더 괴롭힐 수가 없어서 이제는 숨길 수도 없습니다."

하고는 자기를 좋아하는 남자가 또 있었는데 그와 결혼하기로 하고 이미 몸까지 바쳤다고 말했다.

"선생님이 좀더 적극적이었다면 그런 일이 없었을지두 몰라요."

하고 경옥은 그야말로 참회를 하듯 울먹울먹한 목소리로 말했다.

<h2 style="text-align:center">7</h2>

김은 그것이 정말이냐고 몇 번이나 거듭 물었으며 그 남자란 대체 어떤

사람이냐고 따지었으나 경옥은 결국 김을 속여 넘기고야 말았다.

　일이 파장이 된 것을 알자 김은 침울한 얼굴로 돌아갔으나 김이 돌아간 뒤의 경옥은 남편이 납치되어 간 때 이상으로 가슴이 아팠다. 속이지 않고는 김의 마음을 돌릴 수 없을 것 같아 그런 연극을 꾸미기는 했을망정 결국 속임수로 남의 가슴을 아프게 했다는 자기의 잔인성이 너무나 슬펐던 것이다. 자기가 그렇게까지 잔인할 수 있었던가 하는 자기 자신에 대한 절망까지 느꼈다.

　그러나 회사에서 퇴근하고 돌아오는 경원을 보자 경옥은 앞으로는 김의 얼굴을 동생에게 보여 주지 않을 것을 생각하고 한편 가슴이 가벼워짐을 느꼈다. 앞으로는 경원이가 자기의 결혼에 대해서 걱정하지 않아도 좋게 되었다는 것이 즐겁기도 했다. 그래서 그는 경원에게,

　"춥지? 빨리 안방에 들어가 몸이나 녹혀 가지구 나오너라."
하고 그야말로 자애로운 어머니처럼 부드럽게 말했다.

　그러나 경원은 부드러운 말을 고맙게 받아들일 생각을 안 하고 아무런 대답도 없이 안방으로 들어가 버렸다. 십 분이 지나고 이십 분이 지나는 동안 나오지도 않았다.

　경옥은 궁금한 생각이 들어 잠깐 틈을 내어 안방으로 들어가 문을 살금이 열어 보았다. 경원은 책상머리에 앉아 머리를 숙이고 울고 있었다. 경옥은 못 본 것을 본 듯 문을 살그미 닫고 다방으로 나왔다.

　'왜 울까?'

　경옥은 여러 가지로 생각해 보았다. 결국 짚이는 곳은 전무와의 애정 문제일 것 같았으나 그렇다고 해서 그 동안의 일을 전혀 모르는 경옥이로서 눈물의 이유를 꼬집어 낼 수는 없었다. 일찌감치 문을 닫고 이야기를 들으리라 생각하며 손님을 대하고 찻잔을 나르고 있을 때 경원이가 새로 화장한 얼굴로 나왔다.

　"언니 골치가 좀 아파서 잠깐 누웠었어."

　경원의 변명이었다. 그러나 경옥은 아무것도 모르는 듯 걱정하는 얼굴로 말했다.

"그래? 그럼 더 누워 있지 않구……."

"좀 나았어요. 아마 회사에서 석탄 냄새를 맡았나 봐요."

경옥은 보통 날보다 일찌감치 문을 닫았다. 문을 닫고 들어가자 회계도 대강대강 보고는 자리도 깔기 전에,

"너 나를 속이는 것 있지?"

하고 동생에게 물었다. 그리고는 경원의 대답을 기다리지도 않고 자기가 김과 아주 헤어지고 말았다는 이야기 그러니까 경원의 애를 자기가 맡아 기를 수도 있으니 염려 말고 결혼해도 좋다는 말을 했다.

경원은 한참 동안 말을 못하고 입술만 떨다가,

"세상 모든 사람은 속여두 나까지 속일 수야 있니."

하는 경옥의 말에야,

"언니 — ."

하고 울음을 터뜨린 뒤 입을 열었다.

"용서하세요. 언니를 속인 저를 용서하세요. 그러나 오늘부터는 속이지 않기루 했어요."

경원은 그 동안 자기 회사의 전무와 사랑을 했다고 고백했다. 자기도 모르게 그를 사랑했다는 것이었다. 그러나 언니가 결혼 안 한다는 어제 저녁의 말을 다시 듣고 그새 언니와 자식들을 잊어버렸던 자기를 뉘우쳤다고 하며

"전무가 불쌍해 뵜였어요. 그러나 그의 행복을 위해서는 나 같은 여자가 사랑하는 것보다 나보다 더 나은 사람이 사랑해 주어야 할 것을 알고 오늘 어린애가 있다는 말을 처음으로 고백하고 사표까지 제출했어요."

하고 다시 울기를 시작했다.

그 말을 듣자 경옥이는 경원의 눈물을 받아 같이 울며,

"누가 누구를 위해 희생하는지를 모르겠지만 우리의 이마가 남부끄러운 주름살로 채워지지는 않겠지 — ."

하고 동생의 두 손을 힘있게 잡았다.

(원) 《영남일보》 1952. 12. 23~29

김 장군

중부전선 금성(金城) 남방으로 ×사단과 교대하여 새로 배치된 ○사단 전방 C고지에서는 ×사단이 있을 때부터 계속되고 있던 치열한 전투가 그대로 벌어지고 있었다.

×사단이 C고지를 확보하기 위하여 명예로운 전투를 감행하였으나 아군의 희생도 적지 않은 것을 알고 있는 사단장 김 준장은 어떻게 하면 부하들의 희생을 적게 하면서 적의 침공을 물리칠 수 있을까 하는 것만을 생각했다.

사실 군대라는 것은 두말 할 것 없이 강해야 한다. 강하다는 것은 결국 아군의 희생을 적게 하면서 적을 가장 효과 있게 쳐부수는 것이다. 지휘관으로서는 부하를 희생시킨다는 것이 절대로 본의가 아니다.

더구나 따지고 본다면 한국군의 병원(兵員)이란 중공군에 비하여 말할 수 없이 존귀한 것이다. 중공의 인구를 4억이라고 따진다면 한국에 비하여 이십 배나 많은 셈이 된다. 따라서 중공군 이십 명에 대하여 한국군 한 명이 그 비율에 해당된다. 그렇다면 국군 한 명이 희생당하는 것은 중공군 이십 명이 죽는 것과 마찬가지의 일이 되지 않는가.

김 준장은 며칠을 두고 생각했다. 때로는 참모회의에서 검토도 해 보았고 때로는 포로를 통하여 적정을 살피면서 작전을 연구하기도 했다. 때로는 정찰기를 타고 자신이 적진을 탐색했으며 고지에 올라가 적진을 시찰하기도 했다.

이 날도 김 장군은 아군의 진지를 검토하기 위하여 C고지 전방에 있는 대대 OP로 올라가고 있었다. 적의 포탄이 떨어지는 곳이었다.

사각(四角)을 이용하여 만든 소롯길을 타고 걸어서 올라갈 때였다. 산중 턱까지 올라갔을 때 위에서 들것을 메고 내려오는 사병들이 있었다.

추운 겨울날이었지만 땀을 뻘뻘 흘리며 내려오던 사병들은 두 손에 들것을 들었기 때문에 경례도 못하고 장군 옆을 지나가려 했다. 들것 안에는 모포를 덮은 부상병이 눈을 감고 누워 있었다.

부상병을 보자 김 장군은 들것을 멘 사병을 불렀다. 그리고는,

"어디를 부상당했나?"

하고 물었다. 사병들은 들것을 놓고 경례를 한 뒤,

"허리에 파편상을 당했습니다."

하고 대답했다.

"위중한가?"

"그렇게 위중하지는 않습니다."

이런 말을 주고받을 때였다. 들것 속에 누웠던 부상병이 고개도 돌리지 못하고 하늘을 향해 거수 경례를 했다.

김 장군은 눈물이 핑 돌았다. 부상병을 보는 것이 물론 처음이 아닐 것이다. 상관인 줄 알고 움직일 수 없는 몸으로라도 경례를 하려고 하는 부상병의 마음이 부상을 당하기 전과 조금도 다름없이 그대로 살아 있다는 것을 느꼈기 때문이었다.

그러나 김 장군은 센티멘털에 잠겨 있을 수가 없었다. 그래서,

"좋아!"

하고 담배 세 대를 꺼내어 호위 헌병을 시켜 나누어 주고 그들을 떠나게 했다. 그리고 나서는 자기도 담배를 피우며 잠깐 쉬려고 길가에 앉았을 때였다.

밑에서 올라오던 중무장병들이 들것 옆을 지나가다가 그중 한 명이 들것에 누운 부상병에게,

"이게 누구냐?"
하고 담요 위로 부상병의 팔을 잡았다.
"참, 태후가 아니냐? 너 언제 이 사단에 왔니?"
부상병도 반갑게 인사를 했다.
"응, 온 지 몇 달 됐어. ○연대 ○대대 ○중대에 있다. 고향엔 별일 없구 너의 집안두 잘들 있다. 그런데 어딜 부상당했니?"
"허리를 좀 다쳤다. 빨리 가 봐라. 참 반갑구나……."
"참 반갑다. 그럼 잘 조심해서 빨라 나아라."
"그래. 조심해서 싸워라."
"응."
대열에서 떨어지지 않으려고 무장병은 위로 올라갔다. 그러나 한참 뒤 그 무장병은 다시 뛰어내려와 조금 전에 한 말을 다시 되풀이했다.
"잘 조심해서 빨리 나아라."
"응. 너두 조심해서 잘 싸워."
무장병은 조금 떨어진 곳에 앉아 있는 김 장군을 보지 못하고 그대로 산으로 달려 올라가 버렸다.
김 장군은 차라리 그 무장병이 자기를 발견하지 못한 것을 다행하게 생각했다. 만약 그가 자기를 발견했다면 동향 친구를 만나는 장면이 자연스럽지 못했을 것이 분명하다. 부하들의 자연스런 모습을 그들 모르게 보았다는 것이 김 장군에게 있어서는 하나의 기쁨으로 다가왔다.
소박하고도 순진한 부하들의 전우애를 보는 것처럼 지휘관의 유쾌한 일은 없을 것이다.
"저런 부하들을 함부로 죽이다니……."
김 장군은 대대장으로부터 연대장을 거쳐 별을 달게 된 오늘까지 적지 않은 부하들을 희생시킨 과거를 생각했다.
적지 않은 고혼들이 여름날 하루살이가 뒤따라오듯 그의 뒤에서 올랐다 내렸다 하며 자꾸만 따라오는 것 같기도 했다.
그는 벌떡 일어섰다. 그리고 산등성이를 향해 다시 걷기 시작했다. 싸우기는 싸우되 부하들을 죽이지 말아야지 하는 것만을 머릿속에 생각하며 대대 OP관측소에까지 이르렀다.

관측소에 이르러 그는 대대장으로부터 전투 상황을 듣고 쌍안경을 들어 적진을 내다보았다. 폿소리는 들리었으나 진격해 오지는 않고 있었다.

김 장군은 적진의 까마득한 교통호를 내다보면서 산 속에 개미집처럼 땅굴을 파고 있는 적진을 머릿속으로 그려 보았다. 105밀리 야포까지도 동굴 속에 감추어 두었다가 쓸 때에만 밖으로 끌어 내오는 그들의 작전을 생각해 보는 것이었다.

현대전이면서도 고대전법을 사용하는 적들이었다. 그리고 소위 모택동 전법이라고 해서 주로 전면공격을 하고 있는 적들이다. 최근에는 소련측의 보급이 풍부한지 전과 달리 야포를 많이 사용하고 있다.

김 장군은 이런 것들을 생각하며 고요한 적진을 바라보고 있었다. 그때였다. 적의 직사포탄이 관측소 근방에 요란한 소리를 내고 떨어졌다. 관측소의 지붕이 와르르 무너졌다.

김 장군은 벽에 꼭 달라붙어 섰다. 그리고는 직격탄을 맞기만 하면 구멍이 뚫리고야 말 천장을 올려다보았다. 참으로 위험했다.

그러나 적의 포탄은 점점 먼 곳으로 옮겨졌다.

김 준장은 대대 OP를 떠나 중대와 소대의 참호까지 돌아보고 산을 내려왔다.

지프차가 있는 산 밑까지 거의 이르렀을 때였다. 물을 길어 가지고 올라가는 것인지 가솔린 깡통을 둘러메고 무거운 걸음을 걷는 이등병이 있었다. 김 준장의 눈은 어느덧 그의 철모로 달리었다. 커다란 구멍이 패여 있고 그 근방은 심한 곰보가 되어 있었다. 그는 이등병을 불렀다.

"철모가 왜 그렇게 되었나?"

이등병은 거수 경례를 하고 대답했다.

"며칠 전 전투에서 적의 파편을 맞았습니다."

김 준장은 빙그레 웃었다.

"철모가 아니었으면 죽을 뻔했구나……."

"네, 그렇습니다."

김 준장은 이등병의 소속과 이름을 수첩에 기록했다. 그리고는,

"왜 새것과 바꾸질 못해!"

하고 꾸짖듯이 말했다.

다음 날 아침 고급 부관으로부터 집합 완료의 보고를 듣고 참모회의에 나간 김 준장은 긴장한 얼굴로 미참한 참모의 이름부터 물어 보았다. 특별참모 한 사람이 미참이었다.

김 준장은 참모장에게 미참한 이유를 묻고 출장 중이란 대답을 듣자 출장만 가면 으레 늦게야 돌아오는 그 참모를 생각하고,

"출장 기일이 지나지 않았어?"

하고 흥분한 어조로 물었다.

방 안 공기가 갑자기 긴장해졌다. 모두들 머리를 수그리고 숨을 죽이었다. 얼굴을 쳐들고 사단장을 똑바로 쳐다보는 사람이 하나도 없었다.

"영창에 집어 넣어. 헌병대장, 알겠나?"

드디어 사단장의 엄명이 하달되고야 말았다.

김 장군은 명령을 하달하자 한참 동안 참모들을 바라보다가 다시 입을 열었다.

"우리는 지금 싸우구 있어. 우리 부하들은 매일같이 부상을 당하구 고지에서 내려오구 있지 않느냔 말이오. 그런데 적어두 사단의 참모란 사람이 출장 기일 하나를 지키지 못한다면 이 싸움을 어떻게 할 것이오. 군기를 만들어야 할 직책에 있는 장교가 군기를 문란시킨다면 언어도단이 아닌가 말이오. 강한 군대의 특징은 군기가 엄하다는 데 있소."

이렇게 훈시를 하고 김 준장은 어조를 낮추어 군수 참모를 부른 뒤 요새 사병들이 전투모를 전부 쓰고 있느냐 물었다.

군수참모는 전부 쓰라는 명령은 내렸으나 무겁고 귀찮아 쓰고 싶어하지들을 않는다고 대답했다.

"그걸 쓰면 위험율이 적을 텐데 왜들 쓰길 싫어할까?"

김 준장은 어제 고지에서 내려오다가 철모 때문에 다치지 않은 사병을 생

각했다.

"철저하게 명령을 내려야겠습니다."

참모장이 이렇게 말하자 사단장은 수첩을 꺼내어 어제 기록한 사병의 소속과 성명을 말한 뒤 사단장 이름으로 표창장을 내도록 명령했다. 그리고는 그 철모를 가져다가 각 연대로 돌리며 전시할 것, 그리고 고급 장교까지라도 철모를 쓰지 않으면 엄벌에 처한다고 공문을 내도록 첨부했다.

철모에 대한 이야기가 끝나자 김 준장은 견고한 참호의 필요성에 대한 설명을 하기 시작했다. 결국 적의 공략을 완전히 방어하면서 아군의 피해를 가장 적게 하는 길은 오직 참호를 든든히 파는 것밖에 없다는 것을 역설했다. 그러고 나서는 참모들의 의견을 물었다.

어떤 참모는 적은 우리의 비행기 폭격이 무서워서 동굴을 깊이 파고 있지만 적의 비행기가 오지 않는 한 필요성이 적을 것이라고 말했다. 또 어떤 참모는 적의 포탄이 쉴 새 없이 떨어지고 있으니 공사를 어떻게 진행시키느냐고 말했다.

어떤 참모는 적들은 참호를 어떤 방법으로 파는지 모르지만 우리 사병들은 하루 종일 걸려야 자기 한 몸 숨을 곳을 겨우 판다고 설명했다.

이 말을 다 들은 김 준장은,

"잘 알았소. 그러나 절대로 파야 합니다."

하고 자기의 의견을 다시 설명하기 시작했다.

"적의 비행기가 날아오지는 않지만 언제 올지 모릅니다. 비행기는 설사 오지 않는다 해도 폭격을 피하기 위해서 절대로 필요합니다. 포탄이 떨어져도 움쩍 않을 참호가 필요하단 말입니다. 폭격이 있다고 해서 공사를 못한다는 것도 말이 안 됩니다. 야간 공사는 못합니까. 노무자까지 총동원해서 공사를 시작한다면 얼마 오래 걸리지도 않을 것입니다. 그리고 적에게 유도 작전을 펴기 위해서라도 이것은 절대로 필요합니다. 우리의 진지가 약하면 적을 유도해서 때릴 수가 없지 않느냐 말입니다."

이렇게 설명하자 장내는 조용해졌다. 돌산을 깨어 포탄이 떨어져도 까딱 안 할 참호를 판다는 것은 용이한 일이 아닐 것이다. 그러나 그 필요성에 대하여 반대할 수는 없었던 것이다.

김 장군은 반대 의사가 없느냐고 다진 뒤 일반 참모들에게 구체적 계획을 세우도록 명령했다. 다만 계획을 세울 때 다음 몇 가지를 잊어버리지 말라고 강조했다.

첫째, 군기 엄수를 강조할 것.

둘째, 공사기간 중 특별 부식을 보급할 것.

셋째, 신상필벌주의를 써서 부대 단위로 상금을 줄 것.

참모회의가 끝난 뒤 김 장군은 결재할 서류와 삼십 분 이상이나 씨름했다. 어떤 서류에 대해서는 참모장의 설명을 듣기도 했고 어떤 서류에 대해서는 수정을 명령하기도 했다. 참모회의에 뒤이어 이렇게 결재까지 하고 나니 몸이 몹시 피곤한 것 같았다. 그래서 그는 잠깐 쉬기 위하여 숙사로 돌아갔다.

사냥개 맑스가 꼬리를 흔들거리며 마중 나왔다. 반가운 듯이 마중을 나오나 그래도 천천히 걸어오며 쳐다보는 꼴이 조금도 애교가 있는 것이 아니었다.

의자에 앉자 맑스는 그 옆에 우두커니 서서 어루만져 주기를 기다렸다. 그것을 본 김 장군은 자기도 모르게,

"거기 앉아!"

하고 큰 소리를 질렀다. 오륙 년 이상 길러 오는 맑스의 성격을 모르지 않는다. 사냥하러 나가기만 하면 충성스럽기 짝이 없는 포인터의 성격을 모르지 않지만 김 장군은 그저 소리를 질러 보고 싶었던 것이다. 중요한 명령을 내린 뒤에 오는 하나의 고적일지도 모른다.

맑스는 명령대로 앉았다. 그리고는 주인의 눈치를 살피었다. 그때 김 장군은 다시 큰 소리로,

"악수."

하고 손을 내밀었다. 맑스는 찌푸둑한 얼굴로 앞다리를 내밀었다. 개 앞다리를 잡아 흔들고 나서는,

"저리로 가서 앉아!"

하고 이번에는 부드러운 목소리로 말했다. 맑스는 또 시키는 대로 했다.

혼자서 책상을 마주 앉은 김 장군은 여송연 한 대를 피워 물었다. 사냥을 제일 좋아하는 김 장군에게 있어서 그 다음 가는 취미는 역시 담배였다.

담배를 피워 물고 흰 연기를 천막 천장을 향해 길게 내뿜을 때였다. 부관이 몇 장의 편지를 들고 들어왔다.

김 장군은 편지를 전부 읽고 난 뒤 그 중 한 장의 편지만을 다시 읽기 시작했다. 그것은 얼마 전에 종군을 하고 돌아간 어떤 화가로부터 온 것이었다.

　"…전략,

　조국의 자유를 위하여 싸우고 있는 국군장병들의 전투모습을 그리려고 캔버스를 준비했습니다. 어떤 친구의 방을 빌려 아틀리에로 쓸 것도 결정지었습니다. 완성이 되거든 한 번 와서 보아 주시기를 바랍니다. 저는 예술의 순수성과 민족적 신념을 결부시킬 수 있다는 자신이 생겼습니다. 건방진 말일지는 모르지만 애국심이 인류 전체의 자유를 위한 길이 아닐까 하고도 생각하고 있습니다.

　…후략."

김 장군은 그 편지를 두어 번 읽고 나서 전화를 들었다. 정훈부장을 불러 잠깐 오라고 했다.

정훈부장이 오자 김 장군은 그 편지를 내보이고,

"이런 사람들을 위해서 도와 줄 길은 없을까?"

하고 물었다.

정훈부장은 한참 동안 무엇을 생각했으나,

"글쎄올시다. 그런 분들에게는 좋은 작품을 만들 환경이 준비되어야겠는데 그런 환경을 만들어 줄 수가 있겠습니까?"

하고 구체적인 안을 내놓지 못했다. 그때 김 장군은,

"우리는 애국심을 가진 사람들에게 애국심을 발휘할 수 있는 힘이 돼 줘야 하지 않겠어. 우리가 일선에서 잘 싸워야 하는 것은 국민 전체의 애국심을 높이구 또 지속시키기 위함이 아냐? 정부를 탓할 것만이 아니라 우리가

할 것은 우리가 해야 돼. 아틀리에 하나 없는 화가들을 도와 주도록 연구해
봐.”
했다.
　“우리 사단에 문화관 같은 것을 만들고 예술가들을 많이 오두룩 했으면
좋겠습니다.”
　“그래! 그것이 참 좋구만. 와서 마음대루 자구 마음대루 쓸 수 있는 집을
하나 짓지. 그럼 개천가에다가 경치 좋구 조용한 데루 터를 골라 봐. 그리구
목수를 데려다가 설계를 하구…….”
　정훈부장은 사뭇 만족한지 명랑하게 경례를 하고 돌아갔다.
　며칠이 지난 뒤였다. 예비연대로 내려와 있는 ○○연대의 교육 상황을 시
찰하기 위하여 김 장군은 이 날도 사단본부에 앉아 있지를 못했다. 그 동안
하루도 빼놓지 않고 김 장군은 연대와 고지로 돌아다니며 참호공사의 독려
를 해 왔던 것이다.
　예비연대에 이르자 김 장군은 무엇보다도 근무상태를 먼저 물었다. 예비
부대라고 해서 혹시 기침시간이 늦다던가 취침시간이 문란하던가, 다시 말하
면 군기가 질서를 잃어 사기가 저하되지나 않았는가를 걱정했기 때문이었다.
　그리고 나서는 휴가 인원에 대한 동정을 물었다. 그리 많은 인원이 휴가
를 간 것은 아니었다. 그리고 귀환 성적도 그리 나쁜 것이 아니었다. 그러나
김 장군은,
　“기일보다 늦게 돌아오는 장병은 없소?”
하고 다지어 물었다. 그것은 바로 어제 사단본부의 특별참모 한 사람을 출
장 기일이 지난 뒤에 돌아왔다고 해서 영창에 넣은 일이 기억났기 때문이었
다. 그 참모가 일에 충실치 못하다거나 평소의 근무성적이 나쁜 것은 아니
었다. 그러나 출장만 가면 하루 이틀 으레 늦는 버릇이 있기 때문에 다른 참
모에게 미치는 영향을 생각하고 또 참호를 파는 사단 전체의 큰 사업이 가
로놓인 때 군기의 확립이란 절대로 엄격해야 한다는 관점 밑에 그렇게 단행
하고야 말았던 것이다.
　그래서 연대에도 혹시 그런 장교가 없는가 해서 다지어 물어 본 것이지만

연대장은 숨길 수 없는 일이라 하나의 사실을 보고했다. 즉 ○○중대장 ○ 대위가 휴가로 귀향하였는데 기일이 이틀 지난 오늘까지 아무런 보고가 없다는 것이었다.

이 말을 듣자 김 장군은,

"돌아오는 즉시 군법회의에 회부해."

하고 간단한 명령을 내리었다.

사실 간단한 일이었다. 군기를 위반한 군인에게는 오직 군법회의에 돌려야 하는 것뿐이니까. 사단 전체의 한 부분이라도 군기가 존엄하지 않으면 안 된다는 생각에 김 장군은 그러한 문제에 인정이란 것을 조금도 개입시키지 않으려고 결심했던 것이다.

그러나 며칠이 지난 뒤 군법회의에 회부된 그 대위가 사단본부로 왔을 때 김 장군은 마음의 동요를 일으키고 말았다. 아무리 군기가 존엄하다고 할지라도 본인의 정상을 들을 때 군기에 앞서 인간적인 감동이 먼저 움직이기 때문이었다.

참모장의 설명은 이러했다. 즉 ○대위는 6·25 당시부터 소대장을 거쳐 중대장으로 근무하고 있는데 그 용감성과 부하 지휘력은 누구에게도 질 바가 아니며 그새 받은 표창장과 훈장만도 열일곱 개에 달한다. 그렇게 싸우던 사람이 근 삼 년만에 처음으로 휴가를 얻어 고향엘 가 본즉 아내가 담배장사를 해서 겨우 끼니를 이어가는데 어린 자식들은 거지를 면하지 못하고 있었다. 그러한 광경을 보자 ○대위는 자기가 누구를 위해서 싸웠는가 하는 회의가 들었던 것이다. 유독 자기 가족만이 못 사는 것 같은 슬픔에 그는 원대 귀환을 단념했었다. 자기는 조국을 위해서 싸워 왔건만 조국은 자기 가족을 버렸다고 하는 슬픔이 모든 현실을 부정하는 절망 상태로 만들어 버렸다는 것이다. 그래서 그는 그야말로 도적질을 해서라도 가족을 먹여 살리려 했다.

그러나 휴가 기일이 하루 이틀 지나는 동안 양심의 가책을 받기 시작했다. 대대장과 연대장이 걱정하고 있을 생각과 더불어 수백 명의 부하들이 눈 빠지게 기다릴 것을 생각했다.

부하들의 가족들이라고 자기 가족보다 잘 살 것이라고는 생각되지 않았다. 이러한 것을 생각하면서도 절망 상태에 빠졌던 그의 정신은 좀체로 일선 복귀를 실행시켜 주지 않았다. 그러다가 기일이 지난 지 사흘째 되는 날 아내가 걱정을 하며,

"정말 안 가두 괜찮수?"

하고 물어 볼 때,

"안 가두 괜찮아. 걱정 말아."

하고 대답하기는 했으나,

"이때까지 세운 공이 아깝지 않수?"

하고 재차 걱정을 할 때에야 ○대위는 머리를 숙였다. 그래서 그는 즉시 짐을 싸 가지고 떠났던 것이다.

마누라의 말처럼 세운 공이 아깝다는 것보다도 자기가 신봉하고 있던 애국의 신념이 반역의 낙인을 받게 된다는 것이 무서웠던 것이다. 수백 명의 부하들이 눈을 부릅뜨고 비겁한 놈이라 떠들 것만 같았다.

그래서 늦었다는 것이었다.

참모장은 이상의 상황을 보고하면서 그의 공을 생각하고 또 새로운 결심도 두터우니 관대하게 처리하는 것이 좋을 것 같다는 개인의 의사까지 첨부했다.

김 장군은 한참 동안 생각을 했다. 참으로 있을 수 있는 일이었다. 뿐 아니라 솔직한 인간성이 귀엽기도 했다. 후방사회에 대한 불평에 대해서는 그러한 일이 발생해도 당연할 것 같기까지 했다. 일선 장병들로 하여금 누구를 위해서 싸우는가 하는 의심을 가지게 할 만큼 후방이 무책임해서는 도저히 안 될 일이었다.

그러나 김 장군은 엄격한 어조로,

"군법에 걸리면 군법회의에 회부해야 하는 것이 당연하지 않아."

하고 결론을 지었다. 아무리 공이 크고 반성함이 철저하다 해도 그것이 벌의 경중에는 참작될지 모르지만 절대로 무죄가 될 요소는 아니었다. 더구나 군기를 강조하는 기간에 유야무야하게 처결할 수는 없는 일이었다.

그 뒤 군법회의에서는 그를 도피 죄로 징역을 언도했다.

이렇게 사단본부의 참모를 영창에 집어 넣고 또 중대장을 체형에 처한 뒤

김 장군은 혼자의 괴로움을 느꼈다. 부하들의 인솔과 전투의 지휘는 맡는다 해도 부하들의 처벌만은 다른 사람이 맡아 주었으면 하는 생각도 들었다.

더구나 매일처럼 연대와 고지를 다니며 장병들이 그야말로 피땀을 흘리면서 명령한 대로 참호를 파고 있음을 볼 때 김 장군은 자기 부하로서 벌을 받아야 할 사람은 하나도 없어야만 할 것 같았다. 참모회의 때 어떤 참모가 우리 사병은 하루종일 파야 자기 혼자 사용할 참호밖에 못 판다고 했지만 참호가 든든해야만 자기가 죽지 않고 살 수 있다는 굳은 신념이 박힌 오늘 중공군 이상의 능률을 올리고 있음을 볼 때 김 장군은 가슴이 서늘해짐을 느끼기까지 했다. 명령을 진심으로 복종하는 것은 곧 자기를 사랑하는 마음이다. 자기를 진심으로 사랑하는 길이란 곧 애국에 통하는 것이다.

따지고 보면 지금 처벌을 받고 있는 두 장교도 애국하는 마음에서 멀리 떠난 사람들은 아니다. 자기를 진심으로 사랑하는데 순간적인 착오를 느꼈을 뿐이었다.

그렇다면 그들에게 애국하는 길을 보다 많이 열어 주어야 할 것이 아닌가.

김 장군은 ○○○고지에서 참호를 파고 있는 어떤 중대장을 보았다. 사병들과 꼭같이 곡괭이를 들었으며 사병들과 꼭같이 흙을 지어 날랐다. 그 결과 다른 중대보다도 훨씬 성적이 앞선 것을 보자 김 장군은 그 자리에서 자기가 차고 있던 팔목시계를 풀어 그 중대장에게 주었다.

경생을 시키기 위하여 계획적으로 준 것은 아니었다. 부하를 그렇게도 사랑하는 마음을 그대로 볼 수가 없었던 때문이었다.

형식적인 표창식도 거행하지 않고 작업장에서 남들이 일하는 가운데 사단장의 사물인 시계를 받자 중대장은 눈물이 글썽했다.

김 장군은 그에게 악수까지 허락했다. 참으로 마음이 후련했다. 그래서 다음 날부터는 자기의 마음을 감격시키는 장병에게 주기 위하여 자기의 사물인 만년필이나 술병이나 심지어는 책까지 하나씩 들고야 고지로 올라갔다.

그것은 처벌을 받고 있는 두 장교에 대한 마음의 갚음일지도 몰랐다.

이삼 일이 또 지난 어떤 날 참모장이,

"모두들 두 장교를 동정하구 있습니다. 한 번 말씀을 드려 달라구 해서 위법인 줄은 알면서두 말씀드립니다."

하고 김 장군의 눈치를 살폈다.

"응, 알았소."

김 장군은 간단하게 대답해 버렸다. 다음 날 아침 참모회의가 열렸을 때 김 장군은 간단하게 명령을 내렸다.

"○○참모 ○소령은 국방경비법에 해당되지 않으니까 석방할 것. 그리구 ○대위는 그의 과거 공로와 현재의 개전 상황을 참작한 결과 집행 정지를 명함."

사실 이러한 명령은 벌써부터 내리고 싶었던 것이다. 다만 모든 장병들의 여론을 듣지 않고 독단적으로 결행한다면 그 뒤에 오는 반응이 어떨까 염려 했을 따름이었다. 이제 모든 장교들이 그 두 사람을 동정하리 만큼 그 처벌 자체가 하나의 효과를 발휘했다면 용서해 주어도 아무런 장애가 없을 것이 다. 도리어 두 사람으로 하여금 앞으로 더욱 잘 싸우는 길을 열어 주는 결과 가 될 것이다.

어찌 부하가 미울 것인가. 미워서 처벌한 것도 아니었다.

두 장교를 석방하자 김 장군은 참모장에게 서양술 한 병을 주어 같이 마 시도록 했다. 직접 자기 숙소로 불러다가 위로라도 해 주고 싶었으나 그것 은 자기의 낯을 세우려는 것처럼 보일 것이 두려웠기 때문에 직접 만나지는 않았다.

참호공사를 시작한 지 이십여 일이 지나 공사가 거의 일단락을 지으려는 어떤 날 새벽이었다.

○○연대장으로부터 전화가 왔다. ○○○고지 전방에 대대병력의 적이 공 격해 오고 있다는 것이었다. 그리고는 아군의 배치 상황을 보고하고 방금 격전 중이라 보고했다.

김 장군은 참호 구축 이후 첫번으로 겪는 큰 전투였기 때문에 가슴이 약 간 떨리었다. 그러나 참호의 효능(效能)을 시험해 보지 않을 수 없었다. 그 래서 포를 형식적인 지원에 그치게 하고 소화기(小火器)도 아껴서 쓰라고 명령했다. 즉 아군의 화력을 약하게 하여 적병을 유도하려는 것이었다.

김 장군은 전화기를 귀에서 떼지 않고 시시각각으로 변하는 전황을 들었다.

아군의 진지 가까이까지 적들이 진격해 왔을 때였다. 김 장군은 아군을 전부 참호 속에 깊이 숨어 버리게 명령을 내렸다. 그리고는 미리 연락했던 포부대에 일제 사격을 명령했다.

포문이 열리자 포탄이 아군 진지 위로 총알같이 떨어졌다. 말하자면 전선 보병부대는 호 속에서 가만히 앉아만 있고 포부대가 집중 사격을 실시한 것이었다.

한참 동안 포탄을 쏘자 적들은 도망을 가기 시작했다. 그것도 대부분이 죽고 나머지 소대병력만이 도망을 갔다.

전투는 이렇게 끝났으나 아방의 희생은 불과 몇 명이 안 되었다.

큰 전투가 없어도 하루에 적지 않은 희생자가 생기던 전선에서 큰 전투를 하고 전과를 올린 뒤에도 그렇게 희생자가 적다는 것은 결국 참호의 덕택이었다.

김 장군은 여러 가지 애로를 무릅쓰고 공사를 시작했던 성과가 눈앞에 나타남을 보자 참으로 즐거웠다. 그것은 김 장군만의 즐거움이 아니었다.

국군 전체의 즐거움이었다. 그래서 인접 사단에서는 참호를 시찰하러 오기 시작했다.

인접 사단뿐이 아니라 나중에는 국회의원까지 시찰을 온다고 했다. 국회의원이 시찰 온다는 날이었다. 김 장군은 참모장과 정훈부장을 불러 그들에 대한 안내를 부탁한 뒤 사냥개 맑스를 데리고 꿩사냥을 나섰다.

오래간만에 떠나는 사냥길이어서 그런지 꼬리를 치며 앞장을 선 맑스가 미칠듯이 좋아 덤비었다.

김 장군은,

"맑스 ── ."

하고 큰 소리로 호령하여 맑스를 불렀다.

(원)《전선문학 4》 1953. 4, (출) 『그늘진 꽃밭』 신한문화사, 1953.

삼형제

1

확실히 무슨 소리가 난 것만은 틀림없다. 해봉(海鳳)은 귀를 창 밖으로 기울이며 한편 어머니의 동정을 살피었다. 어머니도 베개에서 고개를 살며시 들고 바람소리라도 놓치지 않으려는 듯 신경을 창 밖으로 모으고 있는 것이 보였다.

'무슨 소리였을까?'

해봉은 가슴이 두근거릴 대로 두근거리었으나 그래도 잠에서 깬 척을 안 하고 다시 들려 올 소리를 기다렸다.

그러나 잠시 동안 아무런 소리도 들리지 않았다. 꿈을 꾸다가 깬 것이나 아닌가 해서 다시 눈을 감으려 할 때 대문 두들기는 소리와 함께,

"어머니?"

하고 부르는 목소리가 가느다랗게 그러나 귓전을 찡 하고 울리었다.

해봉은 눈을 꼭 감았다. 그러나 어머니는 살며시 일어나 해봉의 잠을 깨우지 않으려는 듯 발소리를 죽여 가며 창 밖으로 걸어 나갔다.

어머니 하고 부를 사람은 형들밖에 없을 것이나 맏형은 이렇게 깊은 밤에 찾아올 리가 없다. 왔다면 둘째 형이다. 남들이 잠든 밤을 타서 찾아온 것으로 보나 어머니를 부르는 목소리로 보나 둘째 형임에 틀림없다.

해봉은 머리털이 하늘로 치켜오름을 느꼈다. 몸이 오싹했다. 그래서 제발

어머니나 만나 보고 그대로 돌아가 주기를 마음 속으로 빌었다.

그러나 어머니가 나간 지 얼마 안 되어 한 사람만도 아닌 여러 발자국 소리가 방 안으로 가까워 왔다.

해봉은 벌떡 일어나 옷을 입었다. 그리고는 등잔에 불을 켰다.

불을 켜고는 자리를 거두기도 전에 어머니보다도 앞장을 서서 들어온 둘째 형 해철(海哲)이가 해봉의 손을 덥석 잡았다.

"잘 있었니?"

해봉은 무엇이라고 인사를 해야 할지 몰랐다. 산 속으로 들어간 지 거의 일 년 동안 한 번도 보지 못했던 형이다. 그 동안 여러 번 형을 원망도 했었지만 그래도 국군의 토벌 때 죽지나 않았을까 걱정한 것도 한두 번이 아닌 형이다.

뜻밖에 만나게 된 즐거움보다도 아무래도 두려운 마음이 앞섰다. 대한민국의 원수라 대한민국의 군대나 경찰에게 붙잡히면 당장에 총살을 당하고야 말 지리산(智異山) 속 공비(共匪)이다.

더구나 총대를 메고 눈앞에 나타난 형을 직접 볼 때 해봉은 온몸이 부들부들 떨리었다.

그러나 해봉은 형을 반색하지도 못하는 대신 원수처럼 미워하는 얼굴도 지을 수가 없었다. 그것은 형이 총을 메고 있기 때문이기도 했으나 형의 뒤에 같이 총을 멘 네 명의 젊은 사람이 따라서고 있음을 보았기 때문이었다. 만약 형에게 적대시하는 눈치를 보인다면 다섯 개의 총부리가 자기의 가슴을 겨누어 쏠 것만 같았던 것이다.

"위험한 델 어떻게 무사히 오셨어?"

해봉은 도리어 형을 걱정하는 태도를 보였다. 떨리는 가슴은 억지로라도 눌러야 했다.

"위험하기는 뭣이 위험해."

형은 해봉의 걱정을 비웃듯이 말하고 같이 온 산사람을 방 안에 앉게 했다. 그들은 총대를 내려 방 구석에 모아 놓고 둥그렇게 앉았다. 그리고는 배가 고프다면서 어머니에게 밥을 지으라 했다. 어머니도 겁이 앞서는지,

“정말 아모렇지두 않니?”

하며 부엌에 나가기를 머뭇거렸다.

“참 어머니두. 내일 모래면 벌교(筏橋)가 해방이 될 텐데 무슨 겁을 내시우.”

해철이가 웃음까지 섞인 목소리로 자신 있게 말했다.

“경찰서두 있구 특동대(特動隊)두 있는데…….”

어머니는 아들의 말을 믿지 않는다는 듯이 입을 열었으나 그렇다고 해서 아들을 꾸짖을 수도 없어서 말을 끝맺지 못하고 부엌으로 나갔다.

어머니가 부엌으로 나간 뒤 형과 그의 일행들은 벌교 읍내에 국군이 몇 명이나 되며 경찰관 그리고 특동대의 수효가 얼마나 되는지를 해봉에게 물었다.

해봉은 가슴이 뜨끔했다. 벌교를 점령한다는 말이 정말인 것 같았다. 더구나 이제 열여덟 살밖에 안 되는 해봉으로서 알 리도 없는 말을 물으니 무엇이라 대답할 것인가, 그렇다고 해서 전혀 모른다는 말을 한다면 그것은 도리어 의심을 사게 된다.

“국군은 몇 명 안 되나 봐요. 많아야 여남은 명 될까. 경찰 특동대는 백여 명 되겠지요.”

이것은 정말 자기도 모르는 이야기다. 국군은 별로 보이지가 않으니 그 수효를 적게 말한 것이고, 경찰과 특동대는 아무데서나 눈에 띄기 쉬우니까 수효를 많게 말한 것뿐이다.

그러나 해봉은 자기도 모르는 이야기가 만약에 사실과 들어맞기나 한다면 어떻게 하나 하는 겁을 집어먹었다. 우연하게 들어맞는다면 자기가 벌교를 점령한다는 산사람들에게 하나의 재료를 제공하는 것이 된다. 무서운 죄악이다. 그렇지 않아도 소위 입산자(入山者) 가족이라 해서 남의 주목을 받고 있는 자기다. 이제 그러한 죄를 진다면 어떻게 살 것인가?

그러나 형을 비롯한 산사람들이 해봉의 말을 귀담아 듣는 것 같지는 않았다. 이미 그런 것쯤은 알고 있기 때문에 정말 알고 싶어서 물은 것이 아니라는 태도였다.

해봉은 조금 안심했다. 그들이 자기의 말을 들으려고 일부러 자기 집을 찾아온 것이 아니라는 것이 확실했기 때문이었다. 그러나,

"이곳 악질 반동이 몇 놈이라지?"

하고 한 사람이 묻자 해철이가 주머니에서 종이 쪽지를 꺼내 들고 경찰서장, 청년단장은 물론 그 밖에 농사나 해 먹고 사는 이십여 명의 이름까지 부를 때 해봉은 그 적지 않은 사람들이 내일이나 모래면 사형을 당하고야 말 것이라는 생각을 하고 또다시 몸소름이 끼치었다.

더구나 형이,

"너, 내일 나가서 그놈들이 전부 집에 있는가 알아 오너라."

하고 자기를 공비의 앞잡이로 쓰려는 말을 할 때 해봉은 머리가 아찔했다. 그들의 앞잡이 노릇을 해서 죄 없는 사람들을 죽인다는 것은 차마 못할 노릇이다.

죄 없는 사람을 죽이고 남의 쌀과 돈을 뺏어 가고 집에 불을 놓고 이러한 짓들을 하기 때문에 모든 사람은 공비를 미워하고 또 무서워한다. 그런데 이제는 자기마저 미움을 받는 사람이 되어야 하다니……. 만약 그런 짓을 했다가 나중에 드러나기만 하면 자기 또한 살아날 목숨이 못 된다.

그 뒤 산사람들은 밥을 먹고 웃방으로 올라가 잠을 잤으나 해봉은 통 잠을 이루지 못했다. 동이 트기까지 몇 시간이 남은 것도 아니지만 형 때문에 자기가 공비의 한몫을 해야 한다는 것을 생각할 때 그는 잠잘 생각도 아니 났다.

한 고장에 같이 살던 사람을 그렇게 많이 죽이고 어떻게 다리를 펴고 살 것인가.

'토벌할 때 차라리 죽기나 하지 않구…….'

해봉은 형에 대해서 이러한 생각까지 했다. 사실 자기가 모르게 죽었다면 형 때문에 이러한 속을 쓰는 일은 없었을 것이다. 그러나 뻔히 살아 왔으니 그런 생각은 아무 소용이 없다. 그래서,

'경찰서에다 고발을 해 버릴까…….'

하고 새로운 궁리를 했다. 다섯 사람을 죽이는 것이 차라리 이십여 명을 죽이는 것보다는 나을 것 같았기 때문이다. 이십 명만도 아니다. 벌교에 사는

수천 명 가운데 누가 죽고 누가 살 수 있을지 모르는 일이다. 전부가 다 죽지 않는다 해도 모두가 무서워서 숨어야 할 것만은 사실이다.

해봉은 이 년 전 6·25 때 괴뢰군들이 밀려 오는 통에 벌교 사람 전체가 죽는다 산다 하며 뒤끓던 것이 눈앞에 선했다. 그리고 괴뢰군들이 들어와 웬만큼 똑똑한 사람은 모조리 잡아다 죽인 것을 생각했다.

'날이 밝기만 하면 경찰서루 가야지.'

해봉은 이렇게 자기의 마음을 다졌다. 그때였다. 해봉은 옆에 누워 있던 어머니가 몸을 뒤치는 소리를 들었다. 어머니도 잠을 이루지 못하는 모양이다.

"어머니, 안 주무세요?"

해봉은 어머니나마 아무런 생각 없이 잠을 자 주었으면 하고 바랐다.

"조금 있으면 동이 틀 텐데 조반을 져야지."

어머니는 일부러 잠을 안 자는 듯이 말했다. 그리고는,

"네나 자지 왜······."

하고 요 밑에 떨어져 있는 해봉의 베개를 그의 머리 옆으로 가져다 주었다.

"잠이 안 오는데요."

"그래두 눈을 감아 봐라."

자기는 잘 생각을 안 하고 해봉이더러만 자라고 하는 어머니의 말이 구슬프게 들리었다.

해봉은 어머니의 말을 억지로라도 들어야 할 것 같아 시키는 대로 눈을 감았다.

그러나 잠이 올 리 만무하다. 그래서 그는,

"어머니 ── ."

하고 어머니를 불렀다. 자기의 괴로움을 말하고 싶었던 것이다. 경찰서에 고발하러 가겠다는 자기의 마음을 잘하는 것이라고 말해 줄 리는 만무했지만 그래도 말을 해 버리면 속이 시원해질 것 같았다. 그러나 어머니는,

"쉿!"

하고 말을 꺼내지도 못하게 했다.

"곤해서 잠자는 사람들을 깨우지 말구 너두 잠이나 자."

해봉은 입을 봉하고 말았다. 자기의 생각을 말한다는 것은 결국 어머니의 마음을 더욱 어지럽게 만드는 것밖에 안 된다는 것을 알았기 때문이다.

얼마 뒤 창이 훤해지기가 무섭게 어머니는 그야말로 발소리를 죽여 가며 부엌으로 나갔다. 잠을 깨울까 조심조심 나아가서는 그릇 부딪치는 소리 하나 내지 않고 쌀을 씻었다.

해봉은 갑자기 어머니를 따라 부엌으로 나가고 싶었다. 어머니 곁에서 울고 싶어졌다.

'내가 형을 죽일 생각을 했어요.'

하고 어머니에게 사죄를 하고 싶기도 했다.

걱정은 되면서도 탓하는 말 한 마디를 안 하고 조반 먹일 생각만을 가지고 있는 어머니에게 해봉은 참말로 죄를 지은 것 같은 생각이 들었다.

온 세상을 다 팔아 먹고 죽일 죄를 지었다 해도 형은 형이다. 차라리 자기가 죽는 한이 있다 해도 형을 모해한다는 것은 무엇보다도 어머니에게 죄스러운 일이다.

형을 죽이고 자기만 산다면 앞으로 어머니를 어떻게 볼 수 있을 것인가?

해봉은 울컥 눈물이 솟아오름을 느꼈다. 그래서 어머니를 따라 나가지를 못했다. 자기가 못할 생각을 가졌노라는 말을 차마 할 것 같지가 않았기 때문이었다. 그 대신 해봉은 힘을 주어 눈을 꼭 감았다. 차라리 아무것도 생각하고 싶지가 않았던 것이다. 보고도 못 본 척 듣고도 못 들은 척 지나고 싶었다.

죽은 듯이 한참 동안을 꼼짝도 안 하고 있을 때 어머니가 밥그릇을 들고 방 안으로 들어왔다. 때를 같이하여 웃방 미닫이를 열고 둘째 형도 내려왔다.

"조반을 먹어야지?"

어머니가 형에게 말했다.

"좀더 자구 나서 먹을 테니까 밥을 이리 주세요. 그리구 어머니는 일하러 나가 보세요."

해철은 어머니가 들고 온 밥그릇을 가지고 웃방으로 올라갔다. 그리고는 반찬과 젓가락까지 올려다 놓은 뒤,

"조금두 눈치를 채게 해서는 안 되요. 아시겠지! 웅?"

하고 어머니에게 다짐을 받은 뒤 해봉을 향해서,

"넌 오늘 할 일을 알지. 서툴지 않게 해라. 저녁 일곱 시까지는 돌아오구……."

하고 소위 악질분자의 동정을 살피라는 명령을 내렸다.

해봉은 한참 동안 대답을 안 했다. 아무것도 생각하지 않겠다는 마음으로 설레였기 때문이다. 그러나 한참 동안 입술을 깨물며 묵묵히 앉았던 해봉이가 갑자기,

"형 ── ."

하고 부른 뒤,

"그러지 말구 우리와 같이 살지요?"

말했다.

귀순만 하면 죽이는 일이 없다고 한다. 지난번 토벌 때에도 제 발로 걸어와 귀순한 사람들은 지금 자기 집으로 돌아가 가족들과 같이 농사를 지으며 잘 살고 있다. 형도 귀순만 하면 아무 일 없이 예전처럼 살 수가 있지 않은가. 지금 해봉이가 형에게 바라고 싶은 것은 오직 그 말뿐이었다. 어머니나 또 자기에게 있어서 형만 귀순하면 아무런 걱정도 없다.

"너, 아주 반동이 됐구나?"

형은 놀라운 표정으로 말했다.

"반동인지 뭔지는 몰라두 그래야 우리두 살구 형두 죽지 않을 게 아녜요. 가을철만 되면 국군의 대토벌이 있다는데 그때는 어떡하겠어요?"

해봉은 진정으로 걱정하는 빛을 보였다.

"자식. 이제 얼마 안 있어 남반부두 전부가 인민공화국이 돼! 기만 정책에 속아 넘어가지 말구 혁명적인 투쟁을 해야 된다."

도리어 형은 해봉을 계몽시키려 들었다. 안타까운 일이었다. 기만 정책에 속고 있는 것은 자기가 아니라 형 자신이다. 남한이 인민공화국으로 된다는 말을 도대체 누가 믿을 수 있다는 말인가.

"형, 산 속에서 세상일을 어떻게 아십니까? 산에서 내려오지 못하게 속이

구 있는 그 말을 정말루 듣구 있으면 어떡해요!"

"넌 정말 좋다는 말이냐? 지금이 제일 잘 사는 건 줄 알구 있느냐 말이다."

"우선 살아야 잘 살구 못 살구가 있지 않아요? 형님이 하는 일은 형님이 죽구 우리가 전부 죽는 일이니까 우선 죽는 일을 그만둬야 하지 않겠어요?"

"애가 상당히 반동인데. 너 오늘 꼼짝 말구 집에 들어백혀 있어라. 나가기만 했다가는 큰일난다!"

형은 위협을 했다. 그러나 해봉은,

"형이 정 그러면 경찰서에 고발하구 말 테야. 누가 못견디는가 해 볼까?"
하고 그야말로 협박적인 말을 했다.

"뭣?"

형은 얼굴이 파래가지고 벌떡 일어나서는 웃방으로 올라가 총대를 들고 내려와,

"이 자식 죽여야지."
하고 총을 가슴에 댔다.

"쏴요. 빨리 쏴요."

해봉은 가슴을 내밀었다.

"못 쏠 줄 아니?"

해철은 방아쇠를 찰싹 하고 잡아당겼다 놨다. 그러나 두 사람 사이로 몸을 디밀고 선 어머니가,

"왜들 이러니? 응, 나를 죽여라. 나를 죽인 뒤 마음대루들 해라."
하고 총대를 자기 가슴 앞으로 잡아끄는 바람에 해봉은 한 걸음 뒤로 물러서서 그만 자리에 쓰러졌다.

해봉은 울었다. 울면서 부르짖었다.

"나두 형이 불쌍해서 그러는 거야. 왜 형은 살 생각을 안 해. 그래 죽는 게 좋아?"

그러나 해철은 총대를 왼손에 들고,

"듣기 싫다. 개새끼 같으니."
하고는 웃방으로 올라갔다.

해봉은 그 자리에서 집을 뛰쳐 나왔다. 자기를 죽이기까지 하려는 형! 그 형을 어떻게 하여야 할지를 모르는 서글픔과 미움이 섯갈리어 안타까움을 걷잡을 수 없었다.

그는 단걸음으로 경찰서를 찾아가려고 했다. 나중에야 어찌되었건 자기의 할 일만 다하면 시원할 것 같았다. 그는 드디어 경찰서를 향해 걷기를 시작했다.

그러나 돌각담 앞까지 이르렀을 때 해봉은 자기도 모르게 발걸음을 멈추었다. 어느 것이 옳고 그른 것을 분간하려는 생각에서가 아니라 형을 잡아 넣기 위하여 경찰서를 찾아간다는 자기의 용기가 스스로 의아했기 때문이었다.

'그래두 내 형인데!'

이런 생각이 불시에 머릿속에 떠오르기도 했다.

해봉은 발길을 돌리어 한참 동안이나 방향 없이 걸으면서 새 궁리를 해 볼 양이었다.

한 이십 보나 걸었을 때였을까. 해봉은 문득 어디로 도망갔으면 하는 생각을 했다. 멀리 보이지 않는 곳으로 가 버리면 이런 걱정 저런 걱정 안 해도 좋을 것 같았다. 그러나 어디로 갈 것인가. 갈 곳이래야 순천(順天) 맏형에게밖에는 아무데도 갈 곳이 없다.

그리로라도 갈까 하고 생각해 보았으나 오륙십 리밖에 안 되는 그곳은 가나마나 할 것 같았다.

그러나 해봉은 문득 맏형을 만나는 것이 제일 좋을 것 같은 생각을 했다. 맏형에게 의논해서 맏형이 하라는 대로 한다면 모든 일이 제대로 들어맞을 것 같았다.

해봉은 이때까지 왜 그런 생각을 못했던가 하고 생각이 채 미치지 못했던 자기 자신을 탓하며 순천으로 가는 길을 바삐했다.

오십 리 길이래야 낮 전에 이를 수 있었지만 형이 집에 있지 않다는 말을 듣자 해봉은 쉴 새도 없이 형이 일하고 있는 들로까지 찾아갔다. 채소밭을 가꾸고 있는 맏형을 만나자 해봉은 인사도 채 못하고 둘째 형 해철이가 지금 집에 와 있다는 말과 그리고 오늘내일로 벌교가 공비에게 습격을 받으리라는 말을 전했다.

"그래?"

맏형 해산(海山)은 놀라지도 않는 표정으로 고개만 두어 번 끄덕이다가

"들어가자."

하고 앞장을 서서 걷기 시작했다. 집에 들어가서야,

"그래 몇 녀석이 왔어?"

하고 이야기의 자초지종을 묻기 시작했다.

해봉은 처음부터의 이야기를 다시 한 번 자세하게 설명하고 나서는,

"글쎄 어떡해야 좋을질 모르겠어요."

하고 자기가 죽을 뻔한 이야기까지 말했다.

"별루 걱정을 마라. 될 대루 되겠지."

맏형은 담뱃대를 꺼내어 담배를 담아 뻑뻑 소리를 내어 연기를 빨아들였다. 담배만 피우고 있던 맏형은 한참 뒤 다시 입을 열고,

"그럼, 빨리 돌아가거라. 뒷일은 내가 맡을게! 늦게까지 보이지 않으면 의심할지두 모를라!"

해봉은 맏형이 책임을 져 준다는 데 한결 마음이 가벼워졌다. 그러나 형이 어떻게 할지를 모르고 그냥 돌아간다는 것이 불만스러워,

"그냥 돌아가믄 어떡해요? 그리구 둘째 형이 어디 갔댔느냐구 물으면 뭐라 대답해요?"

하고 물었다.

"시키는 대루 해. 그리구 해철이한테는 알아 봤다구 그러럼. 그런 대답두 못해. 빨리 가기나 해라."

해봉은 돌아갈 길이 바빠 점심 한 그릇을 얻어먹자 더 이야기할 경황도 없이 맏형 집을 떠났다.

2

집에 도착하기는 해가 아직 한 발도 더 남았을 저녁때였다.

집에까지 걸어오는 동안 해봉은 무턱대고 빨리 돌아가기만 하라고 하던 맏형이 과연 어떤 일을 할 것인가 하고 생각했다. 벌교까지 오지도 않고 뒷일을 맡는다는 말이 믿어지지 않기도 해서 그 날 밤에 생길 불길한 일들을 머리에 그려 보기도 했다. 둘째 형과 공비들이 그대로 있다면 반드시 불길한 일이 생기고야 말 것이다. 총소리가 나고 사람이 죽고 또 자기는 어디든 숨어야 하고…… 이런 가지가지 걱정을 하며 집에까지 이른 해봉은 대문 밖 마당에 발을 들여 놓으면서부터 그러한 걱정을 걱정으로 생각할 수가 없게 되었다.

마당 한편 구석 변소간 옆에서,

"넌 누구냐?"

하고 순경이 그를 불렀기 때문이었다.

가슴이 덜컥 내려앉았으나,

"저, 이 집 아들입니다."

하고 순경들 앞으로 걸어갈 때 순경은 거기뿐 아니라 온 집을 모조리 둘러싸고 있음을 보았다.

해봉은 경찰들이 벌써 알고 포위한 것이라 직감했다. 그러나 부르는 곳까지 갔을 때 거기에 어머니도 나와 있음을 보자 해봉은 산사람들이 벌써 도망간 것이라고 생각했다.

"셋째 아들두 순천 나갔다더니 이건 뭐요?"

해봉을 보자 경찰들은 어머니를 향해 큰 소리로 질문을 했다.

"순천 갔다 지금 오는 길이겠지요."

새파랗게 질린 어머니가 입술을 떨며 변명을 했다.

"그럼 둘째 아들은 죽은 게 분명하구……."

다시 경관의 질문이 떨어졌다.

"그럼요."

어머니는 떨리는 음성으로 대답했다.

"좋소. 그럼 안을 조사해 봅시다."

이 말을 남기며 세 명의 경관이 총에 탄환을 재고 대문 안으로 들어갔다.

대문 안의 외양간으로부터 시작하여 창고까지 뒤지고 나서는 부엌으로 들어갔다.

부엌으로 들어갔던 경관들이 방 안으로 들어갔다 나오는 약 오 분 동안 경관 앞에 섰던 어머니의 얼굴은 차마 볼 수가 없을 만큼 파래지었다. 얼굴 가죽이 눈에 보이도록 부들부들 떨렸다.

더구나 들어가다 나온 경관들이,

"웃방 미닫이에 구멍을 뚫고 총대를 내밀고 있습니다. 나오라고 소리를 질렀더니 우리를 향해 총대를 돌리고 있었습니다."

하고 상관에게 보고할 때는 어머니는 얼굴이 금시 쓰러질 사람같이 보였다.

어머니뿐 아니라 해봉의 몸도 부들부들 떨렸다. 일은 자기 때문에 벌어진 것이 분명했다. 그리고 죽을죄를 지은 듯한 자기가 무섭기 짝이 없었다.

밖에 서 있던 경관이 방 안을 향해 일제 사격을 명령하자 총소리는 요란하게 나기 시작했다.

"여보십시오, 잠깐만……."

총소리가 잦아지기 시작할 때 어머니가 명령을 내린 경관의 팔에 매달렸다.

"왜 그러시우?"

"내 둘째 아들이 저 방 안에 있습니다. 총을 쏘지 말아 주십시오."

"죽었다던 아들이 어떻게 방 안에 있소?"

"어젯밤 산에서 내려왔습니다. 제가 끌구 나올 테니 제발 죽이지만 마십시오."

경관은 사격을 중지시키고 잠시 무엇을 생각하다가 입을 열었다.

"우리두 사람을 죽이구 싶어하는 건 아닙니다. 뉘우치기만 하면 같은 동포니까요. 그럼 가서 데리구 나오시오."

"네! 그럼 죽이질 않지요?"

"안 죽이구 말구요."

어머니는 방 안으로 들어갔다. 안방에서,

"해철아!"

하고 둘째 아들을 부르는 소리가 들렸다. 그리고는 나오기만 하면 죽이지 않으니 공연한 죽음을 당하지 말고 빨리 나오라 권고를 하는 모양이었다.

"빨리 나가요. 쓸데없는 말을 말구!"

해철의 목소리였다.

"내 말만 들어라. 글쎄 빨리 나와서 잘못했다구 그러기만 하면 살려 준다니까!"

"듣기 싫다니까……."

이런 말을 주고받고는 한참 동안 무슨 말이 다시 계속되었다.

해봉은 지금이라도 둘째 형이 어머니의 말을 듣고 나와 주었으면 하고 속으로 빌었다. 빌 뿐 아니라 아무래도 죽고야 말게 되었으니 할 수 없이라도 나오고야 말 것이라 생각했다. 손을 들고 어머니를 따라나오는 둘째 형의 모습이 눈에 보이는 것도 같았다.

그러나 해봉은 뜻 아니한 총소리를 들었다.

"악!"

하고 쓰러지는 어머니의 비명도 들었다.

"이놈아, 그래 네가 에미를……."

어머니는 피를 토하고 아주 쓰러진 모양이다.

"이 못쓸 놈의 형!"

해봉은 물불을 가릴 수가 없었다. 어머니를 죽인 그 총으로 자기까지 죽여 달라고 달려들기 위하여 안을 향해 달리었다.

분했다. 자기를 살려 주려고 하는 어머니까지 쏘아 죽이다니…….

그러나 해봉은 경찰이 제지하는 통에 대문 안엘 들어가지 못했다. 그 대신 대문 옆에서 소리를 내며 울기를 시작했다. 어머니가 형의 총에 맞아 죽었다는 것이 자꾸만 슬펐다.

해봉이가 울기를 시작할 때 안방을 향해서 쏘는 총소리가 사방에서 들리었다. 이번에는 용서없이 공비들을 전부 사살시키고야 말 모양이었다.

해봉은 문득 어머니를 죽인 둘째 형도 죽지 않을 수 없음을 생각했다. 그러나 죽어도 할 수 없는 일이라고 생각했다. 어머니를 죽이는 형이라면 말

형에게까지 알릴 것 없이 경찰서로 찾아가 고발했던 것이 조금도 괴롭지 않았으리라고까지 생각했다.

조금 뒤 총소리가 그쳤다. 방 안에서 대항해 오던 총소리가 끊어졌기 때문에 경찰관들의 공격도 멎은 모양이다. 총소리가 멎자 경관 몇 명이 방 안으로 기어들어갔다. 적의 시체를 검사하기 위함이리라.

방 안에 들어갔던 경관들은 얼마 안 있어 한 명의 공비를 앞세우고 걸어 나왔다.

모든 경관이 모이었다. 해봉이도 항복하고 나오는 공비 앞으로 따라갔다. 그러나 손을 들고 걸어나온 공비가 다른 사람 아닌 둘째 형임을 보았을 때 해봉은 그만 외면을 하고 뒷걸음질을 쳤다. 죽었으리라 생각했던 형이 죽지 않고 살아 나왔다는 것을 보는 것은 그야말로 못 볼 것을 본 것과 같았기 때문이었다. 차라리 보지를 말았더면 하는 생각만이 들었다.

그러나 어머니를 죽인 형이란 것을 생각할 때 울화가 치밀어올라 견딜 수가 없었다. 분한 마음이 이를 갈리게 했다. 그래서 그는 다시 몸을 돌이켜 경관들에게 삥 둘러싸인 형 앞으로 달려갔다. 형의 얼굴 앞에 이르자,

"너 어머니를 쏴 죽였지?"

하고 고함을 지른 뒤 주먹을 올러멨다. 형을 때리기 위함이었다.

그러나 해봉은 주먹을 올리고 형의 얼굴을 바라보는 순간 자기도 모르게 주먹을 힘없이 내려뜨렸다. 모든 잘못을 용서해 달라는 듯 푹 수그린 얼굴에 차마 손이 가지 않았던 것이다. 그 대신 해봉은 형의 두 손을 잡아 흔들며,

"어머니가 불쌍하지 않우?"

하고 다시 소리를 터뜨려 울었다.

"나를 죽여다고 ── ."

해철은 머리를 숙인 채 무겁게 입을 벌리었다.

그때였다. 맏형 해산이가 벌떡이며 뛰어들었다. 순천 경찰서에 보고를 하고도 마음이 놓이지 않아 달려온 모양이다. 해철 앞에 멈칫 서자 대발하여,

"이놈아, 내가 너를 경찰서에 고발했다. 할 말이 있거든 해 봐라."

하고는 해철의 턱 앞에 삿대질을 했다.

해철이가 아무 말도 못하고 그냥 머리를 숙이고 있을 때 옆에 섰던 해봉이가,

"어머니까지 죽였어요!"

하고 엉엉 울기 시작했다.

"뭐?"

맏형이 깜짝 놀란다.

"방 안에 시체가 있어요."

이 말을 듣자 해산은 안방으로 뛰어들어갔다. 일 분도 못 되어 도로 나온 해산은 다시 해철의 얼굴 앞에서,

"잘했다. 어머니까지 죽여야 빨갱이가 되지. 이 죽일 자식 같으니라구."

하고는 슬픔에 어린 눈으로 해철을 노려보았다. 그저 슬프기만 한 모양이었다.

다시 더 말을 못하고 있을 때 해철이가 입을 열었다.

"저를 죽여 주십시오. 죽는 길밖에 없습니다. 그러나 한 마디만 올리겠습니다. 같이 왔던 네 명 가운데는 군당부(郡黨部)의 간부 한 놈이 있었습니다. 그놈의 명령으로 어머니를 안 죽일 수 없었습니다. 제가 어떻게 제 손으루 어머니를 죽일 수 있었겠습니까. 그것만 알아 주십시오."

이까지 말한 해철은 다시 경관들을 향해 얼굴을 돌리고 말했다.

"비밀 하나를 말씀드리겠습니다. 오늘 밤 열 시에 공비 백여 명이 뒷산을 타고 내려올 것입니다. 우리가 경찰서를 습격하는 동안에 들어오기로 약속했었습니다. 그러니까 그놈들의 길을 앞질러 기습을 해 버려 주십시오. 그렇지 않으면 벌교가 위험하게 될지두 모릅니다."

"정말이냐?"

경찰관 한 명이 묻자

"네, 거짓말을 할 리가 있겠습니까? 이 말을 드리려고 일부러 손을 들구 나왔습니다."

이렇게 말한 해철은 다시 자기의 형에게로 몸을 움직이어

"형님! 정말 용서해 주십시오. 산 속에 들어간 뒤 몇 번이나 도망쳐 나오

려구 했습니다. 그러나 끝내 도망두 못 치구 어머니를 죽이기까지 했습니다. 형님, 제 마지막 소원입니다. 제가 죽거든 어머니 무덤 옆에 저를 묻어 주십시오. 살이 썩어 가면서라도 어머니에게 사죄를 드려야 하겠습니다."
하고는 눈물을 뚝뚝 떨어뜨리었다.

이 말을 듣자 맏형 해산은,

"너두 결국은 사람이지."
하고 한숨을 내쉰 뒤 그만 돌처럼 움직이지를 못했다. 바위가 되어 버린 사람 같았다. 그리고 입만을 움직이며

"죽어두 사람이 되어 죽으니까 원통치는 않겠다."
하고 혼자 중얼거리었다. 그 대신 셋째 동생 해봉은,

"형님!"
하고 경찰의 손에 끌리어 가려는 둘째 형 해철의 가슴에 얼굴을 박고 울기 시작했다.

(원)《협동 39》1953. 4, (출)『그늘진 꽃밭』신한문화사, 1953.

통곡하는 어머니

"그래 이번엔 면회 하구 오니?"

풀이 죽어서 돌아오는 것을 뻔히 보면서도 시삼촌인 형구가 이렇듯 앙칼지게 묻는 데는 지숙(芝淑)으로서 어떻게 대답할 바를 몰랐다. 손윗어른이 아니고 또 적으나마 한 칸 방을 비롯하여 살림살이의 대부분을 원조받는 형편만 아니라면 차라리 며칠 동안 온갖 고생을 다하고도 면회마저 못하고 돌아오는 슬픔을 어찌할 줄 모르고 있는데 게다가 가지 말라는 것을 무엇 때문에 갔댔느냐는 듯이 비양하는 어조로 묻는 데는 정말 울화가 치밀어올라 왔다.

그러나 항거할 수 없는 손위의 어른이다. 그리고 언제든 나가 달라는 말 한 마디로 자기의 생활을 확 변하게 만들 수 있는 무서운 존재다.

"네, 못하고 왔어요."

이렇게 공손히 대답하는 수밖에 없었다.

"그러기에 내가 뭐라던? 절대 면회를 안 시켜 준다구 그랬지?"

시삼촌은 마침내 지숙의 가슴을 갉기 시작했다. 그러나 그 말에만은 대답을 아니 해도 괜찮을 것 같아 입을 다물고 있으려니 조금 누그러진 어조로

"네 맘을 모르지는 않아. 그래두 내 말을 듣는 게 해롭지는 않을 거다. 글쎄 공연히 돈을 써 가며 고생만 하지 않나!"

하고 타이르듯 말했다.

지숙은 시삼촌이 뭐라고 하든 그만 뛰쳐 나가야만 했다. 어린 딸 경순이도 배가 고프다고 앙탈을 하고 있다. 아무 말도 없이 그저 일어서려고 할 때였다. 삼촌댁이 어딜 나갔다 돌아왔다. 지숙은 삼촌댁을 보자 또 가슴이 써늘해졌다. 시삼촌과는 달리 시시콜콜 캐어 물을 것이 정말 싫었기 때문이었다. 아니나 다를까 삼촌댁은 미닫이를 열면서부터 수선을 떨기 시작했다.

"그래, 만나 봤니?"

"못 만났어요."

"그럴 줄 알았지. 내 뭐랬지? 또 헛고생만 했구나. 참, 그래 면회하는 사람이 하나두 없던?"

"있기는 있는데 아마 특별한 소개장이 없으면 아무래두 안 되는가 봐요."

"글쎄 나두 그러지 않던. 그럴 줄 뻔히 알면서두 글쎄 갈 게 뭐냐 말이다. 그래 돈두 적잖이 썼겠구나?"

"얼마 안 썼어요."

"그래두 사흘밤이나 잤으니 여관비니 선삯이니 오죽했겠니?"

진심으로 돈 썼을 걱정을 해 주는 말이라면야 얼마나 고마울 것이랴.

"여관에나 들었나요. 옆집에서 좀 재워 달라구 했지요."

자기가 번 돈을 자기가 쓴 것이지만 지숙은 그래도 거북이 들어 이렇게 대답했다.

"그래두 거제도엘 안 가기만 했더믄 그 돈을 안 쓰구 또 그 동안 좀 벌지두 안했겠니? 이젠 생사는 알았겠다, 우선 네 치닥거리나 좀 해라. 들떠 다닐 생각만 말구. 이부자리 한 벌 옷 한 가지 없어 그러는 꼴 참 보기 싫더라."

응당 그런 말이 나올 줄 알았다. 결국은 자기네들만 너무 기대지 말아 달라는 말을 하고 싶어서들 그러는 거다.

"네, 다음엔 안 가겠습니다."

지숙은 자기 방으로 돌아왔다. 무엇보다도 울고 싶어 견딜 수가 없었던 것이다. 다행히 방 안에는 아무도 있지 않았다. 지숙은 손에서 번갯불이 나게 칼국수를 끓여 경순에게 안겨 주고는 한편 구석으로 가서 손으로 얼굴을 가리고 울기 시작했다. 아마 남의 집이 아니었다면 소리를 내어 넋두리를 하며 곡을 했을는지도 모른다. 그러나 절대로 밖에까지 소리가 들리도록 울어서는 안 된다. 또 삼촌댁이 따라들어와 무어라 가식 있는 말을 하고야 말 것이니까…….

보러 갔던 아들을 면회도 못했다는 슬픔이 아니라 겨우 생사를 안 아들의 얼굴을 보고 싶어하던 그 마음마저 꺾이고야 말았다는 것이 슬펐던 것이다.

두 아들을 꼭같이 잃어버리고 만 이 년이 지나도록 가슴을 앓고 있던 어미로서 우연하게도 둘째 아들이 거제도 포로수용소에 있다는 소식을 들었을 때 그 소식이 정말이건 거짓이건 그리고 어미라고 해서 면회를 시키건 안 시키건 어찌 달려가지 않을 수 있었을 것인가. 개중에는 면회하는 사람도 있다고 해서 행여나 하는 생각에 두서너 번 갔기로서니 그게 그리 잘못일까?

고향 제 집에서 살던 때라면 이러한 구박까지는 안 받았을 게라 생각하니 돈 한 푼 못 갖고 고향을 떠난 것까지가 후회되는 듯했다.

아무리 시삼촌이라 해도, 자기에게 돈이 없고 집이 없으니 이런 소리 저런 소리를 하는 것이 아니겠는가.

둘밖에 없는 아들을 모조리 잃어버린 어미의 으스러지는 듯한 가슴을 알아 줄 사람이 세상에 하나도 없다는 것이 정말 슬펐다.

그러나 지숙은 원망하는 마음만은 가지지 않았다. 남편이 자기를 떠나간 지 몇 해가 되는 동안 큰아들이 남한으로 도망해 와서 아직 소식을 알리지 않으며 작은아들이 괴뢰군에 뽑혀 역시 행방도 모르던 그 사이에 지숙은 남을 원망하기 전 우선 자기 운명을 슬퍼하는 습관을 가졌던 것이다. 북한이 싫다고 남한으로 넘어온 뒤 딴 여자를 데리고 산다는 소식을 처음 들었을 때는 남편을 엔간히 원망했었다. 자식들만 없으면 당장에 뒤를 따라와서 죽이든 죽든 단판을 해 보고 싶기까지 했었다. 그러나 큰아들이 사상적으로 혐의를 받고 남한으로 떠날 때부터 지숙은 자기의 운명이 기울어져 가는 방향을 깨달았다. 더구나 남한에 넘어오자 국군에 들어갔다는 소식을 들은 지 얼마 안 있어 6·25 사변이 일어났고 또 둘째 아들이 학교에서 강제로 괴뢰군에 끌려갈 때부터는 그저 자기가 죽지 않는 한 그리고 나라가 하나로 되지 않는 한 비운을 막을 도리가 없는 것이라 생각했다. 9·28 이후 국군이 북한에까지 진주했다가 다시 후퇴할 때도 그는 이것이 자기에게 남한으로 가게 하는 하늘이 준 기회라 생각하고 따라나섰던 것이다.

유엔군과 국군이 다시 북한으로 진주할 때에는 또 따라 들어가는 일이 있다 해도 우선 남하해야 할 것이라 생각했었다.

그러나 남하한 지 일 년이 거의 지나도록 남편의 소식은 물론 두 아들의 생사도 모를 때 지숙은 자기의 너무나 슬픈 운명을 개탄할 따름이었다.

그러한 지숙인만큼 이제 시삼촌 양주의 뼈가 돋힌 듯한 말을 들었다고 해서 그들을 심하다고 원망할 심산도 못 되었다. 자기의 운명 때문이리라 생각했기 때문이다. 그러면서도 자기의 운명이 지나치게 기구한 데 설움이 복받쳐 올라왔을 뿐이다.

"엄마 물 줘!"

경순이는 엄마가 우는지도 모르는 모양이었다. 또 팔을 잡아 흔들었다.

"그래 줄게."

지숙은 어린것에게 우는 것을 알리지 않으려고 대답만은 했다. 그러나 한참 동안은 얼굴을 들지 못했다. 눈물을 될 수 있는 대로 빨리 끊으려고 애쓰다가 채 끊지도 못한 채 일어선 지숙은,

"참, 우리 경순이 물을 줘야지. 이젠 배가 부른가!"

하고는 눈을 두 주먹으로 부비며 부엌으로 나가려 할 때 삼촌네 어린애들이 잠을 자려 쭉 밀려들어왔다. 지숙은 가슴이 섬뜩하면서도 때마침 잘 일어났다고 안심이 되었다. 만약 그 애들이 자기의 우는 꼴을 보았다면 반드시 삼촌 내외에게 고자질을 할 것이 분명하다. 그렇기만 한다면 또 무엇이라 뒷공론이 자자해질 것이 아닌가.

지숙은 다음 날 새벽녘에 일어났다. 비단 이 날에만 일찍 일어난 것은 아니지만 다른 날보다 더 명심했기 때문에 엉뚱하게 일찍 일어났던 것이다. 시계가 없기 때문에 시간은 모르지만 어쨌든 삼촌댁 조반을 다 지어 놓고 자기네 아침까지 씻어 풍로 위에 올려 놓았을 때에도 아직 창이 밝지가 않았다.

삼촌댁 어린애들과 경순이가 종일 들어앉았을 소위 자기 방에다가 장작

을 지피기까지 하면 아침 일은 거의 끝나는 셈이다. 그는 자기 돈으로 사다 놓은 장작을 자기 방 아궁지 속에 지폈다. 그리고는 끓는 밥을 보며 부엌으로 들어갔을 때다. 그때야 눈을 부비며 나오던 시삼촌댁이,

"뭘 그렇게 일찍 일어났니? 애들이 학교에 늦지만 않으면 될 걸……."
하고는 다시,

"참 반찬거리를 사 와야겠는데 애들이 일어났나."
하고 바깥방을 기웃하고 내다보았다.

"제가 사 오지요."

"자꾸 심부름을 시키는 것 같애서 됐다……."

"괜찮아요, 돈을 주세요."

"너머 일을 해 줘서 이젠 미안한 것 같아. 하기야 네 일 내 일 할 것두 없기는 하지만……."

"네 일 내 일 할 게 어디 있어요. 손 자라는 대루 일을 하는 거지요."

지숙은 풍로에 올려 놓은 자기네 밥솥을 내려놓고 어두컴컴한 새벽거리로 나왔다. 시장에 이르러 이것저것 찬거리를 사 들고 집으로 돌아올 때는 이미 날이 밝아 내왕하는 사람이 적지 않았다.

처음으로 장보러 나간 것도 아니련만 이 날만은 어쩐지 지나가는 사람들의 시선이 유달리 자기에게로 몰리는 것처럼 느껴졌다.

'네 일 내 일 할 것두 없지만…….'

이런 말을 지나가는 사람마다가 자기에게 들려 주는 것 같기도 했다.

그러나 지숙은 지난날 어엿한 살림을 하던 때처럼 자기 집 찬거리를 사 가는 것이라는 듯이 이 가게에도 기웃, 저 가게에도 기웃하며 걸었다. 나머지 돈을 삐죽 나오게 줌으로 남의 집 밥데기가 아니라는 것을 보이려고도 했다.

어쩐지 시삼촌댁 식모가 되고 말아 버린 듯한 생각이 머리에 들었기 때문이었으리라.

그러나 집에 들어가자 지숙은 사 온 찬거리로 반찬까지 짓지 않을 수 없었다.

"난 삼촌 와이셔츠를 대려야겠어…….”

이렇게 핑계를 대고 방 안으로 들어가니 그러는 삼촌댁을 끌어 낼 수도 없다.

반찬이 끓는 것을 보고 밥상을 볼 때 삼촌댁이 나와서,

"참 빨리 먹구 또 나가 봐야지 않아…….”

하고 그때야 지숙이를 생각해 주는 듯 부엌에서 어른거렸다.

꼬들꼬들해진 밥을 경순이와 같이 한 술 떠 먹기가 무섭게 지숙은 미군 옷 보따리를 한편 겨드랑이에 끼고 시장엘 나갔다.

시장은 벌써 와자했다. 사는 사람보다도 파는 사람이 더 많은 것 같지만 그래도 초상집처럼 떠들썩한 것이 정신을 차릴 수 없었다. 지숙은 보자기에 쌌던 미군 바지와 와이셔츠들을 꺼내어 팔목에 걸고 장사꾼의 물결 사이를 밀려 오고 밀려 가고 했다. 그러는 동안 하루에 돈 만 원쯤은 벌 수 있는 것이다.

"잘 해서 사 가시지요.”

지나가던 사람의 시선이 자기에게 머물기만 하면 이런 말로 흥정을 붙인다. 이렇게 몇 벌을 팔고 또 사고 하며 한낮을 보내었을 때였다. 한 이십 보쯤 저편에서 군복을 흥정하는 젊은 사람의 옆얼굴이 지숙의 눈 안에 들어왔다. 그 순간 지숙은 사람의 물결을 헤치며 그리로 달려갔다. 젊은 사람 옆에까지 가자 그는 마치 다른 것을 사지 말고 자기 물건을 사 달라는 것처럼 어물쩍하고 그 앞으로 다가섰다. 그리고는 얼굴을 바싹 들여다밀었다. 한참 동안을 정신 없이 뚫어지게 보았다. 볼수록 꼭 같다는 생각에서가 아니었다. 멀리서 옆얼굴을 볼 때에는 틀림없이 큰아들과 같았으나 면바로 볼 때에는 엄청나게도 다른 얼굴이었다. 그렇게도 다른 얼굴이 처음에는 어째서 그렇게도 닮았는가 그것을 보기 위함이었다.

아무리 보아도 닮아 보이는 데를 찾지 못한 지숙은 맥없이 돌아서고 말았다. 뒤로 돌아서자 어떤 젊은 사람이 군복을 보자 했다.

"값을 잘 해서 하나 들여 가십시오.”

그는 대뜸 이런 말부터 했다.

“얼맙니까?”

손님이 물었다.

“좌우간 맞나 입어 보세요.”

이렇게 말할 때 지숙은 젊은 사람의 가슴에서 상이군인 마크를 보았다. 그것을 보자,

“상이군인이시로군요. 잘 해드리지요. 그런데 어디서 싸우다 돌아왔습니까?”

하고 큰아들이 군대에 들어갔다면 혹시나 하는 생각에 이런 이야기를 물었다.

“○○사단이요.”

“거기서 김경호라는 사람을 못 봤습니까?”

“몇 연대에 있는데요?”

“그건 몰라요.”

“혹시 얼굴을 보면 알지 모르지만 이름은 모르겠는데요.”

“나이는 스물둘인데 광대뼈가 좀 나오구 눈썹이 새까만 사람인데 이북서 넘어왔지요.”

“모르겠는데요.”

꼭 같은 대답이다. 상이군인을 만날 때마다 매일 몇 차례나 물어도 그저 꼭 같은 대답이다. 지숙은 또 단념을 하고 물건이나 팔겠다는 듯이 사겠다는 와이셔츠를 몸에 대 보여 주며,

“꼭 맞는데요. 이거 중고래두 신품과 다름없습니다⋯⋯.”

하며 젊은 사람을 바싹 붙잡으려 할 때였다. 뒤에서,

“바가지 떴다!”

하는 소리가 들려 왔다. 사방을 돌아보니 벌써 장사꾼들은 도망치는 꿩처럼 모두들 숨을 곳을 찾아 달아나고 있다. 지숙이도 다 돼 가는 흥정이지만 내 맡기려던 와이셔츠를 잡아 뺏고 아무 집으로나 들어가 숨으려 했다. 그러나 몇 걸음도 못 가 그는 뒷통수를 잡히는 동시에 한아름 안았던 옷가지들을 뺏겨 버렸다. 뺏기는 사람이나 빼앗는 사람이나 모두 말이 없었다. 한참 뒤

에야 뺏은 사람의 팔목에 매어달리며,
　"한 번만 용서해 주십시오."
하고 애걸을 했지만 '깟뎀' 하는 한 마디 소리에 다른 말은 할 수도 없었다.
그저 뒤를 따라가며 빼앗긴 물건을 잡아다니면서 울상을 했지만 빼앗은 사
람은 다시 '깟뎀' 소리를 내고 지숙을 사정없이 밀어 던져 버렸다. 악을 쓰
며 일어나서 트럭 있는 곳까지 따라갔으나 결국은 아무 소용이 없었다. 지
숙을 범접도 못하게 하던 엠피들이 트럭의 엔진소리만 남기고 달아나 버렸
던 것이다.

　지숙은 슬펐다. 며칠 전 둘째 아들이 들어 있다는 포로수용소 앞까지 가
서 그 아들을 만나 보지 못하고 돌아올 때보다도 더 슬펐다. 자기를 이롭게
해 주려는 사람이 정말로 한 사람도 없다는 생각을 새삼스럽게 느꼈기 때문
이었다.

　그는 술렁거리던 시장이 긴장은 되어 있으나 그래도 전처럼 사고 팔고 할
때까지 한참 동안이나 멍하니 서 있다가 남들보다 일찌감치 돌아왔다. 집으
로 돌아와서는 곧 부엌으로 들어가 저녁 짓기를 시작했다. 삼촌댁이 나와서,
　"왜 일찍 들어왔나? 오늘은 많이 팔렸어?"
하고 물을 때 그는,
　"오래 있어두 더 팔릴 것 같지가 않아서 들어왔어요."
하고 아무 일도 없었다는 듯이 솥을 부시고 쌀을 씻었다.

　쌀을 다 씻고 솥에 앉힌 뒤 나무를 지피려고 할 때였다. 밖에서 손님 소
리가 들렸다.
　"누가 왔나 볼세."
　삼촌댁이 안방에서 나가 보라는 뜻의 말을 했다.
　지숙은 대문께까지 나갔다. 대문을 열기 전에,
　"누구시죠?"
하고 물었을 때 밖에서,
　"김윤택 씨라구 계시지 않습니까?"
하고 물었다.

지숙은 더 묻지를 않고 대문을 열었다. 김윤택이란 시삼촌의 이름에 틀림없었지만 그보다도 손님의 목소리가 경순이 아버지임에 틀림없었기 때문이었다. 그러나 대문을 열자 지숙의 입에서 나온 말은,

"어떻게 오셨소?"

하는 것이었다.

"서울서 소식을 듣구 왔지."

"잘 있기는 했군요?"

"경순이는 잘 있소?"

"아직 살아 있지요."

남편은 대답 대신에 무서운 눈을 하고 지숙을 흘겨봤다. 그리고는 큰소리 낼 계제가 못 된다는 듯 언성을 낮추어,

"삼촌 댁엔 아무두 안 계셔?"

하고 물었다.

"들어가 보시죠. 아주머니가 계시니까."

이런 말을 주고받을 때 삼촌댁이 방 안에서 나와 승구를 맞아들였다.

"이거 얼마만인가. 그래 가족 소식을 듣구 찾아오는 길이로군! 그렇지 않아두 경순이 엄마가 혼자서 생전 처음 고생을 하는데……. 참 잘 왔네. 빨리 들어오게……."

남편이 삼촌댁을 따라 안으로 들어갔으나 지숙은 따라갈 생각도 아니 했다. 삼촌댁이 부엌으로 나와 저녁은 자기가 지을 테니 들어가 이야기라도 하라 했지만 지숙은 끝내 사양을 하고 저녁만 지었다. 저녁상을 들여 놓은 뒤에도 그는 경순이와 같이 건넌방에서 밥을 먹고 남편 곁에 가지 않았다.

남편도 반갑지 않았다. 자기를 이롭게 해 주거나 즐겁게 해 줄 사람이 아니라는 것은 벌써 오랜 날부터 알고 있는 일이다. 지금 이 집을 찾아왔다 해도 자기를 만나러 온 것이 아니란 것은 분명한 일이다. 자기를 찾아 줄 사람이란 악마밖에 없을 것 같았다. 과연 그의 예감이 들어맞았다. 저녁 설거지까지 다하고 건넌방에서 마주 앉았을 때 남편은 아들들의 소식을 묻기 전에 그리고 지숙이의 생활을 묻기 전에 삼촌네 생활을 물었다. 돈을 좀 벌었느

냐는 것이었다.

"돈이 있기에 피난민으루 이런 독채집을 얻었지요."

지숙은 어디까지나 화난 사람 같았다.

"사실은 서울서 사업하던 것이 좀 있는데 그것을 청산하면 당신한테루 내려올라구 그래. 부산에 오면 같이 사업을 하자는 사람두 있어. 청산하는데 오십만 원이 필요한데 그걸 삼촌에게 좀 말해 줄 테야? 부산만 오면 그까짓 문제가 아니거든. 좌우간 이번에 색시하구두 손을 씻을게……."

말하는 투가 모두 허황스럽기만 했다. 자기를 삶아서 돈을 뺏어 가자는 것으로밖에 달리 들리지가 않았다.

"그건 당신이 직접 말해 보시구려. 여편네가 그런 델 뭐 참견하겠어요."

지숙은 딱 잘라 대었다. 그렇지 않아도 삼촌댁에서 빌렸던 장사 밑천을 송두리째 잃어버린 자기다. 그 문제만도 해결지을 방도가 없는데 첩하고 사는 남편 걱정까지 의논할 수가 있는가?

"손을 씻구 당신한테 온대두 그래!"

"그래 그 돈이 생기면 내게루 오구 그 돈이 안 생기면 못 오겠단 말이죠?"

"그렇지는 않지."

"나는 둘째로 치구 새끼들 생각이나 해 봤수?"

"그건 생각해서 뭘 해. 생각해두 할 수 없는 일을."

"잘합니다, 잘해!"

그 뒤에도 남편은 시삼촌에게 부탁해서 돈 오십만 원만 돌리도록 말해 보라고 몇 번이나 졸랐으나 지숙은 칼로 자르듯 냉정하게 거절했다. 이북이 싫어서 월남했다면 무엇보다도 이북을 저주하는 말이 한 마디라도 있어야 할 것이다. 더구나 자식들을 그놈들 때문에 다 잃어버리고도 생각해서 소용 없는 일이라고 말한다면 세상에 자식될 놈이 어디 있을 것인가. 지숙은 참으로 남편이 밉기까지 했다. 다음 날 할 수 없이 빈손으로 떠날 때 남편에게 잘 가라는 인삿말도 아니했다. 돈이 뜻대로 안 되자 첩을 어떻게 한다는 말한 마디도 안 하고 떠난다는 것이 불만스럽기도 했지만 도대체 남편이란 정을 느낄 수 없었기 때문인지 섭섭함도 느끼지 못했다. 그러나 남편이 떠난지 한참 뒤 생각을 하니 그렇게까지 냉정했던 자기가 도리어 이상스럽게 생각되기도 했다. 자기를 버리고 떠돌아다니며 자식 생각 같은 것은 꿈에도 갖지 않는 남편이라 해도 역시 자기 남편임에는 틀림이 없다. 내 남편이 아니라는 생각은 아직 가져 본 적이 없다. 그러면서도 어찌 원수처럼 대할 수 있었을까.

지숙은 자기의 마음을 의심하면서 거리로 나왔다. 장사할 것도 없지만 장사 밑천을 구하려는 것도 아니었다. 내일로라도 떠날 수 있는 곳을 구하려 함이었다.

그는 자유시장으로 가서 고향 사람들과 그리고 고향 사람은 아니라도 같은 장사패들을 만나 입혀 주고 밥 얻어먹을 곳을 알아보았을 때 사람을 구하는 데가 적지 않게 있다는 말을 듣고 안심은 했으나 어떤 데로 갈 것인가가 걱정되었다. 다들 그럴 듯했다. 돈이 많고 식구가 적은 집, 이러한 곳이 제일 좋으니 그런 데로 가라고들 권하기도 했다. 지숙은 어떤 조그마한 공장을 하는 동향 사람에게 가기로 했다. 젊은 사람들이 타이어 수선을 하는 데 모두 독신이기 때문에 제 손으로 밥을 지어 먹고 있다는 그러한 사람들이라 했다. 어머니와 같이 생각해 줄 사람들이라고도 했다. 밥 먹여 주는 외에 돈 한 푼 줄 수 없다고는 하지만 지숙은 돈 있는 집으로 가기보다 그런 곳이 마음에 들었던 것이다. 다음 날 아침 지숙은 삼촌댁에게 물건을 몽땅 뺏겼다는 말을 하고 빌려 썼던 돈을 다음에 돌려 주겠다고 약속을 했다.

"그 돈을 돌려받을 생각으루 줬겠나. 딴 걱정 말구 같이 있기나 해. 가기는 어디를 간다구 그래?"

삼촌댁이 말렸다. 그러나 지숙의 마음은 변하지 않았다. 같은 일을 해 주고도 마음 편한 밥을 얻어먹고 싶었다.

"식모라니? 그래 아무리 피난살이를 한다기루서 남부끄럽지두 않나? 우리 체면을 봐서라두 그것만은 그만둬! 정 돈을 갚는다니 말이지만 그 돈을 식모살이루 갚을 수나 있나."

아무리 삼촌댁이 말리고 또 돈 받을 걱정을 해도 소용이 없었다. 식모 아니 식모보다 더한 일이라도 하리라 결심한 지숙이다. 또 하여야 할 처지였다.

지숙은 마침내 삼촌댁을 떠나 공장집으로 가서 식모살이를 시작했다. 몸이 고달프기는 하나 보는 사람 없는 데서 숨어살 수 있다는 게 마음 편했다.

다만 언제라도 거제도를 한 번 더 가서 둘째 아들을 만나 보리라는 생각과 큰아들이 어디서라도 뛰쳐 나와 엉금엉금 자기 앞으로 걸어 나오리라는 꿈을 가지고 하루하루를 보냈다. 산다고 하는 것 전체가 아들을 만나 보기 위함 같았다. 언제라도 만나고야 말 아들들만 같았다. 그 아들들을 기다린다는 것만이 산 보람을 느끼게 하는 것 같기도 했다.

맏아들이 죽는 꿈을 꾼 날이면 하루 종일 눈물로 보냈다. 둘째 아들이 보따리를 끼고 석방되어 나오는 꿈을 꾸면 공연히 신바람이 나기도 했다. 이따금 경순이가,

"아빠 언제 또 와 응?"

하고 물어도,

"아빤 이제 안 와."

하고 남편은 생각지도 않았다.

어떤 날 아침 까치가 몹시도 요란하게 울었다. 까치가 앉을 나무도 없는 곳이라 예사 때에는 까치소리를 들어 본 적이 없다.

지숙은 몇 번이나 울며 날아가는 까치소리를 길조라 생각지 않을 수 없었다. 큰아들이기나 둘째 아들에게서 무슨 소식이 있을 것만 같았다.

터무니없는 생각이었으나 지숙은 공연히 가슴을 울렁거리며 어떤 소식이 날아들어올 것만 같았다.

오후 두 시쯤이었다. 정말 소식이 왔다. 공장을 경영하는 젊은 사람이 가게에서 뛰어들어와 신문 한 장을 내밀었다.

"포로를 교환한답니다."

지숙은 신문기사를 읽었다. 확실히 괴뢰군 포로를 이북으로 보낸다는 기사였다.

지숙은 자기도 모르게 눈물을 떨어뜨렸다. 경순이가 옆에 와서,

"오빠가 나온대?"

하고 어깨에 매달렸으나 그는 아무 말도 없이 신문에서 눈을 떼지 못했다. 신문지에 떨어지는 눈물방울 소리가 똑똑 귓속에 들려 왔지만 지숙은 눈물 닦을 생각도 아니 했다.

"이북으루 넘어가다니!"

언제든 만나리라 믿었던 둘째 아들을 영 만나지 못하게 되고 말았다. 뼈가 녹는 것 같았다. 뼈와 살과 모든 육체가 불에 졸아드는 양초처럼 땅속에 잦아드는 것 같았다.

"차라리 죽었다면……."

지숙은 참으로 아들들이 죽었다는 소식을 들었다면 도리어 마음이 좀 나을 것 같은 생각이 들었다.

"왜 죽지들을 못했을까?……."

사람은 이렇게 악하게 되는 일도 있는 모양이다. 정말 지숙에게는 두 아들이 죽지 않았다는 사실이 도리어 한이 되었다.

며칠이 훨씬 지나서였다. 떠나가기 전에 한 번 만나라도 보고 싶은 생각에 다시 거제도엘 갔었으나 역시 면회를 못하고 그냥 돌아온 날 밤이었다.

공장 젊은 사람이 또 신문 한 장을 들고 와서

"큰아들 이름이 김경호라구 하셨지요. 여기 이름이 나왔습니다. 괴뢰군에 포로가 됐군요. 이젠 큰아들을 만나시게 됐습니다."

하고 신문을 내밀었다.

지숙은 신문을 뺏었다. 그리고 젊은 사람이 가리키는 이름을 보았다. 국문으로 쓰여진 글자이지만 아들의 이름에 틀림없었다. 육군 ○○부대의 하사로 되어 있다.

지숙은 신문을 보고 또 보았다. 이남으로 교환되어 넘어올 수 있다는 사람 중에 끼여 있다는 아들의 이름이 신통했다.

그러나 어떻게 해야 좋을지를 몰랐다. 큰아들이 돌아온다고 기뻐하는 날 그는 둘째 아들을 영영 잃어버리는 슬픔을 맛보아야 한다.

두 자식을 다 잃어버리는 것보다는 덜 슬프리라는 계산은 성립되지 않았다. 두 아들이 다 살아 오는 것보다는 그 기쁨의 비중이 어떨까 하는 계산도 할 수가 없었다.

"제 땅을 가지구 뭘 주느니 바꾸느니 그럴까. 빨리 하나루 만들지를 못하구……."

지숙은 오직 이러한 생각만이 가슴에서 우러나왔다.

그러나 지숙은 경련을 일으킨 사람처럼 어린 딸 경순이를 끌어다가 품안에 안고,

"너는 또 나를 얼마나 슬프게 할 작정이냐."

하고 울기 시작했다.

(원) 《문화세계 2》 1953. 8.

하나의 독선

1

정임이가 천주교회당에 다닌 것은 종교를 통한 사회에서 인간의 아름다움을 찾아보겠다는 마음에서였다. 그러나 그가 교회에 나간 지 석 달도 못되어 교회에서 발을 끊은 것은 종교의 규율 속에서 아름다움을 발전시킬 수 없다는 마음이 생겼기 때문이었다. 석 달 동안의 교회생활에서 정임은 춘석을 사랑하게 되었고 또 춘석을 사랑하는 마음이 점점 커지자 교회를 배반하지 않을 수 없게 되었던 것이다.

춘석에게는 아내가 있었다. 아내가 있으면서도 그 아내와 같이 살아 나갈 수 없는 괴로움에서 교회당에 나오기 시작한 춘석이었던만큼 춘석 역시 정임을 사랑하게 되자 교회에 나갈 수 없을 수밖에 없었다.

교회에서는 이혼이라는 것을 절대로 허락하지 않는다. 그 이혼을 허락하지 않는다면 춘석과 정임과의 결혼은 도저히 있을 수 없는 것이기 때문에 그들은 꼭같이 교회에 발을 끊어 버렸다. 그만큼 그들의 신앙심이란 것이 두텁지 못한 때문이기도 했을 것이지만 애당초 교회에 발을 들여 놓은 동기가 신앙심으로 자기를 구원하겠다는 마음들이 아니었던 만큼 교회에 발을 끊는 것도 그리 괴로운 일이 아니었다.

정임은 교회에 나가지 않는 것을 죄짓는 일이라고 생각지 않았다. 도리어 신앙심이 두텁기 전에 춘석을 사랑하게 되어 괴로움 없이 교회를 나올 수 있었다는 것을 다행하게 생각했다.

사실 정임은 서른다섯이 되도록 처녀로 살아 오면서 춘석과 같은 남자를 처음 보았다. 첫째 외모로 나무랄 데가 없는 사람이었다. 키도 작거나 크지 않게 알맞았다. 얼굴도 어떤 편이냐 하면 미남자에 속했다. 부리부리한 눈이라든가 늘씬한 귀며 우뚝 솟은 코가 첫눈에 주는 인상을 좋게 했다. 지식도 그랬다. 개업한 지 근 십 년이나 되니 대학을 졸업했을 것은 당연한 일이다. 의사니 경제면에 있어서도 그리 남부러울 것이 없다.

다만 문제는 춘석에게 아내가 있고 또 자식이 있다는 것뿐이었으나 마누라가 싫어서 그 괴로움을 잊기 위해 교회당에 나왔을 정도니 이혼하겠다는 말이 거짓이 아닐 것도 의심할 필요가 없는 일이었다. 정말 그렇게 싫은 아내라면 언제라도 이혼을 할 것이며 이혼하는 것이 당연한 일이라면 그와 결혼할 것을 약속해도 그릇될 것이 없을 것 같았다.

그러나 경우가 달라 순전한 중매 결혼이었다면 절대로 그렇게는 생각지 않았을 것이다. 정임의 지성으로서 그 사정이야 어쨌든 현재 아내가 있는 남자와 결혼한다는 마음은 도저히 가질 수도 없는 일이었기 때문이었다. 그 동안 결혼 신청자가 적지 않았으나 거절한 대부분의 남자는 현재 독신이기는 하나 결혼의 경험이 있다는 이유에서였다.

정임에게는 상대방들이 한 번 결혼했었다는 사실만도 불쾌했었다. 서른다섯이 되도록 연애 한 번 하지 않은 자기의 순결성이 아까웠던 것이다. 그렇다고 해서 정임은 반드시 미혼자만을 고르려고는 하지 않았다. 같은 값이면 미혼자가 좋기는 좋았으나 미혼자 가운데서 자기가 만족할 남자를 고른다는 것이 그리 용이한 일이 아니라는 것을 알고 있기 때문이다. 결혼 경험이 있다고 해도 마음에 드는 사람이 있기만 하면 그뿐이라 생각해 왔고 불행하게도 이때까지는 그러한 사람이 발견되지 못했을 뿐이었다.

그렇기 때문에 정임이가 춘석을 사랑하게 된 것은 이성보다도 감정이 앞섰었다는 것을 말하는 것이 된다. 마누라에 대해서 괴로워하는 춘석의 태도가 성실한 인간으로 보였고 그렇게 보였기에 결국 춘석을 사랑하게 되었다는 것은 정임이가 지성적으로 움직이기 전에 먼저 감정적으로 움직였음을 말하는 것이다.

사실에 있어서 정임이가 춘석을 사랑하게 된 것은 춘석이가 마누라를 가졌고 또 그 마누라 때문에 괴로워하는 것을 자기 눈으로 보았기 때문이었다고 말할 수밖에 없다.

논리에 맞지 않는 일이지만 정임은 마누라가 있다는 사실 때문에 춘석을 사랑하면서도 그것을 후회하지 않고 있다.

정임이가 다니고 있는 은행 동료들이 그 기미를 알고 노처녀가 늦바람이 났다고 놀려 대어도,

"전과자들이 무얼 그러시우?"

하고 얼굴 한 번 붉히지 않았다.

어머니가,

"정말 이혼을 한대던?"

하고 걱정을 해도,

"어머니두…… 나이 사십이나 거의 된 게 그런 것두 생각 않구 결혼할려구 그럴 줄 아시유."

하고는 도리어 핀잔을 주기도 했다.

그만큼 정임은 춘석을 믿었으며 또 그만큼 춘석을 사랑했던 것이다.

어떤 날 춘석이가 집으로 정임을 찾아와서,

"정임 씨! 미안하지만 석 달만 기다려 주십시오. 그 안에는 정말 끝을 내구야 말겠습니다."

하고 이혼이 빨리 되지 않는 것을 미안쩍게 말했다. 그때도 정임은,

"석 달이니 넉 달이니 기한을 붙일 게 어디 있어요. 되는 대루 하믄 되지 않아요."

하고 조금도 초조하지 않는 자기의 마음을 있는 그대로 말했다.

"그래두 미안해서……."

"미안하기는 뭣이 미안해요."

"안 미안할 수 있어요?"

춘석은 정말로 미안한 모양이었다. 기한을 정해 놓고 이혼을 하겠다는 말

146

은 안 했지만 또 무기한 기다려 달랄 수도 없었기 때문이었다. 그러나 정임은 자기 때문에 이혼을 서둔다는 말은 듣고 싶지가 않았다. 그래서,

"얼마 동안이라도 기다리구 있을 테니까 제 걱정을 마시구 천천히 처리하십시오."

정임은 춘석을 안심시켜 주었다.

그러면서도 정임은 아직 이혼하지 않은 춘석과 같이 극장 구경이니 음식점이니 하고 같이 돌아다니는 것이 은행 동료들에게나 친척들 앞에서 떳떳한 일이라고는 생각지 않았다. 그런데다가 춘석이가 은행을 그만둔다고 해도 생활비는 자기가 책임지겠다고 하면서 취직생활하는 것을 그리 좋아하지 않는 눈치였다. 정임은 육칠 년 동안 근무해 오던 은행에 사표까지 제출했다.

은행을 그만두자 할 일도 없었지만 용한 관상쟁이가 있다는 말을 듣고 정임은 어머니와 같이 관상을 보러 갔다. 생전 처음이었다. 부끄럽기도 했지만 보고 싶은 충동이 여간 크지가 않았다.

관상쟁이는 참으로 용했다. 지난 일들을 어쩌면 그렇게도 용하게 알아맞히는지 몰랐다. 그리고 하는 말이 몇 달만 지나면 이때까지 막혔던 운수가 아주 터진다고 했다. 정임은 몇 달 뒤라는 것이 과연 몇 달이냐고 물었다. 관상쟁이는 빙글빙글 웃으면서 남자의 액이 따라다니고 있으니까 그 액을 떼 버리려면 적어도 두 달 이상은 걸려야 한다고 말했다.

그것도 맞는 말이었다. 춘석이가 이혼하겠다는 기일이 석 달 이내로 되어 있으니까 말이다.

정임은 앞으로 석 달 동안 아무데도 나가지 않고 집안에서 결혼 준비만 하고 있으리라 생각했다. 결혼 준비란 결국 춘석에게 줄 물건을 만드는 일이었다. 자기의 옷은 어머니가 몇 해 전부터 이미 만들어 놓아 두었기 때문에 새로 만들 것이 없었다. 그래서 정임은 춘석이가 입을 한복을 여름, 가을, 겨울, 철에 따라 달리 몇 벌이나 만들어 놓았다. 그리고는 손수건, 탁자 커버, 화병 밑받이, 커튼 같은 것을 수를 놓아 가면서 만들었고 그 밖에도 결혼생활에 필요하다는 것은 무엇이나 단정히 만들었다. 문화생활에는 있어서

안 될 요강까지도 어머니를 졸라 사다 놓았다.

그러면서도 춘석이가 찾아오기만 하면 하던 일을 감추어 놓고 결혼 준비하는 흉내도 내지를 않았다. 도리어 춘석이가 결혼 준비를 걱정하면,

"있는 대루 입구 가면 그뿐이지 준비는 무슨 준빕니까? 필요한 게 있으면 결혼 뒤에 사지 뭐."

하고 준비 같은 것은 꿈에도 생각지 않는다는 듯이 말했다.

춘석에게는 그러한 정임이가 더욱 좋았다. 절대로 수줍어하는 성격이 아니면서도 말을 골라서 할 줄 안다는 것은 누구에게나 있을 수는 없는 일이다. 교양의 결과라고도 말할 수 있다. 그러기에 정임을 만나고 나기만 하면 보통 때보다도 동거하고 있는 아내가 더욱 미워지는 것 같았다.

어떤 날 춘석은 결혼 준비를 하라고 하며 정임에게 돈 오만 환을 가져다 주었다.

정말 결혼 준비에도 필요하리라 생각했지만 춘석은 그것보다도 정임이가 혹시 그새 마음을 달리 먹지나 않을까 하는 의심이 있기 때문이었다. 아무래도 자기가 가진 약점이 그러한 의심을 갖게 했다. 그러나 정임은 또한 그런 춘석의 마음을 알고,

"그래야 맘이 편하시겠어요?"

하고 웃었다.

"마음이 편하라구 드리나요? 필요할 것 같으니까 드리는 거지."

"좌우간 절대 복종을 해야 하니까 받아 두지요. 그렇지만 이 돈으로 뭘 하라는 것까지 말씀하세요."

"아무거나 좋두룩 하시지."

"그것만은 저에게 자유를 주신단 말씀이죠?"

정임은 춘석의 돈을 받고 싶지 않았다. 그러나 그것을 안 받음으로 춘석에게 불쾌와 의심을 주고 싶지가 않았다.

정임은 결혼을 한 뒤에라도 남자에게 대립하는 태도는 가지지 않으려 마음먹고 있다. 설사 반대되는 의견이 있다 해도 대립하는 태도가 아니라 타협하는 태도를 취하리라 마음먹었다. 타협이란 무조건 굴복이 아니라 그야

말로 쌍방의 양보를 말한다. 그것은 평시의 생활에서 서로의 인격을 존중하고 연애 감정을 그대로 지속한다면 힘들지 않게 이룰 수 있는 일이라고 생각했다.

돈을 주는 것을 싫다고 돌려 준다는 것보다는 차라리 유쾌하게 받아서 정말 유용하게 쓴다든가 그렇지 않으면 두어 두었다가 결혼 뒤에 춘석에게 말을 하고 쓴다면 더 효과적일 것 같았다.

정임이가 돈을 받자 춘석은 저녁을 먹으러 나가자고 했다. 그때도 정임은 춘석이가 또 돈을 쓴다는 생각이 들어,

"집에서 잡숫지요? 제가 만든 음식이 더 맛있지 않아요?"

하고 나가기를 거절했다. 그러나 춘석이가,

"당신 만든 음식이야 죽을 때까지 먹을 수 있는데 그걸 벌써부터 먹어서 어떡해."

하고 역시 나가는 것을 희망할 때,

"그럼 이야기두 할 겸 나갈까요."

하고 뒤따라섰다.

말하자면 춘석의 마음을 자기의 뜻으로 만듦으로써 춘석에게 거역하고 싶지가 않았던 것이다.

춘석은 중국요리점 조용한 방으로 인도했다.

정임은 아무 밀도 없이 따라갔다. 이때까지는 그 옆이나 식당에만 다녔을 뿐 으슥한 방에 둘이서만 앉아 본 일이 없었기 때문에 방 안에 들어서는 마음이 어쩐지 써늘했다. 그러나 그렇다고 해서 겁이 난 것은 아니었다. 으슥한 방에서 있을 수 있는 일이 무엇인가를 체험해 보고 싶은 호기심까지 일어났다.

춘석은 요리를 주문하자 정임 가까이로 다가앉으며,

"빨리 결혼하구 싶지?"

하고 이상스럽게 긴장한 얼굴을 보였다. 긴장만이 아니라 갑자기 흥분하는 얼굴이었다. 정임은 춘석의 흥분이 즉석에서 자기에게 전염된 것을 알았다.

"가능한 대루 빨리 해야겠지요."

정임은 자기의 흥분을 누르면서 약간 뒤로 물러앉았다. 그때 춘석이가,

"정임 씨!"

하고 정임의 손목을 잡는 순간 그를 끌어안아 얼굴을 부볐다.

정임은 으슥한 방 안에서 있을 수 있는 일이 오고야 말았다는 생각을 했으나 그런 의식마저 잃어버리고 포옹에 혼몽해 버렸다. 서른다섯에 처음 맛보는 포옹이었다. 머지않아 결혼할 남자와의 포옹을 어찌 유쾌하다 아니할 수 있을 것인가?

얼마의 시간이 흘렀는지도 모른다. 그러한 시간의 흐름을 재 볼 필요도 없었다. 신비로운 순간이 그래도 교착되어 버린다 해도 후회할 아무것이 없었다.

삼십오 년 동안 한 번도 맛보지 못한 황홀경이었다.

요리가 들어오는 바람에 두 사람의 거리에는 약간의 간격이 생기고야 말았지만 정임은 그때부터 가슴이 두근거림을 느꼈다. 죄를 지었다는 생각이 아니라 알지 못했던 세계에 발을 들여 놓았다는 스스로의 놀람에서였다.

가슴만이 아니라 손까지도 떨렸다. 음식 먹을 생각도 나지 않았다. 그러나 나이에 알맞지 않게 당황해 보이는 표정을 드러내기가 싫어 억지로 젓가락을 들고 음식을 끼적이었으나 음식이 통 입으로 들어가질 않았다.

그러나 당황해하는 것으로 보였던지 춘석이가,

"실례했습니다."

하고 사과를 하듯이 말했을 때,

"실례되는 사람에게두 그런 걸 하나요."

하고 조금도 후회하지 않는다는 뜻을 보였다.

그 말을 듣자 춘석은 자신을 얻었다는 듯이 두 번째의 포옹을 했다.

그때도 정임은 몸을 맡기고 말았다. 부끄러워할 것도 아니라는 생각이 들기 때문이었다.

그러나 음식을 다시 먹으면서,

"사실은 정임 씨에게 부탁할 말이 있는데!"

하고 약간 수줍은 듯이 그러나 해야 할 말을 꺼내려는 듯이 정임을 바라볼

때 정임은 오늘만은 헤어질 때까지 아무 말도 말아 주었으면 하고 혼자 생
각했다. 할 말도 있을 것 같지 않았다. 그 이상 더 무슨 말이 어디 있을 것
인가.

춘석은 그렇지가 않은 모양 같았다.

"사실은 아내와 이혼을 하는데 정임 씨가 임신을 했다고 하면 더 빨리 될
것 같애."

정임은 깜짝 놀랐다. 포옹이 첫번째의 황홀경이라고 하면 그 뒤에 오는
두 번째의 황홀경이 다시 있으리라는 것은 짐작하고 있다. 그러나 그것이
그리 쉽사리 있을 수 있을 것인가? 그리고 그런 것이 음식을 먹는 요리점에
서 입 밖에 낼 수 있는 일일까?

그것보다는 정임을 놀라게 한 것은 이혼을 빨리 하기 위해서 자기가 임신
을 해야 한다는 말이었다. 이혼의 구실을 만들기 위해서 자기가 임신을 해
야 한다면 소위 육체 관계란 임신을 위해서만 있을 수 있는 것이 아닌가?

정임은 불쾌감을 느끼지 않을 수 없었다. 임신을 이혼의 구실로 요구한다
면 포옹도 그러한 구실을 만들기 위한 행동이 아니었다고 말할 수 없다.

그러나 정임은 그 불쾌를 불쾌로 표시하고 싶지가 않았다.

"무리한 이혼은 마세요. 언제까지라두 기다리구 있겠단 말씀을 드리지 않
았어요."

하고 임신에 대한 것만은 거절했다

"조금두 달리 생각진 말어요! 정작 이혼을 할려구 하니까 시끄러운 문제
가 자꾸 생겨서 그런 거야. 만약 정임 씨만 없다면 나는 죽구 말았을는지두
몰라."

춘석은 머리를 푹 숙였다. 괴로운 모양이었다.

정임은 춘석의 괴로움에 자기도 머리를 숙이지 않을 수 없었다.

"무슨 문제가 생겼는데요?"

춘석은 대답을 안 했다. 더욱 궁금증이 생긴 정임은,

"말씀해 보세요. 제가 좀 알아야 하지 않나요?"

하고 다져 물었다. 춘석의 이혼 문제로 직접 자기와 관계가 있기 때문에 알

지 않을 수도 없었다.

"다음 날 말하지요. 내가 할 일이니까. 그런 것까지 걱정할 필요는 없겠지."

"걱정할 필요가 왜 없어요? 이제는 네 일 내 일 할 게 없지 않나요."

"거야 그렇지만 그 문제만은 안 알아도 좋소."

"그럴까요?"

정임은 춘석의 말에 또 거역하지를 않았다. 그것은 춘석이가 진심으로 자기에게 걱정을 주지 않으려는 마음에서 자세한 이야기를 안 하는 것이라 해석했기 때문이다. 자기를 사랑하는 마음이라고 생각지 않을 수 없었다. 자기를 사랑하기 때문에 숨기려는 이야기까지 캐서 묻는다는 것은 춘석의 사랑을 의심하려는 행동인 것 같이도 생각되었다.

그 날 밤 춘석과 헤어져 혼자 자리에 누웠을 때 정임은 춘석이가 임신을 해 달라고 하던 말이 다시 생각났고 따라서 그런 말을 한 춘석은 결국 여자의 육체를 노리는 야욕에 사로잡힌 사람이 아닌가 하는 의심을 해 보았다. 이혼이 마음대로 되지 않으니까 야욕이나 채우고 피해 버리려는 것은 아닐까 하고도 생각해 보았다. 그렇게 생각을 하니 참으로 슬퍼졌다. 눈물이 쏟아지려고까지 했다. 노처녀라는 말을 들어 가면서도 쉽사리 결혼을 못하던 자기가 겨우 그런 사람을 골랐던가 하는 생각을 아니 할 수 없었다. 따라서 세상 사람들의 모든 손가락이 자기를 향해 비웃고 있는 것만 같았다. 물망에 오른 남자들을 싫다고만 할 때 세상 사람들은 대체 어떤 남자와 결혼하려기에 그러느냐고 비웃곤 하였다. 그러나 그 비웃음에 한 번도 부끄럼을 느껴 보지 않았던 자기였건만 이제 정말로 부끄러움을 당해야 할 것을 생각하니 가슴이 아파 견딜 수가 없었다.

그러나 정임은 끝까지 그렇게만 생각할 수가 없었다. 선량하고 진실한 춘석의 얼굴이 눈앞에 나타나서,

'당신은 그렇게도 나를 믿지 못하겠소?'

하고 항의하는 듯한 눈초리를 부릅떴다. 말하자면 춘석의 영상이 그의 오해를 지워 주고야 말았다.

‘그렇겠지 춘석 씨가 설마 그럴 수 있을라구…….’

정임은 혼자 생각했다. 그리고 춘석이가 임신을 요구한 것은 결국 사이가 좋지 않은 아내와 오랫동안 동방을 안 했을 터니까 거기서 오는 생리적 요구였겠지 하고 선의로 해석하는 길을 밟고야 말았다. 정임으로서 그만한 아량은 넉넉히 가질 수 있었던 것이다.

그러한 아량은 가지고 있으면서도 정임은 끝까지 육체를 바치지는 않았다. 그 뒤에도 춘석은 만날 때마다 임신에 대한 이야기를 번번히 했다. 그러나 정임은 춘석을 의심해서가 아니다. 자기의 마음이 허락지 않음으로 해서 끝까지 거절했다. 한편으로는 모든 것을 바쳐도 좋을 것 같기도 했지만 그것만은 안 될 것 같았다. 나쁘지 않다고 생각하면서도 좋다고 말할 수도 없는 것이 자기라고 생각되었다. 그러한 자기가 또한 생명처럼 생각되기도 했다. 어쩔 수 없는 일이었다.

그러고 있을 즈음 춘석의 발길이 멀어졌다. 매일 오다시피 하던 그가 일주일이 되어도 잘 나타나지 않았다. 궁금해서 전화를 걸면 요새 유행병이 돌기 때문에 환자가 많아서 못 나온다고 대답했다. 그래서 정임은 자기 편에서 하루에 한 번씩 전화라도 걸겠다고 말했다. 그랬더니 춘석은 전화나 걸면 무엇 하느냐고 하면서 틈나는 대로 찾아가겠다고 말했다. 그러나 정임은 바쁜데 와서는 무엇 하느냐고 전화로 이야기만 해도 좋다면서 매일같이 전화를 걸었다.

정임은 춘석의 한 가지 요구를 안 들어 주어 나무람이 간 것이나 아닐는지 하고 자기의 고집을 후회도 해 보았으나 춘석이가 차마 그럴 사람 같지는 않았다. 정 싫다면 한 마디 싫다고 말하면 그뿐일 것을 춘석은 그런 말을 한 번도 해 본 적이 없다. 그리고 결혼만 하게 되면 자연 해결될 문제를 가지고 벌써부터 싫고 좋고 할 건덕지가 되지 않을 것 같기도 했다.

더구나 이혼하겠다던 기일이 지났을 때 춘석이가 찾아와서,

“이혼을 해 주겠다는데 위자료를 너무 많이 요구해서 지금은 내가 뻗치구 있지요. 돈이 아까워서가 아니라 싫어서 헤어지는 것을 내 편에만 책임 지울려는 것이 괘씸해서 그래요. 얼마가 걸려도 이기구야 말 테니까……

정임 씨두 그렇게만 알아 줘요."
하고 증오에 찬 말로 마누라를 좋지 않게 이야기하는 것을 듣고는 춘석의
마음을 의심하는 것이 자기 잘못이라고 굳게 뉘우쳤다.

정임이가 스스로 자기 자신을 뉘우치도록 말을 해 놓은 춘석은 그 뒤에도
정임을 찾아오는 데 그리 열심이 아니었다.

정임은 다시 전화를 걸었다. 그때 춘석은 한시도 옆을 떠날 수 없는 위독
한 환자가 입원하고 있다는 대답을 했다. 정임은 그런가 하고 또 매일처럼
전화를 걸어 춘석의 목소리만 듣기로 했다.

그러나 그러기를 또 한 달이나 거의 했을 때 정임은 뜻하지 않은 소문을
들었다. 같은 은행에 있던 나이 어린 여사무원이 일부러 찾아와서 춘석의
아내가 며칠 전 해산을 했다고 알려 주었다.

그 말을 듣자 정임은 그저 입만 벌어졌다. 한 마디도 말이 나오지 않았다.
넋을 잃은 사람처럼 앉아 있는 것을 보자 말한 것이 도리어 겁이 나던지 여
사무원은,

"놀랄 거 없어요. 그 사람 자기 마누라에게 잘못했다구 싹싹 빌었대는데
요 뭐. 그래서 언니한테 찾아오겠다는 마누라를 못 오게 했대요. 돈 많은 마
누라를 버릴 수 있나요."
하고 춘석에 대한 이야기를 모조리 털어놓았다.

그 말에도 묵묵히 앉아있던 정임은 갑자기 얼굴을 붉히고,

"뭐 할 일이 없어서 그런 걸 알려 주나?"
라고 여사무원을 힐문했다.

"언니는 참, 누가 할 일이 없어서 왔겠어요. 언니가 가엾어 왔지."

여사무원은 핀잔을 듣고 돌아갔다. 여사무원이 돌아가자 정임은 그 자리
에서 뛰어나가 전화를 걸었다. 전화통을 든 정임의 목소리는 비교적 냉정
했다.

"부인께서 해산을 하셨다지요? 대단히 기쁘시겠습니다. 지금 막 그런 소
리 듣구 전활 걸었습니다."

"그런 말은 누가 그렇게 친절히 알려 줍디까?"

“세상에는 친절한 사람도 있으니까요!”

“그까짓 게 문제될 게 뭡니까? 오늘 저녁에 찾아가 자세한 이야길 할 테니까 기다려 주십시오.”

“기다리구 있지요.”

전화를 끊고 집으로 돌아왔으나 정임은 금시 집을 뛰쳐 나가고 말았다. 찾아온다는 춘석을 만난다는 것이 겁났기 때문이었다.

그는 거리를 헤매었다. 그러나 죄를 지은 사람처럼 골목길만 찾아 걸었다. 아는 사람 만나는 것이 겁났다. 오직 공포만이 그를 휩쓸었다.

삼십오 년 동안 그는 헛산 것만 같았다. 그 동안 책에서 배우고 스승들에게서 배운 지식이란 현실 앞에서 허리도 펴지 못하게 약한 것으로 생각되었다.

꿈이라든가 진실이라든가 또는 아름다움이란 인생에 있어서 하나의 양념은 될지 모르나 절대로 주식물이 아닌 것 같기도 했다.

그는 몸이 피곤할 때까지 걸었다. 솜처럼 피곤했을 때야 집으로 돌아와서 어머니 앞에 쓰러지며 혼잣말처럼 중얼거렸다.

“일생에 처음으로 한 사람을 사랑했어요. 그런데 일 년이 채 못 가서 깨지구 말았어요. 깨져서는 절대루 안 될 것이 깨지구 말았어요.”

그때 어머니가 영문을 몰라,

“왜 그러니?”

하고 물었다.

“오늘 그이가 오지 않았어요, 와서 뭐라구 말하지 않아요?”

“아니, 벌써 와 본 지가 얼만데.”

정임은 더 말할 기운이 없었다. 찾아오겠다던 사람이 찾아오지도 않고 말다니…….

그러나 정임은,

“다 틀렸어요. 그래서 안 오는 거예요.”

어머니는 진작 눈치는 채고 있었으나 당황해진 얼굴로,

“네 몸은 버리지 않았니?”

하고 물었다.

"참 어머니, 그건 잃지 않았어요. 그것만은 잃지 않았어요. 그이가 그것만은 요구하지 않았어요."

하고 얼굴을 떨어뜨렸다. 우는 것이었다.

어머니는 그것으로 만족인 모양이었다.

"그래도 사람은 무던하군……."

"사람은 나쁘지 않아요. 나쁜 사람이라곤 생각지 않아요."

정임은 그래도 울었다. 그러나 금시 자리에서 일어난 정임은 의장을 열고 결혼 준비로 만들었던 옷들을 꺼내기 시작했다.

그러면서 어머니에게 말하는 것이었다.

"이건 불쌍한 사람들에게 주거나 팔거나 해서 다 없애 버리세요. 이젠 아무 준비도 안 하구 결혼을 할래! 준비 안 하구 살아야겠어!"

춘석이가 그의 성격상 이중행동을 안 할 수 없었으리라고 호의적으로 또다시 해석해 준다고 해도 정임은 그와 또다시 타협할 용기가 나지 않았다.

추억을 잊은 사람처럼 자기 손으로 애써 만들어 놓았던 춘석의 옷을 그저 물끄러미 바라볼 뿐이었다.

(원) 《문예 17》 1953. 9.

술

술을 좋아한 것은 옛날부터의 일이었지만 아무리 술을 좋아한다 해도 실수 안 하기로는 자신이 있던 그였다. 그렇던 그가 요새 와서는 나이가 들고 체력이 약해서 그런지 술을 마시기만 하면 으레 주정부터 했다. 전보다 술을 많이 마시느냐 하면 절대 그렇지도 않았다. 예나 지금이나 막걸리 한 되면 충분할 뿐 아니라 그 이상 더 마실 생각도 않았었다. 물론 됫술이 넘는 경우도 없지는 않았지만 그것은 한 달에 한 번 있을까 말까 하는 희귀한 일이었다.

주량이 넘기만 하면 반드시 토한다. 토한 뒤에는 반드시 쓰러져 자야 한다. 모두가 귀찮은 일이었다. 한 되만 먹어도 얼큰해지고 만사가 태평인데 그 이상 더 먹을 필요가 없다. 더구나 요새 와서 주정을 하기 시작한 뒤로는 주정에 재미가 들었는지 토하고 잠자는 것이 싱거워서도 과음하기가 싫었다. 주정을 하는데도 한 되 술이 똑 알맞았던 것이다.

이 날도 용두는 한 되 술을 하고 갈짓자 걸음을 하며 집으로 돌아오고 있었다. 참으로 유쾌했다. 비틀거리며 하나밖에 모르는 '봉선화' 노래를 함부로 부르면서 길을 마음대로 이리저리 걷는다는 것이 유쾌하지 않을 수 없었다.

자동차도 클랙슨을 울리다가는 할 수 없이 제가 피해 가야 한다. 경관도 못마땅한 얼굴로 노려보기는 하나 나중에는 본체만체하고야 만다. 젊은 여성들은 멀리서부터 질겁을 하고 미리 피해 달아난다.

어깨가 툭 불거져 나온 젊은 패들도 꼴 좋다 하며 불끈 주먹을 쥐기는 하지만 결국은 침을 탁 뱉고 사라져 버리고 만다.

이만하면 신이 안 날 수 없다. 노래가 저절로 나왔다.

울밑에 선 봉선화야 네 모양이 처량하다.
길고 긴 날 여름철에…….

제일 좋아하고 제 딴에는 또 제일 잘 부른다는 봉선화였다. 그러나 길고 긴 날이란 높은 목대에 이르러서는 그만 노래를 중단하고

"제길 ── ."

하고는 일부러 비틀거리기나 하듯 땅만을 보며 이리 비틀 저리 비틀했다.

집 앞에 이를 때까지 누구 하나 시비를 걸지 않았다. 대문을 부서져라 소리를 내어 밀쳐 버리고는 열린 대문을 도로 닫을 생각도 없이 뜰을 휘청거릴 때까지도 용두는 유쾌하기만 했다.

그러나 기침소리를 하며 발 구르는 소리를 내도 문을 열고 내다보는 사람 하나 없을 때

"이…이놈의 집에는 사…사람 새끼 하…한 마리 안 사느냐?"

하고 호령질을 시작했다. 그때에야 열네 살 난 맏아들 놈이 문을 열고,

"아버지 오세요?"

하며 반색을 했다. 그러나 준석이도 아버지가 들어설 때까지 기다리는 것이 아니라 인사 한 마디만 하는 척하고는 문을 닫고 방 안으로 들어가 버리고 말았다.

용두는 푸푸 소리를 내며 문을 콱 열고 방 안에 들어섰다. 그리고는 웃양복을 벗어서는 윗목으로 함부로 던져 버렸다. 넥타이도 그랬고 와이셔츠도 동댕이를 쳐버렸다.

아랫목에 누워 있는 아내를 보지도 않고 옷부터 벗어 버리고 그 뒤에야 아내를 향해 까치다리를 하고 앉아서는 몸을 건들건들거리며,

"잘 있었어……."

하고 말했다. 눈뜨기조차 귀찮다는 듯이 그는 눈을 감은 채 말했다.

아내는 대답을 안 했다. 또 술이 취해서 왔느냐고 못마땅해하는 듯이 거들떠보지도 않고 준석에게만,

"물 좀 떠 와라!"

했다. 준석은 어머니 말이 떨어지자 몸을 돌이켜 밖으로 나가려 했다. 그러나 뒤돌아서는 순간 그만 옆에 놓았던 죽그릇을 발길로 걷어차 쏟았다. 그러자 어느새 자리에서 일어났는지 아내가 벌떡 일어나 준석의 옆구리를 주먹으로 쥐어 질렀다.

준석은 끽 소리를 내고는 그대로 서서 쏟아진 죽그릇만 물끄러미 내려다보았다. 그때 아내는 다시 한 번 준석의 옆구리를 내지르면서,

"눈깔이 썩어졌니?"

하고는 다시 자리에 누으며,

"빨리 죽지를 못하구 왜 이런 꼴들을 보누……."

하고 혼자 중얼거렸다.

그때 용두는 어느새 재떨이를 집어 들고 아랫목 벽을 향해 내던졌다. 사기 재떨이가 쨍강 소리를 내고 산산이 부서졌다.

"제…… 새끼가 그…그렇게 미…미우냐? 그 그 하나밖에 어 없는 자식이……."

"미워요. 미우니 어떡허란 말이오?"

"주…죽이렴…… 때…때릴 게 있니, 응!"

용두는 빈 죽사발을 주워서 다시 벽을 향해 내던졌다. 죽사발도 소리를 내고 조박이 났다.

"그릇을 깰 건 뭐고? 집에 불을 놓구 말지!"

아내가 누운 채 쫑알거렸다.

"이년이 무 무어라구 아 아가리질을……."

용두는 굴러가듯이 아랫목으로 갔다.

머리채를 쥐고 두들겨 주려는 기세였다. 그러나 준석이가 가운데 들어서서 아버지를 떠밀어 버렸다. 아들의 기운이 그렇게 센 것도 아니련만 용두

는 힘없이 쓰러져서는,

"죽으려거든 고 곱게 죽어라……."

하고 다시 대들 생각도 않고 중얼거렸다.

"죽지 말래두 죽지. 죽을 테니 독촉 말우……."

아내는 투덜거렸으나 용두는 못 들은 척 누운 채 일어나지도 않았다. 그의 입에서는 어느새 또 봉선화가 흘러나왔다.

길고 긴 날 여름철에
아름답게 꽃필 적에
어여쁘신 아가씨들 너를
반겨 놀았도다.

곡조를 맞추어 부르는 모양이었으나 높은 데 가서는 뚝 떨어지곤 하는 것이 노랜지 뭔지도 알 수 없을 정도였다. 노래를 그치고는 잠잠히 있다가 어느새 코를 골아 버렸다.

다음 날 아침 목이 말라 눈을 떴을 때 용두는 바지도 입은 그대로 이불만 덮고 있는 자기를 보았다. 한편 옆에는 자기의 양복과 와이셔츠가 너저분하게 흩어져 있었다.

용두는 우선 눈살을 찌푸렸다. 결혼한 지 십오 년이나 지났건만 밖에서 돌아오는 자기를 맞아 옷 한 번 벗겨 준 일이 없는 아내다. 애정이 없어서가 아니라 성격에서 오는 것이라 탓하지는 않았지만 벗어 놓은 옷을 걸어 주지도 않음을 볼 때 눈살이 찌푸려지지 않을 수 없었다.

그러나 다른 때와는 달리 병으로 누워 있는 아내다. 거동을 못할 만큼 중태에 빠진 것은 아니지만 앓고 있는 것만은 사실이다.

용두는 눈살을 찌푸린 채 옷들을 주워 못에 걸고는 부엌으로 나가 냉수 한 그릇을 들이켰다.

냉수를 마시고 다시 방으로 들어가려 할 때 용두는 이미 조반 지을 시간이 된 것을 알았다. 그는 무슨 생각에서인지 다시 부엌으로 가서 아궁이에

불을 지폈다. 불을 지피고 나서는 바가지를 들고 쌀을 꺼내려 방 안엘 들어
왔다.

그새 일어난 아내가 뺏듯이 바가지를 받아 쌀을 담아가지고는 밖으로 나
갔다.

아내가 나가는 것을 보자 용두는 다시 자리에 누웠다. 그러나 다시 일어
나 차 던지고 자는 준석의 이불을 당기어 덮어 주었다.

그는 어젯밤 자기가 어떤 일을 했는지 조금도 기억하지 못했다. 그러나
차 던진 것을 뻔히 보고도 도로 덮어 주지를 않고 그대로 나간 아내를 생각
하면서 그는 서글픔에 잠겨 버렸다.

다 죽고 하나밖에 남지 않은 아들이다. 남 같으면 제 살을 베어 먹여도
아깝지 않을 귀염둥이다. 남처럼 잘 먹이지도 잘 입히지도 못하면서 아내는
그 아들을 귀여워할 줄을 모른다. 속으로는 귀여워할지도 모른다. 자기를 미
워하지 않으면서도 싹싹한 맛을 한 번도 보이지 않는 것처럼 준석에 대해서
도 역시 애정에 대한 표현방법을 모르고 있지나 않는지 모른다. 타고난 성
격이 그렇다고 아무리 호의로 해석을 한다 해도 애정의 표현을 받지 못하고
살아가야 하는 준석으로서는 불행한 일이 아닐 수 없다.

그나마 자기라도 자식을 귀여워할 줄 안다면 문제는 또 다르다. 남의 애
건 자기 애건 애들을 좋아할 줄 모르는 용두다. 어린애 울음소리만 들으면
무엇보다노 신경을 날가롭게 하는 그이기 때문에 자식을 귀여워할 줄 모르
는 것은 타고난 성벽인 모양이다. 제 자식 아니랄 수가 없으니 자식이라 기
르기는 하나 옷 한 가지 과자 한 개 사 들고 들어와 본 일이 없다.

그런데다가 아내마저 담벽보다도 더 무뚝뚝만 하니 준석은 장차 자기의
인생을 얼마나 외롭게 살아야 할 것인가? 그러나 용두는 그것을 깊이 생각
하려 하지 않았다. 그저 천장만을 바라보며 누워 있었다.

그럴 때 밖에서,

"준석일 깨워요. 마당두 쓸구 세수도 해야지 않아요."

하고 날카로운 말이 쏘아 들어왔다. 아직 좀더 자도 괜찮을 것 같았으나 용
두는 시키는 대로 아들을 깨웠다. 깨기 싫어하는 것을 혼들어 눈을 뜨게 해

서 내보내자 아내는 요강을 쏟아라, 우물물을 길어라, 뜰을 쓸어라 쉴 새 없
이 일을 시켰다.

용두는 그렇게 일 시키는 말을 들으면서도 누운 채 어느덧 딴 생각에 사
로잡혔다.

'감원에 한 몫 끼이면 뭘 해 먹을까?'

며칠 전부터 머리에서 떠나지 않는 생각이었다. 아직 확실치는 않으나 떠
돌아다니는 말에 의하면 공무원의 삼분지일이 감원된다고 한다. 그렇게 된다
면 자기가 감원 대상이 안 될 리가 만무였다. 무엇 무엇해야 뒤에서 밀어 줄
사람 하나도 없다는 것이 감원 대상에 들어가는 가장 중요한 원인이었다.

감원을 당하고 나서 다시 월급생활을 하겠다면 체면이 없는 일이고 이권
을 얻어 사업을 시작해 보자면 자기를 기다리고 있다가 선뜻 대줄 사설 이
권이 있을 리 만무하고 그렇다고 해서 할 적마다 실패만 거듭한 장사에는
조금도 흥미를 느끼지 못하고 그러니 결국은 궁리가 망설이는 것으로 그치
고 마는 수밖에 없다. 그렇다고 해서 궁리마저 포기할 수는 없다. 궁리가 걱
정과 고민으로 변한다 해도 또 궁리를 해야만 할 일이다.

용두는 직장에서 해고가 된 뒤 할 일이 없어서 거리를 헤매게 된다면 생
활의 패배자로서 변명의 여지가 없어질 자기를 생각해 본다. 참으로 멋쩍은
일이었다.

"자릴 개구 세수나 하세요."

아내가 모질게 소리를 질렀다. 남의 속을 엔간히 태우라고 앙탈을 부리는
듯 야무지기 짝이 없는 목소리였다. 그런 말투에는 '응' 하는 입맛이 쓰다는
대답마저 나오지 않았다. 비록 오랜 병에 시달려 한때나마 몸이 깨끗하지가
않다 할망정 조금만 부드러운 목소리로 말해 주면 얼마나 마음이 좋을까.

용두는 일어나서 이불을 개고 방을 쓸었다. 참으로 이상스런 것이 눈에
띄었다. 빗자루를 들고 아랫목으로 내려갔을 때 두 조박으로 난 재떨이와
산산히 부서진 사발이 방바닥에 함부로 흩어져 있었다. 벽을 올려다보니 벽
지가 찢어진 사이로 움푹 패인 흙이 금시 흘러내릴 것 같았다.

"내가 또 실수를 한 게로군."

통 기억이 나지 않았다. 그러나 그렇게밖에 달리 생각할 도리가 없었다. 용두는 깨진 그릇들을 신문지에 싸 들고 문 밖으로 나가면서,

"이거 내가 깼수?"

하고 아내에게 물었다. 그런 말도 물어 볼 것 없이 모른 척 내다버리고 싶기도 했지만 자기의 행동을 감추려는 비굴한 태도가 아내 눈에 드러나고야 말 것이 싫었던 때문이었다.

"몰라서 나한테 묻는 거요?"

그런 말이 나올 것쯤 짐작 안 된 것은 아니었다. 다만 그 이상 더 말 못하게 하면 그뿐이다.

"또 취했었군!"

혼잣말처럼 중얼거리며 쓰레기통으로 나가고 있을 때,

"날 빨리 죽이시우. 빨리 죽여요."

하고 아내가 말했다. 그런 정도면 능히 못 들은 척할 만하다.

조반상을 마주하고 앉았을 때 아내가,

"약은 물어도 안 봤지요? 그런 거야 생각이나 할라구. 술이나 먹었으면 그뿐이지!"

또 살을 깎을 듯이 말했다. 설사 자기에게 죽을죄가 있다 해도 조금만 부드럽게 말해 준다면 얼마나 고마울 것인가.

위하수(胃下垂)로 오래도록 고생하고 있는 아내이기는 하다. 가지각색 약을 써 보았지만 통 낫지를 않고 딴 병까지 합친 모양이다. 요새는 밥도 못 먹고 겨우 죽으로 연명하면서 억지로 끼니만 끓이고는 밤과 낮을 누워서 지낸다. 누구에게서 들었는지 미국서 새로 들어온 좋은 약이 있다면서 약방에 들러 오라던 말을 어젯밤 술이 취하기 전까지 분명히 뇌까리었다. 생각을 못한 것이 아니라 가 보아야 아무 소용이 없는 빈 주머니가 자기를 무심케 만든 것이었다.

그러나 대답할 재료가 없으니 결국은 아내의 말에 항변할 수도 없다. 변명을 하자면 이야기가 길어질 것이고 이야기가 길어지면 말을 꺼내지 않는 것만도 못한 결과를 가져오게 된다.

　자기가 술주정을 시작하게 된 것도 결국은 짜증만 내는 아내가 이야기를 길게 한 데서부터 시작되었다. 아무리 말해도 자기 속을 알아 주려고 하지 않는 듯이 보일 때 그는 아내를 욕설로 대했고 주먹으로 대했다. 그 길밖에 별 도리가 없었던 것이다. 앓는 아내를 때린다는 것은 반성했으나 주정만은 계속했다. 주정만은 아내도 어쩌지 못하는 것을 알았기 때문이었다.

　“오늘은 알아보지!”

　사실은 미안했다. 어떻게 해서든 약방에 들르리라 마음먹었다.

　그때 아내는,

　“사람이 죽어 가는데 그럴 수가 있수?”

하고 하소하듯이 태도를 고쳐 말했다.

　눈물은 흘리지 않았지만 금시 울 것 같기만 했다.

　“글쎄, 오늘은 가 본다니까…….”

　용두는 밥도 채 먹지 못하고 집을 뛰쳐 나왔다.

　사무실에 나가자 용두는 돈 돌릴 궁리부터 했다.

　말할 수 있는 사람에게마다 염치를 버리고 말했다. 나중에는 외부에 있는 사람에게 전화를 걸기까지 했다. 그만 것쯤 힘들지 않을 것 같은데도 쉽사리 되지가 않았다.

　그러나 구멍은 뚫리고야 마는 모양이었다. 뜻하지 않았던 친구가 찾아와 술을 먹자고 했다. 참으로 반가웠다. 퇴근하기가 바쁘게 술 먹을 자리가 기다리고 있다는 것을 생각하면 하루가 온통 즐겁기만 했다.

　그러나 용두는 하루의 즐거움쯤은 아내를 위해서 희생시켜야 했다. 술 먹자는 친구에게 술 먹는 대신 돈을 취해 달라고 하는 것은 그 이상 더없이 옹졸한 일이오, 더없이 비굴한 일이기는 했으나 정말 할 수가 없었다. 평생을 두고 손가락질을 할 것 같기도 했으나 어두운 그림자로 자기의 목숨을 감고 살아가고 있는 아내를 생각할 때 그는 용기를 내고야 말았다.

　친구는 벙글벙글 웃으며,

　“그런가…….”

하고 돈을 꺼내 놓고는 몇 시까지 어디로 오라고 했다. 술친구는 역시 통하는 데가 있었다.

그러나 외상 술을 먹으면 먹었지 무슨 체면으로 또 술을 얻어먹으러 갈 수가 있을 것인가.

용두는 어떤 일이 있어도 퇴근만 하면 약방부터 들를 것을 결심했다. 동료들이 감원 문제를 가지고 또 떠들썩했으나 그런 것으로 마음의 동요를 일으키지 않으려 했다. 오늘은 무슨 과는 무슨 과와 합병이 되며 무슨 과는 아주 없어지고 만다는 말까지 했다.

자기의 운명은 점점 뚜렷해지는 것 같았다. 딴 실수는 없다 해도 술 좋아하기로 유명한 자기는 그 조건만 가지고도 감원 대상이 될 만한 자격이 충분했다.

그러나 용두는 그 날이 오면 또 그 날에 취할 길이 있으려니 생각했다.

그래서 퇴근을 하자 결심대로 약방을 찾아갔다. 열 군데도 더 찾아 돌아다녔지만 구하는 약은 없다는 대답이었다.

아내가 그렇게 죽어야 할 마련인지 그렇지 않으면 자기가 그렇게 살아야 할 마련인지 통 알 수가 없었다.

주머니에 돈이 들었다는 것만이 기뻤다. 한 되 술을 또 마셨다. 발걸음이 비틀거렸고 노래가 흘러나왔다. 약을 못 사 왔다고 아내가 또 무엇이라고 쫑알댈 것이지만 할 수가 없는 일이 아닌가? 자기가 나빠서 못 산 것은 아니니까?

울밑에 선 봉선화야 네 모양이 처량하다.

노래 한 절을 부르고 비트럭거리며 집으로 돌아오던 용두는 길바닥에 주저앉았다. 그리고는 길 위에 있는 자갈 한 개를 집어 부서져라 길바닥을 두들겼다.

"비…빌어먹을 것! 왜 하…필 울밑에서 꽃이 피 피느냐 말야……."

그는 다시 일어서서 걷기를 시작했다. 또 노래다.

길고 긴…… 여름철에
아름답게 꽃필 적에!

그러나 집 근처까지 왔을 때 그는 그만 길 위에 또 주저앉고 말았다. 푸우 하고 바람을 입술로 내팅기었다. 침을 탁 하고 내뱉었다. 그리고는 한참 동안 머리를 내저었다. 그때 어떤 사람이 그의 어깨를 들고 일으키었다.

"몹시 취하셨군요."

바로 옆집에 사는 젊은 사람이었다.

일으키는 대로 일어서기는 했으나 용두는 몸부림을 치며,

"놔. 이 녀석……."

하고 고함을 질렀다.

"빨리 돌아가서 쉬시지요."

"이놈아. 내가 쉬건 안 쉬건 네게 무슨 상관야?"

"그러지 마시구 빨리 가세요."

"이놈 봐라. 누구더러 함부루 가라 마라 하는 거야."

이쯤 되자 젊은 친구는 귀찮은 모양이었다. 용두를 내버려 두고 길가에 웅크리고 앉아 담배를 피워 물었다.

용두는 그냥 돌아가기가 싫었다. 젊은 친구에게로 달려갔다.

"이 빌어먹을 자식, 뭐 어쩌구 어째?"

하고 삿대질을 했다.

젊은 사람은 그래도 싱글싱글 웃으며,

"빨리 돌아가세요."

하고 점잖게 이야기했다.

어깨가 툭 나오고 키가 후리후리한 게 힘깨나 쓸 만했다. 용두 같은 건 열 명이라도 때려 눕힐 만해 보였다. 그런데도 싱글싱글 웃기만 한다. 용두는 신이 났다. 아니 점점 더 만만해 보이기만 해서,

'엠벵할 자식'이니 '빌어먹을 놈'이니 하고 대들었다. 그래도 젊은 사람은 빨리 가서 자라고 등을 밀어 보내기만 했다. 구경꾼이 하얗게 모이었다. 용

166

두는 더 신이 났다.

"너 청년단 돈을 떼먹구 쫓겨났지? 개자식 같으니."

그때야 청년은 얼굴을 붉히고,

"뭣이 어째요?"

하고 달겨들 듯이 푸르럭거렸으나 옆에서들 말리는 바람에,

"술을 먹어두 곱게 처먹질 못하구."

겨우 이것뿐이었다. 그것만으로는 어딘가 싱거운 것 같았다.

"내가 모르는 줄 알아. 다 안다. 다 알어. 그리구 자식까지 있는 놈이 총각 행세를 하며 색시를 겁탈한 것두. 천하에 죽일 놈 같으니. 하늘이 무섭잖냐?"

어떻게 해서 듣지도 알지도 못하는 그런 말들이 술술 나오는지 이상스러웠다.

그러나 청년은 그 이상 더 못 참겠다는 듯이 쏜살같이 달려와서 멱살을 쥐고, 용두를 넘어뜨리고는 갈기고 밟고 했다. 한참 짓밟고 나서야

"사람을 뭘루 보구 그래?"

하고 물러섰다. 용두도 따라 일어섰다. 다리가 휘청거렸고 얼굴에 선뜩 선뜩하는 것이 흘러내리는 것 같았으나 아무렇지도 않았다. 아픈 데도 없었다. 그것만으로 그칠 수가 없는 것 같았다.

"이놈아! 너 육이오 때 빨갱이 짓을 한 것두 다 알아. 사람을 죽이기도 하구……."

또 도전이다. 청년은 다시 달려왔다. 그러나 모였던 사람이 한 패는 청년을 붙잡고 한 패는 용두를 끌어 집에까지 데려다 주었다.

아내가 뛰어나왔다.

집에 들어가자 아내가 용두를 눕히고 솜으로 얼굴과 머리를 닦아 주었다.

"때려두 이렇게까지 때릴 거야 어디 있누?"

아내는 걱정이 대단한 모양이었다. 자기 몸의 아픔도 완전히 잊어버린 것 같았다.

용두는 벌떡 일어났다.

"나를 때린 놈이 어떤 놈이야?"

그때 아내가 다시 용두를 붙잡아 눕히며,

"술이나 깬 뒤 이야기하구 좀 주무세요."

하고 머리에 무엇을 감기 시작했다.

"내가 취한 줄 알아? 내가 왜 취해!"

누워서도 고함을 지르고 있을 때 옆에서 아들이 쭐쭐 눈물을 흘리었다.

그것을 보자 용두는 다시 일어나,

"이 자식, 네 눈엔 애비가 불쌍해 보이냐?"

하고 따귀를 한 대 갈겼다. 그리고는 다시 누워서,

"내가 왜 불쌍해? 불쌍한 놈은 따루 있지. 따루 있어."

하고 중얼거렸다.

다음 날 아침 눈을 떴을 때, 용두는 골이 쑤시고 사지가 저린 것을 느꼈다.
얼어맞아도 몹시 얼어맞은 모양이었다. 머리에는 붕대가 칭칭 감겨 있었다.

"아이구!"

용두는 자기도 모르게 앓는 소리를 했다. 그때 아내가 부엌에서 들어오며,

"더운 국이나 마시세요."

하고 된장국 한 그릇을 내밀고 베개 옆에 앉았다.

(원) 《신천지 57》 1953. 11, (출) 『방관자』 창신문화사, 1960.

용초도 근해

말로는 판문점을 향해 달리고 있다 하나 정말 남쪽으로 가고 있는 것인지 그렇지 않으면 반대 방향인 북쪽으로 해서 시베리아로 가고 있는 것인지 그 것을 확실하게 알고 있는 사람은 하나도 없었다. 더구나 사면이 꽉 맥힌 트 럭(호로를 씌운) 속에 앉아 있으니 더욱 그러했다.

하기야 같은 앰뷸런스에 탄 괴뢰군 장교가 틀림없이 판문점으로 간다고 몇 번씩이나 거듭 말했건만 정말처럼 하는 말일수록 그것이 거짓이라는 것 을 여러 해 동안 체험해 온 그들이라 그런 말을 곧이 들을 리 만무했다. 그 들의 말을 참말이라고 곧이 들으려 하는 마음이 없어진 것과 동시에 그들의 말이 얼마나 거짓이라는 것을 안다 해도 또한 거짓말에 놀라지 않을 만큼 되어버렸기 때문에 그들은 판문점 대신에 시베리아로 간다고 해도 그리 놀 라지는 않을 것이다.

다만 거짓말이라 해도 그것이 보통 거짓말 달리 삼 년 동안이나 그리워하 던 대한민국으로 돌려보낸다는 그러한 거짓말이기에 그것이 설사 새빨간 거 짓말이라 해도 그들의 마음을 설레게 만들어 놓은 것만은 사실이다.

앰뷸런스가 엔진을 끄고 어떤 지점에서 멎어 섰다.

트럭 안에 앉아 있던 귀환장병들은 자동차의 반동에 몸을 혼들리었으나 금시 제자리로 도로 앉아서는 서로의 얼굴만을 바라보았다.

괴뢰 장교가 판문점에 다 왔으니 전부 하차하라고 명령을 했으나 한 사람도 내릴려는 이가 없다. 꿩한 눈으로 서로의 눈치만 살피고 있다.

아직까지도 판문점이란 말이 곧이 들리지 않는 모양이다.

그러나 어디선가 이북에서는 한번도 들어보지 못한 양산도가 브라스밴드의 금속 악기를 통해 들려 왔다.

"야—— 대한민국이다!"

누가 고함을 질렀다.

"정말이다."

한편에서 맞장구가 나왔다. 그러나 잠시 동안은 다시 잠잠해졌다. 들려오는 음악 소리가 환상 속에서 듣는 음악이 아니라는 것을 확인하기 위하여 그들은 꼭같이 귀를 기울이고 서로의 표정을 살피는 것이었다. 잠시 뒤에야 한 사람이,

"자—— 내리자."

하고 몸을 일으키었다. 시베리아가 아니라 틀림없는 대한민국이란 확신이 든 모양이었다. 침울하던 눈동자들이 불을 토하듯 번쩍이기 시작했다.

그때였다. 어떤 한 사람이 발작을 일으키듯 입었던 옷을 벗어 내던지었다.

"더러운 놈의 옷——."

침을 뱉듯이 말하자 모두가 일시에 옷을 벗어 버렸다. 병균이 붙은 옷을 처리하기나 하듯 그들은 벗은 옷을 될 수 있는 대로 멀리 내 던지거나 그렇지 않으면 벗은 옷을 발로 내려 밟았다.

알몸뚱이로 내린 용수는 우선 사방을 돌아보았다. 낯설은 곳으로 이동 될 때마다. 죽음을 당할 곳으로 이송되는 듯 불안한 눈초리로 사방을 돌아보던 바로 그러한 불안이 그의 눈 속에 어리어 있었다.

삼 년 동안이나 보아 오던 괴뢰군 장교들의 지긋지긋한 양복이 우선 눈 속에 들어 왔다. 용수의 눈은 날쌔게 움직이었다. 좀더 다른 것을 찾아보려는 것이었다. 용수는 말뚝처럼 서서 양산도를 불고 있는 군악대로 눈을 돌리었다.

깨끗한 옷을 입고 정연하게 서서 기운 있게 음악을 불고 있는 국군들이었다. 다 같은 국군이면서도 헐벗고 굶주림 속에서 쇠잔한 몸으로 돌아오는

탕아를 맞이하듯 자기를 물끄러미 바라보는 그 얼굴들을 보자 용수는 눈시울이 뜨거워짐을 느꼈다.

"불행하지 않고도 살아 온 사람들."

"저주받을 나의 운명."

이러한 탄식이 자기도 모르게 입 안에서 어물거렸다.

수많은 미군과 국군 장교의 환영을 받으며 '자유의 문'으로 들어설 때는 자기의 운명을 저주하지 않아도 좋았다. 자기도 이제부터는 자유 속에서 불행을 잊고 살 수 있다는 새로운 감격이 마음 속에서 약동했던 것이다.

괴뢰의 옷을 벗어 버렸다는 것이 그저 시원할 따름이었다. 사루마다까지라도 벗어 버리면 더욱 시원할 것 같았다. 부끄러움이 있을 것 같지가 않았다.

계속되는 음악 소리가 용수의 눈물을 자꾸만 흐르게 했다.

벗을래야 벗을 수 없던 옷을 지금 아주 벗어 버렸다. 그리고 흥겹게 춤출 수 있으며 민족의 체온이 그대로 흘러나오고 있는 음악이 그를 부드럽게 안아주고 있다.

죽어도 행복스러울 것만 같았다. 아니 행복의 열정 속에서 죽어 버리는 것이 가장 만족스러울 것 같기도 했다.

용수는 여러 귀환장병과 함께 대한민국이 주는 옷을 새로 입었다. 모자에서 양복, 양말, 구두 할 것 없이 모두 새것이다. 용수는 틀림없이 대한민국의 날개 밑으로 들어 왔다는 확신을 더욱 굳게 하였다.

간단한 명부 작성이 끝나자 용수는 헬리콥터를 탔다. 생전 처음으로 타 보는 것이었다. 이북에 있을 때 미군 폭격기가 머리 위를 지나가기만 하면 그 비행기 속에 앉아 있는 사람을 부러워하던 용수가 그놈만 타면 몇 시간도 안 걸려 고향으로 날아갈 수 있다는 가련한 생각이 그를 얼마나 괴롭히었던가?

이제 꿈과 같이 그리던 비행기까지 타보게 되었다. 그것도 보통 비행기가 아니다. 괴뢰군들이 미국에는 물자가 없어서 만들다만 비행기를 한국에 내보냈다고 부끄럼도 모르고 비웃던 그 헬리콥터다. 비행기보다도 타기 힘든 헬리콥터 위에서 그야말로 미끄러지듯 공중을 날아갈 때 용수는 중공군에게 포로된 이후 한번도 무엇을 타 본 적이 없는 과거를 생각해 보았다. 인제에서 평양까지, 평양에서 천마(天摩)수용소까지, 그리고 천마에서 우시(牛時)수용소까지 몇천 리가 될지도 모르는 길이었으나 기차 한번 타지 못하고 내내 걷기만 했다. 그 행군하는 도중에 아무도 모르게 죽은 전우가 얼마든지 있다. 쇠약한 몸에 병이 들어 잘 걷지를 못하다가 회모두리 길에서 없어진 전우 그리고 추위와 굶주림에 기운을 잃었다가 방공호에서 강제 매장을 당한 전우!

용수도 도중에 다른 전우들처럼 미리 죽어버리기를 바라기 몇 번이었는지 모른다. 아무래도 죽을 것만 같았다. 살아나갈 것 같은 자신이 정말 눈꼽만큼도 없었다. 몸은 눈에 보이는 듯이 약해져 가고 괴뢰군들의 학대는 날로 심해 가고 그러니 살아서는 무엇하랴 하는 생각도 없지 않았다. 그러면서도 삼 년 동안 죽지를 않고 살아 왔다.

꿈 —— 정말 꿈이었다. 과거는 아름다운 꿈이라고 말한 사람이 있지만 용수의 꿈이 아름다운 것은 못 되었다 할망정 과거를 꿈으로 돌릴 수 있다는 행복감 그것이 삼 년 동안의 세월을 하루처럼 짧은 것같이 만들어 주기도 했다.

어디를 날아가는지 모르지만 불현듯 콘세트와 천막이 내려다 보였다. 어떤 부대가 주둔해 있는 모양이었다.

용수는 눈을 크게 떴다. 자유를 뺏김 없이 마음대로 움직이고 있을 전우들의 행동과 그리고 그 얼굴까지 살펴보고 싶었던 것이었다. 그러나 움직이는 군인을 보기 전 용수의 눈에 들어 온 것은 높다란 국기탑에 휘날리고 있는 태극기였다.

용수는 자기도 모르게 옆에 있는 성주의 손을 붙잡았다. 그리고는,

"저것 봐 저 태극기……"

하고 중얼거렸다.

"아까 판문점에서두 보지 않았어?"

손목을 접힌 전우가 이미 신기로울 것이 못 된다는 듯이 대답했다.

그러나 용수는 문득,

‘하나님이 보우하사 우리 나라 만세——.’
라는 애국가 구절을 입 속으로 외었다.
그리고는,
‘하느님이 보우하사 내가 살아 왔구나.’
하는 생각이 연거푸 들었다.

자기가 살아서 돌아 왔다는 것은 기적도 아니오 우연도 아니오 자기의 의지력 때문에 살아온 것같이만 생각되었다.

용수는 눈을 감고 무엇인가 자기를 도와 준 그것에 대하여 감사를 드리고 싶었다.

그는 눈을 감았다 무슨 말로나마 감사의 뜻을 표하려고 할 때 그의 눈에는 천마수용소에서 죽은 기독교 신자의 얼굴이 나타났다. 죽기 며칠 전에

“나는 아무래도 죽어야만 할 사람입니다. 기독교 신자라고 해서 남보다도 밥을 적게 주면서 정보수집을 하라고 강요할 때 나는 밥 한 술을 더 얻어먹기 위해서 동지들의 비행을 밀고했습니다.

밥 한 술을 더 얻어먹고 나자 나는 내 죄를 용서해 달라고 하느님께 기도를 올렸지요. 정말 괴로웠습니다. 그러나 하느님은 나를 용서해 주시지 않는 것 같습니다. 괴로워 견딜 수가 없구만요.”
하고는 눈물을 흘리던 그 얼굴.

며칠 뒤 그 전우는 여러 열병 환자와 더불어 죽고야 말았다. 약 한 알을 얻어먹지 못하고 죽어간 전우들! 하루에도 열 명 이상이 매장되는 병자들 틈에 끼어서 죽어 간 그 전우는 죽기 바로 전날,

‘주여! 저를 불러 주시어 감사하옵니다. 유황불에 떨어져도 아까울 것이 없는 이 죄인이오나 버리시지 마시옵고 인도해 주시옵기 바라옵나이다.’
라고 기도를 드렸다.

죽으면서도 하느님께 감사를 드린 그 전우가 한없이 거룩하게 생각되었다. 죽음을 앞둔 예수가 겟세마네 동산에서 하느님께 기도를 드리던 그 얼굴과 흡사한 얼굴로 생각되었다.

따라서 하나님께 감사 드리려고 하는 자기 마음도 거룩한 것으로 생각되

었다. 평화를 얻은 거룩한 마음 —— 그것은 죽어도 부끄럼이 없을 것 같았다.

그러나 용수는 번개처럼 지나가는 또 하나의 얼굴을 보았다.

그것은 자기의 말 한 마디로 말미암아 몇 달 동안을 영창에서 고생한 전우 김정갑의 얼굴이었다.

용수는 눈을 번쩍 떴다. 지나간 일을 머리에서 씻어 버리려는 노력이었다. 그리고는 움직이는 눈 아래 풍경에 신경을 집중시켰다.

서울의 거리 거리가 눈 안에 들어왔다. 공중에서 보아 그런지는 모르지만 폭격에 아무 것도 남지 않았다는 서울 거리가 옛날과 조금도 다름이 없이 그대로 남아 있는 것 같았다. 중앙청도 그렇고 남대문도 그렇다. 삐쪽 삐쪽 솟아오른 건축물들이 옛날 그대로 남아 있었다.

용수는 자기 집이 있는 사직동을 찾으려 했다. 나무가 우거진 인왕산 밑에 쪼그마한 집들이 옛날과 변함없이 그대로 앉아 있다. 길도 옛길 그대로 사방으로 갈려 나간 것이 지도를 보듯 내려다 보였다. 용수는 2층 벽돌집 옆에 있는 자기 집까지 발견하고야 말았다. 가족들이 들락날락하는 것처럼 보이는 낯익은 집 —— 그는 손을 흔들며 고함을 지르고 싶었다. 자기가 살았는지 죽었는지도 모르면서 그래도 살아 돌아오기만 기다리며 걱정에 싸여 있을 부모들 —— 만약 그들이 헬리콥터를 타고 그들 머리 위로 날아가고 있는 자기를 볼 수 있다면.

그러나 헬리콥터는 그러한 생각을 오랫동안 계속할 수 없도록 그만 공중에서 내려와 버리고 말았다. 용수도 헬리콥터에서 내리자 피곤한 몸을 쉬이기 위하여 천막 속 침대에 누어 버렸다.

그 날 밤 용수는 혜민을 만나 이야기하는 꿈을 꾸었다. 천막 수용소를 떠나 어디론가 행군을 하고 있을 때 혜민이 행렬 뒤를 따라오며 같이 가자고 손짓을 하는 것이었다. 용수는 슬그머니 대열 맨 뒤로 떨어지면서 혜민 가까이로 가서 어디로 가는지도 모르니까 빨리 집으로 돌아가라고 말했다. 혜민은 죽어도 따라간다고 하면서 종시 말을 듣지 않았다.

"어머니가 기다리고 있지 않아?"

"오마니두 따라가라고 기랬어요."

"가면 어떡헐테야?"

"어떡하긴 뭘 어떡해요 거저 가는거디오."

용수는 혜민의 손을 잡았다. 다리를 질질 끌면서도 웃는 낯으로 따라오는 혜민을 끌어 다니면서 어디까지나 같이 가려고 할 때 인솔해 가던 괴뢰군이 뒤로 와서 용수의 뺨을 갈기고 총부리로 혜민을 떠밀었다. 혜민은 땅바닥에 쓰러진 채 일어서지를 못했다. 다만 고개를 들고 손을 저으면서,

"함자(혼자)가문 난 어떡하라우에?"

하고 외칠 뿐이었다.

행렬은 앞으로만 나아갔다. 혜민은 까마득히 떨어졌다. 산모퉁이를 지나자 혜민의 내젓는 손이 아주 사라지고 말았다.

꿈에서 깨어난 용수는 꿈이 꿈 같지가 않고 혜민이 자기 집 앞에서 자기를 어떻게 하라고 혼자만 두고 이남으로 갔느냐 하면서 내젓는 손이 눈앞에 그대로 보이는 것만 같았다.

원망하는 듯한 눈초리로 언제까지나 내 젓고 있을 그 손!

용수는 입을 꽉 물고 한숨을 코를 길게 내뿜었다.

언제든 만나기만 하면 이남으로 넘어가자던 혜민이었다. 수용소에서 도망쳐 나오라고 하면서 자기는 벌써부터 이남 갈 때 먹을 쌀과 옥수수를 삶아서 말려 두었다고 말해 왔다. 괴뢰군과 중공군의 눈을 피해서 산 속으로 도망가려면 먹을 것이 없을 터이니까 그러한 식량을 미리 준비했다는 것이었다.

공산 치하가 되자 땅과 재산을 전부 몰수당했고 아버지는 지주라 해서 시달림을 받다가 종내 감옥에서 죽고 말았다.

오빠는 괴뢰군에 뽑혀간 지 삼 년이 되었으나 죽었는지 살았는지 소식도 모른다. 남부끄럽지 않게 살다가 밀리고 밀리어 천마까지 와서는 어머니가 담배 장사를 해서 지금 겨우 목구멍에 풀칠을 해가고 있다.

그저 싫기만 하나 이북 그 이북을 그렇게도 싫어하면 이남으로 넘어가자던 혜민을 혼자 내버려두고 왔으니 지금쯤 혜민은 미치고 말지나 않았을는지……

용수는 머리를 풀어헤치고 미친 여자처럼 손만 내젓는 혜민을 그려 본다.

"난 어떡하루우요, 에?"

용수는 가슴이 찢어지는 것 같았다. 몸부림을 치면서 뒹굴고만 싶었다. 안타까운 가슴을 걷잡지 못해 긴 한숨만 내 쉬고 있을 때였다.

옆 침대에 누었던 민성주가,

"최 형."

하고 불렀다.

"응!"

용수는 시름없이 대답했다.

"확실히 대한민국이 좋지요?"

성주는 엉뚱한 말을 했다. 용수는 무슨 말을 할랴고 하는 것인지를 몰라

"거 무슨 말이야?"

하고 물었다. 성주는 군대 계급도 아래려니와 나이도 이삼 년이나 차이가 있다. 그래서 반말을 해오는 터였다.

"나는 어제 판문점에서 양산도를 듣구 정말 눈물을 흘렸어요. 아무런 이유도 발견 못했지만 그 노래를 들으니까 고저 눈물이 흘러 나오지가않아요. 참 이상스러웠어요."

"그게 당연하지 않아. 제 민족 감정을 도루 살릴 수 있다는 감격에 어찌 눈물을 흘리지 않을 수 있어."

"나는 그런 눈물이 있을 수 없다구 생각해 왔어요."

"상당히 젖었댔군 공산주의 사상에…… 그러나 자기도 모르게 좋은 것은 무조건 좋은 것이니까 할 수가 없지 않아. 그것이 인간인걸 그런 인간성을 기계처럼 만들어 버리려는 데 모순이 있는 거지."

"천만예요 그런 감정 속에 사로잡혀 살두새 인간의 발전이 없게 되는 거 아닙니까?"

용수는 더 응수하기도 싫었다. 수용소에 있을 때부터 반미국투쟁위원회 지도원으로 날치던 성주임을 알고 있다. 대한 민국에 돌아와서 까지 그런 사람과 긴 이야기를 하고 싶지가 않았다. 더구나 혜민의 생각이 가슴을 뻐

근하게 하고 있는 지금 그러한 이야기로 혜민의 그림자를 지워버리고 싶지가 않았던 것이다.

용수가 대답을 안 하고 묵묵히 있자 성주는 목소리를 낮추어,

"이북에서 지나던 이야기를 아무에게두 말하지 말아요."

하고 다짐을 받듯이 말했다. 그리고는 천장을 향해 똑바로 누어서는 눈을 섬직섬직하며 생각에 잠겨버렸다. 아마 이북에서 날치던 일이 누설될까 걱정을 하는 모양이었다.

"걱정 말어."

용수는 자신 있게 대답했다. 이미 이남으로 넘어왔고 또 앞으로는 공산주의자와 접촉할 수도 없게 되었으니 자기가 공산주의의 영향을 받았다 해도 공산주의를 청산하지 않으면 안될 성주다 그러한 성주를 자기의 입놀림으로 괴롭게 한다는 것은 성주에 대하여 죄스러운 일이 아닐 수 없다. 더구나 성주의 말을 듣자 용수의 머릿속에는 이북 수용소에서 자기 때문에 고생을 한 김정갑 생각이 다시 솟아올랐다. 대한부활대에 가입했다고 해서 중노동을 시키고 있는 국군 장교에게 세숫물을 떠다 주었다는 이유로 자치위원회에서는 김정갑을 인민재판에 회부하였다.

그때 중대규율부위원장으로부터 용수도 김정갑에 대한 성토를 행하도록 명령을 받았다. 명령에 복종하지 않는다면 김정갑 이상으로 주목을 받고 또 처벌을 낳할 것이 분명함으로 할 수 없이 승낙을 했다. 다행하게도 처음에 지명되지는 않았다. 다섯 사람이 김정갑의 소위 반동적 행동을 지적한 뒤 여섯 번째로 용수가 지명을 받아 일어섰다. 용수는 다섯 사람이 말한 이야기를 모아 그들과 꼭 같은 말을 되풀이하였기 때문에 용수는 마음이 그리 무겁지가 않았다. 만약 맨 처음에 지명이 되어 생뚱 같은 소리를 했다고 하면 전우들의 얼굴을 바라보지도 못했을 것이다.

용수는 남들이 한 대로 김정갑은 반동적 행동을 하였으니까 처벌을 주어야한다고 막연하게 말을 맺고 제 자리에 앉았다.

그러나 자기를 주목하고 있던 작자가 있었든지 용수가 자리에 앉자마자 어디선가

"처벌을 하면 어떻게 해야 한다는 걸 구체적으루 말하시오."
하고 큰 소리로 외치었다. 그러자 자치위원장이
"옳소 구체적인 방법을 제안하시오."
하고 다시 일어서게 했다.

하필 자기에게만 그런 요구를 청하는 이유가 어디 있는지 몰랐다. 용수는
모든 피가 얼굴로 밀려올라옴을 느꼈다. 얼굴이 화끈해졌다. 그러나 대답을
안 할 수가 없었다. 처벌을 주어야 한다는 말을 해놓았으니 구체적 방법에
대해서만 거절할 수는 없다. 거절한다는 것은 또한 반동이다.

용수는 따지고 생각할 겨를도 없이
"육 개월 영창을 제안합니다."
하고 말해 버렸다. 어떠한 근거에서 6개월이란 숫자가 산출되었는지는 자기
도 모른다. 6개월 하면 그리 적지도 않고 또 그리 많지도 않으리라는 생각
에서였을는지 모른다. 죽여야 한다는 생각만 들면 어떻게 해서라도 죽이고
야 마는 그들 사회에서 6개월 영창이란 그리 무거운 죄가 아닐 것 같기도
했다.

용수의 말이 떨어지자 박수 소리가 들려 왔다. 그러나 맨 앞에 서 있던
김정갑의 얼굴은 파랗게 질려 있었다. 용수는 가슴이 떨리었다.

노예처럼 명령에 복종하는 것만이 자기의 전부이면서 그래도 남에게 처
벌을 언도하였다는 것은 우선 자기를 모독하는 일이었다. 더구나 꼭 같은
학대를 받고 있으면서 자기는 무슨 권리가 있기에 자기의 전우를 처벌할 수
가 있다는 말인가?

남의 비행을 밀고하는 권리만이 특권처럼 부여된 공산주의 사회이기는
하나 결국 서로 서로가 남의 비행을 밀고하다가 서로 서로가 자멸해 버리고
마는 무서운 특권!

용수는 땅 속에 잦아들고 싶었다. 그러나 중대장이라는 괴뢰군 장교가 일
어서서,

"여러분은 김정갑 동무에게 육 개월 영창을 선언했습니다. 그러나 김 동
무의 장래를 위하여 나는 특별한 고려 끝에 삼 개월 영창이 적당하다고 생

각합니다. 그래서 김 동무가 하루빨리 반성하여 우리 곁으로 돌아오기를 기다리는 바입니다."

하고 최후선언을 할 때 용수는 그만 죽어 버리고 싶어졌다

소위 괴뢰 장교라는 자가 3개월을 적당하다고 말하는데도 불구하고 자기는 김정갑을 무슨 원수라고 6개월을 선언을 하였던 것인가? 괴뢰 장교보다도 자기는 자기의 전우를 더 미워했는가? 그러니 김정갑은 물론 다른 전우들이 자기를 어떻게 생각 할 것인가? 괴뢰들에게 가장 충실하듯 보이려고 비겁한 아부를 했다고 손가락을 할 것이 아닌가

언제나 말로만은 가장 관대한 척 보이는 괴뢰들의 연극적인 행동이 미워지기까지 했다. 김정갑에게는 불행하는지 모르나 괴뢰 장교가 6개월 영창보다 좀더 무거운 언도를 내렸다면 자기는 약간의 면목을 유지할 수 있었으리라는 생각이 들었다.

어쨌든 포로로서 3년 동안이나 살아오면서 자기로서 잊지 못할 사람은 김정갑이다. 그도 포로 생활에서 가장 미워한 사람이 또한 자기 한 사람뿐이었을 것이다. 이제 대한민국으로 돌아 와서 그러한 전철을 어찌 또다시 밟을 수 있을 것인가 용수는 안심해도 좋다는 듯이 성주를 향하여,

"좋은 사람만 되라구……."

하고 덧붙이었다.

며칠이 지난 뒤였다.

천막 속에서 나와 마당을 거닐고 있을 때 성주가 옆으로 와서,

"고향이 서울이랬지요?"

하고 말을 부치었다.

용수는 고개를 끄덕하며 '응' 하고 대답했다.

"서울까지 와서두 가족들을 만나지 못하니 꽤 답답하겠군요?"

"말할 거 있어?"

용수는 그렇지 않아도 집 생각을 하고 있었다. 마당을 이렇게 혼자 거니는 것도 혹시 가족들이 자기를 찾아오지나 않았는가 하는 생각에서였으며 마당을 거닐면서도 위병소 쪽으로만 눈이 가는 것은 가족들이 찾아와서 자

기 이름을 부르고 있는 것만 같기 때문이었다.

"나두 고향이 그리워지는데요."

성주가 이런 말을 했다. 용수는 자기가 친척을 보고 싶어하듯 그도 고향이 그리우리라는 생각에,

"집이 어디지?"

하고 물었다.

"부산이에요."

"괴뢰군이 한 번두 들어가지 못했을테니까 가족들이 무사하기는 하겠구만."

"글쎄요."

용수는 잠시 고개를 숙이었다가 다시 입을 열었다.

"참 이상스러워요 가족들이 가끔 보구 싶은데요."

이렇게 말하는 성주는 부끄러운 데가 있는 듯이 보였다. 이상스러울 것도 부끄러울 것도 없는 일에 그런 태도를 취한다는 것이 우스운 일 같아

"가족들이 보구 싶은 게 뭐 이상스러워?"

하고 물었다. 그때야 성주는 주저하든 마음을 털어놓듯이 말하기 시작했다.

"사상을 가진 사람은 부모나 가족 같은 것을 생각해서 안되지 않아요. 부모보다두 계급만을 생각해야 하거든요. 그런데두 부모 생각이 저절루 떠오르니 이상하지 않아요."

용수는 그때야 성주가 앞으로도 공산주의 사상을 가지고 살려는 사람이란 것을 짐작했다. 그래서,

"부모를 부모루 생각지 않아두 괜찮은 사람이야 공산주의자가 돼두 좋겠지만 부모가 부모루만 생각되는 사람이야 억지루 공산주의자가 될 게 어딨어. 설사 돼 보구 싶어두 안될 것이지만 민형은 그래 공산주의자가 꼭 될려구 생각했댔어?"

하고 따지어 물었다.

성주는 대답을 안 했다.

"정말 공산주의에 대해서 미련을 가지구 있어?"

이렇게 거듭 물어볼 때야,

"며칠만 더 있다가 대답하겠어요."

하고 천막 쪽으로 걸어갔다. 정말 며칠이 지나가 성주는 용수에게로 와서 밖으로 좀 나가자고 했다. 마당 한편 구석에 가자 성주는 댓자로,

"나 결심했어요."

하고 빙긋이 웃었다.

"결심을 하다니……."

"공산주의를 내버릴래요."

"왜?"

성주는 이야기를 시작했다.

자기는 중공군에게 포로가 되자 얼마 안 있어 소위 해방전사라 하여 괴뢰군에 편입되었던 일 그리고 2년 이상이나 일선에 나가 있다가 포로 교환 문제가 나왔을 때 포로 수용소로 다시 돌아 왔다는 일을 이야기한 다음,

"사실은 괴뢰군 공작원의 임무를 맡아 가지고 넘어왔어요. 그렇지만 넘어와 보니 못해 먹을 일 같아요. 첫째 못하는 게 너무 많아 못하겠어요. 좋은 음악 좋아해서는 안 된다 그리운 부모두 생각해서는 안 된다. 고생을 고생으로 생각해두 안 된다. 죽어두 슬퍼해선 안 된다. 이걸 어떻게 해 먹어요. 그것만두 아닙니다. 우선 사람을 믿지 않는 게 싫어요. 나보구 뭐랬는지 아세요 만약 명령대루 안 하면 처벌을 한 대요. 남한에 있는 빨갱이들을 시켜서 죽인대나요. 아무 욕심두 없이 자진해서 일하겠다는 사람을 왜 믿지 못하구 그런 협박을 합니까?

가난한 사람이야 공산주의 사회나 자본주의 사회나 마찬가질지 모르지만 그래두 여기서는 마음대루 살 수 있다는 게 좋아요. 제 일만 잘하면 그뿐 아녜요."

하고 말을 끊었다.

용수는 동기야 어디 있건 공산주의를 아주 청산했다는 말에 성주를 대하는 마음이 갑자기 가벼워진 것 같았다.

"잘 생각했어 자진해서 그런 결심을 가지게 되었다면 앞으로 실수가 없

을 거야."

이런 이야기를 한 지 10여 일이 지난 뒤 그들은 인천으로 가서 거기서 배를 탔다. 용초도에 집결했다가 거기서 고향엘 간다는 것이었다. 그들이 배에 올랐을 때에는 천 명도 더 되어 보이는 귀환장병들이 잡담을 이루고 있었다.

모두들 희망에 찬 얼굴들이었다. 휘파람을 부는 사람 노래를 부르는 사람 그리고 끝없이 먼바다를 바라보는 사람 가지각색이었다. 성주는 어디서 얻은 것인지 모르지만 하모니카를 꺼내어 흥겹게 노래를 부르기 시작했다. 그러나 용수는 배에 오를 때부터 가슴이 섬찍해지는 것이 사람들의 얼굴을 제대로 쳐다 볼 수도 없었다. 될 수 있으면 사람 등뒤에 서서 얼굴을 가리려 했다. 남들처럼 갑판에 올라가거나 모르는 사람이라도 붙잡아 이야기 할 생각을 못했다.

그것은 그 배 안에 김정갑이가 타지나 않았을까 하는 생각에 마음이 걸렸기 때문이었다. 꼭 탔을 것만 같았다. 그렇게만 생각이 들었다. 그리고 김정갑은 이북에서 가졌던 원한을 복수하고야 말 것 같기도 했다.

그 수많은 사람 앞에서 자기는 자기의 전우를 팔아먹었다는 죄가 드러나고야 말 것 같았다.

낯모를 사람이 자기를 힐끗 쳐다보고 지나가도 김정갑이가 자기를 찾아 다니는 것이 아닌가 하는 생각이 들었으며 아는 사람이 자기 이름을 불러두 김정갑이가 배 안에 있다는 사실을 알으켜 주려는 것처럼만 생각되었다.

배가 떠나려 할 무렵 갑판 위에 나갔던 성주가 하모니카를 불면서 사람들을 부비고 옆으로 왔다. 옆으로 와서는,

"나가봐요 바다를 좀 봐요."

하고 용수의 옷을 잡아끌었다.

"싫어!"

용수는 옷을 뿌리치었고. 바다가 다 무엇인가?

용수에게는 그러한 마음의 여유가 있을 턱이 없었다.

그래도 성주는 그저 유쾌하기만 한지,

"갈매기가 날아 다니구 있어요. 참 기맥히게 좋아요 낙조가 진 바다! 꾕

장해요."

하고 또 잡아끌었다.

"싫다니까……."

그때야 성주는 할 수 없다는 듯이 하모니카를 다시 불면서 갑판 위로 올라갔다.

용수는 성주가 부러웠다. 마음이 무거워야할 일을 생각한다면 성주가 자기보다 몇 갑절 더 해야 할 것이지만 성주는 자기 혼자의 결정으로 명랑성을 완전히 회복하고 말았다. 자기 자신을 스스로 깨끗하다고 단정내릴 수 있는 사람이 얼마나 행복한 것인가.

그 날 밤 용수는 한잠도 이루지 못했다. 잠이 들려고 하기만 하면 뒤에서 김정갑이가 자기의 이름을 부르는 것만 같아서 눈을 감을 수가 없었다. 새벽녘에야 겨우 피곤한 눈을 감았으나 그는 새벽잠도 놀람 속에 깨고 말았다.

그는 그 피곤한 잠 속에서도 꿈을 꾸었다. 그 꿈은 혜민에 대한 꿈이었다.

이북 수용소에서 방공호 공사에 끌려나갔을 때 공사장 근처에 있는 혜민의 집으로 들어가 물을 얻어 먹었다. 그 뒤에도 가끔 물을 얻어 먹고 누룽지를 얻어 먹게 되어 혜민을 알고 나중에는 사랑하게 되었지만 이 날 밤 꿈에도 용수는 혜민에게 물을 얻어 마시었다.

혜민은 목이 얼마나 마를 것이냐고 하면서 물을 자꾸만 떠 주었다. 용수는 주는 대로 마시었다. 몇 사발이고 마시자 혜민은 용수를 끌어다 자기 무릎팍에 누이고 머리를 쓸어주었다. 꿈에서도 용수는 그 무릎팍 위에서 잠이 들었다. 그러나 10분도 자지 못했을 때 혜민이가 이렇게 잠만 자면 어떻게 하느냐 하면서 용수를 깨웠다. 걱정을 하는 듯한 그러면서도 부드러운 음성이었다. 실제로 들은 음성보다도 더 부드럽고 더 연하고 더 고운 음성이었다. 진실된 애정을 그대로 뱉어 놓는 듯 만져 보고 싶을 만큼 아름다운 음성이었다. 용수는 그 음성이 한번 더 듣고 싶어서 잠시 깨고도 깨지 않은 척 눈을 뜨지 않았다.

"그만 일어나세요."

향기가 풍기는 음성이 되풀이했다. 눈을 안 뜰래야 안 뜰 수가 없었다. 용

수는 슬그머니 눈을 뜨고서 두 손을 뻗치어 혜민의 머리를 쓸어 안으려 했
다. 그러나 그때 혜민은 용수의 두 손을 잡아 곱게 내려 놓고는 조용히 일어
서서,

　"또 가 보셔야 하지 않아요."
하고 일어나라는 눈짓을 했다. 시키는 대로 일어섰을 때였다. 혜민은 용수
눈앞에서 사라지고 말았다. 아무리 사방을 살펴보아도 보이지가 않았다.

　울고 싶었다. 목이 찢어지게 혜민의 이름을 부르고 싶었다. 그러나 이름
한 번 불러 보지 못하고 꿈을 깨고야 말았다.

　용수는 꿈에서나마 혜민을 만난 것이 즐거웠다. 진정으로 사랑함이 없이
는 절대로 낼 수 없는 그 부드러운 음성을 들었다는 것이 즐거웠다. 그러나
간다는 말 한 마디 없이 사라졌다는 것은 무엇 때문일까?

　용수가 꿈을 채 정리하지도 못했을 때 어느새 갑판에 올라갔댔는지 성주
가 내려오며 또 하모니카를 불고 있었다. 용수 옆으로 와서는,

　"해가 떠요. 해 뜨는 바다를 좀 봐요."
하고 또 용수의 팔을 잡아끌었다.

　"다리가 좀 아파."

　용수는 또다시 거절했다. 그러자 성주는 더 끌 생각도 안하고 혼자서 갑
판 위로 뛰어올라갔다. 바다가 무척 좋은 모양이었다. 볼 것을 다 보았는지
한참 뒤에 내려 와서는,

　"아아 우리 세상에 와서두 골치가 아플 게 어디 있어요?"
하고 궁금하다는 듯이 물었다.

　"꿈을 꾸었어!"

　용수는 힘없이 대답했다.

　"왜 나쁜 꿈을 꾸었어요?"

　"나쁜 꿈인지 좋은 꿈인지두 모르겠어."

　"무슨 꿈인데요?"

　"………"

　용수는 말을 하지 않았다.

"꿈은 꿈에 지나지 않는 거래요 꿈을 가지고 무어 그러십니까?"
"아니야. 꿈에서밖에 볼 수 없는 일이 많아."
이런 말을 하고 있는 용수 눈앞에는 갑자기 이북 수용소에서 일어난 일들이 획획 지나갔다.

건지를 못한다 하여 행군 도중에 국군 포로를 총으로 쏘아 죽이고 낭떠러지에 굴러 떨어뜨리던 일. 반동이니 뭐니 해서 방공호 앞에 세워 놓고는 따발총으로 쏘아 밀어버리던 일. 전염병으로 송장이 되어 나가던 수없는 전우들. 비행장 공사에 나갔다가 미군기 폭격에 쓰러져 돌아오지 못한 전우들.

그저 죽음뿐이었다. 한시도 머리에서 떠나지 않던 그 죽음의 관람이 아직까지도 용수의 몸에서 떨어지지가 않은 모양이었다. 꿈에서 밖에 볼 수 없는 그러나 얼마든지 실제에 있었던 일들이었다.

이런 것을 회상하고 있을 때 아침 식사가 분배되었다. 식사당번들이 커다란 통에 밥을 담아 가지고 와서 주먹밥을 분대별로 나누어 주었다.

용수는 구미도 그렇게 당기지 않았으나 그래도 돌아오는 밥을 기다리며 앉아 있을 때 식사당번이 그의 앞을 지나가고 있었다.

그때였다. 용수는 눈에 힘을 주어 그것을 감어 버렸다. 너무나 뻐근한 것이 안막을 아프게 했기 때문이었다. 그는 눈을 감은 채 자기도 모르게 쓰러지고 말았다.

한참 뒤 눈을 떴을 때는 성주가 그의 몸을 흔들며 물을 마셔 주고 있었다. 물을 마시고 정신을 차리자,
"빨리 이걸 드세요.."
하고 밥 덩어리를 내밀어주었다.
"못 먹겠어. 민 형이나 먹어."
"그럼 돼요 먹고 기운을 내야지."
성주는 한사코 먹으라고 권했다. 그러나 용수는 도저히 먹을 수 없다고 그것을 내밀었다.
"그럼 내가 먹을까요."
성주는 미안하다는 표정을 지으면서도 용수의 밤을 먹기 시작했다.

포로수용소에서 배가 고프고 고파 어찌할 줄을 모르던 끝에 병으로 죽은 전우의 밥이나마 나누어 먹으려고 그 시체를 옆에다 놓고도 죽었다는 보고를 안 하던 그때의 일이 회상될 만큼 성주는 맛있게 그 밥을 먹고 있었다.

먹는 것 이외에 아무런 욕망도 가질 수 없던 이북 포로시대의 굶주림이 성주 몸에는 아직도 남아 있는 모양이었다.

용수는 밥 먹는 성주를 바라보다가 벌떡 일어섰다. 그리고는 김정갑이가 올라가던 갑판 위를 걷기 시작했다.

"어딜 가세요?"

성주가 물었다.

"바다가 좀 보고 싶어서."

용수가 대답했다.

"바다는 천천히 봐두 되지 않아요?"

"지금 봐야겠어."

용수는 지극히 느린 걸음으로 걸었다. 갑판 위로 올라가서는 정말 보고 싶은 것이 바다였다는 듯이 난간으로 가서 바다를 바라보았다.

외로운 산(山)을 지키고 있는 듯이 여기저기 앉아 있는 산골 오막살이 동네처럼 여기저기 보이는 조그만한 섬들을 지나며 배가 나아가고 있었다.

잡초가 있고 쓰레기와 먼지가 가득하고 흙과 돌이 지저분하게 널려 있는 그러한 땅 위에서 살아온 용수여서 그런지는 모르지만 무연하게 넓은 바다를 내다보는 것이 참으로 유쾌했다.

붙잡혀 있는 사람이란 관념을 일시도 내버릴 수 없을 만큼 포로라는 이름이 자기의 일거일동까지 감시만 하고 있던 과거! 열 명이고 스무 명이고 살이 달라붙을 만큼 맞붙어 몸도 마음대로 움직일 수 없던 감방생활이 머리에서 사라지지 않아서 그런지 무한히 넓기 만한 바다는 자유 그것인 것 같기도 했다.

이제는 포로라고 부를 사람이 없다. 용수면 용수대로 마음껏 살 수가 있다.

갈매기가 몇 마리 나르고 있었다. 자유의 표본인 것처럼 위로 오르다가는 아래로 곤두박질해서 내려온다. 기다란 지축지를 까불거리다가는 죽은 듯이 날개를 뻗은 채 움직이지도 않는다. 의젓하게 날아다니다가는 갑자기 깩깩 소리를 지르기도 한다. 무엇하나 거리끼는 것이 없는 것 같았다. 그대로 마음대로였다. 하고 싶은 대로 하면 그뿐인 것 같았다.

용수는 그만 눈을 감았다. 자기도 갈매기에 못지않게 자유로운 몸이 되었다. 배가 고프면 배고프다는 말도 할 수 있게 되었고 몸이 아프면 몸 아프다는 말도 할 수 있다. 그리운 것을 그립다고도 말할 수 있다.

그러나 그리운 혜민을 만날 수 만은 없다. 자기 힘으로는 어떻게도 할 수 없는 일이었다. 그리고 자기가 죽을 때까지 옆을 떠나지 않을 김정갑의 그림자가 무서웠다 생령처럼 자기를 따라 다니며,

"놈들도 석 달 영창밖에 안 주었는데 너는 무슨 원수라구 여섯 달 영창을 주장했느냐. 이 죽일 놈아."
하고 자기를 괴롭힐 김정갑의 원한의 목소리.

괴뢰들에게 붙잡혀 있는 동안 공산주의를 미워하는 마음만 품어도 놈들이 알고 무엇이라 힐난할 듯만하던 그 불안의 몇 배나 더 무거운 불안이 죽을 때까지 자기를 괴롭힐 것 같았다.

"몸은 갈매기처럼 자유를 도루 찾았건만."

이런 것을 생각하는 동안 용수의 가슴은 사형선고를 받았을 때처럼 두근거렸다.

그럴 때 성주가 또 하모니카를 불며 그의 가까이로 왔다.

"바다가 과연 좋지요?"
하고 말까지 건네었다.

용수는 다시 눈을 감아 버렸다. 그리자 갑판 저편에서

"용초도다. 용초도가 보인다."
하고 떠드는 소리가 들리었다.

용수는 자기도 모르는 채 그 떠드는 목소리의 방향으로 몸을 돌리면서 눈을 떴다. 용초도의 방향을 알고싶었던 것이다. 그러나 몸을 돌린 순간 바른편 쪽에서 자기편을 향해 보고 있는 김정갑의 시선과 마주 부닥치었다.

용수는 그만 고함소리를 지를 뻔했다. 그 동안 시선을 떼지 않고 자기의

행동만 살펴보고 있었을 김정갑의 눈이 무서웠던 때문이었다. 자기를 겨누고 있는 총구멍보다도 더 무서웠다. 그래서 그런지 정갑은,

"이놈—— 그래 여섯 달이야."

자기를 향해 부르짖는 것 같기만 했다.

"여섯 달."

"여섯 달."

연거푸 빈정대는 소리가 귓전을 울리는 것 같았다.

용수는 몸을 바다 쪽으로 돌이켜 혼자서 생각해 보았다.

"가서 꿇어엎대여 잘못했다고 사과를 할까."

"그러면 용서를 해주겠디…….."

그러나 그것은 도저히 할 수가 없는 일이었다. 사과를 하려 걸어가는 동안 정갑은,

"가까이 오지 말아. 더러운 자식."

하고 큰 소리를 지를 것이 아닌가 그리고 모든 전우들이 손가락질을 하며,

"죽일 자식."

하고 비웃을 것이 아닌가. 그때였다. 다시 갑판 위에서,

"다 왔다. 다 왔어!"

하는 환호소리가 들려 왔다. 그러나 용수는 몸을 소스라치며 놀랬다.

"용수야 네가 숨어 살 수 있을 줄 아니?"

하고 정갑이가 자기 어깨를 탁 치는 것 같기만 했다.

아니 꼭 치고야 말 것만 같았다. 그러나 한참이나 지나도록 정갑은 오지를 않았다. 분명 자기 얼굴을 보았을 것이지만 어찌해서 오지를 않을까?

용수의 불안은 더욱 커졌다. 꼭 잡아먹고야 말 호랑이가 사람을 발톱 밑에 눌러 놓고 잡아먹지 않을 때처럼 가슴은 더욱 조여들었다.

정갑이가 용수의 행동을 괴뢰의 강압에 못견디어 본의 아닌 행동이라고 너그럽게 생각하리라고는 꿈에도 생각할 수 없었다.

갑판에서는 목적지에 도달했다는 환호의 만세소리가 요란스럽게 일어났다. 옆에 서 있는 성주도,

　"저거야요. 저게 용초도야요."

하며 발을 굴었다

　그러나 용수의 몸은 더욱 굳어 갔다. 시선은 점점 더 멀리 바다 저쪽으로만 달리었다. 환호소리가 자기에 대한 저주처럼만 들리었다. 그리고 바다 저편에서,

　"또 가 보아야 하지 않나요."

하고 지난 밤 꿈에 듣던 혜민의 목소리가 들려오는 것 같았다.

　"가 보아야 하지 않아요."

　혜민의 목소리에 어울리어 만세 소리가 다시 일어났다.

　"행복스러운 사람도 많건만."

　용수는 어느새 난간 위를 뛰어 넘었다.

　"사람 떨어졌다."

하는 고함 소리가 갑판 위에서 사람들의 시선을 집중시켰으나 용수는 출렁이는 파도에 파문 하나 일으킴이 없이 물 속으로 자취를 감춰 버렸다.

(원) 《전선문학 7》 1953. 12.

전주곡

제1부

한 방에서 같이 일하는 친구들이 벗어 걸었던 옷을 내려 입는 것을 보고야 용칠이는 퇴근시간이 된 것을 깨닫고 팔목시계를 들여다보았다. 과연 다섯 시에서 오 분이 지나고 있었다.

그도 벽에 걸었던 옷을 내려 소매를 끼고 사무실을 나갈 준비를 했다.

필통과 책상 위에 벌여 놓았던 서류를 책상서랍 속에 넣고 재떨이 옆에 너저분하게 흩어져 있는 담뱃재를 입김으로 불어 날린 뒤 서성거리는 직원들을 바라보던 용칠이는 문득 화석처럼 움직이지 않는 태세를 취했다가 어느새 자기도 모르게 회전의자에 주저앉았다. 그리고 그의 눈은 책상머리에 있는 전화통으로 가서 거기서 눈동자까지 굳어 버린 듯 눈 하나 깜박거리지를 않았다.

그 동안 전화통을 응시하며 정신나간 사람처럼 멍하니 앉아 있을 때, 일어서서 서성거리던 직원들은 어느덧 사무실을 나가 버렸다. 그때야 용칠이는 제 정신으로 돌아왔다는 듯이 의자에서 벌떡 일어나 부하직원들을 따라 나가려고 했으나 그들의 발소리가 벌써 낭하 저편에서 들린다고 생각될 때 그는 다시 의자에 앉아 버리고 말았다. 그리고 하루의 일을 다 마치었으나 전화에게만은 남은 일이 있다는 듯이 전화에서 눈을 떼지 않았다. 전화를 걸겠다고 약속한 사람이 있는 것은 아니었다. 다만 지나간 하루에 공허감을 느낄 때마다 혜원이에게서 전화가 오지 않을까 하는 막연한 생각이 그저 전화통을 바라보게 했다고나 할까. 그렇다고 해서 자기가 혜원이에게 전화를 걸려는 생각은 아니 했다. 이편에서 먼저 전화를 건다는 것이 자기의 자존심을 상하게 하는 것이라는 의식적인 행동도 아니었다. 꼭 그래 주었으면 하는 생각도 아니지만 길 위에서 행여나 돈이라도 주워 보았으면 하고 걷는 때의 심경이라고나 할까. 한 오 분만 기다리다가 가리라 마음먹고 시계를 보고 있을 때 과연 전화통이 울었다.

틀림없는 혜원이었다.

"안녕하십니까?"

반갑기는 하면서도 범연하게 보이기 위한 평범한 말로 인사를 했다. 혜원이의 말도 다정한 것은 아니었다.

"바쁘시지 않으세요?"

"아니오."

"지금 그 방향으로 나갈까 하는데요."

"그럼 어디서 만날까요?"

"마음대루 하세요."

"그럼 다방 츄립으루 오십시오."

"네!"

혜원이 먼저 전화를 끊었다.

전화를 끊자 용칠이는 사무실을 나섰다. 편집국은 이미 텅 비어 있었고 영업국에서만이 몇 사람 책상을 지키고 있었다.

거리로 나온 용칠이는 지금 자기가 서 있는 자리에서 다방 츄립까지의 거리를 재어 본다. 고작해서 십 분이면 걸어갈 수 있는 곳이다. 혜원이는 서대문 밖에서 떠나는 것이니까 비록 전차를 타고 온다 해도 자기보다 오 분은 늦을 것이다. 혹시 전차를 기다리는 시간까지 계산한다면 십 분이 더 연장될는지도 모른다.

용칠이는 동화백화점 쪽으로 걸었다. 흥미가 있어서가 아니라 시간을 보내기 위하여 미술 전람회장으로 들어갔다. 그림 앞에 선 용칠이는 그림을 감상하는 것이 아니라 십 분 동안에 회장을 한 바퀴 돌 수 있는 자기의 동작에 신경을 더 쓰고 있다.

그림의 제목이라든가 그린 사람의 이름 같은 것은 볼 생각도 아니 했다. 그러나 거의 백 호에 가까울 만큼 큰 그림 앞으로 갔을 때 그는 발을 멈추고 화면 전체에 눈을 기울이었다. 가까이 섰다가는 멀찌감치 물러서기도 했다. 그림 제목도 읽었다. 그린 사람의 이름도 읽고야 말았다.

참으로 현황한 그림이었다. 벽에 붙어 있는 그림 전부가 한 사람의 인물이거나 한 폭의 풍경에 지나지 않건만 이 그림만은 수없이 많은 나체의 인물들이 하나의 광명을 향하여 목마른 사람들처럼 몸부림치는 것을 그린 그림이다.

그림에는 색채가 생명이라고 한다. 색채가 없는 그림은 없으리라. 그러나 색채만을 생명으로 하는 그림은 감각을 발전시키기는 할지 몰라도 생명을 주는 힘은 미약한 모양이다.

목이 마르고 배가 고파 허덕이면서도 멀리 보이는 광명을 향하여 두 손을 벌리고 갈망과 희망의 어릿어릿한 눈을 움직이는 군상——.

그러나 용칠이는 벌거벗은 군상과 아득히 보이는 광명과의 거리를 측량해 본다. 가장 가까운 것 같으면서도 가장 먼 듯한 거리였다.

그림 속의 한 사람이 된 것처럼 그는 발돋움을 하며 광명의 거리를 단축시켜 보고 싶었다. 그러나 용칠이는 어느덧 시계를 보았다. 계산했던 시간이 조금 지났다. 광명의 거리를 단축시키지 못했다는 불만감을 느껴선지 모르나 츄립다방을 향해 걷는 그의 발걸음은 유달리 빨랐다.

손님이 많지 않기로 유명한 츄립에서 혜원이 아직 나타나지 않았다는 것을 확인하기에는 조금도 힘이 들지 않았다.

약속을 하고도 용칠이보다 일찍 와 본 적이 없는 혜원이다. 용칠이도 그러한 혜원이를 알기 때문에 약속시간에서 오 분이나 십 분쯤 에누리를 하는 것이 예사지만 그래도 혜원이보다는 또 이르고야 말았다.

그는 자리를 잡자 커피를 청했다. 커피가 오자 그 자리에서 또 마시어 버렸다. 혜원이를 기다리기 위하여 앉아 있다는 생각을 머리에서 씻어 버리려는 행동일는지도 모른다. 사실 용칠이는 찻집에 들어설 때 시계를 보았다. 차를 다 마신 뒤에도 시계를 보았다. 그것은 자기가 생각하고 있는 십오 분의 시간만 지난다면 더 기다릴 필요가 없다는 생각에서다. 아직 오 분이 남았다.

용칠이는 나머지 오 분을 보내기 위하여 신문사에서 가지고 나온 일본 신문을 펼치었다. 제목만을 훑어보는 것이었지만 혼란한 사회상이 너무나 뚜렷하게 눈에 들었다. 패전국이란 사상적으로나 경제적으로 응당 비참해야 할 것이지만 신문 전면이 독직(瀆職) 사건과 자살에 대한 기사로 채워져 있다는 것은 비참 이상의 가혹한 현실을 설명해 주는 것 같았다.

용칠이는 공산당 사건으로 감옥에 들어갔다 나온 어떤 청년이 집에 돌아오자 굶주린 가족들을 먹여 살릴 희망이 없어서 담배 여섯 가치를 통째로 씹어 먹고 죽으려 하다가 그만 죽지를 못하고 과거를 진심으로 참회했다는 기사를 읽었다.

용칠이는 문득 자살에 대한 것을 생각해 보았다. 자기의 목숨을 끊어야 할 만큼 가혹한 절망과 참회 속에서 몸부림치는 사람들!

그러나 그들은 괴로움과 씨름을 하고 고독과 결투를 하다가 결국은 영원의 안식처로 죽음을 대한다는 낭만성을 가진 것이 아름다운 듯했다. 우리나라에도 요새 높은 건축물에서 투신자살하는 이가 드문드문 있지만 그들의 죽음이란 그 죽음 자체로서 어떤 매력을 느끼거나 또는 어떤 함축성이 있어 보이지가 않는다. 민족적인 괴로움이 숨어 있는 것 같지도 않다. 자살이라는 것도 매력을 느낄 만큼 그 내용성이 있을 때는 아름다운 것이 아닐까? 용칠이는 이렇게 생각을 하면서도 시계를 들여다보았다. 예정했던 시간에서 삼 분이 지났다. 그는 약속시간에 늦기나 한 사람처럼 벌떡 일어나 신문지를 뭉쳐 들고 레지 앞으로 걸었다. 조금만 더 기다리고 싶은 생각도 없지는 않았으나 그는 찻값을 치르고 나와야 할 만큼 이미 발걸음을 내딛었기 때문에 다시 돌아가 자리에 앉을 수는 없었다.

속이 언짢았다. 자기가 먼저 전화를 걸고 약속을 해 온 혜원임에도 불구

하고 이십 분이 지나도록 나타나지 않는다는 것은 너무나 상대방을 가볍게 보는 일이다.

찻집을 나선 용칠이는 그래도 혜원이가 옴직한 방향의 길을 멀리 바라보았다. 그러나 분주히 걸어오는 혜원을 발견했을 때 그는 차라리 보지 못한 채 딴 방향으로 가 버리었으면 하는 생각을 했다. 약속을 지키지 않은 데 대한 보복심이라고나 할까. 그러면서도 그는 꼼짝하지 않고 서 있었다. 그만큼 그의 마음은 독하지가 못한 모양이다. 발 앞에까지 이른 혜원이가,

"아이 참 바빠 혼났네."

하며 용칠이를 본 둥 만 둥 찻집 안으로 들어갔다. 하는 수 없이 용칠이도 따라 들어갔다.

"오다가 동창생을 만났어요. 지금 여학교 선생 노릇을 하구 있는데 싫증이 나서 직장을 옮기려구 한다면서 나보구 좀 알아봐 달라나요. 그래서 그러마 하구 바삐 떼 놓구 올려구 하는데 요것이 어디 놔 줘야지, 참 혼났네. 저녁을 먹자 저이 집엘 가자 하며 끌어대는 걸 막 화를 내구 떼어 버리지 않았어요."

이렇게 숨가쁘게 이야기를 해 놓고야 혜원이는 '시계 좀 봅시다' 했다. 용칠이는 암말도 못하고 팔목을 내밀었다.

"이십 분밖에 안 지났군."

그리고는 웃었다.

용칠이는 어처구니가 없어서 같이 웃어 버리고 말았다. 나무라도 소용 없는 일이다. 바삐 오느라고 한 것이 그랬다는 걸 어떻게 할 것인가. 그러나 생각했던 이야기를 전부 털어놓은 때처럼 마음의 피곤을 느끼어 입도 열 생각을 못하고 있을 때 혜원이가 겉주머니 속에 든 신문을 보고,

"거 일본 신문입니까?"

하고 손을 내밀었다.

"숨이나 돌려서 보시지요."

"빨리 좀 주세요."

"천천히 보시라니까."

"뭣 땜에 천천히 봐요. 빨리요 빨리."

혜원은 손으로 탁자를 탁탁 치기까지 했다. 남들이 볼까 두려워 용칠이는,

"아이 참."

하고 불만스러운 얼굴로 신문을 내보였다.

여나문 장이나 되는 신문을 제목만 읽는다고 해도 십 분은 걸릴 게다. 그래서 용칠이는,

"신문 보려 왔어요?"

했다.

"그럼 —— ."

대답은 이렇게 해 놓고도 신문 전부를 뒤적이는 시간이 이삼 분도 안 걸렸다.

"천재로구만요. 참 빨리 보시는데."

용칠이는 혜원이의 성격을 잘 안다. 여성적인 치밀성이 보이지 않는다. 치밀성이 전혀 없는 것은 아니겠지만 남에게 그것을 보이려고 하지를 않는다.

그것은 폭이 좁은 가벼운 감정을 경멸하는 데서 오는 의식적인 행동이리라.

"이제야 아세요, 인식 부족인데."

혜원은 남자처럼 커다랗게 웃었다. 그리고는 다시 신문을 보는 척했다.

"자살한 여자가 있는데요."

하고는 신문기사를 읽기 시작했다.

"서른 살밖에 안 된 여자야. 집안두 훌륭한 모양인데 왜 죽었을까. 참 유서가 있군. 읽어 드릴게요."

혜원은 유서라는 것을 번역해 가며 읽었다.

"나는 어렸을 때부터 침울한 성격을 가지었다. 그래서 그런지는 모르지만 정말 혼란하기만 한 현실을 견디고 참을 수가 없다. 개인생활에 불만이 있는 것은 절대로 아니다. 다만 죽음이 안식처 같아서 이 길을 취하는 것뿐이다."

다 읽고 난 혜원은,

"멋쟁인데."

하고 혼자 웃었다.

"혜원 씨두 한 번 멋쟁이가 돼 보시지?"

용칠이의 농담이다.

"왜 죽어요? 죽구 싶다는 생각을 해 본 적이 없어요. 이제 굉장한 집짓구 멋지게 살 테니까 그때 한 번 놀러 오세요."

"어떤 멋쟁이 집을 지으십니까."

"한 백 명이 춤을 출 수 있는 홀이 있구 한편에는 멋쟁이 서재가 있어서 책이란 책은 없는 게 없구, 어때요 참 좋지요."

"백만장자와 결혼을 하시는 모양이로군——."

"백만 가지구 돼요. 적어두 억만은 있어야지. 참 억만장자 하나 소개 안 해 주세요?"

"어디 알아볼까요?"

"알아보세요, 그럼 자동차를 하나 사 드릴게."

용칠이는 빙긋이 웃고는 혜원이에게서 눈을 떼어 밖을 내다보았다.

"왜 흥미가 없어요?"

"천만에요. 자동차가 공으로 생기는데……."

"그러니까 빨리 서두르세요."

혜원은 피곤하지도 않은 모양이었다. 농담에 지나지 않을 말이건만 조금도 지루한 줄을 모르고 주워섬기었다.

용칠이만은 조금 싫증을 느낀 모양이다. 종일 신문과 잡지를 뒤척이다가 직업적인 사무에 피곤을 느끼어 혜원이나 만났으면 했던 용칠이다. 비록 직업에 충실하다고 해도 그 직업에 만족하는 직업의식이 생활화되지를 않고 의무적인 것으로 느껴질 때 생활에 대한 회의는 필연적으로 발생한다.

용칠이는 생활에 대한 회의를 느끼고 있다. 그렇기 때문에 종일토록 신문 기사를 오려 붙이고 사진을 정리하거나 또는 편집부에서 찾는 사진을 골라 내주는 일을 그렇게 바쁘지는 않다 해도 그리 한가하지 않을 정도로 끝내고 도 그는 종일 무엇으로 시간을 허비했나 하는 공허감을 느끼는 것이었다.

일을 하고도 일한 것 같지 않은 공허감을 느낀다는 것은 결국 생활에 만족을 못하거나 생활에 의의를 느끼지 못하는 데서 오는 자기 불만의 심적 현상이다. 자기에게 만족할 수 없는 빈 마음을 혜원이의 그림자로 채워 보려던 용칠이가 진실미가 없는 혜원이의 객설에 만족할 리가 없다. 그러나 그렇다고 해서 혜원이를 맞대 놓고 객설을 집어치우라는 말도 할 수가 없어서,

"참, 나도 억만 원쯤 가지구 오는 여자가 있다면 당장에 결혼할 테예요. 하나 소개해 주십시오. 그럼 굉장한 홀이 있는 집을 사 드릴게."

하고 응수를 했다. 반드시 반발이 있으리라는 것을 예상함에서였다.

"남자가 그런 생각을 하는 것은 비루하지 않아요?"

"여자는?"

"여자두 비루하겠지요. 그러나 나만은 의식적으로 그런 결혼을 할려는 것이니까 예외구……."

"나두 의식적인데……."

"의식적인 것두 비루한 건 비루한 것이니까요. 그럼 그만두기로 하지요. 그래두 김 선생 때문에 결혼의 이상이 깨졌다믄 어떡허지요."

"섭섭하시겠습니다. 그러나 그런 생각이 옳지 않다구 단정을 내린 사회를 나무라시지요."

"호호! 대단히 심각하신 말씀을 하시는데요. 뭐 그렇게 힘들게 생각하실 건 없습니다."

용칠이는 대답을 아니 했다. 결국은 농담을 심각하게 취급하려던 자기가 싱거웠기 때문이었다. 그러나 그 대신 혜원이의 말대로 심각한 표정을 금시 깨뜨려 버리지도 못했다. 혜원이에게 농락을 당한 것 같은 불쾌까지 합치어 고개를 떨어뜨린 채 앉아 있으려니 혜원이가,

"저, 뭐 하나 뵈 드릴까."

하고 용칠이의 표정쯤 문제도 삼지 않는 듯이 손가방을 열고 나일론 양말 두 켤레를 끄집어내었다.

"우리 사장이 마카오에서 온 거라구 최 여사한테 프레젠트한 거예요. 아주 근사하지요. 내일 신구 나올게 구경하세요."

혜원은 좀 만져 보라는 듯이 용칠이에게 내밀었다.

용칠이는 가슴이 뭉클해졌다. 사장에게 값나는 물건을 받고 좋아라 자랑을 한다는 것이 경멸해 주고 싶어서만이 아니었다. 자기도 의식하지 못하는 질투가 섞이어 있었던 것이다. 그래서,

"좋구만요. 돈벌이 했는데요."

하고는 쓴 얼굴을 보였다.

"다음엔 양복을 한 벌 지어 준대던데요. 참 최 여사가 위대하거든, 그런 거 싫대두 자꾸 해 준다는 걸 어떡해요."

참으로 불쾌한 말이었다. 아무렇지도 않은 듯이 말을 하지만 그래도 공으로 물건이 생긴다고 좋아하는 것이 철없는 허영에 자기 몸을 돌볼 줄 모르는 경박한 여성처럼 보였다. 그래서 혜원을 깔보는 투로,

"참으로 위대하신데요."

했다.

"참 이제야 아세요. 그런데 양복을 해 주면 그걸 팔아서 김 선생 양복을 사 드릴까……."

"남의 호의를 곱게 받아 드리시지요. 그이가 울면 어떡하시지."

"마음의 움직임이 불순한 사람의 것은 받아 주는 것만두 고마운 노릇이니까 그런 걱정은 그만두세요."

용칠이는 또 한 번 뒤통수를 얻어맞은 것 같았다. 물론 혜원이가 돈 많은 사람에게서 값나는 물건을 고맙게 받을 사람은 아니다. 그러면서도 공연한 이야기로 쓸데없는 질투까지 느끼게 해 놓고는 딱 하고 한 마디 농담으로 두들겨 놓는 잔인에 가까운 화술(話術)에 용칠이는 어안이 벙벙했다.

"너무 복잡합니다. 마음이 피곤했어요."

웃지도 못하는 용칠이의 말이었다.

"김 선생."

혜원이가 똑똑하게 용칠이를 불렀다.

"김 선생."

혜원이는 용칠이가 대답하기도 전에 다시 한 번 용칠이를 부르고는 소학

교 선생이 애들에게 힘주어 말하듯,

"좀 순수하세요. 순수하지 못한 데가 있어요."

했다.

참 기가 막힌 일이었다. 도리어 자기더러 순수하지가 못하다니——. 그러나 무엇을 가지고 순수하지 못하다는 것인지도 모르겠다.

"최 여사만큼 순수할 수가 있나요. 앞으론 조심하겠습니다."

"그게 순수하지 못한 말이에요."

"네, 인간이 본시 그렇게 되어먹었으니까요."

"그 신묘(神妙)한 표정을 마십시오."

용칠이는 또 대답이 막히었다. 침울한 얼굴을 지어 보였다는 것이 자기의 약점을 붙잡히고 만 것이라 솔직히 느껴졌기 때문이었다.

혜원이는 그 뒤에도 얼굴빛 하나 달리하지 않고 이야기를 계속했다. 회사에서 하루 동안 지내던 이야기 그리고 폐병 든 어머니의 이야기들이었다. 만나기만 하면 으레 꺼내고야 마는 이야기들이다. 어떤 동창생을 만났다던가 그렇지 않으면 어떤 식의 구두를 맞기었다든가 그러한 객설을 가장 중요한 이야기처럼 준비하고 다니는 혜원이다.

"참 어머니 병은 좀 어떠세요."

"큰일났어요. 어머니가 돌아가시면 옷은 누가 해 주구 밥은 누가 지어 줘요."

용칠이는 좀더 진실된 마음으로 걱정을 해 주려던 것이 그만 혜원이의 말에,

"참 옥과 같은 따님이 걱정 나셨군요."

하고 말았다.

"어머니 없인 정말 못 살 것 같아요. 병들어 누워 계시면서두 양말까지 빨아 주시거든."

"시집가긴 다 틀렸구만요."

"그건 걱정 없어요. 할 줄 몰라서 안 하는 게 아니라 하기 싫어서 안 하는 거니까요. 옷두 지을 줄 다 알아요."

이런 이야기를 하다가 혜원이가,

"저녁 먹으러 가실까요."

하고 일어섰다.

용칠이도 따라 일어났다. 그리고는 어디라고도 약속 없이 종로 쪽을 향해 걸었다.

한참 걷다가 어떤 중국요리집 앞까지 이르렀을 때 혜원은,

"이 집 요리가 맛있어요."

하고 앞장을 서서 요리집 안으로 들어가서는 누구의 안내를 기다릴 것도 없이 2층으로 걸어올라갔다.

으슥한 방이었다. 사면이 판장으로 막히었고 판장에는 회색에 가까운 음침한 빛깔이 칠해져 있었다. 차를 날라다 주고는 자장면 두 그릇과 탕수육 하나를 주문받은 보이가 열려져 있는 밀문까지 닫아 버리고 나갔다. 꼭같이 생겼을 옆엣방에서는 남자와 여자의 소근거리는 소리가 들리었다.

용칠이는 어쩌자고 이런 곳을 찾아왔을까 하고 혜원이의 마음을 살펴보지 않을 수 없었다. 사랑을 하거나 그렇지 않으면 딴 마음을 먹은 남녀가 아니고서는 같이 들어올 수 없으리 만큼 방의 분위기부터가 음침하다.

포옹이나 키스의 기회를 주기 위하여 끌고 온 것이나 아닐까 생각을 하니 가슴이 저으기 떨리기도 했다.

사실 용칠이는 혜원이와 더불어 같이 다닌 것이 이 년이 거의 넘었다. 그러나 그 동안 찻집이나 빵집에는 많이 다녔다 해도 음식집으로는 기껏해서 냉면집엘 가끔 가 보았을 뿐 단 두 사람만이 앉아서 밥을 먹는 그러한 집으로는 가 본 적이 없었다.

'역시 혜원이도 이제는 솔직한 감정의 표시를 기다리고 있는 것이나 아닐까.'

이렇게 생각을 하니 용칠이가 혜원을 보는 눈에 뜨거운 정열이 몰리는 것 같았다. 눈으로만 혜원이의 마음을 살피어야 하는 용칠이의 태도는 부자연스러울 만큼 어색해 보이었다.

"오늘 말이에요."

용칠이의 긴장된 태도를 보았기 때문인지는 모르지만 혜원이가 불쑥 말을 꺼내는 것이 그 어투가 전과 같이 소녀의 꾸밈없는 명랑 그대로였다.

"폐병에 좋은 환약이 있대서 그 약국을 안다는 사람에게 편지를 써서 사람편에 보내질 않았어요. 그랬더니 이 친구 보세요. 참 걸작이거든. 환약 이야기는 알아보겠다는 한 마디 말로 집어치우구 글씨가 곱다느니 편지까지 보내 주어 고맙다거니 한 번 자기를 찾아 주기만 하면 영광이겠다는 이런 소리만 늘어놓지 않았겠어요. 참 재미있는 친구야."

"그래요. 참 좋으시겠습니다. 그래서 오늘 한턱 내시는 겁니까"

용칠이는 이렇게 비꼬는 말밖에 더 할 수가 없었다.

"김 선생님두 상당히 나쁜데. 이걸루 좀 혼력을 받아야겠어."

혜원이는 유달리 살이 없는 작은 주먹을 오므려 쥐고 한 대 앙겨 줄 듯이 주먹을 올리었다.

용칠이는 거리가 가까운 옆자리에만 앉아 있다고 하면 그 부드러운 주먹을 꼭 쥐어 줬을지도 모른다. 그러나,

"고 비둘기 발 같은 손으루요."

하고 차라리 맞고 싶기나 하다는 듯이 웃었다.

"이래 뵈두 아파요. 안심하지는 마세요."

혜원이가 생긋이 웃었다. 소리를 치면서 웃는 듯하던 웃음이 아니었다. 깊숙한 마음 속에는 다른 무엇을 생각히고 있는 그러한 웃음이었다.

"한 번 두들겨 보시지요."

용칠이도 싱긋이 웃었다.

그러나 혜원이는 화제를 잊어버린듯이 대답을 아니 했다. 그 대신 무엇을 생각하는 표정으로 고개를 숙이었다. 자기가 꺼내 놓은 말에 결말을 짓지도 않고 마음대로 묵상에 잠기는 버릇을 모르지는 않는다. 그러나 이 날만은 상대방을 잊어버린 듯한 그러한 태도에도 용칠이는 나무랄 수가 없어서 내버려 두었다.

음식이 올라왔다. 혜원이는 열심으로 음식을 먹었다. 다 먹고 나자 젓가락도 놓기 전에,

“가실까요.”

하고 일어섰다. 아무런 미련도 없는 사람의 태도다.

“가십시다.”

용칠이도 따라 일어서기는 했지만 어딘가 미진한 데가 있는 것 같아 혜원이의 얼굴을 뜻있게 바라보았다. 혜원이는 그런 것은 살펴볼 생각도 아니하고 뚜벅뚜벅 걷기를 시작했다.

전차 정류장에 이를 때까지 아무 말이 없었다. 그렇게도 말을 잘하던 혜원이가 갑자기 말을 잊은 사람처럼 입을 다물게 되고 보니 싸움을 하고 난 사람들 같아 부자연스럽기 짝이 없었다.

용칠이는 어떤 말이라도 꺼내야 되겠다고 화제를 궁리했으나 용칠이에게도 신통한 화제가 생각나지 않았다. 그때였다.

혜원이도 마찬가지의 생각을 했던지 갑자기,

“아이 추워! 아이 추워.”

하고 용칠이를 보며 웃었다. 생사 저고리가 이른 여름밤에는 선선하기도 했을지 모르지만 그 춥다는 말이 꼭 추운 데서 나온 것이 아니라는 것만은 용칠이로서도 넉넉히 짐작할 수 있었다.

“변덕쟁이!”

이런 말로써 용칠이는 혜원이의 말을 꼬집지 않고 넘겨 버렸다.

“정말 추워요. 더운 방에 있다가 갑자기 밖에 나오니까 춥지 않아요.”

이렇게 해서 용칠이는 혜원이와 서로 웃으면서 헤어지어 자기 집으로 돌아왔다.

집에 돌아오자 장사를 하던 형이 수표 사건으로 경찰에 잡혀 들어갔다는 말을 들었다. 그 동안 물어야 할 빚에 쪼들리어 수표를 떼 주기는 하고도 현금을 은행에 넣지 못하여 죽을상을 하고 다니던 형이 끝내 사건을 일으키고야 만 것이었다.

형이 들어갔다 해도 오랫동안 장사를 하던 나머지가 있는 만큼 어떻게든 해결지을 수 있는 일이라 걱정은 되지 않았지만 악질 모리배라는 말을 듣지 않으면서 장사를 하던 형도 경찰에게 잡히어 가고야 말았다고 하는 그 사실이 무엇보다도 우울했다.

　부도수표를 떼는 사람이 적지 않게 늘어 가고 있다. 그것은 생산이 마음대로 안 되는데다 물건을 사는 사람도 없는 현실에서 오는 현상이다. 개인 문제가 아니라 국가 경제의 혼란을 말하는 것이다.

　자기 가정이 파산을 말해 줄 때 용칠이로서는 더욱이 우울하지 않을 수가 없었다. 직업에서 얻는 즐거움이 없다는 불편한 마음에다가 가정적 우울이 가산될 때 용칠이는 장차 어떻게 해서 숨을 가쁘지 않게 쉬며 살아갈 수가 있을까 하는 생각을 가지지 않을 수 없었다.

　용칠이는 문득 혜원이를 생각했다. 괴로움을 가지지 않은 것처럼 그리고 무엇이나 깊이 생각지 않는 것처럼 가볍게 또는 명쾌하게 살아가고 있는 혜원이의 웃음소리가 귀에 들리는 듯했다.

　어쩔 수 없는 현실이다. 그 속에서 이맛살을 찌푸리고 우는 얼굴이나 한다고 해서 현실을 이기는 것은 못 된다. 아무래도 현실을 이기지 못할 바에야 혜원이처럼 가볍게 받아 가볍게 넘기는 것이 좋지 않을 것인가.

　그러나 한편 생각하면 혜원이의 명쾌라는 것은 절대로 속이 비인 데서 오는 것이 아니다. 무거울 대로 무거운 압력을 자기의 감성과 지성으로 처리하기가 너무나 힘든 데서 오는 반발이기가 쉽다.

　누구보다도 큰 괴로움을 봄 속에 지니고 있을 것이 분명하다.

　경제적으로 그리 가난하지는 않다고 해도 하나밖에 없는 어머니가 폐병으로 오래 앓고 있으니 집에 들어갈 때마다 침울한 심정을 누르며 참기가 얼마나 고달픈 것일까.

　스물다섯이 지나도록 아직 결혼할 생각을 아니 하고 있다. 남처럼 연애도 못하고 있다. 사실 연애를 안 하는 것이 아니라 못하고 있는 것이라 생각되었다. 자기의 침울을 남에게 보이고 싶지는 않으면서도 그 침울에서 구원을 받아야 살 수 있는 것이 혜원이다. 자기를 보이지 않으면서 자기를 이해해 달라는 것은 커다란 모순일지도 모르지만 혜원에게 있어서는 반드시 그렇게 해서 자기를 구원해 줄 사람을 찾고 있으리라. 여기에 연애를 하지 않는 이유가 있으리라.

이렇게 생각을 하니 갑자기 혜원의 존재가 커다랗게 눈앞에 비치는 것 같았다. 모순 속에서 살고 있지만 무척 위대한 존재 같기도 했다. 따라서 어째서 이때까지 혜원이를 사랑하지 못했을까 하는 것을 스스로 의심해 보았다. 어쩐지 자기가 꼭 사랑해 주어야 할 사람 같았다. 그러면서도 무엇 때문에 사랑할 생각을 가지지 않았었던가.

사실 사랑할 생각을 못한 것이 아니라 아니 했다. 그것은 용칠이가 사랑하던 여인을 통하여 혜원이를 알았다는 점에서 즉 혜원이가 용칠의 연애 사건을 잘 알고 있다는 생각에서 그러한 것을 염두에 두지 않았던 것이다. 그러나 지금은 그 여인과 멀어진 지 이미 일 년이나 되었다. 딴 남자와 결혼을 한 여인에게 미련이 남아 있는 것도 아니다.

혜원이도 자기를 사랑하고 있지나 않은지 알 수 없는 일이다. 전체로 본다면 틀림없이 사랑을 하고 있다. 그러나 따지어 단안을 내리기에는 혜원이의 태도가 너무나 분산적이다.

그러나 용칠이는 다음과 같은 편지를 기어이 쓰고야 말았다. 혜원이가 자기를 사랑하든 말든 자기는 혜원이를 사랑해야 할 것 같았고 또 사랑한다는 것을 알려 주어야 할 것 같았다.

'혜원 씨.

나는 혜원 씨에게 우정 이상의 감정을 가지고 있습니다. 이것이 옳은 감정인지 그른 것인지는 혜원 씨의 판단에 의하여서만 결정지어질 것입니다. 만일 그릇된 것이라고 하면 끝내 지금의 우정 속에다 감정을 가두어 두겠습니다.

이런 것을 써서 보낸다는 것부터가 주저되기는 합니다만 언제든 한 번은 고백하고야 말 감정이기 때문에 평생을 어두운 감정 속에 파묻어 두느니보다 한 번 파헤치어 태양의 판결을 받고야 견딜 심정입니다.

그릇된 것이라 해도 경멸로써 대해 주지만 마시기를 바랍니다.'

용칠이는 편지를 써 놓고도 어떻게 전할 것인가가 걱정스러웠다. 우편으로 보내 버리면 간단하기는 하지만 매일처럼 만나는 혜원에게 쑥스러운 일이다. 그렇다고 해서 면전에 내주기는 계면쩍은 일이다. 더구나 자기 면전에서 그것을 읽고 픽 웃는 얼굴로 경멸해 버리면 쥐구멍을 못 찾아할 용칠이다. 혜원이는 능히 그럴 수 있는 여자이다.

그럴 수 있는 여자라는 것을 알고 있기에 자기가 의식을 못했다 할망정 지나간 일 년 동안 애정의 감정이 싹트고 있었음이 틀림없는 사실임에도 불구하고 그것을 혜원이에게 보여 줄 생각을 못했었다.

혜원이의 성격도 성격이었지만 용칠의 성격으로도 딴 여자를 사랑하던 마음을 혜원이에게로 옮기어 버렸다는 것을 만만하게 보이고 싶지는 않았었다.

용칠이는 편지를 주지 말까도 생각해 본다. 주었다가 경멸을 받느니보다 안 준 채 그대로 지낼 수 있는 것이 차라리 즐거울 것 같다. 혜원이를 만나는 것은 확실히 즐거움이다.

이때까지는 만나면 그저 반갑고 안 만나면 그저 궁금했을 뿐이다. 그러나 그것이 어쩐지 자기의 참된 감정이 아니었다는 것을 느끼었다. 왠지는 모른다.

혜원이를 만나야만 즐거움을 느낄 수 있다는 것만이 자기의 올바른 감정이어야 할 것 같았다.

다음 날 용칠이는 혜원이에게 전화를 걸어 만날 시간과 장소를 일찍부터 약속해 두었다. 아무래도 써 놓은 편지를 주어야 할 것 같았기 때문이었다.

제2부

그 뒤 역사의 커다란 역류가 마치 민족의 시련이기나 한 것처럼 짧은 시간 안에 밀려 오고 밀려 갔다.

혜원은 서울에서 6·25 사변을 겪었고 9·28의 수복을 맞았다.

그러나 6·25의 갖은 수난을 겪으면서도 그는 용칠이만이라도 서울에 같이 있었으면 했다. 협박과 공갈에 모든 사람이 움직이고 빤히 들여다보이는 허위의 세계를 진실이라고 뇌까리지 않으면 안 되는 그러한 현실이지만 혜원은 용칠이가 궁금했다.

그래서 알아볼 길을 통하여 모조리 알아보았으나 용칠의 소식은 6·25와 더불어 묘연해지고 말았다.

9·28 이후에나 돌아왔나 해서 그의 집으로 찾아갔지만 그때는 그의 집이 폭격에 부스러졌음을 발견했다.

어쩐지 생사가 근심되었다. 만약 죽지를 않았다면 6·25 때 남하했다 해도 9·28 때에는 서울로 돌아와야 할 일이며 서울로 돌아왔다면 자기를 찾아오지 않을 리가 만무하다.

그 뒤 신문사로 가서 용칠이가 이북으로 종군갔다는 사실을 듣고 조금 안심하기는 했으나 그러나 용칠이는 9·28 이후 다시 수도(首都)를 부산으로 옮길 때까지 자취를 나타내지 않았다.

혜원은 그것이 혹시 용칠이로서 중대한 편지를 썼다는 그 사실과 관련되지 않았는가를 걱정했다. 사랑의 고백을 보내고 그에 대한 회답을 받지 못했음으로 해서 일부러 자기를 피한 것이나 아닌가 하는 생각이었다.

그럴 수도 있는 용칠이다. 그러나 생각할수록 그것은 있을 수 없는 일이다. 그 편지를 받자 며칠이 안 되어 6·25 사변이 터지고 말았으니 회답할 시간적 여유도 없었던 것이 아닌가. 하여간 그런 것은 혜원에게 있어서 문제가 아니었다. 다만 용칠이를 찾아 내는 것이 문제일 뿐이었다.

부산에 내려가자 즉시로 수소문을 해 보았으나 피난민들의 보따리가 정리 안 된 한두 달 동안은 우연을 바라는 외에 손을 써 볼 길이 전혀 트이지 않았다.

한 달이 거의 지나 서울서 내려온 신문들이 부산에서 그 발행을 보게 되기 시작할 때 혜원은 용칠이가 다니던 신문사의 임시 사무실을 찾았다.

조그마한 방이었다. 사장실도 국장실도 있을성싶지가 않았다. 부장 책상이니 기자 책상이니 가려 놓은 것도 없었다. 기다란 책상에 의자가 함부로 놓여져 있을 뿐, 일 있는 사람이 아무데나 앉아서 글을 쓰게 마련된 모양 같았다.

아직 일을 시작하지 않았음인지 책상에 앉은 사람은 하나도 없다. 스토브에 둘러서서 잡담들을 하고 있었다.

혜원이가 들어서자 모든 시선이 한꺼번에 몰려왔다. 그러나 혜원은 시선들을 무서워함이 없이 오히려 그 시선 속에서 용칠이를 골라 내려고 했다. 몸 하나 까딱하지 않고 용건을 물어 봐야 하겠다는 듯이 버티고 섰을 때였다. 후다닥 그의 앞에 뛰어나온 사람이 있었다.

"혜원 씨!"

이렇게 말하는 남자의 얼굴에는 약간 홍조까지 띠어 있었다.

혜원은 아무 말도 못했다. 그리고는 그저 손을 내밀어 악수만을 청했다. 그렇게도 애쓰며 만나려던 사람을 이렇게 쉽사리 만났는데 도리어 실망 비슷한 감정을 느끼었는지 모른다.

그러나 용칠이는 뭇 시선이 무서워서인지 그렇지가 않으면 내포했던 감정의 폭발을 수습하지 못해서인지 내미는 혜원의 손을 똑바로 붙잡지 못했다. 떨리는 듯한 손으로 덥석 하고 혜원의 손을 잡는다는 것이 맨 끝만을 잡았다가 그것도 눈 껌벅하는 사이에 놓아 버리고 말았다.

혜원은 속으로 웃었다. 그것이 용칠이라는 것을 또 한 번 느꼈기 때문이었다. 그리고는 발길을 돌려 문 밖으로 나왔다. 용칠이도 따라나왔다.

어깨를 나란히 하고 걸을 때 비로소 혜원이가 입을 열었다.

"얼마만이에요."

"참 궁금했습니다."

"이북에 종군가셨다지요?"

"희천(熙川)까지 갔다 왔습니다."

"6·25 때에는?"

"부산까지 내려왔댔지요."

그들은 한참 동안을 걷다가 두 사람이 꼭같이 발견한 다방 속으로 들어갔다. 다방에 자리를 잡고 앉은 뒤 차를 주문하자 혜원은 불쑥,

"나는 공산주의가 싫어졌어요. 용칠 씨는 어떠세요."

하고 물었다.

"공산주의란 전투적이고 파괴적이라는 데 나는 처음부터 좋아하질 않았습니다."

　"이론은 둘째로 하고 공산사회를 체험하고도 공산주의를 좋아한다는 사람은 병적이거나 정신에 이상이 생겼거나일 거예요. 난 정말 싫어졌어요."

　"새삼스런 이야기는 아니겠지요. 사상의 이단자인 동시에 인간성을 말살하는 인류의 적이니까……."

　"됐어요, 됐어——."

　마치 용칠을 공산주의자로 오해했다가 풀기나 한 것처럼 혜원은 만족한 웃음을 웃었다.

　"뭣이 됐어요? 기분 나쁜데……."

　용칠이는 갑자기 시무룩해졌다.

　"아이, 그 병 좀 고치세요. 기분 나쁠 게 아니라 나는 6·25 이후 가까운 사람을 만날 적마다 그 말을 물었어요. 그것이 무엇보다도 중요한 것 같기 때문이에요. 정말 아직까지 공산주의를 모른다면 더불어 말할 필요도 없을 것 같아요."

　"그러니까 나를 테스트하는 게 아닙니까?"

　"테스트가 아니죠. 그걸 이때까지 모른 게 아니지만 한 번 따져 본 거지……. 즐거움을 따진다는 걸 모르세요."

　용칠은 알았다는 듯이 한 번 웃어 보이었으나 그래도 마음이 개운하지가 않은 듯 딴 말을 꺼내지 않았다.

　혜원은 그런 게 문제가 아니었다. 용칠을 만났다는 사실 그것만이 만족했다.

　"어머니가 아직 그냥 앓고 있지 않아요. 참 속상해 죽겠어요. 요즘은 '패스'라나요. 한 통에 칠만 원씩 하는 미국약을 먹구 있어요. 요즘 우리 회사에서두 사무를 개시한다구 나오라는데 어떡헐지 모르겠어요."

　이렇게 커다란 목소리로 떠들었다.

　"참 어머니두 와 계시구만요? 그렇지만 혜원 씨가 집에 있다구 어머니 병이 낫습니까?"

　용칠은 조금 비꼬는 듯한 눈으로 혜원이를 바라보았다.

　"요새는 내가 얼마나 효녀 노릇을 하게 그러세요. 불두 때 드리구 이따금 과자도 사다 드리지요. 그럼 엄마가 얼마나 좋아하시는데……."

"그러니까 월급을 받아서 과자를 많이 사 드리면 더 효녀가 되지 않아
요?"

"참 그럴까?"

"그러구 나일론 양말 같은 거 선사받아서 팔면 더 맛있는 과자두 살 수
있을 거구……."

"참 그런 것두 있지. 아무래도 출근을 해야겠군요."

혜원은 용칠이가 옛날 이야기를 연상하고 있음을 알았다. 그러나 과거의
일을 끄집어낼 수가 없어 얼버무려 버렸다. 만약 6·25 전 그 날의 대화를
끄집어낸다면 최후로 만나던 날 받은 편지의 이야기까지 꺼내야 한다. 이제
새삼스럽게 그 말을 끄집어내고 싶지는 않았다. 우정 이상의 감정을 밝힌다
면 뻔한 결론에 이른다. 확정적인 결론에 이른다면 그때부터는 초조한 마음
으로 새로운 발전을 요구하게 된다. 말하자면 갈 데까지 가고야 만다. 이제
그런 가능성이 있겠는가. 보나마나 용칠이의 가정생활이란 피난민의 공통적
인 궁핍 속에 싸여 있으리라. 자기 역시 거의 마찬가지 환경에 놓여 있다.
그리고 경제적인 문제는 둘째로 하고 전쟁을 하고 있는 현실적인 이 순간을
개인의 안일감으로 초극(超克)할 수가 있을 것인가. 현실의 초극은 둘째로
하고 내일의 설계가 없이 오늘의 만족을 구할 수가 있을 것인가.

미래에 대한 계획을 세울 수 없는 것이 지금의 현실이다. 그러한 현실 속
에서 계획 없는 미래를 꾸미려는 것은 일종의 모험이거나 그렇지 않으면 장
난에 불과하다. 그렇지도 않다면 현실의 도피거나 운명에 대한 희롱일 수밖
에 없다.

어쨌든 혜원에게 있어서 애정 문제의 구체적 발전은 생각하고 싶지가 않
았다. 그렇다고 해서 용칠이가 싫어서 그런 것은 아니다. 용칠이보다 더 마
음을 끄는 남자도 있지가 않다. 결혼을 한다면 역시 용칠이가 첫손으로 꼽
히어야 할 남자다.

말하자면 사랑을 하면서도 사랑으로 돌진 못하는 마음에는 용칠의 침울
이상으로 무거운 데가 있었다. 그러면서도 그 무거움을 나타낼 수 없는 혜
원이기에,

"학교 방면에 아시는 이가 없으세요?"
하고 또 화제를 돌릴 수밖에 없었다.
"용건이 뭔데요?"
흥미는 없다 해도 용칠은 또 화제에 끌려오고야 말았다.
"취직을 하게요."
"직업이 없어서요? 남들이 머리를 싸매고 들어가고 싶어하는 직장을 가지구…….”
"너무 좋아서 좀 양보를 해 볼려구요."
"지나치게 거룩하시군요."
"내가 그렇게 위대하다는 걸 이제야 아세요."
"인식을 새롭게 해야겠는데…….”
"그러니까 용칠 씨두 내한테 수업료를 많이 내세요."
혜원은 소리를 내며 웃었다. 그러나 용칠은 웃지를 않았다. 아무래도 마음이 툭 트이지가 않는 모양이었다
"용칠 씨!"
혜원은 용칠이를 또 불렀다. 아무래도 마음을 터 놔야 할 것 같았기 때문이었다.
"네."
"돈 가지셨어요?"
"월사금요?"
"네, 월사금을 가지셨거든 오늘 점심을 사 주세요."
"없는데요. 찻값 밖에는…….”
"바보! 남자가 빈 주머니만 가지구 다녀요?"
"바본 줄 이제야 아세요."
"참 전부터 알았지…….”
두 사람은 꼭같이 빙그레 웃었다. 대화의 종말이었다.
한참 동안 말이 없던 두 사람 가운데서 용칠이가 먼저 입을 열었다. 대화의 연속이었다.

“왜 학교가 좋습니까?”

“회사가 싫어졌어요. 무역이란 것이 그런 것이기두 하겠지만 회사 사람이란 모두가 들떠 있어요. 조금도 안정이 되질 않았어요. 하루살이거든요. 이념이랄까, 그런 것이 조금이라두 있고 또 안정된 맘이 조금이라두 있는 곳이 그리워졌어요.”

“학교라구 안정이 돼 있을까요?”

“안정되지는 않았다 해도 안정되어야 하는 원칙 밑에 움직이는 곳이라는 생각만 해도 좀 나을 것 같아요.”

“그러지 말고 좋은 사람을 소개할게 결혼이나 하시죠.”

“용칠 씨 소개로 결혼이나 할까요.”

혜원은 웃었다. 그리고는 탁자 밑에서 구둣발을 들어 용칠의 구두를 짓밟아 주었다.

“오늘 오백 원 주구 닦은 구둡니다.”

용칠이가 쓴웃음을 웃었다.

그러나 혜원은 말문을 돌리지 않을 수 없었다.

“어떤 학교에서 오라기는 하는데 교장이 여자더군요. 여자야 멋이 있어야지. 그래 대답을 안 했어요.”

“역시 여자에게는 교장도 남자라야 하누만요.”

“남자도 고리타분한 건 싫어요. 좀 멋쟁이야지.”

“미남자?”

“그럼요. 그리고 선생도 그럴 듯한 선생만 쓸 줄 아는 멋쟁이라야 되거든요.”

그 뒤 그들은 대화를 잃어버렸다. 새로운 대화가 생겨날 것 같지도 않았다.

“갈까요.”

혜원이가 먼저 일어섰다. 용칠이도 따라 섰다. 거리로 나와 걸을 때,

“내일 열한 시 이제 그 다방으로 나오세요.”

하고는 혜원이가 딴 길을 바라보며 주춤 섰다.

“그러지요.”

용칠이도 헤어질 장소라는 것을 안 모양이다.

용칠과 헤어진 혜원은 길가에서 천 원짜리 드롭스 한 개를 사 가지고 집으로 돌아왔다.

여생이 얼마 남지 않은 어머니에게 있어서 드롭스 한 개가 생명을 연장하는 데 아무런 효과도 있을 것이 아니지만 그래도 당장에 좋아하는 어머니의 얼굴을 보기 위하여 밖에 나갔다 돌아갈 때마다 단 것을 조금씩이라도 사 들고 오는 그 습성이 슬프게 생각되었다.

반가운 용칠이를 기적처럼 만났으나 용칠이에게도 기쁨을 나누어주지 못하고 말았다.

시들 대로 시들어 이제 그 목숨이 눈앞에 빤히 내다보이는 그 어머니를 위하여 즐겁게 할 수 있다는 것이 겨우 천 원짜리 드롭스 한 개였던 것이다.

방에 들어서자 어머니가 자리에서 일어났다. 혜원은 그것이 싫었다.

"그냥 누워 계세요."

일평생 자기를 기쁘게 하기 위하여 살아 온 어머니다. 그러한 어머니이기 때문에 그 앞에 서 있는 자기 자신이 미워졌는지도 모른다.

"종일 누웠으니 이젠 좀 앉구 싶다."

딸에게 듣기 좋도록 하는 말이다.

"글쎄 누워 계세요. 오늘은 저녁두 내가 할게……."

"싫은 걸 어떻게 눕니?"

"싫긴 뭣이 싫어요. 드러눠요."

"애두 갑자기 별나게 군다."

"좌우간 누우세요."

혜원은 짜증을 내고 어머니를 눕히었다. 할 수 없이 누운 어머니가 눈물을 흘렸다. 눈물을 보자 혜원은

"엄마. 이제는 나를 붙잡아 놓구 일을 시켜 먹으세요. 뭐가 어려워서 아직두 시중만 들려구 그러세요."

하고 옷을 갈아 입었다. 옷을 갈아 입고 나자 그는 그때까지 잊어버리기나 했던 것처럼 드롭스를 어머니에게 주면서

"엄마. 오늘 용칠 씨를 만났어. 6·25 때도 남하했었대. 그냥 신문사에 나가구 있겠지……."

하고는 어머니 머리 옆에 앉았다.

"그래?"

어머니는 그리 흥이 나지 않는 모양이었다.

"엄마, 나 그 사람하고 결혼할까?"

"네가 좋으면 하렴!"

"엄마 그 사람이 그리 맘에 안 들지."

"글쎄 그렇게 탐탁지는 않더라만……."

"그럼 그만둘까?"

"좋두룩 해라. 하여간 에미 죽기 전에 결혼하는 걸 보여다우. 죽어두 눈을 감구 죽게……."

"결혼 안 하믄 눈을 못 감겠수?"

"오냐."

"엄마두…… 천천히 골라서 세상에 제일 가는 사람하고 결혼할 텐데 왜 눈을 못 감우?"

"그게 뜻대루 안 될 것 같아서……."

"걱정 마세요. 내가 얼마나 위대한데……."

어머니는 그 말의 대답 대신에

"참 아까 회사 사람이 왔더라. 내일부터 나오라구."

하고 딴 말을 꺼냈다.

"난 회살 그만둘 텐데. 뭐……."

"그럼 학교는 다 됐니?"

"며칠 있음 통지가 있을 거야."

"그래도 월급이 회사만큼 될까?"

"안 됨 어때요. 정말 그런 데만 따라다니다간 평생 결혼 못해 보구 늙을 거야. 이젠 시집갈 마음을 닦아 놔야겠어."

"애두 별소릴 다 한다. 시집갈 맘이 따로 있니?"

"있구 말구. 남의 마음을 따뜻하게 해 줄 만큼 제 맘이 따뜻해져야 하잖아요."

"별소리두 다 한다. 그럼 지금은 맘이 차단 말이냐……."

"찬지는 몰라도 따뜻하지는 못한 것 같아요."

"듣기두 싫다."

혜원은 갑자기 어머니의 두 손을 꼭 잡았다. 그리고는 웃음을 지으며,

"엄마! 그런 소리 말까?"

하고 머리를 어머니 가슴에 파묻었다.

"아무래도 혜원이는 엄마를 기쁘게 못해 드리는 딸이야. 엄마는 정말 눈을 못 감구 죽을 거야!"

딸에게서 한 번도 들어 보지 못한 침울한 말이었다. 어머니는 도리어 눈물이 나서 딸의 머리를 쓸어 주며,

"오늘따라 별소릴 다 하누나."

하고 눈을 감아 버렸다.

혜원은 한참 동안 머리 들 생각을 아니 했다. 그러나 얼마 안 되어 머리를 쳐든 혜원은 얼굴에 웃음을 띠고,

"엄마 잠깐만 나갔다 올게."

하고 일어나 옷을 갈아 입었다.

"어딜 또?"

"뭘 좀 사 오게."

혜원은 쏜살같이 나갔다. 얼마 안 되어 돌아온 혜원의 손에는 털실 반 폰드와 잉어 한 마리가 들리어 있었다.

"이건 엄마 끓여 드려 살찌게 하구, 이건 용칠 씨 목도리 떠서 따뜻하게 해 주구……."

혜원은 한 손에 하나씩을 들고 유치원 선생이 어린애들 앞에서 말하듯 고개짓을 하면서 똑똑 떼어 말했다.

"쟤가 미쳤나."

"엄마두! 미치긴 누가 미쳐."

혜원은 옷을 갈아 입자 잉어를 들고 나가 저녁을 지었다. 기침을 하면서도 부엌으로 부득부득 나오려는 어머니를 한사코 움직이지 못하게 한 뒤 혼자의 손으로 저녁을 지은 것이다. 혼자의 손으로 어머니의 저녁을 지은 것이 생전 처음일지도 모른다.

저녁을 먹은 뒤에는 뜨개질을 시작했다. 내일 아침 열한 시가 목표이기 때문에 움직이는 손길이 바빴다.

옆에 누워 있는 어머니가 가끔 아직 멀었느냐고 물어도 그는 시계 볼 생각도 아니 하고 참대 바늘만을 움직이었다.

"너 정녕 그 사람과 결혼을 할래?"

하고 물어도,

"글쎄 그리구 말까?"

하고 도리어 반문을 할 뿐 시원한 대답을 아니 했다.

그는 밤을 꼬박 새웠다. 그리고는 열한 시가 거의 되자 이름도 모르는 어제 그 다방을 향하여 걸었다. 걸으면서도 그는 자기의 마음을 따지어 보았다.

'목도리 하나로 용칠 씨의 침울한 마음을 풀어 주려 함인가? 그렇지 않으면 용칠에 대하여 너무나 허술하게 대한 자기의 태도를 고치려 함인가?'

아무래도 좋았다. 6·25 이후 어떻게 지냈는지 용칠의 생활을 한 마디도 물어 보지 못한 자기가 아니었던가. 앞으로 어떻게 살 것인가에 대해서도 일언반구를 듣지 못했다. 용칠에게 있어서 가장 중요한 말들이다. 설사 결혼은 아니 한다 할망정 가장 중요한 이야기를 일부러 꺼내지도 못하게 할 것이야 있는가. 그저 자기가 뉘우쳐질 뿐이었다.

'오늘은 무슨 이야기든 용칠 씨에게 시켜야지 나 혼자 떠들지 말구……'

이렇게 마음먹고 다방 안에 들어섰다. 용칠은 보이지가 않았다. 오 분이나 지나도 오지를 않았다. 아마 어제에 대한 복수인 모양이다. 좀더 기다릴 수밖에 없다. 그러나 십 분이 지나도 나타나지를 않았다.

혜원은 그래도 조급한 마음을 버리고 너그럽게 기다려 보리라 생각했다. 십오 분이 지나도 흥분치 않으려 했다.

이십 분이 거의 지났을 때다. 어떤 낯모를 사람이 앞으로 와서 모자를 벗

고 혜원 씨가 아니냐고 물었다. 그렇다고 대답을 했더니,

"전 용칠 씨와 같이 있는 사람인데 오늘 아침 용칠 씨가 일선으루 종군 나가며 이 편지를 전해 달래서 가지구 왔습니다."

하고 주머니 속에서 봉투 하나를 꺼내 주고는 사라져 버렸다. 틀림없는 용칠이의 글씨였다.

'혜원 씨!

돌연한 일은 아닙니다. 며칠 전부터 떠나려던 길입니다. 그러나 하루쯤 연기할 수 없는 길도 아닙니다. 그렇지만 떠나기로 하고 말았습니다. 역시 커다란 목표 앞에 머리를 숙일 때 사람은 가장 경건해지는 것이고 또 마음이 깨끗해지는 것 같습니다. 인류에게 있어서 있어서는 안 될 하나의 악덕이 우리의 적으로 나타나 있습니다. 이 적을 물리치는 것은 인류의 커다란 과업일 것입니다. 이 커다란 과업을 실천하고 있는 용사들의 모습을 볼 때 나는 자신이 경건해짐을 느낍니다. 나는 상처받은 지성과 해질 대로 해진 현실 속에서 감정의 질곡을 느낌으로 생의 의의를 찾으려는 습성을 버리려고 노력하고 있습니다. 습성을 버리려는 노력이 용이하지는 않습니다. 나는 그립던 혜원 씨를 어제 만난 뒤 전과 조금도 다름이 없는 혜원 씨의 감정의 질곡을 보고 울고 싶었습니다. 그것은 내가 먼저 괴로 웠기 때문이었습니다. 습성을 버리려는 노력이 아니라 습성을 감추려는 노력이 안타까울 정도로 눈앞에 보였습니다. 감정의 분방과 감정의 유희를 경멸하는 우리라면 우리는 감정의 조화를 꾀하여 감정의 승양(升揚)에 좀더 노력하여야 할 것입니다. 나는 혜원 씨에게 아무것도 강요하지 않습니다. 다만 혜원 씨 옆에서 혜원 씨를 보는 그 괴로움을 다시 번복하면 나의 감정이 지리멸렬하고야 말 것 같아 종군을 떠날 뿐입니다. 이념의 세계에서 살고 싶다고 하셨지요. 잘 생각하셨습니다. 학교에 취직하여 학생들의 솔직한 감정을 잘 살리도록 노력함으로 혜원 씨의 감정적 질곡을 버려 주시기 바랍니다.

머지않아 돌아오겠습니다. 그때 일선에서 배운 여러 가지 교훈을 선물로

216

가져다 드리겠습니다.

○월 ○일

용칠.'

혜원은 편지를 읽자 곧 다방을 나왔다. 그리고는 집에 돌아가서 한 번 다시 읽으려고 편지 내용을 머릿속에 그리지 않기로 마음먹으며 걸었다. 그러나 감정의 질곡이란 문구가 어쩐지 가슴을 자꾸만 찌르는 것 같았다.

조화되지 못한 감정! 승양하지 못한 감정! 그것은 확실히 자기였다.

그러나 그렇다고 해서 떠나고 만 용칠이가 이해할 수 없었다.

역시 용칠이는 선이 너무나 가느다란 감정의 소유자다. 무엇 때문에 맞대 놓고 말을 하지 못할 것인가.

그러나 혜원은 용칠이가 돌아올 날이 궁금했다. 이번에 만나기만 하면 좀더 솔직해지는 동시에 용칠의 의사를 물어 추종하는 태도를 가지리라 마음먹었기 때문이다.

우선 빨리 가서 편지를 읽어야겠다는 생각에 발걸음을 빨리했다. 그러나 집에 들어가자 혜원은 보지 못할 것을 보았다. 즉 어머니가 요강에 각혈을 하고 있었던 것이다.

"엄미 ── ."

붉은 핏덩어리가 마치 어머니의 육체에서 뛰어나온 어머니의 혼(생명)과 같이 보여 혜원은 뼈가 녹는 듯 섰던 자리에서 쓰러지고 말았다.

"혜원아!"

어머니의 부르는 목소리를 듣고야 머리를 든 혜원은,

"엄마, 죽지 말어. 내가 엄마를 좀더 사랑해 보게, 응 ── ."

하고 혼자서 중얼거리었다.

"결국은 내가 사람을 사랑해 보지 못했어. 진정으루 용감하게 사랑을 못해 봤어……."

(원) (출) 『그늘진 꽃밭』 신한문화사, 1953.

지리산 근처

평년만 같아도 몰랐다. 가물 흉년에 얼마 안 되는 양곡을 한 톨도 남기지 못하고 전부를 털어 이십 리나 되는 면사무소에까지 그것을 메어다 맡기고 돌아오니 근배의 마음은 일 년 농사를 헛지은 듯 허전하기 짝이 없었다.

공비에게 빼앗기지 않기 위해서 구장의 명령으로 동네 전체가 그렇게 한 것이기는 하지만 자라건 모자라건 제 쌀을 제 집에 두고 먹던 버릇이어서 그런지 면사무소에 맡겼다는 것이 어쩐지 아주 빼앗겨 버린 것만 같은 마음이 들어 허전하다는 경지를 넘어 가슴이 쓰리기까지 했다.

열흘에 한 번씩 찾아다 먹으라고는 하나 제 쌀을 찾아 먹으려고 열흘에 한 번씩 면사무소로 가야 한다는 것도 귀찮은 일이지만 세상이 어떤 세상이라고 남의 것을 맡았다고 해서 쌀 한 톨 축내지 않고 또박또박 내줄 사람이 어디 있을 것인가.

쥐가 먹어도 축이 날 것이고 보관비니 뭐니 해서 쌀을 퍼낸대도 할 수 없는 일이다.

근배는 구장이 미워지기까지 했다. 제 집 식량이 많아서 처리하기가 곤란하다면 저 혼자서 남을 주거나 땅에 뿌리거나 마음대로 할 것이지 남의 쌀까지 강제로 모아 갈 것이 무엇인가.

아무리 강제라 해도 춘수와 길동이네는 끝내 쌀을 감추어 놓고 내놓지를 않았으니 고분고분 말을 들어야 하는 놈은 그래 따로 있어야 한단 말인가.

어두운 방에서 담배만 뻑뻑 빨고 있으려니 공연히 심술까지 났다. 근배는 지리산(智異山) 근처에서 살게 된 것부터가 원망스러웠다. 넓고 넓은 강토에서 어디 살 데가 없어서 하필 공비가 욱실거리는 운봉(雲峰)을 골라잡았는지 모른다. 하기야 공비란 것이 어떤 것인지도 모를 때부터 살아 온 것이니 말하자면 팔자소관이라고밖에 말할 수가 없다. 그러나 그놈의 팔자가 요렇게까지 빳빳해서야 어찌 그놈의 팔자를 탓하지 않을 수가 있을 것인가.

세상에는 땅에 발을 대기가 싫어서 비행기를 타고 하늘로 날아만 다니는 사람도 있다는데 오십 평생 기차란 것도 구경을 못하고 살아 온 자기의 팔자란 개도 먹지 않을 것이다.

근배는 자기의 팔자를 갈기기나 하듯이 나무 재떨이에 대통을 탕탕 두들기었다.

밤이 으슥히 깊었으련만 어린애를 끼고 누웠던 아내도 잠이 안 들었는지,

"잠이나 자구려."

하고 마치 대통 두들기는 소리에 잠을 못 자기나 하는 듯 볼멘소리를 했다.

"걱정두 팔자로군. 남이야 자건 말건."

근배는 도리어 아내를 나무랐다.

며칠이 지난 어느 날 저녁때였다. 공비들이 동네로 밀려들었다. 이것이 처음은 아니었지만 그래도 공비가 밀려 왔다는 말에 근배의 머리털은 하늘로 치밀어올랐다. 가슴은 두근거릴 대로 두근거리었다. 사지까지 부들부들 떨리어 한 곳에 앉아 있을 수가 없어 그는 부엌으로 뛰어나갔다. 아내도 뒤따라 쫓아나왔다.

얼김에 솔갑을 들고 그 속에 숨어 버리었으나 가슴 떨리는 것은 좀체로 멎지를 않았다.

새파랗게 질린 얼굴을 땅바닥에 파묻고 있을 때 아내가 솔갑을 부시럭거리었다. 근배는 말 대신 팔굽으로 아내의 허리께를 툭 찌르고는 숨소리를 죽이었다.

제발 공비들이 빨리 돌아가 주었으면 하고 속으로 빌고 있을 때였다. 누가 방문을 여는 소리가 났다.

"어디 갔어? 근배!"

그것은 확실히 춘수의 목소리였다. 공비가 아니고 같은 동네의 춘수였다. 그러나 근배는 차마 대답을 하고 나서지를 못했다. 공비가 직접 오지 않고 춘수가 왔다는 것은 식량을 빼앗으려 함에 틀림없다. 쌀이라고는 열흘 치도 남지 않았는데 그것을 빼앗기면 그 뒤에는 어떻게 할 것인가. 설사 면사무소에 맡긴 것이 있다 해도 맡긴 지 사흘도 못 되어 도로 달랄 소리는 차마 할 수 없을 것 같다.

"근배!"

다시 근배를 부르는 소리가 들렸으나 죽은 듯이 입을 다물고 있을 때 춘수는 부엌문을 벌컥 열었다.

근배는 아찔했다. 아무리 한 동네 사람이라 해도 숨었던 것이 드러나면 무어라고 고자질을 할지 모른다.

그러나 부엌문을 열자마자 춘수는 솥갑 사이로 허옇게 드러난 근배의 옷을 보고,

"근배! 나와. 숨어 있을 게 뭐야."

하고 웃음 섞인 목소리로 말했다.

근배는 할 수 없었다. 급한 김에 솥갑 뒤에 숨기는 했었지만 그것이 자기 몸을 완전히 가리우지 못한 것이었다는 것을 깨달으며 슬며시 얼굴을 들었다.

"산사람이 갔나?"

"가지는 않았지만 겁낼 거 없어. 아마 이야기를 하구 돌아갈 모양인지 한 집에 하나씩 다 모이래누만?"

"뭣 하러?"

"글쎄, 낸들 알겠나. 안 모이면 안 된다니까 전하기만 하는 걸세!"

근배는 간다 안 간다 대답을 안 했다. 춘수도 꼭 와야 한다고 더 따지지도 않고 돌아갔다. 그러나 그렇다고 해서 안 갈 수는 없었다. 말을 안 듣기만 하면 반드시 후환을 남기고야 마는 공비들이다.

근배는 무엇보다도 자기를 산 속으로 끌어가려는 것이나 아닌가 걱정하였다. 공비들은 식량을 빼앗아 갈 때마다 동네 젊은 사람들에게 짐을 지워

산 속으로 끌고 가곤 했다. 물론 오십이 거의 된 자기까지 끌고 가리라고는 생각되지 않았지만 그건들 누가 알 수 있는가. 가자면 가는 수밖에 없다.

모이라는 구장네 집 마당에까지 갔을 때 동네 사람들은 벌써 모여 있었다. 꼭같이 파란 얼굴들이었다. 여기저기에 총을 들고 동네 사람들의 얼굴을 살피는 공비들이 보이었다.

근배가 이르자 얼마 안 되어 대문 안에서 공비 두 명과 구장과 그리고 의용경찰대원으로 있는 창환이가 걸어나왔다.

창환이만은 전신이 노끈에 묶여 있었다. 마당에 나오자 공비 한 명이,

"애국자를 적지 않게 죽인 반동분자 김창환이를 여러 인민 앞에서 처단을 하겠습니다."

하고 큰 소리로 말했다. 그리고는 즉시 총 한 자루를 구장에게 내주었다.

구장은 총을 받으면서도 얼굴을 수그리고 있었다. 썩은 묵처럼 파르스름한 얼굴이 말할 수 없이 처량해 보였다.

그러나 공비가,

"빨리 처단합시다."

하고 독촉을 하자 구장은 부들부들 떨리는 입술을 한 번 깨물고 나서,

"나는 이때까지 구장 노릇을 했지만 그것은……."

하고 입을 열었다. 그러나 말끝을 맺지 못해 머뭇머뭇하고 있을 때 옆에 섰던 공비가 눈짓을 힐끗하자 구장은 나시 입을 열어,

"그것은 내가 여러분을 속이기 위한 것이었습니다. 나는 공산주의자입니다. 그것을 증명하기 위해서 김창환이를 내 손으로 죽이겠습니다."

하고는 총을 어깨로 올리었다.

총을 든 손이 흔들흔들 흔들리었으나 한편 모퉁이로 끌려 나온 창환이를 향하여 쏜 총알이 단방에 가슴을 꿰뚫고야 말았다.

이렇게 창환이를 죽이자 공비들은 구장을 데리고 산 속으로 도망가 버리었다.

공비들이 떠나자 한편에서는 죽은 사람의 가족들이 곡성을 올리었으나 한편에서는 어찌된 영문인지를 몰라 동네 사람들이 정신을 잃고 수군거리기

만 했다.

"구장이 설마!"

"세상일은 알다가두 모르겠는데?"

이렇게 구장의 처사를 의심하는 사람이 있는가 하면,

"죽일 놈이지. 아무리 빨갱이라 해두 한 동네 사람을 죽이다니?"

"내 그런 놈인 줄 알았어."

라고 구장을 빨갱이로 보는 축도 있었다. 그러나,

"일이야 어떻게 됐든 장사나 치러야 하지 않겠나!"

하는 말이 나오자,

"죽인 사람을 장례 치러 줬다가 나중에 말썽이 일어나면 어떻게 하나!"

하고 장례마저 도와 줄 것을 꺼리는 듯한 말이 나왔다.

"죽은 사람한테야 무슨 죄가 있겠나? 자, 가서 일이나 하세!"

이런 말에 모였던 사람의 대부분은 창환의 시체 있는 곳으로 몰려갔다.

근배도 시체 옆으로 갔다. 목이 꺾어진 듯 머리를 가슴에 대고 쓰러진 창환의 시체는 정말로 목불인견이었다. 총알이 꿰뚫린 잔등에서는 아직도 뻘건 피가 흘러내리고 있었다.

식량을 빼앗기지 않았고 자기가 끌려가지 않은 것만은 다행했지만 처참한 시체를 볼 때 그는 역시 흥분하고야 말았다.

'악착한 놈!'

근배는 혼자서 생각했다. 대한민국의 백성인 척하고 구장질을 하다가 남의 쌀까지 빼앗아가고는 기어코 사람까지 죽이고 산 속으로 들어간 그놈은 진짜 빨갱일 것이며 또 빨갱이가 아니고서야 사람을 그렇게 죽일 수 있을 것 같지가 않았다.

창환의 장례를 치른 뒤 며칠 지난 어느 날 면사무소와 분주소에서 사람이 나와 동네 사람들을 모아 놓고 구장은 절대로 빨갱이가 아니라는 말을 했다. 누가 정말 빨갱이인지를 모르도록 공비들이 일부러 꾸민 것이라 했다. 그 증거로 구장은 산 밑에까지 가서 총살을 당하고 말았다는 것이었다.

그 말을 듣자 근배는 그 말이 옳은 것 같기도 했다. 제 아무리 사람을 속인다 해도 그렇게까지 속일 수는 없다. 구장은 무엇으로 보나 빨갱이를 미워하는 사람이었다.

정말 미워하는 것과 가짜로 미워하는 것을 모를 리가 없다고 생각했다. 그러나 결국 동네 사람을 구장의 손으로 죽이게 하고 그 뒤에는 그 구장까지 죽여 버린 공비들이 도적놈으로 생각되었다. 식량을 빼앗아가고 사람을 끌어가는 공비들이 도적놈이라는 것이 이제야 아는 일이 아니었지만 빼앗길 것을 빼앗기면서도 무섭기만 한 생각에 도적놈이란 말은 차마 마음 속으로도 생각지를 못했었다.

그러나 이제 창환이를 죽이고 또 구장까지 그렇게 죽였다고 하니 도적놈이라 안 하려야 안 할 수가 없었다.

경관은 그러니까 공비들에게 식량을 내주지 말고 공비가 오면 곧 연락을 해 주어야 한다고 말했다. 공비들이 무서워 쌀을 주고 묻는 말을 가르쳐 주면 누가 언제 또 구장과 같은 봉변을 당할지도 모르니까 공비에게 연락을 하는 사람이 있으면 곧 분주소에 알려 그런 사람을 없애야 한다는 말까지 했다.

그리고 나서는 면사무소에서 나온 사람이 구장 대신 새 구장을 뽑아야 하겠는데 춘수가 어떻겠느냐고 물었다.

나쁘다고 말하는 사람이 하나도 없어서 춘수가 결국 새 구장이 되기는 했지만 근배는 어쩐지 춘수가 미심쩍은 듯한 생각이 났다. 창환이를 죽이던 날 자기 집을 찾아와서 숨어 있는 자기를 끌어 낸 것이 춘수였지만 그 날 빙긋이 웃던 얼굴이 아무래도 심상치가 않은 것 같았다. 사람을 죽이려고 하는데 웃으면서 사람을 모으러 다니는 것이 빨갱이가 아니고야 어찌 그럴 수가 있을 것인가.

그러나 그것만으로는 빨갱이라 점찍을 수는 없었다. 좀더 두고 보아야 할 것 같았다. 더구나 함부로 이야기하는 것을 무엇보다도 꺼려하는 동네 사람들과 같이 자기만이 뾰죽나게 그런 말을 한다면 자기가 어떤 봉변을 당할지도 모른다. 그래서 근배는 춘수가 구장이 되어도 말 한 마디를 안 했다.

구장을 뽑자 면사무소에서 나온 사람은 다섯 집을 한 반으로 하고 다섯

반을 한 조(組)로 하여 반은 조를 통하고 조는 구장을 통해 무슨 일이 생기면 즉시 면사무소나 분주소로 연락하라고 말했다.

이런 말을 그들이 돌아간 뒤 근배는 반장으로 뽑히었고 근배네 조장으로는 길동이 아버지가 뽑혔다. 뽑히기는 뽑히었지만 근배는 속이 흐리흐리했다. 반장일을 보다가 공비들이 와서 또 반동분자라고 뭐니뭐니 하면 할 말이 없을 것 같았기 때문이었다. 공연히 개죽음을 하고 싶지가 않았던 것이다. 그렇다고 해서 안 한달 수도 없었다. 그러다가 빨갱이라고 지목받는다면 그것은 더욱 싫었기 때문이었다.

그래서 그저 남들이 하는 대로 하리라 마음먹고 있을 때 어느 날 아침 길동이네 집으로 낯모를 사람이 들어가는 것을 보았다. 아무래도 산사람 같았다. 길동이 아버지가 그럴 사람은 아닌데 수상하다 하고 혼자서 생각하고 있을 때 그 날 저녁 새로 구장이 된 춘수가 근배를 찾아왔다. 찾아와서 하는 말이 산사람들의 보급미를 준비해 두라는 것이었다. 쌀 소두 한 말과 그밖에 소금 같은 것을 보급자루에 싸 두었다가 산사람이 오면 즉시로 내놓을 수 있게 하여야 한다고 말했다. 만약 보급자루를 만들어 두지 않은 사람은 반동으로 몬다고까지 부언을 했다.

근배는 가슴이 뜨끔했다. 그러니까 공비들이 며칠 안 있어 또 온다는 것이 아니겠는가.

그러나 우스운 것은 산사람이 온 것은 길동이네 집인데 산사람의 말을 전하는 것은 춘수라는 것이었다. 춘수와 길동이 아버지가 가까운 것은 전부터 아는 일이었지만 그렇다고 해서 빨갱이의 심부름에까지 배짱이 맞는다는 것은 처음으로 안 일이었다.

춘수가 돌아간 뒤 근배는 혼자서 생각했다. 전 구장이 살았을 때 면사무소에 쌀을 갖다 맡기는데 동네에서 빠진 사람은 춘수와 길동이네뿐이었다. 그러니까 동네에서 쌀을 그 중 많이 가진 사람이 그들 두 집뿐인데 자기네들은 쌀이 있다고 해서 보급주머닌가 뭔가를 만들어도 괜찮을 것이지만 톡톡 떨어야 한 말도 없을 식량에서 공비 줄 쌀을 어떻게 만들어 두라는 것인가.

사정을 누구보다도 잘 알면서도 보급미를 준비하라는 것은 엉터리없는 수작이었다.

근배는 보급미를 준비하라는 것보다도 그놈들과 쑥싹거려 또 동네 사람을 반동으로 몰아 몇 명이고 죽이고 말 것이 겁이 났다. 없는 쌀이라도 못 내면 못 냈다고 반동이라 몬다면 자긴들 할 말이 있을 수 있는가.

근배는 생각다 못해 분주소로 내려가고야 말았다. 자기만의 일이 아니라고 내버려 두었다가 자기가 죽으면 손해 보는 것은 자기일 것만 같았기 때문이었다.

분주소에 갔다 온 날로 길동이 아버지가 붙들려갔다. 그러나 길동이 아버지가 붙들려간 그 날 밤 재밤중에 공비들이 몰려왔다.

근배는 깊은 잠에 들어 있었기 때문에 공비가 왔는지 뭐가 왔는지도 몰랐다.

코가 싸하고 기침이 잦아져 눈을 떴을 때야 집 안에 불길이 닿은 줄을 알았고 또 자기 집만이 불에 붙은 줄을 알고 밖으로 뛰어나가며,

"불이야!"

소리를 지를 때야 옆집에서도 불길이 타오름을 보았다.

불이야 어쨌든 가족이나 살려야겠다고 아내와 어린애를 깨우러 집 안으로 다시 들어갔으나 그때는 벌써 문짝이 타올라 방 안에는 발을 들여 놓을 수가 없었다.

아내와 어린것을 태워 죽인 뒤 정신을 잃고 앉아 있을 때,

"최춘수다. 구장하던 최춘수가 반동놈들만 사는 이놈의 동네에 불을 놓고 산으로 간다."

하는 소리가 들리었다.

틀림없는 춘수의 목소리였다. 춘수의 말소리에 뒤이어 공비의 노랫소리가 들리었다. 의기양양한 노래였다. 역시 공비들이 와서 춘수를 데리고 가는 모양이었다. 아니 공비가 왔던 길에 춘수가 따라가는 것이었다.

집을 잃어버리고 가족을 태워 죽인 것은 비단 근배만이 아니었다. 동네의 절반이 잿더미로 변했고 여남은 명의 동네 사람이 하루 사이에 얼굴을 보지

못하게 되었다.

집을 태워 버리고 가족을 잃은 사람은 거의가 다 그랬지만 근배는 혼이 절반 이상 나가 버렸다.

불타지 않은 집에서 방 하나를 주겠다고 하나 근배는 그 집에 들어가지를 않았다.

타고 남은 집터에 땅을 고르고 가족들이 타 죽은 바로 그 지점 위에다 거적때기를 두른 뒤 거기서 우들우들 떨면서 잠을 잤다.

면사무소에 맡겨 둔 쌀을 가져가라는 통지가 나와도 근배는 못 들은 척 꼼짝을 안 했다. 누가 밥 한 술을 가져다 주면 먹고 그렇지 않으면 굶은 채 거적때기 속에서 눈만 껌벅이고 있었다.

그러다가는 자기도 모르는 한숨을,

"흠!"

하고 내쉰 뒤 눈을 번쩍 뜨곤 했다.

머리털이 타고 살이 타 들어갈 때 으악 소리를 지르고 불바다 위에 쓰러졌을 아내와 어린 자식의 모습이 눈앞에 나타나는 모양이었다. 그런 때면 벌떡 일어서기도 했지만 그는 곧 자리에 앉아서 생불처럼 눈을 감고 종일토록 몸을 움직이지 않았다.

며칠이 지난 어떤 날 근배는 어디서 구했는지 낫 한 자루를 손에 들고 동네를 빙빙 돌았다. 모두 잠이 들었는지 쥐죽은듯 고요했으나 근배만은 눈에 횃불을 올리고 무엇을 찾아 밤이 새도록 헤매었다.

날이 거의 훤해 갈 무렵이었다. 한편에서 이상한 소리가 들리기 시작했다. 근배는 사냥개가 무슨 냄새를 맡았을 때처럼 귀를 쭈빗거리고 눈을 돌리었다.

점점 가까워 오는 사람의 발소리였다.

근배는 낫을 든 손에 힘을 주고 발소리 나는 곳으로 한 걸음 한 걸음 걸어갔다. 그러나 발소리가 뚝 그치고 오던 사람들이 그 얼어붙은 땅 위에 엎드려 버릴 때 근배는 자기도 땅 위에 엎드려 벌벌 기어가기 시작했다.

"도적놈들 같으니, 오긴 왔구나."

근배는 기어가면서도 한 놈 또 한 놈 낫으로 찔러 죽일 장면을 머릿속에 그리어 보았다. 통쾌하기 짝이 없었다.

대여섯 걸음 앞에 이르러 한 걸음만 더 기어가서는 낫을 들고 뛰어들어가리라 생각했을 때,

"누구냐?"

하고 묻는 소리에 근배는 자기도 모르게 몸을 일으키고,

"빨갱이놈들! 도적놈들!"

하면서 사람 떼 속으로 뛰어들었다.

그러나 어떻게 팔목을 잡히었는지 근배는 낫 한 번을 휘둘러 보지도 못하고 낫을 던져 버렸다.

"하늘을 무서워할 줄 모르는 놈들 같으니……."

근배는 몸부림을 쳤다. 어떻게 할 작정인지 주먹을 내흔들기도 했다.

"여보! 왜 이러시우?"

옆에서 이런 말을 할 때에도,

"왜가 뭐야? 내 집을 태우고 내 자식새끼를 태워 죽인 놈들. 그래 내가 가만둘 줄 알았드냐?"

하고 근배는 그대로 몸부림을 쳤다.

"여보! 우리는 경찰이오, 경찰. 조용히 말을 해요. 어디 공비가 왔소?"

이 말에 깜짝 놀란 근배는 팔에 힘을 잃고 그만 땅 위에 주저앉고 말았다.

"조용해요. 날이 밝을 때까진 말을 해서는 안 되요."

경찰의 이런 말을 듣자 근배는 경찰들과 같이 땅 위에 엎드려 누워 경찰들의 동정만을 살폈다.

한참 동안 조용히 엎드려 앞만을 내다보던 경찰 가운데 한 사람이,

"온다, 온다."

하고 가는 목소리로 말했다. 근배도 고개를 들고 앞을 내다보았다. 과연 무엇이 걸어오고 있었다.

그러나 경찰은 도적놈들이 가까워 올 때까지 총을 쏘지 않고 조금만 조금만 하면서 눈치만 살폈다. 근배는 참을 수가 없어서 빼앗겼던 낫을 도로 쥐

고 손에 힘을 주었다. 그러나 경찰이 움직이지 않는 한 어떻게 할 수가 없어 그대로 웅크리고 있을 때,

"사격!"

하는 소리와 함께 총소리가 나기 시작했다.

근배는 걷잡을 수 없이 몸을 일으키고 공비 속으로 뛰어들었다.

통쾌하게 공비 몇 놈을 낫으로 찔러 죽이었으나 다음 날 경찰대의 명령으로 동네 사람들은 모두가 읍내 수용소로 수용이 되었다. 근배도 수용소에서 겨울을 보냈다.

양력 삼 월이 되어 햇볕이 따뜻할 때 경찰들은 수용소에 들어 있던 사람들을 풀어 놓았다. 공비도 거의 다 없어졌으니 돌아가서 농사를 지으라는 것이었다.

근배는 어디 딴 데로 옮기고 싶었다. 지긋지긋한 지리산 속이 생각만 해도 싫었다.

그러나 동네 사람 전체와 같이 근배는 동네로 돌아가지 않을 수 없었다.

아내와 자식이 타 죽은 고장을 버리고 멀리 떠날 수도 없었지만 생소한 데로 옮겨 간대야 땅 한 마지기를 얻을 수가 없을 것 같았다. 더구나 동네로 돌아가면 초겨울에 맡겨 둔 식량이 있다. 그것만 가지면 혼자서 먹을 식량은 넉넉하다.

'죽은 구장이 앞을 내다보는 사람이었군.'

그는 쌀을 억지로 면사무소에 갖다 보관시키던 죽은 구장 생각이 났다.

그러나 쌀을 맡긴 채 한 번도 찾아 먹지를 못하고 불에 타 죽은 아내와 어린것을 생각하니 마을로 돌아가는 길은 자꾸만 눈물겨웠다.

(원) (출) 『그늘진 꽃밭』 신한문화사, 1953.

의리와 애정

동이 트는 새벽꿈에
고향을 본 후
외투입고 투구쓰면
맘이 새로워

　광한루(廣寒樓) 마당에 국민학교 생도들을 모아 놓고 군가를 가르치는 여자의용군이 행군의 아침을 부르고 있다.

　노래를 배우는 국민학교 생도 뒤에는 구경꾼이 적지 않게 둘러섰고 멀리 떨어진 오작교(烏鵲橋) 위에서도 빌을 멈추고 구경하는 사람들이 적지 않건만 십칠팔 세밖에 안 된 여자하사관은 얼굴 하나 붉히지 않고 노래지도를 곧잘 한다.

　부하인 의용군들의 노래지도를 시찰하려 나갔던 여자 장교 임 중위는 공비들의 출몰로 기를 펴지 못하던 남원(南原) 한가운데서 어린이들을 모아 놓고 노래를 배워 주는 명랑한 광경에 마음이 황홀하게 취하는 것 같았다. 후방 국민들을 명랑케 하고 공산 사상에 물들지 않게 하는 것이 이번 서남 지구에 파견된 정훈부대의 의무였다. 임 중위는 그 정훈부대의 본부 내무중 대장 일을 맡아 보는 한편 특히 국민에게 군가를 보급시키는 직무를 맡고 있다. 그러한 직무에서 오는 기쁨도 있겠지만 황폐한 듯한 거리에 노랫소리

가 들린다는 사실에도 마음이 감격스럽지 않을 수 없었다. 그는 하사관과
같이 속으로 노래를 불렀다.

> 거뜬히 총을 메고
> 나서는 아침
> 눈들어 눈을 들어
> 앞을 보면서
> 물도 많고 산도 고운
> 이 강산 위에
> 서광을 비춰고저 행군이라네

어미가 물어 온 모이를 얻어먹으려고 입을 짝짝 벌리는 새끼제비들처럼
입을 있는 대로 벌리며 노래를 배우는 어린이들이 귀여워 임 중위는 한참
동안이나 정신을 잃고 그들과 같이 노래를 불렀다.
언제나 노래를 부르며 살 수 있는 그러한 생활이 국민 전체의 생활이라면!
임 중위는 이런 것을 생각하며 거듭되는 노래를 따라 부를 때였다.
여자 하사관 한 명이 할딱거리며 앞으로 뛰어와 거수경례를 한 뒤,
"포로수용소 파견 근무의 발령이 내려졌다고 빨리 돌아오시래요."
하고 보고를 했다.
"응!"
알았다는 뜻으로 경례를 받고 하사관을 돌려 보낸 임 중위는 혼자서 빙그
레 웃었다.
포로의 교육! 그것도 재미 없는 일은 아니었기 때문이었다. 며칠 전부터
부대장에게서 광주 포로수용소 파견대장으로 가 달라는 말을 들어 왔기 때
문에 새로운 소식이랄 것은 없지만 그래도 포로들을 대한민국의 충실한 국
민이 되도록 교육시킨다는 것을 생각할 때 자기의 책임이 말할 수 없이 큼
을 느낀다. 더구나 6·25 때 서울서 괴뢰군의 포로수용소에 수용되었던 쓰
라린 경험이 있는 만큼 지금 입장을 달리하여 괴뢰군 포로를 교육시킨다는

자기의 처지가 유쾌하기 짝이 없기도 했다.

임 중위는 이 도령과 성춘향이가 사랑을 속삭이던 아름다운 옛날의 광한루를 상상하며 부대본부를 향해 걷기를 시작했다.

광주 포로수용소에 이르러 사무인계를 받은 임 중위가 포로를 순시하기 위하여 천막 안으로 들어갔을 때였다.

그는 문득 6·25 때의 서울 괴뢰군 포로수용소와 더불어 송태호를 생각했다. 자기를 전율 속에 떨게 하던 그 수용소 그리고 그 속에서 자기를 구출해 준 송태호!

임 중위에게는 그 송태호가 수용소 안에 있을 것만 같은 생각이 들어 포로들의 얼굴을 유심히 살펴보았다. 그리고 그 송태호가 수용소 안에 있기만 하다면 자기의 목숨을 살려 준 은인으로서 그 은혜를 어떻게 해서라도 갚아 줄 것을 생각했다.

그러나 한 바퀴 삥 둘러보고도 그 사람의 얼굴을 발견하지 못했을 때 임 중위는 어딘가 마음 한 구석이 허전함을 느꼈다. 그 사람만이 있었다면 좀더 극적인 장면이 벌어지고 포로수용소에 온 의의가 좀더 있을 것 같았던 예상이 어그러진 때문이었을지도 모른다.

그러나 있었으면 했던 사람이 없다고 해서 마음의 변화를 일으킬 정도는 아니었다.

임 중위는 포로 교육에 대한 계획을 세우기에 바빴을 뿐이었다.

부임한 다음 날 포로 교육에 대한 과목으로 정신훈화, 시사해설, 노래공부 그리고 과목의 방송청취 등의 시간표를 작성하고 있을 때였다.

남원 본부의 연락병이 찾아와서 조그마한 종이 쪽지를 전해 주었다.

'서울 포로수용소에 계시던 임희숙 소위, 포로수용소 등록책임자로 있던 송태호'

그 외의 말은 한 마디도 없었다. 그러나 그 글씨가 송태호의 친필이라는 데 임 중위는 깜짝 놀랐다. 혹시나 하고 생각했던 송태호가 정말로 나타난 것이다.

그러나 임 중위에게 있어서는 그 송태호가 어떻게 자기를 알고 쪽지를 써 보냈는가가 궁금했다.

"이걸 누가 줘?"

임 중위는 연락병에게 물었다.

"김 소위님이 주셨습니다."

"아니 어떻게 이걸 받았대? 김 소위는!"

"포로심문소 장교님이 가져오신 모양입니다."

"어떻게 내가 여기 있는 줄 알았을까?"

이것은 임 중위가 궁금해 못견디겠다는 혼잣말이었다. 그때 연락병은,

"자세한 것은 모르지만 심문소에 여자의용군이 한 명 있는데 아마 그 사람에게 임 중위님의 이야기를 물었던가 봐요."

하고 아는 대로 말했다.

"그래?"

임 중위는 당장에 회답을 써 보내고 싶었다. 사연은 한 마디도 없이 자기의 이름과 그의 이름만을 써 보낸 것으로 보아 우선 사실을 확인하고 싶어 함이 틀림없다.

만약 자기가 그때의 임 소위임에 틀림없다는 편지를 써 보낸다면 얼마나 기뻐할 것인가.

임 중위는 펜을 들었다.

'편지 확실히 받았습니다. 지난날의 은혜를 잊지 않고 있다는 것만을 알아 주십시오. 최선을 다해 보겠습니다.'

이렇게까지 적고 봉투를 쓰려고 하다가 임 중위는 갑자기 펜을 책상 위에 놓고,

"그럼 받아 봤다구 말해 줘!"

하고 연락병을 돌려 보냈다.

편지를 보내기 전에 구출의 가능성 여부를 먼저 생각하여야겠다는 마음이 갑자기 들었던 때문이다.

국군 장교 한 명을 구해 주었다는 사실만으로 송태호가 무조건 구출될 수

있을 것인가. 비록 국군 장교인 자기를 구해 주었다는 것이 사실로 증명된다고 해도 그것으로 구출되기에는 너무나 악질적인 죄과를 범하지나 않았을까?

만약 구출되기 곤란한 처지에 있는 사람이라면 공연한 희망을 주는 것이 도리어 뒤에 실망을 크게 할는지 모른다. 그렇게 된다면 차라리 본인이 기대를 가지지 않게 혼자서 노력해 보는 것이 좋을 것 같았다.

그래서 임 중위는 그 날로, 전부터 알고 있는 헌병대장 이 중령을 찾아갔다. 그에게 의논을 하고 그의 의견을 듣는 것이 가장 옳은 것 같고 또 일이 빠를 것 같았던 것이다.

"저 의논드릴 말씀이 있는데요?"

"무슨 일인데요!"

"언제 한 번 말씀드린 일이 있는 것 같습니다만 6·25 때 제가 괴뢰군에게 붙잡혀 포로수용소에 갇힌 일이 있지 않았어요?"

"그래서?"

"그때 제가 회령(會寧)으로 이송될 것을 탈출시켜 준 사람이 있었어요. 괴뢰군 하사관이었는데…… 글쎄 그 사람이 지금 여기 포로루 잡히지 않았어요."

"정말?"

"그럼요. 그런데 그 사람은 제가 마땅히 구해 줘야 하지 않겠어요."

"정말이래믄 해 줘야지!"

"정말이구 말구요. 다만 그 뒤에 어떤 행동을 했는지를 모르겠어요."

"그것까지는 아직 못 알아봤군?"

"포로루 있다는 것을 오늘에야 겨우 알았어요. 그것두 남원에 있다는 소식이었어요."

"그래요? 참 재미있는 이야긴데 어쨌든 임 중위를 살려 준 사람이라면 어떻게든 구출을 해 줘야지."

"정말입니까?"

"나는 그렇게 생각해! 그런데 임 중위! 그 사람이 어떻게 임 중위를 탈출시켰지? 재미있는 이야기니까 좀 자세하게 해 봐!"

"그럼 말씀드릴까요. 지금두 그때 일이 눈앞에 선합니다."

임 중위는 이 년이나 거의 지난 6·25 때의 이야기를 기억을 더듬어 가며 말하기 시작했다.

임 중위는 ×여자대학을 나오자 육군의 훈련을 받고 D여자중학교 배속 장교로 일을 보았다. 한편 여자청년단 선전부의 일도 보았다. 그러다가 6·25를 당하자 남하를 못하고 집에 숨어 있을 때 괴뢰군 장교가 찾아와서 붙잡아갔다. 간 곳은 왕십리의 무학고녀 사무실이었다.

거기서 임 중위는 여러 사람에게 심문을 받았다. 그러나 임 중위는 한결 같이,

"나는 단체생활이 좋아서 군인이 되었을 뿐 몇 달 안 가서 그만두었어요."

하고 대답을 했다. 사실 임 중위는 배속장교로 서너 달 근무를 하고는 건강이 좋지 못하여 휴직을 하고 있었던 것이다.

그래서 그런지 괴뢰군들은 위아래가 꼭같이,

"당신에게는 아무 죄가 없습니다. 아무것도 모르는 당신을 그렇게 지도한 사람들이 나쁘지요. 걱정 말구 있다가 나가시오."

임 중위는 정말 곧 내보내 줄 줄만 알았다. 그러나 밤이 깊어도 석방을 시켜 주지 않았다. 임 중위는 집에 못 돌아가는 것도 걱정이었지만 아무데를 돌아보아야 여자라고는 자기 한 사람밖에 없는 수용소 안에서 혼자 잔다는 것이 무엇보다도 겁이 났다.

그때 괴뢰 장교 한 명이 와서,

"이 사무실에서 의자를 놓고 자시오."

했다.

남자들과 같은 방에서 재우지 않는 것만은 고마웠으나 언제 어떤 일이 있을 줄 알고 잠이 들 것인가. 임 중위는 밤새 한잠도 자지 못하고 몸에 날려붙는 모기만을 때려 잡으며 날을 밝히었다.

다음 날도 사무실에 앉히운 채 석방을 시켜 주지 않았다. 안타까워 죽을

지경이었다. 집에서는 아버지와 어머니가 얼마나 걱정을 할 것인가?

한심한 얼굴로 바깥만 내다보고 있을 때 옆의 책상에 앉아 있던 젊은 하사관이 그의 주소를 물었다. 심문하는 사람들의 꼭 같은 호기심에서 묻는 것이려니 하고 생각하면서도 몇 번씩이나 가르쳐 준 자기의 주소를 말하지 않을 수 없었다. 그랬더니 그 사람은 동대문에서 얼마나 머냐고 물었다. 창신동이 동대문 쪽이라는 것까지는 아는 모양이었다.

임 중위는 묻는 대로 어떤 골목에서 몇째 집이라는 것까지 가르쳐 주었다. 그랬더니 다음 날 오후 그 사람은 남이 없는 틈을 타서,

"다들 무사합디다. 걱정하지 않도록 말두 잘해 두구 왔습니다."
하고 은근히 말했다.

그 사람이 바로 송태호 특무장이었다. 임 중위는 정말 같지가 않았다. 하지도 않은 일을 꾸며 가지고 호의를 사려는 것이라고밖에 생각되지 않았다. 그것은 아무 죄가 없으니 곧 나가게 될 것이라고 누구나 다 같이 말했으나 진작 내보내 주는 사람이 하나도 없는 것으로 보아 그들은 모두가 거짓말만 하는 것 같았기 때문이었다.

다음 날 아침 세수를 할 때 송태호는 비누와 수건과 그리고 빗까지도 빌려 주었다. 그러나 임 중위는 세수 같은 것은 할 생각도 들지 않았을 뿐 아니라 우선 그 사람의 물건을 빌려 쓰고 싶지가 않았다.

그러나 지나 본 결과 송태호란 사람이 그렇게 거짓말할 사람 같지가 않았다. 사흘째 되는 날,

"옷을 좀 갖다 주실 수 없어요?"
하고 한 번 다시 집에 다녀오기를 부탁해 보았다. 그랬더니 그 사람은,

"그런 걸 가지구 오다가 발각되면 큰일납니다. 종이를 줄 테니 편지나 쓰십시오."
하고 말했다.

임 중위는 간단한 편지를 써 주었다. 송태호는 그 날로 편지를 전했노라고 말했다. 그러면서 집의 생긴 모양 그리고 어머니와 아버지의 모습, 그뿐 아니라 열여섯난 동생의 성격까지 말하는 것이 절대로 꾸미어 대는 것은 아

니었다. 그래서 임 중위는,

"여기서는 나를 대체 어떻게 할 모양이지요?"

하고 자기도 그를 믿는다는 듯이 물었다. 그때 송태호는,

"한 번 들어온 사람을 내보내는 일은 없습니다."

하고 얼굴도 들지 않고 대답했다.

그 말을 듣자 임 중위는 그제사 모든 것을 안 듯한 생각이 들며 자기가 그들에게 처벌을 받고야 말 것을 생각했다.

아득한 생각에 그저 죽고만 싶었다. 한 보름이 지났을 때 송태호는 남들이 못 듣게,

"이삼 일 뒤에는 모두 회령수용소로 보내게 되었습니다. 오늘로 칠백 명의 정원이 찼으니까요."

하고 정보를 가르쳐 주었다.

"네?"

임 중위는 깜짝 놀랐다. 회령으로 간다면 결국 시베리아까지 갈지도 모른다. 거기서는 총살을 당할지도 모른다.

임 중위는 문득 창 밖을 내다보았다.

내일이면 잡아먹힐 황소 한 마리가 울타리 안 운동장에서 풀을 뜯어 먹고 있다. 임 중위와 꼭 같은 운명이었다.

그때 송태호는 말문을 돌려,

"사실은 나두 서울 사람입니다."

하고 은근히 말했다. 마치 같은 서울 사람이기 때문에 마음도 같다는 뜻 같았다.

"그래요?"

임 중위가 반가운 듯이 놀라는 표정을 지을 때 송태호는,

"모르구 월북했다가 고생을 합니다."

하고는 사무를 보는 척 서류를 들여다보았다.

그때야 임 중위는 송태호의 마음을 안 것 같았다.

이틀이 지난 뒤 모든 포로가 회령으로 출발을 했지만 임 중위만은 그대로

남았다. 이상스러운 일이라 생각은 했지만 임 중위는 송태호의 덕택이란 것을 모를 리 없었다.

다음 날 임 중위는 송태호의 입에서 자기를 폐병환자라 하여 이송자(移送者) 명부에서 뺐다는 사실을 들었다. 그리고는 앞으로도 폐가 나쁘다는 것을 내세우라는 말까지 들었다.

참으로 고마웠다. 우선 서울을 떠나지 않았다는 것만이 고마웠다.

다시 이틀이 지났을 때 송태호는,

"가서 옷을 바꿔 입구 오십시오."

하고 명령과 같은 말씨로 임 중위를 일으켜 세웠다. 즉 소장의 특별 허가가 내렸다는 것이었다.

임 중위는 농담인가 했다. 그러나 다른 전사 한 사람이 총을 메고 빨리 가자고 할 때에는 농담이 아니라는 것을 알 수 있었다.

전사의 호위를 받아 집에까지 이르렀을 때 호위병은,

"내일 이때 다시 올 테니까 기다리구 있으시오."

하고 돌아갔다.

이것은 송태호가 자기에게 도망칠 기회를 만들어 준 것임에 틀림없다. 그리하여 임 중위는 그 날 집을 떠나 돈화문 근처 외갓집에 깊이 숨어 9·28을 맞이했던 것이다.

이야기를 선부 들은 김 중령은,

"그런 사람이라면야 석방운동을 해 줘야지."

하고 단정짓듯이 말했다.

그 말을 듣자 임 중위는 용기가 났다. 송태호를 어디까지나 구출해 내야 할 것을 결심했던 것이다.

임 중위는 다음 날로 남원엘 갔다. 가는 즉시로 심문의 결과를 알아보았다.

송태호는 그새 괴뢰군 중위로 되어 있었는데 광주(光州)에서 후퇴하지를 못하여 지리산에 들어갔으나 별반 악질적 행동은 아니 했다는 것이었다. 그리고 생포된 뒤에도 남달리 국군에 협력하여 과거를 완전히 회개한 증거가 뚜렷이 나타났다 한다. '빨치산'에 대한 여러 가지 정보와 더불어 그들의

'아지트'를 적지 않게 알려 주었다는 것이었다.

그런 말을 듣자 임 중위는 마음에 힘을 얻었다. 그의 행동이 과연 그만큼 깨끗하다면 자기가 그를 위하여 노력을 기울인다는 것이 조금도 거리낄 것 없으리라 생각되었기 때문이었다.

임 중위는 그 자리에서 송태호를 면회하기로 했다.

임 중위는 참으로 반가웠다. 새까맣게 탄 얼굴과 언제 깎았는지 모르는 덥수룩한 머리와 그리고 가릴 것 없이 함부로 주워 입은 옷들이 옛날 서울서 공산천하 때 보던 모습과는 너무나 거리가 멀었다. 그러한 사람이 옛날에는 자기를 구원한 은인이었다는 것을 생각할 때 임 중위는 이상스런 충격을 받지 아니할 수 없었다. 그는 손을 내밀어 송에게 악수를 청했다. 송은 떨리는 손으로 겨우 임 중위의 손을 붙잡은 정도로 몸을 움직이지도 못했다.

"이런 일두 있어요!"

임 중위가 숙명적인 듯한 현실에 입을 벌리고 있을 때 송태호는 아무 말도 없이 눈물만을 흘리고 있었다.

임 중위는 더구나 측은한 생각이 들어,

"너무 슬퍼 마시오. 당신의 행적이 뚜렷한 이상 걱정할 필요가 없지 않소."

"그래두 죽을 것만 같아요."

송은 몸까지 부들부들 떨었다.

"죽기는 왜 죽어요. 대한민국은 그렇게 사람을 죽이지 않습니다."

"국군이 이동을 한다는 말이 있는데 그렇게 되면 모두 죽여 버리지 않아요?"

임 중위는 의아스러운 생각이 들었다. 군인들과 같이 있으니 군 내의 사정을 들어 알았을지 모르지만 그렇다고 해서 죽이리라는 말을 어떻게 할 것인가.

"절대 그런 일은 없을 거예요. 안심하십시오."

"아니오. 아무래도 그런 것 같아요."

"내 말을 믿으세요. 절대루 안 그럴 겁니다."

그 뒤 송은 아무 말도 안 했으나 그래도 임 중위의 말을 믿을 수 없다는 태도였다.

"제발 살려 주십시오. 서울서 임 중위님을 위해서 제가 얼마나 애썼다는 것을 알아 주시겠지요."

"알구 말구요. 그래서 이렇게 찾아온 것이 아닙니까."

"정말 저는 진짜 빨갱이가 아닙니다. 할 수 없이 따라다니기만 했지."

임 중위는 그 이상 더 듣고 싶지가 않았다. 뻔히 아는 일들일 뿐 아니라 이미 자기의 결심이 서 있는 이상 긴말이 필요치 않았다. 그래서 화제를 돌리려고 미군 작업복 밑에 괴뢰군 옷이 드러나 보이는 것을 가리키며,

"그건 왜 그대루 입구 있소?"
하고 물었다.

"그래야 진짜 빨치산이 아니란 것을 알지 않아요."

그 말을 듣자 임 중위는 정말 놀래었다. 그렇게까지 세심해야 할 만큼 죽음에 대한 공포심이 클 수가 있을 것인가.

"안심하구 계십시오."

임 중위는 더 오래 있고 싶지 않은 생각이 들어 송태호와 작별을 했다. 사무실을 거쳐 심문소를 나서려 할 때 심문소 보좌관 장교가,

"이삼 일 내에 광주로 이송할 테니까 거기서 적당히 하십시오."
하고 뜻 있는 듯한 웃음을 웃었다.

광주에 가서 소위 사바사바라는 것을 해 보라는 듯한 태도였다.

임 중위는 다시 불쾌한 생각이 들었다. 정당치 않은 일을 개인의 정실 관계로 운동을 해 주고 있는 듯한 인상을 남에게 준 것 같음이 참으로 불유쾌했다.

'내버려둘까!'

그는 이렇게도 생각해 보았다. 사실 그러고도 싶었다. 송태호가 좀더 자존심을 살리어 남자답게 처신을 한다면 사람들의 평판쯤 생각할 것도 없이 좀더 용감하게 구출운동을 했을는지도 모른다. 그러나 자기가 준 은혜는 돌려 받아야 한다는 듯한 태도라든가 국군이 이동할 때는 죽이고야 말 것이라

는 얼토당토 않은 이야기를 한다는 것들은 너무나 비굴한 사람과 같은 인상을 주었다. 물론 공산주의 사회의 공포 정치란 인간을 비굴하게 만드는 것이라는 것쯤 모르지 않았지만 일 대 일의 인간적 교섭에 있어서까지 비굴성을 나타내는 데는 정말로 비위가 거슬리었다.

말하자면 송태호를 일부러 만나러 갔다가 불쾌감을 가지고 돌아오기는 했으나 그렇다고 해서 송태호를 모른 척 내버려둘 수도 없는 것이 또한 임 중위였다.

만약 송태호가 자기를 구출해 주지 않았다면 자기는 일 년 반 전에 죽었을지도 모른다. 그렇다면 지금 죽는다고 해도 송태호로 말미암아 일 년 반은 더 산 셈이 된다. 일 년 반 동안 더 살았다는 고마움으로라도 송을 모른 척할 수는 없었다.

임 중위는 송태호가 광주로 이송되기를 기다려 정식으로 심사위원회에 걸고 거기서 증인으로서 합법적인 변호를 하리라 마음먹었다. 그렇게 한다면 세상에 자기를 오해할 사람도 없을 것이다. 사실은 그 길밖에 딴 방법도 없기는 한 것이지만.

이삼 일 뒤 과연 송태호는 여러 포로들과 같이 광주로 넘어왔다. 그래서 임 중위는 심사위원장을 만나 송태호의 이야기를 하고 자기가 증인으로 변론할 것을 신청했다. 심사위원장도 재미있는 사건이라는 듯이 쾌히 승낙을 하고 될 수 있는 대로 빨리 심사할 것을 약속해 주었다.

심사가 있는 날까지 임 중위는 송태호를 만나지 않으려 했다. 만약 개인적으로 만나는 것을 딴 사람들이 본다면 또다시 오해의 눈을 움직일 것 같았기 때문이었다. 만날 것도 없이 자기가 해야 할 일만 하는 것으로 만족하려 했던 것이다.

임 중위는 부하 대원을 시키어 먹을 것이나 입을 것을 특별히 보내 줄 수도 있었지만 그것까지도 삼갔다. 송태호에게 있어서 가장 중요한 것은 먹는 것이나 입는 것이 아니라 자유일 것이기 때문이었다.

심사날이었다.

송태호의 심문은 이미 끝났는지 임 중위가 심사위원회 사무실에 들어섰을 때에는 심사위원들만이 삥 둘러앉아 있었다. 위원장을 비롯하여 특무장교, 정보장교, 법무장교 그리고 사복을 입은 검찰청 검사들이 둘러 있는데 그 가운데 증인인 자기가 혼자서 심문을 받는다 생각을 할 때 어쩐지 죄를 지은 범인 같이 마음이 긴장되었다.

위원장이,

"송태호가 임 중위를 구출했다지요?"

하고 엄숙한 말로 묻는데 임 중위는 정말 심문을 받는 것처럼 마음이 질렸다.

"네!"

임 중위는 얼굴을 붉히고 대답을 했다. 그때 옆에 앉았던 법무장교가,

"임 중위를 살린 사람이라면 무조건 석방을 해야 할 게 아닌가."

하고 빙그레 웃자 방 안은 웃음으로 화했다. 공판정과 같은 삼엄한 공기보다는 차라리 웃는 것이 좋았으나 그래도 자기가 여자이기 때문이라는 것을 말해 주는 것 같아 임 중위는 얼굴이 더 빨개졌다.

위원장은 실내의 공기를 정리하면서,

"그 증거를 들어 말할 수 있소?"

하고 다시 근엄하게 물었다.

임 중위는 조목을 들어 송태호가 자기를 탈출시켜 준 이야기를 설명했다. 그 설명을 듣자 위원장은,

"송태호는 임 중위를 달출시킨 깃이 시실인 것 같습니다. 또 괴뢰군으로서나 '빨치산'으로서나 악질적인 행동은 별반 한 것 같지가 않습니다. 비록 책임 있는 장교의 계급이었다 해도 석방될 수가 있을 것 같은데요."

하고 여러 장교들을 둘러보았다. 그때 특무장교가,

"석방을 시켜두 좋지만 보증 설 사람이 있을까요. 보증 없이 석방할 수는 없으니까요."

하고 말했다. 그러자 모든 장교가 꼭같이 동감이라고 했다.

"글쎄 보증 설 사람이 있을까요?"

위원장의 말이었다. 결국은 임 중위에게 하는 말이었다. 임 중위는 금시 대답을 못했다. 구출운동은 한다 할망정 그 뒤의 일까지 보장할 수가 과연

있을 것인가. 그것은 석방시키는 문제보다도 더 힘든 일인 것 같았다. 석방 뒤에야 어찌 그를 일일이 감시할 수가 있을 것인가.

이런 생각을 하고 있을 때 정보장교가,

"그건 힘든 문제 같은데요. 보증 설 사람이란 임 중위밖에 없는데 그가 송태호의 장래까지 책임을 진다는 것은 불가능의 일일 것입니다."

하고 임 중위의 마음을 들여다보기나 한 것처럼 말했다.

"그렇지만 임 중위가 송태호와 결혼을 한다면 문제는 다르겠지요."

일동은 또 웃었다. 그러나 그 말이 웃어넘길 말은 아니라는 듯이 위원장은,

"참 그게 제일 좋은 방법이로군요. 어때 임 중위?"

하고 임 중위를 바라보았다. 그러나 그 말에만은 절대로 수긍할 수 없는 임 중위였다. 두 번 다시 생각할 필요도 없다는 듯이 긴장한 얼굴로,

"의리와 애정은 서루가 다른 문제일 것입니다."

하고 대답했다.

이 말을 하자 일동은 새로운 범죄 사실이 나타나기나 한 것처럼 조용해 졌다.

"의리와 애정……."

위원장도 그 말을 음미하듯 되뇌이었다.

임 중위가 결혼을 단호하게 거절했으나 심사위원측에서는 송태호를 석방 한다고 해도 그는 다시 빨갱이가 되지 않고 대한민국에 충실한 남자가 될 수 있다는 결론을 내렸다.

임 중위는 속이 후련했다. 모든 문제가 순조롭게 해결되었기 때문이었다. 자기의 의리는 다했고 또 앞으로 책임도 지지 않게 되었으니 그 이상 더 바 랄 것이 어디 있겠는가.

임 중위는 진심으로 감사하다는 표정으로 거수경례를 깎듯이 하고서 위 원실을 나왔다.

나오는 길로 송태호를 찾아가 기쁜 소식을 알리고도 싶었으나 임 중위는 차라리 아무 말도 안 했다가 석방되는 날 처음으로 아는 것이 송태호에게 있어서는 더 큰 기쁨이 될 수 있을 것 같아 만나 보고 싶은 마음을 눌러 버

렸다.

　다음 날 임 중위는 포로 교육을 시키기 위하여 포로들을 만났으나 송태호
는 본 척도 아니 했다. 석방되는 그 날까지는 아무것도 말하지 않으리라 마
음먹었기 때문이었다. 석방되는 날까지 긴장한 마음으로 있다가 나갈 송도
송이려니와 그 날의 기뻐할 송태호를 두고두고 생각하는 것이 임 중위에게
는 한 즐거움이 될 수 있을 것이다.

　그러나 교육이 끝나 사무실로 돌아왔을 때 임 중위는 심사위원장으로부
터 좀 와 달라는 전화를 받고 혹시나 그 전날의 결정이 번복되는 것이나 아
닌가 하는 걱정을 했다.

　그렇다고 해서 안 갈 수도 없어 위원장을 찾아갔을 때 위원장은 뜻밖에도

　"의리와 애정——, 참 재미있는 말이야. 그래 그 말을 좀 연구해 볼려구
오랬습니다."

하고 빙그레 웃었다.

　임 중위는 긴장이 일시에 풀리는 듯한 마음에 소리를 내어 웃고는,

　"뭐 그리 복잡한 이야깁니까. 그게?"

하고 반문하듯이 말했다.

　"물론 의리와 애정을 혼동할 수 없다는 건 나두 잘 알아요. 그래두 세상
에는 그것을 혼동하는 일이 너무나 많지 않을까요. 애정이란 말을 남녀 관
계의 애정으로민 헤석하지 않는 한……."

　"거야 많지요. 그렇기 때문에 사회의 질서가 문란되는 일이 있지 않습니
까."

　"그리구 남녀의 애정 문제만 해두 애정이 없이 의리로 결부된 관계. 그
반대로 의리를 무시한 애정의 세계, 이런 것들이 적지 않겠지요."

　"그런 건 피상적인 애정들이라구 생각하는데요."

　"나두 그렇게 생각해요. 그런데 어제 임 중위가 그 문제를 총검으로 적의
머리를 짤르듯 짤라 버리는 태도에도 정말 머리가 수그러졌습니다."

　임 중위는 그저 웃기만 했다. 자기는 그때 심각한 문제라고도 생각지 않
았으며 또 고민할 성질의 것이라고도 생각지 않았다. 순간적인 발언이었지

만 절대로 혼동할 수 없는 문제라는 마음이 미리부터 들어 있었기 때문이다. 그것을 과대평가했다는 듯한 위원장의 태도에는 그저 웃을 수밖에 없었던 것이다.

"내가 전에 재판소에 있을 때 일인데 그때의 피고인 남자는 어떤 여자를 굉장히 사랑했어요. 그래서 그는 가난한 그 여자에게 그 여자도 모르게 돈을 많이 썼지요. 나중에는 여자두 알기는 했지만…… 집안이 패가하도록 돈을 썼는데 결국은 여자가 딴 남자에게로 시집가게 되니까 남자는 그 여자를 그만 죽여 버렸어요."

"무모한 사랑이었군요."

"남자는 그렇다 해두 여자 역시 심하지 않아요?"

"불순한 사랑에 맹목적으로 순응할 수는 없지 않습니까. 그러한 때 돈으로 의리를 살려구 한 남자가 틀렸지요!"

위원장은 한참 동안 말이 없이 무엇을 생각하고 있었다. 그러다가 불쑥

"그렇다면 송태호가 임 중위를 탈출시킨 동기는 무엇이었을까요?"

하고 생각해 본 일도 없는 말을 물었다.

"글쎄요……."

"사상적이라기보다 애정 문제 같은데요, 그렇다면 좀 달리 생각해야겠는데."

위원장은 고개를 기웃기웃했다. 임 중위는 그러한 위원장에게 일종의 공포감 같은 것을 느끼었다. 송태호의 석방에 새로운 문제를 일으킬 것 같았기 때문이었다.

"절대루 그런 것 같지는 않습니다. 첫째 그는 공산주의가 싫어졌다는 뜻을 표명한 일이 있었고 둘째로는 나이가 저보다 아래였습니다. 셋째는 학력의 차가 있었구요. 연애 감정이라구 생각해 본 일은 한 번도 없습니다."

임 중위는 사실 그를 연애 감정 때문이라고 생각해 본 일도 없었지만 그런 문제로 송의 죄가 무거워져서는 안 될 것같이 생각되었다.

"그 사람이 딴 사람을 탈출시키지 않고 임 중위만을 탈출시킨 것은 아무래두 임 중위가 여자인 때문이었을 것입니다."

"꼭 같은 사정에 놓여 있다고 해도 이성이기 때문에 동정이 더 가고 또 용기가 더 난다는 것은 사실이겠지요."

"그러니까 문제지요. 딴 사람에게는 용기가 나지 않는 일을 임 중위에게만 대담하게 탈출시켰다는 것이!"

"동기야 어쨌든 결과만이 좋았다 해두 관대하게 처리할 수가 있지 않을까요."

"법률이란 반드시 결과만을 보는 것이 아닙니다. 결과보다 동기를 더 중요시할 경우가 많을지두 모르지요."

"어쨌든 애정이라는 것두 사상의 공명이 있을 때 성립이 되지 않을까요?"

"송은 국민학교밖에 졸업하지 못한 사람입니다. 사상이 철저하다구는 보지 못할 것 같습니다."

"민주주의와 공산주의가 갈라져 있구 서루가 딴 세계의 사람인데 어째 사상적 공명 없이 애정의 감정이 생기겠습니까?"

"그렇게 과대평가할 사람이 못 된다니까요?"

임 중위는 송태호가 연령으로나 학식으로나 자기를 연모한 것이 아니라고 몇 번이고 말을 했으나 위원장은 연애 감정에는 그런 것을 모두 초월할 수 있다고 임 중위의 말을 믿어 주지 않았다. 그리고 설사 애정의 감정을 가졌다 해도 그 결과가 좋은 것이었다면 죄의 판정에 있어서 변동이 없을 것을 주장했지민 위원장은 법률상 행동의 동기를 중요시하지 않을 수 없다고 끝까지 강경하게 말했다. 더구나 탈출한 뒤 자취를 감추었기에 임 중위가 무사했을 것이라고까지 말했다. 즉 탈출한 뒤에도 송을 만났다면 그는 어떠한 무리를 요구했을지도 모른다는 것이었다. 그리고 나서 위원장은 결론으로,

"군법회의에 회부하여 정식 재판을 받아야 하겠습니다."

했다.

임 중위는 울고 싶었다. 송태호가 어떠한 마음을 가졌던 자기를 살려 준 사람임에 틀림이 없다. 더구나 애정의 감정을 가졌다고 해도 그 감정을 불순하게 표시한 일이 없고 또 어떠한 보수를 정한 일도 없는 이상 그 감정은 어디까지 깨끗한 것이라고 말할 수 있다. 만약 두 사람의 관계가 계속되었

다면 어떤 일이 전개되었을지는 모르나 어쨌든 사건의 종결을 이룬 그 순간까지의 행동만을 보지 않을 수 없는 지금에 와서 그러한 마음이 도리어 죄를 구성한다고는 생각하고 싶지가 않았다.

그러나 설사 자기가 공포 속에서 감정적 여유가 없기 때문에 그러한 송태호의 감정을 느끼지 못했다고 가정한다 해도 자기만은 그 사람을 경멸해 버릴 수가 없을 것 같았다.

그 당시 송과 자기와의 사이는 적과 적의 사이였다. 적이라는 감정을 버릴 수 있었다고 하는 그 행동이 무엇보다도 귀중한 것이 아닌가.

임 중위는 괴로웠다. 자기만은 송태호의 결과로 나타난 행동만을 소중히 여기고 싶지만은 심사위원회의 견해가 자기와 반대되는 것을 어찌할 것인가.

만약 군법회의에 제소하여 송태호가 뜻하지 않은 종형의 언도를 받게 된다면 자기는 의리에 대하여 더구나 무능력한 사람이 되고 말 것이다.

임 중위는 송을 구출해 주라고 말해 준 김 중령을 찾아가기로 했다. 그에게 의논을 해서 힘이 되어 주기를 의탁하고 싶은 생각이 들었던 것이다.

그러나 김 중령은,

"차라리 군법회의에서 무죄되는 것이 본인을 위해서 좋을 거요. 그렇게 되면 정말 보증 설 사람이 없어두 좋게 되니까. 다만 문제는 군법회의에서도 임 중위가 변론을 할 수 있느냐가 문제지!"

하고 결론만을 이야기했다.

"변론하기야 힘들지 않겠지요."

임 중위는 그것쯤 문제 없으리라고 생각했다.

"정말 힘들지 않을까. 공개 재판이라 방청객이 많은 곳에서 괴뢰군 장교의 변론을 할 용기가 있다면 대단한데? 더구나 여자가!"

이 말을 듣자 임 중위는 정말 자기에게 그런 용기가 있을지 의심되었다. 비록 자기를 구해 준 사람이라 할망정 적임에는 틀림없다. 적의 무죄를 변론한다는 것은 우선 방청객들의 오해를 사게 되는 결과를 가져올 것이 분명했다. 더구나 그것이 원인이 되어 자기의 사상까지 의심받게 된다면 일은 작은 일이 아니다.

그러나 송태호가 사상적으로 대한민국에 가까운 사람이라면 장래에도 사상적인 과거를 두 번 다시 범할 것 같지 않다는 생각이 들었다. 더구나 지리산의 공비토벌도 일단락을 짓고 선량한 사람을 국민으로 포섭할 군의 방침이 서 있는 이상 송태호를 위하여 변론을 했다고 해서 사상적인 의심을 받을 것 같지는 않았다.

그러나 모든 시선이 집중되는 곳에서 더구나 사회의 화젯거리를 만드는 그 자리에 여자의 몸으로 설 수가 과연 있을 것인가.

임 중위는 차라리 자기가 여자가 아니고 남자였다면 하는 생각이 들었다. 만약 남자이기만 하다면 조금도 꺼릴 것이 없을 것 같았다.

그러나 임 중위는 송태호 때문에 일 년 반 이상이나 더 살았다는 것을 다시 생각했다. 일 년 반이 아니라 앞으로도 송태호 때문에 대한민국에서 살 수 있는 목숨을 보장받고 있다.

그때 임 중위는 김 중령에게,

"네, 용기가 있습니다. 변론을 할 수 있도록 말씀만 해 주십시오."
하고 자기의 결심을 보였다.

"그건 힘들지 않겠지. 그렇지만 임 중위두 그 사람을 생각하고 있는 게 아냐?"

김 중령은 야유하듯이 빙긋하고 웃었다.

"절대루 그렇지는 않습니다. 맹세를 할 수 있습니다. 맹세까지 할 필요는 없겠지요. 그런 것이 문제가 아니니까요. 그 사람이 애정을 느끼고 저를 구출해 주었다고 해두 좋습니다. 또 제가 그 사람을 사랑하기 때문에 변론을 해 준다구 오해를 받아두 좋습니다. 다만 문제는 구할 수 있는 사람을 구해 준다는 사실과 구해 주어야 할 사람을 구해 준다는 것이 중요할 뿐이니까요. 한 사람의 민족, 한 사람의 동포를 재생시키고 그 사람에게 새로운 희망을 준다면 그는 하나의 민족애가 아니겠습니까."

"의리가 민족애루 통한다면 그것은 위대한 애정일는지두 모르지. 꼭 무죄가 되리라구만 생각지는 말구 법정에서 변론을 해 봐요."

"네, 해 보겠습니다."

　그러나 임 중위는 자기 개인의 의리에서 오는 감정을 가지고 전체에 대한 이해관계에 배신하는 행동이나 저지르지 않을까 반성을 해 보았다. 만약 그러한 결과를 가져온다면 그것은 민족에 대하여 죄과를 범하는 일이 된다.
　그러나 그때 임 중위는,
　"위대한 민족애!"
라고 한 김 중령의 말이 또 한 번 귓전을 울리고 지나감을 들었다.
　"민족애로만 통할 수 있는 의리!"
　임 중위는 수많은 방청객 속에 위엄 있게 서 있는 자기의 모습을 머릿속에 그리며 공판일이 하루빨리 돌아오기를 내심으로 빌었다.

(원) (출) 『그늘진 꽃밭』 신한문화사, 1953.

노병과 소년병

어머니 뱃속에서부터 잠이 부족했던지 김 이등병은 그저 잠이다. 기상 시간에 늦게 일어나는 것은 물론 행군 중 휴식만 하면 으레 잠부터 자는 것이 김 이등병이다. 밥을 짓노라 불을 때다가도 잠이요, 적정을 수색하려 적진 속에 나갔다가도 시간만 있으면 한잠을 자고야 돌아온다. 불침번으로 보초 근무를 보다가도 졸지 않은 때가 없다.

지금 조반을 먹은 뒤 출동 대기하라는 중대장의 명령에도 그는 그 대기하는 시간을 참지 못해 또 잠이다.

나이가 서른일곱이니 철이 없어서 그렇다고 할 수도 없는 일이요, 체중이 십팔 관이나 되니 몸이 허약해서 그렇달 수도 없다. 군대에 들어오기 전 농사를 지을 때도 잠이 하두 많아 남처럼 농사를 많이 짓지 못했다고 하니 세상에 나오면서부터 잠복을 타고났다고나 할까.

어쨌든 집합 명령이 내렸으니 깨우지 않을 수 없다.

"아저씨! 빨리 일어나요!"

김 이등병의 잠을 깨우는 것은 언제나 나어린 최 하사의 일이었다.

"아저씨!"

한 번 깨워서 일어나 본 적이 없는 김 이등병이라 최 하사는 쉴 새 없이 김 이등병의 팔목을 꼬집으며 다그쳤다.

"응!"

　대답을 하는 것으로 보아 금시 일어날 것 같으나 김 이등병은 돌쳐누워 또다시 쿨쿨이다.

　최 하사는 발길로 김 이등병의 다리를 찼다.

　"출동 명령! 빨리 일어나요."

　그러나 김 이등병은 그래도 응——, 뿐이다.

　큰일이었다. 남들은 전부 집합을 하고 김 이등병만을 기다리고 있다.

　최 하사는 김 이등병의 코를 쥐고 뺨을 갈긴 뒤

　"김 이등병! 중대장님의 명령! 빨리 집합."

하고 있는 목청을 다했다.

　그때에야 눈을 번쩍 뜬 김 이등병이 벌떡 일어서며 철갑모를 쓴 뒤 칼빈 총을 쥐고 차렷자세로 경례를 했다.

　최 하사는 경례를 받고,

　"무슨 잠이 그래요."

하고는 샐쭉 얼굴로 나무람을 한 뒤 앞장을 서서 걸었다.

　몇 걸음 걸었을 때였다.

　"네가 중대장님이냐?"

하고 김 이등병이 최 하사의 목을 쓸어안았다. 아마 중대장인 줄만 알고 속아 일어난 것이 분했던 모양이다.

　"내가 언제 중대장이랬어요?"

　최 하사는 숨이 막히도록 조르는 김 이등병 팔목을 잡아 제치며 말했다.

　"요 자식!"

　김 이등병은 무르팍으로 최 하사의 꽁무니를 찼다.

　그때였다. 분대원들을 집합시켜 놓고 있던 소대장이,

　"김 이등병!"

하고 소리를 지르는 바람에 그는 단숨으로 뛰어갈 밖에 없었다.

　"왜 늦었어?"

　대답이 있을 리 만무하다.

　"또 잠잤지?"

"………"

"출동 명령인 줄은 알았지?"

"네."

"총알과 수류탄이 없지 않나!"

"네."

"네가 뭐야. 그리고 최 하사의 꽁무니를 차는 건 뭐야? 군대에서 계급을 몰라?"

"넷!"

"나이는 어려두 상관이 아냐?"

"넷!"

"엎드려 뻗쳐."

김 이등병은 명령대로 손을 땅에 뻗치고 엎드리지 않을 수 없었다. 말하자면 벌이다.

"하나, 둘, 셋, 넷!"

그는 스물까지 팔을 굽혔다가 뻗쳤다. 그러나 스물이 넘자 팔힘이 없어 다시는 굽히지를 못했다.

"왜 가만 있어! 더 해!"

"다음부터는 안 그러겠습니다."

"뭘 안 그런단 말야?"

"최 하사의 꽁무니를 안 차겠습니다."

"출동 명령 때 총알 안 가져오는 건?"

"것두 안 그러겠습니다."

"안 그러다니?"

"안 가져오지 않겠습니다."

"그럼, 일어서서 빨리 총알을 가져와!"

전초선을 지나 적진 속으로 들어갔을 때였다. 분대장이 대원을 두 사람씩으로 나누어 각기 적정을 살피고 한 시간 이내에 돌아오라고 명령했다.

최 하사와 김 이등병은 한 조가 되어 동쪽으로 걷기를 시작했다.

말없이 걷던 그들이 자작나무가 우거지고 칡넝쿨이 함부로 얽힌 지점에 이르렀을 때 김 이등병이 갑자기 최 하사의 손목을 잡고,

"얘, 한잠만 자구 가자."

했다.

최 하사는 어이가 없었다.

"자다니 어느 때라구……."

"오 분만 자. 응——?"

"안 돼요. 오늘은 괴뢰군 몇 놈을 잡아 가지고 가야 해요."

"한잠 자구 내 잡을게. 까짓 거 문제 돼!"

이러고는 그 자리에 누워 버리었다.

눕기만 하면 금시에 잠이 들어 버리는 김 이등병이다. 잠만 들면 죽어 버리고 만다.

잠이 안 들게 하는 것만이 상책이다.

"저기 적이 오네요."

"요거 거짓부렁."

김 이등병은 그래도 일어설 생각을 안 했다. 그래서 최 하사는 할 수 없이

"일어섯! 김 이등병! 최 하사의 명령이다."

하고 위엄 있게 호령을 했다.

"명령? 아무데서나 명령야? 내 아들이 너하구 동갑인데……. 그러지 말구 한잠 자——."

"군인이 계급을 잊어서는 안 돼! 빨리 일어섯!"

"그러다가 또 기합을 받는 게 보구파?"

최 하사는 그 말에 더 말을 못했다. 열여덟 살밖에 안 된 자기가 계급을 말하기가 안 되어 보통 때도 아저씨라고 불러 왔던 것이지만 자기 때문에 기합을 받게 되는 일만은 차마 할 수 없었기 때문이었다.

그래서 말투를 고치어,

"아저씨 정말 일어나요."

는 제발 사정을 했다.

"정말 꼭 오 분만 잘게!"

그럴 때였다. 어디서 풀숲을 헤치며 걸어오는 발소리가 사박사박 들리었다.

최 하사는 귀를 기울이고 눈을 크게 떴다. 그리고는 김 이등병의 옷을 잡아당기며 심상치 않은 표정을 했다. 최 하사의 표정을 보자 김 이등병은 놀란 호랑이처럼 벌떡 일어나 앞엣총을 한 뒤 노리쇠를 잡아당기고는,

"어디?"

하고 앞을 나섰다.

한참 동안 동정을 살피던 그들은 마침내 칠팔 명의 괴뢰군을 발견했다. 약 십 미터 전방에 발소리를 죽여 가며 괴뢰군이 점점 가까이 오고 있었다.

"요 새끼들!"

김 이등병은 혼자서 입소리를 하면서 방아쇠를 잡아당기려 했다.

"가만!"

최 하사는 김 이등병의 손목을 잡았다.

"눈치가 귀순병 같애요!"

"귀순병인지 뭔지 누가 알아?"

"안 돼요."

"몇 놈 죽이구 몇 놈 잡아 놓을 걸. 두구 뵈라, 너는 숨어 있기나 하구."

김 이등병은 더 말릴 새도 없이 앞으로 뛰쳐나가며 한 방을 쏘고 손들엇! 소리를 커다랗게 질렀다.

적어도 육칠 명이 넘는 적을 향하여 혼자서 뛰쳐나가면 어떻게 할 셈인지 그래도 그는 손들엇! 소리를 연거푸 지르며 총을 쏘았다.

적들은 조금도 대항하지 않았다. 순순히 손을 들고 서 있었다.

"우리는 귀순병입니다."

확실히 귀순병임을 알자 김 이등병은 총을 최 하사에게 맡기고 단신 귀순병들 속으로 들어가 몸 조사를 한다.

"개새끼들! 귀순병이문 미리 귀순병이라 말하지!"

하고는 일곱 명을 돌아가며 따귀 한 대씩을 보기 좋게 갈겼다.

"뭣 하러 넘어와? 다 죽여 줄 때까지 기다리구 있지 못하구!"

"개죽음 하기가 싫어서요. 저희 말구두 넘어올래는 동무들이 많습니다."

"언젠 개죽음 안 할 줄 알았니? 바보새끼들!"

김 이등병은 다시 따귀를 돌아가며 때리기 시작했다. 그리고는,

"겨우 귀순병이야! 재수 없다."

하고 침을 탁 뱉은 뒤,

"어이, 최 하사!"

하고 부하를 부르듯 최 하사를 불렀다. 최 하사는 대답 대신에 못마땅한 눈을 했다. 그래도 김 이등병은 눈치를 못 채고,

"최 하사! 네가 이것들을 데리구 가라. 나는 좀 있다 갈게!"

하고 명령하듯 말했다. 아마 아침에 자다 못 잔 잠을 아무래도 자야 할 모양이었다.

"계급을 또 잊었어? 계급을!"

최 하사는 이렇게 하지 않고는 김 이등병을 데리고 갈 수가 없음을 깨달았던 것이다.

"네!"

김 이등병도 포로병들 앞에서까지 계급을 잊을 수 없었다. 거수경례를 붙였다.

"빨리 가!"

최 하사의 명령에,

"넷!"

하고 그는 귀순병들을 앞세우고 힐끗힐끗 눈짓을 하며 그러나 할 수 없이 걷기를 시작했다.

다음 날 저녁때였다. 귀순병의 진술로 적들이 공격 준비를 하고 있음을 안 아군 수색대에서는 중대 총동원으로 물샐틈 없는 수색을 시작했다.

최 하사와 김 이등병은 하늘이 지어 준 한 쌍이나 된 것처럼 이 날도 둘

이서 적진 가까이까지 들어갔다.

이미 날이 저물어 그들은 지어 가지고 온 밥을 먹고 수통의 물을 마시었다.

"애——."

불쑥 김 이등병이 최 하사를 불렀다.

"네!"

"너, 이거 먹어라."

김 이등병은 호주머니 속에서 껌을 여남은 개 꺼내 놓았다.

"이건 어디서……."

"메뉴 속에 있는 거지 뭐야. 네가 좋아하는 거기 때문에 모아 뒀댔어! 너 두구 먹어!"

"아저씨두 먹어요."

"야, 그만둬라. 농사꾼이 언제 껌을 먹구 살았대던? 그런데 너 이제부턴 나보구 아저씨라구 그러지 말아, 군대에서는 그런 말 안 쓴대더라. 오늘 중대장님한테 또 기합을 받을 뻔했다."

"군대서는 못 쓰는 말이래두 단 둘이 있을 때야 어때요?"

"그래두 안 된대더라. 안 된다는 걸 어떡해?"

"괜찮아요, 요령 있게 하문."

"안 된대. 이제부턴 아예 그러지 마라. 나두 너라구 안 그럴게!"

김 이등병은 전에 없이 고집을 부리었다. 말하는 목소리도 전과 달리 침울해 보였다. 그리고도 말을 계속했다.

"너는 자진해서 나왔으니까 작년에 군인이 됐지만 내 자식은 금년에나 군인이 될 거다. 그놈은 나보다 머리두 좋구 잠두 안 잘 테니까 늦게 들어와두 나보다는 계급이 날래 오를 걸. 그때는 내 자식보구두 해라를 못하겠지! 안 그래?"

"아저씨두…… 뭘 그런 걸 생각하세요?"

최 하사는 웃음을 참지 못했다. 아들한테 경례를 붙이는 아버지를 생각하는 것도 우스웠지만 그런 걸 생각하고 침울해하는 김 이등병이 우습지 않을 수 없었다. 한참 동안 웃고 나서,

"아저씨두 잠자는 버릇만 없으면……."

하고 김 이등병을 바라보았을 때였다. 어느새 그는 풀밭에 누워 코를 골고 있었다. 최 하사는 웃음을 죽이며 김 이등병의 잠을 방해하지 않으려 자기도 그 옆에 살그머니 누웠다.

붉게 타오르는 저녁노을이 눈 안에 들어왔다.

최 하사는 불현듯 일 년 전 일이 생각났다. 6·25 직전 친구들과 같이 백운대에 올라갔다가 돌아오는 길에 북한산에서 보던 저녁노을이었다.

그때 한 친구는 '하모니카'를 불었다. 자기는 노래를 불렀다. 또 한 친구는 엉덩춤을 추었다. 고요히 잠들려는 서울 장안을 내려다보면서——.

그러나 일 년 뒤인 지금엔 한 사람도 만날 수가 없다. 제각기 총대를 들고 조국을 지키기 위하여 자기처럼 싸우고 있을 것이다.

'한 번만 만났으면!'

총대를 멘 친구들이 보고 싶어졌다. 다들 자기처럼 하사가 되었을지? 그렇지 않으면 자기보다도 공을 세워 특진이나 하지 않았을는지…….

이런 생각을 하며 하늘을 바라보고 있을 때였다. 멀리서 인기척 소리가 들려 왔다.

최 하사는 벌떡 일어나 신경을 모았다. 그리고는 풀숲 사이를 멀리 내다보았다.

적이었다. 적어도 중대 병력의 적이었다.

그는 김 이등병을 흔들어 깨웠다. 신호 총으로 우군에게 신호를 한 뒤 중대장 있는 곳으로 달려가야 했기 때문이었다.

흔들어서 일어날 김 이등병이 아님을 알기 때문에 가장 신경이 예민한 허벅다리를 꼬집었다. 그러나 김 이등병은 꼬집힌 자리를 슬슬 쓸고는 다시 콧소리를 낸다. 빨리 신호를 알려야만 아군이 방어 준비를 할 수 있다. 그리고 자기네들도 포위되기 전에 우군 진지로 달려갈 수가 있다. 그런데도 김 이등병이 깨 주지를 않으니 이를 어떻게 한다는 말인가.

최 하사는 안타까웠다. 머리채를 잡아당기며 머리를 흔들었다. 뒷머리를 밀어 일으켜 앉혀 보기도 했다. 그러나 김 이등병은 끄떡도 안 했다.

적의 발자국은 점점 가까워온다. 적탄에 맞아 죽거나 포로가 되는 수밖에 없었다.

할 수 없었다.

"적이야, 적!"

하고는 칼빈총을 쏘았었다. 그때에야 눈을 부비고 일어난 김 이등병이 ,

"뭐야?"

하고 물었다.

"적 일개 중대가 지나갑니다."

이 말이 끝나기도 전에 적의 집중사격이 퍼부어 왔다. 어느새 최 하사가 쓰러졌다.

"석구야!"

김 이등병이 최 하사의 몸을 흔들었다.

"제 생각은 말구 빨리 본부로 돌아가세요!"

최 하사의 말이었다. 흉탄이 다리에 맞아 붉은 피가 흘러내리고 있었다.

"으 —— 흠!"

김 이등병은 비상한 결심을 나타내더니,

"죽일 자식들!"

하고 최 하사를 둘러멨다. 그리고는 수풀을 헤치며 달리기 시작했다.

"이저씨! 저를 놔 두구 혼자서 빨리 가세요!"

최 하사의 말이었다.

"걱정 마라, 양갈보 바위까지 가면 내 혼자서 그놈들을 모조리 죽이구 말 테니까."

김 이등병은 그대로 달음질쳤다. 얼마쯤 가서 그야말로 양갈보 바위라 별명을 지은 야릇하게 생긴 곳에 이르러서야 최하사를 바위 틈새에 눕히고 나서 총을 쏘기 시작했다. 적을 부르는 신호였다.

그렇지 않아도 아군을 향해 오던 적들이라 그들은 금시로 김 이등병을 포위하여 버렸다.

김 이등병은 칼빈총을 쏘기 시작했다. 그리고는 그 큰 목소리로

"이 자식들, 여기가 어딘 줄 알구 기어 올라와. 맛 좀 봐라!"

호기 있게 고함치고는 바위틈에 달려붙었다. 탄약이 다하도록 쏘고 또 쏘았다. 그리고는 수류탄을 던지기 시작했다. 수류탄도 있는 대로 다 던졌다.

적들은 훨씬 수효가 줄었다. 그러나 도망치지는 않았다. 그대로 발발 기어 올라왔다.

김 이등병은 최 하사에게로 갔다. 그 동안 누워서 총을 쏘고 있던 최 하사의 총과 수류탄을 빼앗으려 함이었다.

그러나 한 사람 대 일백 명의 싸움이다. 수류탄과 총이 있으면 어떻게 할 것인가!

"아저씨! 어떻게 할까요?"

최 하사는 걱정이 여간 아니었다.

"걱정 마라! 절대 죽지는 않을 테니까 총알만 있으면 돼!"

김 이등병은 최 하사의 총과 수류탄을 손에 들고 자기 위치로 돌아가려고 했다.

그때였다. 돌연 적병 한 명이 최 하사 옆으로 나타나서 총구를 최 하사에게 향했다.

이것을 본 김 이등병은 맹호처럼 뛰어 최 하사를 지나 적병 앞으로 나아가 총창으로 적을 찔렀다.

적은 쓰러졌다. 그러나 적이 쓰러짐과 동시에 김 이등병도 쓰러졌다. 총창에 찔리는 순간 적은 잡았던 방아쇠를 당기고야 말았기 때문이었다.

최 하사는 정말 몇천 척 높은 곳에서 떨어지는 것처럼 아찔했다. 그러나 다음 순간 그는 김 이등병의 칼빈총을 들어 적들이 있는 방향으로 내밀었다. 최후까지 싸우다 죽어야 했기 때문이었다. 다리가 쑤시고 피가 흐르는 것쯤 조금도 느껴지지가 않았다.

몇 방을 연거푸 쏘았을 때였다.

적 후방에서 새로운 총소리가 나기 시작했다. 틀림없는 아군의 사격이다.

최 하사의 마음이 툭 놓이었다. 이제는 문제없이 적들을 한 놈도 남김없이 죽일 수 있다. 김 이등병의 원수도 갚을 수 있다.

그는 자기도 모르는 새 김 이등병의 시체를 만져 봤다. 아직도 체온이 있었다. 이상스런 일이었다. 그래서 부자유스런 몸이지만 김 이등병의 몸을 쓸어 보았다.

상처는 복부였다. 잘만 하면 죽기까지는 안 할 것 같기도 했다. 최 하사는 자기의 옷을 입으로 찢어 김 이등병의 상처를 처매려고 할 때였다.

"이거 누구야?"

김 이등병이 눈을 떴다.

"석굽니다."

"응, 너는 죽지 않았지?"

"아저씨두 괜찮은 것 같애요."

"나는 죽었는데 뭘 그래!"

"죽다니요?"

"벌써 죽었어! 것두 몰라?"

"안 죽었어요. 잠이나 주무세요. 그새 전우들이 올 테니까……."

"잠! 참 잠이나 잘까……."

김 이등병은 다시 눈을 감았다.

얼마 후 전투가 끝나자 전우들이 와서 최 하사와 김 이등병을 들것에 실었다. 몸을 움직일 때 김 이등병이 "음" 하고 잠에서 깨는 소리를 했다.

최 하사는 그때에야 눈물이 핑 돌았다. 자기를 대신해서 총을 맞은 김 이등병이란 생각이 비로소 머리에 떠올랐을 뿐 아니라 잠꾸러기 김 이등병의 용감성이 어쩐지 눈물나게 감격되었기 때문이다.

그는 옆에 서 있는 중대장에게,

"중대장님! 아저씨를 빨리 고쳐 주십시오."

하고 마치 자기는 부상당하지 않은 사람처럼 말했다.

"응! 네 아저씨! 그래 아저씨를 빨리 고쳐 주지. 너하구 함께."

중대장은 빙긋이 웃었다.

(원) (출) 『그늘진 꽃밭』 신한문화사, 1953.

파문(波紋)

경희가 해산하기 며칠 전부터 종수의 집안은 떠들썩하기 시작했다.

한 집에 같이 살고 있는 종수의 맏형 부부는 물론 분가해 나가 살고 있는 둘째, 셋째 형 부부까지 모여들어 웅성거리는 것이 잔칫집 못지않았다.

둘째 형과 셋째 형은 산파만으로 충분하다는 의견을 말했으나 맏형 부부는 산파와 같이 산부인과 의사도 불러야 한다고 주장을 했기 때문에 때로는 싸움터같이 부산하기까지 했다.

산부인과 의사 문제뿐만이 아니라 산모의 몸 움직임에 대해서도 둘째 형과 셋째 형은 맏형과 그 의견을 달리하여 아옹다옹했다.

한편은 해산하는 시간까지 산모가 움직여야 한다고 했고 한편은 해산할 때까지 몸을 움직여서는 절대로 안 된다는 것이었다.

이러구저러구 할 것 없이 병원에 입원시키는 것이 제일 좋지 않겠느냐고 둘째 형이 말하자 그 말에는 맏형도 찬성하는 기미를 보였으나 거기에는 늙은 부모들이 또 반대였다.

심지어는 산모가 산후에 먹을 음식에 대해서까지 언성을 높여 가며 각기의 의견을 토설했다.

어떤 이는 산후에 밥을 먹어야 하느니 어떤 이는 죽을 먹어야 하느니 그리고는 며칠 동안 과일 같은 것은 먹여 좋지 않다느니 또는 먹여도 상관없다느니 잠시도 집안이 조용해지지를 못했다.

그 통에 입이 있으되 말 한 마디 하지 못한 사람은 장본인인 경희와 그의 남편 종수였다.

초산이라 해도 해산에 대하여 전혀 지식이 없다고 할 수 없는 그들이지만 어른들이 대신 떠들어대는데 말참견을 할 수가 없었던 것이다.

경희는 방 안에 갇힌 듯이 들어앉아 있어야 했고 종수는 아내의 상황을 어른들께 보고하는 동시 어른들의 주의사항을 아내에게 전달하는 중간 역할만 맡았을 따름이었다.

그런 만큼 경희와 종수는 남의 애를 낳아 주고 있다는 생각을 더욱 크게 가지지 않을 수 없었다.

자기 부부만의 애라면 형제들 전체가 모여 그렇게까지 법석을 칠 리가 없다고 생각을 안 가질래야 안 가질 수 없었기 때문이었다.

경희는 안방에서 자기에 대한 이야기가 떠들썩하게 들려 올 때마다 눈물이 핑 돌았다.

그럴 때면 아들이 아니고 딸이 낳아지기를 진심으로 바라기도 했다.

아들인지 딸인지 확실한 것을 알지도 못하고 반드시 아들이 나오기나 할 것처럼 떠들어대는 시형들이 보기 싫었던 것이다.

아들이 아니고 딸이란 것을 똑똑히 알기만 한다면 해산을 하건 무엇을 하건 거들떠보지도 않을 사람들이라는 생각을 할 때 서글픈 마음이 일어나지 않을 수 없었다.

문씨네 집안에 아들이 사 형제나 있으면서도 위로 삼형제가 아들을 하나도 낳지 못하여 자기에게만 일류의 희망을 걸고 있으니 시형들의 떠들썩거리는 마음을 나무랄 수도 없었다.

아들을 낳으면 반드시 맏형에게 양자를 주어야 한다.

어찌할 수 없는 일이었다.

이번이 아니고 둘째 번이나 셋째 번에 아들을 낳아도 첫아들만은 맏형에게 주어야 한다.

그렇다고 해서 아들을 낳지 않고 딸만 낳을 수도 없는 일이었다.

그런 만큼 아들이 싫다는 것은 아니지만 시형들처럼 아들만 낳아야 한다고 초조한 마음을 가질 수 없는 것이 경희나 또한 종수의 마음일 것이지만 시형들이 마치 자기 애나 낳듯이 떠들썩거리는 소리를 들을 때면 차라리 딸이나 낳았으면 하는 마음도 없지 않았던 것이다.

경희의 진통이 시작할 때부터는 집안 전체가 안절부절했다.

시어머니가 옆에 와서 잠시도 떠나지 않는 것은 물론 산파와 의사까지 미리 와서 대기를 하고 앉아 있었다.

안방에서는 금시 어린애가 뛰어나올 것처럼 긴장하여 문 여닫는 소리와 기침소리가 그칠 줄을 몰랐다.

판결 언도를 기다리는 피고처럼 엄숙한 얼굴을 하고도 저마다 부인을 시켜 산실에 불을 때게 하고 산모의 밥을 짓게 하는 형들과 달리 종수만은 경희의 신음소리가 날 때마다 가슴을 두근거리며 경희가 해산을 하다가 죽지나 않는가 하는 새로운 불안에 쌓이었다.

형들에게 있어서는 경희가 과연 아들을 낳느냐 하는 것이 가장 중요한 일일 것이지만 종수에게는 아들보다도 경희 자신이 더욱 중요한 것 같았다.

진통은 한두 시간에 그치지 않았다.

적어도 십여 시간 이상을 끌었다.

그 동안 종수는 잠도 못 자고 아내의 신음소리만 지키고 있었다.

형들이 있어서 차마 산실에는 들어가지 못하고 밖에서 흘러나오는 신음소리만을 들으려니 번번이 가슴만 내려앉곤 했다.

다음 날 점심때가 거의 되어서야 경희의 신음소리가 멎었다.

일 분에 한 번씩 정기적으로 비명을 울리던 경희의 신음소리가 갑자기 멎자 안방에서는 그 적지 않은 입을 꼭같이 벌리며,

"뭐요?"

하고 동시에 건넛방을 향해 물었다.

뭐요 하는 소리가 채 떨어지기도 전에 건넛방에서 종수의 어머니가 문을 걷어차고 나오며,

"사내다! 사내야!"

하고 손을 내저었다.

시어머니가 덤비는 바람에 경희도 자기가 사내애를 낳은 줄 알았지만 그래도 몸을 일으키어 어린애 몸을 한 번 살펴보고야 다시 자리에 누웠다.

이상스러운 일이었다.

사내애를 낳으면 반드시 맏시형에게 양자를 들여야 하는 줄 알면서도 어린애가 뱃속에서 나오자 우선 알고 싶은 것은 사낸가 계집앤가였다.

그리고 사내라는 것을 알자 도리어 안도의 한숨까지 내쉬었다.

잘 되고 잘못된 것은 차후로 하고라도 우선 사내애라는 데 만족감을 느꼈던 것이다.

경희는 열 시간 이상의 괴롭던 진통도 완전히 잊어버리고 좋아라 떠들어대는 가족들의 환성만을 귀담아 들었다.

맏형은 사십이 넘도록 딸 하나밖에 낳아 보지를 못했고 둘째 셋째 형은 결혼한 지 각기 십여 년이 넘도록 아들은 고사하고 딸 하나도 낳지 못한 집안이니 몇십 년만에 처음 구경하는 사내애에 환성을 올리는 것도 절대로 무리가 아니라 생각되었다.

해산하는 날만이 아니었다.

어린애의 초일 삼칠 백날 할 것 없이 이름 있는 날만 되면 정말 잔치를 하듯 음식을 차려 놓고 친척들과 동네 사람들까지 청해 먹이었다.

그러나 백날이 지나자 경희에게는 벼락 같은 슬픔이 떨어지고 말았다.

양자를 보낸다는 것은 이미 각오한 일이었지만 어린애가 일 년도 못 되어 떠나리라고는 생각 못했던 경희였다.

백날 잔치를 하는 날 가족들이 모여 수군거리더니 다음 날로 어린애를 맏형이 데리고 간다는 것이었다.

어린애를 낳은 사람에게는 한 마디의 의논도 없이 어린것을 데려간다는 것도 슬픈 일이었지만 열 달 동안이나 뱃속에 넣고 소중히 길러 온 애를 석 달밖에 젖도 먹이지 못한다는 사실이 슬펐다.

강아지나 돼지 새끼도 젖이 떨어지기 전에는 어미의 품에서 떼지를 않건만 멀쩡한 사람의 자식을 이렇게도 무정히 떼어 갈 수가 있을까 생각하니 눈물이 안 나오려야 안 나올 수가 없었다.

뼈저린 일이었다.

그러나 경희의 슬픔은 그것만도 아니었다.

백날 만에 어린애를 떼어 간다는 것이 어린애를 맡은 맏형의 의견이 아니라 둘째 형의 의견이라는 데 더욱 놀랐던 것이다.

즉 어린애를 빨리 떼야만 경희가 다시 애를 빨리 가질 수 있다는 둘째 형의 타산적 의견에 가족 전체가 찬성했다는 것은 경희를 하나의 인간으로 취급하는 것이 아니라 생식하는 동물로 알고 있다는 서글픔을 주었다.

새끼를 번식시키기 위하여 양토끼를 기르는 사람이 토끼의 교미를 살피어 암놈에게 수놈을 제공하는 그러한 행동 같게도 생각되어 자기는 무엇 때문에 결혼을 했던가 하는 회의까지 들었다.

자식을 종으로 팔 때에는 자식 낳는 것을 하나의 경제적 행위로도 간주할 수 있었을 것이지만 아들 없는 사람을 위해서 강제적으로 생식을 해야 하는 경희는 생식 행위를 무엇에 합리화시켜야 한단 말인가?

더구나 맏형이 어린애를 데려갈 때 이제부터 어린애가 부를 부모는 맏형 부부이고 진짜 부모인 자기 부부는 삼촌과 숙모로 불려야 한다는 말을 들을 때 경희는 어떠한 일이 있어도 어린애를 다시 낳지 않으리라 생각했다.

양자로 주었으면 기르는 부모는 어디까지나 양부모요, 낳은 부모는 어디까지나 생부모가 되어야 할 것이 아닌가?

어린애의 정을 붙이기 위하여 낳은 부모를 부모라고 부르지 못하게 한다는 것은 인류의 질서까지도 무시하는 일이 아닐 수 없다.

어떤 날 밤이었다.

경희가 부풀어오른 젖을 짜면서 한숨을 쉬고 있을 때 옆에 누워 있던 종수가,

"오늘 둘째 형한테서 고기가 왔지?"

물었다.

모르고 묻는 말이 아님에 남편도 그 고기가 결국 빨리 몸을 추세워 애를 가지라는 뜻이라고 비꼬아 말하는 것임을 알 수 있었다.

"고맙지 뭐예요."

경희는 그밖에 달리 할 말이 없었다.

"사실 고맙지. 아무리 동기간이라 해두 동생 영양까지 생각해 주는 사람이 있나……."

종수도 서글프다는 표정이었다.

"형님들을 잘 두어서 좋겠수. 이제 아들을 낳아 주면 그 다음엔 셋째 형이 또 친절하겠군요. 형을 열아문 두었으면 평생 걱정없이 살겠는데요……."

"글쎄 말이야, 열은 안 되어두 대여섯만 되면 오십까지 거저 먹을 수 있겠는데……."

경희는 대꾸를 안 했다. 한참 뒤에야 정색을 하고,

"나는 아이를 그만 낳을 테니까 아이 낳는 마누라를 하나 더 얻으세요."

하고 말했다. 그때 종수는,

"정말 그렇게라두 해야 할 것 같아. 당신이 미안해서……."

하고 아주 동감이란 듯이 말했다.

"정말 나는 아이를 안 낳을 테야요 네!"

이것은 어리광이 아니었다.

경희가 결심 그대로를 말한 것이다.

그러나 종수는 대답을 못하고 한참 동안 묵묵히 있다가,

"당신은 아이를 낳지 않겠다구 다른 마누라를 얻으라 하지만 다른 마누라에게서 난 아들이라도 둘째 형에게 나누어 주어야 히는 나는 이렇게 하라는 거요?"

하고 물었다. 그리고는 다시 말을 이어서,

"나 혼자만이 종마(種馬)가 되라는 거지? 그렇게 돼두 할 수 없겠지. 당신은 이 집을 떠나면 그뿐인 사람이니까!"

하고 경희를 쳐다보았다.

경희는 대답을 못했다. 그럴 때 종수가 다시,

"당신과 결혼할 때 이런 일을 미리 생각했더라면 아예 결혼부터 안 했을 거야."

하고 한탄조로 말했다.

그 말을 듣자 경희는 갑자기 남편이 불쌍해졌다.

자기와 꼭 같은 슬픔을 맛보면서 게다가 자기에 대한 걱정까지 해야 하는 남편이 자기보다 배 이상 괴로운 사람이란 생각이 들었기 때문이었다.

"왜 그런 말씀을 하세요? 새삼스럽게……."

"안 할 수 있소?"

"결혼하기 전에야 사랑만 하면 그뿐이라구 생각했지, 이런 일이 있을 줄 꿈에나 생각했어요."

"그러니까 후회가 된다는 거지."

"사실은 당신 집안이 경상도에서도 가문을 가지구 행세하는 집안이란 말을 듣구 살림만은 따루 차려야 한다구 생각했어요. 그래두 그것이 맘대루 안 될 때 저는 그것까지 단념했으니까요."

"일언이 폐지하구 모든 책임은 내게만 있는 거야. 그러니까 당신은 지금이라두 마음대루 해. 조금두 탓하지 않을 테니까!"

경희는 다시 대답을 못했다. 진정으로 괴로워하는 남편에게 결정적인 대답을 가볍게 할 수가 없었던 것이다.

따지고 본다면 남편이 그렇게까지 말하는데 이혼을 하자고 제의한다 해도 커다란 파문이 있을 것 같지는 않았다. 집안끼리의 파문이야 물론 크겠지만 남편과 자기 사이의 의리만은 간단히 처리될 수 있을 것 같았다.

그러나 사랑하기 때문에 결혼한 사람이다. 자기가 이혼을 요구한다면 종수는 자기보다 몇 배나 불쌍한 사람이 되고 말 것이 아닌가?

이런 것을 생각하여 대답을 못하고 있을 때 종수가 빨리 단안을 내려 달라는 듯이,

"정말 좋두룩 해!"

하고 말했다.

그래도 경희는 대답할 수가 없어서

"좀더 생각해 봐야겠어요."

하고 시간적 여유를 달라는 뜻의 말을 했다. 그러자 종수는 긴 한숨을 내쉬며,

"잘 생각해서 해!"
하고는 저편으로 돌아누웠다.

돌아누워서는 정말 절망한 사람처럼 눈만 껌뻑이며 천정 한 구석을 응시하고 있었다. 얼핏 보면 혼이 나간 사람 같기도 했다.

경희는 차마 볼 수가 없어서 종수 곁으로 달려가 뺨에 뺨을 부비며,

"그러지 말아요 웅!"
하고 종수의 가슴을 쥐어 흔들었다.

"그러지 말라니 내가 뭐래?"

종수는 그대로 실신한 사람처럼 무표정이었다.

"혼이 나간 사람처럼 보여 보기가 싫어요. 여펜네 자식 다 잃구두 사는 사람이 얼마나 많은데…… 그러실 게 어디 있어요."

"누가 뭐래? 아무렇지도 않아. 내 걱정을 왜 그렇게 해?"

"아무렇지도 않은 사람이 왜 이래요."

경희는 종수의 얼굴을 잡아 돌리고 뺨을 꼬집기까지 했다.

그러나 다음 날 아침 부엌에 나가 둘째 형이 가져왔다는 쇠고기를 보자 다시 자기가 양토끼에 지나지 않는다는 생각이 들었다.

그래서 그 고기로 국을 끓이고 불고기를 굽기까지 했으나 차마 그것을 자기 입에만은 대지를 못했다.

그리고 시집에 있는 한 다시 애를 가지지 않을 수 없다는 생각이 들어 조반이 끝나는 것을 기다려 남편에게,

"집에 좀 가 있겠어요. 몸도 쉴 겸……."
하고 시집 떠날 것을 말했다.

그것은 반드시 이혼하겠다는 것을 말함은 아니었다.

그러나 며칠 있다가는 반드시 돌아온다는 뜻을 표시한 말도 아니었다. 본가에 가서 천천히 생각하는 여유를 가져 보겠다는 마음에서 한 말이었다.

"잘 생각했어. 현대 여성으로서 당연히 취할 길이지. 잘 가!"

종수는 본가로 가겠다는 말이 곧 이혼한다는 말로 들린 모양이었다.

"누가 아주 간댔어요?"

경희는 종수가 결정적인 말을 하는 것이 싫어 그의 말을 부정해 버렸다.

그러나 마음 속으로는,

'누가 아주 간댔어요?'

한 말이

'누가 지금 이혼한다구 그랬어요?'

라는 뜻이라고 스스로 변명하기도 했다.

어쨌든 경희는 본가로 돌아갔다. 친정에서도 아주 이혼을 하고 돌아왔다는 말은 안 했지만 어쨌든 경희가 돌아온 데 대해서 불평을 말하는 이가 하나도 없었다.

오빠나 동생들은 도리어 빨리 정식 이혼을 해 버리라고 충동질까지 했다.

그럴 때마다 경희는 자기도 그런 생각으로 왔노라는 말은 했지만 착유기로 부푼 젖을 짤 때마다 유모 손에서 자라날 어린것과 그리고 혼자서 외로워할 종수의 얼굴이 자꾸만 눈앞에 떠올라 이혼해야 한다는 생각이 자기도 모르게 멀어지곤 했다.

때로는 남편도 어린것도 이미 자기와는 아무런 상관이 없는 사람이란 생각이 들었지만 젖이 찌르르 하고 돌 때는 어린것과 종수가 절대로 남이 아니란 생각이 들었다.

젖 먹을 애가 있을 때에만 젖이란 것이 필요하건만 젖 먹을 애도 없는데 젖은 어찌하여 가라앉지를 않을까?

어린애에 대하여 어머니란 관념을 가지게 하는 도덕률을 강요하기 위하여 인간에게만 젖 먹이는 기간이 길게 된 것이나 아닐는지!

경희는 도리어 남달리 젖이 풍부한 것을 자기의 생리가 모성으로서의 자질이 구비된 증거라 생각하고 쉬이 가라앉지 않는 젖을 하나의 보물처럼 만져 보기도 했다.

따라서 자기를 어머니라고 부르지 못할 어린애지만 그 애 생각이 가슴에 복받쳐 올라왔다.

어린애 생각이 복받쳐 올라오면 뒤따라서 남편 얼굴이 또한 눈앞에 떠올랐다.

남편의 얼굴이 떠오를 때는 어린애 얼굴이 어디론가 사라진다.

얼마나 외로워할 것인가?

사실은 남편이 외로워하리라는 걱정에 앞서 자기가 남편을 그리워하게 된다. 아무런 죄도 없는 남편이다. 그러한 남편을 만져 볼 수도 없는 곳으로 떠나와 있는 자기가 외로워 견딜 수 없었다.

"돌아가야지."

경희는 몇 번이고 중얼거려 본다.

밤이 깊어도 돌아오지를 않아 대문 밖으로 귀를 기울이고 그의 발자욱 소리만 기다리고 있을 때, 뚜벅뚜벅 걸어와서는 창문 앞에서 '여보' 하고 부르던 그 남편의 그윽한 목소리를 생각하면 한시도 참을 수가 없어 종수에게로 달려가고 싶었다.

그러나 돌아가려고만 하면 친정 사람들이 양토끼가 되려 가느냐고 야유를 하는 바람에 그만 두서너 달을 끌어 왔다.

넉 달이 거의 지났을 어떤 날 남편 종수로부터 편지가 왔다.

편지 쓸 용기도 없지만 참을 수가 없어서 붓을 들었다는 서두로 편지는 다음과 같이 계속되었다.

"당신 말대로 다른 여자와 다시 결혼할 생각도 해 보았습니다. 그러나 그것만은 죽어도 할 수가 없습니다. 당신이 재혼을 했다는 소식을 들은 뒤라면 또 모르겠습니다. 당신이 결혼하기 전에는 내가 먼저 결혼할 용기가 조금도 나지 않습니다.

나를 완전히 무시해 버리고 결혼을 해 주십시오.

그러나 경희 씨. 나는 이런 생각도 해 봅니다. 즉 내가 분가를 해서 당신과 둘이서만 살 수도 있지 않을까 하고요. 그렇게만 한다면 다시 어린애를 낳는다고 해도 둘째 형에게 안 줄 방법이 있으리라 생각합니다. 정 안 줄 수 없다면 어떻게 해서 타태를 할 수도 있지 않을까요. 어린애를 통 낳지 못하게 미리 수술을 할 수도 있으리라고 생각합니다.

그러나 그것은 당신의 마음에 달린 것이지 나로서 강요할 아무것도 못

됩니다.

경희 ——. 나는 당신이 없는 집안이 정말 지옥 같아 못 살겠습니다. 지옥 아닌 것 같은 것이 하나도 없습니다. 그러나 나를 생각할 것은 없습니다.

경희 씨 자신을 위해서 선처하십시오.”

편지를 읽자 경희는 그만 울고 말았다.

편지를 받은 지 며칠도 안 되어 회답도 쓰기 전에 종수가 경희를 찾아왔다. 와서는 자기가 집을 뛰쳐 나왔으니 방을 하나 얻고 같이 살자는 것이었다.

경희는 생각할 여유도 없이 남편의 가슴에 안겨 버렸다.

따뜻한 가정이 이루어졌다.

그러나 몇 달이 안 되어 경희는 다시 임신을 하고야 말았다.

그때 종수는 아는 병원에 가서 타태를 시키자고 했다. 그러나 경희는 반대했다. 반드시 아들일 것이라고 확신할 증거가 없으니까.

딸만 낳는다면 누구에게도 주지 않고 자기가 기를 수 있다. 그리고 설사 아들을 낳는다고 해도 한사코 내놓지 않으면 억지로 뺏어 갈 수는 없을 것 같았다.

첫애에 대한 기억과 그리움을 없애게 하기 위해서는 아무래도 새로 어린 애를 낳아야만 할 것 같았던 것이다.

그래서 타태를 시키지 않고 낳은 애가 또 사내였다.

사내를 낳자 어떻게 알았는지 둘째 형 부부가 찾아왔다. 와서는 이번 애는 자기네가 길러야 하는 것이 당연한 것처럼 말했다.

그때 종수가,

“우리는 새끼를 낳아서 형님들께 주려구 결혼을 한 줄 아십니까? 어린애 때문에 우리의 결혼이 파탄된다면 그 책임은 누가 지지요?”

하고 항의를 했다.

사실 형이라고 해서 동생의 애를 뺏어 갈 권리는 없다. 그렇기 때문에 둘째 형은 사정사정하며 빌붙지 않을 수 없었다. 그래도 종수는 끝내 승낙하지를 않았다.

그러나 몇 시간을 두고 사정하던 형이,

"우리에겐 아무런 희망도 없지 않느냐? 즐거움이란 것두 없다. 그렇지만 너희는 아직 나이 젊고 어린애를 다시 낳을 가능성이 얼마든지 있다. 젊으니까 즐거움도 있고 또 삶에 대한 희망도 가질 수 있다. 늙어 가는 형의 일생을 즐겁게 해 주기 위해 그만한 희생을 할 수가 없느냐?"

정말 눈물이 떨어질 듯 울먹울먹 말할 때 종수는,

"저는 모르겠습니다. 처에게 말해 보십시오."

하고 책임을 전가시켜 버렸다. 그리고는 훌쩍 나가 버렸다. 자기로서는 어떻게도 할 수 없는 모양이었다.

그러나 경희에게 책임을 맡기고 나가 버렸다는 것은 결국 둘째 형에게 손을 들고 만 괴로움에 견디지 못했다는 것이다.

남편이 손든 일을 가지고 경희로선들 어떻게 할 것인가?

자기 혼자의 고집이 집안 전체의 평화를 깨치고 말 것을 생각할 때 경희는 그만 마음대로 하라고 대답하지 않을 수 없었다.

끝까지 우기면 안 줄 수 없지도 않은 일이라고 생각했지만 그렇게만 한다면 둘째 형과 자기네와는 죽을 때까지 원수처럼 지내고야 말 것이 분명했기 때문이있다.

그러나 주기로 승낙을 하자 경희는 자기가 틀림없는 양토끼가 되고 말았다는 생각이 들었다.

자식을 사랑하고 기를 수 있는 인간의 권리를 완전히 상실한 인간 이하의 인간이 되고 말았다는 생각은 인간의 최대 슬픔인 절망보다도 몇 갑절이나 더 큰 슬픔이 아닐 수 없었다.

인간의 기본적인 슬픔에서 더욱 더 밑으로 떨어진 기본 이하의 슬픔은 자기 하대 이외에 다른 길을 구할 도리가 없다.

경희는 날이 선 유리조각으로 나무를 긁어 내듯이 유리조각으로 자기의 피부를 긁어 버리고 싶었다.

면도칼로 종이를 오리듯 피부를 갈기갈기 오려 주고도 싶었다.

십자가에 못을 박힌다는 것은 죽는 순간까지도 십자가를 등에 짊어졌다는 자존심을 가지게 하는 지나친 온정인 것 같았다.

경희는 남편도 생각지 않았다.

뛰쳐 나간 채 돌아오지 않는 남편을 기다리고 싶지도 않았다.

나간 채 영 돌아오지 않으면 차라리 시원할 것 같았다.

날이 밝고 새벽이 되어도 기다리지 않았다.

이른 아침 여러 사람에게 부축되어 들어오는 남편을 보자 무슨 변이 생긴 것이라 직감되면서도 경희는 보지 못한 척 자리에서 일어나지도 않았다. 남편이 죽어 돌아왔다 해도 그는 까딱하지 않았을지 모른다.

경희 옆에 자리를 깔고 종수를 눕힌 뒤 모두들 떠들썩했으나 경희는 무슨 일이 생겼느냐고 한 마디 물어 보는 일도 없었다.

방공호에 빠졌다는 등 술이 취했었다는 등 다리가 부러졌다는 등등 떠들어댔지만 경희는 왜 아주 죽지를 못했을까 하고 혼자서 의아하게 생각하는 정도였다.

그러나 신음소리를 죽여 가면서,

"나는 인생을 다시 출발해야 해! 아내를 돌려 보내 줘!"

하고 버둥버둥 일어서는 남편을 볼 때 경희는 새로운 하나의 반항을 느꼈다.

그래서 한쪽 다리를 질질 끌면서 어디론가 나가려 하는 종수에게로 달려가,

"어디를 가는 거요. 도피는 그만두세요."

하고 어깨를 붙잡았다.

"도피가 아냐. 정말 도피가 아냐. 그저 어쩔 수 없는 거야."

어깨를 붙잡힌 채 종수는 울부짖었다.

"어쩔 수 없으니까 도망을 말아야 하는 거예요."

"아냐. 나두 자식에 대한 애정을 가지구 싶어. 그놈이 어떤 것인지 한 번 알구 싶어."

"그럼 자식에 대한 애정을 알기 위해서 결혼을 했던가요?"

"그렇지는 않았을지 몰라. 아냐, 결혼할 때는 그런 걸 생각지 못했어."

"생각지두 못했던 것이 지금에 와서는 절대적인 것이 되었구먼요."

"몰라. 나는 그런 걸 몰라. 모르니깐 바보지. 바보래두 좋아……."

"바보니까 나가질 말아요."

이렇게 반항을 하는 도중 경희는 자기도 모르게 종수가 정말 바보 같은 생각이 들었다.

모른다는 것은 확실히 바보다. 자기의 일을 자기가 모른다고 해서 통할 수가 있을 것인가.

바보! 바보니까 부러진 다리를 눕히고 곱게 누워 있어야만 할 것 같았다.

종수도 나갈 생각을 안 하고 제자리로 와서 다시 누웠다. 그리고는 마치 자기만이 바보가 아니라는 듯,

"그럼 당신은 어린애에 대한 애정 같은 걸 생각하면서 결혼을 했수?"
하고 반문했다.

경희는 자기도 그런 것을 생각하면서 결혼했다는 기억은 나지 않았다.

결혼하면 어린애가 생기려니 하는 막연한 생각밖에 달리 생각을 가지지 못했던 것이 분명했다.

"그것이 결혼의 전부가 아니었으니까 생각 안 하면 어때요."

"그것이 결혼의 전부가 아니었다면 그럼 전부란 무엇이었을까?"

"나두 몰라요."

"모르는 게 당연해. 그런 걸 다 알면 결혼이 되나? 그래두……."

종수는 다시 자리에서 일어나며 문 밖으로 기어가려 했다.

아무래도 나가야만 살 수 있을 것 같았다.

한 걸음 기어 나가며 종수는 다시 중얼거렸다.

"자식을 백 개 나서 백 개를 전부 남에게 주고도 내 옆을 떠나지 않을 여자를 구해야겠어……."

경희는 종수의 말을 똑똑히 들었다. 그러나 이번에는 기어서 창 밖으로 나가는 종수를 붙잡아들이지 않았다.

결국 종수는 자기에게로 돌아오고야 말 사람 같았기 때문이었다.

　그리고 또 자기는 돌아오는 남편을 맞아들여야만 할 사람 같았기 때문이
었다.

(원) 《신천지 62》 1954. 4, (출) 『방관자』 창신문화사, 1960.

자멸

  괴뢰군에게 포로가 된 창세는 강동(江東)에 이르자 그만 생에 대한 의욕을 완전히 잃어버리고 말았다.

  포로가 된 이후 강동에 이르기까지 거의 한 달 동안 같이 걸어오던 숱한 전우들이 놈들의 학살에 희생되어 너무나 힘없이 쓰러지는 것을 보아 왔기 때문인지 붙어 있는 자기 목숨도 자기의 목숨이라고 내세울 만한 근거를 조금도 발견할 수가 없었다.

  사실 자기의 목숨은 법률적으로나 인도적으로나 조금도 보장되어 있지 않다. 약이 주고 싶지 않을 때 몸이 아프다든가 행군을 해야 할 때 다리가 아프다든가 하여 그들의 비위를 거스르게만 하면 행군 도중에도 총으로 쏘아 죽이고 전체 인원 중에서 몇 명 사망이라고 숫자만 고쳐 놓으면 그뿐인 그들이다. 인원수에 대한 통계만 맞춰 놓으면 그뿐인 그들. 자기가 언제 어떤 일로 그들의 비위를 건드리게 될지 그것은 자기도 모르는 일이다. 인간이기 때문에 말의 실수란 것도 있을 수 있는 것이고 자기도 모르는 항거도 있을 수 있는 것이다.

  그리고 그러한 실수라든가 그러한 항거가 멀지 않은 장래에 닥쳐오고야 말 것 같은 불안이 더욱 그의 절망을 크게 하기도 했다.

  그러나 그러한 절망 속에서도 창세는 그나마 죽으려 하지는 않았다. 죽음을 당한다는 것은 이미 체념을 하다시피 했지만 자기의 손으로 자기의 목숨을 끊는다는 그러한 일은 생각지를 못했다. 그것은 그가 젊었다는 것을 스스로 느끼고 있음인지 모른다.

그래서 여러 가지 심사를 할 때 그들이 가장 꺼리는 소시민이란 성분을 속이고 농부의 아들이라 꾸며 대기도 했으며 고향을 서울이 아니라 시골이라 속이기도 했다. 대학에 재학 중이었던 사실도 숨기고 소학교밖에 못 나왔다고 말했다.

그들은 그 말이 곧이 들리지 않는지 가끔 불러다가는 속이지 말고 있는 대로 똑똑히 대라고 위협을 했으나 거짓말이 탄로가 되면 도리어 위험하다는 생각에 위험도 무릅쓰고 자기의 성분을 그대로 속여 왔다.

그러나 그들의 눈이 잠시도 쉬임 없이 자기를 감시하고 있음을 알았을 때 창세는 거짓말을 했다는 사실에 새로운 불안을 느끼지 않을 수 없었다.

거짓말의 수명이란 그리 길지가 못한 법이다. 그리고 감시의 눈이 괴뢰군 자체 속에만 있는 것이 아니라 목숨을 연장하려는 비겁한 전우들 속에까지 퍼지고 있다. 자기도 모르는 새 꿈 속에서라도 참말을 잠꼬대할지 모른다. 자기의 성분을 아는 전우가 나타나 무심코 학교 이야기 같은 것을 발설할지도 모른다.

그렇게만 되면 자기의 목숨은 그만이다. 그러니 그야말로 잠을 자면서도 창세는 마음을 놓을 수가 없었다.

적이라고 해서 함부로 죽인다면 그것은 운명이라고 돌릴 수도 있는 일이지만 살겠다고 거짓말을 했다가 그 거짓말로 말미암아 죽는다는 것은 비겁한 행동에 속하는 일이 아닐 수 없다.

비겁한 행동이라고 깨달을 때에는 반드시 공포라는 것이 따른다.

아는 사람이건 모르는 사람이건 누구나간에 자기 옆에 사람이 있기만 하면,

"이 자식. 거짓말을 마라. 네가 대학교에 다니던 것을 모르는 줄 알아!" 하고 자기 어깨를 탁 칠 것만 같은 공포가 이십사 시간을 완전히 점령하고 있었다.

이러한 공포가 커질수록 창세는 자기 자신을 부정하고 싶어졌다. 살려고

노력할 필요도 느끼고 싶지 않았다.

사실 죽지 않고 살아서 돌아간다 해도 자기에게는 행복이 있을 것 같지 않았다. 설사 돌아간다고 해도 모든 사람은 포로였다는 낙인을 자기 잔등에 찍어 줄 것 같았다. 불명예스런 낙인은 찍지 않는다 해도 최소한 동등한 위치에서 대해 주진 않을 것 같았다.

그뿐만이 아니었다. 한 반 동창생 가운데 같이 군문에 들어왔던 딴 친구들은 지금쯤 장교가 되어 확고한 지위를 차지하고 있을 것만 같았다. 그리고 군문에 들어오지 않고 공부를 계속한 친구들에게는 앞날의 출세가 그들의 졸업을 기다리고 있을 것이다.

모든 친구들에게 낙후(落後)하여 그들의 세계를 따를 수 없게 된다면 그때의 비애는 또한 어떤 것일까?

이러한 생각은 자기를 부정하는 데 더욱 강한 재료가 되었다. 이래저래 절망이었다.

불안과 공포와 절망이 섞갈리어 수많은 돌이 자기 머리를 향해 마구 날아오고 있는 듯한 착각에 몸을 떨고 있던 어떤 날 아침 괴뢰 장교가 창세의 중대원을 소집해 놓고 국군 전우 한 사람을 끌고 나타났다.

다 죽어 가는 전우를 꽁꽁 묶어다 놓고는 중대원들에게 똑똑히 보라고 하며,

"이놈은 거짓말만 해 왔다. 국군 장교였으면서도 사병이라고 속였고 단식으로 자살을 기도하고 또 몸이 아파 밥을 안 먹는다고 속였다. 이러한 악질은 인민의 적이다. 하루도 살려 둘 수가 없다."
하고 연설을 했다. 그리고는 그 전우를 끌고 뒷산으로 올라갔다.

한참 뒤 뒷산에서 들려 오는 총소리를 들었을 때 창세는 자기도 모르게 몸을 떨며 놀래었다. 얼마든지 보아 온 일이지만 남의 일 같지 않다는 것을 절박하게 느꼈다.

그러나 창세는 총살당한 전우가 부러웠다. 같은 거짓말을 했건만 자기는 그 거짓말이 드러나지 않아 아직까지 살고 있다. 언제든 총살을 당하고야 말 것이다.

그렇다면 마음을 졸이고 사느니보다는 차라리 빨리 죽어 버리는 것이 편할 것이 아닌가? 창세는 죽을 것을 결심했다. 청춘을 아껴야 할 여유도 없었다. 그래서 다음 날은 심사원을 찾아가 자기가 거짓말로 속여 왔다는 사실을 고백했다.

고향이 시골이 아니고 서울이며 학력도 소학 졸업이 아니라 대학 재학중이라고 말했다.

그 말을 들은 괴뢰군은 순간 얼굴을 붉혔으나 금시 웃음을 지으며,

"고맙소. 동무는 잘못을 뉘우칠 줄 아는 사람이니까 앞으로 희망이 있을 거요."

하고 악수까지 청했다.

창세는 의외였다. 거짓말을 했다고 자백을 하면 그 자리에서 죽여 줄 줄 알았는데 도리어 앞으로 희망이 있다고 말하니 순간 감격하지 않을 수 없었다.

괴뢰군은 친절한 태도로 말을 계속했다.

"동무는 미제국주의의 앞잡이로서 인민에 대하여 죄를 지었소. 그러나 조국과 인민을 위하여 복무하겠다는 결심이 새로 생긴다면 동무에게는 새로운 출로(出路)가 있을 것이오. 따라서 생의 의의를 느끼고 원수와 싸울 수 있을 것입니다."

창세는,

"고맙습니다."

하고 머리를 숙였다. 참으로 고마운 것 같았다. 불안과 공포와 절망 속에 쌓여 있는 자기에게도 생의 의의를 느끼며 살아 나갈 길[出路]이 있다는 말이 이때까지의 고민을 시원하게 씻어 주는 것 같기도 했다.

그래서 창세는 다음 날부터 소위 학습이라는 공산주의 강의를 열심히 듣기로 했다. 공산주의건 무엇이건 자기의 절망을 잊게 하고 생의 공적을 느끼게 해 주는 것이 있다면 그것을 붙잡아야 할 것 같았기 때문이었다.

생을 긍정하지 못한다면 생을 부정해야 할 것이지만 자기는 그 부정도 철저하게 못하고 있다. 절망을 느끼면서도 생에 대한 애착이 무의식중에 잠재

해 있기 때문이다. 그렇다면 어떠한 방법으로든 자기를 긍정하며 살 수 있는 길을 찾아야 할 것 같았다.

이렇게 생각을 하니 공산주의라는 것도 인간의 행복을 위해서 생긴 하나의 사상이라는 생각이 들었다.

소위 인민을 위한 경제, 인민을 위한 정치, 인민을 위한 문화 모두가 그럴 듯한 것 같다.

학습시간에 괴뢰 장교가,

"인민의 행복한 사회를 만들기 위해서는 인민의 적과 무자비한 투쟁을 해야 한다. 공산주의 사회의 건설을 위해서는 투쟁이 필수 조건이다."

라고 말했으나 그 말도 옳은 것 같았다. 싸우지 않고 이길 수가 없을 것이며 승리가 없이 건설이 있을 수 없을 것 같았다.

이렇게 생각하고 있을 때였다. 심사관이 창세를 불러,

"동무에게 임무를 주겠소. 반동분자를 지적해서 보고하는 임무요. 이 임무를 수행하는 것은 동무의 정신무장을 강하게 하는 일입니다."

하고 명령을 했다.

"네, 하겠습니다."

창세는 서슴지 않고 대답했다. 생의 긍정을 위하는 일이라면 무슨 일이라도 주저할 것이 없을 것 같았다.

창세는 다음 날부터 반동분자를 눈여겨 살피기 시작했다. 눈여겨 살피지 않아도 전우들 가운데는 소위 반동분자가 얼마든지 있다. 그러나 창세는 다음 날 심사관에게로 가서 교관 가운데 가끔 영어를 쓰는 괴뢰 장교를 지적했다.

국군 포로들이니까 영어를 알리라고 생각했던지 학습시간마다 영어 단자를 섞어 가며 유식한 척 뽐내는 어떤 교관을 생각해 냈던 것이다. 심사관은,

"수고했소. 매일 최소한도 한 가지씩 보고하시오."

하고 악수를 했다.

창세는 다음 날 보고할 재료를 생각하며 돌아왔다. 몇 번만 보고를 계속하면 그들이 자기를 신용하고 자기에게 그야말로 출로를 열어 줄 것 같았다.

　첫날에는 차마 전우를 밀고할 수 없었지만 다음 날부터는 같은 전우라고 해도 심상치 않을 것 같았다.

　그러나 전우 가운데서도 누구부터 고를 것인가 생각하고 있을 때 비판대회가 있다고 하여 소집명령이 내려졌다.

　모두들 모였다. 그리고 어떤 전우 한 사람이 앞으로 끌려 나왔다.

　반미 구국동맹에 가입치 않은 사람으로 밤마다 하느님께 기도를 드렸다는 것이 죄명이었다.

　어떤 사람이 나서서 그의 반동성을 지적하는 연설을 했다. 종교는 계급의식을 말살시키는 인민의 아편이라고 열심히 떠들 때였다. 바로 옆에 앉았던 전우가,

　"어떤 놈이 또 밀고를 했군. 일전에는 병들어 밥 못 먹는 사람을 자살할 계획으로 밥 안 먹는다구 밀고해서 죽이드니……."

하고 눈살을 찡그렸다.

　비판대회의 결과 종교를 믿는다는 전우가 삼 년 징역의 언도를 받았다.

　언도가 내려지는 순간 창세는 그만 자기도 모르게,

　"빌어먹을 거. 혼자서 기도하는 것두 죄가 된담!"

하고 혼자서 중얼거렸다.

　남에게 종교를 권유했다면 그것은 모를 일이다. 그러나 남모르게 혼자서 종교심을 가진다는 것은 아편도 될 일이 아니며 반동도 될 것 같지 않았다. 생의 의의를 잃고도 생을 긍정해 보려는 노력을 가진다는 것은 물에 빠진 사람의 발버둥질과도 같은 것이 아닌가.

　다음 날 아침 조반을 먹고 난 때였다. 영어를 섞어 쓰던 교관이 창세를 불러 내었다. 교관은 창세를 으슥한 곳으로 끌고 가자 다짜고짜로 따귀를 후려갈기며,

　"이 개새끼야. 죽지 못해서 입을 놀리구 다니니?"

하고는 함부로 차고 때렸다. 얼마를 얻어맞았는지 모른다. 사지가 오그라지는 것같이 매를 맞았을 때 교관이,

　"다시 아가리를 놀렸다 봐라. 귀신두 모르게 죽여 줄 테니……."

하고 창세를 돌려보내려 했다. 창세는 분함을 참지 못해,

　"당신네들이 시키구는 왜 때리는 거요?"

하고 교관에게 달려들기나 할 듯이 말했다.

　"허랑말코 같은 새끼. 무슨 잔수작이야."

　교관이 다시 걷어찼다.

　"한편에서는 밀고를 하라 하구 한편에서는 밀고를 했다구 때리믄 우린 어떡하란 말입니까?"

　"개새끼 같으니, 밀고하믄 며칠이나 더 살 줄 아니?"

　그 말에야 창세는 대답을 못했다.

　밀고하면 며칠이나 더 살 줄 아느냐 하는 말이 그만 그의 입을 막아 버린 것이었다.

　창세는 힘없이 돌아와서는 심사관을 찾아갔다. 심사관은 또 무슨 밀고나 있는가 해서 의자를 권하며 담배를 내주었다. 그러나 창세는 담배도 받지 않고,

　"이제는 아무것두 보고하지 못하겠습니다. 보고를 했다가 죽을 뻔했습니다."

하고 맞은 자리를 보여 주었다.

　심사관은 벌써 누구에게 맞았다는 것을 알고 잠시 눈을 찡그렸으나 앞으로는 절대 그런 일이 없을 것이라고 장담했다. 자기가 보장을 할 테니 걱정 말고 보고를 하라 했다.

　"밀고 같은 일을 안 하구 공산주의자가 될 수는 없습니까?"

　창세는 밀고하면 며칠이나 더 살 줄 아느냐 하던 말을 생각하며 물었다. 며칠이나마 더 살아야 하겠다는 추한 인상을 주는 일만은 하고 싶지 않았던 것이다.

　"그것은 투쟁력이 약하다는 것을 증명하는 거요. 반동과는 무자비하게 싸워야 하는 것이 공산주의요. 싸우지 않고 공산주의자가 되겠다는 것은 가장 위험한 회색분자의 생각이오."

　"없는 죄를 크게 꾸며 밀고하는 것은 죄악이 아닙니까?"

“그런 말을 자꾸 하는 것두 반동이오. 회의를 품고 조직을 혼란케 하는 것은 반동 가운데도 가장 무서운 반동이오.”

창세는 더 말할 필요가 없음을 느꼈다. 말이 길면 길수록 자기는 반동으로 몰리기만 할 것 같았다. 그래서 아무 말 없이 도로 나오려고 할 때 심사관이,

“그래 임무를 계속해서 수행할 테야, 안 할 테야.”

하고 반말로 위협을 했다.

“하겠습니다.”

이렇게 대답을 하고 나왔으나 창세는 다음 날까지 아무런 밀고도 하지 못했다.

며칠이나 더 살 줄 아니 하던 말이 머리에서 사라지지가 않아 차마 밀고할 용기가 나지 않았다.

자기 혼자만의 삶을 긍정하기 위하여 남을 해친다는 것은 삶을 긍정하는 것이 아니라 생명에 대한 하나의 자멸적(自滅的) 행동일 수밖에 없다. 자멸도 아름다운 자멸이 아니라 비겁하고 추하고 경멸받을 자멸이다.

창세는 수용소 뜰을 혼자서 거닐고 있었다. 자멸할 바에야 더러운 것이 아니라 아름다운 자멸을 생각해 내고 싶었던 것이다.

그러나 자멸이 자살보다도 더 부정적이라는 생각이 머리를 스치고 지나갔다.

자살은 살아 있는 사람과 자기와의 관계를 어떠한 형태로라도 강력하게 맺어 보려는 말하자면 생명에 대한 하나의 절규(絶叫)다. 그러나 자멸은 자기 학대에서 오는 완전한 자기 부정이다. 부정보다도 한 걸음 나아가 생의 말살을 의미한다.

이런 것을 생각하며 뜰을 거닐고 있을 때였다.

묶여서 산으로 끌려가는 사람이 멀리 보였다.

창세는 눈을 크게 뜨고 묶여 가는 사람을 살펴보았다. 옷차림으로 보아 국군 포로가 아니었다. 괴뢰군 가운데서도 졸병은 아니었다.

얼굴은 보이지 않았으나 자기를 때려 주던 장교임에 틀림없었다.

창세는 가슴이 뜨끔했다. 학습시간에 영어를 썼다는 것, 그리고 자기를 때려 주었다는 것. 그 밖에도 다른 중한 죄가 있기에 끌려가는 것이라는 생각이 들기는 했지만 그래도 자기 때문에 죽게 된 것 같이만 생각되었다.

따라서 적에게 죽음을 당하는 사람이라면 반드시 자기와는 동지였을 것이라 생각했다. 다른 것은 몰라도 생의 위협을 받고 살아 왔다는 점에서만은 동지임에 틀림없었다.

"동지를 죽이다니……."

창세는 그만 서 있던 자리에 주저앉고야 말았다. 태양이 머리 위에 뒹굴어 떨어지는 것 같았다.

그리고는 총소리가 들릴 시간을 하나 둘 셋 하고 속으로 세기 시작했다. 열도 세기 전에 총소리가 들려 올 것만 같았다. 사실은 열도 세기 전에 총소리가 들려 올 것을 기다렸는지도 모른다.

"자멸!"

창세는 자멸 이외에 달리 출로가 없음을 느꼈다. 총소리가 들리는 순간은 결국 자기가 자멸하는 순간이다. 자멸할 바에야 한초바삐 자멸하고 싶었다.

그러나 오랜 시간이 지난 뒤에야 여음도 없는 총소리가 돌로 돌을 때리듯 하는 소리를 내고 사라졌다.

다음 날 아침 창세는 심사관에게 불려갔다.

그 동안의 언동이 틀림없는 반동이었는데 며칠 전 종교를 믿는 사람의 비판대회에서 혼자 중얼거린 말은 더구나 방치해 둘 수가 없는 일이라고 하여 비판대회에 걸렸다는 것이었다.

오후 창세는 비판대회에 회부되었다. 이미 자멸해 버린 자기인 만큼 비판대회에 걸리건 사형을 당하건 문제가 될 것은 없었다.

그러나 자기 때문에 죽은 교관의 얼굴이 눈앞에 떠오르며,

'밀고를 하면 며칠이나 더 살 것 같으냐?'

하던 말이 살아서 자꾸만 귓속에 들리는 것 같아 견딜 수가 없었다.

어떤 사람이 일어섰다. 자기의 반동성을 지적하려 함이리라.

창세는 일어선 사람이 입을 열기도 전에 벌떡 일어나 고함을 지르듯 목청

을 돋구어 부르짖었다.

"밀고를 하면 며칠이나 더 살 것 같으냐? 응. 남을 죽이므로 자기가 살려는 놈은 자멸하구야 만다. 자멸하구야 말아. 공산주의는 인간을 자멸하게 만드는 사상이야. 그것두 모르구 밀고를 해? 나는 죽어두 좋다. 이미 자멸한 사람이니까……."

이런 말을 한 지 몇 시간도 안 되어 수용소 뒷산에서 돌로 돌을 때리는 듯하는 총소리가 또 한 번 멀리 들려 왔다.

(원)《현대공론》 1954. 5.

고호(古壺)

"늦었어요. 빨리 일어나세요."

아내의 두 번째 독촉이었다. 조금 전 처음 깨울 때는 못 들은 척 내버려 두었지만 두 번째 깨우는 목소리에는 눈살이 찌푸려지며 무어라고 야단을 쳐 주고 싶었다. 그러나 야단을 치자면 우선 잠이 완전히 깨고야 말 자기의 손해를 생각할 때 만호(滿湖)는 두 번째도 못 들은 척하는 수밖에 없었다.

눈을 지그시 감고 이불을 뒤집어썼다. 아내뿐 아니라 밥상을 둘러싸고 재갈거리는 어린애들 말소리까지도 듣지 않으려는 것이었다. 잠이 쏟아지는 것 같았다. 따라서 밤새 잔 잠은 자기도 모르게 잔 잠이지만 이제부터 자는 잠은 깨처럼 고소할 것을 느끼면서 잘 수 있는 잠일 것 같았다.

두부 장수, 새우젓 장수, 채소 장수들의 야단스런 목소리가 구진 장난꾸러기 골리는 소리처럼 고막 속으로 연거푸 들어왔으나 못 들은 척 어슴푸레 잠이 들려고 할 때였다.

"남들은 출근부에 도장을 찍기 시작했겠는데……."

하는 소리가 들림과 동시에 물에 젖은 아내의 찬 손이 만호의 피부를 섬찟 놀라게 했다.

"내버려 두지 못해?"

만호는 돌쳐 누웠다.

"또 도장을 못 찍으면 어떡해요?"

아내가 이번에는 이불 속으로 들어왔다. 악착같이 깨우려는 모양이었다.

"나가지 못해? 도장 찍으려구 사는 사람인 줄 알아?"

"늦으면 또 내 탓할 게 아니예요. 빨리 일어나세요."

아내가 찬 손으로 만호의 손목을 붙잡았다. 귀찮은 생각으로는 한 대 갈기고 싶기까지 했으나,

"일어날게. 먼저 나가."

하고 아내를 달래 내보낼 수밖에 없었다. 믿음직스럽지가 않은 것 같으면서도 다시 부엌으로 나가는 아내를 보자 만호는 다시 또 눈을 감았다.

이미 잠은 지나갔다. 잠이 올 것 같지는 않았으나 그래도 눈을 감고 있을 때,

"정 안 일어나세요?"

하는 아내의 목소리가 밖에서 들려 왔다. 이불 속에 들어오는 것이 아니라 그보다 좀더 심한 수단으로 깨울 기세 같았다. 만호는 할 수 없이 일어나고야 말았다. 변소엘 가고 세수를 하는데도 아내는 빨리 하라는 소리를 연발했다. 조반을 먹을 때도,

"시계를 좀 보세요. 이왕 출근할 바에야 눈치를 살피며 불쾌한 출근을 하실 게 뭡니까?"

하고 훈시조로 나왔다.

만호는 못 들은 척했다. 매일처럼 겪는 일을 가지고 신경질을 낼 수도 없었다. 더구나 시간만 늦으면 출근부를 치워 버려 도장도 찍지 못하게 하고 때로는 편집국장의 짜증까지 들어야 하는 출근시간의 어지러운 광경에 비하면 아내의 설교쯤 문제가 아니었다.

조반을 먹고 신문사로 걷기를 시작한 만호는 이미 지각을 한 것이니까 급하게 걸을 것이 없다는 생각을 하면서도 신문사가 점점 관료화해 가는 데 이마를 찌푸렸다.

출근이 조금 늦는다고 해도 그 날에 취재할 기사를 취재해서 제 시간에 신문만 나오도록 하면 그뿐이 아닐 것인가?

신문기자 쳐 놓고 그만한 책임감도 없는 사람이 어디 있을 것인가? 사장

은 사장대로, 국장은 국장대로 모두 권리의 행사만 생각하고 있는 현상이라고밖에 해석하고 싶지가 않았다. 사람의 행동을 구속한다는 것은 결국 사람의 마음을 불안케 만드는 것이 아닌가? 자기 자신에게 불만을 가질 때는 모든 일에 불평을 품게 되는 법이다. 만호는 모든 것을 불평의 대상으로만 보는 버릇이 있다. 그렇기 때문에 신문사에 발을 들여 놓을 때 시계도 들여다보지 않았다. 얼마나 늦었는지 그것도 알 필요가 없었던 것이다.

수부에 출근부가 놓여 있는지 이미 어디로 가져가 버렸는지 그것도 살피지 않았다.

설사 아직 출근부가 남아 있다 해도 도장 찍을 생각이 들지가 않았던 것이다.

편집실에 들어섰을 때 국장 이하 모든 기자가 출근해 있고 자기만 늦은 것을 알았지만 만호는 그것도 모르는 척했다. 지각을 했지만 미안하다는 표정도 짓지 않았다. 불평에서 오는 반항의식이었다.

어찌된 일인지 국장도 동료들도 그의 지각에 대해서 누구 하나 입을 벌리지 않았다. 불행중 다행이라고 생각했다. 만약 누구라도 지각에 대해서 입을 열기만 하면 가만 있지 않을 생각이었던 것이다.

잠시 후 만호는 자기의 출입처인 S경찰서로 나갔다. 기사를 취재하기 위해서 사찰계와 수사계를 차례차례 돌고 있을 때, 만호는 어떤 청년의 자살 사건 이야기를 들었다.

약혼한 여자와 결혼을 하려고 했으나 결혼 비용이 없는 것을 비관하여 목을 매어 죽었다는 이야기였다.

그래서 그 기사의 내용을 수첩에 기록하였다가 신문사로 돌아와 간단한 기사를 썼다. 자기의 기사를 크게 취급하도록 노력하는 것이 일선 기자의 직업의식이기는 하지만 사건이 사건인 만큼 만호는 1단이나 2단짜리 기사라고밖에 생각지 않고 그 기사를 간단히 처리했다. 그러나 사회부장이 그 기사를 보고 편집국장과 이야기를 하더니 만호를 불러 그 기사를 그 날 신문 사회면의 톱기사로 실리도록 좀더 자세하게 쓰라고 말했다. 만호는 참으로 의외였다. 그러한 기사를 톱으로 낼 가치가 있다고는 조금도 생각지 않았기 때문이었다.

"그렇게두 기사가 없습니까?"

그때 사회부장이,

"기사가 없는 게 아니라 그것이 제일 중요하니까 그렇지요. 선거 때문에 얼마 동안 딱딱한 것만 위에 올렸으니까 한 번 그런 걸 올려 실읍시다."
하고 설명을 했다.

만호는 자기의 기사가 위로 오른다는 것이 불쾌하지는 않았다. 그러나 공연히 거슬러 보고 싶은 마음이 들어,

"신문의 위신이 꺾이지 않습니까? 톱기사란 최소한도 국민 전체에게 플러스될 만한 것이라야 하지 않아요?"

"신문이 팔려야 한다는 것두 생각해야지오."

"그럴 바에는 에로 기사를 싣지요.."

사회부장은 대답을 않고 편집국장에게로 갔다. 만호가 편집국장에게 불려가는 것이라 생각하고 있을 때 과연 편집국장이,

"김 기자! 좀 오시오."
하고 불렀다. 만호는 편집국장과 싸우게 되어 신이 난다는 듯이 싸움을 걸러 가는 사람처럼 발소리를 크게 내며 뚜벅뚜벅 걸어갔다.

"김 기자는 어째서 부장님 말을 듣지 않소? 신문에 대해서는 부장이 김 기자보다 더 잘 알 텐데……."

편집국장이 위엄 있는 어조로 말했다.

"신문을 알고 모르는 게 문제가 아니겠지요. 국민을 생각하는 각도가 문제되리라 생각합니다."

만호는 언성을 높여 날카롭게 대답했다.

"신문학 강의는 김 기자한테 배우지 않아두 알 수 있으니까 그만두시오. 좌우간 기사를 한 번 다시 쓰시오. 시간이 없으니까 빨리 ── ."

"못 쓰겠습니다. 기자의 양심을 살려 나가실 분이 오직 국장뿐이실 텐데 양심을 죽이라 강요하시는 이유를 모르겠습니다."

"김 기자는 협조 정신이 부족해. 이론은 그만두고 협조를 좀 하시오."

"협조란 동감할 수 있을 경우에만 있는 일이 아닙니까?"

"그럼 다시 못 쓰겠단 말이오?"

"안 쓰는 게 사(社)를 위해서 좋을 것 같습니다."

"그만두시오."

국장은 부장에게 다른 기자를 시켜서 경찰서에 가도록 명령했다. 만호는 마음대로 하라고 내버려 두었다.

몇 시간 뒤에 나온 신문에는 역시 젊은 사람의 자살사건이 4단으로 맨 꼭대기에 올라가 있었다.

"개똥 같은데——."

만호는 그 자리에서 사표라도 제출하고 싶었다. 그래서 동료 기자들에게,

"이게 신문야?"

하고 신문을 내던졌다.

"팔리지 않는 신문이니까 그렇게 해서라두 좀 팔아야지."

"그렇다구 팔리기나 하나?"

"좀 팔릴지두 모르지!"

"그럼 에로 신문을 만들 게 아닌가!"

다른 사람들까지 들리도록 떠들썩하고 있을 때, 어떤 늙은 할아버지가 보따리 하나를 들고 왔다.

"편집국장님 계십니까?"

무엇을 하는 사람인지는 알 수 없었으나 말하는 품이 몹시 점잖았다. 옷도 한복이지만 단정하게 입은 것이 옛 선비 같은 감을 주었다.

"저기 계십니다."

노인은 기자들이 손가락질하는 데로 국장 앞에 가서 굽실 허리를 굽힌 뒤 보자기를 풀기 시작했다.

"집의 보물로 지니구 있던 것이지만 할 수 없이 가지구 나왔습니다. 보시구 쓰실 만한 게 있거든 사 주십시오."

노인이 이렇게 말하며 내놓은 물건이란 고려자기들이었다. 조그마한 항아리와 술병 한 개였다.

노인이 물건을 펼쳐 놓자 기자들까지 그 옆으로 모여들었다. 각기 고려자기를 쳐들어 보고 얼마냐 물었다.

"글쎄 내가 값을 말할 수 있습니까? 사실 분들이 말씀하셔야지……."

확실히 장사꾼이 아닌 것 같았다.

사건 안 사건 값이라도 알고 싶어하는 구경군들의 심리를 무시하고 끝까지 값을 말하지 않았다.

만호는 값이 싸면 한 개쯤 사도 무방하다고 생각했다. 자기 집에도 아버지에게 물려받은 옛날 서화와 자기(磁器)가 약간 있다. 자세한 것은 몰라도 그것이 가치 있는 것이라는 것쯤은 알고 있다.

"이거 천 환에 주시겠소?"

만호는 항아리를 집어 들고 따졌다. 그때 노인은,

"천 환이라야 쌀 두 말 값밖에 더 됩니까? 천여 년 전의 우리 조상들이 이런 것들을 만들던 그 갸륵한 마음을 생각하면서 보아야 할 물건입니다." 하고 천 환이란 말도 안 된다는 것처럼 말했다.

"오래 전 것이니까 그만큼 드리려는 거지, 요새 것이라면 누가 천 환을 줍니까?"

"오래 전 것이라구 값이 나가는 것은 아니지오. 그 항아리를 보십시오. 생김새가 둥그렇지 않아요. 보통 둥그런 물건과 맛이 다른 것입니다. 얼마든지 크게 볼 수 있는 둥그러미입니다. 그리고 그 주둥아리를 보십시오. 끝이 퍼진 게 무한하게 넓은 것을 말하는 것입니다. 하늘까지 안을 것처럼 넓게 뻗을 수 있는 주둥아리입니다. 즉 사람의 마음을 말하는 것입니다. 넓고 큰 마음—— 그런 것을 생각하면서 자기를 만든 선조들의 마음씨를 알아야 합니다."

"값을 올리려구 별 말씀을 다 하시는군요."

"값을 더 받으려구 하는 말은 아니오. 고대의 우리 선조들이 생각하던 것을 우리들이 너무 잊어버리구 있는 것 같아서 하는 말이오."

"어쨌든 얼마를 받으실 생각입니까?"

그때 노인은 한참 동안 말을 안 하고 눈을 섬벅거렸다. 받을 값을 똑바로

말해 보라고 만호가 다시 독촉할 때야,

"그만둡시다. 팔지 않으렵니다."

하고 자기를 보자기에 싸기 시작했다.

"가져오셨던 걸 흥정해서 파실 거지 도로 가져가실 게 뭡니까?"

편집국장이 이해할 수 없는 일이라는 듯이 물었다.

"차라리 굶는 게 나을 것 같소이다. 조상의 마음을 팔아 먹어서야 되겠소."

"가지구 오실 땐 그런 걸 생각지 않았습니까?"

"돈이 눈을 가렸던가 보우."

노인은 들고 나왔던 자기 자신을 후회하는 듯 비장한 얼굴을 지었다. 꼭 사고 싶어하는 사람이 없었던 탓이겠지만 물건을 도로 싸 가지고 가는 노인을 붙잡는 사람도 없었다.

만호는 이상스런 노인도 다 있다는 정도의 생각을 하고 동료 한 사람과 같이 신문사를 나와 어떤 다방으로 갔다. 다방에 들어가 앉자 만호는 벽에 홈을 파고 거기에 올려놓은 옛날 구리 항아리를 발견했다. 바로 자기가 기대고 앉은 벽이었기 때문에 일어서기만 하면 만질 수도 있었다.

만호는 조금 전의 노인 생각이 나서 주먹보다 조금 커 보이는 그 구리 항아리를 집어 탁자 앞에 놓았다.

파랗게 녹이 슨 항아리가 어젯적 것인지 모르지만 상당히 오래된 물건임에는 틀림이 없었다.

역시 주둥아리가 퍼진 것이 무궁과 무한을 말하는 것같이 보였다.

구리로 만들었으나 그 선(線)의 부드러움이라든가 형태의 균형미라든가가 완성된 예술품처럼 생각되었다.

만호는 고대 예술품의 예술적 가치를 감상할 줄은 모른다. 그러나 조금 전의 노인이 고려자기를 가지고 조상들의 옛 정신을 말해 주었을 때, 만호는 고대 예술품이 허술한 것이 아니라는 것을 느꼈다.

그리고 고려자기를 팔러 나왔던 자기를 후회하면서 '조상들의 마음을 팔아 먹어서 되겠소' 하며 조상을 팔아 먹는다는 말을 쓰던 노인의 비장한 얼

굴이 옛 물건을 존경의 눈으로 보도록 만들어 주었다. 삼십이 넘도록 살아
오며 한 번도 생각지 못했던 일이었다. 처음으로 조상을 존경하는 마음을
가진 자기가 자랑스러운 생각도 들었다. 만호는 눈앞에 있는 구리 항아리가
무한한 가치를 지닌 보물처럼 취급하고 싶었다. 현대 예술가가 만들 수 없
는 민족의 깊고 넓은 마음을 보여 주고 있는 것이라 생각하고 싶었다.

만호는 그 구리 항아리가 탐스러워 손으로 자꾸만 쓸어 보았다.

'팔지 않을까?'

혼자 이런 생각도 했다. 팔기만 하면 어떻게 해서라도 사고 싶었다.

그러나 다방을 경영하는 사람이 그만한 돈이 아쉬어 골동품을 팔리라고
는 생각되지 않았다.

팔라는 말도 해 보지 못하고 집으로 돌아왔다.

집으로 돌아온 만호는 아무데나 놓아 두었던 골동품들을 모아 책상 위에
소중스레 진열했다. 그리고 몇 시간이고 그것들을 바라보았다.

물 주전자, 항아리, 꽃병 이런 것들을 몇 시간이나 바라보았다. 보면 볼수
록 그 속에 어떠한 세계가 숨어 있는 것 같기도 했다. 그리고 조상들이 그런
물건을 만들 때 하나의 상품을 만든다는 상업적 의욕에서가 아니라 하나의
아름다움과 마음의 평화를 창조하려는 의욕에서 만들었으리라는 생각이 들
었다.

다음 날부터 만호는 구리 항아리가 있는 다방엘 매일처럼 다녔다. 살 수
는 없다 해도 바라보기만이라도 하고 싶었던 것이다. 그리고는 일찌감치 돌
아와서 집에 있는 고려자기들을 즐기는 것이었다. 이상스러운 일이었다. 고
려자기에서 영원한 아름다움과 영원한 평화를 느껴서 그런지 그는 성격처럼
품고 있던 불평과 반항을 내버릴 수 있었다.

그런 뒤로부터는 아침 출근도 남보다 늦지가 않았다. 아내가 깨우기 전에
일어나 조반을 독촉할 정도로 생활 태도가 달라졌다. 자기 마음의 평화를
유지하기 위해서는 그래야만 한다고 생각했던 것이다.

어떤 날 편집국장이 만호를 불러다 세우고 그가 쓴 기사를 꼬집어 뜯을
때에도 만호는 모질게 항거하지를 않았다. 만호가 출입하는 경찰서에서 취

재해 온 기사에 대하여 편집국장이 현장을 조사하고 왔느냐 물었다.

그럴 시간이 없어서 들은 것만을 가지고 왔노라 대답했을 때 국장은 그렇기 때문에 기사가 살지를 못하고 죽었다고 하며 만호에게 기자의 자격이 없다고까지 말했다.

확실히 감정적인 언사였다. 기사가 죽었다고 말한 것은 둘째로 하고 기자 자격이 없다는 말까지 했다는 것은 만호를 모욕하는 태도라 해석하지 않을 수 없었다.

딴은 자기 행동에 성실성이 없지 않도록 노력하려는 마음에서 출근시간은 물론 기사 취재에 있어서도 전에 없던 성의를 보이려 노력하는 만호다. 그런데도 불구하고 기자의 자격이 없다는 말을 한다는 것은 말하는 사람의 인격을 의심하리 만큼 있을 수 없는 일이다. 그래도 만호는,

"미안합니다."

하고 자기의 잘못을 반성하는 태도로 나왔다. 전 같으면 감정에는 감정으로 대하여 타협을 거부했을 만호다.

그때 국장이,

"기자란 발로 활동해야 하는 거요. 발을 애껴서는 기자 노릇을 할 수 없소."

하고 위협하는 태도로 말했다.

정말 참을 수가 없었다. 모르는 일이 아니다. 마감 시간에 대기 위하여 현장을 가 보지 못했을 따름이다. 그리고 기사마다 현장을 보고 써야 한다고 하면 기자적인 센스란 어떤 때 필요한 것인가? 그러나 만호는,

"국장님의 말씀에 감정이 내포되지 않았다면 앞으로 주의하겠습니다."

하고 국장의 내심을 알고야 자기의 태도를 고치겠다는 의사를 보였다.

"감정이라니? 내가 무슨 감정을 가졌단 말이오. 기사에 대해서 잘잘못을 가리고 있을 뿐인데……."

"저더러 그만두어 달라는 것처럼 들려서 드린 말씀입니다. 앞으로는 명심하겠습니다."

만호는 그 이상 더 말을 하지 않고 국장 앞을 떠났다. 그리고는 편집실을

나와 구리 항아리가 있는 다방을 찾아갔다. 항아리에 입이 있을 리 만무하다. 귀도 있을 리가 없다. 그러나 만호는 항아리에게 무엇을 들려 주고 싶었으며 무슨 말을 듣고 싶었다.

그래서 몇 시간이고 항아리를 응시하는 것이었다. 눈도 깜박이지 않고 항아리를 바라보았다. 그렇게 보는 것으로서 자기는 항아리에게 이야기를 다 한 것이 되었고 항아리도 자기에게 이야기를 다한 것이 되었다. 마음이 후련했다. 천여 년 전의 조상들 마음이 자기 마음으로 화해 버린 것 같아 가슴이 넓어지는 걸 느끼기도 했다.

며칠 뒤 아침 출근을 하려고 할 때 아내가,

"오늘두 일찍 들어오시지오?"

하고 물었다.

"별일 없으면 일찍 오지."

만호는 무심히 대답했다.

"아니 월급날이래두 일찍 들어오시난 말이예요."

그때야 만호는 아내의 말을 알아들었다. 월급을 받고도 먹지 않고 돌아오겠느냐는 뜻이었다.

"암 들어오구 말구."

만호는 빙긋이 웃었다.

"저녁 전에 쌀을 사야겠으니까 말이예요."

아내도 생긋이 웃었지만 쌀이 떨어졌다는 사실만 알아 준다면 그뿐이라는 듯이 부엌으로 뛰어나가 버렸다. 신문사로 나가 그새 들어온 통신을 읽고 있을 때였다.

"아무래도 평화는 콧집이 글렀어!"

하고 옆에 앉아 있던 기자가 혼자 탄식을 했다.

"왜?"

만호가 묻는 말에,

"제네바 회담을 보시오. 양 진영의 타협이 있을 것 같소? 소련의 침략정책이 없어지지 않는 한, 외교회의란 결국 연극을 꾸미는 하나의 무대밖에 지나지 않을 것입니다. 제네바 회담을 앞두고 디엔·비엔·푸를 함락시켜 놓았으니 인도지나 정전안을 제출한 소련의 의도가 진정으로 인도지나의 평화를 위한 것이라 해석할 수 있습니까? 우리가 죽기 전에 평화라는 것을 볼 수 있을는지……."

만호는 한참 동안 말을 안 했다. 그리고 제네바 회의와 세계 평화의 관련성을 생각해 보았다.

제네바 회의에 참석한 국가들은 세계 평화의 열쇠를 쥔 나라들임에 틀림없다. 또 그들이 모인 것도 세계 평화를 모색하기 위한 것임에 틀림없다.

그러나 제네바 회의가 세계 평화를 이룰 수 없는 것 또한 명백한 사실이다. 세계 평화를 달성하겠다는 의욕보다도 평화 달성의 의욕이 있다는 제스처를 보이기 위해 모인 데 지나지 않는다.

일을 저질러 놓은 뒤에 정전이니 평화니 하는 소련의 정책은 누에가 뽕잎을 뜯어 먹다가 한잠을 자려는 것과 조금도 다름이 없다. 평화를 가장하면서 살을 찌우게 하는 잠이 필요한 것이다. 아주 자라서 고치를 만들 때까지에는 적어도 네 번 다섯 번의 잠을 자야 한다. 그러니 살을 찌게 하기 위하여 잠시 잠을 자려는 누에와 같이 어찌 영원한 평화를 맺을 생각인들 할 수 있을 것인가?

불가능한 일을 가지고 가능한 것처럼 생각하려는 것은 결국 불안성을 지속하는 결과밖에 만들지를 못할 것이다 균형이라는 것도 있을 수 없다. 균형이란 세력의 안정을 말하는 것인데 살을 비대케 하기 위하여 일시적 휴식을 필요로 하는 세력과 어찌 균형인들 지을 수 있을 것인가?

그러니 결국은 세력의 불안정과 정신적 불안이 그칠 줄 모를 뿐 아니라 그것들이 점점 더 조장될 뿐이다.

만호는 죽기 전에 평화를 볼 수 없을 것 같다는 정치부 기자의 말에,

"정말 큰일입니다. 안정성이 위협을 받는 동안 인류의 불안과 고민이 그치지 않을 테니……."

하고 한숨을 지었다.

"그러니 불안과 고민이 계속되는 한 사회의 무질서나 혼란이 그치지 않

을 것 아닙니까? 정말 세계적 평화가 빨리 와야겠습니다."

"사실입니다. 그러니 자유 진영의 지도적 역할을 하는 나라들이 인류 평화에 대한 책임을 어떻게 지려는지 걱정이죠."

"그렇지만 세계적 불안 가운데서도 정신적 안정을 구할 수는 없을까요?"

"글쎄요. 힘든 문제 같습니다. 원칙적으로는 곤란하겠지요. 그렇지만 사람에 따라서는……."

만호는 그만 말을 중단해 버렸다. 방법이 없지도 않을 것 같으나 그렇다고 해서 구체적인 말을 할 만한 자신도 없었던 것이다.

그리고 종일 이야기만 하고 앉아 있을 수도 없어서 그 뒤에는 기사 취재를 하노라고 뛰어다니었고 외근에서 돌아와서는 취재한 기사를 쓰노라고 붓대를 골똘히 움직였으나 결론을 내지 못한 세계적 불안이란 상념이 머리에서 떠나지 않아 그는 종일토록 우울 속에 사로잡혀 있었다.

월급만 아니라면 기사만 써 놓고 구리 항아리가 있는 다방에라도 갈 수 있으련만 월급을 받지 못했으니 일이 끝난 뒤에도 편집실에 앉아 있지 않을 수 없었다.

월급을 기다리기 위하여 밖에도 나가지 못한다는 것이 그의 우울을 더욱 무겁게 했다.

오후 네 시가 지나서야 월급이 나왔다. 선불을 빼고 나머지가 만 환도 채 못 되는 월급이었으나 그 월급을 눈이 빠지게 기다리고 있을 아내도 생각지 않고 만호는 그만 구리 항아리가 있는 다방부터 찾아갔다.

구리 항아리를 보기만 하면 우울이 저 혼자 사라질 것 같은 마음이 들었기 때문이었다. 다방에 들어서기가 바쁘게 구리 항아리가 놓여 있는 벽으로 눈을 돌렸다. 그러나 어쩐 일인지 언제나 놓여 있던 그 자리에 항아리가 놓여 있지 않았다.

다른 자리로 옮겨 놓았나 해서 사면의 벽을 모조리 찾아보았지만 끝내 구리 항아리를 발견할 수가 없었다.

꼭 있으리라고 생각했던 애인이 어디를 가고 없을 땐들 그렇게까지 섭섭지는 않을 것이다.

만호는 애인을 잃은 듯한 감정에 사로잡혀 몸의 기운이 쏙 빠지는 것을 느꼈다. 아무 자리에 되는대로 앉았다. 그리고는 다방 마담을 불러서 그 구리 항아리를 어떻게 했느냐고 물었다. 그러나 마담이,

"도적을 맞았답니다. 차 마시러 왔던 손님이 가져간 것 같아요. 꼭 그것만이 없어졌거든요."

하고 말할 때 만호는 더욱 실망을 느끼고 말았다.

그럴 바에는 자기가 도적질할 걸 하는 생각까지 들었다.

아수하고 분한 생각에 한참 동안은 말도 나오지 않았다.

"세상에는 성경 도둑놈두 있다더니 그걸 도둑하는 놈두 있담!"

잃어버린 주인보다 더 흥분한 태도로 말했다.

"갖다 팔면 돈 만 환은 착실히 받을 거예요."

마담은 물건이 지니고 있는 내용보다도 상품적 가치만을 생각하는 모양이었다.

"그럴 줄 알았더면 나한테 팔라구 말이나 해 볼 걸 그랬군요."

만호는 마담의 대답도 듣지 않고 다방을 뛰어나왔다.

그리고는 고물상을 뒤지기 시작하는 것이었다. 그새 고물상에 나왔으면 자기가 사리라 생각했기 때문이었다. 그러나 몇 군데를 뒤져도 그 항아리는 나오지가 않았다. 단념하지 않을 수 없었다.

그 대신 만호는 마음에 드는 고려자기 하나를 발견했다. 키다린 대접인데 그 빛깔이 비취 그대로였다. 맑은 빛깔이었다. 그런 데다가 상감(象嵌)으로 국화와 모란이 곱게 그려져 있었다. 한편 모퉁이가 깨어지기는 했으나 고려자기 가운데서도 일품(逸品)에 틀림이 없었다.

천 년 만 년이 가도 변할 것 같지가 않았으며 만 년 십만 년이 가도 그 가치가 떨어지지 않을 것 같았다. 집에도 고려자기 몇 개가 있지만 그것을 꼭 사야겠다는 마음이 들었다.

만호는 얼마냐고 물었다. 그러나 그 값은 자기가 그 날 받은 월급보다 많았다. 이만 환이라는 것이었다.

만호는 자기가 가진 돈으로 살 수 있을 만큼 값을 깎아 보려 했다.

그러나 얼마 전에 신문사에 와서 고려자기를 팔려 하다가 도로 가지고 간 노인이 문득 생각키워 만호는 깎자는 말을 차마 못했다. 순전한 장사치니만큼 노인과 같지 않을 줄 알면서도 자기 마음에 꼭 맞는 것을 가지고 에누리하자는 말을 할 수가 없었다. 조상의 마음을 팔아 먹어서야 되겠소, 하던 노인의 말이 머리에 떠오르기도 했고……. 만호는 있는 돈을 다 주고 나머지 모자라는 것은 내일 가져다 주겠다고 한 뒤, 그 대접의 매매계약을 하려고 했다.

그러나 현금을 세고 난 고물상 주인은 물건을 가져가도 좋다고 말했다. 그런 물건을 사 가는 분이 신용을 안 지키지 않을 것이라고 했다. 만호는 고마운 마음에 대접을 들고 고물상을 나왔다. 장사는 장사지만 이런 물건을 파는 장사꾼은 역시 보통 장사꾼과 다르다는 것을 느꼈다.

만호는 그 대접을 자기 책상 위에 올려놓고 바라보고 싶은 마음에 걸음을 빨리했다.

그러나 집에 이르자 아내가 손을 내밀 때 만호는 아차 하고 혀를 찼다. 쌀을 사야 한다던 아내의 말을 잊어버리고 있었던 것이다. 만호는 헤식은 웃음을 웃을 수밖에 없었다.

"싱겁게 누가 웃으랬어요?"

아내가 빨리 돈을 내놓으라고 손을 내민 채 만호의 얼굴을 쳐다보았다.

만호는 할 수 없이 사 가지고 온 대접을 아내의 손바닥 위에 올려놓았다.

"이게 뭐예요?"

"고려자기."

"고려자기니 어떻게 하라는 말이예요?"

"좋다는 말이지. 봐! 얼마나 좋은가. 어디서도 살 수 없을 거야."

"집에는 이런 게 없어서요."

"있어두 이것하군 달라. 천 년 전의 물건이야. 얼마나 맑구, 얼마나 깨끗하구, 얼마나 아름다워. 우리 조상들은 이런 걸 사랑했단 말야. 얼마나 위대해? 여기는 정신의 불안두 없어. 영원한 아름다움만이 깃들어 있어."

"그런 소린 그만두시구 돈이나 내세요. 저녁밥 지을 쌀을 사 오게……."

"그런 건 외상으로 사 와. 외상으로 사 놓을 수 있는 건 외상으로 사 놓
아두 되지 않아. 그러나 이건 외상으로 살 수가 없었어……."

"………."

아내는 외상 쌀을 사러 가는 모양이다. 기운 없이 대문 밖으로 나갔다. 그
러나 만호는 방 안으로 들어와 사 온 고려자기를 책상 위에 올려놓고 시간
이 가는 줄도 모르고 그것만을 바라보고 있었다.

(원)《신천지 65》 1954. 7, (출)『한국단편문학전집 6 고호』 정음사, 1964.

금반지

철의 삼각지라고 불리고 있는 피아간의 요충지대인 바로 금화산(金化山) 밑에서 그 기나긴 전투를 겪으면서도 그 늙은 모자는 어디로든 피난해 나갈 생각은 안 했다.

어떤 지대에서보다도 전투가 오래 계속되었다. 잠시 중단되는 때가 있기도 했지만 얼마 안 있어 또 대포소리가 금화산을 뒤덮어 놓곤 했다.

대포소리가 터져나올 때마다 신(申) 영감의 삼간초옥이 금시 무너질 듯 흔들거렸지만 신 영감과 그의 어머니는 자기들이 대포알에 맞아 죽으리라고는 생각지 않았다.

하기야 처음 얼마 동안은 대포소리에 놀라지 않은 것도 아니지만 얼마 지나는 사이에 대포알이 그들을 죽이러 날아오지 않음을 알았다.

그들의 집이 금화산 밑에 있다고 해도 평양과 강원도와 서울로 나가는 세 갈래 신작로에서는 상당히 멀리 떨어져 있었다. 그 중에서 강원도 방면으로 가는 신작로가 가장 가깝기는 했지만 거기서도 약 삼 마장 길이고 길을 걸어 깊은 골짜기를 지나 산허리로 한참 올라가야만 했다.

산허리라고는 하나 금화산 전체로 보면 산 밑이랄 수밖에 없다. 그런데다가 조그마한 언덕이 앞을 막아 놓고 있기 때문에 멀리서는 신 영감네 집이 절대로 눈에 띄지가 않았다.

그것도 몇 집이 모여 산다면 모르지만 그 근처에는 신 영감네 집 한 채밖에 집이라고는 그림자도 찾아볼 수 없다.

그런 만큼 국군이나 괴뢰군이나 할 것 없이 신 영감의 집을 발견한다는 것이 힘든 일이었지만 설사 발견한다고 해도 그 집을 목표로 해서 포격할 필요는 없었을 것이다.

가끔 국군의 수색대와 괴뢰군의 수색대가 찾아오는 일이 있기는 했지만 그들도 신 영감 모자를 보면 왜 피난가지 않았느냐고 질문하는 일이 없이 그대로 돌아가곤 했다.

칠십이 훨씬 넘은 신 영감과 구십이 훨씬 넘은 그의 어머니를 보고 피난 가지 않은 이유를 물어 본댔자 아무런 소용이 없을 것이기 때문이었으리라.

말하자면 대포가 문 앞에 떨어질 리도 없고 누가 피난 안 갔다고 트집잡을 사람도 없으니 피난갈 필요를 느끼지 않는 것도 사실이겠지만 신 영감이 피난갈 생각을 안 가진 데는 또 하나의 이유가 있었다.

그것은 어머니와 같이 살림을 시작한 수십 년 동안 그는 어디를 가나 마찬가지라는 하나의 신념 같은 것을 가지고 있었다. 일제 시대에도 그랬고 김일성 치하에서도 그랬다. 평생을 남의 덕이라고는 손톱만큼도 받지 못하고 살았다. 가난한 사람을 위주로 하는 공산주의라고 하지만 공산주의 사회가 된 뒤에도 쌀알을 구경해 보지 못하고 살았다.

뺏어 갈 것이 없는 줄 뻔히 알면서도 공연히 찾아와서 감자 한 알이라도 축을 내고 가는 것이 공산주의라는 사람들의 친절이었다. 일제 시대에도 말한 마디 듣지 않고 산을 파먹어 왔지만 농민에게 토지를 무값으로 나누어 준다면서 화전(火田) 살림하는 그들에게 몇 평을 갈아 먹느냐 또는 언제부터 갈아 먹느냐는 등 시시콜콜히 물어 보는 것은 무엇 때문일까?

말로는 해방이 되었다고 하지만 신 영감에게 있어서는 도리어 귀찮기만 했다. 그렇기 때문에 가난한 사람을 위주로 한다는 말이 없는 대한민국으로 피난을 간들 무슨 딱한 수가 있으랴 하는 생각이었다. 아무데서나 살다 죽으리라 생각했다.

사실 아무데서나 어머니와 같이 살기만 하면 그뿐이었다.

신 영감은 사십여 년 전부터 어머니 곁에서 살다 죽으리라 결심하고 있다. 어머니 곁에 있는 것만이 어머니를 걱정시키지 않는 것이라 생각했기 때문이었다. 그가 칠십이 넘도록 장가도 들지 않았고 또 딴 데로 가서 돈 벌 생각도 안 해 본 것은 오직 어머니를 위하는 마음에서였다.

삼십이 넘을 때까지 신 영감은 남사당패를 따라다녔다. 어머니가 제일 싫어하는 광대 노릇을 한 것은 일 안 하고도 먹을 수 있다는 것 그리고 돈 없이도 오입을 얼마든지 할 수 있다는 것 등등 때문이었다.

남사당을 따라다니는 동안 신 영감은 술도 많이 먹었지만 오입도 수없이 했다. 어머니가 찾아와서 몇 번이나 끌고 가려 했지만 신 영감은 어머니의 말을 들어 본 일이 한 번도 없었다. 어머니가 목을 매고 죽는다고 여러 번 나무 밑을 찾아갔지만 신 영감은 술과 계집을 잊을 수 없어 어머니의 말을 듣지 않았다.

삼십이 지나서야 어머니의 마음을 알았던지 그때는 어머니가 아무 말도 안 했는데 신 영감은 제 발로 어머니에게로 돌아갔다.

그 뒤부터는 술도 끊고 오입도 단념하는 동시 장가도 들려 하지 않았다. 장가를 들어 여편네로 말미암아 어머니를 괴롭게 한다는 것은 두 번 다시 죽을죄를 지는 일이라 생각했기 때문이었다.

그는 한 번은 죄를 지어도 두 번은 같은 죄를 지을 수 없는 것이 인간이라 생각하게 되었다.

신 영감은 사십여 년 동안 감자와 옥수수만을 먹으면서도 끝까지 어머니 곁을 떠나지 않은 것을 다행으로 여기고 있기 때문에 잘 살아 보겠다든가 안전한 곳에서 살아 보겠다는 그런 마음을 가질 필요가 없었다.

어머니가 구십이 넘도록 살아 있다는 것은 늦게나마 정신을 차리고 어머니 곁을 떠나지 않은 자기의 효성어린 마음 때문이라고 만족하고 있기 때문에 수십 년이 넘도록 살던 집을 떠난다는 것은 도리어 불길한 일을 저지르는 것 같았다.

근처에서 대포소리가 야단스럽게 나던 어떤 날 밤이었다.

어떤 사람이 주인을 찾았다. 신 영감은 깜짝 놀라 문을 열어제쳤다.

전쟁이 일어난 뒤 처음으로 집을 찾아오는 사람이었던 것이다. 그런 만큼 신 영감은 자기들을 죽이러 온 사람이나 아닌가 하고 겁을 먹었다.

그러나 찾아온 사람은 뜻밖에도,

"하룻밤만 재워 주십시오."

하고 떨리는 목소리로 애걸했다.

신 영감은 한숨을 가슴 속으로 내뿜었다. 죽이러 온 사람이 아니라 살려 달라고 애걸하러 온 사람임을 알았기 때문이었다.

"자구 가구려. 거야 못하겠소."

신 영감은 첫마디에 승낙을 했다. 깊은 밤중에 산 속을 헤매는 사람에게 어찌 하룻밤의 잠자리를 빌려 주지 않을 수 있을 것인가?

잠재워 달라는 사람이 어느 편의 병정인지는 알 수 없다. 그러나 어느 편이라도 좋았다. 어느 편이냐고 물을 생각도 안 하고 '싸우다가 길을 잃은 모양이로군……' 하고 혼자 중얼거리듯이 그 젊은이의 딱한 사정을 아는 척했다.

"네, 적에게 포위를 당하구 부대를 잃었습니다."

젊은 병정이 기운 없이 대답했다.

"밥두 못 먹었겠군……."

신 영감은 병정이 말하지 않아도 뻔한 일이란 듯이 물었다.

"이틀을 굶었습니다."

"쯔쯔."

신 영감은 나가서 삶은 감자 몇 알을 들고 들어와 젊은 병정에게 내주었다.

젊은 병정은 그저 고마워서 어찌할 줄을 몰라했다. 감자를 먹으면서도 자기 때문에 노인들이 배를 곯지 않겠느냐고 걱정을 했다.

사실 집이라고 해도 집이 아니었다. 굴을 파고 풀을 덮은 거나 마찬가지의 집이었다. 입은 옷이며 방 안의 꼬락서니 하며가 사는 사람 같지가 않았다. 그런 집에서 감자나마 얻어먹는다는 것이 송구스럽지 않을 수 없었다.

"걱정 말구 자시기나 하게."

신 영감은 미안해하는 젊은 병정이 애처로웠다.

"자네 부모들이 본다면 기가 맥히겠네."

그때 옆에 누워 있던 신 영감의 어머니가

"나이는 몇 살인가?"

하고 물었다.

"스물하나입니다."

"한참 나이에 고생을 하누만."

이런 이야기를 하고 있을 때였다.

"손들엇!"

하는 소리와 함께 병정 한 명이 문을 벌컥 열었다. 손에는 총대를 들고 있었다.

감자를 먹고 있던 병정이 기겁을 하고 손을 들었다. 금시 얼굴이 파랗게 되며 몸을 떨었다.

"국방군이지?"

하고 묻는 말에도 힘없이,

"네."

할 뿐이었다.

국방군이냐고 총대를 쥐고 묻던 젊은 사람이 방 안에 있던 젊은 병정을 끌고 나가서는 멀지도 않은 곳에서 총을 쏘았다.

총을 쏜 뒤 혼자서 돌아온 병정을 보자 신 영감은 얼굴을 찌푸리고,

"시체는 묻구 가거라. 사람의 집 앞에서 사람을 죽이나……."

큰 소리를 질렀다.

그러나 병정은 신 영감의 말은 들은 척도 안 하고,

"그런 사람을 집 안에 들이지 말아요."

하고 도리어 야단을 쳤다.

"뭐? 사람이 사람을 재우는 게 잘못이냐? 네가 길을 잃었대면 어떡허겠니? 고약한 놈 같으니……."

"그런 소릴하면 집에 불을 질러요."

"내 집에다 불을 질러? 마음대루 해 보렴! 하늘이 가만둘 줄 아냐."

이런 일이 있은 뒤부터는 신 영감의 마음이 조금 달라졌다. 어떤 사람이

건 자기 집에 오는 것이 싫어졌던 것이다.

더구나 총을 쏘아 사람을 죽이던 그런 병정과 비슷한 옷을 입은 병정은 특히 싫었다. 맞아 죽던 젊은 병정처럼 며칠이나 굶었다고 하여 애걸하며 찾아와도 감자 한 알 먹으라고 내주지 않았다.

그러한 신 영감 집에 코 큰 병정이 어떤 날 밤 찾아왔다. 다리를 질질 끌면서 들어와서는 무슨 소린지 알지 못할 말을 씨부렁거렸다. 머리에다 두 손을 대고 잠자는 시늉을 하는 것이 하룻밤 재워 달라는 모양이었다.

신 영감의 눈에는 몇십 년 전에 손풍금을 타며 구걸하던 서양 사람의 얼굴이 떠올랐다. 데려다가 술이나 한 잔 먹여 줄까 하고 생각했던 그때 일이 머리를 스치고 지나갔다.

모든 영화를 잊어버리고 코딱지 같은 자기 집에 와서 하룻밤 자게 해 달라고 애원하는 서양 사람!

신 영감은 그를 데리고 부엌으로 가서 나무 위에 눕혔다. 그리고는 누운 사람 위에다 다시 나무를 덮었다.

그 사람이야말로 뒤쫓아오는 사람에게 들키면 그 자리에서 죽어야 할 사람 같았다. 동족끼리에도 용서를 안 하는데 서양 사람을 살려 줄 턱이 없다.

서양 사람을 감추어 놓자 신 영감은 감자 몇 알을 가져다가 서양 사람 입에 넣어 주었다.

대포소리가 요란했다. 다음 날도 멎지 않았다 신 영감은 서양 사람을 하루 더 감추어 주었다.

대포소리가 멎자 서양 사람이 떠났다. 떠날 때 손에 끼었던 금반지 하나를 빼서 주었다. 신 영감은 반지 같은 것이 필요 없었다. 입은 헌 옷 한 벌 벗어 주는 것만도 못했다. 그러나 던지다시피 주고 가는 것을 안 받을 수도 없었다.

신 영감은 이왕 받은 것이니 썩혀 두느니보다 늙은 어머니에게 맡겨 두는 것이 나을 것 같다. 금반지를 늙은 어머니 손가락에 끼워 주었다. 쓸데없는 소린 줄 알면서도 아주 비싼 것이라고 설명까지 했다.

어머니는 비싼 것이라는 말에 좋아서 반지를 낀 손가락을 하루에도 몇 번씩 만져 보았다. 한국 반지보다는 크기도 하려니와 넓적한 보석이 박혀 정말 값이 나가는 물건 같았다.

신 영감은 어머니가 마당에 나가 앉아서는 종일토록 반지를 꼈다 뺐다 하는 것을 보고 혼자 웃었다. 구십이 넘은 어머니는 할머니 가운데서도 할머니다. 그래도 처녀처럼 반지를 끼고 좋아하는 것이 우습지 않을 수 없었다.

그러나 헌 옷 한 벌만큼도 가치가 없다고 생각했던 물건을 어머니가 좋아하는 것을 보니 웃음이 나면서도 만족하지 않을 수 없었다.

몇십 년 동안 어머니가 그렇게까지 만족해하는 얼굴을 보지 못하고 살아온 신 영감이었다. 신 영감은 반지를 주고 간 서양 병정에게 마음 속으로 감사를 했다.

몇 달 동안 대포소리가 별로 들리지 않았다. 쫓겨오는 사람도 없었고 쫓겨오는 사람을 따라오는 사람도 없었다. 아마 휴전이 성립된 모양이었다.

어느 날 서양 병정 두 명이 찾아왔다. 쫓겨서 온 것 같지도 않고 누구를 찾아온 것도 같지 않았다. 말을 모르니까 무엇 때문에 왔는지는 모르지만 신 영감 모자를 나오라고 해서 사진을 찍으며 히죽히죽 웃는 것으로 보아 몇 달 전에 금반지를 주고 간 병정 같았다.

그러나 서양 사람들의 얼굴이란 거의 비슷비슷하기 때문에 금반지를 주고 간 사람이라고 딱히 단정짓지 못했을 때 과자니 통조림이니 내놓으면서 자꾸 먹으라는 바람에 그때야 이틀 밤 숨겨 준 은혜를 갚는 것이라 생각이 들었다.

그런 생각이 들자 신 영감은 어머니를 돌아보며,

"반지를 감추세요."

하고 말했다. 고맙다는 시늉을 하면서 먹을 것을 내놓기는 하지만 금반지를 도로 찾으러 온 것 같은 생각이 들었기 때문이다.

그러나 어머니는 신 영감의 말을 들은 척도 안 했다. 그래서,

"빨리 감추라니까요."

하고 독촉하며 어머니의 손을 보니 어머니의 손가락에서는 벌써 반지가 빼어져 있었다. 어머니는 서양 병정들을 보자 벌써 금반지를 빼어 감춘 모양

이었다.

신 영감은 갑자기 서양 병정들에게 굽실거리기를 시작했다. 어떻게 해서든지 빨리 돌려보내고 싶었던 때문이었다.

서양 병정은 사진을 몇 번씩이나 찍고는 반지 이야기는 입 밖에도 꺼내지 않고 돌아갔다.

하기야 반지를 달라고 했는지 안 주면 죽인다고 했는지 알 턱이 없다. 그렇지만 손을 들어 내저으며 돌아갈 때 신 영감은 웃으며 돌아가는 것이 좋아서 자기도 손을 내흔들며 잘 가라고 했다.

그 뒤부터 서양 병정들이 부지런히 찾아왔다. 올 때마다 사진을 찍고는 먹을 것과 입을 것을 주었다. 몇 번 보아나서 그런지 서양 사람들의 얼굴도 분간해 볼 수가 있게 되어 이제는 같은 사람이 찾아오는 것이 아니라는 것을 알았다.

찾아오는 사람들이 한 사람이 아니라는 것을 알면서도 신 영감은 그들이 금반지를 찾으러 오는 것만 같아 어머니에게 금반지를 끼지 말고 있으라고 했다. 어머니는 벌써부터 금반지를 어디다 감추어 두고 있었다. 그러면서도,

"줬던 걸 다시 달랠라구. 달래믄 주기는 주는데……."

하고 반지만은 내놓지 않을 듯이 말했다.

서양 병정들이 올 때마다 가져다 주는 서양 음식은 희한했다. 그것만 먹으면 옥수수나 감자가 목구멍을 넘어가지 않았다. 그러나 금반지 생각을 하면 서양 병정들이 오지 말아 주었으면 하고 마음 속으로 비는 것이었다.

어머니는 금반지를 헝겊에 싸서 아랫목 밑에 감추어 두고 있다. 그리고는 잠시도 그 옆을 떠나지 않는다. 하루에도 몇 번씩 그것을 꺼내 보고는 다시 헝겊에 싸서 멍석 밑에 넣고는 그 위에 앉는다.

이제 그 반지를 뺏긴다면 어머니는 그만 죽고 말 것만 같았다.

그러나 평생 처음으로 먹어 보는 서양 음식을 생각하면 금반지를 돌려 주고라도 그것을 주는 대로 받아 먹고 싶은 생각이 들기도 했다.

그놈만 돌려 주고 나면 마음이 편할 것이 아닌가? 서양 병정보고 입에 넣기만 하면 저 혼자 녹아 버리는 듯하는 그놈의 빵이나 과자를 좀더 달라

고 조를 수까지 있을 것 같았다. 씹지 않아도 술술 넘어가는 통조림 속의 고기들.

신 영감은 그놈을 먹어 보려고 세상에 태어난 것 같기도 했다.

그러나 어머니에게 어떻게 반지를 돌려 주자고 말할 수 있을 것인가.

또 몇 달이 지났을 때 이번에는 한국 병정이 찾아왔다. 모자에 붙인 계급장이 무엇인지 알 턱이 없다. 나이도 들어 뵈고 점잖아도 보였지만 말 모르는 서양 사람들을 대신해서 반지를 찾으려 온 것만 같아 가슴이 덜컥 내려앉았다. 그러나 한국 병정은

"미국 병정을 살려 주셨다지요? 대단히 고맙습니다."

하고 정중히 인사를 했다. 그래도 신 영감은 마음이 놓이지가 않았다.

"뭘요."

하고는 그 다음 말을 기다렸다.

"그런데 저는 요 뒤에 있는 국군부대의 대대장입니다. 다름 아니라 이곳은 완충지대가 되어 아무두 살 수 없게 되었는데 포천 방면으루 피난을 나가셔야 하겠습니다."

반지를 내라는 말보다도 더했다.

"뭐요? 한참 쌈할 때두 살았는데 이제 어딜 간다는 말이오? 집두 없는데!"

"집은 마련해 드리겠습니다. 식량도 드리게 되어 있습니다."

"그만두시오. 칠십 평생 남의 신세 안 지구 살았소. 이제 그런 말 믿을 나이가 아니외다."

"대한민국의 국군을 못 믿으시나요?"

"국군이건 누구건 믿어서 뭣 하겠소."

그때 대대장이라는 이가 피난민에게도 수용소에 들어가 살도록 한다는 것, 그리고 얼마 뒤에는 수복지구에 집을 짓고 도로 돌아와 살도록 해 준다는 것을 친절히 설명했다.

"대포알이 떨어지는 속에서두 죽지 않았소. 걱정 말구 내버려 두시오."

그러나 대대장은 규칙상 여기서 살 수 없다고 말했다. 몰랐기 때문에 내

버려 두었을 뿐이라고 설명한 뒤 상부의 명령이니까 할 수 없다고 말했다. 그리고 나서는 가지고 왔던 소고기 뭉치를 내놓으며,

"내일 자동차를 가지고 올 테니 짐을 챙기셨다가 떠나십시다."

하고 말했다.

신 영감도 한참 동안 대답을 안 했다. 소고기 뭉치만 바라보고 있다가 한참 뒤에야,

"정말 집두 주구 쌀두 줍니까?"

하고 물었다. 빵과 과자와 통조림 고기만은 못할지 모르지만 집과 쌀도 그리 나쁘지는 않은 모양이었다.

"군대에서 거짓말을 할 수 있습니까?"

"국군이란 사람들에겐 마음이 가기는 하는데……."

"할아버지는 사람을 잘 믿지 못하시누만요?"

"이 사람, 할아버지라? 아직 장가두 못 가 본 총각일세."

신 영감은 비로소 미소를 띠며 말했다.

"네? 그게 무슨 말씀입니까?"

"여자라는 걸 믿을 수 있어야지. 잘못하다가는 어머니 고생만 시킬 것 같아 장가를 안 들었지……."

그때 대대장이 술을 잡숫느냐고 물었다. 신 영감은 술을 독으로 마셨지만 못 먹은 지 수십 년이 지났다고 대답했다.

대대장은 주머니에서 소주병 하나를 꺼내 놓았다.

술잔이 왔다갔다 할 때 신 영감은 혼자서 지내 온 자기의 내력을 이야기했다. 그리고 거나했을 때는 금반지 이야기를 꺼냈다.

"그러니까 말일세. 이제는 도루 달라지 않겠지?"

하고 대대장의 의견을 묻기까지 했다.

"감사하다는 뜻으로 드린 건데 달랄 수가 있겠습니까."

"그럼 됐어! 여길 떠나면 반지 준 서양 병정이 찾아올 수두 없겠지. 그렇지만 자동차까지 태워 주어서야 미안하지 않나! 걸어서 가지……."

"노인들께서 어떻게 걸어가십니까?"

"어머니는 구십이 넘었어두 아직 걸어가실 수 있지……."

"원, 천만의 말씀을 다하십네다."

"걸어가두 맘이 편할 것 같은데……."

신 영감은 대대장의 어깨를 툭 치고 허허 웃는 것이었다.

다음 날 스리쿼터 한 대가 신 영감 집에서 내려다보이는 곳까지 와서 클랙슨 소리를 냈다.

"어머니 가십시다. 금반지를 끼세요. 이제는 감추지 않아도 좋습니다."

신 영감이 어머니를 독촉하였다.

"가다가 서양 사람을 만나믄 어떡하니……."

"이젠 괜치않아요. 빨리 갑시다."

신 영감은 늙은 어머니를 부축하고 수십 년 동안 살던 금화산 밑 오막살이를 떠나는 것이었다.

(원)《현대공론 11》 1954. 11.

초점

　특수 임무를 띠고 최후까지 남아 있게 되었던 ○○부대도 서울을 떠나지 않으면 안 될 때가 왔다. 적정 수색을 나갔던 최 상사가 돌아와서 중공군이 서대문 밖 홍제동(弘濟洞)까지 들어왔다는 보고를 했던 것이다. 그러나 그 보고를 들은 대장 선우(鮮于) 대위는 변해 가고 있는 삼십 명의 대원들 얼굴을 본 척도 안 하고 김 소위에게 술병을 가져오라고 명령했다.

　대원들은 술보다도 한시바삐 철수할 것을 바라는 눈치였으나 선우 대위는 자기부터 한 잔을 들이키고는 걱정 말고 술이나 마시라고 대원들을 격려했다. 따발총 소리와 장총소리가 서대문 쪽에서 들려 왔다. 선우 대위도 마음이 두근거렸다. 철수해야 할 때기 온 것이라 생각하면서도 그는 있을 수 있는 데까지 있어야 한다는 책임감에서 꺼져 가는 스토브를 바라보며 대원들에게 나무를 더 지피라고 명령했다.

　"떠나시지 않겠습니까?"

　부관 김 소위가 대원들을 대표하여 걱정했다. 선우 대위라고 초조하지 않은 것은 아니었다. 그러나,

　"걱정 말어. 뭣이 바빠서 야단들이야."

　선우 대위는 스토브 위에서 끓는 물을 세숫대야에 퍼붓고 신었던 양말을 벗어 물 속에 잠갔다. 과히 더럽지도 않았지만 그는 빨랫비누까지 가져오게 하고 양말을 빨기 시작했다. 대장이 손수 양말을 빨고 있으나 누구 한 사람

자기가 빨겠노라고 나서는 사람이 없었다. 멍하니 서서 구경만 하고 있었다. 대장의 마음을 알 수가 없다는 묘한 얼굴들이었다.

"뭣이 무서워, 서울을 내놓고 나가는 판에 무서울 게 뭐냐 말이야. 한두 놈쯤 죽이구 떠나도 늦지 않다."

선우 대위는 여유 있게 빨래를 했다. 빨래한 양말을 스토브 옆에 널어 놓고 그것이 마르기를 기다리며 다시,

"××동에 있는 ××고를 폭발시키고 와. 빨리 갔다 와야 빨리 떠나니까." 하고 명령했다.

명령을 내리자 선발된 대원 다섯 명이 쏜살같이 뛰어나갔다. 그들은 선우 대위의 양말이 마를 사이 임무를 수행하고 뛰어서 돌아왔다. 그들이 폭발시킨 탄약이 요란하게 터지는 소리와 적들의 따발총 소리가 섞여 들려 왔다. 양말을 신고 구두끈을 맨 대위는 그때에야,

"출발!"

하고 대원들에게 명령했다. 1월 4일 새벽 2시경이었다. 소름이 끼칠 만큼 괴괴한 서울의 거리였다. 대원들을 인솔하고 광화문 네거리에서 서울역 방면으로 꺾어지려고 할 때였다. 네거리 파출소 앞에서 어린애 우는 소리가 들려 왔다. 적들의 따발총 소리가 그들의 발소리를 따라 가까워 오고 있었으나 선우 대위는 울고 있는 어린애 목소리에 끌려 파출소 앞까지 걸어갔다. 대원들을 계속해서 행군하도록 하고 혼자서만 떨어진 선우 대위가 울음 소리 가까이 갔을 때 캄캄한 밤거리에서 네 살쯤 되어 보이는 어린애가 엄마를 부르며 울고 있음을 발견했다. 선우 대위는 어린애에게 왜 우느냐고 물었다. 어린애는 아무 대답도 안 하고 그냥 울기만 했다. 아직 말을 할 만한 나이가 된 것 같지도 않아 선우 대위는 더 물을 생각도 안 하고 어린애의 두 손을 잡았다. 정말 얼음처럼 얼어 있었다. 선우 대위는 더 생각할 것도 없이 어린애를 안았다. 그리고는 잠바 단추를 벗기고 어린것의 두 손을 자기 가슴 속에 집어 넣었다. 내버려 두면 몇 시간도 안 가서 얼어 죽을 것만 같은 생각이 들었던 것이다.

그는 장차 어떻게 하겠다는 생각도 없이 어린애를 안은 채 부대를 따라

가서 어떤 하사관등에 업혀 주었다. 그리고는 위로 담요를 씌워 주었다. 어린애는 업히어서도 울었다. 정거장 앞을 지날 때 김 소위가 사뭇 귀찮다는 듯이,

"그만 내버리고 가지요."

하고 말했다. 후퇴하는 부대에 울기만 하는 어린애가 끼었다는 것이 대원들의 마음을 불안하게 했을지 모른다. 그러나 선우 대위는,

"죽을 걸 뻔히 알면서 그걸 내버리고 갈 수 있어? 차라리 쏘아 죽이고 가믄 몰라두."

하고 말했다. 그리고는 몇 걸음도 안 가서 큰 소리로,

"그 애를 내려놓아라. 그리고 쏘아 죽여라."

하고 호령을 했다. 명령대로 애를 업었던 하사관이 어린애를 내려놓았다. 어린애는 더 큰 소리로 울었다.

"빨리 쏴!"

선우 대위가 다시 명령을 했으나 총대를 내리고 나서는 사람은 하나도 없었다.

"중공군이 광화문 네거리까지는 왔을 게다. 빨리 쏘고 빨리 가자."

한 번 더 고함을 질렀으나 끝내 나서는 사람이 없을 때 선우 대위는,

"그럼 내가 쏘지."

하고 권총을 꺼내어 공중을 향해 한 방을 쏘았다. 그때였다. 김 소위기 앞으로 나서며,

"그냥 업고 가십시다."

하고 선우 대위의 권총을 붙잡았다. 선우 대위는 아무 말도 안 했다. 말없이 움직이는 부대를 따라 걸을 뿐이었다.

용산을 지나 한강에 이르렀을 때야 적들의 총소리가 들릴락말락 멀어졌다. 들어올 때까지 들어오고는 더 진격을 못하는 모양이었다. 진격이랄 것도 없다. 유엔군과 국군이 한 명도 남지 않은 서울 거리를 헤매고 싶은 대로 헤맬 수 있는 중공군들이다. 생각하면 분했다. 전선을 정비하기 위하여 후퇴하는 것이라 할지라도 교전 한 번 해 보지 않고 수도 서울을 그대로 내놓는다

는 것은 아무리 생각해도 있을 수 없는 일 같았다. 새도 죽을 때는 쩩 소리를 하고 죽는다는데 수도를 이렇게까지 맥없이 내놓을 수가 있을 것인가? 그것도 한 번이 아니다. 선우 대위는 한강 둑 위에서 서울을 뒤돌아보았다. 무덤과 같은 서울이었다.

그러나 선우 대위는 금시 몸을 돌이키어 얼음 언 한강 위로 걷기를 시작했다.

때와 달리 시민 전체가 피난을 떠난 서울, 그리고 머지않아 다시 탈환할 서울이란 생각에 그는 서울에 대한 미련을 지워 버렸던 것이다. 더구나 죽고야 말 어린애 하나를 구해 가지고 한강을 넘는다는 것을 생각할 때 서울 전체를 구한 것 같아 마음이 한결 가벼운 것이 사실이다.

한강 얼음 위에는 피난민들이 줄을 지어 있었다. 옆에 지나가는 피난민들에게,

"빨리 가십시다. 중공군이 시내까지 들어왔습니다."

하고 피난민들의 발걸음을 독촉하며 한강을 건너던 선우 대위는 갑자기 대원들에게 행군 중지를 명령했다.

"힘 자라는 대루 짐을 가지구 가!"

얼음 위에는 피난민들이 가지고 가다가 버린 보따리들이 얼마든지 있었다. 내버리고 가면 결국 중공놈들에게 넘어갈 것이 뻔했기 때문에 가져갈 수 있는 대로 가지고 가자는 것이었다.

두고 간다는 것이 그저 아깝기도 했다. 선우 대위는 자기도 보따리 하나를 풀기 시작했다. 커다란 것을 통째로 가지고 갈 수가 없기 때문에 그 중에서 값나가는 것을 고르기 위함이었다.

보따리를 풀자 여자의 옷감이 수두룩히 나왔다. 선우 대위는 문득 아내를 생각했다. 먼저 대구로 내려간 아내에게 가져다 주면 얼마나 기뻐할 것인가?

옷이라고 얼마 가지고 있지도 않았지만 6·25 때 그것마저 있는 대로 팔아 먹은 아내를 위하여 무엇보다도 소중한 프레젠트가 될 것 같았다.

그러나 선우 대위는 대여섯 벌밖에 끄집어내지를 못했다. 아무래도 없어지고 말 물건이기는 하지만 물건 주인이 알면 그 마음이 어떨까 하는 생각이

들었기 때문이었다. 동시에 '그만 가자' 하고 대원들에게도 명령을 내렸다.

몇 걸음을 다시 걸었을 때였다. 얼음판에 넙적 엎드려 한숨을 내뿜는 커다란 소의 숨소리가 들리었다. 자세히 보니 네 다리가 얼음 속에 빠지어서 일어나지를 못하는 황소였다. 그러나 소도 한두 마리가 아니었다. 아까운 생각이 들었다. 끌고 가기만 하면 피난민들이 얼마나 좋아할 것인가?

선우 대위는 그 중 한 마리에게로 가서 고삐를 잡아당겨 보았다. 그러나 소는 꿈쩍도 안 했다. 생각해 보니 내버리고 가지 않을 수 없는 소 주인의 마음을 알 수 있었다. 빠진 다리를 끌어올릴 수는 도저히 없을 것 같았다.

그러나 발이 빠지지도 않고 그대로 누워 있는 소가 있었다. 선우 대위는 그리로 가서 소를 발길로 걷어찼다. 그리고는 고삐를 잡아끌었으나 소는 그야말로 얼음판에 넘어진 채 둥그런 눈을 껌벅일 뿐 움찍도 안 했다. 대원들을 시켜 소를 때리게 했으나 그래도 여전했다. 앞에서 끌고 뒤에서 밀어도 보았으나 소는 얼음판 위를 미끄러져 질질 끌려오면서도 일어서질 않았다. 놀란 것인지 지친 것인지 알 수가 없었다. 다친 데는 있어 보이지가 않는데도 죽여 달라는 듯이 멍하니 앉아 있다. 대원들이 목소리를 모아 떠들어도 보았다. 그래도 놀라는 기색 하나 보이지 않았다.

선우 대위는 할 수 없이 피난민들이 떨어뜨리고 간 물건들을 주워 모아, 불을 붙여 소 엉덩이와 코앞에 들이댔다.

털이 탈 만큼 그렇게 댄 것은 아니지만 눈동자 앞에 불이 닿는 것을 보자 소는 비로소 움찍하고 일어섰다. 그리고는 모는 대로 느릿느릿 걸었다. 걸음걸이로 보아 어디가 다친 것이 아님을 능히 알 수 있었다. 역시 신경이 피곤했던 모양이다. 수없이 많은 피난민 틈새를 뚫으며 부대가 영등포까지 이르렀을 때는 이미 동이 트기 시작했다. 그러나 밤잠을 한잠도 못 잔 대원들의 피곤을 생각할 때 조금씩이라도 잠을 재우지 않을 수 없었다. 빈집으로 들어가 불을 때고 눕게 하자 방바닥이 아직 미지근도 하기 전에 코를 고는 사병이 있었다. 그러나 선우 대위는 눈을 감을 생각도 못했다. 유엔군들이 무기창고를 폭발시키는 폭음이 연달아 들려 와 잠을 자지 못하게도 하였지만 서울서 주워 온 어린애가 다시 울기 시작한 것이다. 신경질이 날 만큼 어린애는 울기만 했다.

선우 대위는 데리고 간다 해도 기를 방도가 없는 어린애를 차라리 일찍 내버려 두고 가는 것이 좋지 않을까 하고 생각해 보았다.

살 운명이라면 내버린다고 해도 또 누가 주워다가 길러 줄 것 같기도 했다. 어린애는 살아 나갈 운명을 타고났다. 그러기에 서울을 떠나 이미 영등포까지 와 있는 것이 아닌가?

선우 대위는 어린애를 안고 밖으로 나왔다.

울음소리 때문에 잠 못 들어하던 부하들이 시원한 한숨을 내뿜는 듯했다. 어린애를 안고 나온 선우 대위는 한참 떨어진 곳까지 가서 길바닥에 어린애를 놓고는 아무 일도 아닌 듯 돌아서서 걸으려 했다. 댓걸음도 걷지 못했을 때 어린애가 자기를 따라오며,

"아빠."

하고 숨이 막힐 것처럼 울었다. 선우 대위는 주춤하고 서서 뒤를 돌아보았다. 그 빠르지도 못한 걸음으로 자기를 향해 바닥바닥 달음질해 오는 어린 것의 손이 보였다. 어두운 데서 무엇을 더듬는 듯 내젓는 손이었다. 잠시 그 손을 바라보던 선우 대위는 그만 어린것 앞으로 달려갔다. 그리고는 덥석 안고 한 손으로 궁뎅이를 두들기고,

"자식, 내가 네 아빠야?"

하고 대원들이 누워 있는 집으로 돌아왔다. 웬일인지 그 뒤부터는 어린애가 울지를 않았다. 그래서 선우 대위는 어린애를 품에 안은 채 앉아서 몇 시간 잠을 이루었다.

잠이 든 그들은 적의 야포소리에 눈을 떴다. 서울에서 안양 방면을 향해 쏘는 적의 야포다. 머리 위로 대포알이 마구 지나갔다. 어느새 거리에 나갔던 대원 한 명이 돌아와,

"지금 떠나려는 아군 수색대 트럭이 한 대 있습니다. 지금 빨리 가서 타십시다."

하고 선우 대위에게 보고를 했다.

그것을 놓치면 다시 트럭이 안 올 것이라고도 말했다.

“그럼 출발!”

어린애를 하사관에게 업히자 선우 대위도 대열에 따라섰다. 그러나 얼마 안 가서 대위는 김 소위에게,

“잠깐만.”

하고는 뒤돌아가서 어젯밤 한강에서 끌고 온 황소를 풀어 앞세웠다.

“대장님, 그걸 어떻게 가지고 갑니까?”

김 소위가 항의하듯 말했다.

“그럼 이걸 어떻게 내버리고 가.”

선우 대위는 절대로 내버리고는 갈 수 없다는 듯이 그대로 소를 몰았다. 트럭 있는 데까지 이르자

“소두 태워.”

하고 명령을 했다. 그때 김 소위가,

“소를 태우면 대원이 전부 타지를 못하지 않습니까?”

하고 또 항의조로 나왔다. 그 말을 들으니 무엇이라고 우길 수가 없다. 대원을 못 태워서는 안 될 일이기도 하지만 생각해 보니 황소를 트럭 위에까지 올려놓은 것도 문제였다.

“아까운데……..”

단념하지 않을 수 없으면서도 그는 혼자 남아 있을 황소에게서 눈을 떼지 못했다. 대원을 다 실은 트럭이 발동하기를 시작할 때였다. 순박해 보이는 농부 한 사람이 트럭 옆을 지나가고 있었다.

선우 대위는 운전수에게 잠깐 기다리라 하고는 농부에게

“어디까지 가십니까?”

하고 물었다.

“수원 쪽으로 피난갑니다.”

선우 대위는 좋은 수가 생긴 듯

“그럼 이 소를 끌고 오십시요. 내일 아침 아홉 시까지 수원 북문 앞에 오시면 수고한 값으로 쌀 두 말을 드리리다. 아시겠어요?”

“네. 그럽죠.”

농부는 힘든 일이 아니라는 듯 쉽게 대답했다. 지나가는 포탄소리를 머리 위로 들으며 트럭이 달리기 시작했다. 자동차 소리에 길을 피하면서 그래도 포탄이 떨어지는 남쪽을 향해 걸어가고 있는, 피난민의 행렬에는 빈틈이 없었다.

빼곡히 길을 메우고 걸어가는 피난민들은 어디서 적의 포탄에 맞을지 모르면서도 그래도 저마다 앞에 서려 했다. 그래도 희망은 앞에만 있는 모양이다.

조금이라도 서울에서 멀어지려는 피난민들을 보자 트럭을 타고 혼자 달려가는 자기가 미안하게 생각되었다. 그러나 자기도 도중에서 어떤 일을 당할지 모른다.

선우 대위의 눈에는 피난민의 행렬이 한 사람 한 사람의 연속 같지가 않은 것처럼 보였다. 행렬 전체가 하나의 생명처럼 보였다. 안양 부근에 이르렀을 때였다. 적의 포탄이 연기를 뿜으며 터지는 것이 여기저기 보이었다. 피난민의 행렬도 끊어지고 있었다. 갈팡질팡하며 앞으로도 뒤로도 움직이지 못하는 피난민들이 포탄이 터질 때마다 머리를 자라처럼 디밀고 있었다.

멀지 않은 곳에서 요란한 소리를 내고 포탄 한 개가 터졌다. 흙먼지와 연기가 길가에까지 날아왔다. 피난민들은 머리를 디민 것이 아니라 땅에 덥석 엎드렸다. 트럭도 급정거를 했다. 그때였다. 선우 대위가 운전수에게 고함을 질렀다.

"빨리 가지를 못해."

운전수는 겁에 질려 몸을 부들부들 떨었으나 장교의 명령이라 곧 핸들을 움직이었다. 일 분도 못 되어 다시 포탄소리가 났다. 바로 트럭 뒤 도로에서였다.

"악!"

트럭 위에 탄 사병 한 명이 비명을 울렸다. 이어서,

"그대로 서 있었다면 틀림없이 죽었을 걸."

하는 딴 소리가 들리었다. 트럭은 비를 피해서 빗발 사이로 날아가듯이 운명의 코스를 골라 가며 마구 달렸다. 드문드문 보이는 피난민의 시체를 뒤로 하며 ──.

　그리고 수원까지 이르렀을 때 대원들은 죽음의 골짜기에서 벗어난 듯 가
벼운 동작으로 트럭을 내려뛰었다. 피난 명령이 내려지지 않은 곳이지만 그
래도 주민들은 거의 피난을 떠나 거리는 역시 폐허 그대로였다. 이제부터는
그들을 태워 줄 트럭도 없었다. 어떻게 해서든 육군본부가 있는 대구까지
가야 할 그들이었다.

　'피난민들과 같이 걸어서라도 가야지.'

　이런 생각을 하면서 선우 대위는 정거장으로 걸어갔다. 정거장에는 피난
민이 들끓고 있었다. 동시에 기차도 한 대 서 있었다. 연기는 토하고 있지
않았으나 기차를 보기만 해도 우선 마음이 놓이었다. 그래서 구내에 들어가
역부에게 물어 본 결과 그 기차가 최종 열차라는 것 그리고 그것은 내일 오
후나 되어서야 떠난다는 것을 알았다.

　선우 대위는 안심을 하고 돌아와 하룻밤을 잤다.

　아침이 되자 그는 우선 북문으로 갔다. 어제 약속을 한 황소를 찾기 위해
서다. 이리 저리 수소문을 해서 쌀 두 말을 사 가지고 북문에 갔으나 소를
맡은 농부는 아직 나타나지 않았다. 소를 찾아서는 어떻게 하겠다는 계획도
있지 않았다. 그러면서도 그는 농부가 나타날 것만 같아 서울서 오는 길을
바라보며 삼십 분 이상을 기다렸다. 피난 이외에 딴 경황이 조금도 없는 거
리에서 소를 기다리고 있다는 자기가 우습기도 했지만 자기가 돌아가면 약
속을 안 지켰다고 도리어 자기를 나무랄 농부를 생각하니 그대로 돌아갈 수
도 없었다.

　피난길이라 제 시간에 온다는 것도 힘들 것이고 또 촌사람이라 시계도 가
지고 있을 것 같지 않아 선우 대위는 마음놓고 기다릴 생각에 길가에 있는
어떤 중국 호떡집으로 들어갔다.

　뜻밖에도 호떡집에는 난로가 피워 있었다. 팔고 있는 호떡도 보이었다.
피난갈 준비를 조금도 하고 있지 않았다. 이상스런 생각이 들어,

　"당신은 피난 안 갑니까?"

하고 남자에게 물었다.

“이제 갑니다.”

주인은 굽신하며 대답했다.

아내인 듯한 여자도 나와서 어울리지 않는 애교를 띠며,

“우리두 내일은 떠납니다.”

하고 입술을 떨었다.

“응, 모택동이 만세를 부르려고 있는 거지? 뭐야, 똑바로 말해.”

“천만에요. 모택동이란 놈 뎀뿌라를 해 먹겠습니다.”

선우 대위는 위협조로 말했다.

“거짓말 말어. 중공군이 들어오면 장개석을 뎀뿌라 해 먹겠다고 그럴 걸.”

“무슨 말씀. 우리 그런 사람 아닙니다.”

이런 말을 주고받을 때 여자가 안에서 통닭 한 마리를 들고 나왔다. 통으로 삶은 암탉이었다.

“이거 한 마리 잡수시지요.”

여자가 닭을 내놓으면서 말했다. 선우 대위는 여자의 아래위를 훑어보다가 자기도 모르게 옆에 찼던 권총을 뽑아 들었다.

“나쁜 놈들.”

하고 권총을 쏘아 버리려고 했으나,

“살려 주십시요. 제발 목숨만……..”

하고 부부가 다 같이 선우 대위 앞에 꿇어앉을 때,

“목숨만.”

하고 중국 사람의 애원을 되풀이하여 입 속으로 중얼거리며 선우 대위는 권총을 내려뜨렸다. 두 생명쯤 죽일 수 있는 무기를 가지고 있다. 죽이고도 가만만 있으면 말할 사람도 없다. 그러나 목숨이란 말이 그에게는 무척 무서웁게 들렸다. 함부로 다룰 수 있는 것이기는 하지만 함부로는 절대로 다룰 수 없는 것이 또한 목숨인 것 같기도 했다.

“빨리 피난들 가시요.”

선우 대위는 경어까지 쓰면서 이렇게 말한 뒤 그 호떡집을 나와 버렸다. 어깨가 으쓱해지는 것 같았다. 목숨을 살렸다는 우월감이었다. 그래서 그

는 권총 케이스를 한 손으로 툭툭 쳤다.

밖으로 나오자 그도 다시 북쪽으로 뻗은 길을 바라보았다. 그때였다. 바로 자기가 맡긴 황소를 몰고 피난민 틈새에서 자기 편으로 걸어오고 있는 어제의 그 농부가 눈에 보이었다.

선우 대위는 농부에게로 달려갔다. 그리고는 농부의 손을 어루만지며

"수고하셨습니다. 그런데 쌀 두 말보다는 소가 더 나을 텐데 그걸 뭣 하러 끌고 오셨습니까?"

하고 도리어 의아하다는 듯이 물었다.

"기다리고 계실 것 같아서요."

농부는 책임을 다하기는 했으나 포탄 떨어지는 길을 걸어오기가 여간 아니었다는 표정이었다. 기다리고 있을 것 같아서 약속을 지켰다는 농부의 말이 참으로 좋았다.

인정이란 것은 죽을 순간까지 있는 것이라 생각되었다. 선우 대위는 준비했던 쌀 두 말을 주었다. 그리고는 주머니에서 있는 돈 전부를 털어 농부에게 쥐어 주고는,

"잡아먹을 시간이 없으니까 소두 가지고 가십시오."

하고는 그냥 돌아서서 걷기를 시작했다.

"여보세요."

농부가 뒤에서 몇 번이나 불렀으나 선우 대위는 흥겨러운 휘파람을 불면서 못 들은 척 걸음을 빨리했다. 빈집 같은 거리를 걸으면서 선우 대위는 휘파람을 불고 있었다. 마음이 가벼웠던 것이다. 한참 걷고 있을 때 열 살 좀 넘어 보이는 어린애가 그에게 손을 내밀었다. 배가 고프니까 돈을 달라는 뜻이었다.

선우 대위는 멈칫 서서 주머니에 손을 넣었다. 있는 돈 전부를 털어 농부에게 내주었으나 그래도 잠바 웃저고리와 그리고 바지 호주머니를 전부 뒤져 보았다. 한 푼도 나오지 않았다.

"미안하다. 돈이 한 푼도 없는데……."

하고 정말 미안한 듯이 어린애 머리를 쓰다듬어 주었다. 그래도 어린애는

돈이 한 푼도 없다는 말에 믿음이 가지 않는 듯 내밀었던 손을 내리지 않고 선우 대위의 얼굴만 쳐다보았다. 고아가 아닌가 생각되었다. 고아가 아닌 다음에야 옷도 멀쩡하게 입은 애가 거리에서 구걸하고 있지는 않을 것 같았다. 의지할 아무것도 없는 전쟁 고아, 이렇게 생각하니 갑자기 가슴이 두근거렸다. 군인이라고 해서 전쟁에 대한 책임을 자기 혼자만 져야 할 아무 이유도 없으면서 전쟁 고아를 대하면 자기가 어떤 책임감을 느끼게 되는 것 또한 숨길 수 없는 일이었다.

"내가 데리고 갈 테니 같이 갈까!"

선우 대위는 어린애의 손목을 잡았다. 데려다가 어떻게 하겠다는 계획은 없다. 대구까지만이라도 데려다 주면 살아 나갈 수 있을 것 같은 막연한 생각에서였다. 그러나 어린애는,

"아버지와 같이 가야 해요."

하고 고개를 흔들었다.

"그럼 아버지가 있니?"

"네."

"그래? 안됐구나……."

부모가 있다는 말을 들으니 마음이 조금 놓이기는 했으나 가슴은 더욱 떨리는 것 같았다. 그래서 그는,

"너 춥지?"

하고 자기 목에 감았던 목도리를 풀어 어린애 목에 감아 주었다. 돈은 주지 못하나마 무엇이든 주어야만 마음이 편할 것 같았던 것이다. 목이 갑자기 써늘함을 느꼈으나 그는 가벼운 걸음으로 걸어갈 수가 있었다.

정거장에 이르니 대원들은 벌써 찻간을 차지하고 민간인들과 같이 화물차 안에서 그를 기다리고 있었다. 빽빽한 틈새로 들어가서 비비대고 앉아 선우 대위는 잠시 최종 열차를 탔다는 안도감과 아울러 최종 열차도 타지 못하여 끝내 걸어올 피난민들의 불안이 남의 일 같지 않게 생각되기도 했다. 그럴 때 어떤 젊은 여자 한 명이 눈물을 흘리며 찻간 안으로 들어왔다. 들어와서도 한편에 서서 그대로 울기만 하고 있었다. 옷도 양장이고 얼굴도

곧잘 생긴 여자였다. 찻간에 앉았던 사람들의 시선이 모두 그 젊은 여자에게로 집중했다. 선우 대위도 심상치 않은 그 여자를 바라보았으나 한 번 쳐다보는 순간,

"재수 없게 무엇 하러 들어오는 거야. 나가! 여긴 못 들어와."

하고 고함을 질렀다. 이렇게 고함을 지르자 찻간에 앉았던 사람들이 서로 수군수군거렸다.

"그렇지 않아도 좁은데."

"양갈보가 울기는 왜 울까."

"아마 매를 얻어맞은 모양이지?"

"양부인이면 편히 갈 수 있을 텐데."

동정하려 하는 사람은 없었다. 사실 양부인, 아니 어떠한 사람이 들어왔다 해도 그를 환영할 사람은 없었을 것이다. 쪼그리지 않고 편히 앉은 사람이라고는 한 사람도 없었다. 그새 적지 않은 사람이 기웃거렸으나 모두가 들어오지를 못했다. 선우 대위가 고함을 질렀고 방 안 사람이 모두 이상한 눈으로 흘겨보았으나 젊은 여자는 그런 것을 개의치도 않은 듯 얼굴을 손으로 가린 채 그대로 울고 있었다.

"나가지 못해? 더러운 것아."

선우 대위는 또 한 번 고함을 질렀다. 찻간이 좁은 것도 좁은 것이려니와 양부인이라는 것이 그저 싫었다. 그는 양부인을 싫어했다. 무엇보다도 싫어했다. 창녀는 그렇게 미워하지 않으면서도 양부인에게만은 싫어하는 정도를 지나 증오에 가까운 감정을 느끼고 있었다. 지나치게 단순한 성격 때문인지는 모르지만 외국인에게 몸을 팔면서도 네 활개를 치며 부끄럼이 없이 돌아다니는 양부인을 무엇보다도 싫어하는 것만은 사실이었다. 두 번째 호령을 하자 양부인은 울음을 멈추고 선우 대위 편을 노려보며,

"왜 나가요? 난 이 차를 탈 자격이 없나요?"

하고 항의를 했다.

"자격이 없어."

선우 대위는 격분한 어조로 말했다.

“나도 석자 이름을 타고난 사람이에요. 왜 자격이 없어요?”

양부인은 입을 샐쭉하며 섰던 자리에 부비대고 앉아 버렸다.

“여보! 어딜 앉는 거요? 무슨 자리가 있다고…….”

자리를 희생당한 사람들이 그를 밀면서 앉지를 못하게 했다. 그러나 양부인은 귀머거리처럼 못 들은 척 점령한 영토를 확보하려고 발악을 했다.

그때 선우 대위가 양부인 가까이로 가서,

“못 나가!”

하고 팔을 잡아 일으켰다. 그래도 몸부림을 치며 앉은 자리에서 일어나지 않으려고 할 때 선우 대위는 사정없이 양부인의 뺨을 한 대 갈겼다.

한 대 얻어맞은 양부인은 도리어 꼬리 밟힌 독사처럼 얼굴을 쳐들고 종알거렸다.

“양갈보라구 그러는 거지요? 흥! 양갈보가 없어만 보세요. 나라에서 돈을 주구 양갈볼 뽑아 내게 될 테니까…….”

“듣기 싫어.”

선우 대위가 기를 꺾지 않고 덤비자 여기저기서,

“내보내요. 내보내.”

하고 원성을 했다. 그러자 양부인이,

“양갈보는 죽어야 하나요. 하구 싶어서 그 짓을 하는 년이 어디 있다구…….”

하면서 울기를 시작했다. 그리고 또,

“나두 중공군에게 몸을 더럽히지 않으려구 피난가는 거에요. 그런데다가 미군들은 코리안이라구 업신여기고 한국 사람은 더러운 년이라 욕하구…….”

하고 자리에서 일어섰다. 죽으라면 죽는 수밖에 없다는 듯한 절망적인 표정이었다.

양부인은 찻간에서 내려갔다. 모두들 시원한 눈초리로 그를 바라보면서 픽픽 웃었지만 선우 대위의 얼굴은 조금씩 긴장되어 갔다. 양부인이 사라진 지 오 분도 못 되어 그는 양부인의 뒤를 따라 찻간을 내려갔다. 찻간을 내려서자 찻간에 자리를 잡지 못한 사람들과 차 떠나는 시간이 지리해서 내려와 있는 수많은 사람 사이로 양부인을 찾아보았으나 선우 대위는 그를 좀체로 찾을 수가 없었다.

너무 심하게 굴어서 팩 하는 마음에 죽으러 간 것이나 아닐까 생각하니 마음이 초조해지기까지 했다. 선우 대위는 이리저리 뛰어다니며 양부인을 찾았다. 기다란 플랫폼을 끝에서부터 끝까지 훑어보고는 정거장 밖에까지 나가 보았다.

그래도 그는 보이지 않았다. 선우 대위는 다시 레일을 넘어와 철로 길 언덕진 곳으로 왔다. 언덕진 곳에서 남쪽을 향해 바라보고 있을 때 멀리 기관차 옆에서 양부인 같은 여자가 혼자 앉아 있음을 보았다. 그는 달음질로 뛰어갔다. 양부인 가까이까지 가서 수심에 잠긴 얼굴을 숙이고 앉아 있는 그를 보자 선우 대위는 그만 주춤하고 멈추어 서고 말았다. 수심에 잠기어 있다고 는 할망정 죽지 않고 살아 있는 그를 보자 그만 할 말이 없어진 것 같음을 느꼈기 때문이었다. 선우 대위는 그만 돌아갈 생각을 했다. 그러나 돌아서려는 순간 양부인이 자기를 발견하고 자기보다 먼저 획 돌아섰음을 보았다.

그 동작을 보자 그때에야 선우 대위는 양부인 가까이로 가서,

"그래 정말 중공군에게 몸을 더럽히지 않으려구 피난가는 거야?"

하고 심문하는 투로 물었다. 그때 여자는,

"사람이 아닌 줄 알았던가 보지."

하고 한 번 더 돌아앉았다.

"누가 사람이 아니라고 그랬어?"

이 말을 하는 선우 대위의 음성은 전보다 약간 부드러웠다.

"………"

"미군들한테두 안 갈 테야?"

"몰라요."

선우 대위는 그 이상 더 묻지를 않고 잠시 그의 뒷모습만 바라보고 있다가 갑자기 그의 손목을 붙잡은 뒤,

"나하구 같이 기차 타구 갑시다."

하고 끌고 일어섰다. 처음에는 손을 잡아 뽑고 몸을 흔들었으나 억센 손으로 두 번 세 번 일으키어 올릴 때 양부인은 할 수 없이 따라 일어섰다. 일어서기는 하고도,

“놓아요. 난 안 가요.”

하고 다시 손을 뿌리쳤다.

“안 돼. 명령이야.”

“흥! 누구한테 명령을 해요?”

“이걸!”

선우 대위는 다시 두들겨 줄 듯이 무서운 눈으로 그를 노려보았다. 그때야 양부인은 할 수 없다는 듯이,

“놓아요. 갈게.”

하고 복종하는 태도를 보였다. 선우 대위는 손목을 놓았으나 그 대신 뒤에 서서 감시하듯이 걸었다. 찻간에 이르렀을 때 양부인이 올라가기를 주저했으나 빨리 오르라고 독촉해서 오르게 하고는 자기도 뒤따라 올라가서

“여러분! 한국의 여성 한 명을 중공군의 능욕에서 구출하기 위하여 이 차에 태우고 같이 가십시다.”

하고 찻간에 앉은 사람들에게 큰 소리로 말했다. 그리고는 양부인을 데려다가 자기 자리 옆에 앉힌 뒤,

“같이 가는 대신 어린애를 하나 맡아 주시오.”

하고는 하사관이 안고 있는 주워 온 애를 가져다가 양부인에게 안겨 주었다. 양부인은 아무 불평 없이 맡기는 어린애를 안아 자기 무릎 위에 앉히었다. 그리고는 실내 분위기가 조금 부드러워질 때,

“웬 애지요?”

하고 아무 일도 없었던 듯이 묻기까지 했다.

“서울 광화문 네거리에서 주워 온 애입니다.”

“그래요? 그래도 애 아버지가 철도국에 다니던 사람 같은데…….”

“걸 어떻게 아시우?”

“옷의 단추를 보면 알지요.”

그때야 선우 대위는 어린애가 입은 외투 단추를 눈여겨보았다. 정말 철도 국원들이 달고 다니는 그러한 단추가 달려 있었다.

"그럼 부모를 찾아 주기가 쉽겠구만……."

이런 이야기를 주고받는 사이에 선우 대위와 양부인은 얼굴을 마주보고 서로 웃을 수까지 있게 되었다.

"어린애 이름은 뭐지요?"

이런 것을 묻는 양부인은 제법 옛 친구같이 친숙미를 보이기도 했다.

"이름을 알 수 있어요? 말을 못하니……."

선우 대위는 이렇게 대답은 했으나 갑자기 무슨 생각이 떠오른 듯

"참, 이름을 하나 지어야겠군."

하고는 잠시 고개를 숙이었다가,

"내가 주웠으니까 성은 선우로 하고 이름은 광화문 네거리에서 주웠으니까 광화라고 하지. 선우광화 —— 어때요?"

하고 웃었다.

"이름 좋은데요. 선우광화."

양부인은 만족한 듯이 선우 대위를 쳐다보며 웃었다. 그때 선우 대위는,

"어린애 이름은 지었는데 당신 이름은 무엇이지요?"

하고 약간 무뚝뚝하게 물었다.

"서요? 문난수예요."

"문난수 씨! 그런데 난수 씨는 왜 미군들과 싸우고 이리루 왔소? 그걸 좀 들읍시다."

그때 난수는 잠시 고개를 숙이었다가,

"아무것도 아니예요. 공연히 제가 신경질을 부린 거지……."

하고 말하기 거북스럽다는 듯이 대답했다.

"못할 이야기가 무어요? 심심한데 이야기하면 어떻소."

선우 대위는 호기심에 가득 찬 얼굴로 물었다. 그러자 난수는 숨길 것은 아니라는 듯 이야기를 시작했다.

"철도 옆에서 대변보는 사람을 보구 막 욕을 하지 않아요. 사실 나두 보

기가 흉하기야 했지만 그 사람들이 '썬아부삐치'니 하고 욕하는 말을 들으니까 속이 좋지 않아 당신네들은 삥 둘러앉아 대변을 보면서 무얼 남의 흉을 보느냐고 그러지 않았어요. 그랬더니 내 멱살을 잡구 때릴 듯이 덤비면서 코리안이니 뭐니 그러지 않아요. 분해서 눈물이 나오더군요. 울고 있으니까 나가라고까지 그러지 않아요. 그래서 뛰어나오고 말았지요."

말을 채 끝내지도 못했을 때였다. 난수가 깡충 뛰듯이 일어나며,

"이 애가 오줌을 싸네."

하고 어린애를 선우 대위에게 내밀었다. 잠들었던 애가 놀라 깨는 것을 보자 난수는 자기 스커트에 고인 오줌을 서둘러 털고는 다시 어린애를 선우 대위 품에서 뺏어 안았다.

"옷을 잘 닦아요."

선우 대위가 스커트부터 닦으라고 했지만 난수는,

"애가 척척할 텐데 옷을 벗겨 주어야지요."

하고는 자기 옷 닦을 생각은 안 하고 어린애 바지만 벗기었다. 그리고는,

"담요를 한 장 주세요."

하고 한 사람에게서 담요 한 장을 얻어서는 어린애 아랫도리를 감싸 주었다. 그리고 나서는 척척한 어린애 바지를 손으로 짜서 벽에 달려 있는 고리에 걸어 놓았다. 그것을 보자, 선우 대위는 문득,

"난수 씨두 어린애를 낳으면 제법 어머니 노릇을 하겠군요."

하고 야유하듯이 웃었다. 난수는 대답 대신에 흥! 하고는 고개를 왼쪽으로 팽 돌리었다. 그리고 나서야,

"종류가 다른 인간으루 아시는가 부지."

하고 말했다.

"참, 종류까지는 달라질 수 없겠군요."

선우 대위는 너털웃음을 웃었다. 저녁때가 되어도 기차는 떠날 생각을 안 했다. 한편에서는 쪼그리고 앉은 채 잠자는 사람도 있었지만 대부분이 준비해 온 음식을 먹거나 그렇지 않으면 냄비를 들고 나가 식사를 준비하고 있었다. 그러나 선우 대위 일행은 배낭에 남은 비스킷밖에 아무것도 먹을 것

이 없었다. 쌀을 사서 밥을 지어 먹을 수는 있을지 모르지만 솥이 없고 그릇
이 없다. 그뿐 아니라 반찬이라고는 하나도 없었다. 어떻게 할까 하고 걱정
을 하고 있을 때 밖에 나갔던 사병 한 명이 들어오며 기관차를 달고 곧 떠
난다는 말을 했다. 그 말을 듣자 밥짓던 사람들은 밥도 채 짓지 못하고 찻간
으로 뛰어들어왔다. 졸던 사람들은 생기를 얻은 듯 잠에서 깨어,

　"곧 떠난대요?"

하며 고향길을 떠나는 사람 이상으로 즐거운 표정들을 지었다.

　그래서 선우 대위는 한 끼만 굶으면 대구에 닿으려니 생각하고 굶은 채
떠나기를 결심했다. 그 말에 반대하는 사람은 없었다. 그러나 기관차 소리가
나고 찻간이 쿵 소리를 내며 흔들렸으나 기관차를 단 뒤 몇 시간이 지나도
기차는 좀체 떠나지를 않았다. 대원들은 배가 고픈데다가 기차는 떠나지 않
으니 공연한 신경질만 부리며 기관수를 욕했다 차장을 욕했다 하며 역장도
함부로 욕을 했다. 선우 대위도 신경이 날카로워졌다.

　"왜 안 떠나는가 가서 알아 봐."

하고 누구라고 지명함도 없이 높다란 목소리로 명령했다. 그때였다. 난수가,

　"시장하시죠? 저를 따라 몇 명 나오십시오."

하고 신기한 수가 있는 듯이 어린애를 옆에 앉은 사병에게 맡기고 일어섰다.

　"무어 있소?"

　"미군차에 레이션이 그득 쌓여 있는데 내가 들어가서 내려 드릴 테니까
빨리빨리 운반이나 하십시오."

　그럴 듯한 말이었다. 옳은 일은 아니지만 난수의 말이 너무 자신 있는 바
람에 선우 대위는 난수가 하자는 대로 사병 몇 명을 따라 보냈다.

　과연 사병들은 나간지 몇 분도 되기 전에 커다란 레이션 한 통씩을 안고
들어왔다. 선우 대위는 먹을 물건이 쌓이는데 기쁘기도 했지만 한편 어떻게
되는 영문인지를 몰라 불안을 금할 수도 없었다. 레이션 통이 여남은 개나
운반된 뒤 난수가 들어오자마자,

　"그만하면 며칠 먹을 거예요. 다 먹으면 또 가져오지 뭐."

하고 큰 임무를 치르고 난 뒤처럼 만족한 웃음을 웃었다.

"대관절 어데서 가져온 거요?"

선우 대위는 그것을 먹어도 좋은지 반신반의하며 물었다.

"미군들이 있는 찻간에서 가져왔지요. 찻간에 들어서자 좋아서 뭐라고 야단들 칠 때 슬며시 뒷발로 레이션을 하나씩 하나씩 밀어 내보냈어요. 아무래도 먹다 남길 걸 좀 그렇게 하면 어때요!"

난수는 아무렇지도 않다는 듯이 말했다.

그리고 선우 대위는 금시 미군들이 따라 들어올 것만 같아 한참 동안을 레이션 통을 터뜨리지 못하게 했다. 말도 잘 통하지 않는 그들과 불상사라도 일어나면 재미 없을 것 같았던 것이다. 그러나 십 분이 지나도 아무 소식이 없을 때 선우 대위는 레이션 통을 뜯게 해서 그 속에 있는 여러 가지 음식을 끄집어내어 대원들뿐 아니라 민간인들에게까지 나누어 주었다. 배불리 맛있는 음식을 먹자 찻간 안에서는 노랫소리가 들려 오기 시작했다. 다만 순간일지라도 모든 것을 잊을 수 있는 시간에는 노래를 부를 수 있게 되는 모양이었다. 그러나 밤이 깊어서 차가 움직이기 시작할 때 찻간은 한참 동안 벌집처럼 소란하기는 했으나 금시 조용해지고 말았다. 노래가 어디로 들어가 버렸는지 알 수 없을 정도로 고요해졌다. 차가 떠나지 않을 때는 떠나지 않는다는 불만이 있었지만 그렇게도 떠나기 힘들던 기차가 막상 떠나고 보니 그때는 그때로서의 불안이 따로 생기는 모양이었다. 정말 떠나지 않으면 안 되리 만큼 적들이 가까이까지 온 것이 아닌가 하는 불안의 표정이 모두의 얼굴에 떠돌고 있었다. 이미 집을 떠나 수원까지 왔으니 피난민의 생활이 시작된 것은 벌써의 일이겠지만 최종 열차가 떠난다는 불안은 피난민에게 피난민이라는 인식을 더욱 새롭게 했는지도 모른다. 레일 위를 달리는 기차바퀴 소리와 아울러 적의 포탄소리가 들려 오는 듯이 모두의 귀는 먼 곳을 향해 기울여지고 있는 것 같았다. 그러나 몇십 분 뒤 찻간은 다시 그전으로 돌아갔다. 잠자는 사람이 있는가 하면 담배를 피우는 사람들도 있었다. 잠 못 이루는 사람들은 수군수군 이야기들을 하고 있었으나 떠나던 순간의 불안은 사라지고 말았다. 그러나 기차는 몇 시간도 달리지 않아 평택까지 와서는 그만 움직이지를 않고 말았다. 날이 밝도록 떠나지를 않았다. 또 소

란이 일어나기 시작했다. 선우 대위는 답답했다. 이왕이면 빨리 가 버리는
것이 얼마나 시원할까?

"빌어먹을 것."

혼자서 중얼거리고 있을 때 난수가,

"바람이나 좀 쏘이고 오십시다."

하고 선우 대위의 팔을 잡아끌었다. 선우 대위는 아무 의견도 없다는 듯이
난수의 뒤를 따라 찻간을 나왔다. 벌써 찻간을 나와 서성대는 사람이 플랫
폼에 그득 차 있었다. 열차 옆으로 난수와 같이 걸어가고 있을 때였다.

가까이 오던 미군 한 명이 갑자기 선우 대위의 앞으로 나서며 권총을 쑥
내밀었다. 털끝이 하늘로 올라갔다. 이유는 모르나 심상치 않은 것만은 틀림
없었다. 선우 대위는 말할 여유도 없었다. 그저 비겁하기가 싫었다. 그래서
번갯불처럼 빠르게 자기 권총을 끄집어내어 상대편 가슴에다 들이대었다.
그리고는 상대방의 얼굴을 노려보았다.

그때였다. 상대편은 자기의 권총을 내려뜨리고 선우 대위의 어깨를 툭툭
치며,

"유 넘버원."

하고 껄껄 웃었다. 그 웃는 바람에 선우 대위도 권총을 도로 집어 넣고 따라
웃었다. 웃고 나니 아무 일도 아닌 것 같았다. 미군은 코리아 아미 넘버원을
거듭 떠들어대며 선우 대위의 손목을 잡아 흔들기까지 했다. 그때 선우 대
위도,

"아메리칸 넘버원."

하고 그의 손을 흔들어 주었다. 최종 열차를 탄 사람의 마음이 다 같으리라
고 생각되었다. 게다가 도망간 여자와 같이 걸어다니는 것을 보자 술을 먹
은 김이라 그런 짓을 했으려니 하여 미워할 수가 없었다. 그래서 미군과 헤
어져 몇 걸음 걸어가서,

"난수 씨 도루 가시오."

하고 난수의 얼굴을 보았다. 그때 난수가,

"미군한테루 가라는 겁니까?"

하고 물었다. 그 말에 선우 대위는 대답을 못했다.

정말 가랄 수도 가지 말랄 수도 없었다. 그때 난수는 항의하듯이,

"한 번 죄를 지은 사람은 죽을 때까지 더러워야 하나요?"

하고 중얼거렸다.

"그런 건 아니겠지……."

"숙명이니까 할 수 없다는 건가요?"

"그런 것도 아니야."

"어린애는 불쌍한 줄 알면서 나 같은 사람은 어째 불쌍하다고 생각질 않으세요?"

"누가 불쌍하지 않다구 그랬어?"

"그만두세요."

선우 대위는 또 말문이 막혔다. 난수가 죽으려는 것 같을 때 그때는 그 뒤를 따라 찾아가기까지 했었지만 그 뒤 난수를 불쌍해서 구원해 보겠다는 마음을 가져 본 일은 없다. 미안한 일이었다. 불쌍한 사람을 불쌍하다고 생각지 못한 자기 자신을 돌이켜보고 있을 때 난수가,

"도루 가겠어요."

하고 뒤로 돌아섰다. 그때 선우 대위는 얼굴을 붉히고,

"어딜 간다는 거야?"

하고 난수의 팔목을 잡아 쥐었다.

"가라니까 가야 하지 않아요."

"안 돼. 나하구 대구까지 가."

선우 대위는 난수의 팔목을 더욱 힘있게 잡고 놓아 주지를 않았다. 그때 난수가 고개를 숙이고,

"정말입니까?"

하고 물었다.

"정말이야. 나하구 같이 가."

그들은 다시 찻간으로 올라갔다. 찻간에 올라가서는 난수의 이야기가 벌어졌다. 부모가 아무도 없다는 것, 그래서 여학교를 졸업반에 중도 퇴학했다

는 것, 그 뒤 미군부대에 취직해서 어떤 미군과 가까워졌다가 그 미군이 본국으로 돌아간 뒤 이럭저럭 타락했다는 것을 남들리지 않는 목소리로 하소하듯 말했다. 그런 말을 듣자 선우 대위는,

"환경이 사람을 그렇게 만드는 거야. 그렇지만 마음을 굳게 먹으면 환경의 지배를 받지 않을 수도 있지 않아! 마음을 굳게 가져——."

하고 위로의 말을 들려 주었다. 기차가 대구역에 도착한 것은 이틀 만의 일이었다. 대구역에 도착하자 선우 대위는 우선 역장실에 들어갔다. 때마침 역장은 외출하고 없었다. 그래서 조역 같은 사람에게 광화를 가리키며,

"서울서 데리고 왔는데 단추로 보아 철도국원의 어린애 같으니 여기서 이 애를 맡았다가 부모를 찾아 줄 수 없습니까?"

하고 말했다.

그 말을 듣자 그 사람은 어린애를 아래위로 훑어보고는 자기도 철도국원의 아들 같은 생각이 든다는 표정을 지으면서도,

"이 혼란 통에 찾을 수가 있겠습니까?"

하고 맡을 생각을 안 했다. 그래도 딴 데서는 더욱 맡을 데가 없을 테니 맡아 두라고 했으나 그때는,

"맡아 둘 데나 있어야지요."

하고 끝내 맡지를 않았다. 달리 방법이 없었다. 싸우잘 수도 없는 일이요, 안 맡겠다는 것을 억지로 떠맡길 수도 없었다. 그래서 선우 대위는 자기가 임시로 맡기는 하겠으나 부모를 찾도록 애나 써 달라고 자기 성명과 소속을 말해 주고 역을 떠났다. 피난민 수용소처럼 되어 있는 역을 빠져 나올 때 선우 대위는 그만 발을 멈추고 뒤따라오는 난수를 바라보았다.

어린 광화는 임시로나마 자기 집에서 먹여 기를 수가 있다. 하지만 난수는 어떻게 해야 할 것인가 하는 생각이 떠오르지 않았기 때문이었다. 막연히 구원하겠다는 생각보다도 그 구원하는 구체적 방법을 강구해야 할 때가 왔던 것이다. 안정된 생활이 아닐 뿐 아니라 후퇴해서 내려온 군인의 생활로서 당장에 목이 마르고 마음이 메마른 여성을 무엇으로 어떻게 구원할 것인가. 동정하고 구원할 인간적인 애정의 여유나마 계속해서 지탱해 나갈 것

같지가 않았다. 그래서 선우 대위는,

"난수 씨, 부산으루 가시우. 거기가 여기보다는 살 길이 나을 것 같소."

하고 난처한 듯이 난수를 바라보았다. 난수에게는 뜻밖의 말이었다.

"뭐요? 저더러 혼자 가라구요?"

금시 눈자위가 빨개졌다.

"그러는 게 좋겠소."

"너무 하시지 않아요?"

그때 선우 대위는 갑자기 목소리를 높여,

"뭣이 너무 해? 그럼 나더러 어떻게 하라는 거야?"

하고 말했다. 이렇게 말하는 그의 눈앞에는 '정신 차리세요' 하고 꾸짖는 듯한 마누라의 얼굴이 나타났던 것이다. 난수는 다만 눈물만을 흘리었다. 아무 말도 못했다. 한참 뒤에야,

"운명이라면 할 수 없지요. 부산이라야 미군두 많을 테니까."

하고 뒤로 돌아섰다.

"무어?"

선우 대위는 다시 소리를 높이어 돌아선 난수의 손목을 잡아 돌이켜 세웠다. 그리고는 그 사람 많은 길가에서 난수의 따귀를 한 차례 갈기고,

"여기서 살아! 부산엔 못 간다."

하고 걷기를 시작했다. 한참 걷고 있던 선우 대위는 한강에서 꾸려가지고 온 보따리를 생각했다. 옷이 없는 아내를 주기 위해서 가지고 온 것이다. 그러나 아내보다도 그것을 필요로 하는 사람은 난수다. 그것만 가지면 당장은 굶주림을 면할 것이 아닌가. 있는 껏 주어 보자. 줄 것이 없어지면 또 다른 것이 생기겠지! 선우 대위는 혼자서 이런 것을 생각하며 고아 한 명과 또 하나의 길 잃은 여인을 앞세우고 대구 거리를 걷고 있었다.

(원) 《새벽 2》 1954. 12.

속죄

　권씨(權氏)가 예수를 믿기 시작한 것은 예수를 믿음으로 말미암아 천당에 가겠다는 것이 아니라 오직 자기의 죄를 속죄하겠다는 그 염원 하나 때문이었다.

　그의 죄라는 것은 결혼하기 전에 어떤 남자에게 정조를 바쳤다는 말하자면 간음죄였던 것이다.

　권씨는 처녀로서 간음을 했다는 자책으로 결혼도 자기 의사대로 하지를 못했다. 죄를 지은 여자로서 이 남자 저 남자 선택할 용기도 없었다. 그래서 자기를 좋아 죽겠다고 하는 어떤 부자의 첩으로 몸을 처리했다.

　그러나 첩 생활을 시작하자 그때부터는 남의 첩이 되었다는 죄가 하나 더 늘었다.

　즉 권씨는 처녀로서 간음했다는 죄와 아내 있는 남자의 첩이 되었다는 두 가지 죄를 가지고 있다.

　첩이 되었다는 죄는 본부인이 죽은 뒤부터 그의 마음을 전보다 덜 아프게 했다.

　그러나 세상 사람들은 권씨의 간음 사건을 잘 모르는 만큼 간음보다도 첩 노릇했다는 것을 가지고 손가락질했으며 백안시했다.

　세월이 흘러가면서 경멸의 손가락질은 조금 줄었지만 권씨의 마음 속에는 간음했다는 죄와 첩 노릇했다는 죄가 사라지지 않았다.

간음죄는 죽을 때까지 씻을 수 없는 것이라고 하겠지만 첩 노릇했다는 죄명만은 본부인이 죽고 자기가 호적에도 들어 있는 만큼 잊을 수 있는 것이겠으나 권씨는 그것마저 죄로 저지른 이상 물릴 수 없는 것이라 생각하였다.

하기야 세상에는 간음한 여자도 얼마든지 있을 것이며 첩 노릇 하는 여자도 적지 않을 것이지만 그 여자들이 전부가 자기처럼 괴로워하거나 못 살게 마음 아파하지는 않는다. 권씨는 죄를 잊지 못하고 혼자 몸부림치는 것도 자기의 팔자라고 생각했지만 그 역시 어쩔 수 없는 일이었다.

본부인이 죽은 뒤까지도 남편과 동방을 하려면 처녀 때 정조를 바친 그 남자의 얼굴이 눈앞에 떠올라 몸서리를 쳤다. 부부생활을 안 하면 간음죄를 잊을 수 있지나 않을까 해서 이혼이라도 하고 혼자 살 생각을 해 보았지만 그때는 남자가 불쌍해 보이고 또 이혼했다는 새로운 죄를 지을 것이 겁나 부부생활도 중단할 수가 없었다.

이래저래 권씨는 자기의 죄에 떨다 죽어야 하는 여자 같았다. 그래서 삼십이 훨씬 지나 예수를 믿기 시작했던 것이다. 예수는 어떠한 죄라도 용서를 하며 죄를 회개만 하면 누구나 꼭 같은 자식으로 맞아 준다는 말에 예수를 믿게 된 것이지만 권씨는 성경의 모든 말씀 가운데서도 마태복음 21장 31절과 요한복음 8장 11절을 매일처럼 읽었다. 그 구절은 자기를 위하여 쓰여져 있는 것 같았고 또 자기는 그 구절만으로도 구원을 받을 것 같았던 것이다.

'내가 진실로 너희에게 이르노니 서리들과 창기가 너희보다 먼저 하나님의 나라에 들어가리라.' (마태 21장)

'예수께서 가라사대 나도 너를 정죄하지 아니하노니 가서 다시는 죄를 범치 말라 하시니라.' (요한 8장)

이 성경 구절에 의하면 권씨는 하나님을 믿고 다시 범죄하지 않는 이상 죄인으로 취급받지 않을 것이 사실이며 또 천당에도 들어갈 것이 분명했다.

요한복음 8장은 바리새인들이 예수를 시험하기 위하여 간음하는 현장에서 붙잡은 막달라 마리아를 끌고 가서 이 여인을 돌로 때려 죽이라느냐고 물었을 때 대답한 예수의 말씀이다. 그때 예수는,

"너희 중에 죄 없는 자가 먼저 돌로 치라."
하였다. 그때 바리새인들은 양심의 가책을 받고 한 사람씩 한 사람씩 나가고 돌을 던지려는 사람이 하나도 남지 않았다.

세상에는 막달라 마리아에게 돌을 던질 만한 사람이 하나도 없다. 그런데다가 예수는 막달라 마리아에게 죄를 주지 않고 앞으로나 범죄하지 말라고 말씀하셨다.

권씨는 예수를 믿자 자기의 죄를 잊어버리고 부끄러울 것이 없다고 생각했다. 그래서 예수만 열심히 믿으려고 했다. 그는 예수를 믿는 데 누구에게도 지지 않으리 만큼 열심이었다. 교회당에 나가는 데도 그랬고 혼자서 기도를 드리는 데도 그랬다. 신자가 아닌 사람들에게 전도도 열심히 했으며 교회에 바치는 연보에도 남에게 떨어지지 않았다.

떨어지지 않을 뿐 아니라 언제나 남보다 앞장을 섰다. 교회당을 수리한다고 연보를 거둘 때나 목사의 월급을 주기 위한 연보를 할 때에는 교회에서 누구보다도 많은 돈을 냈다.

그래서 교회에 나간 지 몇 해가 된 때에는 누구 한 사람의 반대도 받지 않고 집사라는 직분까지 받게 되었다.

그러나 그러는 사이에도 남편과 동방만 하면 간음하던 그때의 장면이 눈앞에 서물거렸다. 그럴 때마다,

"창기가 너희들보다 먼저 하나님 나라에 들어가리라"
하는 성경 구절을 외었으나 십여 년이 지난 과거는 그래도 머릿속에서 사라지지 않았다.

과거가 사라지지 않는 한 하나님이 용서를 한다고 해도 그는 완전한 속죄를 못한 셈이 된다.

창기도 천당에 들어갈 수 있거늘 단 한 번밖에 실수하지 않은 자기의 죄가 뭐 그리 대단하랴 하고 스스로 용서를 하려고도 해 보았으나 역시 막무가내였다.

죄를 지으면 벼락을 맞는다는 말이 있지만 역시 자기는 죄를 지은 순간에 벼락을 만나 죽어야 하지 않았나 하고도 생각해 보았다.

하나님을 믿지 않는 사람도 죄의 값은 엄중하다고 생각하고 있다. 역시 죄의 값은 받아야 하는 모양이었다. 그러나 벼락은 맞지를 않았으니 어떻게 하면 죄의 값을 받는 것이 될 것인가?

사실 교회당에 나오는 사람 가운데는 자기가 알기에도 죄인이 적지 않다. 간음 이외에도 세상에서 말하는 죄인이 적지 않으나 그들은 교회당에 나온다는 것만으로도 이미 죄를 용서받은 것처럼 얼굴을 쳐들고 다닌다.

교회당에 다니면서도 남에게 악한 행동을 하고 죄를 짓는다. 그러나 그들은 기도를 드리기만 하면 모든 죄가 속죄되는 줄 알며 그러기에 기도를 하고는 죄를 짓고 또 기도를 한다.

그래도 세상 사람들은 기독교 신자를 신앙심이 있는 그리고 남보다 착한 사람이라고들 말한다.

권씨는 그것을 모를 일이라 생각했다. 죄를 짓고도 회개하고 기도만 드리면 속죄를 얻을 수 있다고 하자. 그렇다면 죄를 무서워할 사람이 어디 있으며 죄인이라 불릴 사람은 어디 있을 것인가?

죄를 짓고 구함을 얻기 위한 사람만이 예수를 믿기보다는 죄를 짓지 않은 사람이 앞으로 죄를 짓지 않기 위하여 예수를 믿는 것이 더 옳지 않을까 생각되었다.

권씨는 자기가 가장 신앙심이 두텁고 따라서 자기는 모든 죄에서 사함을 받은 것처럼 큰 소리로 찬송가를 부르고 목청을 돋구어 기도드리는 교회당이 싫어진 때도 있었다.

신앙심을 자랑하는 바리새 교인보다 골방에서 혼자 기도하는 사두개 교인이 하나님의 아들이 될 수 있으리라고 생각되었다. 속은 썩어 있으면서도 자기의 결백을 남에게 나타내려는 사람은 그만큼 하나님의 마음을 받아야 할 것 같았던 것이다.

그런 생각을 가졌기 때문에 권씨는 자기의 죄를 신앙심으로도 씻어 없앨 수 없었는지 모른다.

정말 골방에서,

"주여 —— 제 죄를 씻어 주소서. 죄의 값을 내려 주소서. 주께 이 몸을 바치오니 이 몸을 깨끗하게 해 주시옵소서."

혼자 기도를 드린 뒤 마태복음 21장을 생각함으로 자기가 하나님의 딸이 된 것처럼 생각하기도 했으나 그런 날 밤에도 남편과 동방만 하면 또,

'간음, 간음죄!'

하는 낙인이 눈앞에 클로즈업되는 것이었다.

권씨는 다시 교회당엘 나갔다. 그것은 얼마 동안 교회당에 나가지 않음으로 말미암아 첩 노릇한 여자니까 독실한 신자가 될 수 없다는 교인들의 비방이 들려 왔기 때문이었다.

교회에 나가면서도 역시 골방에서 혼자 기도하면 되지 않는가 하는 생각에서였지만 권씨는 자기가 속죄를 받으려면 남편과의 육체적 생활을 끊지 않는 한 교회엘 나가거나 문방에서 기도를 드리거나 소용이 없다고 생각했다.

그러나 남편이 그것을 허락하지 않았다. 허락하지 않는 남편이 진심으로 밉지 않은 자기의 젊음도 어쩔 수 없었다.

그는 폐경 단산할 때가 빨리 오기만 기다렸다. 그때만 되면 자기는 육체적 인간에서 정신적 인간으로 변할 수 있을 것 같았다. 그러면서도 그는 열심히 교회당엘 나갔다. 정신적인 인간이 될 때까지 하나님을 굳게 의지함으로 자기의 죄를 잊으려 했던 것이다.

교회의 일이면 무엇에나 빠지지 않았다. 심지어는 교인의 집에 대사가 있어도 자기 일처럼 가서 놀보아 주었다. 상갓집 같은 데를 가면 밤을 새워 주었으며 혼인집 같은 데를 가면 혼수 일감까지 맡아 일을 해주었다.

자기 집안 살림은 통 잊어버리고 교회를 위해 살았던 것이다.

그렇게 교회를 위해서 하루도 빠짐없이 일을 할 때 권씨는 육체의 피곤에서 마음 괴로움을 잊을 수 있었다.

그러나 교인들 가운데서도 특히 부인들은 그를 가까이 하는 척하면서도 어딘가 백안시하는 데가 있었다. 자기는 교인의 집이면 어떤 집에나 찾아가건만 자기 집을 찾아오는 이는 별반 없었다.

역시 첩이었다는 기억을 없애지 못하는 모양이었다.

권씨는 자기의 낙인을 지워 보려고 돈도 썼다. 연보는 언제나 남보다 많

이 냈지만 그 밖에도 일제 시대에 뺏기고 나서 아직 달아 놓지 못한 종도 개인으로 사다가 기부했다.

그 바람에 교인들은 권씨를 모두 칭찬했다.

그러나 그는 집사의 직분에서 더 오르지 못했다. 자기만큼 오랜 시일 동안 열심으로 교회에 다녔다면 권사쯤 넉넉히 될 것이언만 권씨에게 권사 직분을 맡기자는 사람은 하나도 없었다. 도리어 돈으로 목사를 매수하려 한다고 모략하는 사람들이 있었다.

권씨는 권사가 되기 위하여 연보를 많이 내거나 종을 기부하지는 않았다.

돈을 땅에 묻어 두면 녹이 쓰나 하늘에 쌓아 두면 빛이 난다는 성경 말씀대로 하늘에 쌓기 위해서 연보를 한 것도 아닐지 모른다. 그런 마음도 전혀 없다고는 할 수 없으나 무엇보다도 교인들에게 간음을 보임으로 손가락질 받지 않겠다는 마음이 컸던 것이다.

권사는 되어서 무엇할 것인가? 교인들에게 백안시 당하지 않고 손가락질만 받지 않으면 그뿐이었다. 그러한 권씨에게 목사를 매수하여 권사가 되려 하였다니 가슴 아프지 않을 수 없었다.

어떤 때는 남편조차 전도 못하는 것이 집사될 자격이나 있느냐고 집사된 것까지 비방하는 여자가 있었다. 그런 말을 들을 때는 권씨의 양심에도 가책되는 바가 있었다. 남편도 교회에 나오게 못하면서 남을 전도할 자격이 어디 있겠는가?

그러나 아무리 권해도 말을 듣지 않는 남편을 어떻게 하겠는가? 자기만이라도 교회에 나가게 하는 것과 교회를 위해 돈 쓰는 것을 탓하지 않는 것만도 고맙게 여기는 수밖에 없었다.

또 어떤 때는 부자가 천국에 들어가기는 낙타가 바늘구멍으로 들어가는 것보다도 힘들다는 비방을 했다. 그럴 때는 차라리 돈 없는 사람에게 시집을 갔더라면 하는 생각이 들었지만 천당에 갈 수 없다고 해서 있는 재산을 무턱대고 없애잘 수도 없었다.

나쁜 짓만 안 하면 그뿐이지 돈을 가져야 먹고 살 수 있을 뿐 아니라 교회에 연보도 할 수 있을 것이 아니겠는가……

어떤 때 교회에서 부흥전도회가 있었다. 타지방에서 온 목사가 요한복음을 가지고 설교를 하며 교인들에게 감명을 주었는데 그 목사가 막달라 마리아에게 돌을 던진 사람이 없었다는 구절을 가지고 남의 죄를 비방할 만큼 깨끗한 사람이 하나도 없다는 말을 할 때 권씨는 그 목사가 어떻게나 고마운지 자기도 모르게 눈물을 흘렸다.

그래서 눈물을 흘리며 기도를 드렸는데 그것을 본 교인 가운데는 권씨가 죄를 지었으니까 양심의 가책을 받아서 운 것이라고 꾸민 소문을 퍼뜨렸다.

이래저래 권씨는 남의 오해와 비방 속에 살지 않으면 안 되었다.

그런데다가 남편과 동방할 때마다 처녀 시절 죄를 지었다는 가책이 남모르게 그의 가슴을 조이게 했다.

남들은 첩이었다는 것만을 가지고 비방한다. 그 비방도 마음 아프지 않은 것은 아니었지만 남들이 모르는 마음 속의 가책 또한 그를 그대로 괴롭혔다.

폐경을 하고 남편과 가까이 하지 않으면 마음의 가책만은 없어질 줄 알았던 것이 오십이 가까워 남편과 멀리할 때가 되어서도 처녀 시절의 죄악은 또 다른 방법으로 가슴에 못을 박아 주었다.

남편과 멀리하게 된 것이 안타까울 만큼 섭섭한 것은 아니었지만 생리적으로 남편과 멀리해도 좋을 나이가 되었다는 데서 오는 하나의 비애인지는 모르나 남편과 육체를 즐기던 과거가 상시로 추억되었다. 특히 젊은 여자들을 볼 때나 젊은 남자를 볼 때 자기에게도 청춘이 있었다는 생각이 드는 동시에 그들이 부러워지기까지 했다.

그러면 반드시 자기의 처녀 시절에 범한 죄가 하나의 추억처럼 머리에 떠올랐다.

권씨는 자기가 죽을 때까지 죄를 씻지 못할 것이라고 생각했다. 세상 사람들이 용서를 하건 말건 자기 자신만은 괴로움 속에서 운명하고야 말 것 같았다.

그러나 권씨는 낙심하지 않았다. 죽는 날까지라도 회개를 하는 마음으로 하나님을 믿으면 세상에서는 구원을 받지 못하나 저 세상에 가서만은 구원을 받을 수 있다는 희망을 가졌다.

그래서 교회에 다니는 데 조금도 게을리하지 않았다.

그것은 어떤 사경회(査經會)가 있을 때의 일이었다.

신령한 목사가 왔다고 해서 교인들은 새벽기도회에서부터 밤낮 할 것 없이 교회당이 터지도록 밀려들었다.

일 주일 동안의 사경회가 끝나는 맨 마지막 날 저녁때였다.

목사가 설교를 끝내자 신자들에게 돌려가며 기도를 시키었다. 모두가 강단에 올라가서는 자기들의 죄를 회개하고 통곡하면서 기도를 드렸다.

어떤 이는 남을 미워했다고 하며 회개를 했고 어떤 이는 돈을 사람보다 더 사랑했다고 하며 회개를 했다. 어떤 이는 남을 시기하고 비방했다고 하면서 정말 애통하게 자기의 죄를 회개했다.

가장 독실한 신자만을 지명해서 기도를 시켰건만 죄 없다는 사람이 하나도 없었다.

그러나 권씨는 그 회개함이 모두가 입에 침칠한 말들 같았다. 남을 미워한 것도 죄가 아닐 수는 없었지만 그보다 더 큰 죄가 있을 텐데도 그것만을 내세우는 것은 하나님께 죄인이라는 겸손한 태도를 억지로 보이려는 데 불과한 것 같았다.

그리고 남을 미워했다고 하나 무엇 때문에 얼마나 미워했다는 이야기가 있어야 할 것이건만 그 말은 한 마디도 없다. 그것이 어찌 회개라 말할 수 있을 것인가?

권씨는 만일 자기에게도 기도드릴 기회를 주기만 한다면 그 많은 사람 앞에서 자기의 죄를 고스란히 밝혀 놓으려고 했다. 그 뒤에 올 비방과 박해가 어떤 것이리라는 것도 생각지 않고 그렇게 해야만 하나님이 진실된 회개라 인정해 줄 것 같은 마음이 들었던 것이다.

한 꺼풀을 씌운 회개가 진정한 회개일 수 없다. 하나님은 한 꺼풀 씌운 그 거짓말을 모르지 않을 것이며 그 거짓을 더 미워하실 것이다.

목사로부터 권씨의 지명이 있었다.

그러나 지명을 받고 강단으로 올라가려 할 때는 권씨도 마음이 떨리지 않을 수 없었다.

　과연 대중 앞에서 아무도 모르고 있는 자기의 비밀을 털어놓아도 좋을 것
인가? 진심으로 회개하는 마음에서라 할지라도 자기의 회개를 들은 신도가
앞으로 자기를 어떻게 볼 것인가!

　권씨는 망설이면서도 강단으로 걷기를 시작했다. 걸으면서도 어떠한 기
도를 드릴까 하고 궁리를 했다. 남들처럼 자기도 남을 미워했고 남을 원망
한 죄인이라고 기도를 할까? 속으로만 자기의 죄를 생각하면 입으로 하는
말과 속으로 하는 말 전부를 하나님이 들어 주실 것 같기도 했다.

　그러나 그런 생각을 하는 순간 하나님이 눈앞에 나타나 얼굴을 찡그리는
것 같음을 느꼈다.

　'하나님이 두려우냐? 사람이 두려우냐?'

　권씨는 하나님이 두려워졌다. 사람이 두려워서 해야 할 말을 못하는 죄가
무슨 죄보다도 더 큰 죄라 생각되었다.

　권씨는 마음 속으로 결심을 하고 강단 층계에 발을 올려놓았을 때였다.
뜻밖에도 교인 가운데서,

　"내려와!"

하는 소리가 들렸다. 꿈 같은 일이었다. 권씨는 고개를 돌려 교인들이 앉아
있는 것을 바라보았다. 어떤 부인이 일어서서,

　"어떤 곳인줄 알구 강단엘 올라가는 거요? 첩 노릇한 여자가 신성한 강단
을 더럽힐 수 있소?"

　무섭게 날카로운 목소리로 말했다.

　십여 년을 매일같이 교회를 나왔고 남 못지않게 열심으로 기도를 드려 왔
지만 그 말 한 마디에는 무엇이라 항거할 수가 없었다.

　권씨는 자기 자리로 돌아오지도 못하고 섰던 자리에 쓰러지듯 앉아 버렸
다. 앉자마자 권씨는 혼자서 기도를 드리기 시작했다.

　"남을 미워하고 원망하지 말게 해 주소서. 나를 해치려는 사람에게도 미
움이 가지 않도록 도와 주소서."

　기도회가 끝나고 돌아올 때 어떤 여인 한 사람이 권씨 옆으로 와서 권씨
를 강단에 오르지 못하게 한 여자를 욕했다. 버릇이 나쁘다니 심사가 곱지

못하다니 또는 그런 여자는 천당엘 갈 수 없다느니 하여 권씨를 위로해 주었다. 그러나 권씨는 아무 말도 안 했다. 남을 미워하지 말게 해 달라고 드린 자기의 기도가 그의 입을 막았던 것이다. 그러면서도 권씨는,
  '하나님은 나를 용서하건만 사람들은 용서치를 않는구나!'
하고 속으로 생각했다.

하나님이 용서하는 것을 사람은 왜 용서를 못할까? 아마 인간이 하나님보다 몇 곱절 인색한 모양이다.

인간은 어찌하여 마음이 인색하고 옹졸한 것일까? 인색함으로 즐거울 것도 없을 것이요, 옹졸함으로 발전이 있을 것도 아니지 않겠는가…….

그러나 권씨는 자기 자신이 자기를 용서 못했음을 깨달았다. 자기가 자기를 용서할 수 있었다면 예수 믿을 생각을 안 했을지도 모른다. 자기가 자기를 용서 못했기 때문에 하나님의 용서를 받으려고 했었다.

자기가 자기를 용서하지 못했거늘 어찌 남이 자기를 용서 안 한다고 원망할 수 있을 것인가?

권씨는 자기가 자기를 용서하고 남들이 자기를 용서할 길이 없을까 생각해 보았다. 어떠한 일을 해서라도 그 길을 발견하지 않는 한 아무리 하나님에게만 의지한다 해도 그것이 이루어지지 않을 것이며 나아가서는 하나님께 용서해 달란 체면이 없을 것이라 생각했다.

그러나 아무리 생각을 해도 묘한 방법이 떠오르지 않았다.

6·25가 발발하고 괴뢰군들이 침입해 들어왔다. 미처 피난을 못한 권씨 집안에는 누구네보다도 더 큰 공포가 흐르고 있었다.

남편은 지주라고 해서 붙들려 갈 것이고 권씨는 기독교 신자라고 해서 붙들려 갈 것이 빤한 일이기 때문이었다.

남편은 골방 속에 숨어 버렸다. 권씨도 숨어야 했다.

그러나 두 사람이 다 숨으면 두 사람이 다 발각될 우려가 있다. 그래서 권씨는 여자에게야 하는 생각에서 자기만은 집을 지키고 있었다.

괴뢰군들이 찾아오면 자기의 남편은 출타했다가 아직 돌아오지 않았다고 거짓말을 꾸며 댔다. 그리고 자기를 예수꾼이 아니냐고 질문하면 소견 없는

344

여자의 생각으로 예배당엘 다녔노라고 지금은 예수를 믿지 않는 듯이 대답해 돌려보냈다.

그러나 그들은 한 번에 속아 버리지 않았다. 두 번 세 번 찾아와서는 남편을 내놓지 않는 한 권씨를 잡아가야겠다고 위협했다. 그리고 가택수색까지 했다.

권씨는 매양 꼭 같은 말을 해서 돌려보내기는 했지만 어차피 자기 남편은 붙잡히게 되고야 말 것만 같았다.

이러한 불안을 느껴서 그랬는지는 모르나 자기가 신앙심을 버린 것처럼 속인 것이 새로운 불안으로 느꼈다.

그 동안 예배당에도 한 번 나가지 않았다.

하나님에게 체면 없는 행동을 했다는 것이 비로소 뉘우쳐졌다.

아무래도 그들에게 피해를 받을 바에야 하나님에게 부끄러운 일을 어찌할 수 있을 것인가? 십여 년 동안 하나님에게 기도드린 신앙생활은 어떻게 될 것인가?

권씨는 다시 교회당엘 나가기 시작했다. 교회에 나오는 사람은 몇 명도 안 되었다. 종을 울리지 못한 지는 이미 오래지만 목사도 어디로 종적을 감추었기 때문에 모인 사람들끼리 소리도 못 내고 기도만을 드리는 것으로 하나님에 대한 절개들을 지키고 있었다.

소리가 나면 그들이 붙잡으러 올 것 같아 찬송가도 부르지 못하고 묵묵히 기도만 드리려니 어쩐지 하나님을 믿는 것이 하나의 도둑질 같은 생각이 들었다.

어찌하여 하나님 믿는 것이 도적질이 될 수 있을 것인가?

권씨는 자기가 자기를 용서 못했던 것을 생각했다. 하나님에게 용서해 달라고 기도만 드렸을 뿐 하나님이 기뻐할 일을 행하지 못했음을 생각했다.

하나님이 기뻐하실 일을 아니 하고 자기가 자기를 용서받으려 한 것이 온통 거짓말만 같았다.

일요일 아침 권씨는 교회당으로 가서 그 동안 올리지 못했던 종을 쳤다. 자기 돈으로 사다 놓은 그 종을 힘있게 울렸던 것이다. 교인들이 깜짝 놀라 달려왔으나 권씨는 교인들의 공포어린 눈을 본 척도 안 하고 종을 울렸다. 그리고는 교회당으로 들어가 찬송가를 소리 높여 불렀다.

찬송을 하고 성경을 읽고 기도를 드린 뒤에는 교인들의 집을 찾아다니기 시작했다.

"예수님은 핍박 가운데서 하나님의 말씀을 전했습니다. 핍박이 무서워서 예수님을 버리시겠습니까. 교회에 나가십시다."

교인들은 교회에 안 나가도 신앙심을 유지할 수 있지 않느냐고들 말했다.

권씨는 신앙심을 버리지 않는다면 어찌 신앙심을 감출 수 있느냐고 말했다. 신앙심을 감춘다는 것은 하나님보다도 인간을 더 무서워하는 것이 아니냐고 했다.

남편도 걱정을 했다. 자기 때문에 집안이 몽땅 환란을 입게 되었다는 것이었다.

그러나 권씨는 자기를 살리고 자기를 용서할 수 있는 길이란 오직 하나님을 즐겁게 하는 것뿐이란 생각을 버리지 않았다. 일요일 낮밤과 수요일 밤에는 전과 똑같이 종을 치고 교회당에 들어가서는 찬송과 기도를 올렸다. 그리고는 전도를 하며 돌아다녔다.

권씨는 끝내 붙잡혀 가는 몸이 되고야 말았다.

그들은 권씨의 남편을 내놓으라고 하며 고문을 시작했다. 권씨는 입을 다문 채 열지를 않았다.

그들은 남들은 가만 있는데 무엇 때문에 혼자서 종을 치고 전도를 하며 돌아다느냐고 물었다.

권씨는 또 입을 다물었다.

그들은 또다시 그런 행동을 하겠느냐고 물었다.

그때 권씨는 목숨이 살아 있는 한 안 할 수 없다고 대답했다.

목숨이 날아가면 어떡하겠느냐고 물었을 때는 살아서 죽는 것보다 죽어서 사는 것이 좋다고 대답했다.

사실 그들이 하라는 대로 하나님을 거역하고 교회를 배반한다고 하면 죽을 때까지 자기가 자기를 용서할 수 없고 하나님마저 용서할 수 없는 죄를

346

다시 짓는 것이 된다고 생각되었다.

권씨는 같은 반동분자이기는 했으나 다른 명목으로 끌려온 사람들과 같이 묶인 몸으로 산엘 올라갔다.

그때까지 그들은 마음을 돌리라고 했다.

그러나 권씨는 인간보다 몇 갑절 너그러우신 하나님마저 용서할 수 없는 일은 저지르고 싶지 않았다.

세례 요한은 예수의 예언자로 진리를 전파하다가 목을 끊기었다. 예수는 뭇 백성들을 위하여 죄 없이 십자가에 못박혔다.

자기를 용서하고 교인들의 용서를 받고 하나님의 용서를 받아야 하는 권씨는 진리나 뭇 백성을 위하기보다 자기 자신을 위해 몸을 바치는 것이다.

죽음을 두려워할 것이 어디 있는가.

권씨는 잘리어 쟁반에 담긴 요한의 머리를 마음 속에 생각했다.

십자가에서 손과 팔에 피를 흘리며 눈썹 하나 찡그리지 않은 예수의 죽음을 머릿속에 그렸다.

'땅' 소리와 함께 괴로움도 모르고 일순 동안에 죽을 수 있는 자기의 죽음쯤 얼마든지 견딜 수 있는 것이라 생각하며 권씨는 산 속으로 걸어올라가는 것이었다.

(원) 《현대문학 1》 1955. 1.

피의 능선

4284년 8월 초순! 줄곧 계속되는 여름비는 분명 장마였다. 장맛비라면 가다가 멎거나 빗발이 가늘어지는 때도 있건만 무슨 놈의 비가 억수처럼 퍼붓기 시작한 채 뜸할 줄을 모른다.

앞산이고 뒷산이고 할 것 없다. 페인트 칠한 유리를 눈앞에 가린 것처럼 아무것도 보이지 않았다.

진흙으로 된 지면(地面)은 빗방울을 흘려보내지도 빨아들이지도 못한다. 떨어지는 비는 그 자리에서 방울을 짓고 그 뒤에 떨어지는 빗줄기에 꺼져 버린다. 수렁처럼 디디기만 하면 몸이 절반쯤은 잠길 것 같다. 흑인의 얼굴처럼 꺼먼데다가 번질거리는 지면!

원광철 중위는 바깥도 내다보기가 싫었다. 뭐 이런 비가 있느냐고 상을 찡그렸다. 정말 너무 오는 것 같았다. 그것은 중대장뿐이 아니었다. 하사관들도 밤낮을 가리지 않고 누웠다 앉았다 하기만 하는데 그만 지친 듯이 피곤한 얼굴들을 하고 있었다.

서화리(瑞花里) 전투와 현리(縣里) 전투를 끝내고 예비사단에서 교육을 받고 있는 만큼 며칠 동안 누워서 푹 쉬게 된 것을 하늘이 준 휴식이라고 모두들 좋아했다. 그러나 지금은 누워 있는 것이 하나의 고역인 것처럼 모두가 오만상을 찌푸리고 멀거니 앉아들만 있다.

"찌리링! 찌리링!"

전화소리가 났다. 전화벨마저 금속성의 야무진 소리를 못 내고 목판을 두드리는 듯한 소리를 내었다. 선임하사관 김 상사가 전화통을 들었다. 자기 말고도 전화를 받을 사람이 얼마든지 있으련만 역시 무료해 죽겠는 모양이다. 아무도 못 받게 뛰어와서는 전화통을 빼앗기나 하듯 움켜쥐고,

"네. 제5중대 김 상사입니다."

하고 사뭇 사기를 올렸다.

"네! 잠깐 기다리십시오."

김 상사는 바른손에 든 전화통을 원 중위에게 내밀며,

"중대장님, 대대장님에게서 전홥니다."

하고 말했다.

"무슨 일이래?"

원 중위는 전화통을 받아 쥐면서 물었다. 물어 보나마나 대단치 않은 전화겠지 하고 자기의 육감을 스스로 말해 본 것이었다.

그러나 전화통을 받으려는 순간 김 상사는,

"전투 준빈 것 같습니다."

하고 빙그레 웃었다. 예비사단으로 내려온 지 이십 일도 안 되었을 뿐 아니라 장맛비가 계속해서 쏟아지고 있는 지금 생각할 수도 없는 일이었다. 심심해서 농담을 걸어 본 모양이었다.

"쓸데없는 소리!"

원 중위는 김 상사를 나무라며 전화통을 귀에다 댔다.

그러나 몇 마디를 주고받지도 않은 채 전화통을 내려놓은 원 중위의 얼굴이 긴장되어 있었다.

김 상사는 중대장의 긴장된 얼굴에서 어떤 육감을 느꼈는지,

"무슨 일이 생겼습니까?"

하고 물었다. 쓸데없는 농담을 한 것이 미안한 표정이었다.

"응, 긴급회의야. 무슨 일이 있는가 봐……."

원 중위는 레인코트를 입자, 자기가 돌아올 때까지 외출들을 말라고 심각한 태도로 말하고는 억수로 퍼붓는 빗속으로 뛰쳐 나갔다.

중대장이 나가자 천막 속은 잠시 침묵에 잠겨 버렸다. 그러나 중대장의 얼굴이 긴장한다는 것은 언제나 있을 수 있는 일이라고 생각한 김 상사는,

"다른 중대에서 사고를 일으킨 모양이지……."

하고 실내 공기를 깨뜨렸다. 다른 하사관들도 한 중대에서 사고가 생기면 중대장 전부를 소집하여 주의시키는 대대장의 성격을 잘 알고 있기 때문에 김 상사의 말을 믿지 않을 수 없었다. 그래서 잠시나마 중대장의 얼굴을 바라보던 때의 무거운 공기를 깨뜨리려고 잡담들을 꺼내기 시작했다.

나뭇잎을 때리고 천막을 때리는 빗방울 소리에 잡담이나마 그들은 악을 써야만 말을 주고받을 수 있었다.

핏댓줄을 세워 가며 이야기하는 소리가 여기저기서 빗소리를 막고 있을 때 원 중위가 나가던 때보다 더 긴장한 얼굴로 들어왔다. 들어와서는 레인코트를 채 벗기도 전에 연락병을 불러 소대장들을 즉시 소집해 오라고 명령했다. 잡담으로 한참 동안 떠들던 천막 안이 다시 고요해졌다.

빗소리가 갑자기 크게 들리기 시작했다.

"무슨 일이 생겼습니까?"

김 상사가 중대장 옆으로 가서 레인코트를 받아 걸며 물었다. 다른 중대에서 사고가 일어난 것이라고는 생각할 수가 없으리 만큼 긴장된 얼굴이 지나치게 심각한 것 때문이었다.

"응, 즉시 출동해야지……."

원 중위는 이미 결심이 선 듯 대답했다.

"왜요?"

출동이란 말에 방 안의 모든 시선이 원 중위에게로 집중되었다. 동시에 김 상사도 긴장된 표정으로 물었다.

"전투 개시야!"

"네? 예비사단이 된 지 며칠이 안 됐는데요?"

"사단장 각하의 명령이야."

"어떤 지군데요."

"피의 능선이야."

“피의 능선이라니?”

“양구(楊口)에서 삼사십 리 되는 지점이야. 미(美) 칠 사단이 전투를 하던 곳인데 이번에 우리 사단이 맡았대.”

“이렇게 장맛비가 오는데 하필 우리 사단이 출동할 게 뭐람. 재수 없는데…….”

김 상사가 곤란하다는 듯 머리를 벅벅 긁었다.

“우리 사단이 가장 센 모양이지. 사단 가운데서두 우리 삼십육 연대가 공격을 맡았으니까, 우리 연대의 명령이 그만큼 높은 모양이야.”

“그래두 좀 쉴려구 했드니…… 이 장맛비에 어떻게 전투를 한담…….”

“장마라구 전투를 못한다는 법이 있나? 어떤 나라에선 우산을 쓰구 전투를 했다던데…….”

“거야 그렇지만 비두 너무 와서요…….”

이때 소대장들이 모여들기 시작했다. 소대장 회의를 간단히 끝내자 즉시 출동 준비의 명령이 내려졌다.

출동 명령이 내려진 뒤 완전 무장을 한 각 소대의 병정들이 집합했다.

레인코트를 입었으나 얼굴들은 비에 번질거렸고, 바지 아랫통은 물에 부풀어올라 있었다. 하고 싶은 말이 있어도 비 때문인지 모두의 입이 무거워 보였다.

원 중위는 중내 병력을 집합시키자 달려온 트럭에 태워 그들을 대대 집합 장소로 인솔해 갔다. 대대장의 훈시가 끝나고는 즉시로 목표지를 향해 다시 달리기 시작했다.

피의 능선 밑에 있는 조그마한 무명 고지에 이른 것은 그 날 오후였다. 적들이 점령하고 있는 피의 능선이 눈앞에 보이는 지점이었다.

사방에서 터지는 포성이 피아의 진지를 짐작할 수 있게 했다.

목적지에 이르자 곧 중대장 회의가 있었다. 그때 대대장이,

“연대 오피(OP)가 바루 이 고지 꼭대기에 설치되고, 대대 오피가 바루 이 자리에 설치될 테니까 중대본부는 적당히 선택을 해서 결정해!”

하고 말했다.

적당히 선택하라는 것은 결국 능선 밑으로 내려가서 적과 가장 가까운 거리에 있으라는 말과 마찬가지였다.

중대본부라고 하면 그래도 지형을 이용하여 은폐할 수 있는 곳에 호(壕)를 팔 수 있어야만 한다. 대대 오피라는 지점이 지형으로 보나 중대본부에 적당하지만 그 이상 더 전방으로 나간다는 것은 방어를 생각하지 않는 단시간 동안의 공격만을 생각하는 일 같았다.

"이 앞으로 더 나가서야 어떻게 호를 팔 수 있겠습니까?"

원 중위가 질문을 했다.

그때 대대장이,

"마음대루 해. 대대본부와 같이 있으려면 여기 있어두 좋아. 그렇지만 여기두 연대 오피가 백 미터밖에 떨어져 있지 않은 지점이란 걸 알아야 해!"
하고 대답했다.

그 말을 듣자 원 중위는 그만 입을 다물어 버렸다.

중대가 앞으로 나간다면 지형으로 보아 극히 낮은 지점이 된다. 적의 눈에 띄지 않게 호를 팔 수 있을지가 의문이다. 그리고 적의 포 사격이 심할 때는 퇴로를 찾을 만한 사각지(死角地)가 있을지도 모른다.

그뿐 아니라 최전방인 지점까지 나간다 해도 중대본부와 연대 오피와의 직선 거리는 삼백 미터도 되지 않는다. 중대본부에서 삼백 미터밖에 떨어지지 않은 곳에 연대 오피를 설치한다는 일은 전투사상(戰鬪史上) 별로 있은 일이 없다.

원 중위는 앞으로 전투가 치열하리라는 것을 짐작했다. 그리고 연대장의 결의가 얼마나 굳은 것이라는 것도 능히 알 수 있었다.

대대장이 알아서 하라는 말도 결국은 위험한 줄은 아나 어떻게 하겠느냐는 걱정의 뜻임을 알자 다른 중대장들도 묵묵히 각 중대의 위치를 결정짓는 이야기만 주고받았다.

원 중위는 소대장들을 인솔하고 자기 중대의 위치에까지 이르렀다.

그러나 직선거리 이삼백 미터밖에 안 되는 지점도 능선을 우회해서 걸어가려니 상당한 시간이 걸렸다. 비가 계속해서 쏟아지고 있기 때문에 몇 발자국 앞도 내다보이지 않는 것이 다행이었다. 맑은 날이라면 너무나 가까운 곳에 있는 적진이 소대장들에게 얼마나 위압을 줄 것인가?

원 중위도 피의 능선 지형을 모른다. 그러나 지도상에 나타난 것으로만 보아도 적진과 얼마나 가까운 거리에 있는지 그리고 적의 진지와 아군의 진지 그 고하(高下)의 차가 얼마나 크다는 것쯤 능히 알 수 있었다.

원 중위는 소대장들이 적진을 육안으로 바라볼 수 없는 것을 차라리 다행스럽게 생각하고 소대의 위치를 결정지어 준 후 호를 파라고 명령했다.

전투 경험을 쌓고 있는 소대장들이라곤 하나 그들은 아무것도 모르고 있었다. 그래서 진지를 구축하기에 적당치 않다는 것을 표정으로 말해 주었다. 시원하게 대답을 하고 소대원들을 인솔해 오려는 소대장은 하나도 없었다.

"빨리 가서 데리고 오지 못해?"

원 중위는 위엄 있게 호령을 했다. 그때 한 소대장이,

"비가 너무 와서 호를 팔 수 있겠습니까?"

하고 지형이 부적당하다는 불평을 비에다가 핑계하였다.

"그럼 비가 온다구 죽어도 좋은가?"

원 중위도 지형이 나쁘다는 말만은 입 밖에 꺼내지 못했다. 그때 소대장 한 명이,

"지형이 불리한 것 같은데요? 날이 개면 적들이 육안으로 내려다보지 않을까요?"

하고 지형의 위험성을 지적했다.

"그렇진 않을 거야. 그렇지만 날이 갤 땐 진지를 옮긴다 해두 우선 파야해!"

그 말에야 소대장들도 입을 다물고 중대원들이 있는 곳으로 돌아가 각기 자기 소대원들을 인솔해 왔다.

그래서 능선의 중복을 이용하여 좌우로 호를 파기 시작했지만 비에 젖은 흙이 물처럼 물렁거려 삽자리가 나지 않았다. 아무리 삽질을 해도 금시 흙이 흘러 버려 삽자리를 메워 버렸던 것이다. 사병들은 입었던 레인코트들을 벗어 버렸다. 레인코트가 걸리적거려 삽질하기가 불편했던 모양이다.

사실은 레인코트쯤 입으나마나였다. 작업복이 몽땅 젖지 않은 사람이 없었다. 목으로 새어들어 가고 소매로 젖어들어 가 이미 물에 잠겼던 옷처럼 젖어 버렸던 것이다.

레인코트까지 벗고 비를 맞아 가며 삽질을 했으나 교통호와 산병호를 판다는 것이 불가능하다는 것을 알아차린 원 중위는 그 동안 가설한 전화를 통하여 대대장에게 현상을 보고하였다.

그때 대대장은 이미 다른 중대에서도 보고가 들어왔는지 두말 않고 개인호를 파는 정도로 하라는 명령을 한다. 그 대신 천막을 줄 테니 와서 가져가라는 것이었다.

그래서 전초선에 개인호를 파는 한편 대대본부로 가서 천막을 가져왔다.

천막을 가져왔지만 마른땅이 나오도록 터를 닦을 수가 없었다. 우선 적당한 지점에 천막들을 치고 천막 안에서 땅을 골랐다. 그러나 사방으로 스며드는 물 때문에 마른 흙이 드러나도록 깊이 팔 수가 없어서 적당히 땅을 고르고는 젖은 풀을 베어다 흙 위에 깔아 놓았다. 그러니까 하룻밤을 물 위에서 잔 셈이었다. 사병들의 얼굴은 물에 불어 희어멀겋게 보였다.

그래도 아침식사가 운반되어 왔을 때는 부어오른 듯한 손들을 내밀고 푸실푸실한 주먹밥을 받아 맛있게들 먹었다. 조반을 먹자 대대본부로부터 조그마한 부대가 도착했다. 부대에 모래를 넣어 사병 한 명이 부대 하나씩 휴대할 것을 명령해 온 것이다.

각 소대장까지는 모래부대의 용도를 알았지만 사병들은 무엇 때문에 그것을 만들어야 하는지도 모르고 왕모래 있는 곳을 찾아가 포대를 채웠다.

포대를 준비하자 몇 시간도 안 되어 돌격 명령이 내려졌다.

원 중대장은 제1소대원을 불러 세우고 사항을 설명했다.

"목표는 피의 능선이다. 나무가 하나도 없는 산이다. 그렇기 때문에 포대를 하나씩 메고 가서 그것을 은폐물로 삼아 사격을 해야 한다. 피의 능선만 점령하면 그 뒤에 있는 까치봉은 문제가 없다. 그럼 출발!"

제2소대와 제3소대는 좌우편으로 지원 사격을 하게 한 뒤, 제1소대가 원 중위의 인솔로 적진을 향하기 시작했다.

수색대의 사전 정찰이 있었기 때문에 적진으로 돌입하는 지형은 알 수 있었다. 전초선을 넘어 개활지를 지나 피의 능선 아랫도리에까지 이르자 원 중위는 정찰병을 내보냈다. 백 야드 전방까지 올라가 보라는 것이었다.

정말 나무 한 그루 없는 산이었다. 그러나 안개를 일으키며 퍼붓는 빗속이기에 정찰병은 바위를 기어오를 수 있었다. 백 야드를 올라갔던 정찰병이 돌아와 적정이 보이지 않음을 보고했다.

이렇게 해서 백 야드 적진을 향해 산으로 기어오를 때였다. 산 중턱에 거의 올랐을 때 갑자기 적의 총성이 들리며 집중사격이 퍼부어져 왔다.

소대원들은 모래포대를 앞에 놓고 엎드려 응전을 시작했다. 피의 능선 전투가 시작된 것이다.

아군의 지원 사격과 적의 포 사격도 시작했다.

그러나 지형으로 보아 아군이 불리한 것은 두말 할 것도 없다. 높은 곳에서 아래로 내려 쏘는 총알을 막을 길이 없었다. 더구나 소대원들 가운데는 엠원의 빈 총소리만 내는 이가 적지 않았다. 며칠째 비 맞은 총이기 때문에 총신이 녹슬어 총알이 나가지 않는 모양이었다.

그 대신 한 명 두 명 적탄에 쓰러지기 시작했다. 원 중위는 총알이 나가지 않는 사람은 탄환을 다른 사람에게 주라고 소리를 질렀다. 그리고는 탄환이 다할 때까지 계속 사격하라고 명령했다.

얼마를 사격했는지 소대원들의 총소리가 끊어지고 말았다. 소대장을 비롯해서 대부분의 소대원이 쓰러졌다. 그리고 총탄도 전부가 소비된 모양이었다.

원 중위는 할 수 없이 남은 소대원 대여섯 명을 데리고 중대본부로 돌아왔다.

돌아오는 길로 전화를 걸어 대대장에게 전황을 보고했다. 그러나 대부분의 병력을 희생시키고 자기만 살아 왔다는 것이 정말 미안했다. 전화통을 대하는 얼굴이 자꾸만 수그러졌다. 그래서,

"이번에는 측면으로 공격하겠습니다."

하고 다시 공격할 각오를 피력했다.

사실 이제는 적의 지형도 심작할 수 있었다. 적의 벙커가 있는 지점도 알 수 있었다. 그런 만큼 정면이 아니라 측면으로 기어올라가서 기습만 하면 적의 벙커를 점령할 수 있을 것 같은 생각이 들었다. 또 그래야만 부하를 희생시킨 자기의 면목이 설 것 같았다. 그러나 첫 전투에 큰 희생을 당한 사실을 듣자 대대장이,

"넌 어떻게 살았니?"

하고 격분한 어조로 말했다.

원 중위는 대답할 말이 없었다. 자기도 어떻게 해서 자기만 살았는지를 모른다. 자기만 살려고 해서 산 것만은 아니다.

'전체가 죽을 때는 한 사람도 살아서 안 되나…….'

그의 가슴 속에서는 이러한 반발심도 떠올랐다. 죽은 사람은 죽은 것이지만 한 사람이라도 살 수 있는 한 살아야 할 것이 아닌가 하는 생각에서였다.

그러나 대대장의 말이 자기가 죽으면 시원하겠다는 뜻이 아니라는 것쯤 짐작할 수 있기 때문에 원 중위는 입을 다물어 버렸다. 그 대신 공격 명령이 내려지면 그때는 적진을 점령하거나 자기가 죽거나 하고야 말 것이라고 혼자 결심을 했다.

대대장도 격분한 나머지 그런 말을 했을 것이지만 격분해서 한 말이건 미워서 한 말이건 어쨌든 적진도 점령하지 못하고 살아 왔다면 그 이상 더 부끄러운 일이 없으리라고 생각했다.

그러나 다음 날 새벽, 아직 날도 밝기 전에 두 번째의 공격 명령을 받고 제3소대를 인솔하여 적진을 향해 나갔을 때도 원 중위는 적진을 점령하지 못했고 또 죽지도 못했다.

우측으로 우회해서 적진에 접근하고 있을 때였다. 이번에는 적병들이 벙커에서 나와 이편을 바라보며 쏜살같이 내려오고 있었다.

곧 격전이 벌어졌으나 밀려 내려오는 적병의 수효가 너무나 많았다. 아군은 할 수 없이 분산되고야 말았다.

원 중위는 빗발치는 어둠을 이용하여 바위 틈에 숨었다. 적병이 가까이 오면 적을 죽이고 자기도 죽으려는 생각으로 칼빈총을 겨눈 채 숨어 있었다.

과연 대여섯 명의 중공군이 무어라 중얼거리며 정면을 향해 걸어왔다.

원 중위는 칼빈총의 방아쇠를 잡아당기었다. 그러나 몇 번씩 잡아당겼지만 총알이 나가지 않았다. 총구에 흙이 들어 있든가 비에 녹이 슨 모양이었다.

원 중위는 총을 버리고 수류탄을 꺼냈다. 안전핀을 뽑아 던지려고 했으나 수류탄마저 말을 듣지 않았다. 안전핀이 뽑아지지를 않았던 것이다.

원 중위는 적을 한 명도 쏘지 못하고 죽나 보다 생각했다. 그러나 적은 원 중위를 발견 못했는지 그만 다른 방향으로 없어져 버렸다.

원 중위는 잠시 멀거니 앉았다가 아래로 내려 걷기를 시작했다. 부하가 얼마나 죽었는지 또 얼마나 살아 돌아갔는지 알 바 없었지만 그래도 돌아가지 않을 수 없었다.

그러나 중대에 접근했을 때 오늘은 대대장이 무어라 말할 것인가 생각했다.

'왜 적진을 점령하지 못했느냐?'

하고 또 격분한 어조로 말할 것 같았다. 그 대신,

'왜 혼자만 살아 왔느냐?'

하고 물으면,

'칼빈총이 불발해서 죽지 못했습니다.'

라고 할 자신만은 있었다.

사실 칼빈총이 불발만 하지 않았다면 적들은 지기의 총성으로 자기의 위치를 알고 쏘아 죽였을 것이 분명했다.

그러나 중대본부에 이르러 귀환한 사병들을 조사했을 때 역시 전날보다 생존자가 많지 않음을 안 원 중위는,

"오늘도 저만 살아 왔습니다."

하고 대대장이 격분해하기 전에 자기의 부끄럼을 자백했다.

그렇게 먼저 수그러졌기 때문인지는 모르나 뜻밖에도 대대장이,

"수고했소. 오늘은 좀 쉬시오."

하고 부드러운 말을 들려 주었다.

그러나 공격으로 나가지 않는다고 해서 쉴 수는 없었다. 교대해서 사격해

나간 다른 중대를 지원 사격도 해야 했지만 적의 끊임없는 포탄에 한자리에 앉아 있을 수도 없었다.

원 중위는 우선 남은 중대원을 점검하고 정비를 해야 했다. 그래서 연락병을 시켜 비상 소집을 내렸다.

그러나 집합한 대원의 수효가 너무나 적은 데 놀라지 않을 수 없었다. 두 소대의 병력을 대부분 희생시켰지만 일개 소대만은 그대로 남아 있어야 할 것이 그것도 반수가 되지 못했다.

적의 포탄에 그만큼 희생된 것이었다.

소대장이라고는 한 명도 없었다.

원 중위는 중대장으로서 이번이 첫 전투가 아니었다. 몇 번이나 싸워 보았지만 소대장 전부를 잃은 것은 처음이었다.

정말 눈앞이 캄캄해지는 것 같았다.

원 중위가 말도 못하고 멍하니 서 있을 때 중대 선임하사관 김 상사가 옆에서,

"병력 보충을 요구하시지요?"

하고 말했다.

그때 원 중위는 깜짝 놀라는 얼굴로 김 상사를 보며,

"넌 살아 있었구나."

하고 그의 두 손을 덥석 잡았다.

"제가 왜 죽어요. 중대장님두……."

김 상사는 쉽게 죽지 않을 자신이 있다는 듯이 빙그레 웃었다.

김 상사는 원 중위보다도 전투 경력이 많았다. 6·25 전(前) 공비 토벌 때부터 전투에 참가해 온 고참 중에서도 고참인 것이다.

원 중위는 김 상사가 살아 있다는 것이 그저 고마워 눈시울이 뜨거워지기까지했다. 그러나,

"제가 대대장님께 전화를 걸까요?"

김 상사는 병력 보충이 긴급할 뿐이라는 듯이 원 중위의 감정을 무시하려 했다.

원 중위는 김 상사가 살아 있다는 것만이 대견스러워,

"너, 소대장을 해라."

하고 즉석에서 소대장을 명했다.

김 상사는 차렷을 하고 한 번 복명했을 뿐 곧,

"제가 전화를 걸겠습니다."

하고 채 승낙도 내리기 전에 전화통을 들었다.

그러나 대대장은 공격 중대에 나가고 자리에 있지 않았다. 대대장까지 직접 전투 지휘에 참가한 모양이었다.

원 중위는 전초 근무를 명령하고 텐트 안으로 들어왔다. 질컹질컹하는 땅바닥에 부상당한 사병이 두어 명 누워 신음소리를 내고 있었다.

원 중위는 그 중 한 명을 부축하여 자기 침대로 끌고 가서 야전 침대에 뉘었다. 침대도 어떻게 되었는지 젖을 대로 젖어 있었다.

자기 침대를 양보한 원 중위는 땅바닥에 누워 버렸다. 물 기운이 등을 서늘하게 했지만 그래도 누워야만 할 것 같았다.

천막을 내리때리는 빗소리와 발 밑에 떨어지는 듯한 포탄소리에도 원 중위는 물구덩이 속에서 잠이 들었다.

다음 날 새벽 눈을 떴을 때 김 상사는 밥이 올라왔다고 떠들어대고 있었다.

원 중위는 자기가 언제쯤 밥을 먹어 봤는지 기억이 까마득한 것 같았다. 따라서 밥 소리를 듣자 갑자기 허기를 느꼈다.

그래도 원 중위는 먼저 먹을 생각을 못하고 중대원들을 불렀다.

그런데 식사하러 몰려온 중대원이 어쩐 일인지 어제 저녁보다 수효가 많아진 것 같았다.

"웬일이야. 사람이 많아지지 않았어?"

그때 김 상사가,

"밥 먹으라니까 숨어 있던 놈도 나온 모양이지요."

하고 웃었다. 정말 그럴지도 모른다. 퍼붓듯 쏟아지는 포탄 속에서 꼼짝도 못하고 있다가 밥이 왔다는 말에야 생사를 무릅쓰고 기어 나온 사병이 없지도 않을 것이다.

원 중위는 아무 말도 안 하고 배식을 명령했다.

비를 맞으며 지은 밥이라 잘 익지도 않았다. 그런데다가 비를 맞으며 왔으니 밥이 뭉쳐질 리가 없었다. 두 주먹으로 뭉치는 시늉만 해서 나누어 주었다.

통통 불어오른 두 손에 밥을 받아 허겁지겁 씹어 먹는 사병들의 모습이란 정말 걸신들린 사람들 같았다.

그런데 한참 동안 밥을 먹고 있을 때였다. 김 상사가 어떤 사병에게,

"너는 몇 중대야?"

하고 소리를 질렀다.

"네 팔 중댑니다."

"뭐? 팔 중대? 왜 남의 밥을 와서 먹니?"

김 상사는 식사하는 사병의 따귀를 후려갈겼다. 남은 밥이 사병의 손에서 날아가 버렸다. 그러나 사병은 손에 붙은 밥알을 핥아 먹으며,

"아무 밥을 먹음 어때요."

하고 눈을 흘기었다.

그때 원 중위는 어제 저녁보다 인원 수가 많은 이유를 알기도 했지만,

"김 상사…… 식사할 땐 개두 때리지 않는 거야……."

하고 우선 김 상사를 제지했다.

식사를 마치자 대대본부로부터 전화가 왔다. 대대장이 전사하고 부연대장이 대대장으로 취임했다는 것이었다.

그러나 원 중위는 대대장이 전사했으니까 원통하다든가 부연대장이 대대장으로 와서 수고를 한다든가 그런 인삿말을 한 마디도 안 했다. 자기더러 전사하지 않았다고 꾸중하던 그 대대장의 말도 생각하려 하지 않았다. 그저 병력을 빨리 보충해 달라는 말만을 부탁했다.

그는 병력 없이 중대본부를 지키는 자기를 생각할 수 없었다. 병력 없는 중대장이 어디 있을 것인가? 병력 없는 자기는 죽은 것이나 마찬가지였던 것이다.

그래서 몇 시간 뒤 새 대대장이 중대본부까지 왔을 때도 그 포탄이 쏟아

지는 길을 어떻게 왔느냐고 인삿말 한 마디 안 하고 병력을 보충해 달라는 말만을 했다.

그러나 이삼 일이 되어도 병력은 보충되지 않았다.

며칠이 지난 어떤 날 비가 조금 뜸했을 때 직접 연대장에게서 전화가 왔다. 전화통을 들자,

"너는 왜 공격을 안 하니 응?"

하는 연대장의 무서운 목소리가 들렸다.

"병력이 없습니다."

"뭣이?"

잠시 말이 없다가,

"네 옆에 있는 것들은 무어냐?"

연대장의 목소리는 더욱 날카로웠다.

"병력을 빨리 보충해 주십시오."

"여기서두 보이는데 병력이 없어?"

쌍안경으로 내다보며 전화를 거는 모양이었다.

"모두 시체들입니다."

"거짓말 말어! 빨리 공격을 안 하면 군법회의에 간다."

"그런 말씀은 전투 때마다 듣습니다. 군법회의에 걸리지 않게 빨리 병력이나 주십시오."

전화가 끊긴 지 얼마 안 있어 연대로부터 연락장교가 달려왔다. 정말 병력이 없는가를 조사하러 온 모양이었다.

연락장교는 원 중위 안내로 전초선 가까이까지 가서 원 중위 얼굴과 쓰러져 있는 시체들을 번갈아 보고는,

"알았습니다."

하고 고개를 숙여 버렸다. 금시 눈물이 흘러내릴 것 같았다.

"빨리 가서 병력을 보내 주시오."

원 중위는 마치 연대장을 대하기나 하듯 애원을 했다.

다음 날에야 병력이 보충되는 동시에 공격 명령이 내려졌다.

원 중위는 다시 소대 단위 병력을 집합시키고 모래 부대를 만들게 했다. 그리고는 모래 부대와 수류탄 다섯 개 이외에는 아무것도 휴대하지 못하게 한 뒤 역시 자기가 직접 선두에 섰다.

지형으로 보나 무엇으로 보나 간에 소총으로 싸울 경우가 아니라는 것을 알았기 때문이었다. 그러나 자기만은 엠원을 어깨에 메었다.

우군의 지원 사격을 받으며 적진 가까이로 기어올라갈 때였다.

적의 벙커 약 백 야드 전방에까지 이르자 원 중위는 대원들에게 결사대로 나갈 사람은 나서라고 했다.

열 사람씩 결사대를 조직하여 적의 벙커까지 가서 수류탄을 그 속에 던지게 하려는 것이었다.

사실 그렇게 하지 않고서는 적진을 뺏을 도리가 전혀 없었던 것이다.

그러나 결사대를 조직하여 출발시킨 지 일 분도 안 되어 결사대원 한 명이 뒹굴며 떨어졌다. 적탄에 맞았던 것이다. 한 명이 굴러내리자 적의 수류탄이 바위에 튕기며 데굴 굴러내리기 시작했다.

대원들이 굴러 오는 수류탄을 피하느라고 몸을 움칠움칠했다. 어떤 대원은 자기 앞에 굴러내린 수류탄을 잽싸게 집어 던지기도 했다.

"빨리들 올라오지 못해?"

원 중위는 결사대원들을 독려했다. 결사대원들은 바위에 붙어서 한 걸음 한 걸음 올라가기 시작했다.

그러나 얼마 안 가서 수류탄 파열소리와 함께 두 명의 결사대원이 굴러떨어졌다. 얼마 안 가서 또 두 명이 쓰러졌다. 나머지 다섯 명은 그래도 적의 벙커 근처까지 올라갔다.

그때 원 중위는 엠원 총을 내리어 적의 벙커를 향하여 발사를 하는 동시에,

"돌입!"

하고 명령했다.

명령이 떨어지자 다섯 명의 대원은 적의 벙커에 수류탄을 던지며 뛰어올랐다. 수류탄 터지는 소리가 요란했다. 소총소리도 야단스러웠다. 무어라고 소리지르는 것도 들리었다. 육박전이 벌어진 모양이었다.

그러나 잠시 후 벙커 속은 조용했고 소총은 원 중위 있는 곳으로 집중 사격됐다. 모두들 전사를 한 모양이었다.

원 중위는 바위 틈에 몸을 숨기고 적의 사격이 멎기만 기다렸다.

얼마를 지났는지 적의 소총소리가 그치고 굴러내리던 수류탄이 멈춰졌다.

원 중위는 다시 결사대를 조직할 생각으로 소대원을 불렀다. 그러나 대답하는 소리가 나지 않았다.

"빨리들 나오지 못해?"

소리를 질렀을 때 대답을 하고 고개를 든 이가 겨우 세 사람뿐이었다.

십 야드 밖에 떨어져 있는 김 상사와 오 야드쯤 떨어져 있는 일등병 두 명이었다.

"또 다 죽었구나…….”

원 중위는 또 고개를 숙이지 않을 수 없었다.

그러나 이번에야말로 자기만 살아서 돌아갈 수는 없었다. 세 명을 데리고 자기까지 돌격할 결심이었다.

그때였다. 십 야드쯤 떨어져 있는 김 상사가 불쑥,

"중대장님——, 저 십 야드쯤 내려가 있구 싶어요."

하고 말했다. 원 중위는 넷이서 돌격하려는 자기의 결심을 알고 **후퇴**하려는 것이라 생각지 않을 수 없었다.

"뭐, 이 자식…….”

"아니 마음이 이상해서 그래요. 오 분만 있다가 다시 올라오겠습니다. 돌아가려는 것이 절대 아닙니다."

"안 돼! 비겁한 수작 말아!"

원 중위는 끝까지 허락하지 않았다. 그러나 김 상사가 할 수 없이 단념을 하고 원 중위를 물끄러미 보며,

"미안합니다."

라는 말을 끝내는 순간이었다. 어디서 날아왔는지 적의 육십일 미리 박격포탄이 김 상사 바로 옆에 떨어져 터져 버렸다. 동시에 김 상사의 몸은 어디로 날아갔는지 보이지 않았다. 원 중위는 눈을 감아 버렸다. 잠시 후 눈을 뜨자

그때는 두 일등병에게,

"돌아가자."

하고 일어섰다.

진지로 돌아오는 길에 그는 두 사병에게,

"물어 볼 것 없이 이동을 했다면 죽지 않았을 게 아냐!"

하고 힘없이 말했다.

"죽을 때면 무엇이 가르쳐 주나 부지요?"

"참 이상한데요?"

사병들은 김 상사의 죽음이 특별했다는 데 감개무량한 모양이었다.

다음 날은 밤중에 공격 명령이 내려졌다. 원 중위는 다시 소대 병력을 인솔하고 적진을 향했다.

피의 능선으로 접어들어 올라가고 있을 때였다. 갑자기 적의 집중 사격이 있어 분산하여 숨어 있을 때였다.

멀지 않은 곳에 적의 박격포탄이 떨어지는 순간 어떤 전우가 큰 소리로 비명을 올렸다. 그리고는 전우에게 업히어 원 중위 가까이로 걸어오고 있었다.

"누구냐?"

원 중위는 소리를 질렀다.

"우리 중대장입니다."

"중상이냐?"

"그런 것 같습니다."

"죽지 말라구 그래!"

중대장이라고 하지만 누군지도 모른다. 얼굴도 볼 수 없었다. 그러나 남의 일 같지가 않아 죽지 말라는 말만 했다.

그 뒤 원 중위는 결사대를 조직하여 적진으로 올려보냈다. 한 번 올라간 결사대의 소식이 없을 때 그는 두 번째 결사대를 올려보냈다.

그러나 두 번째 올라간 결사대의 소식도 없었다. 그는,

"이 새끼들 또 죽었니?"

하며 엠원 개머리판으로 바위를 쳤다.

이럴 수가 있는가 생각했다. 자기만도 몇 번째다. 자기 외에도 다른 대대가 자기와 같은 공격을 하고 있을 텐데 어째서 적의 벙커는 무너지지가 않는 것인가?

원 중위는 나머지 대원들을 부르려 했다. 다시 결사대를 조직해서 올라가야 했기 때문이었다.

"중대장 여기 있다. 다들 모여."

하고 어둠 속에서 소리를 지른 때였다.

바위가 무너지는 듯한 소리와 함께 알아들을 수 없는 소리를 지껄이는 그림자가 달려왔다. 그리고는 함부로 소총질을 했다.

원 중위는 오늘이야말로 죽는구나 하는 생각이 들었다. 그런 생각이 드는 순간 총알이 철모를 딱 때리고 날아갔다. 원 중위는 관통상을 입은 줄 알고 쓰러졌다. 죽은 듯 쓰러져 있을 때 중공군 두 명이 다시 발로 툭툭 찼다. 죽은 체 움직이지 않고 있자 그때는 중공군이 원 중위의 레인코트를 벗기기 시작했다.

눈을 감고 죽은 채 누워 있는 원 중위는 사병들이 안 입는 레인코트를 중대장이라고 해서 자기만이 입고 온 것을 후회했다. 입으나 마나한 레인코트다. 도리어 불편한 것을 그래도 자기만은 입고 왔던 것이다.

이제 중공군들이 레인코트를 벗기다가 자기가 죽지 않은 것을 안다면 용서 없이 총으로 쏠 것이 아닌가?

레인코트를 벗기는 시간이 왜 그다지도 긴지 몰랐다.

그러나 그들은 레인코트만을 벗기고 그냥 돌아가는 것이 아니었다. 몸을 또 수색하는 것이었다.

몸에서 플래시를 발견하고 그것을 꺼낸 다음에야 그들은 돌아섰다. 그러나 돌아섰다고 한숨을 소리 없이 내쉬는 순간 다시 돌아서서 자기를 향해 소총을 쏘았다. 귓전이 따끔했다. 맞기는 맞았는데 귓전이 맞은 모양이었다.

그런데 다음 날 다시 공격 명령이 내려졌을 때 원 중위는 여전히 진두에 나타나고 있었다.

"오늘이야!"

원 중위는 입을 힘있게 다물었다. 있는 병력 전부를 인솔하고 출발하는 것이었다.

대대장도 나와 있었다.

"오늘은 총공격이야!"

원 중위는 대대장의 비장한 얼굴을 보자 그만 눈물이 핑 돌았다.

"백 번을 실패해두 점령을 하겠습니다."

원 중위는 대원들을 인솔하고 목표를 향해 진격하기 시작했다.

피아간의 화력은 전에 없이 강렬했다. 빗줄기를 헤치고 초연을 물리치며 한 걸음 한 걸음 적진을 향해 걸었다.

모두가 죽고 한 사람도 돌아올 사람이 없을지 모른다.

그러나 죽음을 두려워하고 전진을 무서워하는 얼굴은 하나도 보이지 않았다. 그저 묵묵히 걷는 것이었다.

결정지어진 운명 속에서 운명의 줄을 걷는 따름이란 것처럼 보이기도 했으나 도대체 생각이라는 것과 거리가 먼 사람들 같았다.

강인한 사람들이라고 할까……. 공격 개시선에 이르자 사병들은 뚜릿뚜릿했다. 자기에 대한 명령을 들으려는 것이었다.

원 중위는 결사대를 삼 분대로 조직하고 단번에 정면 우측 좌측으로 돌격할 것을 명령했다.

"지원 사격을 해 줄 테니 걱정들 말어. 그리구 내가 제1분대 선두에 선다."

모두들 긴장한 얼굴들을 지었다. 중대장이 결사대의 선두에 선다는 말에 감격한 모양이었다.

어떻게 싸웠는지 모른다. 몇 명이 죽었는지도 모른다.

원 중위가 적의 벙커 일각에 나타나,

"돌격이다."

하고 외칠 때는 삼면으로 기어올라오던 결사대원들이 와 소리를 내며 몰려들었다.

악 소리를 내며 손에 들었던 수류탄들을 적의 벙커 속에 내던졌다.

소총을 들고 나오는 적들을 발길로 손으로 차고 때리었다.

얼마 동안 아우성 소리가 높던 적진 일각에는 태극기가 휘날리기 시작했다. 어느 새 대대장이 따라 올라와,

"대한민국 만세!"

를 불렀다.

와 따라 만세소리가 드높이 울렸다. 만세소리가 그치자 사병들은 계속해서 적의 뒤를 따라 달리기 시작했다.

그때였다.

어디서 날아왔는지 적의 기관포탄이 윙 소리를 내며 날아오더니 원 중위의 장딴지에 딱 맞았다.

정말 딱 하는 소리가 났다. 동시에 원 중위는 그 자리에 쓰러졌다.

"아유——."

비명을 올렸으나 그의 얼굴은 적을 쫓는 사병들 방향으로 돌리고 있었다.

"피의 능선!"

그야말로 피로써 빼앗은 고지였다.

빗줄기가 쓰러져 있는 원 중위의 몸을 두드렸다. 얼굴에서는 줄을 지어 빗물이 흘러내리고 있었다. 어느새 위생병이 나타나 그를 끌어안아 일으켰다.

피의 능선을 완전히 점령하고 까치봉 탈환의 작전이 시작되었을 무렵이었다.

원 중위는 ×육군병원 침대에서 다리를 절단하지 않아도 좋다는 의사의 말을 들었다. 장딴지 뼈가 아주 부스러져 일부의 근육만이 서로 연결되어 있으나 왼편 다리의 뼈를 잘라 맞춰 대면 뼈 없는 다리는 쓸 수가 있다는 것이었다.

"얼마나 걸리지요?"

원 중위는 불구자가 안 된다는 말에 약간 안심했으나 치료 기간이 궁금치 않을 수 없다.

"일 년 반은 걸립니다. 다리가 한 번 아물어야 다시 수술을 할 수 있는데 그 동안이 일 년쯤 걸릴 거구, 뼈를 잘라 붙이는 데 약 육 개월이 걸리지요."

군의관은 다리를 자르지 않는다는 것만이 다행한 일처럼 말했다.

그러나 원 중위는 고개를 흔들었다. 그 동안의 고통이란 것은 말할 수 없이 컸다. 살을 자르고 뼈를 주워 낼 때의 아픔이란 죽는 것보다 못하지 않은 것 같았다.

더구나 수많은 전우들이 영 돌아오지 못하는 길을 떠났는데 자기만 불구자가 되지 말자고 일 년 반이나 병원에 누워 있을 수가 있는가?

고혼(孤魂)들이 누워 있는 자기를 비웃을 것이다.

그뿐만도 아니었다. 오 미터만이라도 후퇴하라고 승낙을 했다면 죽지 않고 살았을 김 상사의 얼굴이 눈앞에 떠올랐다.

"김 상사!"

원 중위는 혼자서 신음 비슷한 비명을 올렸다.

(원) 《사상계 19》 1955. 2, (출) 『한국문학전집 18 태풍지대 외』 민중서관, 1959.

체취

"자식두 죽기는……."

아들의 시체 옆에 앉아 있던 종해가 긴 한숨을 내쉬었다. 물론 아무에게도 알리지 않은 탓이겠지만 아들이 죽은 지 만 하루 동안 찾아오는 사람이라곤 하나도 없었다. 따라서 자기를 대신해서 일봐 줄 사람조차 하나도 없다.

아들의 사망신고와 장례식까지 자기 혼자의 손으로 치르지 않으면 안 된다고 생각할 때, 사람 사귀기를 꺼리는 종해라 할지라도 구슬프지 않을 수가 없었다.

"자식 죽기는……."

종해는 또 한 번 죽은 아들만 탓했다. 고등학교 3학년. 내년에는 어떻게 해서든지 대학교에 보내 주겠다고 했는데 입학시험도 쳐 보지 못하고 죽을 것이 무엇인가? 단 하나밖에 없는 자식이다. 자식이니 할 것 없이 집안 식구로 단 하나뿐인 아들이다.

오십이 가까운 자기를 도와 주고 편의를 보아 줄 오직 한 사람인 아들이 죽었으니 이제는 잔심부름시킬 사람마저 없어지고 말았다.

도리어 자기가 그 아들의 장례에 팔을 걷고 나서야 하게 되었다.

사실 종해는 아들이 커 가는 것을 보고 앞으로는 집안 살림까지도 도맡아 줄 것을 무엇보다도 미덥게 생각하고 있었다. 마누라가 집을 떠난 뒤 약 십오 년 동안 종해는 재취를 않고 내내 혼자 살아 왔다. 물론 과수댁인 누님이

와서 살림을 돌봐 주기는 했지만 주변성 없는 누님은 찬거리 하나 마음대로 사 오지 못했다. 옷가지는 물론 석탄까지 자기가 사야만 했다.

그런 일을 아들이 도와 주기 시작했을 때 그만 그 아들이 죽고 말았다.

이제 그 아들의 장례를 또 자기 손으로 치르지 않을 수 없게 되었으니 자기는 평생 남의 도움을 받아 보지 못하고야 말게 되지 않았는가?

한편 구석에 앉아 아들의 수의를 짓고 있던 누님이 힐끗 종해를 쳐다봤다. 아무리 악상이라 해도 그래도 상갓집인데 사람이 죽은 지 만 하루가 지나도록 찾아오는 사람 하나 없게시리 누구에게 기별할 생각조차 안 하다가 이제야 겨우 움직거리는 종해를 못마땅하게 보는 눈초리였다.

서울 장안에 친척이라고 한 사람도 없으니 급히 알릴 곳도 없다 해도 이십여 년 동안 학교 선생을 했으니 그래도 몇몇 군데는 알려야 할 것이 아닌가?

종해는 동네 사람들이 알고 찾아올 것이 싫다고 하며 누님에게 소리내어 울지도 못하게 했다.

누님으로서는 그런 사람이 세상에 어디 있느냐고 생각했을 것이다.

그래도 밖에 나가는 것으로 보아 늦게나마 아는 사람들에게 알리려는 것이라 생각한 누님은 무엇보다도 찾아올 사람들의 음식이 걱정되는지,

"음식을 좀 장만해야 하지 않겠니?"

하고 종해의 눈치를 살폈다.

그러나 종해는,

"찾아올 사람이 없는데 음식은 무슨 음식요?"

하고 쓸데없는 걱정은 하지도 말라는 듯이 말했다.

"찾아올 사람이 없으면 동네 사람을 청해서라두 장례를 치러야 하지 않겠니? 일 시킬 사람에게 식사두 대접 안 해서야 되니?"

"남한테 신세질 게 뭡니까. 몇 푼 더 쓰구 사람을 사지요."

"그래두 사람 사는 집에 사람이 안 올 수가 있니? 하룰 살다 죽어두 남의 손가락질은 받지 말아야지. 무엇보다두 음식 준빌 좀 해라."

"네, 나가서 사 오지요."

종해는 이야기를 더 하고 싶지 않다는 태도로 훌쩍 나가 버렸다. 사실 종

해는 자기의 견해와 너무나 다른 누님이 이야기의 상대가 안 된다는 것을
잘 알고 있다.

　사람이 죽어 슬프기만 할 때 음식 먹을 것을 생각한다는 것은 그 생각부
터가 종해의 비위에 맞지 않았다. 슬픈 사람을 위로하러 오는 사람이라면
슬퍼하는 사람의 마음을 위로해 주면 그뿐이다. 장례를 하나의 행사처럼 취
급하고 음식을 많이 장만해야 그 행사가 성대한 것처럼 생각한다는 것은 허
례를 존중하는 지나간 형식주의의 잔재다.

　죽은 사람을 슬퍼하고 산 사람을 애처롭게 생각한다면 먹을 것이 없어도
찾아와야 할 것이며 마시는 것 없어도 같이 울어 줘야 할 것이다.

　종해는 자기의 슬픔을 보여 주고 싶을 만큼 가까운 사람도 없다. 그런 만
큼 가깝지도 않은 사람들이 찾아와서 음식 때문에 오래 앉아 있어야 한다는
것도 생각하고 싶지 않았다.

　누님에게는 대꾸하기가 싫어서 찬거리를 준비한다고 한 뒤 집을 나왔지
만 그는 곧바로 학교로 갔다. 우선 교무주임을 찾아가서는,

　"자식놈이 위급해서 출근을 못했습니다. 내일두 못 나올 것 같습니다."
하고 출근 못한 이유를 보고했다. 그리고는 다른 동료들을 될 수 있는 대로
피해 가며 서무실로 가서 회계에게,

　"자식애가 위급해서 입원을 시켜야겠습니다. 월급을 선대해 주실 수 없을
까요?"
하고 사정을 했다.

　회계는 깜짝 놀라는 얼굴로,

　"어디가 아픈데요?"
하고 물었다.

　"장 카타르에다가 급성폐렴까지 겹쳤다나요."

　종해는 아들이 죽던 때의 병명을 그대로 말했다.

　"안됐군요. 빨리 손을 쓰셔야지. 그렇지만 폐렴에는 좋은 약들이 있으니
까 걱정은 없겠지요. 잠깐만……."

　회계는 당황한 태도로 무엇을 써가지고 밖으로 나갔다. 결제를 맡으러 가

는 모양이었다.

한참 뒤에 돌아온 회계는 아무 말도 없이 도장 찍을 종이를 내놓고 돈뭉치를 꺼내 세기를 시작했다. 돈을 다 세고 나서야,

"더 필요하시거든 아무때라도 말씀하십시오."

하고 돈을 내밀어 주었다.

"고맙습니다."

종해는 훔친 물건을 싸 가지고 나오기나 하듯 돈뭉치를 주체하지 못해 이 주머니에 넣었다가 저 주머니에 넣었다 하며 학교를 나왔다. 몇십 년을 교원으로 지내 오고 있지만 그렇게 많은 돈을 선불받아 본 일이 없기 때문에 혹시 누가 보고 공돈이나 받아 가지고 가는 것이라 해석할까 두려웠기 때문이었으리라.

그러나 아들이 죽었다는 말을 끝까지 안 할 수 있었다는 데 대해 종해는 안도감을 느꼈다.

그런 말을 입 밖에 꺼낸다면 친하건 친하지 않건 간에 저마다 인사를 할 것이 아닌가? 그냥 인사가 아니라 가장 근엄한 얼굴로 정말 슬프다는 언사를 꾸며 해야 하는 인사다. 인사를 하고 돌아선 즉시로,

'자식, 이젠 자식 하나두 없구나.'

하고 빈정댈 사람도 억지로 한 번만은 해야 하는 인사다. 그 반신반인(半神半人)의 표정을 참고 본다는 것이 얼마나 어색하기 짝이 없는 일인가?

그리고 자기는 남들이 생각하는 것처럼 그렇게 슬퍼하지 않으면서도 슬퍼해야 하는 위치에 서 있다고 해서 일부러나마 슬퍼하는 표정을 지어야 한다.

종해는 인간이 신과 조화하려는 그 가장 부자연스런 장면에서 벗어날 수 있었다는 일종의 희열까지 느꼈다.

종해는 앞으로도 아들의 죽음을 알릴 필요가 없다고 생각했다. 남들에게 있어서 자기 아들의 죽음이란 아무것도 아니다. 아들이 죽어서 안됐군, 하고 한 마디로 인사를 하면 그뿐인 존재다. 그 뒤에는 지나가던 길가에서 한 번 본 돌멩이처럼 잊어버리고 말 것이 아닌가? 그런 것을 인사나 시켜 무엇하

겠느냐 말이다.

　종해는 우선 아들의 약을 지어 오던 병원으로 가서 진단서를 받아 가지고는 구청으로 가서 사망신고와 화장 허가를 얻었다. 그리고는 홍제동 화장터로 가서 화장 예약을 하고 장의사에 들러 상여차 계약을 했다.

　무척 바쁜 걸음으로 하루 종일을 돌아다니다가 거의 어두워서야 집으로 돌아왔다.

　집에 돌아왔을 때 종해는 시체 앞에서 혼자 울고 있는 누님을 보았다. 아들의 손발을 만지며 울고 있는 것이었다. 정말 슬퍼서 우는 것 같았다.

　그러나 죽은 그 아들이 슬퍼서 우는 것인지 육십이 다 된 자기도 머지않아 죽을 것이라는 생각에 죽음 자체를 슬퍼하며 우는 것인지 분간할 수 없었다. 시체를 만지며 우는 것이 죽은 사람이 그리워서라기보다는 죽음 그 자체를 저주하는 것처럼 보이기도 했다. 어쨌든 혼자 앉아 울고 있는 누님을 보자 종해는 울화가 치밀어올랐다. 죽음이 슬프면 슬펐지, 남의 시체를 만지며 울 것이 무엇인가? 종해는 아들의 시체가 자기의 소유물이란 생각이 들었다. 따라서 자기의 소유물을 침해당했을 때와 같은 불쾌감을 느끼었던 것이다.

　언젠가 학교에서 라이터를 잃은 일이 있다. 비싼 것은 아니지만 한시도 없앨 수 없는 물건이었다. 오전 중에까지 썼는데 간 데가 없어졌다. 이리저리 찾고 있을 때 어떤 선생이 빙긋이 웃으며 누가 가지고 갔다는 말을 했다. 그 말을 듣자 종해는 울화가 치밀어올랐다. 왜 남의 물건을 말도 없이 가져간단 말인가? 자기는 이때까지 남의 물건을 훔친 일이 없다. 남의 물건을 탐내고 달래 본 적도 없다.

　종해는 시간이 끝나기가 바쁘게 라이터를 가져갔다는 선생의 집으로 찾아갔다. 장난으로 가져갔던 선생은 종해가 일부러 집에까지 찾아온 것을 보자

　"대단하시군! 변변치두 않은 것 가지구……."

하고 냉소를 했다. 그때 종해는,

　"변변하구 안 하구 간에 내 것이니까요."

하고 정색을 한 뒤 라이터를 받아 가지고 돌아왔다.

아들의 시체는 내일 안으로 없어질 존재다. 그래도 없어지는 순간까지는 자기의 소유다. 자기가 낳아 자기가 길렀다.

그런데 소유주는 시체를 처리하기 위하여 종일토록 돌아다녔다. 개미 한 마리 찾아와서 도와 주지를 않았기 때문에 혼자서 구청에도 가야 했고 화장 터에도 가야 했고 또 장의사에게도 가야 했다.

"저녁이나 줘요……."

종해는 역정을 올리구 누님을 내보내고야 말았다. 누님도 남의 소유물을 점유해서 미안하다는 듯이 눈물을 씻고는 울던 사람 같지도 않게 성큼 부엌 으로 나갔다.

아들의 화장을 치르고 난 지 사흘째 되는 날 종해는 여러 가지 생각 끝에 교장선생을 찾았다. 우 몰려와서 인사를 할 것이 싫어 그때까지 아들의 죽 음을 알리지 않았던 것이지만 뒤늦게라도 알 것만 같은 생각이 들어 미리 말해 두려는 것이었다. 사실 남의 자식이 죽은 것쯤 발길에 차인 돌멩이만 큼도 생각지 않을 것이지만 죽은 뒤에도 알리지 않는다면 슬픔을 나눠 보지 못했다는 섭섭한 감정을 가장하기 위하여 알리지 않았다는 사실을 가지고 우정과 성의가 의심된다고 큰소리를 할 것이다.

종해는 미리 알았다면 눈물이라도 흘렸을 것처럼 말할 그들의 인사가 받 기 싫었다. 이미 늦기는 했으나 성의가 없다고 크게 공격받기 전에 알려야 할 것 같았다.

그뿐만도 아니었다. 가정에 대사가 있을 때마다 서로 돕기 위해 매달 월 급의 얼마씩을 떼어 기금을 세우는 공제회가 있다. 교직원이면 누구나 탈 권리와 의무가 있다. 아들의 죽음을 알리지 않는다면 공연한 손해를 보게 된다. 자기만이 손해 볼 까닭이 어디 있겠는가?

그래서 종해는 교장실로 가서,

"나중에라도 아실까 해서 말씀드리지만 사실은 자식놈이 죽었습니다. 다 들 바쁘신데 번거롭게 해 드릴 것 같아 알리지 않고 장사를 지냈습니다." 하고 말했다.

"뭐요? 그런 일이 있었는데도 알리지를 않았단 말입니까?"

역시 교장은 나무라는 투였다. 알려야 할 것을 알리지 않은 종해가 나쁜 사람이라는 표정이 뚜렷이 나타났다.

"구태여 알려서는 뭣 하겠습니까? 피차 모르고 지나는 것이 마음 편하지요."

"나는 강 선생의 성격을 모르겠소. 슬플 때는 같이 슬퍼하는 것이 인간이 아닙니까? 강 선생은 너무나 고립주의를 지키고 있는 것 같아요. 그 성격을 좀 고치셔야 할 것 같은데요."

"네."

종해는 고개를 숙이었다. 마치 좋은 말씀이라는 듯이. 그러나 속마음은 오십이나 된 사람의 성격을 고쳐서는 무엇 하느냐고 코웃음을 쳤다.

고립주의라면 고립주의겠지만 일평생을 그렇게 살아 나온 종해다. 그럼으로 해서 손해도 적지 않게 보았지만 그렇다고 해서 새삼스럽게 성격을 고칠 수는 없는 일이 아니겠는가?

교장은 몇 마디 더 나무라는 말을 했다. 종해는 끝까지 죄송하다는 태도만을 보였다. 죄송할 것도 아무것도 없지만 그래야만 이야기를 빨리 끝내고 교장에게서 해방될 것 같았기 때문이었다.

"다른 선생님들두 섭섭히 생각할 겁니다. 빨리 이야기해 주시우."

교장은 자기가 표시할 수 있는 성의가 그만 진해 버렸는지 나가도 좋다는 뜻을 표시했다. 그 말에 종해는,

"네."

하고 교장실을 뛰어나와 직원실에 들어갔지만 교장의 말대로 아들이 죽었다는 이야기를 다른 선생들에게까지 말하지는 않았다.

장례가 끝나기 전이라면 가죽 껍질에만 붙은 동정의 표정을 꾸미기에 쩔쩔맬 사람들이 장례를 끝냈다는 말에 속으로 안도감을 느끼면서도 마치 동정을 표시할 기회를 주지 않는 법이 어디 있느냐고 법석칠 그 사람들에게 어찌 입을 열 수가 있을 것인가?

종해는 교장의 입을 통하여 교직원실에 알려지고야 말 것까지도 싫어졌다. 그래서 수업도 채 끝나기 전에 학교를 나왔다.

학교를 나왔으나 집으로 바로 가기는 싫었다.

공기 대신에 고독만이 가득 찬 감방처럼 생각되어 집이 무서워지기까지 했다.

종해는 M백화점으로 걸었다. 아들이 살았을 때 시계를 사 달라던 말이 문득 생각났던 것이다. 못 사 줄 것도 없었지만 대학에 입학한 뒤 사 준다고 고집을 세운 자기가 갑자기 미운 생각이 들었던 것이다. 왜 그렇게까지 인색했던가 하는 후회도 들었다.

백화점에 들어가 시계들을 구경할 때 만 환짜리도 적지 않은 것을 보자,

'누가 죽을 줄 알았나?'

하고, 혼자 중얼거렸다. 만약 죽을 줄 알았다면 만 환짜리 시계쯤 안 사 주었을 리는 없다고 생각한 것이었다. 그는 시계를 이리저리 골라 보았다. 그리고 마음에 든다고 생각되는 시계의 가격까지 물어 보았다.

"좋습니다. 삼 년 동안은 보증합니다."

시계포 주인은 종해가 고른 시계를 꺼내 들고 선전을 시작했다. 그때 종해는,

'줄 사람이 없는 걸…….'

하고 속으로 중얼거리고는 다음에 온다는 말만 남기고 백화점을 나섰다.

백화점을 나서자 집에 가야 시계 사 달라던 아들은 이미 없는 걸 하는 생각이 들어 또다시 거리를 헤매었다. 정처 없는 걸음이다.

아무런 생각도 없이 허탈한 상태로 어떤 골목길을 걷고 있을 때 문득 빈대떡집 앞에 서 있는 자기를 발견했다. 막걸리라도 한 잔 마시고 싶은 충동을 느낀 것이었다.

종해는 눈앞에 보이는 빈대떡집으로 서슴없이 들어가 찹쌀막걸리를 청했다. 빈대떡 굽던 주모가 빈대떡 한 접시와 막걸리 한 잔을 가져왔다. 종해는 아들이 죽은 뒤 왜 술을 한 번도 먹지 않았던가 하고 술까지 잊었던 자기를 이상하다고 생각하며 막걸리잔을 기울였다. 반 잔쯤 마시고는 술대접을 다시 탁자 위에 놓고 자기도 모르게 나오는 한숨을 쉬고 있을 때다. 빈대떡 접시를 들고 저편 손님에게 갖다 놓고 돌아온 그 집 주인인지 사환인지 분간

할 수 없는 사람이 종해 앞에 와서,

"종해 아닌가?"

하고 멈칫 섰다.

옷도 허름하게 입고 있었다. 머리도 텁수룩한 것이 하릴없이 술집 심부름이나 해 주고 밥을 얻어먹는 사람 같았다. 알아볼 수가 없었다. 눈을 뻔히 뜨고 바라보고 있을 때 그 사람이,

"날 몰라 보겠나? 명울세."

하고 몰라 보는 것이 기이한 일이란 듯 어깨를 탁 쳤다.

"아, 명우냐?"

그때야 종해는 옛날 중학 동창생인 김명우임을 알았다.

그러나 종해는 원수는 외나무 다리에서 만난다는 말이 생각났고 또 몸이 오싹해짐을 느꼈다.

"만나 본 지가 한 이십 년 됐나? 그렇다구 얼굴을 몰라 보다니 사람두!"

무척 반가운 모양이었다. 손을 내밀고 악수까지 청했다.

"미안하이, 몰라 봐서."

종해는 사과를 안 할 수 없었다.

"그래 어떻게 지내나? 학교에 있다는 말은 들었지만……."

"그저 그럭저럭 살지……."

"아니 상처를 했다지. 아직 재혼을 안 했단 말을 들었는데 그게 사실인가?"

"응, 그래……."

종해는 이십 년 만에 만나는 동창이었지만 만나서 안 될 사람이라는 생각에 명우가 묻는 말에 대답만 겨우 했다.

"나는 이 꼴일세, 부끄럽기는 하지만 할 수 있나! 그 동안 별별 장사를 다 해 왔지만 실패만 하구 작년부터 이걸 시작했어……."

명우는 묻지도 않은 말을 혼자서 지껄였다. 내버려 두면 자기의 과거 이야기를 하나하나 끄집어낼 것만 같았다.

종해는 그것이 싫었다. 그래서,

"자…… 한 잔 들게. 오래간만이야…….”

하고 술잔을 비운 뒤 그것을 명우에게 내밀었다.

"자네가 주는 술이야 먹어야지. 이거 참, 이런 데서 자네 술을 얻어 먹을 줄이야 누가 꿈이나 꾸었겠나…….”

명우는 수다스레 이야기를 하며 빈대떡 굽는 여자에게 술을 가져오라고 소리를 질렀다. 여자가 술을 가져오자

"여보, 종해를 몰라? 동창생이야. 이십 년 만에 만나는 친구야. 이 자가 나를 걸어 고소했었지 왜. 다 지나간 이야기니까 할 필요두 없는 거지만 고소를 했다면 또 어떤가. 빨리 인사를 해…….”

여자가 허리를 굽혀 인사를 하는 바람에 종해는 자리에서 일어나 인사를 받지 않을 수 없었다. 그러나 인사를 하고 나자 명우의 따귀를 갈겨 주고 싶은 충동을 겨우 누르며 자리에 도로 앉아,

"술이나 주게…….”

했다.

"그래 잔을 돌려야지.”

명우는 자기가 한 말이 상대방에게 어떤 충격을 주었나 하는 것을 염두에도 두지 않는 것 같았다. 그만큼 그는 말이라는 것을 그렇게 중요시하지 않는 것 같았다. 그것이 종해에게는 싫었던 것이다. 종해는 명우가 주는 술을 한 잔 더 마신 뒤,

"바쁜 일이 있어 좀 가야겠네…….”

하고는 자리에서 일어났다.

옛날에 고소당했다는 것을 기억하고는 있지만 그것을 개의하지 않는 것 같은 명우라 할지라도 종해는 명우와 같이 오래 있을 수가 없었다. 법률의 힘까지 빌어서 싸운 사람이다. 그것도 돈 오십 원을 가지고 일으킨 문제였다.

돈 오십 원 때문에 종해는 인간 전체에게 배반을 당했다 생각했고 또 그만큼 타격이 컸음으로 말미암아 그는 인간에 대한 복수를 한다고 해서 고소까지 했었다. 그 고소에 이기기는 했지만 그 사건 때문에 종해가 인간을 대하는 태도에 얼마나 큰 변화를 일으켰는지 모른다. 성실을 베풀면 그만큼

378

손해를 보는 것밖에 없다는 생각이 그때부터 들기 시작했다. 손해를 보지 않기 위하여 남에게 진실을 베풀지 않는 동시에 남의 진실을 요구하지도 않으려는 태도가 생활 신조로 되기도 했다.

그런 태도로 말미암아 그는 일평생을 고독 속에 살아 온 것이지만 오십 원 때문에 고소를 하고 차압까지 하려던 당시의 자기 행동이 후회를 해도 씻어지지 않을 만큼 그의 가슴에 큰 자리를 파고들었던 것이다.

그런 만큼 종해는 명우를 죽을 때까지 우연하게나마 만나지 않았으면 하고 바랐다. 만나지 말아야 하는 사람이라고 생각했다. 지금 우연히 만났다고 할지라도 속히 헤어지는 것만이 상책이라 생각했다.

그래서 자리에서 일어서기는 했지만 술값을 치르는 것이 문제였다. 돈을 줘야 할 것만은 사실이지만 술값이 얼마냐고 물을 수가 없었다. 하는 행동으로 보아 술값을 안 받으려 할지도 모른다. 그렇다고 공술은 절대로 먹고 싶지 않다. 종해는 혼자서 술값을 따져 봤다.

술이 석 잔이니 백오십 환, 거기에 빈대떡이 한 접시니까 도합 이백 환이면 충분할 것 같았다. 그러나 빈대떡이 꼭 오십 환인지 아닌지가 확실치 않았다. 치사스럽게 돈을 적게 냈다는 말을 듣고 싶지 않았다. 빈대떡 값을 좀 비싸게 친다 해도 이백오십 환이면 충분하다. 그러나 십 환짜리가 한 장도 없었다. 종해는 오십 환쯤 더 주면 어떠랴 하고 삼백 환을 꺼내어 명우 아내 앞에 내던지듯 주고는 명우와 또 만나지는 인사를 하고 밖으로 나왔다. 밖으로 나올 때 종해는 명우가 그 돈을 도로 가지고 나오며 자기를 나무랄 것 같은 생각이 들었다.

사실은 돈을 치러야 시원하게 생각하는 소량한 자기보다 명우가 훨씬 도량이 큰 사람 같았던 것이다. 과연 명우가 뒤에서 불렀다. 자기의 예상이 맞는 것이라 생각했다. 그러나 그렇다고 해서 그 돈을 받자고 돌아설 수는 없었다.

고소까지 했던 사람의 술을 공으로 먹을 수가 있느냐 하는 생각에서 그는 명우의 부르는 소리를 못 들은 체 그냥 걷고 있었다. 몇 걸음도 걷지 못하였을 때 명우가 뛰어와 종해의 어깨를 치며,

“거스름돈일세. 오십 환이야.”

하고 오십 환을 내밀었다. 그 말을 들었을 때 모든 계산은 깨끗하게 끝났다
는 생각을 하였다. 줄 것을 주고 받을 것을 받았으니 뒤에 남은 것은 하나도
없을 것 같다. 마음이 가벼워진다.

“술값이 싸군…… 또 와야겠는데.”

하고는 그 돈을 받아 주머니에다 넣고 다시 걷기를 시작했다.

그러나 얼마 안 가서 다시 발길을 돌렸다. 영원히 거래를 끊었다고 생각
했던 사람과 거스름돈 오십 환으로 다시 거래를 시작했다는 생각이 가슴을
시원케 해 주어 그 오십 환을 마저 쓰고 싶었던 것이다.

명우의 빈대떡집으로 다시 들어간 종해는 오십 환을 마저 지불하고 술 한
잔을 달랬다. 명우가 빙그레 웃으며 술 한 잔과 김치 종지를 가져다 주었으
나 종해는 선 채 술만을 들이켜고는,

“자네넨 술맛도 좋은데.”

하고 다시 돌아 나왔다.

집으로 돌아오니 술 몇 잔을 해서 그런지는 몰라도 죽은 아들 생각이 유
별나게 났다.

“하나밖에 없는 애비를 두고 죽다니…….”

그는 자꾸만 눈물이 나오려는 것을 억지로 참았다. 사실은 눈물을 막을
필요가 없었다. 얼마든지 마음대로 울 수가 있었다. 그러나 조금 전에 만났
던 명우 생각이 머리에서 떠나지 않아 어쩐지 울어서는 안 될 것 같은 생각
이 들었던 것이다.

죽은 아내와 결혼한 지 일 년도 못 되었을 때 종해는 명우의 딱한 사정을
듣고 아내가 결혼할 때 비상금으로 가져다 꽁꽁 싸 두었던 돈 오십 원을 빌
려 주었다. 체면 없는 돈이었다. 그러나 장가를 가겠다고 사정사정하는 바람
에 아내를 꾀고야 말았던 것이다. 하기야 장가만 들면은 무엇무엇을 해서
두 달 안에는 꼭 갚겠노라 하는 그 말을 믿고 한 일이었다. 그리고 종해는
다른 돈과도 달리 장가가는 돈이니 무엇을 못해도 갚아 주리라 생각했었다.
그러나 반 년이 지난 뒤에도 명우는 그 돈을 갚지 않을 뿐 아니라 몇 달 뒤

에는 아주 소식도 없이 고향으로 도망을 가 버렸다. 알고 보니 자기 돈뿐 아니라 여기저기서 빌려 쓴 돈이 적지 않았다.

종해는 결혼한 지 얼마 안 된 아내에게 미안했다. 결혼할 때 반지 하나 사 주지 못한 종해니 만큼 아내가 감춰 뒀던 돈을 꾀어서 잃어버리게 했으니 얼마나 미안한 노릇일 것인가?

그래서 종해는 명우를 걸어 고소를 했다. 그때 아내가 고소까지 할거야 무어냐고 고소를 만류했으나, 종해는 분한 생각에 고소를 하고야 말았다. 고소뿐 아니라 명우네 집에다 차압 딱지를 붙여야만 한다고 서둘렀다. 성의를 배반한 놈에게는 최악의 모욕을 끼얹어 주어야 한다고 생각했다.

그러나 차압까지는 안 하고 돈을 받았을 때 아내가,

"이 돈 없다구 굶어 죽겠어요? 오십 원 때문에 당신이 세상하구 등지게 되면 손해가 더 클 것 같은데요."

하며 돈 받는 것을 도리어 걱정했었다. 이십 년 전 아내가 걱정하던 말이 어제처럼 머리에 떠오르는 동시에,

'등졌던 사람을 도루 찾았어…….'

하는 소리가 어디선가 들려 오는 것 같았다.

아들은 죽었다 해도 잃었던 사람을 도로 찾은 듯한 마음에 그는 억지로라도 울지를 말아야 했다.

명우를 만남으로 해서 그 동안 잊어버렸넌 아내를 생각하게 된 종해는 지금 아내가 어디서 어떻게 살고 있을까 하는 것을 오래간만에 생각해 보았다.

어디서 어떻게 살든 오늘 명우를 만났다는 일을 알기만 한다면 잘 됐다고 좋아할 것만 같았다.

그러나 그 마누라가 좋아하기로서니 어떻게 할 작정이란 말인가?

종해는 혼자서 좌우로 고개를 흔들었다. 어엿한 남편과 아들을 두고도 딴 남자와 정을 통하다가 쫓겨 나간 여자다.

그 아내를 내쫓을 때 종해는 얼마나 원통한 눈물을 흘리었던가? 어린 자식을 혼자서 기를 때 그의 눈에서는 피눈물이 말라 보지를 못했다. 삼십 전

후의 젊은 그때부터 오늘에 이르기까지 혼자를 지키고 재취를 못하도록 마음의 타격을 준 그 여자에 대하여 미련이 있을 수 있을 것인가? 미련을 가졌다면 자기가 미물만도 못한 인간이다. 사실은 이날 이때까지 그 아내를 원망하고 저주해 왔다. 그런데 오늘은 어찌하여 마치 그 아내를 위하여 좋은 일이나 한 것처럼 생각하였을까?

순간적이나마 아내를 생각했다는 것이 불쾌했다. 그런데 그런 불쾌한 생각이 들자 도로 찾았다고 생각되었던 명우조차 비할 데 없이 불쾌한 존재처럼 느껴지고 말았다. 무슨 일인지 모른다.

"거스름돈일세……."

하고 오십 환을 돌려 주던 명우의 얼굴이 눈앞에 되살아 오는 동시에 그 얼굴에 침을 탁 뱉어 주고 싶어졌다. 이십 년 전 오십 원 사건의 복수로 일부러 뛰어와서 오십 환을 준 것 같은 생각이 들었던 것이다. 그렇다면 결국은 자기가 명우에게 복수를 한 것이 아니라 명우에게 복수를 당하고 말았다. 최후의 복수였다. 최후의 복수를 당한 사람이 자기라는 것을 느끼지 않을 수 없을 때 종해는 그 동안 외롭게 살아 온 것이 모두가 수포로 돌아갔다는 서글픔을 맛보지 않을 수 없었다.

무엇 때문에 외롭게 살았던가?

이런 것을 생각하니 죽은 아들이 새삼스럽게 그리워졌다.

그놈만 살아 있다면 과거의 생활이 영으로 돌아간다 해도 그렇게까지 허탈하지는 않을 것 같기도 했던 것이다.

눈물이 저절로 흘렀다. 종해는 흐르는 눈물을 닦을 생각도 안 했다. 아들의 죽음이 결국은 자기의 일생을 수포로 만들 것 같은 설움에 잠겨 있을 때 학교 직원 몇 명이 찾아왔다.

그들은 슬퍼해도 소용이 없다고 하며 가지고 온 술병을 내놓았다. 같이 술이나 마시며 잊어버리자는 태도였다. 고마웠다. 술을 마시고라도 슬픔을 잊어버리자는 마음씨가 뼈에 사무치도록 고마웠다. 남에게 대하여 고마움을 느껴 본 것이 참으로 오래간만이었다. 그는 곧 술상을 마련해 달라고 누님에게 말하려 했다. 그러나 교직원들이 교장과 꼭같이 그런 일을 왜 미리 알리지 않았느냐고 하며 나무라기 시작했다. 역시 공치사를 하는 사람들이라는 생각이 들어 고맙다던 마음이 쑥 들어갔다.

그런데다가 그들은 공제회 명의로 보낸 조위금 봉투를 내밀었다. 말하자면 규칙에 의하여 지불하는 조위금을 전달하기 위하여 교직원 대표로 찾아왔다는 그들의 목적을 명시한 것이다.

종해는 받을 권리가 있는 돈이니까 돈만 받았다. 그러나 그들과 같이 술마시고 싶은 생각은 아주 없어지고 말았다. 한 사람이 술병을 바라보며 왜 술상을 차려 오지 않느냐는 듯한 눈짓을 했다. 그때 종해는,

"오늘은 좀 일찍 자야겠는데, 용서하십시오. 며칠밤 통 잠을 못 잤더니……."

하고 그들을 그냥 돌려보내고야 말았다. 조금 야비하기는 했지만 자기의 슬픔을 생각해서 찾아온 것이 아니라 그들의 책임을 완수하기 위하여 의무적으로 찾아온 사람들과 오래 이야기할 필요가 어디 있을 것인가?

그러나 손님들을 쫓아보내듯 보내고 나니 아들의 죽음을 슬퍼할 때와 달리 새로운 공허감이 가슴 속에 부풀어오름을 느꼈다. 그것은 빈틈없이 따지고 계산함으로써 손해를 보지 않겠다는 자기의 생활 태도가 지나치게 융통성 없음을 슬퍼하는 마음의 부르짖음이었을 것이다.

그러나 그는 자기 마음의 부르짖음이라고는 깨닫지를 못하며 그저 허전함만을 느끼고 있었다.

그래서 그랬는지는 모르나 다음 날에는 학교에도 나가지 않았다. 출근만은 누구에게도 지지 않을 기록을 가진 종해다. 남에게 손해를 입히지 않으려는 반면 남에게 손해를 끼치지 않겠다는 생활 신조의 반증이라고 볼 수 있는 것이다.

그러나 이 날만은 이렇다 할 이유도 없이 몇십 년 지켜 오던 생활 신조를 지키지 않았다. 공허한 마음과 더불어 육체도 껍질만이 남았는지 몸이 공중으로 떠오르는 것만 같아 종해는 아침부터 자리 속에 누워 있었다.

학교에도 안 가고 자리에 눕는 것을 보자 누님이,

"어디가 편찮으면 병원엘 가 봐야지 않나?"

하고 걱정했다. 조카가 며칠 전에 죽는 것을 목도했으니 동생에 대해서도 겁을 집어먹을 것이 당연한 일이다. 그러나 종해는,

"죽지 않을 테니 걱정 말아요."

하고 시비를 걸듯 말했다.

"죽으면 남는 게 있어? 제 몸 제가 걱정해야지……."

누님은 시비조로 나오는 종해가 못마땅한 모양이었다.

"누가 죽어서 무얼 남길려고 그래요?"

종해는 그냥 시비조였다. 말하자면 공연한 트집이었다. 누님이 대꾸도 없이 울기를 시작했다. 남의 마음을 곱게 받아들이지 못하는 종해에게 나무람이 간 모양이었다.

"울기는 누가 죽었다구 우십니까?"

그때 누님이,

"내가 그렇게도 보기 싫으니? 빨리 죽지 않아 성환가 보구나……."

하고 말했다. 그리고는 슬프게 우는 것이었다.

"누가 누님더러 죽으랬어요? 누굴 장사나 치르는 사람으로 아는가 부지……."

아무런 죄도 없는 누님이었다. 들볶을 건더기가 못 됨을 뻔히 알면서도 종해는 끝내 누님을 괴롭히기만 했다.

"너무 그러지 마라. 인생이 불쌍하지 않니…… 밥 얻어먹는 것밖에 무슨 죄가 있다구……."

그 말에야 종해는 입을 다물어 버렸다. 밥 얻어먹는 것을 하나의 죄처럼 생각하는 누님의 마음을 알 수 있을 것 같기 때문이었다. 피차 인생이 불쌍한 처지도 같다.

얼마 동안 말없이 있을 때, 대문 두들기는 소리가 났다. 누님이 밖으로 나가려고 일어섰다. 그때 종해는 조금 부드러운 목소리로,

"아파 누워 있다고 그러세요, 아무도 만나지 않을 테니까……."

하고 비로소 청원을 하는 태도로 말했다. 누님은 무언중에 그러마 하는 표정으로 밖으로 나갔다.

한참 동안 무슨 말을 주고받던 누님이 방 안을 향해,

"춘규 학교 선생님이 이런 걸 가지고 오셨다."

하고 봉투 하나를 쳐들었다.

"그게 뭔데요?"

"글쎄, 그 애가 쓴 작문이래누나."

그 말에 종해는 벌떡 일어나 마루로 나가 봉투를 받아 들고 아들의 선생이라는 사람을 불러들였다.

아들의 선생은 종해에게 인사를 하자 울먹울먹한 얼굴로 춘규의 죽음을 슬퍼했다. 그리고는 춘규가 마지막으로 학교에 등교한 날 지은 작문이었는데 그것을 자기가 가지고 있을 수가 없어서 가지고 왔노라고 말했다.

종해는 고맙다고 인사를 했다. 그리고는 방 안으로 들어오라고 했다. 돈으로 마음을 표시하려는 그런 사람들과 다른 것이 좋았다. 그야말로 자기의 마음을 알고 또 자기의 아들을 아껴 주는 마음 같았다. 그래서 누님께,

"술상을 좀 채려다 주십시오."

하고는 술까지 나누려 했다. 그러나 선생은 학교에 가서 할 일이 있다고 하며 들어오지도 않고 그냥 돌아갔다.

종해는 할 수 없이 선생을 보낸 뒤 봉투 속에 들어 있는 아들의 작문을 꺼내 읽기 시작했다.

'나에게는 어머니가 없다. 아니, 있는지 없는지도 모른다. 아버지는 없다고 말씀하시나 백모님의 눈치로는 어딘가 살아 있는 것 같기만 하다. 살아 있는 어머니를 가지고 아버지가 없다고 말씀하신다면 그 어머니는 반드시 만나서 안 될 어머니임에 틀림없다.

그러나 어머니가 그립다. 만나서는 안 될 어머니라고 해도 한 번만 보고 싶다. 훌륭한 영웅이나 성인들보다도 만나서는 안 될 어머니가 보고 싶다. 젖먹이 어린애가 어머니를 그리워하는 마음과 비슷할지 모른다.

그러나 나는 젖을 먹고 싶어서가 아니다. 젖도 필요 없다. 젖만이 아니다. 아무것도 필요 없다. 다만 어머니의 냄새를 맡고 싶을 뿐이다. 향기로

운 냄새가 아니라도 좋다. 흉악한 냄새라고 해도 어머니의 냄새를 한 번 맡아 보고 죽었으면 좋겠다.'

종해는 그만 작문 쓴 원고 용지를 덮어 버렸다. 더 읽을 수가 없었던 것이다. 무섭고 무서운 말이 그 안에 적혀 있을 것 같은 생각이 들었던 것이다.
원고 용지를 집어 방바닥에 놓고는 자리 속에 들어가,
"아버지의 냄새만으로는 역시 부족했던가 부지……."
하고 혼자 중얼거렸다.
음식만으론 배가 부르지 못해 어머니의 냄새를 그리다가 죽은 아들을 생각하니 냄새를 지니고 있으면서도 쐬어 주지 않은 아내가 새삼스럽게 원망스러웠다.
아들은 육체의 병 때문만으로 죽은 것이 아니다. 어머니의 체취를 그리워하다 죽었다.
종해는 종일토록 공허했던 가슴이 무엇인가로 조금 채워진 듯함을 느꼈다. 그것은 아들의 죽음이 무엇이었다는 것을 조금 안 듯한 생각에서였다. 막연하게 죽음만을 슬퍼하던 자기가 아들에게서 일깨움을 받았다는 조그마한 즐거움이었을지도 모른다.
그는 자리에서 일어나 옷을 갈아 입었다. 갑자기 술이 먹고 싶어졌던 것이다. 그러나 사실은 술이 먹고 싶은 것이 아니다. 아들처럼 사람의 냄새가 그리웠는지도 모른다.
그러기에 그가 찾아간 술집은 다른 곳이 아닌 명우의 빈대떡집이었다. 그는 생각해 냈다. 명우가 거스름돈을 준 것이 과연 자기에 대한 복수였을까 하고…….
그러나 그는 그것을 부정하고야 말았다. 명우는 그저 그렇게 사는 사람이다. 궁할 때는 남을 속일 수도 있으나 그렇다고 해서 본시 나쁜 사람은 아니다. 나쁜 사람이라면 빈대떡 장사 같은 것을 할 까닭이 있겠는가? 공술을 먹이지 못하는 대신 정직하게 살아 보겠다는 의욕이 거스름돈을 돌려 주게 한 것이리라. 종해가 이런 생각을 하고 명우를 찾아갔다는 것은 결국 자기가 의식하지 못하는 가운데서나마 명우에게서 어떤 냄새를 맡고 싶었기 때문이었을 것이다.

"잘 왔네. 그런데 왜 친구들을 좀 데리구 오지 않구 혼자만 왔나?"

종해를 보자 명우가 반가이 맞이해 주었지만 혼자만 와서야 술을 얼마나 팔아 주겠는가 하는 말투였다.

종해는 그 말이 솔직해서 좋았다. 역시 진짜 명우는 그런 인간이라고 생각했다.

"응…… 다음부터는 학교 친구들을 전부 끌어 옴세."

"그럼, 같은 값이면야 친구네 술을 팔아 줘야 하지 않겠나? 안 그래?"

"그렇구 말구."

종해는 타의가 없이 맞장구를 쳤다.

그뿐만 아니라 술을 한 잔 마시고 나서는,

"자네 자녀가 몇이나 있나?"

하고 물은 뒤 자기는 하나밖에 없던 아들을 며칠 전에 잃었다는 묻지도 않은 말까지 했다.

"뭐? 하나밖에 없던 아들이?"

명우는 정말 깜짝 놀라는 표정이었다. 껍질에만 붙은 동정이 아니라 내장으로부터 놀라는 표정이었다.

"열여덟 살이었지. 내년에 대학에 입학하려구 한참 준비를 하다가 죽어서……."

"언제 죽었다구?"

"한 사오 일 되네."

"뭐? 사오 일? 그럼 어제는 왜 그런 말을 안 했나?"

명우도 교장이나 교직원들과 꼭같이, 만나는 즉시로 그런 말 안 한 것을 탓했다. 그러나 어쩐지 그것은 탓하기 위한 것이 아니고 공치사하기 위한 꾸밈수 같지도 않았다.

"그건 알려서 무엇하나?"

"이 사람아 사람이란 어디 그런가? 뭣을 해야만 꼭 말을 한다면 일평생 몇 마디나 하다가 죽겠느냐 말이야. 부조는 못한다 해두 알기는 알아야 하지 않아…….”

“그럼 미안하게 됐네.”

부조는 못해도 알아야 한다는 말이 좋았던 것이다. 종해는 고개까지 수그렸다. 왜, 고개가 수그러지는지는 자기도 몰랐다. 그저 명우가 자기보다 훨씬 높은 자리에서 인생을 내려다보고 있는 것 같았던 것이다.

몇 잔 술을 마시고는,

“내 다음에는 친구들을 데리고 올게…….”

하고 자리에서 일어섰다.

“좀 많이 팔아 줘…… 친구 좋다는 게 뭔가, 서로서로 돕는 게 친구지…….”

“응 알았다, 알았어. 이놈아, 알았다니까.”

종해는 일부러 취한 체하고 옛날 학창 시대에 쓰던 용어를 그대로 쓰면서 명우의 어깨를 쳤다.

“자아식, 알기는 뭘 알아? 개똥두 모르는 자식이.”

“이 자식, 함부로 까불면 못써……. 누가 어른……보구 까부는 거야……
허허허…….”

“이 자식이 형님보구 까분다는 말이 뭐야? 아직 철들 날이 멀었군. 허허허…….”

그들은 소리를 높여 웃었다. 종해에게 있어서는 이십 년 만에 처음 웃는 웃음이었을지도 모른다.

“자식아 술값이 얼마냐?”

“어제하고 똑같다. 삼백 환 내라. 오십 환 거슬러 줄게…….”

“옛다, 삼백 환이다. 거스름은 필요 없어. 자네 마누라한테 팁으로 줬다. 알았어? 제수님한테 팁 준다는 건 우습지만 제수님도 장사하는 여자니까 할 수 없지, 하하하.”

“자식, 형수님보구 말조심해라.”

그들은 또 한바탕 웃었다. 삼백 환을 주고 거스름도 받지 않은 채 빈대떡

집을 나오려 할 때 명우가 뒤따라오며,

"너무 상심 말게. 산 사람은 살아야 하니까……."

하고 말을 끊었다가

"다음엔 내가 한 잔 낼 테니 한 번 오게……. 그땐 찌개를 먹세, 우리 마누라 솜씨가 괜찮거든. 맛이 좋지……."

했다. 한 잔 내겠다는 말에도 정이 들어 있는 것 같았지만 마누라 솜씨가 괜찮다는 말에도 정이 가득 들어 있었다.

"자식, 마누라 칭찬하는 천치가 어디 있어!"

종해는 농담을 하면서도 얼굴에는 빙그레 웃음을 웃었다.

"마누라 하나 얻지 못하는 놈이 바보지, 누가 바보야."

명우는 응수를 하며 손으로 종해의 몸을 밀었다. 너야말로 틀림없이 천치라는 태도였다.

종해는 움칫하고 한 걸음 물러서서는,

"자식, 냄새난다. 손대지 마라."

하고 명우의 손이 닿았던 자리를 툭툭 털었다.

그러면서도 내심으로는 그 냄새라는 것을 코로 맡아 보고 싶은 충동을 느꼈다. 그래서 몸을 돌이켜 걷기를 시작할 때,

"자식, 다음에 올 테니 찌개를 안 냈담 봐라, 국물도 없다."

하고 혼자서 픽 웃었다.

(원) 《문학예술》 1955. 2, (출) 『신한국문학전집 13 박영준 선집』 어문각, 1972.

역설

아내는 아무런 병도 가지지 않고 있다. 그래서 한 달에 한 번씩은 반드시 그것이 있었다. 그런데 한 달에 한 번씩 빠짐없이 있던 그것이 벌써 세 번이나 건넌 것을 추호(秋湖)는 잘 알고 있다. 낮에 봉남이가 무어라고 귀띔을 해 주었지만 추호는 봉남의 이야기를 듣기 전부터 아내의 생리적인 변화가 일어날 이유에 대해서 여러 가지 생각을 품고 있던 만큼 봉남의 말에 처음으로 타격을 받고 당황한 것은 아니었다.

아무리 가까운 친구라 해도 자기 부부의 비밀을 봉남이가 알고 있다는 사실이 불쾌할 뿐이었던 것이다.

그러나 어두워 갈 무렵 집으로 돌아왔을 때 아랫목에 누웠던 아내가 자기의 발소리를 듣고 나른한 몸을 억지로 일으키면서도 아무렇지 않은 듯이 자기를 맞이해 주는 그 창백한 얼굴을 보자 추호는 봉남의 말이 고막을 찢는 것처럼 요란하게 울려옴을 느꼈다.

"죽일 놈의 자식이야. 내가 그 자식을 그냥 내버려둘 줄 아니? 개만두 못한 자식을. 내 원수만두 아냐. 자식 새끼가 퍼렇게 있는 자식이 그래 할 게 없어서 친구의 예편네를……."

봉남이가 말한 친구의 여편네란 틀림없이 자기 아내다. 자기 집에 드나드는 친구란 봉남이와 명화밖에 없다. 명화는 자기가 집에 없을 때도 가끔 찾아오는 일이 있다는 말을 듣고 있다. 이런 말 저런 말 안 들어도 질투의 화살이 명화와 아내와의 밀교로 향한 지 이미 오랜 일이었다. 그러니 개만도 못한 자식이란 것도 명화가 분명했다.

아내는 지금 입덧을 하고 있다. 분명 입덧을 하고 있으면서도 그것을 감추려 하고 있다.

아무렇지도 않은 듯 괴로움을 감추며 자기의 옷을 받아 걸어 주고 있는 아내를 보자 추호는,

'개만두 못한 자식!'

하는 격분이 목젖까지 치밀어올라왔다.

저녁상을 가운데 놓고 아내와 마주 앉았을 때 아내는 먹기 싫은 숟가락을 억지로 떠서 입에 넣고는 저작을 많이 해야 소화가 잘 된다고 해서 아귀 새끼듯 입놀림하는 것을 보고는,

"몸이 불편하면 누워 있지."

하고 말은 했으나 속으로는,

'그 자식을 그냥 내버려 두어야 하나…….'

하고 이를 갈았다.

"오늘 빨래를 좀 했더니 피곤한가 봐요. 그래두 괜찮아요."

아내는 불편하면 누우라는 말에 이상한 신경을 쓰는 것 같았다. 약을 먹는 것 같아 딱해 보였으나 숟가락은 놓지 않았다.

"피곤하두룩 빨랠 할 게 뭐요? 얼굴이 나 하얘진 것 같은데……."

추호는 아내의 말이 거짓이라는 것을 확실히 알고 있다. 입덧이 틀림없다. 명화의 애를 배고 입덧을 하는 것이다. 그렇게 단정을 하면서도 추호는 그것을 밝히려 하지 못하고 도리어 그것을 모르는 척해야만 했다.

저녁을 먹은 뒤 아내가 설거지를 하러 부엌으로 나갔을 때 추호는 갑자기 피곤을 느껴 베개를 내리려고 다락문을 열었다. 어떻게 해서 감추어 둔 약병을 발견했는지는 모르나 추호는 다락 속에서 독약을 발견했다. 동시에 몸이 오싹해지며 피가 싸늘해 옴을 느꼈다.

아내가 부엌에서 들어왔을 때는 추호가 병자처럼 누워 숨을 씨근덕거렸다. 어떻게 했으면 좋을지를 몰랐다. 아는 척한다면 아내가 기절을 할지 모른

다. 모른 척 내버려둔다면 오늘 밤으로라도 아내가 그것을 먹고 죽어 버릴지 모른다.

"왜 갑자기 열이 나시우?"

아내가 옆으로 와서 이마에 손을 댔다.

"아아니. 밥을 먹었드니 졸음이 오누만……."

이번에는 추호가 자기의 마음을 숨겨야 할 차례였다.

추호는 자리에서 벌떡 일어났다. 자기가 마음의 동요를 일으키고 있다는 것을 보여서는 안 될 때였다. 그래서,

"내 병원에 갔다 올게. 약을 좀 먹어야 할 게 아냐?"

아내의 입덧을 어디까지나 눈치채지 못했다는 것을 보이기 위함이었다.

"약은 무슨 약이에요. 피곤해서 그러는 건데……."

약을 사 오면 곤란하다는 표정이었다. 그래도 추호는 약을 먹어야 빨리 회복된다고 하며 옷을 입기 시작했다.

추호는 자기의 행동이 자연스러운 것을 느꼈다. 그러나 자기가 나간 사이에 아내가 독약을 먹어 버리면 하는 걱정이 그대로 방을 나서지 못하게 했다.

옷을 입고도 방을 나서지 못하고 있다가 잠시 뒤에야 내렸던 베개를 집어 올려놓는 척하며 다락문을 여는 데 성공했다.

다락문을 열고는 그야말로 우연히 발견한 것처럼,

"이건 뭐야? 쥐약이 아닌가?"

하고는 독약을 끄집어냈다. 그리고는 독약을 이러저리 보다가,

"쥐가 이런 약을 먹을 줄 알아? 잘 먹는 걸 알구 사 와야지. 어디서 사 왔어? 나가는 길에 가지구 가서 바꿔 오지."

추호는 약병을 손에 쥔 채 방을 나와 버렸다.

아내는 아무 대답도 못했으나 추호는 대답을 구하지도 않았다.

대문 밖을 나서자 그는 약병을 길바닥에 내던져 버렸다. 쨍그렁 소리와 함께 병이 옥살이 되었다.

병을 깨 버리고 병원 앞까지 걸어갔지만 그는 병원 간판만 바라보고는 그

대로 돌아섰다. 도대체 무슨 약을 달랄 수 있을 것인가? 열이 없는 사람에게 감기약을 먹일 수가 없다. 체하지 않은 사람에게 소화약을 먹일 수도 없다.

그러나 그는 한참 뒤 다시 발길을 돌려 병원으로 갔다.

"영양 부족으로 빈혈증이 있는데 약을 좀 주십시오."

아무런 약이라도 들고 가서 먹여야만 할 것 같았던 것이다.

그래서 영양제와 돌아오는 길에 약방엘 들러 쥐약 한 봉지를 마저 사 들고 와서,

"이걸 먹으면 몸살이 풀린대."

하고 아내에게 먹기를 강요했다.

아내는 먹지 않을 수 없었다. 그것이 죽는 약이라 해도 먹지 않을 수 없었을 것이다.

다음 날 추호는 출근 대신 돈암동으로 해서 정릉리로 나갔다. 봄날이어서 그런지 사람들이 적지 않게 밀려 나왔다.

봉국사(奉國寺) 윗산엘 올라갔지만 인적이 없는 것 같아 자리를 잡을라치면 어디선가 인기척이 났다. 북한산을 바라보며 인적 없는 곳만을 찾아 오르고 또 올랐다.

길도 없는 곳, 그리고 하늘만이 보이는 곳에서 발을 멈추고 파란 엄이 돋아오르는 풀 위에 누웠다.

동쪽 하늘을 바라보다가는 몸을 돌리어 서쪽 하늘을 바라보았다. 구름 한 점 없는 하늘에 보이는 것이 있을 리 만무했지만 그의 눈은 그래도 쉬지를 않았다. 가끔 가느다란 한숨도 내쉬었다.

땅에 배겨 잔등이 아프면 일어나 앉기도 했다.

저녁때가 거의 되었을 때야 일어났다. 그리고는 커다란 소나무 밑을 구둣발로 힘껏 차고 내려왔다.

"오늘은 좀 어떻소?"

하고 물었다.

아내의 얼굴이 어제보다 나아질 리가 없다. 조금이라도 더하면 더했다.

그래도 아내는,

"좀 나은 것 같아요."

하고 대답했다.

옷을 벗고 세수를 한 다음 추호는 아내를 끌어다 포옹을 했다. 애정에 불타는 듯한 포옹이었다. 그리고는,

"오늘 병원엘 갔댔는데 이젠 괜찮다누만…… 앞으룬 당신두 어머니 노릇을 할 수 있을 거야."

하고 다시 한 번 끌어안았다.

"정말요?"

아내는 깜짝 놀랐다. 기뻐하는 것인지 슬퍼하는 것인지는 몰라도 기막히게 놀란 것만은 사실이었다.

"암만 봐두 당신이 예사 병 같지가 않아서 혹시나 하는 마음에 병원엘 갔더니 그런 말을 하지 않아. 왜 ×병원이라구 성병과룬 제일 권위 있는 병원이 있지 않아……."

이것은 산 속에서 얻어 낸 생각이었다.

"어마나…… 그럼 틀림없군요……."

아내도 연극을 무던히 잘해 주었다. 자기도 그럴 줄 알고 있었다는 투였다.

"당신 석 달이나 걸르지 않았수?"

"그렇긴 해요……."

"그럼 틀림이 없지, 뭘 그래?"

"그래두……."

이러고 있을 때였다. 무슨 긴요한 일이라도 있는 듯이 명화가 찾아왔다.

명화의 얼굴을 보자 추호는 갑자기 상기가 됐다. 그러나 추호는 순간적 감정을 내리눌렀다.

"어서 오게……."

추호는 명화를 무난히 맞아들이는 데 성공을 했다. 그러나 아내는 인사도 없이 얼굴을 붉히고 부엌으로 뛰어나갔다. 술상을 차리라고 해도 대답조차 없었다.

“왜 안 들어오는 거요? 술상이 벌어지면 영화구경을 못 가게 될까 봐서 그러는가 보군.”

추호는 이렇게 꾸며 댔다. 영화구경 이야기는 입 밖에 꺼낸 일도 없는 일이지만 그래야만 둘 사이가 다정하다는 것을 알리며 동시에 명화가 빨리 돌아갈 것 같았기 때문이었다.

눈치가 심상치 않은 것을 안 명화가 잠시 동안 언젠가 봉남이가 명화에 대한 욕을 하던 것 이상으로 봉남에 대한 욕지거리를 하다가,

“나 지나든 길에 들렀댔어. 약속 때문에 빨리 가야겠구만……."
하고 일어서 버렸다.

차라리 잘 되었다고 생각하면서도 추호는,

“정말 약속이 있나? 술이라두 한 잔 하구 갈 거지, 이게 뭐야.”
하고 명화를 전송했다.

명화가 돌아가자 아내가 방 안으로 들어왔을 때 추호는,

“손님이 가는데 인사두 안 해?”
하고 지나가는 말로써 명화의 이야기를 끝내려 했다. 그러나 아내가,

“손님두 다 싫어요. 이젠 아무두 데려오지 마세요. 술 심부름하기가 죽기보다두 싫어졌어요.”
하고 신경질을 냈다. 추호는,

“명화가 이제는 싫어졌어?”
하고 한 마디 해 주고 싶었으나

“그럼 나두 술을 못 먹게……."
하고 웃었다.

“당신 혼자서야 어떨라구…… 그렇지만 명화란 사람은 발길두 못하게 하세요. 술을 먹으면 곱게 먹어야지. 그것두 한두 번이라면 몰라두……."

명화가 아주 싫어진 것만은 틀림없었다. 언제나 김 선생 김 선생 하고 부르던 사람을 명화란 사람이라고 부른다든가 술이 취해서 떠들어대면 그걸 좋아서 맞장구치던 아내가 술을 곱게 안 먹어 싫다고 한다든가 하는 것은 좋아하던 사람을 미워하기 시작했다는 증거에 틀림없었다.

그러나 추호는 이러한 경우 될 수 있는 대로 명화의 말을 많이 하지 않는 것이 상수라고 생각했다.

"당신 몸두 무거우니까 이제부터는 집에서 술상을 벌리지 않지."

며칠이 지난 뒤 봉남이가 놀러왔다. 와서는 하는 소리가 명화에 대한 욕설뿐이었다. 며칠 전 명화가 왔을 때도,

"친구라구 믿었드니 글쎄 남의 돈을 무쭉같이 짤라 먹었단 말이야. 개만두 못한 자식 같으니…… 그런 놈은 벼락을 맞아야 해!"
하고 욕을 했다. 소학교 때부터의 동창들이었다. 근 삼십 년 동안 정말 가깝게 지내던 사이가 아주 허물어지고 마는 모양이었다. 정의가 파하는 것도 사양치 않는 대목들이었다.

"글쎄 좋은 장사가 있다구 돈을 주면서 해 보라기에 했는데 그것이 실패되었다구 해서 왜 그 책임을 나한테 씌운단 말이야? 도적놈이지 뭐야? 돈을 벌면 제가 혼자 먹구 밑질 땐 나 혼자 밑지라는 거지."

봉남이가 계속해서 명화의 욕을 할 때 추호는 묵묵히 듣기만 하고 있었다.

더 심한 말로 욕을 하고 더 심한 태도로 절교하고 싶은 것은 자기다. 그러나 봉남이처럼 욕을 할 수도 없고 또 절교할 수도 없다.

남을 미워하고 욕할 수 있는 사람이 얼마나 행복할까 속으로 생각하고 있었다.

"그 자식을 한 번 두들겨 주고야 말 테야."

봉남이가 옷소매를 걷어붙였다. 면전에 명화가 앉아 있기나 한 것처럼.

"이 사람, 과거의 성의를 봐서라도 그만두게. 그 사람이 돈에 인색한 걸 이제 아나?"

추호가 도리어 봉남의 격분을 가라앉히는 역할을 맡아 보게 되었다.

"아냐. 그런 놈은 버릇을 고쳐 놔야 해!"

"글쎄 그만두라니까? 명화가 자네 교육을 못 받아서 그렇게 된 줄 아나?"

봉남이가 그래도 무어라고 욕설을 퍼부으려 할 때 추호는,

"이거 보게. 얼마 안 있으면 우리 집에두 경사가 있을 모양인데 그땐 잔

치를 하지.”

하고 화제를 돌렸다. 그것은 명화에 대한 욕설을 막기 위해서라기보다도 봉남에게 미리 알려 두어야 좋을 것 같은 생각이 들었기 때문이었다.

“경사라니? 자네가 장가를 또 간단 말인가?”

봉남이가 농담을 걸었다.

“아니, 어린애를 낳게 됐어!”

“뭐? 자——식. 그래 그 임질이 아주 낫단 말이야?”

“응, 어제 병원엘 갔드니 아주 괜찮대.”

“뭐 같은 소리 마라. 한 번 그렇게 됐으면 그만이지 그것두 낫구 더하구 하나?”

“나쁜 짓을 많이 했던 죄가 이제야 풀린 모양이야.”

“그렇게 되구 싶단 말이겠지? 그만둬라, 듣기두 싫다.”

“의사가 그렇다구 하는 걸 네가 우길 것은 또 뭐냐? 좋은 일이면 좋은 게 아냐?”

“그렇군. 좋은 것은 좋은 거니까…… 하하…….”

봉남이는 믿어지지가 않는 모양이다. 그래도 우기려 하지는 않았다.

봉남이가 돌아가자 아내가 옆으로 다가앉으며,

“여보!”

하고 울기를 시작했다. 못했던 말을 하고야 건디겠다는 벅찬 울음이었다.

봉남에게 거짓말을 억지로나마 곧이 듣도록 강요한 추호도 가슴이 체한 때처럼 언짢았다. 그러나 해서는 안 될 말을 하고야 말려고 울음부터 먼저 터친 아내를 내버려둘 수가 없었다. 한 마디만이라도 입 밖에 꺼내 놓으면 만사는 끝이다. 건잡을 수 없는 무서운 결과를 가져온다. 그래서 아내가 다음 말을 꺼낼 사이가 없게,

“어디가 아파? 응? 의사를 데려올까? 똑바루 말해.”

하고 아내의 어깨를 잡아 흔들었다.

“아니에요. 아프지 않아요.”

“속일 거 없어. 아파하는 얼굴이 분명한데…… 빨리 가서 의사를 데려올

게.”

“의사는 소용 없어요, 할 말이 있어요.”

“할 말은 무슨 할 말야. 빨리 눕기나 해. 울구 홍분하면 뱃속의 어린애한테 나쁜 거야. 빨리 누워.”

“그럼 누울게 병원엔 가시지 마세요.”

“그래, 그래. 병원엘 안 갈게니 울지를 말구 누워요.”

아내는 울음을 그치고 누웠다. 따라서 할 이야기도 꺼내지를 못하고 말았다. 몇 달 뒤였다. 그러니까 일곱 달이 지난 셈이었다.

아내가 아들을 낳았다. 결혼한 지 십 년이 가까운 동안 첫해산이었다.

아내는 어린애를 낳자 어린애가 무어냐고 묻지도 않고 그만 돌아누워 버렸다. 사내건 계집애건 불행의 씨라고 생각했는지 모른다.

그러나 추호는,

“여보, 아들이오. 아들이야…… 정말 잔치를 해야겠는데…….”
하고 아내의 어깨를 흔들었다. 그래도 아내는 눈을 감고 아프고 아프던 순간이 지나간 안도감에 몸이 노곤할 뿐이라는 듯 반응이 없었다.

“여보, 이 애 봐. 코가 꼭 나를 닮았구려, 응! 귀는 천생 당신을 닮았구…….”

생뚱한 거짓말이었다. 핏덩이 같은 어린애 얼굴에서 그러한 형태까지를 찾아낼 수는 도저히 없었다. 사실은 핏덩이 같은 얼굴에 도리어 명화를 연상시키는 인상이 떠올랐다.

그러나 어린것의 코가 추호를 닮았다는 말을 했을 때 아내는 곧이 듣고,

“정말요?”
했다.

“이걸 봐요. 닮지 않았어…….”

어린애 얼굴을 바라보던 아내가,

“정말 당신 코를 닮았구려…….”
하고는 아직 풀리지 않는 젖을 주무르기 시작했다.

“정말 당신을 닮았군요.”

하는 말을 듣자 평생 불구자인 자기에게 아들이 생길 까닭이 없음을 뻔히
알면서도 어린애의 코가 정말 자기 코를 닮은 것처럼 생각되기도 했다.

(원) 《현대문학 5》 1955. 5.

제단

　수만 명의 수영객들이 들끓고 있는 해변가를 뒤로 하고 광욱과 택희는 경비선이 서 있는 바다 한가운데로 헤엄쳐 나아가고 있었다. 물결이 밀려 올 때마다 물결 위로 쑥 올라갔다가 물 속에 잠기듯 수면으로 내려와서는 다시 헤엄을 쳐 나아가는 두 남녀는 마치 한 쌍의 물오리처럼 서로를 살펴보며 간격을 멀리하지 않았다.

　'일 킬로미터' 이상을 헤엄쳐 나아갔지만 두 사람은 꼭같이 피곤을 느끼는 것 같지 않았다. 그러나 광욱이가 몸을 돌이켜 해변가로 방향을 돌리자 택희도 아무 말 없이 그 뒤를 따랐다. 금년 들어 첫 수영이라 떠날 때부터 너무 멀리 나아가지 않기로 약속이 되어 있었던 모양이다.

　두 사람은 물 위에 떴다가 가라앉았다 하며 물결만을 헤치고 있었다.

　어느덧 사람들이 복닥거리는 얕은 수면에까지 이르자 두 사람은 수영을 멈추고 걸어서 모래사장을 향해 걷기 시작했다. 그때까지는 두 사람의 얼굴에 피곤한 기색이 보이지 않았다. 도리어 바다를 정복하고 돌아오는 것 같은 웃음으로 서로를 쳐다볼 뿐이었다.

　"정말 잘하시는데……."

　광욱이가 감탄조로 말했다.

　"그래두 학생 때는 수영선수였어요."

　택희는 사람을 깔보지 말라는 듯이 말하면서도 가벼운 웃음을 띠었다.

400

"글쎄, 그런 말은 전부터 들어 왔지만 그렇게 잘 치는 줄은 몰랐댔거든
요."
  택희는 대꾸 대신에 눈을 살짝 흘기고는 모래사장으로 뛰어올라갔다. 그
리고는 쭉 늘어서 있는 탈의장 겸 음식 영업의 텐트 앞으로 가서 따끈따끈
한 모래 위에 털썩 주저앉았다.
  광욱도 뛰어가서 택희 옆에 앉고서는 택희의 시선을 따라 부산 시민 전체
가 나온 듯한 수만 명의 수영객들에게로 눈을 던졌다. 남자 여자 할 것 없이
웅성거리는 사람 떼가 광안리(廣安里) 모래사장을 꽉 덮고 있다. 애들도 수
없이 많다. 애들을 데리고 온 중년부인도 수두룩하다. 수영복도 없이 흰 속
옷 채로 물 속에 들어가 있는 늙은 부인들까지 눈에 띄었다.
  "우리 나라 사람들도 이제는 생활을 즐길 줄 알게 됐나 부지요?"
  광욱이가 먼저 입을 열었다.
  "생활을 즐기는 게 아니라 생활에서 도피하려는 게 아닐까요?"
  택희가 가볍게 대항했다.
  "도피라 해두 즐거운 데루 도피했으니까 좋은 현상이 아니에요?"
  "선생님같이 직업이 있구 생활이 있는 분에게는 좋은 현상이겠지요."
  "그럼 택희 씨는 현재 직업이 없다구 해서 생활두 없다는 겁니까?"
  택희는 잠시 동안 대답을 안 했다. 대답이 막힌 것인지 대답할 필요가 없
다는 것인지 분간할 수 없는 얼굴이었다. 한참 뒤에야 물 속에서 첨벙이고
있는 어떤 노파를 보며,
  "어머니도 모시구 올 걸 그랬어요."
하고 혼잣말 비슷이 중얼거렸다. 그 말에 광욱은 택희의 마음이 어떤 곳에
있는지도 모르며,
  "같이 왔어두 좋을 뻔했는데요."
하고 대꾸를 했다.
  "어머니에겐 한가한 시간이 금물인 것 같아요."
  이 말에야 광욱은 택희가 자기 어머니의 생활을 걱정하고 있음을 짐작했
다. 그래서,

“왜요?”

하고 물었다.

“한가한 시간을 가질수록 신경만 예민해지는 것 같아요.”

택희가 긴 한숨을 내쉬었다.

택희의 뇌리에는 어머니에 대한 걱정만이 그득 차 있는 모양이었다. 한숨과 더불어 침울한 그림자가 얼굴 전체에 서리고 있었다.

“외로우실 테니까 신경도 예민해지시겠지요.”

광욱은 택희의 어머니를 동정하는 것이 아니라 택희에게 어떤 체념을 주기 위하여 이런 말을 했다.

“어머니의 심정을 알 수가 없지만 날이 갈수록 신경질이 심해지시기만 하니 걱정 아녜요. 밤낮 우시기만 하구 또 끄떡하면 저를 못 살게 들볶기만 하시거든요.”

택희는 면전에서 어머니의 신경질을 당하고 있기나 하는 듯이 얼굴을 찡그렸다.

“신경질이 안 나도록 잘해 드려야겠지요.”

“저두 무척 신경을 쓰구 있어요. 그래두 감당해 나갈 도리가 없는 걸요 뭐. 몸이 쇠약해서 더 그러시지나 않나 해서 요전에는 뇌하수체라든가 그런 주사를 놓아 드렸더니 몸이 몰라 볼 정도루 건강해지셨는데두, 신경질은 더 해 가기만 하지 않아요.”

택희는 이 말을 하자 골치 아픈 이야기로 광욱이까지 침울하게 만드는 것 같아 그만 자리에서 일어나 물 속으로 뛰어들어갔다. 수영할 생각은 안 하고 몸을 물에 담그기만 하고 있을 때 광욱이가 뒤로 따라와서,

“뇌하수체를 놓아 드린 것은 잘못인데요. 아직 오십도 못 된 어머니에게 육체적 괴로움을 만들어 드린 결과만 낳았습니다. 참 큰 실수를 하셨는데요.”

하고는 어머니의 편이 되어 걱정하듯 심각한 표정으로 말했다.

광욱의 말을 들으니 과연 자기가 잘못한 것을 깨달았다. 생리적으로 아직 완전히 늙지 않은 어머니와, 아버지가 돌아가심으로 말미암아 슬픔과 괴로

움이 절정에 달한 어머니에게 육체적인 고통까지 만들어 주었으니 비록 육체적 경륜을 모르고 단순히 건강만을 생각한 나머지의 행동이라 해도 택희는 자기의 미숙한 생각을 후회하지 않을 수 없었다.

그러나 이제 어머니의 육체적 고민을 거세할 방법은 없다. 그리고 광욱 앞에서 자기가 미혼 처녀이기 때문에 생각이 미숙했노라는 말도 할 수가 없었다. 그래서 그는 첨벙 물 속으로 들어가 헤엄을 치기 시작했다.

두 사람은 다시 바다 가운데로 뻗어 나갔다. 한참 뒤 모래사장으로 돌아왔지만 그때는 어머니의 말을 아무도 꺼내지 않았다. 몇 번이나 물 속에 들어갔다가 모래사장에 나왔다 하며 저녁때까지 그들은 바다를 즐겼다. 수영객들도 점점 줄어지기 시작할 때 택희가,

"그만 돌아가시지요."

하고 말했다. 역시 어머니에 대한 생각이 머릿속에서 떠나지 않는다는 표정이었다.

"그럼 언제 또 나올까요?"

"다음 일요일에나 나오지요."

"일요일 아니래두 오후에는 시간이 있으니까 송도(松島)에라두 나가지요."

"그럼 이삼 일 뒤……."

택희는 사랑하는 광욱과 다시 만날 약속을 하는데도 그리 탐탁해하는 얼굴이 아니었다. 그는 한 걸음이라도 빨리 집으로 돌아가고 싶은 생각뿐이었다.

뇌하수체와 더불어 명주의 얼굴이 자꾸만 떠올랐던 것이다. 때를 가리지 않고 흉허물없이 드나드는 명주가 집에 와 있을지도 모른다. 그 징글맞은 사내가 어머니의 괴로움을 틈타서 어떤 짓을 할지도 모른다. 빨리 가서 명주를 경계해야 하겠다. 이러한 생각이 택희의 발걸음을 빠르게 했던 것이다.

택희는 광욱과의 작별도 허둥지둥 버스 안에서 하고 혼자 집으로 돌아왔다. 이때까지는 오면 오나 보다 하고 눈도 거들떠보지 않던 명주였지만 광욱에게서 뇌하수체를 놓아 준 것이 큰 실수라고 말을 들은 뒤부터 명주가 아무렇지도 않은 존재 같지 않게 생각되어 마음이 놓이지 않았다. 어머니에

게 큰일을 저질러 주고야 말 것만 같은 불안이 마음을 초조하게 했던 것이다. 그래서 집 안에 들어서자 택희는 방 안에서 무슨 인기척이 나지 않는가 하고 신경을 집중하며 발소리를 죽였다.

택희는 인기척을 듣기 전에 툇돌 위에 놓여 있는 남자구두 한 켤레를 발견했다. 틀림없는 명주의 구두다. 택희의 가슴은 덜컹 내려앉았다. 예상이 들어맞았다는 불길한 생각이 가슴을 설레게 했다.

생각하면 어머니에게 미안한 일이었다.

뇌하수체 사건만 아니라면 어머니를 의심할 턱도 없다. 사실은 어머니를 의심해서가 아니라 잘못을 저지를 가능성이 있기 때문에 그 가능성을 사전에 없애려는 것뿐이었다. 그렇기도 하지만 결국은 어머니를 못 믿어하는 행동이라고 해석해도 달리 변명할 여지가 없는 일이 아닌가?

택희는 어머니에게 미안한 생각을 금치 못했다. 그러면서도 사붓이 마루에 올라서서는 귀를 기울여 말소리를 모아들었다.

명주와 어머니가 소근소근 이야기하는 소리가 들렸다. 아무나 들어도 괜찮은 그런 말소리가 아니라 누구라도 들어서는 안 될 그런 속삭임 같았다. 택희는 가슴이 두근거렸다. 어머니가 있어서는 안 될 가능성 속으로 기어들어가고 있다는 직감이 들었기 때문이었다. 그런 직감이 들자 택희는 물에 빠진 사람을 보고 물 속으로 뛰어들 때처럼 말소리가 나는 방 안으로 뛰어들었다.

아무런 기척도 없이 너무나 뜻밖에 돌입한 택희를 보자 두 사람은 똑같이 놀란 눈으로 휘둥그랬다. 그리고는 현장에서 발각이 된 범인처럼 반사적으로 몸을 움직여 서로의 거리를 멀리했다.

"방 안엘 들어와두 왜 그렇게 해망스럽게 들어오니?"

사람을 놀라게 하는 법이 어디 있느냐고 어머니가 날카롭게 말했다.

택희는 대답할 말이 없었다. 그러나 일은 잘 되었다는 안도감에 어머니의 꾸중도 들은 둥 만 둥 넘길 수가 있었다.

"수영하러 갔대드니 일찍 돌아오셨군요?"

명주도 계면쩍은 듯이 한 마디 말을 건네었다. 그러나 얼굴빛 하나 변하지 않은 천연스런 태도였다.

택희는 그럴 수 있는 명주라고 생각했다. 상처를 한 지 몇 달도 안 되어 자기에게 청혼을 한 남자다. 싫다고 정식으로 표명했건만 그 뒤에는 어머니를 움직여 자기의 뜻을 이루어 보려고 체면 없이 찾아다니는 사람이다. 어머니도 싫어는 하나 죽은 남편의 친구 아들이라고 해서 딱 잘라매지를 못하고 있을 뿐이다.

택희는 체면 없는 사람에게 부끄럼이 있을 턱없으리라고 생각하며,

"피곤해서 일찍 돌아왔어요."

하고 일찍 돌아온 이유만을 꾸며 댔다.

잠시 뒤 명주가 돌아갔다. 명주가 돌아가자 어머니는,

"시집을 갔으면 애를 두셋은 낳았을 계집년이 그래 빨가벗구 개구리처럼 다리짓을 하며 구경감이 되어야 하니?"

하고 수영하러 떠날 때는 아무 말도 하지 않던 말을 꺼내 가지고 신경질을 부리기 시작했다.

택희는 어머니의 신경질이 이 날만은 특히 있을 수 있는 일이라 생각하며 아무 말도 없이 혼자 쓴웃음만 웃었다.

어머니의 비밀을 알아차렸다는 것으로 어머니의 신경을 날카롭게 했다는 생각을 할 때 택희는 또다시 미안한 마음을 금할 수 없었다.

어머니도 인간이다 아직 육체적인 욕망을 가질 수 있는 나이다. 자기가 즐겨서 육체적 욕망을 채우려 한다면 딸이라고 해서 어찌 그것을 막을 수가 있을 것인가? 지각이 없는 어머니도 아니다. 과거의 생활로 보아 의지가 약한 사람도 아니다. 그러한 어머니가 하는 일에 자기가 경계의 눈을 번쩍이어야 할 일이 어디 있는가? 택희는 지나친 간섭을 하는 자기 행동이 용서받지 못할 일처럼 생각되기도 했으나 그렇다고 해서 자기 행동을 후회하지는 않았다. 어머니가 실수를 한다면 그것은 반드시 자기가 뇌하수체를 놓아 준 데 원인이 있어야 한다. 그리고 절대로 재혼할 수 없는 나이에 단순히 뇌하수체로 말미암아 죄과를 저지른다면 그것은 어머니의 남은 여생을 더럽히는 결과 이외에 아무것도 가져오는 것이 없다.

뇌하수체를 놓아 준 책임을 지기 위하여 그리고 어머니의 여생을 깨끗하

게 하기 위하여 어디까지나 어머니를 감시해야 한다고 생각하는 택희였다.

"그래 정말 혼자 갔었니. 응?"

어머니가 또 다른 말로 택희를 꼬집으려 했다.

"혼자 가지 같이 갈 사람이 어디 있어요."

택희는 자기의 비밀을 감추면서도 어디까지나 부드러운 어조로 대답했다. 전 같으면 어머니 못지않게 날카로운 목소리로 응수했을 것이지만 이 날의 택희 가슴 속에는 참아야 한다는 너그러움이 크게 움직이고 있었던 것이다. 어떤 말이 나와도 택희는 부드럽게 대답했다. 그래서 자기의 대답으로 어머니의 신경을 거칠게 건드리지 않으며 하룻밤을 보낼 수 있었다.

하룻밤을 무사히 보내기는 했지만 어머니를 경계해야 한다는 사실 그 자체가 불쾌한 생각이 들어 택희는 다음 날 아침 명주를 찾아갔다.

결혼 신청을 거절해 준 남자에게 방문을 간다는 것이 유쾌한 일은 아니지만 어머니에게 직접 충고 같은 말을 할 수 없는 처지이매 싫은 남자라도 찾아가 사고를 미연에 방지하도록 안 할 수 없었다.

조반을 해 먹고 설거지를 한 뒤 화장까지 하고 찾아갔는데 명주는 아직 늦잠을 자고 있었다. 손님이 왔다는 말을 듣고 아직 덜 깬 눈을 부비며 나오다가 택희를 보자 정신이 번쩍 드는 것처럼,

"어떻게 우리 집엘 다 찾아오십니까?"

하고 반갑다는 뜻인지 비꼬는 것인지 분간할 수 없는 표정을 지었다.

"저는 댁에 오지 못하나요?"

용건이 있는 만큼 택희로서는 웃는 낯을 짓지 않을 수 없었다.

"어쨌든 들어오지요."

택희는 잠옷만 입은 남자의 뒤를 따라 들어가기가 싫었다. 그러나 도도하게 안 들어간다고 버틸 처지도 못 된다. 아무 말 없이 명주 뒤를 따라갔다. 방 안에 들어가자 명주는 자리도 갤 생각을 안 하고 잠옷을 입은 채 칫솔과 치약을 들고 밖으로 나갔다.

남자의 이부자리가 그대로 깔려 있는 방 안에 혼자 앉아 있기가 정말 땀나는 일이었다. 아무리 그런 남자라 할지라도 손님의 마음을 너무나 생각지

않는 명주가 다시 한 번 미워졌다. 그러나 뛰쳐 나갈 수도 없었다.

세수를 하고 들어온 명주는 택희의 마음을 알 생각도 않고,

"어젯밤 꿈자리가 좋드니 이렇게 오셨군!"

하고는 담배를 꺼내 입에 물었다.

택희는 하고 싶은 말을 마음대로 하라고 내버려 두었다. 무슨 말이건 들은 척 안 하면 그뿐 아니냐고 생각했기 때문이다.

명주는 담배를 몇 모금 빨고 난 뒤,

"십 분만 기다려 주십시오. 조반을 좀 먹구 올게……."

하고는 일어섰다.

그것도 좋았다. 십 분쯤 못 기다릴 것이 없다. 다만 이불만이라도 개고 나갔으면 했으나 펼쳐 놓은 채 있는 그것이 눈에 거슬릴 뿐이었다.

명주는 십 분도 채 못 되어 돌아왔다.

무척 빨리 먹는 모양이었다. 성냥꼬치로 이를 쑤시며 들어와서는 택희 앞에서 잠옷을 벗고 양복을 갈아 입었다. 예의를 몰라서 그러는 것인지 일부러 대범하게 보이려고 그러는 것인지 분간할 수가 없었다.

어쨌든 젊은 여자 앞에서 옷을 갈아 입는다는 것은 아름다운 풍경이 아니었다.

그래도 택희는 못 본 척하는 수밖에 없었다. 보통 때 같으면 상대방이 어떠한 남자거나 한 마디쯤 안 해 주고 못 배길 택희었지만…….

명주는 옷을 갈아 입자,

"그럼 나가실까요?"

하고 택희를 뒤돌아보았다. 어디를 가자는 것인지 알 수 없었다.

"드릴 말씀이 있어 왔는데요."

택희는 일어나지를 않았다.

"이야기야 천천히 하지요. 뭐 바쁘니까…… 모처럼 오셨는데 드라이브나 한 번 하십시다."

명주는 택희를 완전히 무시하는 듯한 태도였다. 택희는 불쾌감을 느꼈지만,

"어머니가 기다리실 테니까 빨리 가야겠어요."

하고 이야기만 끝내고는 돌아가겠다는 뜻을 표했다.

"어머니 책임은 내가 지지요. 걱정 말구 갑시다."

명주는 혼자 방 안을 나섰다.

택희도 혼자 앉아 있을 수가 없었다. 더구나 방에서 이야기를 한다는 것
도 그리 유쾌한 일이 아니기 때문에 명주를 억지로 붙잡지 않았던 것이다.
그러니 따라나서는 수밖에 없었다.

택희는 다방으로라도 가서 이야기를 할까 생각했다. 그러나 거리로 나온
명주는 택시를 불러 타고는 택희를 끌어들인 뒤,

"해운대까지 갑시다."

하고 운전수에게 명령하듯 말했다.

"정말 안 돼요."

"글쎄, 걱정 말라니까요."

차가 움직이기 시작할 때 택희는 문을 열고 뛰어내리기나 할 것처럼 몸을
창가로 돌렸다. 그때 명주가 택희의 손목을 잡아 낚아채며,

"하루쯤 같이 놉시다."

하고는 택희의 몸을 끌어다 안으려 했다.

"완력두 쓰실 줄 아시누만요."

택희가 새침하고 돌아앉는 바람에 명주는 슬며시 손을 놓고 창 밖으로 눈
을 돌렸다.

택희는 어떻게 해야 좋을지를 몰랐다.

벌써부터 이런 태도를 취한다면 앞으로는 어떤 행동으로 나올지 모른다.

"점심은 해운대서 먹구 저녁은 동래온천에서 먹읍시다."

명주가 혼자서 결정짓고 혼자서 지껄였다. 택희는 아니꼬운 생각에,

"왜 재미두 없는 사람과 같이 다니며 돈만 쓰시려구 그러십니까?"

하고 말했다. 그때 명주가,

"허허 —— 나에게는 택희 씨밖에 더 재미있는 사람이 없는 걸!"

하고는 뜻있는 웃음을 빙그레 웃었다.

자동차는 속력을 내어 달리고 있었다. 그것을 멈추고 뛰어내릴 수가 없는

것은 아니었다. 택희로서는 능히 할 수 있는 일이었다. 다만 창피스럽다는
것 그리고 명주의 감정을 건드리지 않게 할 이야기가 있다는 것 —— 이러한
이유로 택희는 아무 말 없이 달리는 차에 몸을 싣고 있는 것이었다.

아무데를 가도 좋다고 생각했다. 명주가 무섭다는 생각이 조금도 들지 않
았기 때문이었다. 명주뿐 아니라 일 대 일일 경우 남자 한 사람이 무어 그리
무서울 것이랴 하는 택희였다. 다만 기회를 노려 하고 싶은 이야기만 하면
그뿐이라 생각했다.

그러나 그러한 기회가 좀체로 오지 않는 것이 안타까울 따름이었다. 자동
차 안에서와 마찬가지로 해운대에서도 명주는 끝까지 택희의 태도를 누르고
자기의 감정을 표시하려고만 했다.

동래온천 ××호텔에 와서도 명주는,

"언제까지 기다리면 마음이 풀리겠소?"

하고 또 자기와의 결혼 이야기를 꺼냈다. 그런 이야기를 할 때마다 명주는
흥분한 태도를 보였다. 흥분하고 있는 사람에게 어머니 말을 꺼낼 수가 없
어서 해가 져서 어두울 때까지 기회만 노리고 있던 참이었다. 그러나 택희
는 언제까지나 기다리고만 있을 수가 없었다. 저녁상을 내놓고 잠시 말없는
틈을 타서,

"선생님, 제 말씀 좀 들어 주시겠어요?"

하고 비로소 운을 텄다. 명주는 자기와의 결혼에 관한 이야기가 아닌 줄 알
면서도,

"무슨 말인데요?"

하고 귀를 기울이려는 태도를 보였다.

택희는 말하기가 몹시 거북했지만 어머니가 신경질적이라는 것, 그렇기
때문에 외부 사람을 만나고 난 뒤에는 반드시 자기를 못 살게 군다는 이야
기를 하고 나서,

"제가 없을 때 집으로 찾아오지 말아 주셨으면 좋겠어요."

하고 말했다.

"그럼 택희 씨를 만나구 싶을 때는 어떻게 하지요?"

　명주는 택희와 만나는 것만이 중요한 것처럼 말했다. 사실 명주가 자기 집으로 찾아온다는 것은 어머니를 통하여 어떻게 해서 일을 꾸며 보려는 야심 때문이다. 만약 자기가 만나자고 하는 것을 전적으로 거부한다면 명주에게 집으로 찾아오는 구실을 계속해서 주는 것이 된다.

　"필요하면 밖에서도 만날 수 있지 않아요?"

　택희로서는 명주를 회유하지 않을 수 없었다.

　"잘 만나 주겠군요."

　명주는 믿어지지가 않는 모양이었다.

　"만나는 것까지 누가 마다구 그랬어요?"

　그때 명주는 한참 대꾸가 없었다.

　잠시 고개를 숙이고 무엇을 생각하다가 불쑥,

　"그래두 어머니가 제일 좋은 걸요."

하고 말했다. 무슨 뜻인지 확실한 것은 알 수 없었지만 명주가 어머니에 대해서 호감을 가지고 있다는 것만은 분명했다.

　택희의 가슴이 덜컹 내려앉았다. 그러나 자기의 놀람을 내색할 수가 없었다.

　"어머니가 좋은 분인 걸 이제야 아셨어요?"

　"택희 씨두, 어머니의 마음을 조금만 닮았다면 나를 이렇게 괴롭히지는 않을 겁니다."

　"미안합니다."

　택희는 억지로 웃음을 보였지만 뒤통수를 얻어맞은 것 같아 얼떨떨했다. 그러면서도,

　"좌우간 집으로 찾아오지 말아 주세요."

하고 한 번 다짐을 주었다. 그러나 명주는 대답할 생각도 안 하고 택희의 팔목을 잡아끌며

　"춤이나 한 번 춥시다."

하고 밴드소리가 나는 쪽으로 눈을 보냈다.

　택희는 댄스 홀로 끌려가서 춤까지 추었다. 한참 동안 춤을 춘 뒤 명주가

기분이 좋아 맥주를 마시고 있을 때,

　"집으루 찾아오시면 만나지두 않을 테니까 그쯤 아세요."

하고 한 번 더 다짐을 했다.

　"그럼 내가 만나구 싶은 땐 언제나 만나 주시오."

명주가 능글맞게 웃으며 말했다.

　"별일만 없으면……."

택희도 일부러 웃음을 지어 보였다.

　"그렇다면야 구태여 택희 씨 어머니를 만날 필요가 없겠지요."

이 말을 들었을 때 택희는 정말 안심을 했다. 자기가 말을 안 들어 왔기 때문에 어머니에게나마 손을 대려고 하던 명주다. 그런 만큼 자기만 만나 주면 어머니를 찾아갈 필요가 없을 것은 또한 뻔한 일이다. 앞으로 자기가 조종만 잘하면 어머니를 위험 속에서 구할 수가 있는 것이다.

택희가 앞으로 명주를 어떻게 조종할 것인가 하는 것을 생각하고 있을 때 명주는 기분이 상쾌해 오는지 맥주잔을 내밀며,

　"자, 한 잔만 드시우."

하고 한 손에 든 맥주병을 기울이려 했다.

　"못 먹어요."

　"현대 여성이 맥주 한 잔쯤 못할 수 있어요?"

　"맥주를 못 먹어 현대 여성이 못 된다면 현대 여성을 기권하면 그뿐 아녜요."

택희는 웃음을 띠며 애교로써 맥주를 거절했다. 그러나 명주는 강제로라도 먹이고야 말겠다는 듯이 맥주를 붓고는 연방 독촉을 했다. 한 모금이라도 마시라는 것이었다. 택희는 명주의 비위를 거스르지 않기 위해 한 모금을 마시고는 잔을 탁자 위에 놓고,

　"싫어하는 것을 강권하는 것은 현대인이 아니잖을까요?"

하고 한 마디 해 주었다.

　그 말에 명주는

　"참, 그렇든가요? 그럼 권하지 않지요."

하고 마치 현대인의 명예를 훼손한 것을 부끄럽게 여기는 듯 고개를 끄덕이
고는 택희가 마시던 잔을 들고,
　"택희 씨의 입이 닿던 자리에 내 입을 대고 마셔두 좋지요?"
했다.
　택희는 우스워 견딜 수가 없었다. 여자가 앉았다 일어선 자리에 앉기만
해도 육체적 관계를 한 것처럼 쾌감을 느끼는 그런 우스꽝스런 일이 아닌
가? 그러나 웃을 수도 없었다. 마음대로 하라고 내버려 두는 수밖에 없었다.
　명주는 기분이 좋은지 맥주를 쭉쭉 들이키고는 또 춤을 추자고 했다.
　택희는 시간이 늦었으니 이제는 돌아가자고 했지만 막무가내였다. 몇 번
더 춤을 추어 주었다. 밤이 깊어 감에 따라 택희는 집으로 돌아갈 것을 독촉
했다. 명주는 그런 말에 귀도 기울이지 않았다. 일부러 못 들은 척하는 것
같기도 했다.
　10시가 되어 댄스 홀이 불을 끌 때에는 피곤하니까 탕이나 한 번 더 하고
호텔에서 자자고 했다. 어림도 없는 소리였다. 술도 얼근한 김에 무슨 일을
저질러 보겠다는 야심이 얼굴 속에 빤히 들여다보였다.
　"전 가야 해요. 어머니의 신경질을 알면서 그러시면 어떡해요."
　택희는 어머니를 핑계삼고 뛰쳐 나왔다. 그때 명주가 따라나와 술에 상기
된 얼굴로,
　"벌써 늦었어요. 여기서 그래 걸어갈 테요?"
하고 택희의 손을 잡아끌었다.
　"네! 걸어서라도 가지요. 다음에 또 뵙겠어요."
　택희는 명주의 손을 뿌리치고 호텔을 뛰쳐 나오고야 말았다
　호텔을 뛰어나오기는 했으나 전차와 버스가 이미 끊어진 뒤라 시내로 돌
아갈 길이 막히고 말았다. 택시를 탈 수밖에 없었으나 택시 탈 돈은 가지고
있지 못했다.
　택희는 할 수 없이 어떤 작은 여관으로 들어갔다. 남자들이 항용 쓴다는
최후의 수단을 명주가 자기에게까지 사용하려 했다는 불쾌감을 느끼면서도
거기에 넘어가지 않은 자신에 대하여 안도감을 느끼며 하룻밤을 무사히 보

412

냈다. 그러면서도 명주의 요구를 들어 주지 않으므로 해서 명주가 다시 어머니를 찾아다니게나 되지 않을까 하는 걱정이 떠나지 않았다. 그래서 명주와 결혼을 해 버리고 말까 하는 생각까지 해 보았다. 나쁘게 생각하니까 그렇지, 좋게 생각하면 명주에게도 좋은 점이 없잖아 있을지 모른다. 세상에 좋은 사람과 나쁜 사람이 날 때부터 정해 있지는 않다. 전부가 비슷비슷하다. 사랑하는 마음을 가지기만 한다면 명주라고 해서 사랑하지 못할 법이 어디 있겠는가?

택희는 이런 것까지 생각하며 집으로 돌아갔다.

그러나 문 안에 들어서는 순간 택희는 어머니를 위해서 희생까지 할 수도 있다는 생각이 조각조각 깨지고 말았다.

택희의 얼굴을 보자마자 어머니가,

"땀을 뺄 년아. 그래 어딜 나가 자구 들어오는 거냐?"

하고 눈에 횃불을 켰다. 예상했던 일이다. 아무 말도 안 하고 나가서 외박까지 하고 돌아왔으니 잠자코 있을 까닭이 없다. 그러나 때려 죽이기라도 할 것 같은 기세로 몸을 떨게 하는 것은 처음으로 보는 일이었다.

"서방질 하느라구 안 들어왔지? 이 개 같은 년아."

어머니는 다짜고짜로 택희의 머리채를 잡아 쥐고 한 손으로는 얼굴과 머리를 가리지 않고 함부로 후려갈겼다.

"이년아, 명주하구 그래 어딜 가서 사구 왔니? 입으룬 명주를 싫다구 그랬지? 싫다는 놈하구 왜 서방질을 해? 이 앙칼진 년아……."

어머니는 한참 동안이나 택희를 두드리다가 그것도 성에 차지 않는지 부엌으로 가서 부지깽이를 들고 나왔다.

택희는 무고한 죄를 뒤집어쓰는 것이 억울했다. 그리고 억울한 매를 맞고 싶지도 않았다.

"알아나 보구 때리든지 죽이든지 하세요."

택희는 어머니의 손에서 부지깽이를 뺏어 던져 버렸다.

"이년이 어째? 그럼 서방질을 안 했단 말이냐? 에미가 속아넘어갈 줄 아니? 개만도 못한 년……."

어머니가 또 달려들어 머리채를 잡으려 했다. 택희는 어머니의 손을 뿌리치고,

"때린다구 속이 씨원해질 것두 없지 않아요."

하고 저만치 가서 앉았다.

"응, 죽어야 씨원하겠다. 너같이 더러운 년은 죽어야 해……."

택희는 달려드는 어머니를 자꾸만 피했다. 피해 다니면서도 어머니가 불쌍한 생각이 들었다. 아버지가 살아 계실 때는 그렇게까지 신경질을 부리지 않던 어머니다. 모두가 고적한 때문이라 생각되었던 것이다.

어머니는 피하는 딸을 붙잡으려고 따라다니다가 그만 지쳤는지 마루에 쓰러지며 이번에는 소리를 내어 울기를 시작했다.

"그 똥만두 못한 놈한테 그래 몸을 망쳤단 말이냐……."

통분해 못견디겠다는 울음이었다. 그러나 단 둘이 앉아 무엇을 소근거리던 어머니가 그 명주를 똥만도 못한 놈이라고 하는 것은 무엇 때문일까?

택희는 그것이 하나의 질투가 아닌가 하고 의심하지 않을 수 없었다.

어머니의 신경질이 질투에서 나온 것이라 생각하니 택희는 자기도 모르게 슬퍼졌다. 눈물이 주르륵 흘러내렸다.

외로운 어머니…… 그런데다가 뇌하수체까지 놓아 드렸으니…….

그런 만큼 어머니의 모든 외로움이 질투라는 감정으로 터져 나오는 것도 무리는 아니다.

질투란 외로울 때 느끼는 가장 강렬한 감정이다.

생각하면 뇌하수체를 놓아 드린 것이 무엇보다도 큰 죄를 저지른 것 같았다.

택희가 매를 맞을 때보다도 더 아픈 듯한 울음을 울고 있을 때,

"양심은 있는 게로구나. 죽일 년 같으니라구……."

하고 어머니가 또 욕담을 퍼부었다. 그러나 택희는 어머니가 쇠약해서 욕담할 기운도 없다면 하는 생각을 하며 마음대로 떠들라고 내버려 두었다.

만약 외로움에 지쳐 어머니가 몸도 가누지 못하고 누워 있다면 어떻게 할 것인가? 그러나 어머니가,

"그놈 명주란 놈이 오면 다리갱이를 꺾어 놓구 말아야지. 집안을 망쳐 놓은 개만두 못한 놈! 그놈을 내버려둘 줄 알아⋯⋯."
하고 이번에는 명주를 욕하기 시작했다.

질투의 극단이었다.

자기를 욕할 때 택희는 질투로만 생각했으나 그 질투가 명주를 증오하는 데까지 이를 때 택희는 일을 저지르고야 말 질투라고 생각되었다. 그렇기 때문에 명주가 집에 오면 명주에게까지 행악을 하지 않을까 하는 생각이 들었다. 만약 그렇게만 한다면 그때는 무슨 꼴이 될 것인가? 그야말로 집안 망신도 이만저만한 것이 아니다.

"명주 씨에게 무슨 죄가 있어요. 욕을 하시려거든 저만 욕하세요."

그것은 명주에 대한 변명이 아니었다. 책임이 있다면 자기에게만 있다는 것을 표명하기 위한 말이었다. 그러나 어머니는 그렇게 듣지를 않았는지,

"흥! 네가 좋아 그랬단 말이지? 갈보 같은 년아. 그리구두 집에 들어올 낯이 있니? 애비가 없다구 날 깔보는 게지? 응! 이 죽일 년아⋯⋯."
하고 다시 통곡을 하며 울기를 시작했다.

"네 갈봅니다, 갈보예요."

택희도 분함을 참을 수 없었던지 돌아앉아 다시 울기를 시작했다. 신경질이 심한 것을 이해한다고 해도 딸에게 갈보라고까지 하는 데는 분하지 않을 수 없었던 모양이다.

그 뒤 며칠이 지나도록 모녀는 서로 말도 잘하지 않았다. 어머니는 증오에 가까운 눈으로 택희를 바라보았으며 택희는 가까울 수 없는 사람처럼 어머니를 경원했다.

사흘째 되는 날 오후 택희가 광욱이와의 약속이 있음을 생각하고 외출하려 할 때 어머니가,

"또 명주를 만나러 가는 거냐?"
하고 목소리를 높였다.

"만나면 안 되나요?"

택희는 일부러라도 명주를 만나러 가는 척하지 않을 수 없었다. 어머니는

명주와 자기가 사고를 일으키고 있는 것이라 생각하고 있다. 그런 만큼 자기도 어머니의 생각이 틀림없다는 것을 보여 주어야만 자기가 꾸미고 있는 계획이 성공할 수 있다고 생각했기 때문이었다.

그러나 어머니는,

"너, 나를 죽이구 나서 하구 싶은 짓을 해라!"

하고 택희의 팔을 잡아끌었다. 택희는 자기도 고집을 피워야 어머니가 자기와 명주와의 사이를 정말로 생각할 것 같아,

"좋게 생각하면 다 좋은 사람 아녜요? 그러지 말구 놓으세요. 정말 약속을 했어요."

하고 어머니의 팔을 뿌리치고 밖으로 나갔다.

택희는 광욱이가 근무하는 회사로 가서 광욱이를 만나 송도로 가는 배를 탔다.

택희는 그 동안에 생긴 일을 광욱에게 이야기하고 싶었다. 그러나 발동선의 요란한 엔진소리가 이야기를 꺼내게 하지 않았다. 뱃전에 서서 멀리 바다만 바라보고 있을 때 갈매기 떼가 바로 머리 위로 날아갔다. 택희는 갈매기로 눈을 돌리고,

"갈매기 보세요."

하며 광욱의 팔을 툭 쳤다. 신산한 마음을 흩어 보려는 생각이었다. 그러나 광욱이가,

"갈매길 첨 보세요?"

하고 신기할 게 아무것도 없지 않느냐는 얼굴로 말했다. 말을 꺼냈던 것이 무안할 정도였다. 택희는 일부러 그러는가 하고 광욱의 얼굴을 쳐다보았다. 몹시 침울한 표정이었다. 말만을 무뚝뚝하게 한 것이 아니었다. 사실은 회사로 찾아갔을 때부터 광욱의 태도가 조금 이상스러웠다. 다만 택희 자신의 감정이 긴장되어 있는 만큼 그것을 살펴보지 못했을 따름이었다.

광욱에게 무슨 일이 생긴 모양이라고 생각했지만 택희는 배가 송도에 도착했을 때까지도 이야기를 건네 보지 못했다.

조용한 때 물어 보리라 생각하고 광욱의 뒤만 따라갔지만 광욱은 수영장

을 거들떠보지도 않고 바윗길로만 올라갔다. 바다가 멀리 내려다보이는 바위 위에 앉아서도 말이 없었다.

"오늘 수영을 안 하세요?"

택희가 말을 꺼냈을 때도,

"조금 쉬어서 하지요."

하고 탐탁지 않게 대답했다. 말을 꺼낼 때마다 시원치 않은 태도로 대해 줄 때 택희는 속으로 언짢은 생각이 들었다. 불쾌한 일이 생겼다고 해도 자기에게까지 그렇게 대할 것이 무엇인가 하고도 생각했다.

그래서 광욱이가 말을 꺼낼 때까지 입을 열지 않으리라 마음먹고 바다만을 내려다보고 있을 때였다. 광욱이가 한숨이 절반 섞인 어조로,

"택희 씨!"

하고 불렀다. 택희는 대답 대신 얼굴만을 돌렸다.

"며칠 전에는 누구하구 동래엘 갔댔지요?"

그 말을 듣자 택희는 얼른 알아차리고,

"명주란 남자와 드라이브를 했지요."

하고 웃었다. 질투에 불타고 있는 광욱이를 놀려 주고 싶다는 심사의 웃음이었다. 그러나 광욱은 자기를 조소하는 웃음이라고 생각했던지 화를 발칵 내며,

"잘했군."

하고는 일어서서 혼잣말처럼 중얼거렸다.

"여자의 노리개가 될 사내자식이 있을 줄 알아? 더러운 것 같으니라구."

택희는 광욱의 뒤를 쫓아가,

"정말 화를 내시나 봐? 소년처럼……."

하고 그의 팔을 잡으며 다가갔다. 그래도 광욱이는 화를 풀려고 하지 않았다. 할 수 없이,

"너무나 세속적인 말씀은 삼가세요. 어디서 어떤 말을 들었는지는 모르지만 좀더 자세한 것을 알구나 말씀하시지요."

하고 택희도 뾰루퉁한 얼굴로 내쏘듯이 말했다.

"알 것은 다 알았으니까 더 알 것두 없어."

광욱은 타협할 생각을 안 했다. 동래 ××호텔에서 어떤 남자와 춤추고 있다는 것을 목격한 친구가 보고를 해 주었다. 택희는 그 사실을 부정하지 않았다. 그렇다면 택희라고 해서 항간에 많은 화제를 만들고 있는 젊은 여자들과 다를 것이 무엇인가?

"이야기를 듣고 싶은 성의도 없단 말씀이지요?"

"성의고 뭐고 할 것도 없지……."

광욱은 말할 필요도 없다는 듯이 뒤도 돌아보지 않고 해수욕장 쪽으로 내려가기 시작했다.

택희는 따라갈 생각도 않고 광욱의 뒤만을 바라보았다.

'설명할 필요두 없겠지…….'

그는 혼자서 생각하는 것이었다. 인생을 일일이 설명해야만 살아 나갈 수 있다면 그 인생이 얼마나 따분할 것일까? 믿고 의지한다는 인간의 미덕이 없다면 인간은 남을 의심하기에 모든 시간을 허비하지 않으면 안 될 것이다. 남을 의심한다는 것은 자기 자신을 의심한다는 뜻도 된다. 그렇다면 자기도 믿지 못하고 사는 사람이 얼마나 위태로울 것인가?

택희는 광욱이가 걸어간 반대방향으로 걸었다. 중도에서라도 광욱이를 만나고 싶지 않았기 때문이었다. 타협이 있을 수 없는 사이에 만나기만 한다는 것은 무의미하기 짝이 없는 일이었다. 광욱은 설명을 들어야만 하는 사람이고 자기는 어머니의 비밀까지 설명해야 하는 사람이다. 자기 변명을 해야 한다면 자기는 어머니의 비밀을 과장해서까지 설명해야 할 것이 아닌가?

자기의 애정을 살리기 위해서 어머니를 희생시킬 수는 없는 일이었다.

택희는 버스길로 나서서 버스를 탔다.

충무로에서 버스를 내리어 남포동으로 접어들었을 때였다. 배를 타고 왔는지 선창 쪽에서 걸어오는 광욱이와 시선이 부딪쳤다. 그러나 광욱은 택희의 시선을 피하고 오던 길로 돌쳐서 버렸다.

택희는 속으로 잘 가라는 인사를 했다. 한 번쯤 오해를 했다고 해도 두 번째는 오해를 풀어 볼 생각을 함직하나 그런 의사도 가지고 있지 않은 광욱이다. 그렇다면 작별의 인사를 아낄 필요가 없을 것 같았다. 그러나 집으로 돌아오는 동안 가슴이 허전함을 느꼈다. 근 일 년 동안 사랑해 오면서도 광욱이가 자기에 대한 신의를 가지지 못했다는 것을 생각할 때 가슴 아팠던 것이다. 그리고 광욱이가 그의 친구들을 만난 자리에서 자기를 꺼내 놓고 현대 여성은 어떠니어떠니 하고 비방할 것을 생각하니 숨이 막히는 것 같기도 했다.

택희는 설명을 안 함으로 말미암아 자기가 손해 보는 것을 깨달았다. 그러나 손해를 본다고 해서 따라다니면서까지 설명하고 싶지는 않았다.

택희는 집으로 돌아가서 어머니의 신경질을 다시 받아야 할 것만이 걱정되었다. 나가지 못하게 하는 것을 뿌리치고 나왔으니 얼마나 또 신경질을 부릴 것인가? 그러면서도 다른 데 들를 생각을 안 하고 집으로 바로 걸어 갔다.

자기가 제단(祭壇)과 같은 존재가 된다면 욕을 먹고 머리채를 뜯기고 매를 맞는다 해도 아픔을 느끼지 않으리라는 생각에서였을 것이다.

이미 사랑하던 광욱이를 잃었다. 사랑을 잃은 것보다 더 마음 아픈 일이 어디 있을 것인가?

그러나 어머니를 지키고 있다는 즐거움이 어두운 방 안의 촛불처럼 가슴을 밝혀 주는 것 같았다. 뇌하수체의 효력이 사라질 때까지만 고생을 한다면 그 뒤에는 어머니도 한숨을 내뿜고 자기의 등을 어루만져 줄 것이다. 그 때까지만은 어떠한 고난이라도 참아야 한다.

이런 것을 생각하며 집 앞에 이르렀을 때였다. 집 안에서 이상스런 소리가 높다랗게 들려 왔다.

"이놈, 택희가 말을 다 했는데 나를 속여? 이 배은망덕하는 놈아……."

이것은 분명히 어머니의 목소리였다.

"왜 이러세요. 손 하나 건드려 보지 못한 사람보구! 생사람을 잡으려구 그러셔……."

이것은 명주의 목소리에 틀림없었다.

택희는 어머니가 질투를 한 나머지 명주에게 야단치는 것이라 생각하고

밖에 선 채 귀를 기울이고 있었다.

"그게 어떤 딸인 줄 알구 네 놈이 건드린단 말이냐? 응? 얼러서 떼 버릴려구 받자를 했드니 사람두 몰라 보구. 개 같은 녀석. 너 같은 놈들이 있으니까 세상에 성한 처녀가 없다는 말이 나는 거야. 앞으루 집엘 얼씬만 해 봐라, 다리갱이를 꺾어 놓을 테니……."

"아니 택희 씨가 뭐랬기에 갑자기 이 야단이십니까?"

"다 말했어. 그앤 나를 속이지만은 않아. 아까두 네 놈을 만나려 간다구 그러며 나갔어."

"그럼 편지를 보구서 나갔군요."

"내가 아니? 좌우간 내 딸은 네 놈한테 안 줄 테니까 그런 줄 알어!"

"택희 씨가 나를 좋아하는데야 그러실 게 어디 있습니까?"

"안 된다니까. 안 된다면 안 되는 줄만 알어!"

명주의 말소리가 끊어졌다. 택희는 명주가 어머니와 싸워 소용 없다는 것을 안 것이라 생각했다. 그러나 잠시 후

"이놈아, 어디다 손을 대는 거야. 개 같은 녀석 같으니라구, 썩 물러가지 못해."

하는 어머니의 날카로운 목소리를 듣자 택희는 발작적으로 집 안엘 뛰어들어갔다. 명주가 어머니를 강제로 겁탈하려는 장면이 벌어진다고 생각되었다.

두 사람이 있는 방설주에 서자 택희는 명주를 쏘아보았다. 아무 말도 않고 노려보기만 했다. 네 놈이 사람이냐는 눈초리로 ——. 명주는 택희의 시선을 피하며 어머니에게서 슬며시 물러났다. 그리고는 마치 자기 행동의 책임이 택희에게 있다는 듯이,

"편지를 보내구 기다렸는데두 안 오니까 찾아왔지요."

하고 말했다.

편지라는 말을 듣고도 택희는 놀라지 않았다. 필경 어머니가 감추었기 때문에 그것을 보지 못했을 것이다. 그러나 어머니가 감추고 안 준 것을 탓할 생각도 없었다. 다만 어머니를 건드리려던 명주가 미운 생각뿐이었다.

“이놈아, 내 얼굴을 똑똑히 봐. 무슨 가죽을 쓰고 살기에 내 어머니에게까지 손을 대는 거야?”

명주는 아무 대꾸도 못했다. 그때 어느새 나갔는지 어머니가 부지깽이를 들고 부엌에서 들어오며,

“이 죽일 놈을…… 에미 애비도 분간 못하는 놈…….”

하고 명주를 한 차례 후려갈겼다. 명주는 한 대를 얻어맞고는 도적개 도망치듯 어슬렁어슬렁 밖으로 나갔다. 택희는 어머니에게서 부지깽이를 빼앗아 들고 나가는 명주를 뒤따라가며 그의 엉덩이를 한 대 갈겼다. 그리고는 금시 방으로 들어가 버렸다. 택희는 아무 말도 못했다. 윤리가 땅에 떨어지면 인간은 동물로 돌아가고 말 것이란 생각에 마음이 슬퍼지기만 하기 때문이었다. 명주를 내쫓고 방 안으로 들어온 어머니가 한숨을 내쉬며,

“넌 왜 나를 속였니?”

하고 힘없이 물었다.

택희는 어머니가 명주에게 넘어가지 않을 것을 알았다. 어떤 일이 있어도 넘어가지 않을, 오직 자기를 지켜 주기 위해서 명주를 만나던 어머니라는 것을 알았다.

그것을 알면서도 택희는 뇌하수체 이야기를 꺼내지 못했다. 어머니를 의심했었다는 말을 차마 입에 꺼낼 수가 없었던 것이다.

“너 정말 명주란 놈한테 몸을 버리지 않았지?”

어머니는 그것만이 걱정인 모양이었다.

“걱정 마세요. 제가 그렇게 속없는 줄 아세요?”

택희는 구김살없이 대답했다. 그 말을 듣자 어머니는 눈물을 쭉 흘리며

“고맙다. 너만이라두 믿구 살다 죽어야 하지 않겠니…….”

택희는 어머니의 마음이 고마웠다. 그러나 어머니의 마음을 모르고 쓸데없는 신경만 쓰던 자기를 생각할 때 택희는 눈물이 핑 돌았다.

“미안합니다.”

(원) 《조선일보》 1955. 8.

원심력

이제는 정말 고백을 해야겠습니다.

새삼스럽게 고백은 무슨 고백이냐고 말씀하시지 말고 끝까지 들어 주십시오.

당신과 결혼을 한 지도 십오 년, 당신의 어린것을 넷이나 낳아서 사고 없이 전부를 길러 온 지금 무슨 고백이 있느냐고 의아해하실 것도 알고 있습니다.

저도 이런 말씀을 드리지 않고 죽을 때까지 당신 옆에서 평온하게 살 수 있는 방법을 알고 있습니다.

그리고 당신의 애정을 죽을 때까지 받다가 당신 손에 묻히고 싶은 생각이 없지도 않습니다.

사실 저는 이때까지 제가 하고 싶은 일을 전부 해 가면서도 당신과 아무런 마찰도 없이 행복스럽게 살아 왔습니다. 그러니까 앞으로도 저 자신을 속이기만 하면 이때까지와 꼭같이 행복할 수 있다는 것입니다.

그러나 이것이 하나의 모험이라고 할지라도 저는 고백하지 않을 수 없습니다. 이제 오십이 다 되어 머지않아 할머니 소리를 듣게 된 제가 당신의 노여움으로 거리를 헤매면서 인생의 비참을 맛보지 않으면 안 된다고 해도 저는 십오 년 동안 속여 오듯이 앞으로도 당신을 속일 수는 없습니다.

바가지를 차고 문전 걸식을 해도 좋습니다. 극도의 피곤과 쇠약으로 다리

밑에 쓰러지고 또 아무런 명패도 없는 내 시체에 가마때기가 덮인 채 행인의 눈살을 찌푸리게 해도 좋습니다.

그래도 저는 이 고백을 말씀드리지 않을 수 없습니다.

그것은 십오 년 동안 제가 당신을 속이며 살아 왔기 때문입니다. 속임으로 당신의 애정을 구걸해 왔기 때문입니다. 세상에 있을 수 있는 이중성격자라고 가볍게 말하기에는 너무나 뚜렷한 기만이 제 행동을 지휘하고 있었습니다.

이제 겨우 그 기만의 지휘 밑에서 해방이 되었습니다. 이제는 당신을 속이지 않아도 저는 마음놓고 죽을 수 있을 만큼 제 일을 다한 것입니다.

무슨 말인지 통 알 수 없다고 하시겠지요.

사실은 당신의 입장에서 생각할 때 이미 속은 일이니까 속은 채 모르고 지나는 편이 좋을지도 모릅니다. 게다가 속기는 속았으되 아무런 타격 없이 속았으니까요.

그러나 제발 말리지를 말고 들어 주십시오. 당분간이나마 당신이 불쾌하실 것을 생각하면 저도 이야기하기가 주저되기는 합니다만 그래도 당신은 피해자인 만큼 마음의 여유가 있고 또 불쾌가 누그러질 수 있을 것입니다.

그러나 남을 속인 사람은 마음의 여유가 없습니다. 괴로움이 누그러질 가능성도 없습니다.

이만하년 당신은 싫어도 들어 주실 줄 믿습니다.

저는 얼굴의 아름다움을 팔아 당신의 돈과 결혼을 했습니다. 당신이 내 꾀에 넘어갈 가능성이 농후한 것을 알고 결혼의 상대를 당신으로 선택했던 것입니다.

사랑하기 위해서 결혼한 것이 아니라 당신의 돈을 뺏어 돌리기 위해 결혼을 했습니다.

이런 말씀을 드리면 당신은 지나간 십오 년 동안의 생활을 무르고 싶은 생각이 드실 겁니다. 그러나 무를 수 없는 십오 년을 희생시키고 말았으니 제 죄가 어찌 사랑을 받을 수 있겠습니까?

순진한 처녀가 속아서 결혼을 한 뒤 얼마를 지나서야 속은 것을 알고 자기의 처녀를 물러 달래야 무슨 소용이 있겠습니까.

당신은 그 처녀성을 빼앗긴 것보다도 더 가슴이 아플 것입니다. 너무나 오랫동안 속는 줄도 모르고 속아 왔으니까요.

미인은 악덕하다고들 합니다. 사실이 그런 것 같습니다. 여자라는 것을 파는 데 있어서 미인이란 미끼가 가장 큰 효과를 나타내고 있음을 미인 자신이 누구보다도 잘 알고 있으니까 악덕을 미끼로 가지려는 습성이 있지 않겠습니까?

만약 당신이 제 얼굴에 호감을 가지지 않았다면 저는 당신을 속이려고 마음도 먹지를 못했을 것입니다.

대단한 미인은 아니었지만 죽은 첫남편과 같이 당신은 저를 둘도 없는 미인이라고 말씀하셨습니다. 그런데다가 당신은 남보다도 어진 데가 있으니 제 얼굴로 악덕을 가릴 수 있다는 마음을 가질 수 있었겠습니까. 얼굴만 빤빤하지 않았다면 자식이 둘씩이나 있는 저로서 당신 같은 분과 결혼할 생각은 꿈에도 갖지 못했을 것이 사실입니다. 당시 일제의 탄압이 심할 그때에도 당신은 지주로서 부유한 생활을 했습니다. 나는 당신과 결혼할 때 당신의 소유 토지가 얼마나 되고 일 년 수입이 얼마나 된다는 것을 미리 조사해 알고 있었습니다. 그리고 한 달에 얼마씩만 빼내면 당신이 알지 못하는 동시에 자리도 나지 않을 것도 알았습니다.

그리고 결혼한 뒤부터 오늘까지 매달 두 자식의 생활비와 교육비를 당신 모르게 빼돌렸던 것입니다.

8·15 해방이 되자 당신은 토지를 팔아 여러 가지 사업을 했습니다. 지금은 서울 장안에서도 열 손가락 안에 드는 부호가 아닙니까. 그러니까 제가 빼돌린 돈이 적지 않은 것이라 해도 자국이 드러나지 않았습니다.

그러기 위해서 현금을 제가 맡도록 당신을 얼렀고 또 그것이 발각되지 않게 하기 위하여 생활을 정도 있게 했습니다.

당신이 돈에 있어서 저를 신용하도록 만들었다는 것은 당신을 위해서가 아니라 저의 속임수를 감추기 위한 것이었습니다.

당신은 얼굴이 예쁘면서도 얼굴 모양을 내려 하지 않고 옷맵시에 돈 안 쓰는 저를 기특하다고 늘 칭찬했습니다만 저는 당신의 신용을 얻기 위해서 의식적으로 그런 행동을 했던 것입니다.

저도 백금 다이아반지를 가지고 싶었습니다. 춤을 배워 젊은 남성들과 즐기고 싶은 생각도 있었습니다. 그러나 당신의 신용을 유지하기 위해서는 그것까지 잊지 않으면 안 되었습니다. 당신의 신용을 얻는다는 것은 결국 전 남편의 두 자식을 위한 때문이었습니다.

그럼 한 달에 얼만큼씩이나 빼냈느냐고 돈의 액수를 묻고 싶어하실 겁니다.

대단한 것은 아니었습니다. 화폐가치가 계속해서 변했으니까 얼마라고 통계잡을 수는 없습니다만 한 달에 돌린 돈이 당신의 하루 연회비라고 생각하시면 틀림없겠지요. 큰 연회가 아니라 몇 친구끼리 모여 먹는 술값입니다. 요즘 두서너 친구가 요릿집에서 술을 마시면 이삼만 환이 든다구 하셨지요.

삼만 환씩 일 년에 열두 번 그것을 십오 년 동안 일백팔십 번 돌렸지요. 삼만 환씩 쳐서 지금 돈으로 오백사십만 환입니다. 꽤 큰 돈입니다. 백만 환짜리 계를 하다가 자살한 여자가 적지 않다고 하니 저는 다섯 번 죽을 만한 값어치가 있는 셈이지요.

그러나 당신은 당신이 모르게 없어진 오백사십만 환쯤 문제가 아니라 생각하실지도 모릅니다. 남자는 역시 돈에 대한 마음이 대범하니까요.

사실은 저도 그 돈의 액수가 많은 데 놀라서 이런 말을 올리는 것은 절대로 아닙니다. 제가 사치를 좋아해서 제가 쓰고 싶은 대로 돈을 썼다고 하면 그 이상의 돈을 허비했을 것이고 당신도 즐겨 그 돈을 주었을 것입니다.

그러나 문제는 당신을 속였다는 것이지요. 속였을 뿐 아니라 저의 애정이 당신에게보다도 죽은 남편에게 더 컸다는 것입니다.

죽은 남편에 대한 애정이 식지 않았기 때문에 그 남편에게서 생긴 자식을 성년이 될 때까지 기르고 교육시키려고 했던 것입니다.

이제 무엇을 숨기겠습니까?

전남편 이야기까지 해야겠습니다. 그는 당신도 아시다시피 유명한 학자였습니다.

일제 시대에도 녹음기를 가지고 새소리를 들으러 남양군도를 전부 돌아온 사람입니다. 새에 대해서는 동양에서도 상당한 권위자였습니다. 그가 죽을 때는 국내 학자는 물론 민족적 우월감을 가진 일본 사람들까지 애석히 여기었고 장례식에는 일본에서까지 학자들이 찾아왔던 것입니다.

저는 결혼하기 전부터 그가 학자라는 것을 알았습니다. 그리고 결혼한 뒤에는 그의 학자적 생활을 돕는 데 온 정력을 기울였습니다. 아내로서 내조를 하여 그의 연구를 빛나게 하려 했던 것입니다.

그것이 그에 대한 저의 사랑이었지요. 그이는 연구 이외엔 아무것도 몰랐습니다. 정말 아무것도 몰랐습니다. 취직할 생각도 안 했습니다. 연구비로 재산을 탕진한 뒤 먹을 것이 없어도 걱정해 본 적이 없습니다.

그러니 생활이란 말할 나위가 없었지요. 당신이 내 손을 만져 보고 늘 하시던 말씀이 생각나십니까? 고생을 안 했을 텐데 왜 손마디가 억세냐고요.

어렸을 때부터 고생이란 것을 모르고 자라난 제 손이 이렇게 딱딱한 것은 바로 그이 때문입니다.

그때는 지금처럼 여자들이 장사를 할 줄 모르지 않았습니까? 그래서 저는 그이를 돕기 위해서 친정 시골엘 가서 땅 몇 마지기를 얻어 손수 농사를 지었습니다. 씨도 뿌리고 김도 매고 거두기까지 했습니다. 당신은 상상도 못하실 겁니다. 만 삼 년 동안 그런 생활을 했습니다. 남편을 서울에 두고 혼자 내려와 농사를 짓는다고 해서 친정 부모들이 시집 잘 보내지 못한 것을 얼마나 후회했는지 모릅니다. 굶어 죽어도 가서 죽으라고 서울로 몇 번이나 쫓아 보내려 했는지 모릅니다. 그러나 최소한도 남편을 굶기지 않게 하기 위해서는 농사라도 지어야 했습니다. 저는 조금도 그를 원망하지 않았습니다. 고달픔을 고달픔으로 생각지 않았던 것입니다.

그를 원망하기는커녕 그를 걱정 없게 못해 주는 것을 얼마나 안타깝게 생각했는지 모릅니다. 친정은 먹을 걱정 없이 살았습니다. 도와 주려면 도와 줄 수도 있었습니다. 그러나 조금도 도와 주지를 않았지요.. 그래서 친정 땅을 부친 것도 친정 부모에게 자기네들의 딸이 고생하는 것을 직접 보라고 하는 저의 심술궂은 생각에서였습니다.

여자가 혼자서 농사짓는 것을 보기 싫어하면서도 친정 부모들은 끝까지

도와 주지를 않았습니다.

그것도 좋았습니다. 남편이 죽지만 않았다면 이런 것 저런 것 생각할 필요도 없었습니다.

그저 원통한 것은 그렇게 고생하면서도 남편이 하고 싶은 일을 하도록 노력하던 저의 마음이 중도에 꺾이고 말았다는 것입니다. 아직 젊은 사람이었는데 왜 그렇게 일찍 죽습니까, 글쎄……。

그렇게 오래 앓지도 않다가 남편은 죽고 말았습니다. 제 고생은 완전히 수포로 돌아가고 말았지요.

미인은 박명하다고 하더니 저야말로 박명하게 마련인 모양이라고 생각했습니다. 아직 삼십도 못 되어 일곱 살과 다섯 살 난 두 자식을 가진 과부가 되었으니 앞날이 꽉 막힐 것은 뻔한 일이 아니겠습니까? 눈앞이 캄캄했습니다. 타락의 길이 눈앞에 놓인 것만 같기도 했습니다. 그러나 미인은 박명하다는 말을 믿으려 하지 않았습니다. 저만은 얼굴이 빤질빤질하다 해도 얼굴값을 안 하려고 결심했습니다. 그것은 고생을 하면서 연구생활을 하다가 연구도 채 못 마치고 죽은 남편을 생각하기 때문이기도 했지만 얼굴이 빤빤하다고 해서 얼굴값을 한다는 그 말이 듣기가 싫었기 때문이었습니다.

그리고 죽은 남편 대신 자식을 길러 아버지의 뜻을 잇도록 해 주어야겠다는 생각이 들었습니다. 그것만이 남편에 대한 애정을 그대로 지니는 길이라고 생각했습니다.

저는 정말 혼자서 살다가 죽으려 했습니다. 그래야만 제 가슴 속에는 남편의 그림자만 깃들어 있을 수 있다고 생각했습니다. 어떠한 경우에라도 남편의 그림자를 지워 버리고 싶지 않았으니까요.

어린것들이 정신적인 타격을 받지 않고 자라나는 데 있어서도 그래야만 한다고 생각했습니다.

만약 어린것들을 고생시키고 그것들의 마음을 아프게 해 준다면 그것은 죽은 남편을 배반하는 일이라 느꼈던 것입니다.

남편을 배반하다니요. 저로서는 생각조차 할 수 없는 일이었습니다.

그러나 과부가 되어서까지 친정 땅을 부치며 친정 근처에서 살 수는 없었습니다. 친정 부모를 위해서가 아니라 저 자신을 위해서 그럴 수가 없었습니다. 그래서 서울로 올라와 버렸지만 무엇을 해서 어린것들을 먹이고 교육을 시키겠습니까! 제가 당신을 알 때는 그래도 제약회사 직공으로 취직을 하고 있었지요. 겨우 입에 풀칠을 해 나가고 있었습니다만 취직하기 전 일 년 동안이란 상상도 할 수 없으리 만큼 고생을 했습니다. 일 년을 통해서 밥을 먹어 본 날이 며칠 안 되었습니다. 안 할 말로 작부나 창부가 얼마나 부러웠는지 모릅니다. 그러나 죽은 남편을 생각해서 그런 짓을 하기보다는 굶어 죽을 결심이었습니다.

그러다가 취직은 했지만 당장에 학교에 가야 할 큰애를 생각할 때 다시 또 암담해졌습니다. 아버지는 학자생활을 하다가 죽었는데 자식은 국민학교에 발도 들여 보지 못하다니 그런 일이 있을 수 있겠습니까?

저는 반 년을 두고 생각했습니다. 저는 나쁜 년이 될지라도 자식을 위해서 몸을 버려야 한다는 것이었습니다. 그 길밖에 달리 도리가 없었습니다. 몸을 깨끗이 가지고 자식들 교육까지 시키려는 것은 현실을 너무나 무시한 꿈이라고 생각했습니다.

제약회사 사장을 통하여 당신을 알게 된 뒤 당신이 결혼하자는 말을 했을 때도 제가 처음에는 응하지 않았었지요? 그때까지는 그래도 혼자서 살며 애들을 교육시키겠다는 생각이 남아 있었습니다.

그뿐만 아니라 돈이 많다는 당신을 속으로는 경멸하려고 했었습니다. 가난하면서도 공부하는 사람이 귀하다는 관념이 머리에서 떠나지 않았기 때문이었지요. 불쾌하다는 생각은 마십시오. 사실이 그랬으니까요.

현실을 무시하고 살 수 없다는 생각은 큰놈이 학교에 가고 싶어 매일같이 우는 것을 보았을 때부터 마음 속에 깃들기 시작했습니다. 역시 아버지의 피를 닮아서 그런지 큰놈은 학교에 다니는 애들을 보기만 하면 땅바닥에 주저앉아 발장구를 치며 울었습니다.

그래서 당신의 청혼대로 결혼할까 하는 생각을 갖기 시작했습니다.

그러나 내가 재혼을 함으로 어린것들로부터 원망받을 것이 겁나기도 했습니다. 어린애들을 데리고는 결혼을 못 할 것이 사실입니다. 설사 돈을 주어 교육은 시킨다 해도 자기들을 떼 놓고 시집간 저에게 호감을 가질 리가 만무할 것입니다. 나이가 들수록 저를 원망할 것입니다.

시집을 가고 싶어 가는 것도 아니면서 희생을 원망으로 받는다면 얼마나 원통한 일이겠습니까.

그러나 저는 결심을 했습니다. 제가 애들에게 원망을 받는다고 해도 죽은 남편의 혼만은 제 마음을 알아 주리라 생각하고 당신과 결혼하기로 했습니다.

결혼할 임시 어린것들을 남편의 누이동생에게 갖다 맡겼습니다. 그 누이동생이라는 사람은 아직도 살아 있습니다. 서울에 살고 있으면서도 역시 넉넉지 못한 살림이라 서로 왕래도 별반 없었지요.

자기네 식구도 먹고 살기 힘든 판에 두 어린것을 맡기려 한다고 저를 얼마나 나쁘게 보았겠습니까?

매달 생활비와 교육비를 부담하겠다고 말했건만 저를 화냥년이라고 욕지거릴 하여 애들을 맡지 않으려 했습니다.

애들은 저를 떠나지 않으려고 팔과 다리를 잡고 늘어졌습니다.

정말 못할 노릇이었습니다. 그런 판국에 제가 변명인들 할 수가 있었겠습니까?

제가 독부가 되어야 했고 화냥년이 되어야 했습니다.

저는 애들을 떨어뜨리고 도망치듯 돌아왔습니다.

집에 돌아와서는 제가 정말 독한 여자라고 생각했습니다. 나중에야 어떻게 되든 발을 구르며 우는 어린것들을 차마 떼어 두고 돌아올 수가 있었을까? 저도 울었습니다. 엄마라고 저를 부르는 어린것들의 음성이 귀에서 사라지지 않았습니다.

죽을 때까지 남편의 누이동생과 그리고 어린 자식들에게 화냥년이란 말을 들어야 할 생각을 하니 가슴이 미어지는 것 같기도 했습니다.

그러나 그 뒤 저는 자식을 보려고 찾아가지를 않았습니다. 나쁜 어머니라고 한 번 생각한 어린것들은 자기들이 보고 싶어 찾아간다 해도 반가워하지 않을 것이 분명했습니다. 반가워하지 않을 뿐 아니라 자기들을 배반한 어머니라고 해서 저를 만나려고도 하지 않을 것입니다.

차마 애들의 마음을 괴롭힐 수가 없었습니다.

그 대신 큰애가 중학교에 입학했을 때 편지를 써 보냈지요.

어머니가 나쁜 여자라고 생각하고 있는 것은 자유이지만 보내는 돈만은 받아 달라고요. 그리고는 매달 학교로 돈을 우송했습니다. 아무래도 시누이라는 사람이 믿어지지 않았기 때문이었습니다. 큰애를 국민학교 졸업을 시키고 중학교에까지 입학시켜 준 것은 고마우나 애들 의복이 말이 아니라는 말을 듣자 시누이가 제 돈을 돌려쓰는 것을 알았습니다. 그러다가는 중학교도 다 보내지 못하고 말지나 않을까 하는 걱정이 들었지요. 그래서 생활비로 시누이에게도 돈을 보냈지만 학비와 의복값은 직접 학교로 보냈던 것입니다.

그렇게 해서 큰애가 금년 봄 대학을 졸업했습니다. 어디 취직했다는 말도 들었습니다.

큰애가 취직을 했으니까 이제는 그 애가 자기 동생 공부를 시키겠지요.

말하자면 이제는 제가 그 애들을 위해서 할 일을 다한 셈입니다. 당신을 속여 가면서 그 이상 더 돌봐 줄 수는 없다고 생각합니다. 그러니까 당신에게도 이런 고백을 하는 것이지요.

더 할 말은 없습니다.

애들은 저를 얼굴값하는 여자라고 생각하고 있을 것입니다. 그러니까 이때까지 한 번도 찾아오지를 않는 것이지요. 주소를 알고 있으면서도 편지 한 번 하지 않고 있습니다.

말하자면 저는 자식들에게 영영 버림을 받은 여자지요.

그것이 서러워 반발심에 이런 고백을 하는 것이라고는 생각지 말아 주십시오. 자식들에게 고맙다는 말을 받기 위해서 살아 온 제가 아니었으니까 자식들이 저를 죽일 여자라고 생각한다 해도 원통해하지 않습니다.

죽은 남편에게는 조금도 부끄럽지가 않으니까요!

처음에 말씀드리지 않았어요? 다리 밑에서 굶어 죽어도 한이 없다고 말씀드린 것 같은데요.

아마 당신은 당신의 피를 받아 낳은 자식에 대해서는 조금도 애정을 못

430

느끼느냐고 질문하고 싶으실 것입니다.

그리고 당신에 대한 애정도 가지지 못하고 있느냐고…….

왜 없겠습니까? 제 배를 아프게 하고 나온 자식인 이상 누구의 피를 받아 나왔건 귀여울 것만은 사실입니다. 그러나 저는 당신 앞에서 감히 그런 말을 입 밖에 꺼낼 수가 없을 따름입니다.

당신과도 십오 년을 살아 왔으니 제가 목석이 아닌 이상 그 동안에 느낀 정이 어째서 없겠습니까?

마찬가지로 느낀 대로를 말할 수 없는 저 자신을 슬퍼할 따름입니다.

제가 입을 열 개 가졌다 해도 당신에게만은 할 말이 없습니다. 용서해 달라는 말도 할 수가 없습니다. 그리고 당신이 용서를 한다고 해서 제 죄가 씻은 듯 없어지리라고도 생각지 않습니다.

용서고 뭐고 할 것이 어디 있느냐고요? 싫건 좋건 사는 수밖에 없다는 말씀을 하실 줄 알고 있습니다.

이때까지의 당신 태도가 그랬으니까요. 얼굴이 좀 예쁘다고 해서 저를 재취로 삼았던 것만은 사실이지만 당신은 그 동안 재혼한 여자라고 해서 저를 괴롭힌 일이 한 번도 없었습니다. 돈이 그렇게 많으면서도 바람을 피우지도 않았습니다. 결혼하고 애를 낳으며 사는 이상 부부의 도를 지켜야 한다는 것이 당신의 주장이었으니까요.

그러나 저는 그렇게 생각할 자격이 없는 사람입니다. 과거야 어쨌든 당신과 십오 년을 살았고 또 당신의 애를 넷씩이나 낳았으니 싫건 좋건 살아야 하지 않느냐고 하시겠지만 제겐 그러한 생각을 가질 권리가 상실되어 있습니다. 저 개인의 허영을 위한 정책적인 결혼이었다고 해도 모르겠습니다. 차라리 그것은 용서라도 받을 수 있을 것입니다. 그러나 다른 애정을 살리기 위해서 가짜로 애정을 꾸며 당신을 이용했다는 것은 용서받을 성질의 것도 못 되는 것이 아니겠습니까?

뭐라구요? 희생이라구요?

이왕 일생을 남에게 희생하며 살아 왔으니 앞으로는 당신과 당신의 자식을 위해서 희생하며 살라구요?

좋은 말씀입니다.

죄의 갚음으로 희생을 하라고 하신다면 달게 희생을 하겠습니다.

아무 권리도 주장함이 없이 희생을 달게 받는다면 그때는 용서받을 자격이 생길지도 모르겠습니다.

참 그렇겠군요. 희생할 줄 아는 사람만은 용서받을 권리가 있을 것 같습니다. 저는 당신과 자식을 위해 희생할 용의가 있습니다. 아니 희생해야만 하는 것이 저의 운명이 아닐까 생각합니다.

그러나 당신이 희생하라는 말을 한 마디 했다고 해서 금시 그러겠습니다는 대답을 어찌 할 수 있겠습니까? 그러면 제가 그 말을 기다리고 있었다는 것처럼 보이는 것이 아니겠습니까?

아무리 희생이라 해도 말이 앞설 수야 있어야지요.

당신의 진심이 그러시다면 명령을 내려 주십시요. 당신과 당신의 자식을 위해서 죽어 달라구요.

명령이라면 달게 받겠습니다.

그리고 하나님도 희생이라고 하면 누구에 대한 희생이냐 어떤 종류의 희생이냐를 가리지 않고 칭찬해 주실 것 같습니다. 빨리 명령을 내려 주세요.

(원)《전망》 1955. 9, (출)『방관자』 창신문화사, 1960.

방관자

장맛비에 소양강(昭陽江) 나무다리가 떠내려가자 소문이 사실보다 과장되어 시내에 퍼지고 있었다. 시가지의 얕은 지대는 온통 물에 잠기고 말았다는 등 또는 화천(華川) 저수지가 넘기 시작하고 있으니 그것이 터지면 춘천(春川)시는 금시 물바다가 되고 말리라는 등 무시무시한 소문이 떠돌았다.

양구(陽口)가 이미 물바다로 화했으니까 나무다리 동쪽에 있는 시멘트다리도 금시 떠내려가고야 말 것이라고도 했다.

사람이 모인 곳 치고 물 이야기 아닌 곳이 없었다. 직접 생명을 위협하는 것인 만큼 소문은 시민들의 초조와 불안을 자아냈다.

어떤 사람들은 짐을 싸 가지고 도청(道廳) 뒷산으로 올라갔으며 어떤 이는 달구지에 가족을 싣고 원주 방면 신작로로 피난을 떠나기도 했다.

그러나 화천 저수지가 넘기 시작했다고 자기 눈으로 보고 온 듯이 말하는 사람이나 나무다리를 흘려보낸 소양강에 집채가 떠내려오고 있다는 사실을 금시 보고 왔다고 말하는 사람들 가운데도 자기네만은 걱정 없다는 듯이 뱃심을 부리는 사람이 적지 않았다.

시장(市場) 동쪽 천주교회 밑에서 병원을 개업하고 있는 김 의사 역시 그러한 사람의 하나였다. 춘천시가 전부 물에 쓸려간다고 해도 춘천 시가지를 내려다보고 있는 높은 지대인 만큼 걱정할 것이 없다는 것이었다.

말하자면 김 의사에게 있어서는 홍수가 그의 생명을 위협하는 대상이 될 수 없었다.

그래서 그런지 김 의사에게 있어서는 춘천 저수지가 넘기 시작했다든가 소양강 다리가 떠내려갔다든가 또는 강물에 사람이 떠내려갔다는 것이 정말 같지가 않게 들리었다.

참으로 정말일 수가 없을 것 같았다. 넓으나 넓은 저수지가 넘도록 물이 찬다는 것도 거짓말 같았으며 눈을 말뚱말뚱 뜨고 있는 사람이 불어 오르는 물을 모르고 있다가 떠내려온다는 것도 있을 수 없는 일 같았다.

그러나 거리가 하두 떠들썩한 바람에 김 의사는 사실 같지 않은 이야기가 어느 정도 사실일까 하는 의심 절반 호기심 절반으로 떠내려갔다는 나무다리를 구경하러 나갔다.

시장을 지나 양구 인제(麟蹄) 방면으로 가는 길로 내려서자 거기에는 물 구경 가는 사람과 물 구경을 하고 오는 사람들로 뒤죽박죽이 되어 장 마당 같은 혼잡을 이루고 있었다.

가는 사람이나 오는 사람이나 모두가 큰일났다는 표정들이었다.

김 의사는 그래도 불안을 느끼지 않고 사람 틈새에 끼여 발걸음을 천천히 옮기었다.

강가에 이르자 김 의사는 물이 과연 불었다는 사실을 목격했다.

다리 넓이 삼 분지 일도 채우지 못하던 강물이 모래사장 저편에까지 가득 차 흐르고 있었다. 다리 곁에 올망졸망 서 있던 집들이 하나도 보이지 않고 그 위에 거센 물결이 파도를 치고 있었다.

양구 쪽으로 가는 동편 시멘트 다리가 십분지 구 정도가 물에 차 있었다.

인제 방면으로 가는 나무다리는 소문대로 가운데 절반쯤이 잘라져 있었다.

앞니 서너 개를 빼 버린 것처럼 엉성했다.

그래도 김 의사는 공포를 안 느꼈다. 이미 장마는 그쳤으니까 물이 그 이상 더 불 리가 없다. 양구나 인제 방면에서 아직 비가 내리고 있다 할지라도 그것 역시 한도가 있을 것이 아니겠는가? 다리를 놓는 사람도 장마를 생각지 않고 설계를 꾸몄을 리 없다. 그 설계가 조금 빗나가서 물이 넘칠 경우가 있을지 모르지만 설계가 빗나갔다 해도 그렇게 심한 착오는 일으킬 수 없을 것이다.

가운데 십분지 일쯤이 떠내려갔다고 하지만 그것은 비단 물이 불었다는 것에만 원인이 있을 것 같지 않았다. 다리를 놓은 지가 오래되어 일부가 썩어 들어가고 있었기 때문인지 모른다.

어쨌든 다리가 떠내려갔다고 해서 금시 큰 변이 일어나리라고는 생각할 수 없었다.

김 의사는 시민들의 과대망상이라고 생각했다. 부화뇌동(附和雷同)이라고도 생각했다.

전염병이 유행할 때도 그것을 무서워하며 예방주사를 맞고 또 환자 근처에도 못 가는 사람이 병에 걸리는 수가 많다. 차라리 전염병이 돈다는 말을 못 듣고 함부로 남의 집을 드나드는 사람이 전염병에 걸리지 않는 일이 많지 않은가?

무슨 행사나 구경거리가 있으면 그것이 무엇인지도 모르고 몰려들어 인산인해를 이루는 경우가 또한 얼마나 많은가?

김 의사는 기대보다 어그러졌을 때 느끼는 그러한 실망을 느꼈다.

차라리 집에 있었더라면 환자를 진찰해 주고 돈벌이를 했을지도 모른다는 생각이 들었다.

물이 늘었다고 할지라도 그렇게 야단칠 것이 없다고 생각하며 발길을 돌리려 할 때였다.

"사람이 떠내려오네, 사람이——."

하는 꼬치 같은 목소리가 들려 왔다. 물 구경하던 수많은 사람의 시선과 함께 김 의사도 소리지른 사람의 손가락 방향을 바라보았다.

무연한 강 위에 사람 하나쯤 떠 있는 것이 첫눈에 보일 리 없었다.

"정말 사람인데——."

"저걸 어떡해——."

몇몇 사람은 떠내려오는 사람을 발견한 모양이었다.

김 의사는 이제야 진짜 물 구경을 하게 된 것이라 생각했다. 그리고 사람들이 가리키는 곳을 향해 움직이는 물체를 포착하기에 힘을 썼다.

다음에는 물결 위에 떠올랐다 가라앉는 물거품 같은 것을 보았다. 그러나 그 움직이는 물체 하나만을 바라보고 있을 때 물거품 같던 것이 흰 빨랫감 같은 것으로 변했다.

김 의사는 눈을 크게 떴다.

흰 빨랫감 같던 것이 나무로 만든 허수아비 같은 것으로 변해 가지고 물 위에 공중 떠올랐다. 그 뒤에야 움직이는 팔과 머리가 보였다.

분명 사람이었다. 사람도 산 사람이었다. 그러기에 팔을 움직이는 것이 아니겠는가?

김 의사는 사람 틈을 비비고 조금 앞으로 나아갔다. 볼 바에는 좀더 자세히 보고 싶었던 것이다.

"저기 지붕 같은 것이 떠내려오구 있지."

"저 사람이 타고 오던 지붕이 아닐까?"

"그럴 거야. 혼자서 저렇게 내려왔대면야 아직 살아 있을라구——."

모두들 수군덕거린다.

김 의사는 그 수군덕거리는 구경꾼들의 말이 옳은 것이라 생각했다.

어디서 떠내려오는 사람인지는 모르지만 거센 물결 속에 십 분만 떠내려왔다 해도 이미 죽고야 말았을 것이 분명했기 때문이었다.

"저걸 어떡해?"

"아무래두 죽구야 말겠지?"

물 위에 뜬 사람이 점점 가까이 올 때 모였던 사람들의 얼굴이 조금씩 긴장되었다.

그리고 김 의사는 희망이 없는 환자를 앞에 놓고 그 환자가 어떻게 죽나 하고 그 죽음의 형상만을 바라볼 때처럼 떠내려오는 사람의 움직임을 눈여겨보고 있었다.

얼마나 오래 살 수 있을까? 죽은 뒤에는 물에 가라앉아 버릴 것인가? 그렇지 않으면 살아 있을 때처럼 그래도 물 위에 떠 있을 것인가?

물 위에 떠내려오고 있는 사람은 뭐라고 소리지르고 있을지도 모른다. 그러나 사람 살려 달라는 아우성도 물결소리가 삼켜 버리고 만다.

팔다리를 동댕이치며 사람 살리라는 몸부림이 벌건 물결 속에 잠겨 버린다.

군중들은 물결에 따라 굽실 들어갔다가 물결에 따라 다시 솟아나오는 사람을 볼 때,

"저걸, 저걸."

하고 불쌍하다는 표정만 지었다.

쏜살같이 빠른 물결이니 조금만 있으면 물 위에 뜬 사람은 죽거나 살거나 시야에서 멀리 사라지고 말 것이다.

김 의사는 이런 때 망원경이 있었으면 생각했다. 망원경으로 그 떠내려가는 사람의 표정과 움직임을 좀더 정확히 바라볼 수 있다면 구경하는 보람이 더 클 것 같았던 것이다.

망원경을 가지고 온 사람이 없을 것을 뻔히 알면서도 김 의사는 혹시나 하는 마음에 사방을 둘러보았다.

두 손을 동그랗게 해 가지고 망원경처럼 눈에 대고 바라보는 사람은 있었으나 진짜 망원경을 가지고 나온 사람은 하나도 보이지 않았다.

'구경을 나온 사람들이라면 망원경을 가지고 온 사람이 한 사람쯤이라도 있을 것이 아닌가――.'

김 의사는 수없이 몰려든 사람들이 도대체 무엇을 하러 나왔는가 하는 생각이 들었다. 구경이 생겼다고 무슨 구경인지도 모르고 덩달아 나온 사람들만 같았다.

구경 하나 계획성 있게 꾸밀 줄 모르는 시민들의 행동을 단순한 부화뇌동이라고 거듭 생각하게 되었다. 그러나,

'나는?'

하는 자문(自問)이 자기 자신도 부화뇌동하는 사람의 하나라는 의식을 주었다. 자기 자신도 망원경을 가지고 나오지 못하지 않았는가?

난리가 나서 피난 가야겠다는 생각을 하면서도 옆집 사람들이 피난을 떠나지 않는다고 해서 자기도 떠나지 않았다가 봉변을 당한 사람이 또한 얼마나 많았던가?

계획성이 없는 부화뇌동!

그러나 망원경이란 혼히 가질 수 없는 물건이다. 자기도 가지고 있지 못한 것이 사실이다. 없는 것을 못 가지고 나온 것을 탓할 바는 못 되지 않겠는가.

김 의사는 그만 돌아가려 했다. 구경할 것은 다 구경한 것 같았기 때문이었다.

그리고 집에는 환자가 와서 자기를 기다리고 있을 것 같았다.

'빨리 가서 돈이나 벌어야지.'

그러나 발길을 돌리려 하는 순간,

"걸렸어……."

"용하게 기둥을 붙잡았는데……."

"살 팔자로군……."

하며 떠드는 소리가 들렸다.

이미 죽은 사람이라고 구경할 필요도 없다고 생각했던 사람이 살아나게 되었다는 것이었다.

김 의사는 새로운 홍미를 느끼고 발길을 다시 강으로 돌렸다. 죽었던 사람이 다시 살았다고 하는 것은 확실히 홍미 있는 일이었다.

다 죽어 가는 환자에게 주사를 놓고 수혈을 하여 다시 살게 해 놓으면 하나의 생명을 살렸다는 즐거움보다 의사의 능력과 약의 효과가 신기하다는 놀라움이 앞선다.

모르모트를 죽였다 살렸다 하는 데 홍미를 느끼지 못한다는 과학자가 있다면 그것은 빨간 거짓말에 속할 것이다.

수백 명의 구경꾼들이 좌우 양편에 남아 있는 다리로 몰려가는 것이 보였다. 죽음에서 살아나는 사람의 모습을 좀더 가까운 거리에서 구경하고 싶은 모양이었다.

다리 상판을 잃은 채 남아 있는 기둥에 떠내려가던 사람이 걸려 있으니 그 걸려 있는 사람을 가장 가까운 거리에서 구경하려면 아무래도 잘라져 남아 있는 다리께로 가지 않으면 안 되었다.

김 의사는 소매치기나 되는 것처럼 매끄럽게 사람들 틈새를 뚫고 다릿목으로 나아갔다. 아무래도 죽음에서 살아나는 사람의 얼굴을 보아야 할 것 같았다.

맨 앞으로 나가 남아 있는 기둥과 그 기둥을 붙잡은 사람이 통째로 보이는 위치에 자리를 잡고는 기둥을 붙잡은 사람이 어떠한 표정을 하고 있나를 살폈다.

그러나 이십 미터밖에 안 되는 거리에서 무엇이라고 소리지르는 그 사람의 얼굴이 이백 미터 이상 떨어진 곳에 있는 사람처럼 똑똑히 보이지 않았다.

팔을 움직였다 다리를 움직였다 하는 것이 보이는 이상 살아 있는 것만은 사실이었다. 한아름이나 거의 되는 기둥을 붙잡고 이쪽만을 보고 있다. 살기는 살았으나 이쪽에서 구해 주지 않으면 살 수 없다고 몸부림을 치는 것이다.

거친 물결소리에 그의 목소리는 들리지 않았다.

죽음과 삶의 거리가 지독히 먼 것이라는 것을 말해 주는 것 같기도 했다.

"구해 줘야지."

"암 구해야 하구 말구."

"배는 띄울 수 없겠구……."

"이 물결에 배를 어떻게 띄워."

"배를 띄웠다가 산 사람까지 죽게."

"밧줄을 던져 보지."

"그게 제일 좋은 수로군."

"그렇게 긴 바가 있을까?"

"몇 갤 이으면 되지."

"참 그럼 됐군."

"그렇지만 긴 밧줄을 끝까지 던질 수 있을까?"

"돌을 잡아매서 던지면 되지."

"그러다가 사람이 맞으면 어떡해?"

"건 할 수 없지 뭐."

이런 대화들이 오고 갔으나 바를 가지러 간다고 떠난 사람은 어떤 청년 한 명뿐이었다.

그러나 빼곡히 들어서 있는 수백 명의 구경꾼 때문에 한 발도 움직일 수가 없었다.

"이렇게 다리 위에 모여 있다가 다리가 떠내려가면 어떡해요. 빨리들 좀 나가요."

젊은 사람이 소리를 질렀다. 사실 한 부분이 떠내려간 다리라 무거운 힘이 위에서 움직이면 거센 물결이 작용하여 떠내려갈 위험성이 없지 않았다.

젊은 사람은 자기가 나가겠다는 말 대신 다리에 떠내려간다는 말만을 소리 소리 질렀지만 누구 하나 들은 척도 안 했다. 다리가 떠내려가도 구경은 안 할 수 없다는 얼굴로 버티고들 서 있었다.

만약 한 사람만이라도 다리가 우지적거린다고 하며 얼굴이 질려서 뛰어나가면 비행기 소리에 방공호 찾아가듯 모두들 기겁해 달아났을 것이다.

그러나 얼굴이 질려서 도망가는 사람이 하나도 없으니 아직 달아날 필요가 없다고 생각되는 모양이었다.

젊은 사람은 할 수 없이 사람 틈을 비비며 한 걸음 한 걸음 육지로 나갔다.

구경꾼들은 다른 사람이 무엇 하러 나가는지 그것을 알 필요가 없었다. 비벼대는 바람에 잠시나마 구경 못하는 것만이 불만스러웠다.

"뭣 하러 나가노?"

"무슨 재간으로 저 사람을 건져 내?"

젊은 사람이 지나가는 곳에서마다 이런 말이 들려 왔다.

김 의사는 기둥에 매달린 사람을 순식간이나마 눈을 뗌이 없이 바라보았다.

기진맥진해서 목도 움직이지 못하는 것 같았다. 나무에 올라간 개구리처럼 눈만 껌벅이고 있는 것 같기도 했다.

그러나 김 의사는 호흡을 안정시킨 뒤 물 속에 풍덩 뛰어들어 기운 있게 헤엄치는 개구리를 연상했다. 기운을 돋구고 헤엄을 치면 역류(逆流)를 헤치고 이리로 올 수가 있지 않을까.

그러나 그 사람은 호흡을 안정시키자 물에 뛰어드는 것이 아니라 한 손을 이편으로 내저으며 무엇이라 소리를 질렀다.

역시 목소리는 들리지 않았다.

"살려 달라는 모양이지요?"

"그렇겠지."

"얼마나 안타까울까?"

"빤히 보면서도 올 수가 없으니 안타깝겠지."

이런 대화가 있자

"여보 — ."

하고 소리지르는 사람이 있었다. 이편에서도 그 사람을 보고 있다는 것을 알리려 함이었다. 따라서 그러한 뜻으로 두 손을 내젓는 사람도 있었다.

얼핏 보면 기차를 타고 떠나는 사람에게 잘 가라는 표로 손을 내젓는 것 같기도 했다. 그러나 떠나는 사람을 애석히 여기고 우는 그러한 사람은 하나도 없었다.

김 의사는 소리도 못 지르고 손도 내젓지 못하고 멀거니 바라만 보고 있었다. 다만 언젠가의 일만을 생각하고 있었다.

어떤 부인이 찾아와서 뱃속에 들어 있는 어린애를 낙태시켜 달라고 했다. 이유는 애비 모르는 애라는 것이었다.

김 의사는 첫마디에 거절했다. 법률상 할 수 없다는 것이었다. 그때 그 부인은 골반이 작아서 애를 낳지 못한다고 둘째 이유를 설명했다. 남편이 살아 있을 때 한 번 임신을 했는데 그때도 개복수술을 하고 애를 꺼냈다는 것이었다.

김 의사는 개복수술을 하는 한이 있다 해도 자기가 죄를 지어야 하게 되니까 낙태는 시킬 수 없다고 거절했다.

부인은 울었다. 애기 때문에 죽어야 할 자기의 운명을 하소연했다. 돈은 많이 줄 것이니 청을 한 번만 들어 달라고 애원했다.

그래도 김 의사는 거절했다. 일시적인 동정이나 얼마의 돈에 움직인다면 자기는 법의 처단을 받고 직업마저 망치고 말 것을 생각했기 때문이었다.

그 뒤 그 여자가 애를 낳다가 죽었다는 말을 들었지만 자기 병원에 와서 죽지 않은 것만 다행하게 생각했었다.

지금 얼굴도 모르는 어떤 사람이 물에 떠내려오다가 다리 기둥에 걸려 목숨을 부지하고 있지만 누가 그를 구해 주지 않는 한 그는 죽고야 만다. 그러나 그를 구해 주지 않는다고 책임질 사람은 하나도 없다. 도리어 구하려다가 죽는다면 구해 주려던 사람만 불쌍할 것이 아닌가.

모른 척 구경만 하는 것이 무난한 일이다.

기둥에 달라붙은 사람이 몸을 움직여 조금 위로 올라갔다. 아직 기운이 남아 있는 모양이었다.

그런데 위로 올라갔다고 생각하는 순간 쭉 미끄러져 내려 전의 위치보다도 낮아졌다. 역시 기운이 빠진 모양이었다. 아랫도리가 물에 잠기었다. 그렇다고 다시 위로 기어오를 기세를 보이지 않았다. 물은 허리에서 조금 더 위로 올라가 어깨 절반까지 잠겼다.

어깨 절반이 물에 잠기자 두 다리가 물결에 흘러 기둥에서 떨어졌다. 두 손으로 기둥을 잡았으나 몸은 전체가 물 위에 뜬 셈이다.

"기운이 없나 보군……."

"아주 흘러내리겠는데……."

"할 수 없지……."

옆에서 수군거리는 소리였다.

김 의사도 그 사람의 운명이 진했다고 생각했다. 구할 방법은 없고 본인은 기운을 잃었으니 결국은 물결에 휩쓸려 흘러내리다가 죽는 수밖에 없다.

결정적으로 죽은 사람이다.

그러나 그 사람은 기둥을 놓지 않고 있다. 머리만은 삶을 의식하고 있는 모양이다. 그리고 팔에만은 힘이 남아 있는 모양이다.

'빨리 죽는 것이 편할 텐데…….'

김 의사는 동정이나 하듯이 혼자 생각했다. 삶에 대한 애착을 오래 가지면 오래 가질수록 본인에게는 고통이 커지는 것이 아닐까 생각했다.

그러나 그 사람은 흐르는 물결에 마음놓고 떠내려가는 개구리처럼 발을 뻗은 채 한참 동안이나 가만히 있다가 갑자기 온몸에 힘을 주어 기둥에 기어올라갔다. 아무래도 살아야 하겠는 모양이었다.

김 의사는 기어코 죽을 바에야 그렇게까지 애를 쓸 필요가 어디 있을까 하고 생각했다. 시간에 달려 있는 목숨이라면 구경하는 사람까지 애타게 발악할 필요는 없을 것 같았던 것이다.

기둥을 끼고 앉아 있는 그 사람은 한숨을 내뿜으며 기둥에 기어오를 때의 피곤을 풀고 있었다. 죽은 듯이 몸을 움직이지 않고 있었다. 휴식이 어떠한 행동의 준비 태세인지는 알 수 없다. 그리고 생명을 좀더 오래 연장하기 위한 수단인지도 모른다. 어쨌든 죽은 듯 꼼짝도 하지 않고 있었다.

그때였다. 밧줄을 가지러 갔던 청년이 타래를 지은 밧줄을 어깨에 걸고 돌아왔다. 숨을 헐떡이었다.

다리 맨 끝까지 오자 그 청년은 밧줄을 풀고 한 끝에 돌이 달린 밧줄을 던졌다. 돌의 중량보다도 밧줄의 중량이 더 무거운 만큼 밧줄이 멀리 나갈 리가 없었다. 던지고 던져도 사람이 붙어 있는 기둥까지는 닿지를 않았다.

자기를 구하려는 공작이 시작된 줄 알고 사람은 열심히 이쪽을 바라보고 있었다. 밧줄이 자기 편으로 던져질 때마다 밧줄을 붙잡으려고 한 손을 뻗치었다.

얼마 멀지 않은 곳까지 와서 돌이 풍덩 떨어지고 밧줄이 거센 물결에 흘러내릴 때마다 몸부림을 치며 조금만 더 힘차게 던지라는 시늉을 했다.

구원의 손이 닿을 듯 닿을 듯 하면서도 붙잡을 수 없는 것이 안타까운 모양이었다.

"제기랄——."

청년은 던지는 밧줄이 멀지도 않은 목적지까지 이르지 않는 것을 안타까워했다.

"내 한 번 던져 보리다."

김 의사는 위에서 빠진 사람을 구하려는 것보다도 밧줄을 목적지까지 던지지 못해 안타까워하는 청년이 민망스러웠던 것이다. 그러나 청년은 김 의

사의 얼굴을 힐끗 쳐다보고는 연령과 체력으로 어림도 없다는 듯이,

"보구나 계십시오."

하고 얼굴을 찡그렸다.

되든 안 되든 한 번 던져 보기만이라도 하고 싶었으나 억지로 뺏을 수도 없어 투망 던지는 것을 구경하듯 젊은 사람의 행동만 응시했다.

젊은 사람은 수십 번 던졌으나 끝내 성공을 못했다. 그 결과 자기는 물론 물에 빠진 사람까지 더 피곤하게 만들었다.

어떤 젊은 사람이 앞으로 나섰다. 몸이 장대한 것이 힘깨나 쓸 것 같았다.

"나 한 번 던져 봅시다."

마치 힘의 경쟁이나 시작된 것 같았다.

밧줄의 소유자도 힘이 지쳤는지 아무 말 않고 밧줄을 내맡기었다.

새로 나타난 청년도 과연 힘이 셌다. 밧줄 끝이 기둥 가까이까지 갔다.

기둥에 매달린 사람은 한 팔을 뻗치고 밧줄을 잡으려 했으나 불과 몇 자 관계로 놓쳐 버리고 말았다.

또 한 번 던졌으나 그 이상 멀리 가지를 못했다. 세 번째 역시 마찬가지였다.

김 의사는 답답했다. 보아하니 그 청년 이상 힘을 쓸 사람도 없을 것 같았다. 그렇다면 밧줄을 가져왔다 해도 그 사람은 구하지 못하고 마는 것이 아닌가? 그래도 청년은 다시 밧줄을 던졌다.

'에잇, 빨리 떠내려가지 않구!'

김 의사는 구경하는 데도 지쳤다. 빨리 끝내고 빨리 돌아가고 싶은 생각이 들었던 것이다.

그때였다. 어디선가 비행기 소리가 요란하게 들려 왔다. 보통 비행기보다도 요란한 소리를 내며 가까이 오고 있었다.

헬리콥터였다.

어떻게 연락이 되었는지 미군 헬리콥터가 그 사람을 구출하러 온 것이었다.

헬리콥터가 물에 빠진 사람이 붙어 있는 기둥 바로 위에서 위치를 잡으며

444

정지 태세를 취할 때였다.

청년이 던진 밧줄이 기둥에 이르렀고 물에 빠진 사람이 그 밧줄을 붙잡았을 순간이었다. 갑자기 삐걱하는 소리와 동시에 수백 명 구경꾼이 서 있던 다리가 우지직 하고는 그만 풀썩 주저앉아 버렸다.

"앗!"

하는 순간 김 의사는 수백 명의 구경꾼과 함께 거센 물 속에 휩쓸려 버렸다.

물 속에 휩쓸리는 순간 김 의사는,

'내가 먼저 죽는구나.'

하고 생각했다. 그러나 물 속에 빠진 뒤로는 자기가 죽는다는 의식도 가지질 못했다.

하천 저수지도 이젠 터지지 않고 장마도 개어 강물이 더 불 걱정이 없었지만 김 의사는 구할 길이 없는 물 속에서 흐르고 또 흘러갈 뿐이었다.

1955년 창작, (원) (출) 『방관자』 창신문화사, 1960.

사죄

예배당에서 돌아오자 아내가,

"당신은 연보를 할 때마다 돈 쥔 손을 번쩍 들었다 놓는 모양이던데 남 보기 사납게 왜 그러세요?"

하고 예배당에서부터 생각하고 있었다는 듯이 옷도 갈아 입기 전에 그런 말을 꺼냈다.

그 말을 듣자 승기는 고개를 돌리고 대답을 피했다.

"지난 주일에 그러는 걸 봤는데 오늘두 또 그러시지 않아요? 그러다가 버릇되시리다."

그래도 승기는 못 들은 척 옷만 갈아 입었다. 말 같지가 않아 대답을 안 한다고 생각했던지 아내는 그래도,

"돈을 광고나 하듯이 그러실 게 뭐예요?"

하고 이번에는 타이르듯이 말했다.

승기는 아내의 말을 못 들은 척만 하기가 미안쩍어,

"알았어! 점심이나 빨리 가져와."

하고 그 말을 다시 되풀이하지 못하게 했다.

아내도 그것이 대단한 일이 아닌 만큼 그 이야기는 그쯤 해 두고 남편이 시키는 대로 점심상을 차려 왔다. 그리고 그 이야기는 잊은 듯이 입 밖에 내지도 않았다.

그러나 점심을 먹으면서도 승기는 아내가 하던 말을 잊지 못하고 있었다.

언제부터 그런 버릇이 생겼는지 승기는 그것을 잘 알고 있다. 무척 오래 전부터의 일이다. 그러나 그런 버릇이 남의 눈에 거슬리는 것이라고는 생각지 못했었다. 물론 보기 좋은 일은 아니라 생각했지만 그렇다고 해서 남에게 책잡힐 일이 아닌 만큼 일부러 고치려고도 하지 않았다.

말하자면 자기 자신이 잘 알고 있는 버릇이기는 했지만 아내가 계속해서 두 번이나 보고 오늘 그것을 고치라는 투로 말할 때는 가슴이 뜨끔하지 않을 수 없었다.

자기도 모르게 생긴 버릇이라면 아내가 어떤 말로 타이르건 그것이 문제될 것 아니다. 그저 다음부터는 고치마 하고 대답하면 그뿐인 것이다.

그러나 의식적으로 그런 버릇을 만들어 낸 승기인 만큼 아내가 보기 흉하다고 지적할 때 승기는 새로운 죄를 또 하나 지은 듯 가슴이 두근거렸다.

아내가 자기의 버릇을 발견하고 보기 흉하다고 했으니 남들이라고 그것을 발견하지 못했을 리 없을 게고 또 말은 안 하나마 그것을 발견한 사람들이 자기의 그런 버릇을 얼마나 못마땅하게 생각할 것인가?

승기는 그 버릇을 만들게 된 당초의 동기가 머리에 떠올라 가슴이 더욱 떨리었다.

그러나 근 삼십 년 동안 아내에게까지 숨겨 온 이야기를 이제 새삼스럽게 꺼내 놓을 수도 없어 승기는 그저 고개를 숙인 채 숟가락만 움직였다. 그러면서도 속으로는,

'다음부터는 조심해야지!'
하고 혼자 마음을 다지었다.

정말 남의 눈에 띄지 않도록 조심하지 않으면 안 될 것 같았다. 승기는 학교를 졸업한 뒤 지금까지 약 이십 년 동안이나 학교선생 노릇을 하고 있다. 남에게 흠잡힐 일을 별로 하지 않고 살아 왔다. 그것은 세상이 다 인정해 주는 일이다.

어렸을 때부터 성품이 부드러운 데다가 종교적인 가정에서 자라났기 때문에 악한 일은 하려야 할 수가 없는 사람이었다. 그러한 사람됨을 인정해

주고 있는 학교와 교회 속에서 살아 왔기 때문에 승기는 지난날의 자기 죄과(罪過)를 잊을 수도 없지만 그것을 남에게 밝힐 수는 도저히 없었다.

그러나 자기 아내와 같이 자기가 연보할 때의 손을 다른 사람들까지 이상한 눈으로 보고 그것이 하나의 화제가 된다면 자기는 삼십 년 동안 숨기었던 자기의 죄과를 아내를 비롯하여 뭇 신도들에게 밝히지 않으면 안 될지도 모른다.

설사 커다란 죄과는 아니라 할지라도 그러한 죄과나마 저지르고 있다는 것을 남에게 알린다는 것은 부끄러운 일이 아닐 수 없다. 더구나 그것을 삼십 년 동안이나 숨기고 있다가 이제야 밝힌다는 그 자체가 부끄럽기 짝이 없는 일이었다.

승기는 남의 눈에 띄지 않도록 조심하는 수밖에 없다고 마음을 가지고 또 굳게 다지었다.

그러나 다음 주일날 승기는 다지고 다진 생각을 실천으로 옮기려고 할 때 손이 떨리는 것을 깨달았다. 전과 달리 남들의 눈이 온통 자기 손으로만 집중된 것 같고 삼십 년 전의 현수 얼굴이 눈앞에 떠오르는 동시에 하느님이 손 안에 든 돈을 보시지 못하면 어떻게 하나 하는 걱정이 들었다.

자기 눈앞에 내밀고 있는 연보 주머니가 빨리 돈을 떨어뜨리라고 독촉하는 것 같았으나 승기는 잠시 돈을 떨어뜨리지 못하고 부들부들 떨기만 했다.

그러나 연보 주머니를 언제까지나 기다리게 할 수 없는 형편이라 돈을 떨어뜨리려는 순간 승기는 자기도 모르게 오래 계속해 온 버릇대로 돈을 누구나 볼 수 있도록 드러내 놓고 한 번 치켜 들었다가 내리우면서야 돈을 떨어뜨렸다.

자기도 모르는 새에 버릇이 시키는 대로 손을 치켜 들었다가 내리운 것이지만 그렇게도 자기 버릇을 고치지 못한 자신을 책망하지 않을 수 없었다.

승기는 붉어진 얼굴로 우선 자기 아내 얼굴을 바라보았다. 이 날은 예배당에 들어서면서부터 아내가 앉은 자리를 찾아 놓았었다. 왠지 몰랐다. 역시 자기를 살피고 있을 아내가 마음에 걸렸기 때문이었을지 모른다.

승기는 아내를 멀리 바라보는 순간 얼굴이 홍당무처럼 붉어졌다. 감시를 하고 있는 아내의 시선과 맞부딪쳤기 때문이었다.

승기는 반동적으로 고개를 돌려 버렸다. 아내의 얼굴을 보기가 부끄러웠던 것이다. 동시에 예배가 끝나고 집으로 돌아가면 자기 버릇에 대해서 또 무엇이라고 말할 아내가 겁났던 것이다.

그때는 무엇이라고 대답을 해야 하나? 하기야 고치려고 생각하고는 있으나 갑자기 쉽게 고쳐지지가 않는다고 대답하면 그뿐일지도 모른다. 그러나 그 버릇이라는 것이 단순한 습관에서 온 것이 아닌 데에 승기의 고민이 있는 것이었다. 이유가 있는 버릇을 숨긴다는 것은 결국 아내를 속이는 것이 되고 만다. 이때까지도 아내를 속여 온 것만은 틀림없다. 그러나 아내가 눈치조차 채지 못하고 있는 동안은 속인다는 생각이 들어도 그리 마음 아프지가 않았다. 속였다는 생각이 크게 들지 않았기 때문이었다. 그러나 아내가 자기의 버릇을 발견하고 그 버릇에 무슨 이유가 들어 있는 것처럼 생각하는 지금에 와서는 말 안 한다는 것이 도리어 커다란 죄악처럼 생각되었다.

기도가 끝나고 찬송가를 부르기 시작하였다. 그러나 승기는 찬송가 부를 생각은 하지 않고 혼자서 기도를 드리는 것이었다.

'주여, 제 마음을 씻어 주소서……'

몇백 번 몇천 번 드린 기도인지 모른다. 그 일이 있은 이후 오늘까지 쭉 계속해 오는 기도다.

혼자서 속으로 드리는 기도였건만 승기는 그 기도 가운데서도 현수를 속였다는 이야기를 그대로 말하지 못해 왔다.

지금도 역시 자기 마음을 씻어 달라는 말만을 입 안에서 중얼거렸던 것이다.

정말 대단치도 않은 일인데 자기는 그 사건을 왜 잊어버리지 못하고 삼십 년 동안이나 괴로워하고 있을까? 그만큼 기도를 드렸으면 하느님도 용서를 하실 텐데 어째서 하느님에게까지 부끄럼을 느껴 현수의 이야기를 꺼내지 않고 그대로 기도드리지를 못하고 있을까?

승기는 자기도 알 수 없는 일이라고 몇백 번이나 되풀이했다. 정말 알 수 없는 일이었다.

돈 오십 전을 속인 것이 이렇게도 오랜 세월을 두고 자기를 괴롭히다니…….

그 동안 남의 자녀를 맡아 교육을 시키기에 모든 정성을 기울였다. 예배당에 나가 진리를 듣고 그것을 그대로 실행하려고 몇십 년을 노력해 왔다.

그것만 가지고도 오십 전을 속인 죄쯤은 속죄가 되었을 것인데 어쩌자고 그 죄가 마음 속에서 떠나지를 않고 있을까?

어렸을 때의 일이기 때문에 잊혀지지가 않는 것일까. 순결한 마음을 가졌던 어린 시절에 첫번으로 저지른 죄인 만큼 잊으려야 잊을 수가 없을지도 모른다.

그러나 남의 참외를 먹고 그냥 도망쳤던 사건도 오십 전 사건과 함께 아직 머리에서 사라지지 않는 일이지만 그것은 오십 전 사건처럼 가슴을 아프게 하지 않으니 그 이유가 무엇일까?

그때 먹고 달아난 참외값은 오 전이었으니까 오십 전의 십분지 일밖에 안 되기 때문일까?

그렇지 않으면 죽을 것처럼 배가 고팠었기 때문에 잘못을 저지르고도 크게 잘못했다는 생각이 들지 않는 때문일까?

장사꾼이니까 오 전쯤 잃어버려도 아까워할 것 같지가 않았기 때문이었을까?

어쨌든 승기는 일평생을 통하여 오십 전 사건과 참외 사건을 잊어버릴 수 없는 죄과로 생각하고 있다. 그 밖에도 티끌만한 죄과가 없지는 않을 것이지만 자기가 의식하면서 지은 죄라 그런지 다른 것들은 전부 잊을 수가 있었어도 다만 오십 전 사건과 참외 사건, 그 중에서도 오십 전 사건이 그를 언제까지나 괴롭히고 있는 것이었다.

승기는 기도를 드리고 나서 눈을 뜨고 목사님의 설교를 듣기 시작했다.

그러나 설교도 귀에 들어오지를 않았다. 집에 돌아가서 또 아내에게 힐책들을 생각을 하니 죄를 지었을 때처럼 사뭇 가슴이 두근거리기만 했다.

'잊어버려야지.'

승기는 아무것도 아니라는 듯이 속으로 결심을 해 본다. 사실 잊어버려도 누구에게 나무람 들을 만한 건덕지도 없는 것이다. 또 도덕적으로 보아 죄를 지은 악인이라고 말할 사람도 없다. 자기만이 잊어버리면 아무렇지도 않은 것을 가지고 혼자서 괴로워할 필요가 무엇일까?

생각하면 현수를 만날 길도 없다. 현수만 만나지 않는다면 그 일을 알 사람이 세상에는 자기 이외에 한 사람도 없다. 사실은 현수가 알고 있는지 모르고 있는지조차 모르는 일이다. 만일 현수가 안다고 하면 오십 전을 안 주고도 주었다고 말했을 때 현수가 곧이 듣지 않았을 것이 분명하다.

중학교 1학년 때 일이니까 삼십 년이 지났다. 설사 알고 속았다 해도 지금쯤은 완전히 잊고 있을 것이다.

등급생들이 담임선생의 송별금 오십 전씩을 가지고 와서 급장인 현수에게 제각금 내밀 때 돈 낸 사람의 이름을 쓰고 있던 현수가 자기 옆에 서 있는 승기를 보고,

"너 냈지?"

하는 바람에 승기는 자기도 모르는 새,

"응——."

해 버렸다. 그래서 돈을 내지도 않고 자기 이름이 적혔으며 내려던 그 돈 오십 전으로는 며칠 동안 호떡을 잘 사 먹었다. 만약 그때 승기가 자취를 하지 않고 반찬 없는 밥을 먹지 않았더라면 호떡은 사 먹을 생각도 안 했을 것이고 또 현수가 '너 냈지?' 하고 물을 때도 '응' 하고 대답을 안 했을지 모른다.

그놈의 호떡이 그런 거짓말을 하게 만들었던 것이겠지만 그때 현수가 '너 냈지?' 하고 묻지만 안 했더라면 절대 속이지는 못했을 것이다.

그러니까 현수가 안 받고도 일부러 받은 척했을 까닭이 없다. 꼭 낸 줄 알았기 때문에 자기 이름을 적었을 것이 아닌가?

나중에야 오십 전이 틀리는 것을 알았을 것이고 누구에게 속았다는 것도 알아챘을 것이지만 그렇다고 해서 자기가 속인 것이라고는 생각지 못하고 있는 것이 분명했다.

그것은 같이 학교에 다니는 동안에도 현수가 자기를 의심쩍게 생각한 적이라곤 한 번도 없는 것으로 보아 능히 알 수 있다.

현수가 자기를 의심하지는 않았다 해도 승기는 현수의 얼굴을 볼 때마다 가슴이 두근거렸다. 그럴 필요가 없다고 생각하면서도 승기는 현수를 만나는 것이 그냥 무서웠다. 그래서 3학년 때에는 다른 학교로 편입시험을 치기까지 했었다.

학교를 갈고 현수와 만나지를 않으니 한결 마음은 편했었다. 그러나 현수가 지나다니는 길을 피해서 걸어다녀야만 한다는 것이 또한 괴로운 일이었다. 언제 어디서 만날지 모른다.

승기는 P시를 떠나 멀리 달아나고 싶기만 했다.

그러나 남처럼 하숙도 정하지 못하고 자취를 하는 형편에 생소한 곳으로 간다는 것은 생각할 수도 없는 일이었다. 그렇기 때문에 중학을 졸업하고 일본으로 떠날 때까지 승기는 길에서 혹시 현수를 만나지나 않을까 하고 조심스럽게 거리를 지나다녀야만 했다.

우연이란 어째서 그렇게도 자주 찾아오는지 몰랐다. 만나지 않았으면 하고 일부러 좁은 골목을 찾아다녔지만 그럴 때는 현수를 더 자주 만났다. 그럴 때마다 승기는 얼굴을 붉히고 인사도 변변히 못했다. 현수는 아무렇지도 않게 반가운 얼굴로 대해 주었지만 승기만은 저도 모르는 새에 얼굴을 붉혀 가지고 제대로 들지도 못했었다.

그렇게 괴로워하면서도 승기는 그 돈 오십 전을 도로 돌려 주겠다는 생각을 못했다. 이상스러운 일이었다. P시에 있는 동안 그 돈 오십 전을 돌려 주고 자기의 잘못을 뉘우치는 말 한 마디만 해 주었다면 일은 거기서 끝나고 말았을 것이 아니겠는가?

나쁜 줄 알면서도 저지른 죄에 대하여서는 용서함이 없다는 생각에서였는지 그렇지 않으면 돈을 돌려 주고 사죄한다는 그 자체가 너무나 엄청난 일이라고 생각되었는지 어쨌든 승기는 끝내 돈을 돌려 주고 사죄할 수 있는 방법을 택하지 못했다.

중학을 졸업하고 동경으로 고학을 떠날 때 승기는 현수를 다시 만나지 않을 것만을 좋아했다. 만나지만 않으면 잊혀질 일이라고 너무나 단순하게 생각했던 것이다.

물론 동경에 가 있는 동안은 P시에서와 같이 거리를 나설 때마다 조마조마한 마음을 가지지는 않았다. 그러나 동경으로 건너가기 위해 서울에 머물러 있는 동안 승기는 또 하나의 죄를 저질렀다. 어떤 날 거리를 헤매다가 배가 몹시 고파 길에 벌려 놓고 파는 참외장수 앞으로 가서 마치 돈이 있기나 한 것처럼 큼직한 것을 골라서 깎아 먹은 뒤 주인이 한눈을 파는 순간을 이용하여 그냥 내뺐던 것이다.

동경 있는 동안은 그 참외가 머리에서 떠나가지 않아 길가에 있는 장삿군들을 볼 때마다 가슴이 뜨끔뜨끔했다.

방학 때를 기다려 그 참외장수를 찾아가서 참외값을 돌려 주리라고 생각도 했다. 그러나 그것은 불가능한 일이었다. 그 참외장수가 언제까지나 그 자리에 있을 리가 없다. 그 자리에 있어만 준다면 참외에 대한 죄는 용서받을 것 같았다. 그러나 그 대신 현수에 대한 죄만은 영영 씻을 수 없다는 생각이 새롭게 들어 현수가 더욱 잊을 수 없었다. 이제는 나이도 들었다. 오십 전을 돌려 주고 허허 웃으면 그뿐일지 모르지만 체면상 그럴 수가 없을 것 같았던 것이다. 무슨 체면인지는 몰라도 그런 말을 꺼내는 자체가 쑥스러울 것만 같았다. 쑥스러울 것 같을 뿐 아니라 이제야 그런 이야기를 하느냐고 도리어 현수가 얼굴을 붉히면 어떻게 할까 하는 겁도 없지 않아 있었다.

그래서 일 년에 한 번쯤 방학을 이용하여 고향에 돌아오는 틈을 타서 현수를 만나러 갈 수도 있는 일이었지만 승기는 끝내 그 사건을 현수에게 고백하지 못하고 말았다.

이제는 현수를 죽을 때까지 만나지 않았으면 하는 생각뿐이다. 그것밖에 자기를 구원하는 길이 없다고 생각되었다.

8·15 후 삼팔선이 굳어졌을 때도 승기는 현수가 혹시 월남하지나 않았나 하고 겁을 먹었다.

6·25 동란 이후 1·4 후퇴 때도 그 수많은 피난민 가운데 현수가 한 몫 끼여 넘어오지 않았을까 하고 마음을 졸이었다. 6·25가 지난 지 오륙 년이

지나도 현수가 월남했다는 말을 못 들었을 때 혹시 현수가 그 동안 죽은 것이나 아닌가 하는 생각도 했다. 자기의 괴로움 때문에 현수가 죽었기를 바란다는 것이 더 죄악된 일인 줄은 알면서도 혹시 그랬으면 얼마나 편하랴 하는 마음도 또한 없지 않았던 것이 사실이다.

그러나 현수가 죽었다는 말을 듣지 못한 이상 마음을 놓을 수가 없어서 그런지 승기는 아직까지 현수를 잊지 못하고 있다. 잊지 못할 뿐 아니라 현수로 말미암아 갖게 된 버릇까지 고치지 못하고 있다.

'잊어버려야지.'

승기는 목사님의 설교가 끝날 때까지 설교도 듣지 못하고 지난 일들만 생각하다가 다시 속으로 중얼거렸다.

정말 잊어버려도 좋을 것 같았다. 그리고 그만큼 고통을 받았으면 잊어버릴 수도 있는 일 같았다.

그러나 예배가 끝나고 집으로 돌아왔을 때 아내가,

"오늘도 연보할 때 또 손을 드시더군요……."

하는 말에는 자기도 모르게 얼굴을 붉히고야 말았다. 얼굴을 붉혔을 뿐 아니라,

"고칠라구 해두 안 되는 걸 어떡해……."

하고 자기도 모르는 새 아내를 나무라기까지 했다.

"못 고칠 게 뭐 있어요? 참 이상두 하지……."

"그만둬. 안 고치면 또 어때?"

"남보기가 흉하니까 그렇지요."

"남이야 아무렇게 보건 무슨 상관이야? 내가 하고 싶어하는 일을……."

아내에게라도 이 사실을 고백해 버리면 마음이 조금 편할지 모를 일이지만 승기는 그것마저 하지 못했다. 그리고는,

'남의 마음은 알지도 못하구…….'

하고 도리어 자기 마음을 몰라 주는 아내를 속으로 나무랐다. 자기가 말하지 않은 이상 아무리 아내라 해도 알 턱이 없을 것이다. 알지도 못하는 아내에게 죄가 있을 리 만무하건만,

"여자가 남자의 맘을 알아……."

하고 큰소리를 질렀다.

"참 이상하기두 하지……."

아내로서는 이상한 일일 수밖에 없다. 하찮은 일을 가지고 골까지 낼 것이 무엇인가.

몇 주일이 지난 어떤 토요일이었다.

일찌감치 퇴근을 하고 집에 돌아오자 아내가 전달리 거리엘 나가자고 했다. 물건을 사겠다는 것이었다.

가끔 구경은 같이 간 일이 있지만 물건을 사려고 함께 나간 일이라곤 별로 없는 만큼 승기는 의아한 태도로,

"뭘 사려는데?"

하고 물었다.

"당신 넥타이하구 와이셔츠를 좀 사게요. 애들 옷두 살겸……."

와이셔츠나 넥타이가 부족하지도 않은데 그런 걸 사겠다는 말을 하는 것이 이상스러워서,

"남편 모양을 내주고 싶은 마음이 다 들었나?"

하고 비꼬는 듯이 말했다.

"이젠 계두 안 들구 돈이 생기는 대루 쓰기나 할래요."

"건 또 무슨 소리야?"

그때 아내가 어떤 친구와 집에 곗돈을 주러 갔다가 그 친구가 집에 없어서 식모에게 돈을 맡겼던 것이 그만 그 식모라는 애가 돈을 가지고 도망친 바람에 친구와의 우정이 깨지고 말았다는 이야기를 들려 주었다. 그리고는,

"글쎄 내가 식모에게 돈을 맡긴 것이 불찰이라면서 그 돈을 다시 내라구 그러지 않아요?"

생각만 해도 화가 난다는 듯이 말했다.

그 말을 듣자 승기는 또 현수 생각이 났다. 현수도 까놓고 돈 이야기를 해 주었더라면 자기는 지금까지 그것을 잊어버리고 마음 편히 지내도 좋았을 것이 아닌가?

안 받고도 아무 말 안 해 준 현수 때문에 결국 자기는 지금까지 고통을 받고 있는 것처럼 생각되었던 것이다. 그렇기 때문에,

"다시 내라면 내지 뭘 그래? 돈만 내면 문제는 없을 거 아냐?"

하고 아내에게 한 말은 그의 진심에서 우러나온 말이었다.

"그걸 왜 내가 물어요? 제 집에 두었던 애가 먹고 달아났으니 제가 책임 져야지……."

"그래서 어떡했어?"

"나중에는 반씩 나눠 물자구 그러지만 전 반두 못 물겠다구 그랬어요."

승기는 아내를 한 차례 두들겨라도 주고 싶었다.

타협을 하자고 하는 데까지 반대를 하고 돈을 물어 주지 않는다면 장차 마음의 고통을 어떻게 받겠다는 말인가?

"잔소리 말구 하자는 대루 해……."

"난 억울해서 못 물겠어요."

"글쎄 잔말 말구 나 하라는 대루만 해."

"참 별 참견을 다 하셔……."

"내 말을 안 듣겠거든 당장에 보따리를 싸 가지구 나가……."

좀 지나친 말인 줄 알면서도 승기는 고집을 부리지 않을 수 없었다. 그 것은 아내로 하여금 자기와 같은 괴로움을 갖지 않게 하기 위한 마음에서 였다.

그래도 아내는 승기의 말을 들으려 하지 않았다. 결국 억울하다는 것이 었다.

승기는 성경 구절을 인용해 가며 아내를 타일렀다.

'가이사'의 것은 '가이사'에게로 돌려야 하지 않느냐, 돈만 아는 세리는 쫓겨나지를 않았느냐? 마음이 가난해야만 천국에 가지 않느냐?

그렇게 해서 아내의 결심을 겨우 돌려 놓고야,

"그럼 물건을 사러 갑시다."

하고 앞장을 섰다. 아내는 돈을 이중으로 물 생각을 하고 물건 사러 갈 마음 이 내키지 않는지 선뜻 몸을 일으키지 않았다.

"마음이 변했구려?"

승기가 비웃는 듯이 말할 때야 마지못해 따라나섰다. 아내에게 자기와 같은 괴로움을 맛보이지 않도록 미리 방지해 주었다는 것이 얼마나 유쾌한 일인지 몰랐다.

"오늘은 당신 덕택에 하이칼라가 되는군!"

거리를 걸을 때 승기는 이런 농담까지 하게 되었다. 그러나 전차에 오르는 순간이었다.

전차표를 차장에게 내밀어 줄 때 승기는 자기도 모르게 연보할 때처럼 또 손을 한 번 번쩍 들었다가 내주었다.

사람이 붐비어 다행하게도 아내가 그것을 보지 못했지만 승기는 돈이 아니라 무엇이나 남에게 줄 때는 그것을 한 번 번쩍 들어 보이고야 마는 자기 버릇을 한탄하지 않을 수 없었다.

'자! 여기 돈이 있어. 나두 낸 거야.'

현수에게 그런 말 한 마디를 하고 돈을 보였더라면 아무런 일도 없었으리라는 생각에 자기도 모르는 새 생겨 버린 버릇이었다.

"에익!"

승기는 자기가 한 행동에 짜증을 내고 눈살을 찌푸렸다. 악마처럼 따라다니며 괴롭히는 현수가 원망스럽기도 했다.

승기는 다시는 그런 버릇을 되풀이하고 싶지 않았다. 자기를 괴롭히는 현수를 마음 속에서 내쫓아 버려야만 할 것 같았다.

그러나 아내와 같이 백화점에 들어가 와이셔츠와 넥타이를 샀을 때였다. 남편의 위신을 세워 주려고 함인지 아내가 핸드백에서 돈을 꺼내자 승기에게 주며 그것을 세어 값을 치르라고 했다.

승기는 얼결 김에 그것을 받아 한 장 한 장 센 뒤 아내가 시키는 대로 여점원에게 내밀어 주었다. 그것까지는 좋았으나 돈을 내밀어 주는 순간 승기는 또 손을 번쩍 들었다.

돈을 받으려고 손을 내밀었던 여점원이 주춤하고 승기의 올라간 손을 바라보았다. 동시에 옆에 섰던 아내가 승기의 손을 탁 쳤다.

승기도 갑자기 얼굴이 붉어졌다.

물건을 받아 가지고 나올 때 아내가,

"참 괴상한 버릇인데요. 돈 받는 사람이 자기를 놀리는 줄 알면 어떡해요?"

하고 눈을 흘기었다.

승기도 그렇게까지 된 자기가 미웠다. 완전히 현수의 노예가 되고 만 것 같음을 느꼈기 때문이었다. 그러나 아내에게는,

"당신은 그런 걸 왜 자꾸만 눈여겨보는 거요?"

하고 도리어 아내를 나무랐다. 자기가 현수의 노예가 되었다 할지라도 그것을 보지 말아 주면 차라리 마음 편할 것이 아닌가? 무엇 때문에 자기 행동을 감시하면서 자기가 현수의 노예가 된 것을 꼬집어 말해 주는 것일까?

승기는 아내까지도 미운 생각이 들었다. 그래서 어린애들 옷을 사자고 끌 때,

"당신 혼자 사 가지고 오시오."

하고 혼자 집으로 돌아가려 했으나 아내가,

"잠깐만 사면 될 걸 가지구 왜 그러세요?"

하고 마음이 벅찬 승기의 얼굴을 의아한 눈으로 쳐다보았다.

"좌우간 먼저 갈 테야."

승기는 아내가 다시 돈을 꺼내 가지고 그것을 자기더러 세어 주라고 할 것이 겁났던 것인지도 모른다. 그는 아내의 만류도 뿌리치고 길가로 나오고야 말았다.

길가로 나와 얼마 걷지 않았을 때였다.

"승기 아닌가?"

누가 뒤에서 불렀다. 확실히 자기 이름은 자기 이름인데 자기 이름을 어린애 이름처럼 부를 사람이 누구일까? 십여 년 동안 자기를 그렇게 부르는 사람을 본 적이 없다. 고개를 돌리고 뒤를 돌아보는 순간이었다.

승기는 그만 땅 속에라도 잦아드는 것 같음을 느꼈다. 잦아드는 것 같은 느낌이 아니라 잦아들었으면 하는 생각이었을지 모른다. 승기가 이때까지

살아 오는 동안 자기의 몸을 처치하지 못해 곤란을 느껴 본 때가 이 순간 말고 다시 있었을 것인가?

"야, 오래 사니까 만나기는 하누나……."

틀림없는 현수였다. 그는 악수를 하자고 손까지 내밀었다.

승기는 반가워하는 현수가 꼭,

'이 자식! 너를 찾아 얼마나 헤맸는지 아느냐? 양심을 팔아 먹은 자.'

하고 자기의 멱살을 붙잡아 흔들 것만 같았다. 그러나 승기는 현수의 노예였다. 악수하자고 할 때는 손을 내밀어 주어야 했으며,

"그래 뭘 하구 있니?"

하고 물을 때는

"학교 일을 보지."

하고 대답하지 않을 수 없었다.

현수는 1·4 후퇴 때 월남하여 이때까지 부산에 있다가 얼마 전에 상경했다는 이야기와 1·4 후퇴 때 혼자만 월남하여 가족도 없이 혼자 떠돌아다닌다는 이야기를 들려 주었다. 그리고는,

"참 얼마만야? 옹! 가서 한 잔 하며 이야기나 합세."

하고 그때까지 붙잡고 있던 손을 떨어져라 하고 다시 흔들었다.

승기는 현수의 노예였다. 어디고 가자는 대로 가야만 했다. 그러나 그는 떨리는 목소리로,

"현수——."

하고 현수를 불렀다. 그 순간을 놓쳐 버리면 자기는 영영 멸망하고야 말 것 같은 심정이었다. 그런 만큼 목소리가 떨리지 않을 수 없었다.

"오늘만은 나를 따라와 주게. 내 평생의 소원일세! 정말 평생의 소원이야."

승기는 평생이라는 말에 힘을 주었다.

"나두 술값은 있어. 잔소리 말구 따라와."

현수가 승기의 심정을 알 턱이 없었다. 반가운 친구를 만났으면 술이 있어야 한다는 것만 생각하는 모양이었다.

"아니야. 한 시간만 같이 가 줘."

"참 이상한데. 너 그새 상당히 변했구나……."

그러면서도 현수는 지나치게 심각한 승기를 거역할 수가 없었던지 승기의 뒤를 따르고야 말았다.

승기는 아무 말도 없이 현수를 데리고 교회당까지 갔다.

현수는 영문을 모르는 만큼 교회당에 들어가려 하지를 않았다. 소가 도살장에 들어가는 것보다 더 꺼리었다. 그러나

"내가 지은 죄를 용서받아야 하겠네. 옆에서 들어 주기만 하게."

하는 승기의 엄숙한 말에 현수는 마지못해 교회당 안으로 들어가고야 말았다.

교회당에 들어서자 승기는 무릎을 꿇고 앉아 현수의 손을 잡아끌었다.

"자네를 만나게 해 준 것은 오직 하느님의 은혜일세. 오늘 자네를 만나지 않았더면 나는 죽을 때까지 괴로움 속에서 허덕여야만 했을 걸세."

하고는 삼십 년 전 오십 전 사건을 설명했다.

현수는 교회당이라는 것도 생각지 않고

"자 ── 식. 난 또 뭐라구? 언제 그런 일이 있었단 말이냐? 쓸데없는 소리 말고 빨리 나가기나 해……."

함부로 소리를 지르며 승기의 팔을 잡아끌었다.

"정말야. 나는 그 사건 때문에 평생을 마음 졸이며 살았어. 나를 그 괴로움 속에서 건져 줘. 하느님 앞에서 나를 용서한다구 말해."

"자식이 미쳤나? 용서는 무슨 용서야."

"농담이 아냐, 나는 네가 모르는 너의 노예가 되어 있었어. 자 이걸 받아 줘. 그리구 나를 용서한다구 한 마디 해 줘."

승기는 있는 돈 전부를 꺼내어 현수에게 주었다. 얼마인지 셀 필요도 없었다. 오천 환이래도 좋고 오만 환이래도 좋았다.

현수는 귀찮다는 듯이,

"그래, 그래 이걸 가지구 가서 술이나 먹자."

하고 돈을 받았다. 그래도 용서한다는 말은 안 했다. 현수로서는 용서한다는

말의 뜻을 체득지 못하겠다는 얼굴이었다.

"용서한다는 말을 해 줘."

승기가 손목을 잡고 거듭 애원할 때야

"그래 용서했다."

하고는 '자——식' 소리와 함께 웃음소리를 높이었다.

승기는 현수가 웃건 말건 문제가 아니었다. 용서를 받았다는 마음에 그저 감사만 올리고 싶었다. 엎드려,

"주여 감사합니다. 현수를 내주시어 감사합니다."

이런 기도드리고 있을 때 마음 속에서 찬송가가 저절로 우러나왔다.

　　애통하는 자 복 있는 잘세
　　애긍을 또 얻을 사람이오.
　　맘 깨끗한 이는 복 있는 잘세
　　천부를 저가 볼 것이다.

1956년 창작, (원) (출)『방관자』창신문화사, 1960.

아들의 결혼

관오(寬五)는 나이가 오십이 넘었지만 자기를 완고한 축이라고는 생각지 않고 있다.

젊었을 때 일본 등지로 돌아다니며 신식 연애를 해 본 경험이 있어 그런지는 모르지만 연애관에 있어서도 비교적 트인 편이었다. 연애 결혼을 해도 좋다고 생각하는 축이며 과부라고 해서 수절해야 한다는 사람을 공격도 하는 사람이다.

그러나 결혼하는 여자가 반드시 살림꾼이라야 한다는 정견(定見)만은 하나의 고집처럼 가지고 있다.

그것은 오로지 자기의 체험에서 오는 정견일지도 모른다. 과거 오랫동안 유랑의 생활도 했고 바람도 피워 보았지만 조강지처가 끝내 살림을 지켜 주고 있었기 때문에 오늘에 와서도 안정된 생활을 유지하고 있다. 만약 자기가 바람을 피운다 해서 아내가 같이 바람을 피운다거나 그렇지 않으면 이혼을 하고 어디로 가 버렸다면 집안 꼴이 어떻게 되었겠느냐 하는 것이었다.

그래서 그는 외아들 동하(東夏)에 대하여 모든 것을 방임해 두지만 결혼만은 절대로 방임하지 않기로 결심했다. 사실 동하가 학교를 선택한다던가 대학교에서 전공 과목을 선택할 때에도 그는 아들의 의사에 맡기고 말았었다. 대학 재학 중 6·25로 입대할 때에도 관오는 아들의 행동에 대하여 서운한 말 한 마디 안 했다. 전란 통에 군대로 나가면 죽는 것이 뻔한 일 같았지만 비록 외아들이라 할망정 자기가 죽음을 두려워하지 않고 나가겠다는 것을 섭섭한 말로써 께름칙한 생각을 갖게 할 것이 무엇이랴 했던 것이다.

그런 군대를 제대하고 다시 대학을 계속할 때 관오는,

"네 결혼만은 네 마음대루 할 생각을 말아라."

하고 아들에게 미리 귀띔을 해 두었다.

나이가 삼십이 거의 되었고 이미 군대에도 갔다 왔으니 응당 결혼을 생각할 것이 예상되었던 것이다. 그리고 서울에서 공부하는 관계상 집을 떠나 있으니 여자 교제를 함부로 하여 조강지처가 못 될 여자를 고르지나 않을까 하는 걱정이 앞섰기 때문이었다. 그 걱정은 날이 갈수록 점점 커져 갔다. 첫 방학으로 동하가 내려왔을 때,

"너 연애를 하지 않니?"

하고 무엇보다도 먼저 알아본 것은 아들의 결혼 문제였다. 그때 아들은 아직 연애를 안 한다고 대답했지만 관오는 아들이 미심쩍어,

"너 연애를 해두 결혼은 함부루 못한다. 알지?"

하고 몇 번이나 다짐을 했었다.

아들은 아버지의 뜻을 잘 안다고 대답했다. 그리고 서울 여자 가운데 마음에 드는 여자가 별반 없다는 말까지 했다.

어느 정도 안심은 되었지만 개학을 한 뒤 서울로 떠나갈 때 관오는 어쩐지 아들이 믿어지지가 않았다. 아들을 전적으로 의심하는 관오가 아니기는 했지만 여자 관계만은 믿을 수 없는 것 같았던 것이다.

자기도 고향에서 결혼을 하고 일본으로 공부 갔을 때 부모 모르게 연애를 적지 않게 했다. 부모들이 반대할 줄 알면서도 본처와 이혼하려고 몇 번이나 생각했는지 모른다. 그때는 부모는 물론 아내까지도 자기를 버린 사람처럼 생각했었다. 그러나 그 뒤 나이가 들고 살림에 충실할 때 부모와 아내가 자기를 신용하게 되었고 다시는 바람피우는 일이 없으리라 생각했지만 자기는 부모와 아내를 속이고 몇 번이나 외도를 계속했었다.

자기는 결혼을 하고 외도를 했으니까 별 문제가 없었지만 결혼도 하기 전에 외도부터 시작한다면 아들은 꼼짝 못하고 몹쓸 인간이 되고 말 것 같은

생각이 들었다. 그리고 아들은 지금 그 꼼짝 못할 길을 남몰래 속여 가며 걷고 있지 않나 의심되었던 것이다. 그래서 관오는 시골에서 가장 믿을 수 있는 친구의 딸을 골라 아들의 배필로 정하리라 생각했다.

처녀도 곧잘 생겼다. 인물이 잘생겼을 뿐 아니라 마음씨가 곱기 짝이 없었다. 공부를 시키지 못할 만큼 집이 가난한 것도 아니지만 그 아버지 되는 친구가 여자는 많이 알아도 병이라 해서 중학교 이상을 보내지 않고 있지만 처녀는 거기에 조금도 불만을 가지고 있지 않았다.

나돌아다니지를 않을 뿐 아니라 집안에서 일을 배우기에 밤낮을 모르고 있다.

관오는 그것이 좋다고 생각했다. 너무나 무식해도 곤란하지만 대학 졸업생에 중학교 졸업생이면 그렇게 기우는 편도 아니다. 여자란 어느 모로 보나 남자 밑이어야 한다. 더구나 여자가 공부를 많이 하면 공연히 쓸데없는 생각만을 하게 되어 살림에 등한하게 됨이 일쑤다.

중학교 졸업이면 꼭 알맞았다. 그리고 불만을 가질 줄 모르고 아버지가 시키는 대로 살림 공부만 한다는 것은 어떤 일이 있어도 남편을 사랑하는 마음에 변동을 일으키지 않을 견실한 성품을 보여 주는 것이다.

그 밖에 또 한 가지 믿음직한 것은 집안이 좋다는 것이다. 양반이라서가 아니다. 아버지 되는 친구가 자기처럼 난봉을 피우지 않았다. 자식이란 대부분 부모의 혈통을 받게 마련이다. 부모 가운데 한 사람만이라도 난봉꾼이라면 자식은 그 소질을 타고나게 된다. 첩의 자식이면 첩을 가지거나 첩 노릇하게 되는 것이 상례다.

처녀는 첩의 자식도 아니다.

관오는 처녀의 아버지인 자기 친구에게 혼담을 건넸다. 친구도 흔연히 대답했다. 그리고는 본인의 승낙을 얻어야 한다고 처녀를 직접 만나기까지 했다. 아버지끼리 친구일 뿐 아니라 멀리 떨어진 동네에 사는 것도 아닌 만큼 신부가 아들에 대한 이야기를 전혀 못 듣고 있을 턱이 없다.

그러나 처녀는 대답이 없었다. 수줍음 때문이었다.

"그래두 신식 공부를 한 여자가 싫은 결혼을 억지루 할 수야 있나!"

하고 대답을 강요했다.

앞으로는 제멋대로 살 사람들이 시키는 일이라고 해서 싫은 것도 억지로 해서는 안 된다는 뜻이었다.

처녀는 대답을 해야 할 처지에 놓여 있음을 알았던지

"제가 알아요?"

하고 대답했다. 모른다는 것은 안다는 뜻이다. 대답의 뜻을 알면서도 관오는

"그래두 현대 여성이 그래서야 쓰나! 대답을 해 봐!"

하고 또 확답을 요구했다. 확답을 요구한 것이 아니라 속에 있는 말을 한 번 그대로 해 보라는 태도였다.

"아버지가 하라시는 대루 하지요."

"그래두 나중에 불평이 없겠단 말이지?"

"몰라요!"

관오는 처녀의 수줍음이 좋았다. 역시 여자란 수줍어할 줄 알아야 맛이 있는 것이라고도 생각했다.

그 처녀도 신식 공부를 했으니 그만한 대답쯤 척척 넘길 수가 있을 텐데도 수줍어만 하는 것이 얼마나 좋단 말인가?

관오는 이쯤 되면 일이 다 된 것이라 생각했다. 그래서 아들 동하에게 좋은 처녀가 나섰으니 약혼을 승낙하라고 처녀의 사진과 더불어 장서의 편지를 보냈다. 관오는 동하가 꼭 승낙할 줄만 알았다. 연애하는 여자도 없다고 했다. 연애하는 여자가 없다면 이 처녀를 싫다고 할 이유가 없을 것 같았던 것이다.

그러나 아들의 회답은 뜻밖이었다. 자기에게는 사랑하는 사람이 있으니 그 여자 이외에는 누구와도 결혼을 할 수 없다는 것이었다.

관오는 그저 자기가 속았다는 분한 생각이 앞섰다. 그렇지 않아도 미심한 생각이 들어 방학으로 내려왔을때 여자와의 관계를 다짐한 일이 있다. 그때는 아들이 아무런 일도 없다고 확실하게 대답했다. 그랬던 것이 지금 약혼할 처녀가 나섰다는 편지에야 비로소 연애하는 여자가 있다는 말을 써 보냈으니 이때까지는 아들이 자기를 속여 왔던 것이 아닌가?

'고약한 놈!'

관오는 아들을 절대 용서하지 않으리라고 생각했다. 자기를 속이지만 않았다면 처녀 아버지에게 발설을 하고 처녀를 면담하는 일만은 아니 해도 좋았을 것이 아닌가? 애비를 실없는 인간으로 만든 아들이다. 이제 무슨 낯으로 혼사댁엘 가서 혼담을 물릴 수 있을 것인가?

관오는 즉시로 편지를 썼다. 좋아하는 계집이 있거든 그 계집을 데리고 오되 집에는 얼씬도 말라는 편지였다.

얼마 동안 회답이 없었다. 두어 달만에 겨우 회답이 왔는데 그 편지 속에는 아들이 좋아한다는 여자의 사진도 들어 있었다. 제발 허락을 해 달라고 하며 그 여자 없이는 하루도 살 수 없다는 심정을 호소했다.

관오는 우선 여자의 사진을 보았다. 파마도 멋지게 올려붙였고 눈썹도 곱게 그렸다. 사진에 나타난 새까만 입술이 연지를 얼마나 진하게 발랐는지를 말해 주고 있었다. 입술이 두터웠다. 심술이 궂어 보였다. 이마가 좁았다. 소견이 좁을 것 같았다.

더구나 대학생이라는 것이 싫었다. 대학교에서도 음악을 공부한다는 것이 더 싫었다. 결혼을 하고도 집안에 붙어 있지를 않고 밤낮 싸다녀야 할 여자가 살림이라는 것을 어떻게 알 것이냐 하는 것이었다. 살다가도 조금만 싫으면 이혼을 하자고 덤벼들 여자만 같았다.

관오는 사진을 돌려보냈다. 절대로 허락할 수 없다는 말과 더불어……

그 뒤부터 학비도 부쳐 주지 않은 것은 물론이었다. 아들이 관오의 마음을 달래느라고 여러 번 편지를 보냈지만 관오는 회답 한 장 쓰지 않았다.

관오는 아들이 집에도 찾아오지 않으리라고 생각했다. 만약 찾아만 오면 다리를 분질러 놓으리라 마음먹었다.

애비를 망신시킨 자식이니 그놈도 체면이 있으리라 생각했던 것이다.

그러나 겨울방학이 되자 아들은 체면도 없이 집으로 돌아왔다. 집으로 와서는 자기 어머니를 통해서 아버지의 마음을 풀려고 했다. 그 기미를 챈 관오는 당장에 아들을 불러 댔다. 아들을 불러 세우자 다짜고짜로,

"이놈, 애비를 망신시킨 놈. 썩 나가지를 못해!"

하고 호령호령했다.

호령하는 바람에 아들은 고개를 숙이고 우선 잘못했다는 뜻을 무언중에 표시했다. 그러나,

"그래, 그 귀신딱지 같은 계집을 데리구 살아야겠단 말이지? 이 천치 같은 자식아. 정말 보기두 싫으니까 썩 물러 나가."

할 때는,

"그 여자하구 결혼할려는 것은 아닙니다."

하고 고개를 숙인 채 대답했다.

"뭣이 어째? 그럼 그 여자하구는 헤어졌단 말이냐?"

"네……."

"그럼 혼담 있던 색시와 결혼하겠단 말이지. 그 귀신딱지 같은 여자하구 산다면 네 성을 갈아 줄랴구 했다. 그렇지만 이제 무른 혼담을 어떻게 다시 꺼낸담……."

관오는 아들이 연애하던 여자와 결혼하지 않겠다는 말에 저으기 안심된 모양이었다. 그래서 한 번 창피를 당한 일이지만 혼담을 다시 진행시킬 궁리를 하려고 했다. 그때 아들이 불쑥,

"그 여자하구는 결혼을 안 하겠어요."

하고 말했다.

그 말에 관오는 이때까지보다도 더 화를 냈다. 결국은 아들이 자기를 반대하고야 만다고 생각했던 것이다.

"무엇 때문에 그 여자하구는 못하겠단 말이냐? 이 빌어먹을 자식아!"

"겨우 중학교밖에 못 나온 애하구 어떻게 결혼합니까?"

"뭐라구? 사람하구 결혼하지 학교하구 결혼하니. 네 애비는 일자무식인 에미를 데리구두 이날 이적지까지 살아 왔다."

"아버진 시대가 다르지 않아요. 저는 못하겠어요."

"못하겠다구? 어디 네가 이기나 내가 이기나 보자."

"아버지는 제 마음두 알아 주셔야 하지 않아요. 아버지라구 마구 아들의 마음을 꺾기만 하시면 어떡하십니까?"

“뭐?”

관오는 자기가 아버지라고 해서 마구 아들의 뜻을 누른다는 말에 털끝까지 화를 냈다. 이때까지 아들의 뜻을 눌러 본 일이 없다. 이번 혼담만 해도 자기의 오랜 경험에 비추어 아들이 진정한 행복을 위해 생각해 낸 일인데도 불구하고 그것을 가지고 자기 뜻을 꺾는다는 말이 무슨 수작인가 말이다.

관오는 방을 뛰어나가 뜰에 가려 놓은 장작더미에서 장작개비 하나를 들고 들어왔다.

“이 자식! 가랭이를 들어라.”

관오는 떡 버티고 앉아서 장작개비를 힘주어 들었다.

“죽일 놈 같으니. 내가 네 뜻을 꺾었어? 아가리를 몇 개 달구 다녀두 그런 수작만은 못하리라. 불효 막심한 놈 같으니라구. 썩 걷지를 못해?”

아들이 양복 바지를 걷어 올렸다. 때린다고 할 때는 맞아야 한다고 생각한 모양이다. 때리는 매도 맞지 않는다면 아버지의 마음을 풀 길이 아주 막혀 버릴 것이라 생각했는지도 모른다.

속으로는 다 큰 아들을 때리면 얼마나 때리려니 생각했을지도 모른다.

아들이 가랑이를 올리자 관오는 한 손으로 가랑이를 붙잡고 있는 힘을 다하여 장다리를 내리쳤다. 한 대에 장다리가 퍼렇게 부풀어올랐다.

관오는 한 대 더 갈겼다.

“아버지, 왜 때리세요?”

무던히 아픈 모양이었다.

“왜 때리는지두 모르겠니? 아직 정신이 안 든 모양이로구나!”

관오는 한 차례 더 후려갈겼다. 피가 흘러내렸다.

아들은 아파서 그런지 억울해서 그런지 눈물을 떨어뜨렸다. 관오는 흘러내리는 피와 아들의 눈물을 보자 장작개비를 놓고,

“사내자식이라면 집을 찾아오지 말어. 하구 싶은 노릇이라면 죽어두 해야 하는 게 사내자식이 아니냐 말이다. 빨리 없어져. 보기두 싫으니까!”

했다.

아들은 무슨 생각인지 아무 말도 안 했다. 걷어 올린 가랑이를 내리지도

않고 장승처럼 그대로 서 있었다.

"보기 싫다니까. 못 나가? 나가서 마음대루 하란 말이다."

그때야 아들은 바짓가랑이를 내리고 자기 방으로 건너갔다.

아내가 아들을 뒤따라 들어가는 소리가 났다. 무어라고 수군덕거리는 소리도 났다. 아내가 아들을 붙잡고 우는 것 같기도 했다.

관오는 모른 척했다. 이미 자기를 배반한 자식이다. 자기를 배반하고 아주 없어질 자식이라고 생각했다. 그렇게 생각하니 마음이 조금 언짢기는 했지만 어쩔 수도 없는 일이었다.

다음 날 아침 아내가 들어왔다. 들어와서는 아들이 마음을 달리 먹었다고 말했다. 그러니까 앞으로는 학비를 잘 보내 주라는 말까지 했다.

관오는 결국 학비 때문에 아들이 마음을 달리 먹은 것이라 생각했다. 아들의 약점을 알자 관오는 약점을 이용하여 자기가 꺼냈던 혼담을 다시 성사시키려 했다. 아내를 시켜 아들의 승낙을 받으려고 했다.

그러나 아들은 한 번 싫다고 한 그 혼사만은 못하겠다고 아내를 통해 회답했다. 그 대신 다른 여자라면 무조건 승낙하겠다는 것이었다. 관오는 아들의 체면을 생각해 보았다. 역시 그런 말 할 줄 아는 것이 사내자식인 것 같기도 했다. 자기는 이미 망신을 당한 사람이라 한 번 거절한 것을 다시 교섭한다는 것도 면목없는 일이었다.

'색시가 얌전하기는 한데…….'

혼담 있던 처녀가 아까운 생각이 없지는 않았다. 그러면서도 아들의 체면을 생각지 않을 수도 없었다. 다른 여자라면 어떤 여자도 좋다고까지 하는 아들의 체면도 세워 줘야 할 것 같았다.

그래서 이번에는 아내를 내세워 색시를 물색시켰다.

먼젓번 처녀가 사는 동네는 아니지만 멀지 않은 동네 처녀가 나섰다. 먼젓번 처녀와 달리 서울에서 사범과에 다닌다는 대학생이었다.

물론 전혀 모르는 집안이 아닌 만큼 집안 내력으로 보아 나무랄 집 자식은 아니었다. 색시도 남의 입에 오르내리는 그러한 야단스런 처녀가 아니다. 아내의 말을 들으면 인물도 수수하고 마음씨도 먼젓번 처녀에 지지 않을 만큼 곱다는 것이었다.

다만 대학생이라는 것이 마음에 걸렸다. 공부를 많이 해서 쓸데없는 생각을 남달리 가진다면 아무래도 살림꾼이 될 수 없다는 생각이었다.

그러나 대학생이기는 하지만 선생 노릇을 하려는 대학생이라는 데 마음이 조금 달리 가는 것 같았다. 남을 가르치려는 여자라면 마음씨가 남보다 다를 것이다.

보통 사람보다 마음씨가 다르지 않고서는 남을 가르치려는 마음을 가질 수 없을 것 같았다.

관오는 아들에게 먼저 선을 보라고 했다. 아들은 선을 보나마나 마다 소리를 안 할 줄 알고 있었지만 아들의 체면을 세워 주려는 마음에서였다. 아들이 마다 소리를 안 할 줄 알기 때문에 체면을 세워 주려는 것인지도 모른다.

그러나 아들은 선을 보나마나라고 하며 아버지나 보시라고 했다. 관오는 아들이 엇가느라고 그러는 것이나 아닌가 생각했다.

관오는 일단 체면을 세워 주려고 한 이상 아들이 바로 가건 엇가건 아들의 의견을 먼저 묻지 않으려 했다. 자기가 먼저 보리라 생각했다.

관오는 아내를 동반하고 신부의 집으로 가는 길에 그곳 초등학교 교장을 방문하고 신부의 이야기를 물었다. 교장선생은 신부를 가르친 일이 있다고 하며 신부를 칭찬했다. 공부도 잘했지만 하루도 결석을 안 했다고 말했다. 누구와 싸움한 일도 없다고 했다.

눈치를 채고 좋게 말하는 것이라 생각했지만 육 년 동안 하루도 결석하지 않았다는 말이 마음에 들었다.

과연 본인을 보았을 때 아들이 보낸 일이 있는 그때의 여자 사진과는 아주 다른 데가 있는 것 같았다. 우선 대학생 같은 생각이 들지 않았다.

선을 보려 갔다고 해서 그런지는 모르지만 수줍어서 얼굴도 제대로 들지 못하고 있었다.

아들이 집 안에 있는데도 시아버지될 사람이 먼저 와서 이야기까지 건다는 것이 쑥스러운 것 같지만,

“우리 집 동하를 본 일이 있나?”

하고 물었다. 얼마나 수줍어하는가를 보기 위함이었다.

색시는 고개를 숙인 채 대답을 안 했다.

“부모가 허락하면 결혼을 할 생각이 있나?”

그래도 대답이 없었다. 얼굴 색이 불그스레해진 것으로 보아 정말 부끄러워하는 것 같았다.

“대학생이 왜 대답두 안 해? 신식 여자두 부끄러워하나…….”

말을 시켜 보았지만 관오는 끝내 성공하지를 못했다.

그러나 돌아오는 길에서,

“요즘 처녀 가운데두 그런 색시가 있기는 하구만…….”

하고 사뭇 만족한 듯이 말했다. 아내에게 말하는 품으로 보아 말을 시키려다가 실패한 것을 여간 기쁘게 생각지 않는 것 같았다.

“요즘 처녀는 모두가 말괄랭인 줄만 아시는가 봐…….”

아내는 관오가 여자를 너무나 깔보는 듯한 말이 듣기 싫은 모양이었다.

“요새 공부한 여자치구 변변한 게 어디 있담.”

“공부 아니 그보다 더한 것을 해두 여자는 여자지 바탕이 달라질 수 있어요?”

“허허, 무슨 소리를! 그래 시세 여자가 옛날 여자와 같단 말이야? 툭하면 이혼을 한다구 자식새끼 돌볼 생각두 안 하는 게 요새 여자들인데…….”

“그래도 시집 못 가는 여자 없구 혼자 사는 여자 없습디다.”

“거야 사내놈들의 속이 환장을 해서 그렇지.”

이렇게 관오가 현대 여성들을 욕하는 것은 욕을 하기 위해서 욕하는 것이 아니라 선보고 오는 그 처녀가 마음에 든다는 것을 마음 속으로 다짐하기 위함이었다.

집에 거의 이르렀을 때 아내가,

“빨리 사주를 보내라구 합시다. 동하가 올라가기 전에 말을 끝내야지 않아요.”

하는 것으로 보아 아내도 신부감이 마음에 드는 모양이었다.

"사주는 봐서 뭣 해. 저이들이 좋다면 그냥 약혼하는 거지."

"아무리 좋아두 사주가 안 맞으면야 어떻게 약혼을 시킵니까?"

"그런 시대에 뒤떨어진 소린 하지두 말어. 좋으면 그뿐 아냐!"

"좋으면 그뿐이라구요? 그럼 동하가 좋다는 색시는 왜 싫다구 결혼을 못 하게 하셨수?"

"그거야 사람이 돼먹지 않았으니까 그랬지!"

"좌우간 할 건 다 하는 게 좋아요."

"천치 같은 소릴 말어. 내일이라두 동하더러 가서 선을 보라구 그래……."

"………"

아내는 아무 말도 안 했다. 사주를 안 보겠다는 것이 마땅치 않으나 남편이 하는 일이니 그것도 어쩔 수 없다는 눈치였다.

다음 날 관오는 아들 동하더러 선을 보고 오라했지만 동하는 부모들이 좋다면 무조건 승낙하겠노라고 하며 굳이 선보러 가는 것을 거절했다.

"선두 안 보구 결혼하는 법이 어디 있단 말이냐? 시대가 다른데……."

관오는 상례(常禮)에 벗어난 일은 해서 안 된다고 아들을 타일렀다. 그래도 동하는 부모들이 좋게 본 여자면 틀림없이 좋을 것이니까 보나마나 하다고 대답했다. 그때 관오는,

"이놈아, 네가 장가를 가는 거지 부모가 장가 드는 거냐? 네 색시를 네가 안 보구 누가 본단 말이냐!"

하고 안색을 붉히며 언성을 높였다.

그때 동하는,

"그깟 결혼이 뭐 그리 중한 것입니까? 아무하구나 살면 사는 거지요."

하고 처음으로 자기의 결혼관 같은 것을 말했다.

"아따, 죽어도 딴 여자와 결혼을 안 하겠다구 그런 것은 언제냐?"

"그 뒤 맘이 변했습니다."

"그래두 조강지처를 보지두 않구 얻는 법이 어디 있단 말이냐?"

"아버지는 선을 보시구 결혼하셨습니까? 부모가 시키시는 대루 결혼을 하셨어두 오늘까지 잘 사시지 않아요?"

"거야 그렇기두 하지만 그때와 지금은 시대가 다르지 않냐? 너두 그 말을
했지 않냐?"

그래도 동하는 선을 보지 않았다. 선을 보지 않았을 뿐 아니라 선 안 보
는 이유도 밝히지 않았다. 동하는 혼담이 있는 색시를 전부터 알고 있었다.
색시의 오빠가 소학교 동창생이기 때문에 그 동창생을 통하여 색시의 이야
기도 들었으며 몇 번인가 만나 본 일도 있다. 그 여자라면 나쁘지는 않다고
생각했다. 그러나 자기가 선을 본다든가 또 색시를 아는 척한다면 나중에
무슨 일이 있어도 그 책임을 자기가 져야 한다. 그것이 싫었던 것이다. 부모
가 시켜서 하는 결혼인 만큼 나중의 책임까지 부모에게 씌우겠다는 심산으
로 색시를 안다는 말을 끝까지 숨겨 버렸다. 사실은 그리 하고 싶은 결혼이
아니었다. 아버지가 죽어라 하고 반대했지만 연애하던 여자와 결혼하고야
말려던 동하였다. 집에서 쫓겨나도 그 여자와 결혼을 하리라 결심했었다. 그
러나 그 여자가 갑자기 변심을 하고 딴 남자를 사랑하게 될 때 동하는 결혼
이란 것을 생각하고 싶지도 않았다.

그래서 돌아오고 싶지 않던 고향으로 돌아왔으며 또 아버지가 매를 때리
는 대로 맞기까지 했던 것이다.

그 여자를 생각한다면 어떤 여자와 결혼을 하나 마찬가지일 것 같았다.
어떤 여자와 결혼을 하나 마찬가지일 바에는 부모가 시키는 대로 하는 것이
현명한 일일 것 같기도 했다. 그래서 어디까지나 시키는 대로 복종하는 척
하려는 것이었다.

그러한 아들의 마음도 모르고 관오는 아버지도 선을 보지 않고 결혼해
서 오늘까지 잘 살지 않느냐는 말에 그만 그럴 듯이 생각하고 혼담을 진행
시켰다.

약혼은 성립되었다. 다가오는 봄 동하가 졸업을 하면 결혼식을 거행하도
록 택일(擇日)까지 했다.

관오는 자기가 죽기 전에 해야 할 큰일을 다해 놓은 것처럼 안도의 한숨
을 내쉬었다. 정말 이제는 그보다 더 큰일이 없을 것 같았다. 며느리를 맞이
해서 아들 내외가 다정히 사는 것을 구경만 하면 그뿐일 것 같았다.

그러나 약혼을 한 지 반 달도 못 되어서였다. 아들 동하는 공부를 핑계삼고 개학도 되기 전에 서울로 올라가 버렸다. 아들이 서울로 올라간 지 닷새가 되는 날 신부집에서 뜻하지 않은 기별이 왔다.

신부가 갑자기 뇌막염에 걸려 병에 걸린 지 이틀 만에 죽었다는 것이었다.

관오는 아들과 사돈댁이 계획적으로 꾸며 낸 계략이라 생각했다. 그렇지 않고서야 앓는다는 소식도 없던 신부가 그렇게 쉽사리 죽을 수 있으랴 생각했던 것이다. 우선 아들에게 속은 것 같고 사돈댁에 속은 것 같아 분해 견딜 수가 없었다.

선을 보라고 했는데도 끝까지 선을 안 보더니 마침내 계략을 꾸며 내고야만 아들, 그 아들과 맞장구를 쳐서 살아 있는 딸을 죽었다고까지 꾸미는 사돈집! 참을 수 없는 일이었다. 그는 그 자리에서 사돈집을 찾아갔다.

그러나 사돈집은 슬픔에 잠겨 장례 준비에 바쁘기만 했다. 슬퍼하는 모양과 동네 사람 전체가 술렁거리는 것으로 보아 죽은 것이 틀림없었다. 마음 같아서는 관 뚜껑을 열어 보고 싶었지만 관 속을 들여다보지 않아도 정말 죽은 것을 믿을 수가 있었다.

관오는 장례가 끝나는 것을 보고야 집으로 돌아왔다. 집으로 돌아왔지만 어쩐지 자기의 인생관이 아주 허물어지고 만 것 같은 생각에 얼굴을 들고 하늘을 보고 싶은 마음이 내키지 않았다. 며칠이나 집 안에서 누워 지냈다.

누워 지내는 동안 관오는 아들에게 알릴 일이 무엇보다도 난감했다. 알리기는 알려야 하겠는데 어떻게 죽었다는 말을 할 것인가? 신부가 죽었다고 알리는 것은 아들의 운명이 산산이 부서졌다고 말해 주는 일 같아 죽어도 편지 쓸 용기가 나지 않았다.

그렇게까지 강제 결혼이 싫다던 아들의 약혼을 부고 비슷한 편지를 쓰기 위해서 성사시켰다는 말인가?

아들도 신부의 부고를 결혼 전에 받아 읽으려고 약혼을 승낙한 것은 아니었으리라.

색시가 죽었다는 편지를 받으면 부모를 대하는 아들의 마음이 어떻게 변할 것인가…….

관오는 자기 손으로 그런 편지를 쓸 수가 없었다.

그러나 안 알릴 수도 없는 일이 아닌가? 관오는 사돈집을 찾아갔다. 찾아갈 길이 못 됨을 모르는 바 아니지만 어찌할 길이 없었다. 자기도 편지를 써 보내겠지만 아들이 자기 말을 믿지 못할지도 모르니까 사돈이 직접 편지 한 장을 띄워 보내 달라고 부탁했다.

사돈도 사위 될 사람이 기막혀할 것을 생각한 끝에 관오의 부탁을 들어 주기로 했다.

사돈이 그 날 안으로 편지를 쓰겠다는 확답을 얻고 돌아온 관오는 이삼 일이 지난 뒤 편전지를 꺼내 들었다.

거기에는 신부가 죽었다는 말을 한 마디도 쓰지 않았다.

'학비를 보내니 받아 써라. 그리고 시골에는 신부감이 하나도 없으니 이제는 네가 서울서 고르도록 해라. 네가 좋은 여자라면 애비에게도 좋으리라고 생각한다.'

사실은 학비를 보낼 때가 아닌데도 돈과 함께 편지를 부쳤다.

그런데 그 편지를 보낸 다음 날이었다. 그 편지를 아직 받지도 못했으리라 생각되는데 아들에게서

'개학이 지났는데도 ××가 올라오지 않았습니다. 서울에서라도 만나 보려고 찾아갔더니 개학한 지 열흘이 지난 오늘까지 올라오지를 않았다고 합니다. 무슨 일이나 생기지 않았는지 궁금하기 짝이 없습니다. 약혼했다고 해서 학업을 중단시키지는 말아 주시기 바랍니다.'
라는 사연이 날아왔다.

관오는 지금쯤 사돈집에서 보낸 편지와 자기가 보낸 돈을 받았으리라 생각하면서도 아들의 편지를 읽고 또 읽는 것이었다.

(원)《현대문학 14》 1956. 2.

불효부(不孝婦)

　　죽은 아들을 생각해서라도 며느리를 냉대할 수는 없었다. 삼십 미만에 과부가 되어 자식 둘을 기르고 있는 며느리다. 혼잣몸이 된 것도 서러울 것이 어늘 눈에 거슬리는 일이 있다고 해서 그때 그때마다 듣기 싫은 소리를 한다는 것은 시아버지로서 야박스러운 일이 아닐 수 없었다.

　　그것도 집안 망신을 시키는 일이라면 모르지만 기껏해야 시부모를 속인다거나 손버릇이 좋지 않다거나 그러한 일이니 그런 것을 가지고 일일이 잔소리를 할 수는 없었다.

　　하기는 다른 두 며느리보다 셋째 며느리인 효덕(孝德)이가 남편이 죽기 전부터 가장 말썽이었다.

　　시부모에게 말대답이 일쑤고 동서간의 이간질을 밥 먹듯 했으며 맛있는 음식은 남몰래 제 자식만 가져다 주는 것이 보통이었다.

　　그러니 동서간의 사이도 좋을 리가 만무하다.

　　그러나 남편이 죽자 속이 좀 누그러질 줄 알았던 것이 뜻밖에도 머리를 점점 치켜 올리고 집안 사람들의 양미간을 찌푸리게 했다.

　　시아버지인 홍조(興祚) 영감은 남편을 잃고 마음둘 곳 없으니 그러는 것이라 너그럽게 생각했다. 너그럽게 생각지 않는다 해도 청년 과수인 며느리를 어떻게 나무랄 수 있으랴 했던 것이다.

　　그러나 오늘 쌀을 퍼다가 자기 친정집으로 보내는 것을 보았을 때만은 너

그렇게 대하리라 생각했던 마음을 그대로 간직할 수가 없었다.

홍조 영감은 며느리를 부르고야 말았다.

"얘, 그런 짓이야 해서 쓰겠니!"

부르기는 불렀으나 순순히 타이르려는 심산이었다. 그러나 며느리는,

"그런 짓이라니요? 무슨 말씀인지 모르겠는데요."

하고 시치미를 딱 뗐다.

"그러면 못쓰느니라. 잘못했으면 잘못했다구 이실직고를 해야지. 그렇다구 해서 내가 너를 어떡허겠니."

"무얼 뒤집어씌우실려구 그러시는 겁니까? 정말 밤중에 홍두깬데요."

며느리는 얄밉게도 홍조 영감이 자기를 뒤집어씌우려는 것처럼 말했다.

"무엇이 안타까워 너를 뒤집어씌우겠니? 말을 조심해라."

"좌우간 무슨 말씀입니까? 말씀을 다 해 주셔야 하지 않겠어요!"

홍조 영감은 화가 치밀어올랐다. 빈손으로 왔던 효덕의 친정 오빠가 쌀자루를 메고 돌아가는 것을 자기 눈으로 똑바로 보았는데도 효덕은 도리어 애매한 죄를 덮어씌우는 것처럼 악을 쓰려고 하는 것이 아닌가?

그러나 홍조 영감은 시아버지로서의 체면을 보아서라도 화를 낼 수가 없었다.

"네 오빠가 왔다 갔지?"

점잖게 다짐을 받는 수밖에 없었다.

"왔다 갔어요."

"무슨 일루 왔댔지?"

"과부된 동생이 궁금해서 왔댔지요. 그래두 피를 나눈 오빠니까 저를 불쌍히 생각하구 찾아왔던 거예요. 오빠 말구야 누가 저를 불쌍하다는 사람이나 있어요. 그런 걸 따뜻한 점심 한 그릇 대접 못하구 돌려보냈습니다."

"그래? 점심두 못 대접해 보내 안됐구나! 쌀이 없어서 그랬니?"

"입이 무서워 대접을 못했지요. 쌀이 없어서 대접 못했다면 마음이나 편하게요?"

"오빠가 오래간만에 왔는데 점심 한 끼 대접한다구 누가 시비를 하겠니?"

"말씀두 마세요. 그렇지 않아두 큰형님이 뭐라고 그랬게요. 바쁜데 손님은 무슨 손님이냐구 혀를 열 번두 더 찼는데요. 그런데 제가 오빠 점심을 지어 먹여 보세요. 벼락이 나지 않는가?"

홍조 영감은 그 말도 마땅치가 않았다. 큰며느리가 그런 말을 했을 리가 만무며 설사 그런 말을 했다기로서니 시아버지에게 그따위 말로 고자질을 할 수가 있을 것인가…….

"그런 말을 그렇게 하는 것이 아니다. 동서가 그랬다구 해두 잘 말해서 밥을 지어 먹이는 게 네가 할 일이 아니냐."

"아버님은 언제나 제가 못마땅하시지요? 큰형님 둘째 형님은 언제나 귀엽기만 하시구요."

"말조심을 못할까!"

"그럼 아버님께서는 왜 같은 며느린데두 층계를 노놔서 생각을 하십니까?"

며느리는 조금도 지려고 하지 않았다. 그러다가는 시아버지와 며느리와의 싸움이 벌어질 것 같았다. 홍조 영감은 꾹 참고,

"네 오빠가 갈 때 가지구 간 것은 뭐지?"

하고 의젓이 물었다.

"가지구 가기는 뭘 가지구 가요? 밥두 못 얻어먹구 간 사람인데요."

며느리가 눈에 횃불을 켜고 대답했다.

"무슨 자루를 가지구 가던데, 내가 이 눈으루 봤다."

"아이구머니나. 아버님두 생사람을 잡으실려구 그러시네. 제가 주지 않은 걸 오빠가 무얼 가지구 갑니까?"

"그럼 내 눈이 까꾸리 백혔단 말이냐?"

"그럼 제가 도적질을 해서 오빨 줬단 말씀입니까?"

"누가 널더러 도적질했다드냐? 가지구 간 것이 뭣인가 물어 보는 거지."

"그러시지 말구 저를 내쫓으세요. 도적년을 어떻게 데리구 사십니까."

며느리는 그만 넋두리를 하며 울기를 시작했다. 방바닥을 치면서,

"시집살이 십 년에 도적년 소릴 듣구 쫓겨나게 됐구나! 아이구……."

하는 것이었다. 주먹이 깨져 금시 피가 흐를 것처럼 호되게 방바닥을 두드리는 것이었다.

"얘가 정말 생사람을 잡겠구나. 내가 언제 너를 도적질했다구 했으며 언제 너를 내쫓는다구 그러던! 빨리 그쳐라. 동네 소란하다."

홍조 영감은 얼굴이 달아올랐다. 정말 누가 들을까 겁이 났던 것이다.

그래도 며느리는 악을 써 가며 울기만 했다.

"얘, 내가 잘못했다. 네 오빠가 아니구 딴 사람인 걸 잘못 보구 그랬나 부다. 요사스럽게 울기는 왜 우냐!"

"똑똑히 보시지두 못한 걸 가지구 왜 그런 누명을 씌우시는 겁니까? 아이구 원통해!"

"그러니까 잘못했다구 그러지 않느냐? 내가 망령이 든 모양이다. 자, 이젠 그만둬라."

며느리는 울음을 딱 그쳤다. 먹을 것을 조르다가 돈을 받아 든 어린애처럼 울던 것 같지도 않게 울음을 그쳤다. 그리고는,

"아버님. 훈이와 용이 양말을 사 주게 돈을 좀 주십시오."

하고 시아버지를 똑바로 바라보았다.

홍조 영감은 하는 수가 없었다. 속으로는 요망스러운 며느리가 그지없이 미웠지만 겨우 울음을 달래 놓은 뒤라 또 말썽 일으키기가 싫었다.

"그래 얼마냐?"

홍조 영감은 지갑을 꺼내 들었다.

"애비가 없다구 해두 한 할아버지 밑에 자라는데 제 새끼들만 왜 거지 새끼들 같을까요. 사촌네들을 보면 제가 부끄러워 한 집에 살 수가 없어요."

며느리는 또 딴 소리를 시작했다.

"글쎄 얼마를 달라는 거냐? 그것만 말하면 되지 않냐?"

홍조 영감은 자꾸만 속이 언짢았다. 다 같은 손자들이다. 어떤 아들의 자식을 더 귀애하고 어떤 자식의 아들을 덜 귀애하는 일이 있을 수 없다. 그런데도 자기 자식만 푸대접받는 것처럼 이야기하는 며느리가 얄밉기 짝이 없었다. 그런 홍조 영감은 또 참는 수밖에 없었다.

　며칠이 지난 뒤였다. 볼일을 보러 외출을 했다가 돌아오니 맏아들이 근심스런 얼굴을 하고 들어왔다.
　"무슨 할 말이 있냐?"
　홍조 영감은 아들의 심상치 않은 얼굴에 이야기를 독촉했다.
　"큰일났습니다. 셋째 제수가 오늘은 길수네 애를 때리구 둘째 제수와 쌈을 했습니다."
　맏아들이 참을 수 없다는 듯이 말을 꺼냈다.
　"길수네 애를 때리다니? 무슨 연고라두 있었겠지."
　"애들끼리 싸웠다구 셋째 제수가 훈이의 편역을 들었지요. 어떻게 때려 놨는지 애가 질겁을 해서 누워 있습니다."
　홍조 영감은 차마 말이 나오지 않았다. 집안 애들끼리 싸우는데 에미가 나서서 남의 애를 두들겨 주다니,
　"그래 어른들 싸움은 안 했나?"
　홍조 영감은 어린애 싸움이 어른 싸움이나 되지 않았나 그것이 무엇보다도 걱정스러웠다.
　"저하구 길수가 말렸습니다. 둘째 제수도 녹녹지 않은데 가만 있을려구 그러겠습니까. 만수가 살았을 땐 이런 일이 없었는데 큰일났습니다."
　맏아들은 예삿일이 아니라는 듯 걱정을 했다. 그러나 홍조 영감으로서는 어떻게도 할 수 없는 일이었다. 아들들을 분가시키지 않고 솔가해 살고 있기 때문에 그런 일이 생기는 것이다. 누구를 나무라고 누구를 두둔할 수가 없다. 그저 말없이 지내는 도리밖에 없었다.
　"너희들두 불쌍한 과부를 생각해 줘야 하느니라. 남편이 없으니 마음이 늘 적적할 게구. 그런데다가 자격지심까지 없잖아 있을 테니 너희들이 생각해 줘야 할 도리밖에 없지 않느냐?"
　홍조 영감은 맏아들을 타이르는 것이었다.
　"벌써 이게 몇 번째입니까? 요전에는 자기는 빨랫줄도 못 쓰느냐 하며 먼저 빨아다 넌 빨래를 걷어치우는 바람에 제 처하구 싸울 뻔하지 않았습니까? 이러다가는 집안이 불개미집이 될 것 같습니다."

"글쎄 그런 걸 참구 견디는 게 너희들의 일이 아니냐? 참아라. 그래야 집안이 편안하다. 길수보고두 잘 말해서 너희 형제가 집안을 꾸려 가두룩 해라."

"요전에는 둘째 제수가 소여물을 퍼다 주는데 셋째 제수가 나서서 '홍, 송아지 한 마리 얻을래는 게 배가 아픈가 부지' 하며 여물 함지를 홱 뺏는 바람에 둘째 제수가 여물 바가지를 쓰지 않았습니까? 누가 뱃속에 든 송아지를 뺏으려구 여물을 주려 했겠습니까?"

아들의 말이 다 옳았다. 그러나 홍조 영감으로서는 옳다고 할 수가 없었다. 그저 입을 막는 도리밖에 없었다.

"그만둬라. 여자란 다 그런 거지, 별거 있냐? 네 처두 혼잣몸이 되면 어떻게 될지 아냐?"

그때 홍조 영감의 마누라가 들어왔다. 뜰에서 키질을 하고 있다가 끝내 참을 수가 없어서 들어온 모양이었다.

"그년을 내보내야 집안이 편안하리다. 그게 횃덩이지 식구랄 수 있어요?"

홍조 영감은 마누라까지 한몫 끼는데는 참을 수가 없었다.

"이게 그래 시에미란 거야? 과부 며느릴 내쫓는 시에미가 세상에 어디 있담……."

그것은 마누라를 꾸짖음으로 큰아들의 마음까지 누르고 싶은 마음이기도 했다.

"내쫓구 싶어서 내쫓는 게 아니라 집안을 생각해서 그러는 거지요."

"닥치지 못해. 어디다 대구 주둥아리를 함부루 놀려! 말 같지두 않은 소릴."

홍조 영감은 큰아들도 마누라와 같은 것을 생각하고 있지 않나 하는 마음에 두 사람을 같이 노려보며 큰 소리를 질렀다.

모두들 기가 질려 말을 못했다. 그러나 큰아들이 잠시 뒤,

"제수님을 나가랄 수야 있습니까? 제가 분가를 하두룩 하지요."
하고 입을 열었다.

그 말에 홍조 영감은,

"뭐라구? 분가를 해? 마음대루 하렴."

하고 분노에 찬 눈초리로 큰아들을 노려보았다.

그것은 정말 있을 수 없는 일이었다.

사십을 바라보는 큰아들이니 분가를 시킬 만도 한 일이기는 하다. 아니 분가를 시키기에는 너무나 때가 늦은 감이 있다. 그러나 이때까지 분가를 시키지 않고 아들 삼형제를 다 같이 데리고 살아 온 것은 땅이 그만큼 넉넉지 못한 때문이었다. 물론 자작농을 하면서도 남는 땅이 조금 있기는 하지만 그것을 셋이나 넷으로 나누면 모두가 가난해지고 만다. 더구나 홍조 영감으로서는 같은 땅을 갈아 먹으면서도 세 살림 대신 한 살림을 하면 그만큼 돈이 덜 들며 따라서 그렇게 해야만 땅마지기라도 더 살 수 있는 것이라 믿고 있는 터였다. 먹는 입이 같다고 해도 한 살림을 여러 살림으로 벌려 놓으면 그 쓰임새에 있어서 여간 차이가 있을 것이 아니란 것이었다.

그뿐만도 아니었다. 여러 식구가 같이 살면 일꾼을 사지 않아도 농사를 지을 수가 있다. 그러나 분가를 하면 같은 땅을 부치면서도 서로 사람을 사지 않으면 안 된다. 이것부터 손해를 보고 들어가는 것이다.

"저두 분가를 하구 싶어서 말씀드린 것은 아닙니다."

큰아들은 자기의 속마음을 알아 달라는 듯이 변명을 했다.

"안 된다니까. 안 돼. 내가 죽기 전에는 못한다."

홍조 영감은 아들의 말을 여지없이 꺾어 놓았다.

셋째 며느리로 인해 집안은 날로 험악해 갔다.

홍조 영감도 무슨 수를 변통해야겠다는 생각을 가끔 가지게 될 만큼 며느리의 행악은 심해 갔던 것이다. 그러나 그 무슨 수라고 하는 것이 머리에 떠오르지가 않아 차일 피일 하고 있을 때였다.

삽을 들고 물꼬를 보려 나갔다가 돌아와 보니 마누라와 셋째 며느리 간의 싸움이 한참이었다.

"이년, 썩 나가지를 못해! 집안 망칠 년 같으니라구."

늙은 마누라가 삿대질을 하며 입에 거품을 물었다.

"못 나가요, 못 나가. 뭘 해 줬다구 나가라 말라 하는 거예요."

셋째 며느리가 악을 쓰며 달려들었다.

홍조 영감은 기가 막혔다. 아무렇기로서니 며느리라는 것이 시어머니와 맞싸움을 할 수 있단 말인가? 시비곡절을 따질 것도 없이 고약한 며느리임에 틀림없었다.

아무리 천가에 태어나 교육을 못 받았기로서니 세상에 그럴 수가 있담!

홍조 영감은 기침소리를 높이하고 쑥 들어서며,

"왜들 야단일까?"

하고 우선 마누라와 며느리 둘을 다 같이 나무랐다.

"글쎄 시에미한테 대드는 년을 보시우. 이런 년을 그래 집안에다 둬 둔단 말이우?"

마누라의 말이 끝나기도 전에,

"며느리는 죽어서 살아야 하나요. 무슨 죄를 졌다구 끄떡하면 나가라는 거예요? 자식 낳아 주구 과부된 죄밖에 없어요."

하며 며느리가 실눈을 하고 시어머니를 흘겨보았다.

"남부끄럽다. 조용해라. 아무리 못났어두 시에민 시에미지 부모 앞에서 큰소릴 하는 게 어디 있니……."

홍조 영감도 언성을 높이고야 말았다.

"분하니까 그렇죠. 밤낮 날 못 잡아먹어서 그러니 죽기라두 해야겠어요."

"좌우간 떠들지를 마라. 챙피해서 못 살겠다."

생각 같아서는 당장에 내쫓고 싶었으나 홍조 영감은 또 참았다. 참고서 며느리를 자기 방으로 내보냈지만 홍조 영감은 가슴이 쓰려서 견딜 수가 없었다. 호랑이는 스라소니를 낳아서 자기가 난 스라소니에게 잡아먹힌다고 하지만 홍조 영감에게는 셋째 며느리가 스라소니 같다는 생각까지 들었던 것이다.

"집안이 망할래나 보군……."

혼자서 한탄을 하고 있을 때였다.

"그걸 안 내보내면 내가 물에 빠져 죽구 말랍니다."

마누라가 독오른 눈으로 말했다.

"대체 왜들 그러는 거유?"

"글쎄 보자보자 했드니 오늘은 광목필을 내다가 자기 친정으로 보내지 않아요. 벌써 몇 번째야요. 사다 놓은 신발이 없어지지 않았나 심지어는 빨랫비누까지 훔쳐 내다 보내니 그런 걸 어떻게 집안에다 둬 둔단 말예요."

"그래서 광목을 잃어버리구 말았나?"

"보낼려구 보자기에 싸는 것을 뺏어 왔지요. 그랬드니 그년이 애들 옷을 해 줄려구 물딜이러 보낼려는데 왜 뺏느냐구 지랄이 아녜요. 도적질해 내간 것은 생각지두 않구. 물은 무슨 물이야요. 들켰으니까 할 말이 없어 꾸며 대는 거지!"

"그래 알았어. 이젠 그만두시오."

더 듣지 않아도 알 수 있었다. 홍조 영감은 혼자서 두고두고 생각했다. 그리고 며칠이 지난 뒤였다. 홍조 영감은 누구에게도 말이 없이 자기네 땅이 있는 샛골엘 다녀왔다. 한 이십 리쯤 떨어진 마을이다.

샛골엘 다녀오자 셋째 며느리를 불러다 앉히고,

"할 수 없다. 너 샛골루 가서 따루 살아라. 거기에 집두 한 채 마련해 놨구, 또 거기 있는 우리 땅을 네 앞으로 내줄 테니까 조금두 섭섭히 생각지 말구 가서 마음 편히 살아."

며느리는 귀가 솔깃해서,

"땅이 몇 마지기지요?"

하고 물었다.

"논이 다섯 마지기, 밭이 두 마지기다. 그것두 너 혼자서는 다 못 지을라."

"애개. 그걸루 입에 풀칠이나 할까요?"

"넉넉하지. 식구가 셋밖에 없는데."

"그걸루 내쫓는 셈이시군요."

"내쫓다니? 그런 말은 입 밖에두 꺼내지 마라. 다음에 풍년이 지구 땅을 더 사면 또 주지……."

홍조 영감의 처지로 보면 논 다섯 마지기에 밭 두 마지기가 작은 것은 아니었다. 두 아들을 다 분가시키고 자기도 한몫 농사를 짓는다면 지금 남은 땅으로는 그만큼씩도 나눠 가질 것이 없다. 말하자면 아들 몫보다도 많이 준 셈이다. 그러나 샛골로 간 셋째 며느리는 땅이 적은데다가 나쁜 땅을 골라 주었다는 말을 풍편으로 자꾸만 보내어 왔다.

홍조 영감은 그런 말이 들려 올 때마다 괘씸한 생각이 들었다. 세상에 그렇게도 깜찍스러운 여자가 또 있을까 하고도 생각했다.

간 지 몇 달이 지나도록 한 번 문안 오는 일도 없이 시아버지 불평만 할 수가 있단 말인가?

설사 속으로야 만족하지를 못한다 해도 한 번쯤 찾아와서 지나는 이야기라도 들려 줌직한 일이다.

겨울이 지나고 봄이 와 씨를 뿌릴 때까지 그리고 가을이 되어 추수를 할 때까지도 셋째 며느리는 단 한 번도 발길을 안 했다.

그 동안 자기 오빠를 보내 훈이가 아프니 꿀을 보내라는 등 자기가 몸살을 앓으니 약을 지어 보내라는 등 무엇이 필요할 때마다 사람을 보내기는 했지만 자기의 얼굴은 한 번도 보이지 않았다.

홍조 영감은 며느리의 오빠 되는 이가 올 때마다 며느리의 안부를 간곡하게 묻고 한 번쯤 다녀가라고 당부를 했다.

그러나 며느리는 원수가 되어 버렸는지 얼씬을 안 했다. 홍조 영감은 슬퍼졌다. 그리고는 자기도 모르게,

"망할 년. 인정머리 없는 년!"

하고 혼자 중얼거리는 것이었다.

하루는 마누라를 앞에다 놓고

"내가 그년을 한 번 울려 보구야 말 테요."

하고 말했다. 그때 마누라가,

"당신은 뭐 할 일이 그렇게두 없어서 밤낮 그년만 생각하시우. 울리건 웃기건 난 그년 낯짝두 보기가 싫수."

하고 나무랐다.

"아냐. 나는 그 애 우는 것을 봐야 죽을 수 있을 것 같아. 그것두 인간이 니까 눈물이 있겠지! 눈물 없는 게 인간이야?"

이렇게 중얼거리며 홍조 영감은 연극을 꾸몄다.

그는 아들을 시켜 부고를 써서 샛골로 보냈다. 그리고는 그 날부터 죽은 사람 행세를 했다.

그렇게 해서 셋째 며느리의 눈물을 보려고 했던 것이다.

만약 자기의 시체 앞에서도 뜨거운 눈물을 흘리지 않는다면 자기 마음 속 에서 영영 지워 버리고 말리라 생각했다.

과연 셋째 며느리는 머리를 풀고 목놓아 울면서 들어왔다. 홍조 영감은 역시 눈물은 있는 여자로구나 혼자 생각하며 얼굴을 씌운 보자기 밖으로 며 느리 동정을 살폈다.

며느리는 어떻게나 격하게 우는지 방바닥에 뒹구는 것 같았다. 그리고는 숨을 몰아쉬며 기절을 하는 것이었다. 그러나 혼자서 깨어나서는 넋두리를 시작하는 것이었다.

"이렇게 급하게 상사 나시다니…… 바로 그저께두 우리 집까지 다녀가 신 아버님께서…… 아이구 원통해라 원통해……. 그 날 '내 마침 이 동네 볼일이 있어 왔던 길에 들렀다' 하시며 웃는 낯으루 들어오시기에 하도 반 가워 꿩 한 마리를 사다가 다리를 굽고 흰밥을 옥같이 지어 사발에 그득 담 아 드렸드니 '여러 곳엘 다녔드니 시장두 하다. 네가 내 안색을 보고 이렇게 맛있는 음식을 만들었구나' 하시며 밥 한 술 남기시지 않구 다 잡숫던 아버 지가 이렇게 돌아가시다니…… 아이구 원통해라. 그렇게두 맛있게 잡수시 구 돌아가시는 걸 보자, 편을 지어다 드리려구 찹쌀을 담궈 찧고 있을 때 뜻 밖에두 또 오시길래 급히 익혀 세 덩이를 베어 드리니 '늙은이의 마음을 어 떻게 그렇게두 잘 아느냐? 먹고 싶던 참에 잘두 먹었다' 하시며 옆에 앉았 던 큰애를 쓰다듬으시던 것이 눈앞에 선한데 그새 돌아가시다니……. '노 쇠하여 시장기에 진정을 못하다가 네 어미의 정성으로 흰떡을 하두 잘 먹었 으니 참으로 인정이 좋은 게다. 낸들 이제 얼마 살랴. 집 뒤 개똥밭은 훈이 에게 주고 집 앞 시궁논은 둘째 놈에게 주리라. 아하 그놈 잘도 생겼군' 하시며 유달리 애들을 귀애하시더니 이렇게 되실 줄 미리 아시고 마음 쓰신 게로구나. 아, 원통해라. 주신다던 개똥밭 시궁논이야 어딜 가랴만 아버님은 영 가 버리시구 못 오시게 되었구나!"

며느리는 그 뒤부터 개똥밭 시궁논 말만 지껄이며 계속해서 우는 것이었다.

무심히 듣고만 있던 홍조 영감이 하도 기가 막혀 벌떡 일어나며,

"내가 언제 네 집엘 가서 밥을 얻어먹었으며 언제 개똥밭, 시궁논을 준다구 했니!"

하고 호령을 했다.

눈물 한 방울 홀리지 않고 넋두리만 하던 며느리가 풀어헤친 머리를 거두어 올리며 해해 웃고는

"거짓 상사에 거짓말쯤 무슨 허물이 되겠습니까."

하고 넌지시 제 집으로 돌아갔다.

* 부기(附記)─『부담(浮談)』 중의 「불효부전(不孝婦傳)」을 새로 엮어 본 작품이다.

(원)《문학예술 12》 1956. 3.

도하기(渡河記)

국군은 이미 철수를 완료했다. 거리 거리에는 피난 보따리를 둘러멘 시민들의 침울한 표정만이 흐린 날의 연기처럼 지면을 배회하고 있을 뿐이었다.

하늘도 무겁게 내려앉은 것 같았다.

수복한 지 두 달도 못 되어 철수했다는 것을 생각하면 끌려왔다 끌려갔다 하는 줄다리기 싸움하는 것 같아 씁쓸한 감이 없지 않았다.

설사 줄다리기 같다고 해도 서울을 90일 만에 수복했으니 평양도 최소한 석 달은 확보해야 할 것 같았다.

그러나 국군이 완전히 철수한 거리에 하사관 한 명만 데리고 최후까지 남은 선우(鮮于) 대위는 그렇게 서글픈 줄을 몰랐다. 서울에서 후퇴할 때는 피눈물이 나는 것 같았지만 내 손으로 빼앗았다가 내놓는 일이 되어 그런지, 또는 후퇴를 한다 해도 다시 수복한다는 자신이 있어서인지 그저 씁쓸하고 싱겁기만 할 뿐 슬프지는 않았다.

시민들이 실망과 슬픔을 갖지 않도록 포스터를 써서 붙이는 것이 선우 대위가 최후까지 남게 된 임무이기는 하지만 그 포스터에 적은 말대로 국군이 약해서가 아니라 불시에 침입한 중공군의 인해전술로 말미암아 임시 후퇴를 할 뿐 머지않은 날에 다시 진주하고야 말 것 같은 생각이 하나의 신념처럼 가슴 속에 뿌리박고 있기 때문이었다. 그러면서도 불안한 공기에 가득 찬 거리 분위기에 동화가 되었던지 정오쯤 포스터를 전부 붙이고 돌아오자 선

우 대위는,

"이젠 술 파는 데두 없겠지?"

하고 김 중사에게 물었다. 술이라도 한 잔 마셔야 할 것 같았던 것이다.

그때였다. 포스터를 붙이는 데까지 풀 빗자루를 들고 따라다니던 현기가,

"우리 집에 가 보구 올까요?"

선우 대위의 눈치를 살폈다.

평양에 진주한 이래 단골로 음식을 사 먹던 음식점 주인의 아들이었다. 이제 열여섯 살밖에 안 된 소년이기는 했지만 자기도 국군이 되겠다고 하여 선우 대위를 따랐다. 부모들이 먼저 대동강을 넘어 피난을 떠날 때도 자기는 선우 대위를 따라간다고 하여 부모들을 먼저 떠나보낸 소년이었다.

"정말 너의 집엔 무에 있겠구나. 팔다 남은 거라도!"

선우 대위가 현기를 보자 현기는 금시 자기 집으로 뛰어갈 태세를 취했다. 그러나 현기가 움직이기 전에,

"가져올 것 없이 가서 먹자."

선우 대위가 앞장을 섰다. 빈 책상만 뒹굴뒹굴하는 사무실에서 술 마실 생각이 나지 않았기 때문이었다.

좁은 골목으로 현기와 음식점을 찾아갈 때였다. 길가에 섰던 어느 노파가 선우 대위를 보자 이상한 눈초리를 던지고 자기 집 안으로 들어갔다.

선우 대위는 아랑곳하지 않고 못 본 척 음식점으로 걸어갔다.

주인 없는 집안 꼴이란 말이 아니었다. 쓰러진 채 의자가 방 한 구석에 누워 있는가 하면 나무 소독저가 식탁 위에 함부로 뒹굴었다. 금시 쥐새끼들이 놀다가 도망간 것 같았다.

술병이 있나 해서 부엌을 들여다보았으나 부엌은 더 형편없었다. 찬장은 열린 채 있고 채 씻지도 않은 식기는 부뚜막 여기저기에 널려 있다. 아궁지 근처에는 지피려던 장작이 널려 있고 장작 근처 땅바닥에는 물기가 질척질 척했다.

전투를 끝낸 싸움터(戰場)처럼 음산하기가 짝이 없었다.

어느새 현기가 부엌으로 가서 찬장 속에 있는 소주병 하나를 들고 나왔다.

선우 대위는 술병을 받자 여기저기 널려 있는 유리컵을 집어다가 종이로 그것을 문지르고는 술을 따르기 시작했다.

"또 카바이드 술이로군……."

선우 대위는 첫모금에 약 냄새가 나는 카바이드 술임을 알았다. 그 동안도 그런 술을 여러 번 마셨지만 이 날만은 유달리 입에서 역한 것 같아,

"이런 걸 술이라구 마셔……."

혼자 중얼거리며 술잔을 탁자 위에 소리나게 놓았다. 김 중사도 동감인지,

"이런 술이라두 먹었으니 다행한 편이지요."

하고 쓴 입맛을 다셨다. 선우 대위는 그것이나마 마시지 않을 수 없었다. 선 채로 한 잔을 더 마시고는,

"안주라두 좀 있으면……."

하고 현기의 얼굴을 바라보았다.

"닭 뼈다귀가 있어요."

현기가 그때야 생각난 듯이 부엌으로 뛰어갔다. 정말 현기는 접시에 담긴 닭뼈와 사발에 담긴 김치 한 그릇을 들고 들어왔다.

선우 대위는 냉큼 닭뼈를 집어 들었다. 어떻게나 알뜰하게 고기를 발라냈던지 살점이라고는 한 점도 붙은 데가 없었다.

"그래두 손꾸락 빠는 것보다는 낫겠지."

몇 개를 골라 입에 넣고 이로 긁어 보았으나 입 속에 남는 것은 하나도 없었다. 얼마나 여윈 닭인지 뼈를 깨물어도 그 속마저 비어 있었다.

선우 대위는 닭뼈를 집어 방바닥에 내던져 버렸다.

"그걸 먹다간 되려 말러 죽겠다."

김치로 몇 잔을 더 마시고 그 집을 나오려고 할 때였다. 조금 전 선우 대위를 보고 자기 집으로 뺑소니치던 늙은 노파가 기웃하고 안을 들여다보았다.

선우 대위는 이상스런 육감(六感)이 들었다. 피난은 가지도 않고 도리어 자기를 의심쩍게 보다가 피했던 노파가 다시 찾아와서 기웃거린다는 것은 심상치 않은 일이라고 생각지 않을 수 없었다. 그는 와락 뛰어가서,

"무슨 일이 있습니까?"

하고 반 협박조로 물었다.

노파는 약간 놀라는 표정을 지었으나,

"국방군이디오?"

하고 목소리를 낮추어 물었다.

"그렇습니다. 왜 그러세요?"

선우 대위는 조금도 호감이 가지 않는 어조였다.

"글쎄 이 집에 들락날락하는 걸 숱해 봤길래 말이외다. 뙤놈들이 모란봉까지 왔댔는데 그걸 아는디 모르는디 해서……."

"뙤놈들이 모란봉까지 온 걸 알면서 할머니는 왜 피난을 안 가십니까?"

역시 역증이 난 목소리였다.

"젊은 패들이야 다 떠났디오. 나 같은 거야 어디 있으나 사람값이 나가갔시요. 집이나 보다가 죽디……."

노파의 말이 끝나기도 전에 멀리 터지는 포탄소리가 지릉 하고 유리창을 울렸다.

"보라우요, 날래 가야디 잘못하다간 대동강두 못 건느디 안캈소? 대동강 철교두 끊어졌대든데……."

선우 대위는 그때야 마음이 풀렸다.

"포소리가 뒤에서 들리니까 아직 멀었어요."

도리어 노파를 위로하듯 웃음을 지어 보였다.

노파와 헤어지고 사무실로 돌아온 선우 대위는 그렇지 않아도 내일은 떠날 예정이었지만 내일을 기다릴 것 없이 밤 안으로 떠나야겠다고 생각했다. 포소리가 처음 들려 왔으니 적들이 시내까지 들어오려면 며칠이 걸려야 할 것이 뻔한 사실이지만 무방비 상태의 도시인 만큼 적들은 밤 안으로 밀려들어올지도 모른다.

"아저씨, 어서 떠나자우요."

현기란 놈도 조르기 시작했다. 얼굴이 파랗게 질려가지고 팔목을 잡아끄는데는 무어라 할 말이 없었다.

그러나 어제 부대와 같이 떠난 공보과장 이 대위가 내일 아침에 짚차를 가지고 마중 오기로 한 것을 생각하면 밤으로 떠난다는 것이 도리어 우둔한 일일 것 같았다. 그리고 포소리 같은 폭음이 들려 왔으나 그것이 과연 적의 포탄인지도 알 수 없는 일이다. 노파의 말처럼 적이 모란봉까지 왔다면 포소리가 날 까닭이 없다. 폭발물이 폭발했는지도 모른다. 설사 적들이 들어왔다 해도 도보로 떠난다는 것은 위험하기 짝이 없는 일이다. 유엔군이나 국군 할 것 없이 아군은 전부가 대동강을 건너갔다. 최종 부대가 어디까지 갔는지도 모른다. 만약 마중 오는 짚차와 길이 어긋나면 서울까지 내내 걸어가지 않으면 안 된다. 걷는 도중에 무슨 일이 생길지 누가 알겠는가?

"내일 차만 오면 오늘 밤 떠나는 것보다두 빨리 서울에 갈 테니까 기다려 보기루 하자."

그러나 현기가 눈물을 짜며,

"그러다가 아버지두 못 보구 죽디 안캤시요."

발을 동동 굴렀다.

선우 대위는 김 중사에게,

"넌 어떡하는 게 좋겠니?"

부하의 의견을 물었다. 부하라 할지라도 그의 말을 따르고 싶은 심정이었다.

"떠나는 게 좋겠지요. 다리가 끊어질지두 모르지 않습니까?"

그때 선우 대위는 다리가 끊어질지도 모른다는 말에 정신이 휙 돌았다.

"길에서라두 짚차를 만날지 모르지. 그럼 떠나자."

선우 대위는 현기의 손목을 잡고 걷기를 시작했다.

괴뢰의 수도(首都)를 최후로 내놓는 선우 대위였다. 며칠이 안 되어 다시 괴뢰들이 자기들의 수도라고 밀려들어와 마음놓고 걸어다닐 것을 생각하니 세상이 이렇게도 하염없을까 하는 마음에 집집마다 불이라도 질러 놓고 싶어 견딜 수가 없었다.

그러나 피난민들이 아직 거리에 깔려 있는 것을 볼 때 선우 대위는 문득 철교가 끊어지지나 않나 하는 걱정이 들었다. 동시에 철교가 끊어지면 이 수많은 피난민들이 어떻게 강을 건널까 하는 공포 같은 감정이 가슴을 내리눌렀다. 선우 대위는 국군의 철수가 며칠만 더 늦었더라면 하는 생각을 안할 수 없었다. 그래서 그는 의식적으로 발걸음을 느리게 옮겼다. 자기는 단한 명이나마 국군의 대표다. 자기가 늦게 철수하면 그만큼 많은 피난민이대동강을 건널 수 있을 것만 같은 생각이 들었던 것이다.

현기가 선우 대위의 팔목을 잡아끌며 깡충깡충 뛰었으나,

"천천히 가두 돼."

하고 현기를 자기 앞으로 끌어당겼다.

대동강이 가까워 올수록 피난민의 수효는 점점 더 많아졌다. 여기저기서모여든 피난민이 전부 철교 근처로 집중하고 있으니 철교 근처는 장마 때도랑물이 빠져 나가는 것처럼 소용돌이를 이루고 있었다.

철교 근처는 정말 난리였다. 길이란 길은 물론 대동강 연안 일대가 사람사태였다. 모르기는 몰라도 십만 명은 넘을 것 같았다.

선우 대위는 철교 앞까지 뚫고 나가서 상황을 살피기 시작했다. 몇 사람씩 철교를 건너가는 것 같기는 한데 몰려 있는 군중은 하나도 줄어드는 것같지가 않았다. 떠들기는 왜들 떠드는지 귀가 아파 견딜 수가 없었다.

가족을 찾는 소리, 밀지 말라는 소리, 깔려 죽는다는 소리, 온갖 소리가그야말로 아비규환이었다. 끓는 죽과 같다고나 할까.

그런 가운데서 선우 대위는 쓰러지다 남은 철교의 지붕(아치 철근)을 타고 건너가는 젊은 사람들을 발견했다. 다리 한가운데가 포탄에 부러져 양끝이 물 속에 떨어졌다. 그런 만큼 이편과 저편 다리가 이십 미터 이상 떨어져건널 수가 없게 되어 있는 것이었다. 그러나 다행이랄까 보도는 부러져 떨어졌다 해도 지붕만은 채 쓰러지지 않고 남아 젊은 사람들은 수십 척이나되는 지붕을 기어올라가 강을 건널 수가 있었던 것이다.

그러나 한 사람 한 사람씩 건너는 그것이 십만 피난민의 수효를 줄일 수는 없었다.

부인과 노인 그리고 어린애들은 지붕을 기어올라갈 가망이 없으면서도아우성만 치며 선 자리에서 물러서지들을 않고 있다.

선우 대위는 멀리 피난민을 둘러보며 생각을 하는 것이었다.

십만 명이 넘는 군중 가운데 지도자라고는 한 사람도 없다. 모두가 자기의 목숨만을 살려 보겠다는 사람들뿐이다. 어떻게 해야 강을 건널 수 있을까 하는 것은 생각지도 못하고 목숨을 살리려고만 하는 군중이다.

그 속에 오직 한 사람 국군 장교로 끼여 있는 자기의 존재를 생각지 않을 수 없었다.

선우 대위는 정훈장교다. 평양에 진주할 때도 정훈국(政訓局) 평양분실장으로 부임했던 것이다. 그러나 9·28 수복 때 그는 유격대장으로 대구를 출발하여 서울에 이르기까지 한 달 이상 괴뢰군과 직접 싸운 경험이 있다. 말하자면 전투 지휘자로서 직접 싸워 본 일이 있는 만큼 이때도 지휘자로서의 자기를 생각지 않을 수 없었다.

어떻게 하면 십만 군중을 무사히 도강시킴으로 그들의 염원을 이루어 줄 수 있을 것인가? 만약 그들이 도강을 못해 그대로 이북에 남게 된다면 그들은 또다시 공산치하에서 시달림을 받지 않을 수 없게 될 것이다. 그렇게 된다면 그들은 그렇게도 원하던 민주주의를 영영 구경도 못하게 될 것이 아니겠는가. 그리고 자기들의 소망을 이루게 해 주지 못한 국군을 얼마나 원망할 것인가……

선우 대위는 유격대장으로 안동(慶北 安東) 앞산에서 싸우던 때 일을 생각했다. 그때 학생 출신인 대원 한 명이 안동시를 내려다보며 자기 집 있는 방향을 손으로 가리켰다.

"오늘 밤에는 우리 집에서 주무십시다."

그러던 대원이 안동에 들어가기 전 적탄에 쓰러졌다.

그렇게 그리워하던 집엘 시체가 되어 돌아간 대원——.

십만 명의 피난민들이 대동강을 건너지 못한다면 그들도 안동서 희생된 유격대원과 거의 비슷한 운명이 되고 말 것이 아니겠는가……

선우 대위는 또 한 번 피난민들을 휘둘러 보았다. 초조와 불안이 엇갈린 이그러진 얼굴들이 자기를 쏘아보는 것 같았다.

"저 다리만 폭파시키지 않았다면……"

유엔군이 가설했던 목교를 바라보았다. 유엔군이 도강을 끝내고 한가운

데를 폭파시켰기 때문에 목교로도 건널 수가 없다. 그러나 건널 수 없는 줄 알면서도 그 근처 역시 사람 사태를 이루고 있었다.

"강이라도 얼었더라면……."

12월 초순이니 대동강은 얼 때도 된 것 같은데 파란 물이 그대로 흐르고 있다.

"역시 민족의 수난인가……."

선우 대위는 한탄도 해 보았다.

그러다 그는 갑자기 김 중사와 현기를 끌고 끊어진 철교 맨 앞을 향해 사람들 틈을 후비며 나가기 시작했다. 틈이 있을 리 만무했다. 그저 밀고 끌어내고 하여 틈새를 만들어 나갈 수밖에 없었다. 그래도 군복을 입은 장교라 못 간다는 사람은 없었다.

"앗! 사람이 빠졌다."

어디선가 선우 대위의 발걸음을 딱 멈추게 하는 소리가 들렸다. 무리를 해서 사람들을 밀고 왔기 때문에 자기들에게 밀린 사람이 떨어졌다고 생각지 않을 수 없었다.

그러나 쇠로 만든 난간이 빈틈없이 남아 있으니 자기들 때문에 사람이 떨어질 까닭은 없지 않겠는가?

발을 멈추고 위를 돌아볼 때,

"더길 봐요."

하고 손가락질하는 사람이 있었다. 철교에서 이백 미터도 되지 않는 목교에서 떨어진 사람이 물 위에 풍덩거리고 있었다.

선우 대위는 다시 앞으로 빠져 나가기를 시작했다.

다리가 부서져 한편 끝이 강물 속에 잠겨 있는 곳에까지 이르자 그는 발을 멈추고 내려앉은 다리에서 저편 다리 기둥까지의 수면(水面) 거리를 눈으로 재었다.

적어도 이십 미터는 될 것 같았다. 그리고 내려앉은 다리의 경사는 삼십 도 가량 될 것 같았다. 걸어갈 수는 있지만 잘못 발을 디딘다면 미끄러져 물 속에 빠지기 꼭 좋게 되어 있었다.

선우 대위는 발작적으로 소리를 질렀다.

"다들 물러서시오."

아무리 소리를 높이 질러도 물러서는 사람은 하나도 없었다. 빠지면 죽을 줄 알면서도 뒤에 서 있는 사람들 때문에 물러설 수도 없었으리라. 그리고 뒤로 물러난다는 것은 결국 그만큼 도강할 기회가 멀어지는 것 같은 것이니 물러서고 싶은 마음이 생길 까닭도 없었다. 도리어 반동적으로 앞을 향해 쏠리기 시작했다. 땡그렁하는 소리가 났다. 무엇이 깨지는 소리였다. 동시에 맨 앞에 섰던 사람이 몇 명 비스듬히 강 속으로 빠져 있고 철교를 따라 미끄러져 내려갔다. 텀벙텀벙 사람 빠지는 소리가 났다.

"물러서지들 못해."

선우 대위는 소리를 버럭 질렀다. 물러설래야 설 수도 없는 줄 알지만 그냥 두었다가는 강을 건너는 사람보다도 물에 빠져 죽는 사람이 더 많을 것 같으니 소리를 지르지 않을 수 없었다.

"어드메루 물러서란 말이오?"

반항하는 목소리가 여기저기서 들려 왔다.

선우 대위는 할 수 없이 권총을 빼어 들고 허공을 향해 두 방을 연거푸 쏘았다. 그리고는,

"그 자리에 앉지 않으면 발사할 테요."

하고 호령했다.

그때야 비로소 군중들의 아우성이 조금 잠잠해지며 섰던 자리에서 앉기를 시작했다.

선우 대위는 잠잠해진 틈을 타서,

"일어서는 사람은 총살을 할 테니까 꼼짝을 마시오."

하고 한 번 위협을 해 놓은 뒤,

목수 경험 있는 사람들은 다 나오라고 소리를 질렀다.

밀려 나온 사람들을 어떻게 해서든 도강시켜야 했다. 도강을 시키려면 다리를 수리해야 할 것 같았다.

그래서 목판을 구해다가 다리를 수선하지 않으면 많은 사람이 도저히 건

널 수 없다는 것을 설명했으나 앞으로 나오는 사람은 하나도 없었다.

"다리를 놓는 사람은 가족까지 우선적으로 건너 보낼 테니 빨리 나오시오."

이 말을 했을 때야 한 사람씩 한 사람씩 초등학교 학생들처럼 손을 들고 앞으로 나오기를 시작했다.

이십여 명의 목수가 나왔다.

선우 대위는 그들에게 다리를 고칠 수 있느냐고 물었다. 모두들 고칠 수 있을 것이라고 대답했다. 선창에 가면 목판도 얼마든지 있다고 말했다.

"그럼 한 시간 이내에 고칩시다."

선우 대위는 그 중 믿음직한 중년 목수를 책임자로 정해 주고 우선 목판과 새끼를 운반해 오도록 했다.

책임목수는 이십여 명의 목수와 백여 명의 장정을 데리고 선창으로 떠났다. 그러자 여기저기서 수군덕거리는 소리가 들려 왔다. 희망이 뵌다는 눈치들이었다.

선우 대위가 혼란을 방지해 가며 목수들이 빨리 돌아오기만 기다리고 있을 때,

"저, 대장님!"

하고 자기 앞으로 나오는 사람이 있었다. 마치 전부터 알고 있는 듯한 말투였다. 한복에 방한모를 썼는데 아무리 보아야 아는 사람 같지가 않아,

"무슨 일이오?"

하고 무뚝뚝하게 물었다.

"네. 저는……."

사십이 훨씬 넘어 보이는 그 남자는 웃음을 지어 가며 주머니에서 증명서를 꺼내 들었다.

서울시민증과 승려(僧侶) 증명서가 들어 있었다. 선우 대위는 신분증을 보자,

"그러니 어떻게 하란 말이오?"

하고 또다시 퉁명스럽게 말했다.

"보시다시피 저는 이런 사람인데요…… 다리를 고치면 우선적으로 넘겨 주실 수 없을까요?"

웃음이 먼저 나왔다. 그러나 중이란 말에,

"평양서 뭘 했습니까?"

하고 물었다.

"돈이 있어야 포교사업을 하지 않겠습니까? 그래서 다방을 경영하려다가 그만 밑천만 털어 놓구 돌아가는 길이지요."

정말 어처구니가 없었다. 옷도 중의 옷을 입지 않았지만 얼굴도 중같이 보이는 데가 하나도 없었다.

"앉았던 자리루 가 계시오."

선우 대위는 중이라는 사람을 당장에 물러가도록 무서운 눈으로 흘겨보았다. 그러나 세 시간쯤 뒤 다리를 수리하고 저편 쪽 다리 기둥에 사다리까지 세워 놓고서 목수들과 그의 가족들을 도강시키기 시작할 때 그 중이 다시 나와 선우 대위의 팔목을 잡아끌며,

"대장님 성함이 뉘시지요? 서울 가면 은혜를 안 잊을 게 아닙니까?"

하고 간사스럽게,

"제발 사정을 봐 주십시오. 서울 사람이 먼저 건너야지 않겠습니까?"

사정을 했다.

선우 대위는 그 사람의 팔을 잡아끌어 김 중사 앞으로 밀고 김 중사에게 명령을 했다.

"이 사람은 잘 보호했다가 맨 마지막에 우리와 함께 가두룩 해."

"대장님, 망령이십니까? 제가 무슨 잘못이 있다구……."

"잔말 말구 가서 기다려요."

선우 대위는 중이라는 사람을 뒤로 밀어 버렸다.

중을 밀어젖히자 곧이어 어떤 부인 한 명이 일어나 자기 남편은 다리 아치를 넘어 먼저 도강을 했다면서 자기를 빨리 건너 달라고 했다. 보니 배가 부른 여자였다.

선우 대위는 무어라고 말하기가 힘들었다. 그래서 그는 앉아 있는 군중들

에게,

"이 부인을 어떻게 할까요? 먼저 보내두 좋습니까?"

하고 물었다.

"좋소!"

소리가 여기저기서 들렸다.

선우 대위는 임신한 여인을 앞에 나서게 했다. 그랬더니 그 뒤에는 또 한 여자가 일어서서 나오며,

"전 대한부인회 회장으로 있던 사람인데 팔십난 할머니와 동생 하나를 데리고 나왔습니다. 먼저 보내 주실 수 없을까요?"

했다. 선우 대위는,

"가실 수만 있으면 보내 드려도 좋지만 팔십난 노파가 경사진 다리를 내려갈 수가 있으며 또 삼십 척이나 되는 저쪽 사다리를 올라갈 수가 있겠습니까?"

하고 동정하는 표정으로 말해 주었다. 사실 환자라든가 늙은 사람은 도저히 건널 수 없는 길이었다.

부인회 회장이라는 여자는 자기 눈으로 사다리와 다리 밑을 보고 한숨을 내쉰 뒤 그냥 돌아가고 말았다.

그 뒤에도 서울에서 온 사람이라고 하며 먼저 건너 달라는 사람이 있었지만 선우 대위는 일절 허락지를 않고 잃은 순서대로 건너가게만 했다.

사람을 가려 특별 취급을 하기 시작하면 질서가 혼란해질 것이 분명한 일이다. 그뿐 아니라 다 같이 목숨을 가진 바에야 서울 사람과 평양 사람과를 구별할 필요도 없을 것 같았다.

그러나 현기가 어디를 갔다가 와서,

"저 뒤에 우리 아바지하구 오마니 있어요. 오랠까요?"

할 때는 난처하지 않을 수 없었다. 이남으로 간다고 떠난 지 이틀이 된 사람이다. 더구나 현기의 부모가 아닌가? 그러나 그들을 어떤 이유로 먼저 건너 보낼 수가 있겠는가?

"우리가 넘어갈 때 같이 가도록 하자. 그럼 강 건너가서 자동차까지 태워

다 드릴게……."

그것이 거짓말이라 해도 그렇게 해서나마 현기를 위로하지 않을 수 없었다.

"자동차에 빈 자리가 있겠시오?"

현기는 자동차 태워 준다는 것이 좋았던 모양이다.

"그럼 있구 말구. 너를 안 태우면 누굴 태워……."

이렇게 해서 질서를 세워 놓으니 가슴이 후련하기 짝이 없었다. 군중들은 눈에 보이도록 수효가 줄어들었다. 이튿날까지만 계속하면 강변에 모인 사람들만은 전부 도강시킬 수 있을 것 같았다.

한낱 육군 대위의 힘이 이렇게도 클 수가 있었던가 하고 스스로 감탄하기도 했다.

마음이 안정되어 그런지 선우 대위는 평양 시내가 어떻게 되었을까 하는 궁금증이 새로 생겼다. 혹시 중공군 유격대가 들어오지나 않았을까 하는 그런 생각이었다.

그런 생각이 들자 선우 대위는 뒷일을 김 중사에게 맡기고 시내로 들어갔다.

시내는 조금도 변함이 없었다. 어디까지 계속됐는지 연이은 피난민들이 대동강 철교를 향해 줄을 지어 있을 뿐이었다. 그래도 혹시나 하는 생각에 인민은행 앞을 지나 중앙지대로 걷고 있을 때였다.

옷 보따리와 쌀가마니를 가득 싣고 철교와 반대 방향으로 가고 있는 손달구지를 보았다. 선우 대위는 갑자기 소름이 끼침을 느꼈다. 동시에 달구지를 끌고 가는 남자 앞으로 뛰어가 권총을 그 남자 이마에 댔다.

"이 물건의 주인이 아직 철교두 넘지 못했을 거야. 그래 피난갈 생각은 못하구 남의 물건을 도적질해?"

금시 방아쇠를 잡아당길 것 같은 기세였다. 남자는 달구지를 놓고 땅바닥에 이마를 쪼으며 제발 살려 달라고 애원했다. 정말 잘못을 뉘우친 것 같았다. 선우 대위는 권총을 집어 넣고 빨리 돌아가라고 했다. 남자는 몇 번씩이나 허리를 굽신거리고 도망치듯 달아났다. 달구지를 던지고 달아나는 그 남자를 보자 선우 대위는 불시에 그 남자를 다시 불렀다. 그 남자는 몸을 떨며 선우 대위 앞으로 걸어와 또다시 허리를 굽실거렸다.

"쌀은 아모래두 없어질 것이니 옷은 뒤 두구 가져가시오."

선우 대위는 그 남자의 집안에도 움직이지를 못하는 노인이 있지 않을까 생각했던 것이다. 이왕 피난을 못 가는 사람이라면 먹을 것이 있어야 할 것 같았다.

그 남자가 옷 보따리를 내려놓고 있을 때였다. 오십이 거의 되어 보이는 부인이 달려와,

"큰 변이 났쉐다. 은행 돈을 마구 도둑질해 가디를 않습네까?"
하고 소위 인민은행이라는 데를 손질했다.

선우 대위는 인민은행으로 달려갔다. 금고를 곡괭이로 부수는 남자들이 있는가 하면 집 안에 함부로 널려 있는 붉은 지폐를 치맛자락에 마구 싸는 부인들이 있어 은행이 혼란할 대로 혼란해 있었다.

선우 대위는 생각할 새도 없이 권총을 꺼내 두어 방 천장을 향해 쏘았다. 곡괭이를 들었던 남자들은 정신없이 도망갔다. 그러나 부인들은 지폐가 들어 있는 치맛자락을 그대로 치켜든 채 달아났다. 못된 여자들이란 생각이 들었다. 그래서 권총을 또 한 방 쏘았다. 그때 선우 대위 앞으로 뛰어가는 소녀 한 명이 있었다. 고무신이 선우 대위 앞에서 벗겨졌다. 그래도 잠시 달음질쳤으나 밖으로 나가는 출입문 앞에 이르지 발을 멈추고 뒤를 향해 울기 시작했다. 벗겨진 한 짝의 고무신이 걱정되었던 모양이었다.

그것을 보자 선우 대위는 소녀의 고무신을 구둣발로 밀어 소녀 앞으로 보내 주는 동시에 지폐 한 묶음을 집어 던져 주었다. 소녀는 지폐와 고무신을 함께 가슴에 안고 그때는 뒤도 돌아보는 일이 없이 달음질쳐 나갔다.

'돈이란 게 그렇게도 좋은 것일까?'

새삼스럽게 이런 생각이 들었다. 그리고 이왕이면 불쌍한 사람들에게 주어 한 번쯤 마음대로 쓰게 해 보았으면 하는 생각이 들었다. 그래서 그는 은행 밖으로 나가 지나가는 사람들을 불러 지폐를 마음대로 가져가라고 소리를 질렀다.

은행을 나오자 선우 대위는 가슴 속이 허전해짐을 느꼈다. 국군이 철수했다고 남들은 모조리 국군을 따라 남으로 피난을 가는데 피난을 못 간다고 해서 남의 물건과 돈을 훔치려는 사람들!

선우 대위는 발걸음을 돌려 다시 대동강으로 나왔다. 집도 재산도 다 버리고 마음의 안정을 구해 피난가는 사람들의 그 얼굴들이 보고 싶었던 것이다. 철교 있는 데까지 오자 도강을 한 사람들이 강 건너 선교리를 통과하는 광경이 멀리 보였다. 적지 않은 수효였다. 겨우 가슴이 개운해졌다.

선우 대위는 숨을 돌려 북쪽에 있는 목교를 바라보았다. 목교도 수리를 하면 얼마나 많은 사람이 건널 수 있을 것인가 하는 생각에서였다.

그러나 뜻밖에도 그 목교로 사람들이 건너가고 있음을 보았을 때 선우 대위는 자기도 모르게 가슴을 내밀고 심호흡을 했다.

철교 수리하는 것을 본 군중들이 자발적으로 목교를 수리했던 것이다. 얼마나 다행한 일인가?

한꺼번에 도강을 할 수는 없다 해도 파괴된 한강을 넘지 못해 애쓰던 서울 시민보다 행복한 평양 시민들이 아니겠는가…….

선우 대위는 눈시울이 뜨거움을 느꼈다. 그는 그 자리에서 나무다리 있는 데로 달려갔다. 역시 질서를 지키도록 행렬을 정리해야만 짧은 시간에 많은 사람이 도강할 수 있다는 생각이 들었기 때문이었다.

나무다리로 달려가자 철교에서 일어났던 혼란이 그대로 재현되고 있음을 본 선우 대위는 또다시 권총을 꺼내어 헛방을 몇 번 쏘고선 군중들을 자리에 그냥 앉도록 명령했다.

역시 생명이 아까웠던지 명령에 복종들을 했다.

날이 어두울 때까지 선우 대위는 행렬 앞에서 군중들을 정리하기에 바빴다.

밤이 되었다. 군중들은 어둠을 무릅쓰고 계속해서 도강하려 했다.

그러나 선우 대위는 어둠 속에서 도강을 시키는 것이 얼마나 위험한 일인가를 알고 있었다. 질서를 확보할 수도 없지만 좁은 다리를 건너다가 떨어져 죽는 사람이 있다면 그것은 아예 도강을 중지하는 것만 같지 못할 것이 아니겠는가? 나무다리는 나무다리로 위험성이 있지만 저편 철교는 경사진 비탈을 내려가야 하고 또 삼십 척이나 되는 사다리를 올라야 한다. 어둠 속에서는 도저히 건너기 힘든 다리다.

"이젠 그만 돌아갔다가 내일 날이 밝을 때 오십시오."

선우 대위는 도강을 중단시켰다. 그러나,

"나까지만……."

"나까지만……."

하고 일어서는 사람이 꼬리를 물었다.

"가다가 죽으면 어떡헐 테요. 목숨이 아깝지 않아요?"

선우 대위는 전원을 해산시키고야 말았다. 동시에 고함을 질러 철교 앞에 모인 사람들까지 해산시키라고 김 중사에게 명령을 했다.

그래도 마음이 놓이지가 않아 선우 대위는 철교 있는 쪽으로 달려갔다.

거기서도 김 중사의 지휘 밑에 군중들이 해산되어 시내로 들어들 가고 있었다.

군중이 거의 돌아가고 다리가 텅 비었을 때였다. 먼저 건너 보내 달라고 조르던 중이 어디서 튀어나와 선우 대위 앞에 섰다.

"저만 좀 건느게 해 주십시오."

선우 대위는 김 중사를 돌아보았다. 김 중사는 명령에 복종했을 뿐이란 표정으로 입을 다문 채 서 있있다.

'너두 엔간한 사람이로구나…….'

선우 대위는 김 중사에게 감복을 하고 속으로 중얼거렸으나,

"죽지 않겠거든 건너가시오."

하고 중을 도강시켰다. 그런 사람은 죽여도 죽을 것 같지가 않았던 것이다.

"대장님 고맙습니다."

중은 몇 번씩이나 굽실거렸지만 선우 대위는,

"그런 소리 말구 빠지지나 마시오."

하고 빨리 가도록 독촉했다.

군중들이 아주 해산되자 선우 대위는 김 중사와 현기를 데리고 시내로 들

어가 음식점 간판이 있는 집을 몇 군데나 찾아다니며 겨우 허기를 면했다. 그리고 나서는 다시 철교 있는 데로 와서,

"오늘 밤은 철교를 지켜야 한다. 적의 유격대가 침투해 와서 다리를 파괴할지두 모르니까……."

하고 김 중사와 현기를 돌아보았다. 모두 말이 없었다.

담요 한 장 없이 추운 겨울밤을 한데서 재운다는 것이 생각만 해도 끔찍한 일이었지만 그렇다고 거역할 수도 없는 일임을 알고들 있었다. 한참 뒤에

"가서 담요를 가져올까요?"

김 중사가 사무실에 버리고 온 담요를 생각하며 입을 열었다.

"참, 그래두 되겠군. 갔다 올래!"

선우 대위는 칭찬을 하듯 승낙했다.

"전 가서 장재기를 개 오디요."

현기도 묘안을 생각해 냈다.

"그래, 것두 좋은 생각이다."

김 중사와 현기를 보낸 뒤 선우 대위는 혼자서 다리를 지키고 있었다. 추워서 가만히 서 있을 수가 없었다. 뚜벅뚜벅 걸으며 왔다갔다 하고 있으려니 문득 적들이 어디까지나 들어왔을까 하는 생각이 들었다. 멀지 않은 데까지 왔을 것만은 분명했다. 그렇다면 유격대쯤 이미 시내에 들어왔을지도 모른다.

권총 하나를 가진 자기와 칼빈총 하나를 가진 김 중사와 단 두 명으로 철교를 지킨다는 것은 무모하기 짝이 없는 일이라고 생각되었다.

바람막을 데도 없고 해서 철교 위를 왔다갔다 하고 있을 때였다. 현기가 장작 한 움큼을 안고 왔다.

"아저씨 춥디오?"

현기는 장작을 내려놓으며 상냥스럽게 웃었다. 그리고는 가까이로 와서,

"우리 아버지가 그러는데 몰래 좀 건네 달래요."

하고 귓속말을 했다.

현기가 자기 모르게 그의 부모들과 연락하고 있었음을 알고 선우 대위는

역시 부자지간이란 할 수 없는 것이라 생각했다.

"그래라. 내 플래시를 줄게 저 나무다리루 건너가라구 그래. 그리구 이왕이면 너두 아버지를 따라가지 왜⋯⋯."

선우 대위는 호주머니에 든 플래시를 꺼내 주며 현기의 어깨를 두들겨 주었다.

"저두 아버지 따라갈라구 그랬시오."

현기는 부끄러운 듯 고개를 숙이고 말았다.

"잘했다. 빨리 가거라. 가다가 만나면 자동차 태워 줄게⋯⋯."

"정말요? 아저씨⋯⋯."

"정말이지 거짓말을 할라구⋯⋯."

현기는 플래시를 들고 어둠 속으로 뛰어갔다.

현기가 있다고 해서 힘이 되는 것은 아니지만 그래도 현기가 자기를 떠나 아버지를 따라간다는 것이 마치 자기를 버리고 가는 것 같아 마음 한 구석이 허젓했다.

선우 대위는 다시 다리 위로 왔다갔다 하면서 김 중사를 기다렸다. 기다릴 사람은 김 중사밖에 없었던 것이다.

한참 뒤 김 중사가 돌아와서,

"담요는 누가 집어 갔는지 하나두 없습디다."

한 뒤 담요 대신 소주병 하나를 내밀었다.

선우 대위는 담요보다도 술을 가지고 온 김 중사의 마음이 더 고마웠다.

"아모려믄 잠을 자겠니? 술이나 마시고 밤을 새자."

선우 대위는 병마개를 뽑아 나팔 불듯 술병을 입에 대고 쭈룩쭈룩 술을 마셨다. 그리고는 술병을 김 중사에게 주며,

"너두 마셔라, 추워서 그냥은 밤을 못 샌다."

하고 술을 권했다. 역시 카바이드 술이었으나 역한 줄도 모르고 줬다 받았다 하며 술병을 말리고 말았다.

술을 다 마시자 선우 대위는,

"넌 여기를 지켜라, 나는 나무다리를 지킬게."

하고 나무다리 있는 데로 걸어갔다.

술기가 얼근히 올라와 강바람도 추운 줄을 모르고 다리 앞을 왔다갔다 하고 있을 때였다. 현기가 자기 부모와 같이 다리께로 와서,

"여기 있는 줄 모르구 철교까지 갔다 왔시오."

하고 쌩긋 웃었다.

"여기두 지켜야지. 그래야 피난민이 또 건너갈 수 있지 않아……."

선우 대위는 혀가 꼬부라진 음성으로 웃으며 현기의 방한모 쓴 머리를 쓸어 주었다.

현기 부모가 앞으로 나와 무리한 부탁을 해서 미안하다고 하며 인사를 할 때도 선우 대위는,

"다리에서 떨어지지 말구 불을 비춰 가며 잘 건느십시오. 한 사람이라두 많이 건너야 하는 거니까 미안해하실 것두 없습니다. 우리 서울 가서 만나십시다."

하고 현기 아버지의 손을 잡아 흔들었다.

"서울 가믄 정훈국으루 찾아갈게요."

현기가 앞장을 서서 플래시를 번쩍이기 시작했다.

"응, 먼저 가라."

선우 대위는 어둠 속에서나마 손을 내저었다.

현기가 플래시를 들고 도강을 하자 어디서 그것을 보았는지 횃불을 들고 와서 자기들도 건너가게 해 달라 사람들이 몰려왔다.

선우 대위는 불이 있는 이상 다리에서 떨어지는 일은 없으리라 생각하고 횃불을 가지고 온 사람들을 전부 건너 보냈다. 한 패를 보내면 또 다른 패가 횃불을 가지고 왔다. 또 보냈다. 밤새는 줄 모르게 횃불이 끊어지지 않았다.

횃불이 지나갈 때마다 강물 위에 불빛이 비쳤다. 큰 별이 움직이는 것 같았다. 남쪽으로 남쪽으로 움직이는 별들이었다. 다리 위에는 사람들이 움직임에 따라 올라갔다 내려왔다 하는 횃불이 줄을 지어 하늘을 밝히고 있었다.

영화의 한 장면 같기도 했다. 횃불을 들고 가고 싶은 곳으로 이동해 가는 군중들의 가벼운 발소리가 움직이는 별과 같은 방향으로 멀리멀리 사라질 때 선우 대위는 자기가 꿈 속에 있는 것 같음을 느꼈다.

날이 밝았다. 날이 밝기가 무섭게 다리 근처는 사람 사태를 이루고 말았다. 선우 대위는 어제와 꼭같이 일단 앉혀 놓고 군중을 정리한 뒤 차례대로 다리를 건너게 했다. 김 중사가 있는 철교에서도 사람들이 넘어가기 시작했다.

조반도 못 먹고 또 점심도 못 먹고 피난민들을 도강시키고 있을 때였다. 그러니 오후 세 시쯤이나 되었을 때였다.

다리를 건너가는 피난민을 헤치고 이쪽으로 걸어오는 군인이 있었다. 짚차를 가지고 데리러 온다고 약속했던 이 대위였다. 사람 때문에 짚차는 가져올 수 없고 해서 단신 걸어오는 모양이었다.

선우 대위 앞에까지 온 이 대위는 반가워하는 기색도 보이지 않고 옆에서 누가 들으면 큰일이라는 듯한 얼굴로

"빨리 넘어가. 중공군이 기림리(箕林里)까지 거의 온 모양이야. 그래서 평양이 적성지역(敵性地域)으로 결정되어 폭격이 시작될지두 몰라."
하고 선우 대위의 팔을 잡아끌었다.

있음직한 일이었다. 유격대가 어젯밤에 들어오지 않은 것만을 다행으로 생각지 않을 수 없었다.

선우 대위는 이 대위를 끌고 철교 있는 데까지 갔다. 그리고 김 중사에게 귓속말을 한 뒤 김 중사까지 끌고 대동강 철교를 넘어 선교리까지 갔다.

선교리까지 오자 그는 다리 저편을 바라보았다. 만 하루 동안에 넘어온 피난민이 십만 명은 넉넉할 것이다. 그러나 아직 넘지 못하고 다리 근처에 서성대는 군중도 그만한 수효에 못지않을 것 같았다.

"저이들이 전부 강을 넘기 전에는 폭격을 해 주지 말았으면……."

선우 대위는 진심으로 이렇게 빌었다.

"저기 짚차가 기다리구 있으니까 빨리 가!"

이 대위가 독촉을 했으나 선우 대위는 꼼짝도 안 하고 멀리 피난민들만을

바라보고 있었다. 그리고 마음 속으로는 빨리들 넘어오라고 손짓을 하는 것
이었다.

어디선가 북쪽으로 날아가는 유엔군 비행기 소리가 들려 오기 시작했다.

(원)《현대문학 17》 1956. 5.

형수님

  형과 춘애(春愛)가 결혼한다는 것을 생각하니 그저 웃음이 나올 뿐이었다. 명노(明魯)는 춘애가 자기의 제자였다는 것을 형이 알면서도 그런 것에 개의치 않는 뜻에서 일부러 의논을 안 했는지 그것을 알 수 없었다.

  아무리 생각해 보아도 형이 자기와 춘애가 사제지간이라는 것을 모를 리 없을 것 같았다. 그것은 약혼을 할 때 신부의 학력을 알아보지 않았을 리 없고 학력을 알아보았다면 현재까지도 K고등여학교에 근무하고 있는 자기와의 관계를 알아보지 않을 수 없을 것 같았기 때문이었다.

  오륙 년 전부터 춘애가 졸업한 고등여학교에 근무하고 있는 명노인 만큼 약혼 때는 바빠서 물어 보지 못했다고 해도 약혼 뒤에나마 춘애의 학생 시절을 알아보려고 했을 터인데 어찌하여 결혼식을 하루 앞두고 잔치에 참석하러 서울로 올라가는 오늘까지 일언반구의 의논이 없을까?

  하기야 학생 시절 이야기쯤 알아보나마나 한 일이다. 의논을 했다고 해도 춘애가 결혼을 해서 안 될 만큼 추문을 가진 여자도 아니다.

  형님이 좋다고 한다면 설사 추문이 있다고 해도 동생인 명노가 무엇이라 말할 수 있을 것인가?

  그저 형님보다 자기가 춘애를 먼저 알고 있는데도 한 마디의 의논이 없었다는 것이 이상스러운 일이라는 것뿐이었다. 그리고 동생의 제자라고 해도 형님의 아내가 된다는 것쯤 능히 있을 수 있는 일이라고 생각되면서도 어쩐지 운명의 장난 같은 야릇한 마음이 들어 웃음이 나왔던 것이다.

명노는 서울행 열차 삼등칸에서 허리도 펴지 못하고 앉아 창 밖을 내다보면서 형님의 결혼식을 눈앞에 그리며 속마음으로 혼자 웃을 뿐이었다.

춘애가 여학교를 졸업한 지 삼 년이나 지났으니 그새 어른이 다 되었을 것이 분명한 일이지만 명노의 눈에는 제복을 입고 학교에 다니던 춘애의 앳된 얼굴이 자꾸만 그대로 떠올랐던 것이다.

학과 시간에 숙제검사를 할 때마다 나태한 학생으로 주목받던 춘애였다.

"오늘두 숙제 안 해 왔어?"

하고 꾸지람을 하면 얼굴을 약간 붉히기는 하나 반드시 한 마디의 변명을 하고야 고개를 숙이던 춘애, 숙제만 안 할 뿐 아니라 선생을 조금도 무서워하지 않던 춘애다. 한 번은 수업시간에 껌을 잘근잘근 씹으며 잡지책 읽는 것을 발견했었다. 명노는 화가 털끝까지 치밀어올랐다. 어떻게 해서라도 화풀이를 하고 싶을 정도였다.

화풀이라면 지나친 말이지만 어떻게 하면 정신을 차리게 해 줄 수 있을까 생각했다.

그러나 교실에서 여학생을 때릴 수는 없었다. 욕이라도 해 줘야겠는데 욕을 해 준다고 해서 그것을 부끄러워할 춘애가 아니었다.

명노는 살금살금 춘애 앞으로 걸어갔다. 춘애는 잡지책을 읽기에 정신이 없었던지 선생이 가까이 가는 것도 모르고 그냥 껌을 씹으며 잡지책만 읽고 있었다.

다른 학생들은 심상치 않은 일이 벌어질 것을 눈치챘던지 숨소리를 죽이고 긴장 속에 잠겨 있었다.

명노는 춘애 책상 앞에 이르자 아무 말도 안 하고 손바닥을 춘애 입 앞에 내밀었다. 그때야 깜짝 놀란 춘애가 명노를 쳐다보았다. 명노는 그때까지 아무 말을 않고 벌리고 있는 자기 손바닥만 내려다보고 있었다. 씹고 있는 껌을 뱉아 놓으란 뜻이었다.

그때 춘애는 어쩔 수 없다고 생각했는지 그렇지 않으면 당황한 나머지 그랬는지 그것은 확실치 않으나 어쨌든 아무 말도 않고 씹던 껌을 명노의 손바닥에 뱉아 놓았다. 그것도 자기 손으로 꺼내 명노의 손바닥에 올려놓은 것이 아니라 입술을 명노의 손바닥에 댄 채 껌을 뱉아 놓았다.

부드러운 입술이 손바닥에 닿을 때 묘한 기분도 느꼈지만 입술을 손바닥에 대고 껌을 내뱉는 춘애의 태도에 명노는 그만 웃어 버리고 말았다. 사실은 껌을 뱉게 하고 수업이 끝나는 대로 교원실에 오라고 말할 작정이었다. 교실에서는 부끄럼을 주고 교원실에서는 꾸지람을 할 작정이던 것이 그만 자기가 먼저 웃어 버리고 말았으니 춘애에게 부끄럼마저 줄 수 없게 되었다. 그러나 명노는 선생으로서의 권위를 잃지 않으려고 웃음을 지운 뒤,

"잘못했다구 생각하나?"

하고 질문을 했다. 그때 춘애는 벌떡 일어서며,

"네. 잘못했다구 생각합니다."

하고 대답했다.

"그럼 다음에는 수업시간에 껌을 안 씹지? 잡지책두 안 읽구!"

"네."

대답이 시원스러웠다. 그러나 잘못을 후회하는 기색은 없는 것 같았다.

"공부시간에 잡지책을 읽는 법이 어디 있어?"

하고 한 마디 더 했을 때 춘애는,

"오늘까지 돌려 줘야 하기 때문에 실례를 했습니다."

하고 대답했다. 그 말에 방 안 학생 전부가 웃어 버렸다. 명노도 실례를 했다는 말에 웃지 않을 수 없었다. 그래서,

"다음부터 실례를 하지 말어!"

하고 넘겨 버렸지만 명노는 천진하다고 할까 철이 없다고 할까 그러한 춘애의 인상이 머리에서 사라지지 않았다. 그러한 춘애가 자기 형님의 마누라가 되다니……. 그러니 명노는 혼자서 웃을 수밖에.

부산에서부터 서울에 이르기까지 몇 번이나 웃었는지 모른다. 웃느라고 시간 가는 줄도 몰랐다.

서울에 도착하여 형님 집에 이르렀을 때도 명노는 혼자서 웃고 있었다. 삼십이 넘은 형님의 얼굴을 보자 십칠팔 세밖에 안 되는 춘애의 어린 얼굴

이 눈앞에 떠올랐기 때문이었다. 지금쯤 춘애도 스물두서너 살은 되었을 것이다. 그러나 명노 눈에는 여학교에 다니던 그때의 춘애만이 떠올랐으며 또 그때보다 달라진 것이 없을 것처럼만 생각되었다.

어린 춘애가 형님보고 ‘여보’ 하며 동등한 입장에서 이야기할 것을 생각하니 웃지 않을 수가 없었다.

그리고 어머니 앞에서는 맏며느리 행세를 하며 집안 살림을 도맡아 보려 할 것이 아닌가? 간장맛이 좋으니 나쁘니 부엌이 더러우니 깨끗하니 하고 잔소리까지 할지 모른다.

늦으막하니 며느리를 보게 된 어머니라 며느리가 뭐라 해도 아무 불평을 말하지 않을 것이 분명하다.

형님도 나어린 아내라고 무척 귀여워만 할지 모른다. 그렇게 되면 춘애가 집안 식구를 손 안에 쥐고 주무를 것이 아닌가?

장난꾸러기 같은 춘애가 자기 집안을 손아귀에 쥐다니……. 자기는 학교 관계로 언제 서울에 올지 모르지만 자기가 없는 집안일이 슬그머니 한심스러웠다.

한심하다기보다는 그저 우습기만 하다는 것이 옳은 표현일 것이다.

그런데 형님이,

“춘애가 너의 학교를 졸업했다더라…….”

하고 지나가는 말처럼 말했다. 너의 학교를 졸업했다니 얼굴을 알겠구나 하고 묻는 말도 아니었다. 학교 시절에는 공부를 어떻게 했느냐고 물어 볼 생각조차 가지고 있지 않은 태도였다. 춘애가 너의 학교를 졸업했다니까 그쯤 알아 두라는 말투였다.

이상한 일이었다. 서로 헤어져 있을 때야 편지로밖에 왕래할 수가 없으니 편지로 신부의 소행을 물어 보기가 안 되어 알아보지 못했을지 모른다.

그러나 자기가 춘애의 선생이었다는 것을 알고 또 자기를 면대한 이상 춘애의 학생 시절 이야기를 한 마디나마 물어 보려고 해야 할 것이 아닌가? 명노는,

“얼굴두 예쁘고 머리두 좋았지요.”

하고 알아도 이만 저만이 아니라는 듯 한 마디를 했다. 춘애를 칭찬해야 형이 좋아할 것 같기도 했지만 잘 안다는 것을 보이면 무엇이라 물어 보는 말이 나올 것 같았기 때문이었다.

그러나 형은 그런 것쯤 무관심하다는 듯,

"그래?"

하고는 명노를 보지도 않고 얼굴을 돌리었다.

명노는 섭섭하기까지 했다. 춘애를 잘 알고 있다 해도 자기의 체면을 보아 몇 마디라도 물어 봐야 할 것이 아닌가? 아직 결혼은 안 했지만 자기도 삼십이 거의 되는 사람이다. 그뿐 아니라 학교에서는 국어 주임으로 지위도 낮은 자리는 아니다. 그런 만큼 선생으로서의 체면도 봐 주어야 할 것이 아닌가?

명노는 춘애를 아는 척을 하고 싶었다. 거짓말이나마 칭찬도 해 주고 싶어 말을 꺼냈다.

"참 재미있는 애……."

말을 꺼냈으나 그만 애라는 말에서 입을 닫아 버렸다. 확실히 애였다. 나이로 보아서도 그렇고 사제의 관계로서도 그렇다. 애라는 말밖에 달리 부를 말이 없었을 것이다. 그러나 지금 형수가 된 춘애를 형님 앞에서 어찌 애라고 부를 수가 있을 것인가? 말을 중단하고는 머리만 긁었다.

머리를 긁으면서 명노는 춘애에 대한 이야기를 더 하지 말아야 할 것을 생각했다. 말마다 애라든가 춘애라든가 하고 부르게 되면 형의 체면이 무엇이 될 것인가?

형이 춘애 이야기를 묻지 않는 이유도 그런 데 있지 않은가 생각되어 명노는 형에 대한 나무람을 웃어넘기었다.

그러나 다음 날 결혼식장에서 너울을 쓰고 얌전히 서 있는 춘애의 숙인 얼굴을 볼 때 명노는 다시 속으로 웃었다.

인생은 얼마든지 달라질 수 있는 것이란 생각도 났다. 자기 손바닥에 껌을 내뱉던 춘애가 지금 너울을 쓰고 신랑인 형님 옆에 서서 저렇게도 엄숙한 얼굴을 짓고 있다니…….

그러나 너울을 벗고 집으로 돌아가기만 하면 참새처럼 지껄이며 히히닥거릴 춘애의 얼굴이 머리에 떠올랐다.

공부시간에 잡지책을 읽다가도 부끄럼 없이 실례했다고 말하던 때처럼!

그러나 결혼식이 끝나고 피로연이 시작되었을 때 명노는 놀라지 않을 수 없었다. 명노는 춘애 옆에 가서 머리를 숙이고 처음으로 아는 척을 했다. 사람들 앞에서 긴말을 하기가 안 되어 목례만을 할 생각이었다. 그 웃음띤 목례 속에는 참 잘 됐다는 뜻도 포함시켰을지 모른다. 그런데 춘애가,

"언제 오셨수?"

하고 아주 반기는 얼굴을 조금도 부끄럼 없이 보였다. 반기는 얼굴을 보이는 것은 좋았지만 반말투로 오셨수 하는 데는 놀라지 않을 수 없었던 것이다.

그렇다고 해서 누가 이상스럽게 보는 사람도 없는 것 같았다.

명노는 그저 어이가 없어서 얼굴을 돌려 버렸다.

반갑다 해도 경우에 따라 반가움의 표현이 달라야 한다. 아직 너울도 벗지 않은 색시인 만큼 비록 옛날부터 잘 아는 선생을 만났다고 해도 반드시 말을 건네야 한다는 법은 없다. 얼굴을 붉히고 웃기만 하면 충분할 것이다. 그리고 말을 꺼낸다 해도 첫마디부터 반말질을 해야 할 것은 무엇인가?

이제는 학생이 아니요, 또 선생이 아니다. 그러니까 꾸지람 대신에 명노가 얼굴을 돌리는 수밖에 없다.

피로연이 끝나고 집으로 돌아왔을 때였다. 명노는 두 번째로 얼굴을 돌리지 않을 수 없는 장면에 부닥쳤다.

형님이 신혼여행 삼아 내일 춘애의 본가가 있는 부산으로 떠난다는 이야기를 하고 있을 때 춘애가 문득,

"동생두 같이 가시지."

하는 것이었다.

결혼식을 올린 이상 춘애는 명노의 형수요, 명노는 춘애의 시동생이다. 동생이라 불러야 하고 형수라고 불러야 할 것만은 사실이다. 그러나 처음으로 동생이라는 말이 춘애 입에서 나올 때 명노는 자기가 춘애의 동생이 되었다는 생각에서보다도 춘애의 그 대담성에 머리를 돌리지 않을 수 없었다.

명노가 얼떨떨해서 머리만 돌리고 있을 때 형이,

"이왕 갈 거 같이 가면 좋지 않니?"

하고 춘애의 말에 동의하라는 듯이 말했다.

형의 그 말은 동생인 자기보다도 춘애가 더 가깝다는 것을 뚜렷이 표시하고 있기도 했다.

그러나 모두가 다 어찌할 수는 없는 일이다. 몇 달 동안 사귄 여자가 몇 십 년 동안 같이 산 형제보다도 더 귀여운 것이니까. 명노는,

"전 상관없습니다만 방해가 되지 않을까요?"

하고 같이 가는 것을 거북상스럽게 말했다. 그때 춘애가,

"동생두! 방해되긴 뭐가 방해되요. 말동무가 있어 더 좋지……."

하고 웃었다. 그 웃음은 학생이 선생에게 웃는 애교에 가까운 그런 웃음이 아니었다. 어른이 어린애를 보고 귀엽다는 듯이 웃는 그런 웃음이었다.

명노는 웃을 수가 없었다. 웃으면 웃음에게 비웃음을 당할 것 같은 심정이었다. 그래서,

"제가 말동무가 될 수 있을까요?"

했다. 그 말을 하자 형이,

"얘두. 무슨 말을 그렇게 힘들게 하니?"

하고 나무랐다. 완전히 춘애의 편이 되고 만 형인 만큼 명노의 비꼬는 말을 곱게 들었을 리 만무하다.

명노는 아차 하고 자기의 잘못을 뉘우쳤다. 정말 힘들게 생각할 건덕지가 못 된다. 당연한 일이 당연하게 운영되고 있는데 비꼴 것이 무엇이겠는가?

명노는 무안해진 얼굴로 화제를 돌려 버릴 궁리를 했다. 조금도 어색하지 않은 태도를 보여야 할 것 같았다. 그래서 생각해 낸 것이 기차표 걱정이었다. 신혼여행이니 이등차는 타야 할 것인데 차표 사기가 걱정이 아니겠느냐고 말한다면 분위기가 자연스럽게 전환될 것 같았던 것이다.

그러나 그 말이 입 밖에 나오지가 않았다.

그것은 명노가 그 말을 꺼낼 때 형수님 소리를 먼저 해 보려고 했기 때문이었다.

‘형수님! 차표를 사기가 힘들지 않을까요?’

이렇게 말하려고 생각했던 것이 그 형수님이란 말이 떨어지지 않았던 것이다.

그렇게 생각했던 만큼 형수님이라는 말을 빼고 그 뒷말만 하기는 자기 자신을 속이는 것 같아 말 전체를 꺼내지 못했던 것이다.

왜 형수님이란 말이 입에서 떨어지지를 않을까? 춘애가 자기를 동생이라고 불렀으니 자기는 춘애를 응당 형수라 불러야 할 것이 아닌가?

명노는 자기가 딱지가 덜 떨어진 인간이나 아닌가 하고 혼자 생각했다.

그때 춘애가,

“참! 차표를 미리 부탁해 놔야 하겠는데 동생이 내 편지를 가지구 정거장엘 좀 갔다 오실래요?”

하고 말했다.

부드럽게 하는 말이기는 하나 명령의 뜻이 섞인 말에 틀림없었다. 결혼 첫날이기는 하지만 그래, 춘애가 자기에게 명령을 내리다니! 명노는 다시 얼굴을 붉히었다.

그러나 얼굴을 붉히어도 소용이 없었다. 춘애는 그 말을 하자 곧 편지를 쓰기 시작했으며 편지를 다 쓰자 명노에게 건네 주었다.

“이 편지를 가지구 가시면 석 장쯤 문제 없을 겁니다.”

춘애는 자신 있게 말했다. 그리고 옆에 앉아 있던 형이,

“심부름을 좀 해라.”

하는 바람에 명노는 한 마디의 불평도 해 보지 못하고 정거장으로 나갔다.

정거장으로 나갈 때는 심부름에 대한 불평보다도 공부를 하러 서울에 와 있던 춘애의 사교가 보통이 아니라는 놀라움에 고개를 내저었을 뿐이다.

형님이 사업 관계로 서울에 와서 살지만 명노네는 춘애와 같이 부산이 고향이다. 몇십 년 동안 살아 온 고향에서도 명노는 차표 한 장 마음대로 살 수가 없다. 그만큼 사교 범위가 좁은 데 비하여 춘애는 서울 온 지 이삼 년도 못 되어 이등차표를 마음대로 살 수 있을 만큼 발이 넓었다.

편지받은 조역이 내일 아침 나오기만 하면 틀림없이 차표를 드리겠다고

말할 때 명노의 놀람은 더했다. 편지를 읽자 잔말 한 마디도 안 하고 시원스럽게 승낙했던 것이다.

다음 날 아침 차표 석 장을 힘들지 않게 사 가지고 이등차에 올라탔을 때까지 명노는 얼굴을 한 번도 찡그리지 않았다. 전날 부산에서 서울로 올라올 때 삼등찻간에서 허리도 펴지 못하던 생각을 하면 이등찻간이 천당과 같았다. 그러나 차가 떠나자 차내 판매원이 지나갈 때마다 핸드백을 열고 돈을 꺼내어 명노에게 주며 사이다를 사시오 사과를 사시오 심지어는 형이 마실 맥주를 사시오 하는 데는 얼굴을 찡그리지 않을 수 없었다. 판매원에게 직접 무엇무엇을 달라 해도 좋을 것을 번번이 명노를 통해야만 하는 이유는 무엇일까? 점심때쯤 기차가 정거했을 때는 도시락을 사 오라고 정거장 플랫폼으로 내보냈다. 도시락뿐 아니라 계란이니 호두니 번번이 나가서 사 오라 했다.

명노는 아무리 형수가 되었다 하기로서니 옛날 선생을 그렇게도 부려먹을 수가 있을 것인가 하고 혼자 생각했다.

그런 생각을 하면서도 시키는 대로 심부름을 하지 않을 수 없었다.

기차가 대구를 지났을 때였다. 형님이 춘애와의 약속을 반추하듯이 눈을 껌벅이며 말을 꺼냈다.

"아무래도 장인한테 먼저 인사를 드리구 온천엘 가야 하지 않겠수? 그게 인사가 아닐까?"

신중한 태도였다. 깊이 생각한 끝에 하는 말 같았으나 춘애가 발끈,

"신혼여행을 떠난 거지, 볼일 보러 가는 거예요?"

하고는 얼굴을 홱 돌려 버렸다.

"잠깐 들러 인사나 하구 가는 것쯤 신혼여행에 지장될 건 없지 않아?"

"기분 문제야요. 가족 대표로 어머니가 결혼식에 참석했었는데 걱정될 게 뭐예요?"

"그래두……."

"신혼여행을 마치구 인사를 가두 아버지는 좋아하실 거예요. 시시비비와 일의 선후를 분명히 가리지 않구 창창한 세월을 어떻게 산담? 안 그래요?"

형은 어리둥절해서 대답을 못했다. 춘애의 말에 반대할 수도 없지만 그렇다고 해서 무턱 그러잘 수도 없는 모양이었다. 명노를 보며,

"너 같으면 어떡하는 게 좋을 것 같으니? 인사두 않구 온천부터 간다면 아무래두 좋은 말을 들을 것 같지 않은데……."

하고 명노의 의견을 물었다. 그때 춘애가 또 발끈하고,

"자기 일을 왜 남한테 물으세요? 그렇게도 용단력이 없으세요?"

했다.

명노는 자기가 참견할 계제가 아님을 깨달았다. 참견해도 소용이 없음을 알았다. 그뿐 아니라 시시비비를 분명히 가리지 못하면 어쩌느냐고 한 말은 자기에게도 들으란 말이 아닌가?

형과 명노가 대답을 못하고 있을 때 이번에는 춘애가 명노를 보며,

"신혼여행이란 절대루 기분입니다. 아버지에게 먼저 인사를 가두 하등 지장이 없겠지만 무엇 때문에 기분을 흐리게 한단 말입니까? 아버지 모르게 한 결혼인가요 뭐? 어머니두 볼일을 보시구 이삼 일 뒤에야 내려오실 텐데 그때 인사가면 어때요? 동생, 안 그래요?"

하고 동의를 구했다.

누가 옳고 그른가를 생각할 필요가 없었다. 이미 승부는 결정된 것이다.

"형수님 말씀이 옳겠지요!"

명노는 춘애를 보며 빙그레 웃었다. 자기도 모르게 나온 형수님이란 말이다. 어떻게나 자연스럽게 나왔는지 모른다. 춘애에게 웃음을 주며 형을 바라보았을 때 삼십이 넘은 형도 빙그레 웃고 있었다.

(원) 《자유문학 1》 1956. 5, (출) 『한국단편문학전집 6 고호』 정음사, 1964.

여향(餘香)

한 번 춤을 같이 추었다고 해서 무슨 인연이나 맺은 듯이 일부러 찾아오리라고는 정말 꿈에도 생각지 못한 일이었다. 그것도 단 두 사람만이 추었다면 모른다. 여러 남자와 여러 여자가 서로 번갈아 가며 일정한 파트너가 없이 춘 춤이었다. 물론 여러 사람과 추는 가운데서도 한 남자에게만 호의를 보일 수도 있는 일이기는 하다. 그렇다면 다음 날로 찾아온다는 것이 이상스러울 것도 없고 또 찾아오는 것을 이상스럽게 생각할 필요도 없는 일일 것이다.

그러나 보경(寶卿)을 학교로 찾아온 남자가 그 전날 밤 같이 춤을 춘 남자들 가운데서도 인상이 가장 희박한 사람이었기 때문에 보경은 놀라고 만 것이었다. 더구나 그 사나이는 보경을 만나자마자 어젯밤에는 실례를 많이 했다고 간단한 인사를 한 뒤 곧 뒤이어 오늘은 바쁘지 않으냐는 말을 물었다.

보경은 그가 하는 말의 뜻을 짐작할 수 있기 때문에 오늘은 늦게까지 공부가 있다고 대답했다. 그러나 그 사나이는 상급반인데 출석을 또박또박 안 해도 좋지 않겠냐고 도리어 보경을 융통성 없는 여자라고 비난하는 투로 말했다.

"학생의 본분이 무엇인데요? 미스터 최두 학생 아녜요?"

보경은 효식(孝植)이가 자기를 잘못 알아 준다 해도 눈 하나 쓰릴 것이 없다는 태도로 대답했다.

"공부할 때는 열심히 공부를 하지만 놀 때도 열심히 놀아야 하지 않습니까?"

어젯밤에 춤을 출 때에는 언제였느냐는 듯한 표정으로 보아 효식의 얼굴은 저으기 불만스러운 것이었다.

"지금은 공부하는 시간이니까요."

보경은 자기가 완고한 여자라는 말을 들어도 좋았다. 조그마한 행동에 인연을 붙이려는 그런 속된 인간에게는 경멸을 받으면서라도 가까이 하지 않는 것이 도리어 마음이 편할 것 같았기 때문이었다.

"효식도 길게 이야기해야 별 효과가 없음을 알았던지 태도를 달리하여,

"몇 시쯤 끝나시지요?"

하고 보경의 얼굴을 쳐다보았다.

"다섯 시쯤 끝납니다."

"그럼 그때는 만날 수 있을까요?"

"만나야 할 용건이 없으시잖아요?"

"용건은 없지만 어젯밤에 실례를 했으니까 차라도 같이 마실까 해서요."

"그런 세속적인 예의는 지키지 않아도 좋지 않을까요? 느티나무 밑에서 장기판을 두고 마주 앉아 시간을 보낼 사람들은 아니니까."

"진심에서 우러나오는 행동을 세속적인 예의라고 볼 수가 있어요?"

"하루 저녁 같이 놀았다고 해서 그 사람에게 진심이 기울어질 수도 없는 일 아녜요?"

"하루 저녁 아니라 한 시간의 교제에서도 진심이라는 것은 통할 수 있는 게 아닙니까?"

"일방적인 생각은 위험한 감정에서 나올 때가 많은 걸요."

효식도 대학생이라 보경의 말뜻을 못 알아들을 리 없었다. 그러나 사뭇 불만인 듯,

"그래두 남의 호의만은 받아 줄 줄 알아야 하지 않아요?"

하고 무조건 타협해 주기를 바라는 표정이었다.

"호의라고 고맙게 생각할 수 있을 때 찾아와 주세요."

효식은 끝내 가고야 말았다. 효식이가 돌아간 뒤 보경은 강의실로 들어가 노트를 꺼내 놓았으나 가슴이 허전해서 교수의 강의도 귀에 들리지가 않았다. 지나가는 여자의 얼굴이 붉어지도록 놀려 주고도 그 다음 만났을 때는 전부터 아는 사이기나 한 것처럼 말을 붙이는 그런 예의 없고 체면 없는 남자와는 다르다 해도 한 번 만나 인사를 하고 춤을 추었다 해서 그것을 마음대로 확대시켜 호의의 발로로 해석하려는 효식의 경박성이 효식 개인에게만 국한된 일이 아닌 것 같았기 때문이었다.

경박성이란 무의미를 무의미로 생각하려고 하지 않는 사람의 행동이다. 무의미한 시간을 보다 더 많이 소비하는 것이 인간일지도 모른다. 그러나 의식적으로 무의미를 망각하려는 습성에서 경박성을 초래한다면 그것은 무의미 이상의 죄과가 아닐는지…….

대학생의 일부분이나마 공부하는 시간보다도 공부하지 않는 시간을 소비하는 데 더 많은 신경을 쓴다고 하면 대학의 운명은 장차 어떻게 될 것인가?

보경은 어른이 된 것처럼 이런 것까지 생각해 보았다. 그러나 생각이 그런 데까지 미치자 보경은 자기의 신경을 가장 많이 그리고 가장 강하게 점령하고 있는 석기(石基)를 생각하지 않을 수 없었다.

아편 중독자로 공부도 중단하고 고향에 내려가 있는 석기였다. 무의미의 덩어리다. 눈을 뜨기만 하면 아편밖에 생각할 줄 모르는 무의미의 고깃덩어리. 그러한 석기를 상념의 세계에서 버리지 못하는 자기의 생리는 과연 무엇일까? 그를 사랑했다는 감정은 이미 과거로 돌려 보낼 수가 있다. 그가 자기를 사랑한다는 것은 경멸로써 간단하게 물리칠 수도 있다. 그것이 옳은 줄도 안다. 그러려고 노력도 한다. 그런데도 상념의 세계에서 그대로 자리를 잡고 있는 석기는 도대체 어떠한 존재일까?

보경은 석기가 아편을 끊으려고 고향엘 갔으니 지금쯤 아편을 끊었거나 그렇지 않으면 그 중독성이 조금씩 희박해지고 있을 것이란 생각을 해 본다. 며칠 전에 온 편지에도 주사를 맞는 도수가 훨씬 줄어졌다고 했다. 만약 아편만 끊는다면 석기는 회생할 수 있는 사람이니까 회생하기만 하면 계속해서 사랑할 수도 있지 않은가?

보경은 이렇게 자위(自慰)도 해 보는 것이지만 그 자위가 도대체 누구를 위한 것인지를 몰랐다. 자기 자신을 위하는 것인지 석기를 위하는 것인지.

아무래도 석기의 장래를 위하는 마음이 더 큰 것 같았다. 석기가 아편 중독자로 일생을 마친다면 그는 무엇 때문에 세상에 태어났는가를 모르는 사람이 된다. 얼마나 불쌍한 인생이랴?

그러나 이미 아편 중독이 된 석기다. 그렇게도 주체성(主體性)이 없는 남자라면 중독자가 되었다는 사실만으로도 그를 능히 경멸할 수가 있을 것이 아닌가.

사실 보경은 석기를 경멸했다. 그래서 그가 중독자라는 것을 안 뒤 얼마 동안은 만나지도 않았다. 지금도 석기의 그 노오란 얼굴을 상기하면서 눈살을 찌푸리며 살고 있다. 그러면서도 석기를 잊지 못하는 것은 석기를 위한다기보다도 석기를 사랑하던 자기의 진실을 짓밟고 싶지 않은 자기 자신의 자애 때문이 아닐까?

보경은 정말 석기를 사랑했다. 석기를 행복하게 하기 위해서는 무엇을 희생시켜도 아깝지 않다고까지 생각했었다. 그러한 진실이 상대방이 발사하는 흐린 광채 때문에 깨어졌다는 피동적인 자기가 싫었다.

석기가 발사하는 광채가 원색으로 돌아간다면 석기에 대한 경멸이 없어지고 말 것이 분명하다.

그것은 정말 진실이 아니다. 진실이 아닌 자기를 생각하는 것은 죽음보다도 더 싫었다.

그렇다면 보경은 결국 자기 자신을 위하여 석기가 아편을 끊으리라 희망하고 있는 것이 아니겠는가.

강의가 끝나고 집으로 돌아오자 어머니가 보경을 붙잡아 들였다.

"너 그 석기란 녀석한테 또 편지를 했냐?"

어머니는 다짜고짜로 질문을 하는 것이었다.

"네. 편지가 왔어요?"

보경은 석기의 편지가 어서 읽고 싶었다.

"아버지가 그렇게 반대하시는데두 너는 끝까지 고집을 세울 작정이냐?"

"빨리 편지나 내놓으세요."

어머니는 아편 중독자와는 절대로 결혼을 할 수 없다고 타이르기 시작했다. 한 번 중독되었던 사람은 일단 끊는다 해도 언제 다시 재발할지 모른다고도 했다.

그러나 보경의 귀에는 그런 말이 들리지 않았다. 편지 속에 무슨 말이 들어 있는가가 궁금할 따름이었다.

"이야기는 편지를 준 담에 하세요."

"그까짓 편지는 봐서 뭘 하니?"

어머니는 절대로 편지를 보일 수 없는 모양이었다.

보경은 얼굴을 붉히었다. 작은 신발을 억지로라도 신기려고 하는 어머니의 태도에 역증이 났던 것이다.

"편지를 안 보고는 말을 안 할 테에요."

"보나마나 뻔한 노릇이지. 밤낮 하는 그 소리드라. 언제는 끊지 않는다구 그랬니……."

어머니는 편지를 뜯어 본 모양이었다. 그리고 그 편지는 이미 찢어 버린 눈치였다.

보경은 울먹울먹하는 얼굴로 자리를 일어섰다. 아무리 어머니라 해도 편지를 몰래 뜯어 보고 그것을 의논도 없이 찢어 버렸다는 것은 모독도 이만저만한 모독이 아니다. 자식이라고 해도 이머니에게 모독을 당하고 그냥 참을 수는 없는 일이었다.

보경은 집을 뛰쳐 나와 사촌오빠 집을 찾아갔다.

어머니와 싸우고 친척집을 찾아간다는 것이 마땅치 않은 일 같았지만 하룻밤이라도 마음 편히 잘 수 있는 곳이 그 집뿐인 것을 또한 어쩔 수 없었다.

친척집 아니면 친구를 찾아가야 하는 것이지만 잠을 재워 달라고 찾아갈 만한 친구란 모두가 석기와의 관계를 알고 있다. 그리고 그 친구들 가운데는 석기와의 관계를 찬동해 주는 사람이 하나도 없다. 잠을 재워 주는 대가로 석기의 이야기를 묻고야 말 친구들을 생각할 때 명환 오빠는 누구보다도 대범한 것이 좋았다.

그는 보경이가 이야기를 하지 않는 한 보경의 신변에 대해서 알려고 하는 태도를 보이지 않는다. 석기 때문에 집안이 뒤숭숭함을 알면서도 명환은 보경의 심경에 변화를 주려는 생각을 조금도 가지고 있지 않다.

그러한 명환이가 좋아서 마음놓고 찾아간 것이지만 이 날도 여전히,

"하룻밤만 자면 되겠니?"

하고 자러 온 까닭도 묻지 않는 명환을 볼 때,

"오래 있으면 안 되요?"

하고 보경이가 항의하듯 반문을 했다.

"안 될 건 없지만 오래 있으려면 밥값을 받아야겠으니까."

명환은 호걸 웃음을 웃었다.

"유숙계를 안 냈다구 잡아가시지요 왜?"

보경은 공연히 신경이 날카로워졌다. 경찰관이라고 해서 그렇게까지 비꼴 아무 건덕지도 없건만 지나치게 대범한 오빠가 꼬집어 주고 싶게 미웠던 것이다.

"잡아갈 일이 있으면 잡아가야지……."

명환은 어디까지나 농담조였다.

보경은 자기의 화에 자기가 참지를 못하여,

"그럼 남의 편지를 몰래 뜯어 보구 찢어 버린 사람이나 잡아가세요. 그것도 죄목에 걸리지요?"

"걸리구 말구. 보경의 편지를 몰래 뜯어 보구 찢어 버린 사람이 대체 누구야! 그 자식 잡아다 가둬야겠는데……."

오빠가 능글맞게 웃어 가며 말하는 데 화가 더 치밀어올랐지만 그렇다고 해서 그 이상 더 신경질을 부릴 수는 없었다.

"오빠!"

보경은 명환을 불러 놓고 애원하듯이 말을 꺼냈다.

"새로운 것을 건설하는 것보다 낡은 것을 없애는 것이 더 힘드는 것 같지 않아요? 그리구 두 가지 일을 다 해야 하는 세대에 사는 사람이 가장 불행한 사람들이 아녀요?"

“글쎄, 난 건설두 파괴두 다 못하는 사람이니까 불행두 느끼지 못하구 산다. 차라리 불행이라두 느끼며 산다면 산 보람이라두 있겠지만……”

“누구는 건설과 파괴를 느끼며 행동을 하나요? 그런 세대에 산다는 것 그 자체가 건설이며 또 파괴지요.”

“글쎄, 나는 그런 것두 모르구 산다니까.”

오빠는 나이로 보아 그런 말을 한다는 것이 진실일지도 모른다. 그러나 그런 말을 하는 태도가 결국은 보경의 심경에 관여하지 않겠다는 것임이 뚜렷하게 드러나 보였다.

보경도 그러한 명환에게 화풀이를 할 흥미를 느끼지 못했다. 그래서 더 이야기도 하지 않고 자기로 했다.

다음 날 아침 학교로 갈 때 보경은 집에 들어갈 일을 걱정하지 않을 수 없었다. 안 들어갈 수도 없는 노릇이지만 들어갈 때는 밖에 나가 잔 꾸지람을 듣지 않을 수 없다. 꾸지람을 듣는 것쯤은 걱정도 할 것이 없지만 무엇보다도 변명을 하지 않을 수 없게끔 강요할 것이 싫었던 것이다.

종일 그런 걱정이 가라앉지 않아 불안하다고까지는 말할 수 없으나 께름칙한 마음으로 공부를 하고 있을 때 전번 날 밤 자기 집으로 초대했던 성숙이가 찾아왔다.

“오늘 밤엔 미스터 최가 초대를 한다는데 가지 않을래?”

최란 어제 학교로 찾아왔던 효식을 말함이다.

보경은 선뜻 대답이 나오지 않았다. 기분 같아서는 효식이 아니라 어떤 사람의 집에라도 가고 싶었다. 그러나 차를 마시자고 찾아온 사람을 불쾌한 낯으로 돌려 보낸 자기의 체면을 생각할 때 그 자리에서 가겠노라는 대답을 할 수가 없었다.

“네가 꼭 참석해야 한대드라, 가지?”

성숙은 어제 효식이가 찾아왔던 사실을 모르는 만큼 보경의 대답이 힘들리라는 것을 모르고 있다.

“글쎄…… 오늘은 일찍 집엘 가야 할 것 같아…….”

보경은 그래도 명확한 대답을 못했다.

“남의 호의를 무시할 수 있니?”

성숙은 결국 싫어도 가야 하지 않느냐는 태도로 말했다. 보경은 그런 것이 싫었다. 소위 에티켓을 생각해서 의사가 없을지라도 초대를 거절할 수 없다는 듯이 보이려는 그 말에,

‘난 안 갈 테야.’

딱 잘라 주고 싶었다. 그러나 초대를 거절해서는 안 된다는 에티켓을 도리어 고맙게 생각하고 있는 성숙이다. 가서 놀고 싶거든 솔직하게 가서 놀고 싶다고 말할 것이지 남의 호의를 무시할 수 없어서 가는 것처럼 말할 것이 무엇인가?

그러한 성숙이와 휩쓸리고 싶지가 않았다. 그러나 보경은 자기의 욕망이라는 것을 생각했다.

솔직하게 말해서 지금의 마음은 어디에고 가서 춤을 추며 시간을 보내고 싶은 것이었다. 집에 들어간다는 것은 생각만 해도 골치 아픈 일이었다.

“몇 시라지?”

보경은 성숙이와 같이 간다는 것 그리고 가는 곳이 효식의 집이라는 것도 꺼리지 않았다.

마음이 춤을 추고 있었기 때문에 가기로 결심했던 것이다.

“여섯 시래!”

“그 동안 어디서 시간을 보낼까?”

“다방에나 가자꾸나…….”

“그래…….”

그들은 강의가 끝나자 어떤 다방으로 가서 시간을 보냈다. 그러니까 남보다 늦지 않게 효식의 집엘 갈 수가 있었다.

효식은 반갑게 보경을 맞이하여 초대에 응해 준 것을 만족해했다. 어제 차를 마시자고 찾아갔다가 거절을 당한 일까지도 잊어버린 것 같았다.

보경은 춤을 추는 것이 목적이어서 찾아온 것인 만큼 효식에게 불쾌한 얼굴을 보일 수가 없었다.

“어제는 실례를 했습니다.”

먼저 사과의 뜻을 표했다.

"뭘요? 제가 실례를 했지요."

효식은 신중한 태도를 취함으로 보경의 마음을 건드리지 않으려는 모양이었다.

여자로는 보경과 성숙과 그 밖에 두 명이 더 왔다.

남자도 꼭 같은 수효가 모였을 때 간단한 식사가 들어왔다. 식사가 끝나고 전축을 틀어 놓자 효식이가 보경 앞으로 나오며 프로포즈를 했다.

보경은 춤을 같이 춘다고 해서 또 다른 의미로 해석할 것 같은 것이 싫기는 했으나 그렇다고 해서 안 출 수도 없었다. 또 그럴 필요도 없었다. 보경은 상대가 누구든 간에 춤을 추는 것만이 목적이었으니까……

음악에 발을 맞추어 이성(異性)과 같이 선율을 탄다는 것은 절대로 불쾌한 일이 아니었다. 상대가 자기를 해치려는 사람만이 아니라면 그의 얼굴도 볼 필요가 없었다. 육체와 육체가 접근하고 또 마찰하는 것을 어찌 불쾌하다고 할 수 있을 것인가?

턴을 할 때마다 자기의 몸이 남자의 가슴으로 쏠린다. 보경은 그 쏠리는 몸을 일부러 멀리하려고도 하지 않았다. 리듬과 선율에 따라 몸을 맡기고 말았다.

효식은 그러한 보경을 어떻게 생각했던지 레코드가 몇 번 갈리었을 때는 보경의 이마에 자기 뺨을 갖다 대기까지 했다.

그때만은 보경이가 얼굴을 뒤로 젖히고 효식과의 거리를 멀리했다.

얼굴과 얼굴을 맞댄다는 것은 정말 감정이 통할 때만 허락할 수 있는 일인 것 같았기 때문이었다.

효식은 얼굴을 떼는 보경을 보자,

"실례했습니다."

하고 마치 무의식중에 그런 행동을 취했노라는 듯이 사과했다. 보경은 그런 말을 들은 척도 안 했다. 도리어 부자연하게 될 것 같았기 때문이었다.

그러나 효식은 무의식적인 행동인 척하며 힘을 주어 끌어안았다. 그리고는 또 무의식적인 행동처럼 뺨을 가져다가 댔다.

보경은 그런 데는 신경을 쓰고 싶지가 않아졌다. 해 볼 때까지 해 보라는 마음이 들었다.

효식은 보경의 마음이 달라진 것을 알자 뺨을 스칠 정도로 대던 것을 힘주어 달라붙였다. 레코드가 끝나고 쉬는 자리로 돌아왔을 때 보경은 웃음을 지으며,

"춤을 잘못 배우신 것 같은데요."

라고 주의를 시켰다. 효식은 다시 안 그러겠다는 듯이 잘못되었다고 사과를 했다.

그러나 다음번 탱고를 출 때 효식은 지나친 녹크를 하여 보경을 기울어뜨린 뒤 덮치듯 위를 내리눌렀다. 그리고는 보경의 입술에다 자기의 입술을 가져다 댔다. 보경은 그만 벌떡 일어나며 효식의 뺨을 소리가 나도록 갈겨 주었다. 그리고는 아무 말도 없이 자리로 돌아와 앉았다.

보경은 다른 남자가 와서 프로포즈를 하면 그대로 춤을 계속할 작정이었다. 그러나 모두들 춤을 멈추어 버렸다. 그리고 성숙이가 달려와서,

"얘두 그게 무슨 짓이니?"

하고 마치 보경이가 예의도 체면도 차릴 줄 모르는 여자라는 것처럼 눈을 홀기었다.

보경이가 무어라고 대답할 새도 없이 효식이가 따라와서,

"이거 어디서 굴러먹든 거야?"

하고 보복을 하고야 말 것처럼 주먹을 쥐었다. 그때 남자들이 다가와서 효식을 붙들었다.

"이거 창피해서 못 살겠는데……."

효식은 이가 갈리는 듯 소리를 질렀다. 그러나 보경은 조금도 동요되는 기색을 보이지 않고,

"나는 내 행동에 후회를 안 하니까 마음대로 해 봐요."

하고 의자에서 일어섰다.

보경은 전체의 분위기를 회복하기 위해서라 할지라도 자기의 태도를 고칠 생각이 없었다. 물론 효식을 때린 것은 깊은 사려(思慮)가 있은 뒤의 행

동이 아니다. 그러나 행동을 한 뒤에 생각을 해도 잘못된 것은 하나도 없었다. 잘못했다고 생각되어도 어찌할 수 없는 일이었을지 모른다. 후회라는 것은 의식의 박약에서 오는 결과다. 의식의 박약을 느끼며 행동하는 사람이 되고 싶지 않은 보경이었다. 만약 후회할 만한 행동을 저질렀다고 생각될 때에는 자기가 의식이 박약한 여자라고 스스로를 경멸해야만 된다.

보경은 자기 자신을 경멸하고 싶지만은 않았다. 성숙이가,

"빨리 가자."

하며 보경의 팔을 잡아끌었다. 사태가 크게 벌어지기 전에 해산하자는 모양이었다. 다른 사람들도 돌아갈 준비들을 했다. 보경은 효식의 얼굴을 한 번 바라보았다. 어떠한 표정을 짓고 있는가가 알고 싶었던 것이다.

효식은 참을 수 없도록 화가 났지만 화풀이를 할 데가 없어서 안타깝다는 듯이 돌아가는 사람들에게 전송할 생각도 않고 선 자리에서 숨만 씨근덕거리었다. 보경은 속으로,

'못생긴 친구…….'

하고 혼자 중얼거리며 효식의 집을 나와 버렸다.

잘못했다고 후회된 것은 아니었지만 사람을 때린다는 사실이 그를 불쾌한 감정 속에 몰아 넣어 보경은 며칠 동안 명랑한 얼굴을 짓지 못하고 지냈다.

그 동안 석기에게서 편지가 한 번 오기는 했지만 읽어 보지도 못했으니 석기에 대한 초조감과 아울러 그의 마음을 불안케 하였다.

불안이란 결코 내일의 자기를 믿을 수 없고 믿을 수 없는 미지수의 내일에 공포감까지 가지게 되는 숙명의 위협에서 오는 것일지 모른다.

석기가 아편을 끊는다고 해서 반드시 자기의 운명이 달라지리라고는 생각지 않지만 우선 현재의 보경으로서는 석기의 아편이 내일의 자기를 생각할 수 있는 오직 하나의 가능성을 움켜잡고 놓지를 않는 것같이 느껴졌다. 차라리 가능성을 파괴하여 완전한 불가능으로 전환시켜 준다면 그때는 불가능을 새로운 가능으로 만들 노력이나 생길 것이 아니겠는가?

그러나 내일의 가능성을 가로막고 있는 존재가 무엇인지 알면서도 어찌

할 수 없는 것이 비극의 근본이 아닐는지 모른다. 보경은 석기에게 편지를 썼다. 그것은 그새 경과가 어떤지 궁금하다는 것과 빨리 완쾌되기를 바란다는 극히 다정스러운 내용이었다.

역시 보경은 석기가 그리웠고 하루빨리 완쾌되었다는 소식이 듣고 싶었다.

그러나 다음 날 보통 때보다 일찌감치 집으로 돌아갔을 때였다. 대문을 열자 문 안에 떨어져 있는 석기의 편지를 주워 읽었을 때 보경은 새로운 실망을 느끼고 말았다.

어머니가 먼저 읽기 전에 그 편지를 받아 볼 수 있었던 것만은 다행한 일이었지만 석기가 혼자의 힘으로는 도저히 아편을 뗄 수가 없다고 하며 한번 내려왔다 가라고 한 데는 석기의 그 불투명한 성격에 환멸 같은 것을 느끼지 않을 수 없었다.

나쁜 일인 줄을 자인(自認)한다면 그리고 그 나쁜 일을 의지여하로 고칠 수 있는 일이라면 혼자의 힘으로 고치지를 못하고 남의 힘까지 빌려야만 하는 석기의 의지란 과연 어떠한 종류의 것일까!

남을 위해서 하는 일도 아니다. 자기 자신의 생명과 직접 관계 있는 일이다.

그것도 돈이 있어야 하고 권력이 있어야만 하는 일이라면 또 모른다. 순전히 의지력 하나만으로 죽을 수도 있고 살 수도 있는 일이 아닌가?

차라리 죽기를 위한 하나의 수단으로 죽음에 대한 공포는 남보다 더 많이 가지고 있으면서도 생에 대한 의의는 그 공포에 반비례해서 영(零)의 지역에서 배회하고 있다.

보경은 석기를 죽도록 방임해 두고 싶은 생각이 들었다. 타성이, 관습에서 오는 무의미(無意味)의 시간이 인간의 생명을 얼마나 단축시키고 있는가? 무의미 이상으로 죄악에 가까운 중독자의 생활이란 차라리 하루라도 빨리 단축시키는 것이 옳을 것 같았다.

그러나 그 날 저녁 아버지와 어머니가 합석을 하고 보경과 약혼할 남자를 물색하고 있을 때 보경은 석기에게로 내려갈 것을 혼자 결심했다.

그의 부모들은 보경이가 석기를 잊기 위해서라도 빨리 다른 사람과 약혼을 해야 한다고 했으며 그 약혼 대상자로는 적어도 두세 명의 청년이 있다고 했다. 그리고 중독자를 잊지 못하고 그냥 사랑한다는 것은 사랑의 중독자라고 하며 보경을 석기와 꼭 같은 사람이라고까지 비난했다.

'사랑의 중독자!'

보경은 혼자 생각해 보았다. 그런 말이 성립되는지 안 되는지는 모르지만 매력 있는 멋진 말인 것 같았다.

이십사 시간 사랑만을 생각하면서도 그 사랑에 육체가 꼬치꼬치 말라서 죽는다면 얼마나 멋진 일이겠는가? 그러나 사랑에 중독되기에는 면역체가 너무나 많이 만연되고 있다. 중독되고 싶어도 중독될 수 없으리 만큼 사람의 정신은 분산되어 있다.

그러나 보경은 다음 날 아침 석기에게로 떠나야 할 자기의 결심을 어머니에게 말하고 여행 준비를 했다. 어머니는 펄쩍 뛰었다. 집안과 절연을 하지 않으려거든 절대로 가서 안 된다고 말했다.

그래도 보경은 떠나고야 말았다. 그것은 역시 석기를 사랑하기 때문이었다. 자기가 가야만 석기가 아편을 끊을 수 있다는 생각에서는 아니었다. 자기가 옆에 있으면 아편을 뗄 수 있다는 석기에 대하여 한 번만이라도 성실한 자기가 되고 싶은 때문이었다.

하나의 행동을 하기 위하여 자기가 절대로 필요하다고 하는데도 가 주지를 않는다면 자기는 석기를 사랑한 것이 아니리 석기의 사랑을 빼앗기만 하던 사람이 된다. 보경은 자기 자신에게 성실하기 위해서 떠나지 않을 수 없었다.

그러나 진작 떠나려고 집을 나와 보니 자기가 광야에서 헤매는 것처럼 외롭다는 것을 느꼈다. 옳다고 생각하는 것이라면 그렇게까지 외로움 속에서 출발하지 않아도 좋지 않을까 하는 생각이 들었다.

보경은 무심히 학교로 갔다. 거기라고 해서 자기의 외로움을 덜어 줄 사람이 있으리라고 생각한 것은 아니었다. 협조자는 없다고 해도 방관자(傍觀者)나마 구해 보겠다는 마음에서였다. 부모들처럼 돌을 던지는 연출자(演出者)보다는 멀리서 무대를 구경하는 관중이 그에게는 필요했을지도 모른다.

보경은 우선 성숙을 만났다. 그리고 부산으로 석기를 만나러 간다는 말을 사무적으로 말했다.

"애두. 세상에 남자가 없어서 그런 사람을 아직두 못 잊구 있니?"

아무런 말을 해도 좋았다. 경멸하는 뜻의 말이거나 아껴 주는 뜻의 말이거나 그것이 보경의 마음을 움직일 수는 없었다.

"노트나 잘했다가 다음에 빌려 줘."

"이번에 가거든 아주 끊어 버리고 와. 왜 손해 볼 일을 하니, 응?"

보경은 대답을 안 했다. 그리고는 정거장으로 나가는 것이었다.

다른 방관자를 만날 필요는 없었다. 모두가 성숙과 같은 성실한 방관자일 것이 분명했기 때문이었다.

마악 교문을 나서려 할 때 효식과 맞부딪쳤다.

보경은 가슴이 철렁했다. 효식이가 보복적 행동을 할 것 같았음이 아니라,

'중독자의 애인!'

하고 자기를 경멸할 것 같았기 때문이었다.

과연 효식은 아무 말도 안 하고 그 독기가 차 있는 모멸의 눈으로 보경을 쏘아보았다.

'공부를 안 하구 어디를 가는 거야?'

이런 말을 하는 것 같기도 했다.

보경은 효식의 시선을 피하며 한길로 뛰쳐 나왔다. 무척 외로운 것 같았다. 세상에는 자기의 편이 되어 줄 사람이 하나도 없는 것 같은 느낌이었다.

그러나 정거장으로 나와 기차에 올라탔을 때 보경은 외로움의 향긋한 맛을 가슴 속에 반추하기 시작했다. 세상에 자기 편이 되어 줄 사람이 하나도 없으나 자기는 자기를 만족시키기 위하여 지금 기차에 몸을 싣고 있다. 기차는 움직인다. 조용히 달린다. 애들이 돌팔매를 하여 몸에 상처가 생겨도 달릴 줄밖에 모른다.

보경은 자기에게나마 성실할 수 있다는 것을 신에게 감사드리고 싶은 심경이었다. 지루한 여행이었지만 자기를 필요로 하는 석기에게 무엇인가를 주려고 간다는 마음이 흡족했다.

부산에 이르러 석기의 집에까지 갔을 때 석기는 물론 석기의 부모까지 반가워들 했다. 그야말로 구세주가 나타나기나 한 것 같은 그런 표정들이었다.

"안 올 줄 알았더니 정말 고맙소."

앙상하게 뼈만 남은 석기는 감격해 눈물까지 떨어뜨렸다.

보경은 그들이 필요로 했기 때문에 찾아온 것이기는 했지만 정작 그들의 얼굴을 보자 그들 자신의 일에 왜 자기를 필요로 했을까 하는 의심이 들었다. 정말 이상스러웠다. 돈도 있고 부모도 있는 석기다. 자기까지를 필요로 할 까닭이 무엇인가? 만일 자기의 힘으로도 되지 않을 때에는 또 누구를 필요로 할 것인가?

"안 와야 할 것을 왔는가 봅니다."

보경은 자기가 자기 자신에 대해서 반발하는 것이라 생각하면서도 석기가 듣기 섭섭해할 말을 하고야 말았다.

"보경 씨가 안 온다면 나는 그냥 죽구 말 거야. 아편은 끊어서 뭣 해?"

석기는 아편을 끊기 위해서보다도 보경이가 보고 싶어서 부른 모양이었다. 그러나 보경은,

"이젠 비굴해지지 마세요. 비굴한 석기 씨를 보면 내가 이까지 온 것을 후회할 거야요."

"잘 알았소. 좌우간 내가 아편을 아주 끊을 때까지 돌아가지 말아 줘요. 그리구 내 옆을 잠시두 떠나지 않는다면 나는 아편두 끊을 수 있을 거야."

"그런 말두 할 필요가 없어요. 내가 여기까지 오지 않았어요."

보경은 비굴하나마 석기의 진심을 알 수 있을 것 같았다. 그래서 있는 날까지 있으며 그 아편을 끊도록 협력해 주려고 했다.

결혼한 부부처럼 석기의 곁을 잠시도 떠나지 않고 잔심부름까지도 도맡아 해 주었다.

석기는 보경이 옆에 있는 한 어떤 일이 있어도 중독을 떼고야 말겠다고 거듭 말했다. 그러나 하루도 못 되어 거품을 물고 방바닥에 뒹굴 때 석기는 옆에 있는 보경의 이름을 부르지 않고 어머니만을 연거푸 불렀다. 어머니가 와야만 아편을 놔 주리라는 생각에서였을 것이다.

보경은 눈에 풀이 하나도 없고 입에 거품을 문 그런 무서운 꼴을 처음 보는 만큼 당황한 마음에 석기 어머니를 불렀다. 석기 어머니는 벌써 알았다는 듯이 주사침을 가지고 들어와 소독도 제대로 하지 않고 침을 찔렀다. 침을 찌르자 석기는 그 자리에서 눈을 제대로 뜨고 입맛을 다시기 시작했다. 약효가 그렇게 빠른 것도 처음 보는 일이었다.

"밤낮 이렇습니까?"

보경이가 석기 어머니에게 물었다.

"놓을 시간이 지나면 그렇다네. 그러니 걱정이 아니야."

"밤낮 그러면 그걸 어떻게 봅니까?"

"그러니까 분량을 조금씩 조금씩 줄구지……."

"전혀 놔 주지 않으면 아주 죽는가요."

"글쎄…… 한약을 져다 놓기는 했어두 이 애가 그걸 먹을래야지."

보경은 잠시 생각 끝에,

"그럼 그 한약을 주세요. 제가 먹여 볼게요."

그래서 다음 날 석기가 다시 거품을 물고 쓰러졌을 때 보경은 석기의 어머니를 부르지 않고 그 한약을 먹였다.

석기는 사람 살리라고 하면서 그 한약을 안 먹는다고 발버둥쳤다.

"이걸 안 먹으면 난 갈 테에요."

석기는 그래도 사정사정했다. 한약 대신 아편을 놔 달라는 것이었다. 그때였다. 부르지도 않았는데 석기 어머니가 주사침을 들고 들어왔다. 시간을 보고 아는 모양이었다. 보경은 석기 어머니 앞을 가로막으며,

"그건 제가 간 뒤 놔 주세요. 저는 한약을 먹이고야 말겠어요."

라고 주사를 놓지 못하게 했다.

"그러다가 일이 생기면 어떡허게……."

그래도 보경은 주사를 놓지 못하게 하고 약사발을 석기에게 내밀었다.

"안 마시겠어요? 안 마시면 당장에 떠나구 말 테에요."

석기는 죽기보다도 싫은 모양이었다. 그러나 보경이가 떠난다는 말에 한약을 억지로 마셨다.

한약의 효과가 약간 있었던지 석기는 경련을 멈추고 보경을 바라보았다. 그러나,

"한 번만 놔 줘."

하고 애원을 했다.

그때 보경은 책상 위에서 과도를 가져다 주면서,

"이걸루 피가 나올 때까지 손가락을 찌르세요. 그럼 주사를 안 놔두 될 거예요."

"뭐? 나더러 죽으라구? 이게 사람을 죽이려 온 모양인가?"

석기는 눈을 부릅뜨고 과도를 뺏어 창 있는 데로 내던졌다.

"한 번쯤 죽어 볼 생각해 보세요. 죽기가 그렇게두 싫어요?"

"난 죽지 않을 테야, 왜 죽어!"

"석기 씨! 내 말을 안 들을 테에요? 안 들으면 난 석기 씨와 결혼을 안 할 테에요."

그 말에만은 석기도 참을 수 있는 한도까지 참아야 할 것을 생각한 모양 이었다.

"말을 다 들을게 죽지만 말게 해 줘."

"죽지는 않게 해 드릴 테니 주사만 놔 달라구 그러지 마세요."

보경은 안타까워하는 석기를 끌어안았다. 그리고 뺨을 부비며,

"석기 씨는 나를 사랑히지요?"

했다.

"사랑해. 보경 씨가 없으면 나는 정말 죽을 테야."

석기는 보경을 껴안고 정말 보경이가 옆에 있는 한 자기는 죽어도 좋다는 시늉을 했다.

그렇게 해서 하루는 지났다. 이틀째 되는 날도 주사를 놓지 않고 한약을 대용했다. 사흘째 되는 날은 경련도 전처럼 심하지 않았고 주사를 놔 달라 는 발악도 대단치 않았다. 그렇게 해서 석기가 이제부터는 주사를 놓지 않 고도 아편을 끊을 수 있다는 생각을 갖게 되었을 때였다.

하루 저녁에는 석기가 술을 사다 달라고 했다.

보경은 술 먹겠다는 말을 처음 듣는 만큼 그 말이 고마웠다. 술을 사다가 마시게 했다.

석기가 술을 몇 잔 마시자,

"이제는 아주 끊게 될 거야. 그럼 보경 씨는 나하구 결혼하는 거지?"
하고 묻기 시작했다.

"그럼요. 그것만 끊으면 왜 결혼을 안 해요."

그 말을 듣자 석기는 와락 보경을 끌어안았다. 떨리는 입술을 함부로 부비기도 했다.

보경은 하는 대로 내버려 두었다. 석기가 아편만 끊는다면 정말 결혼을 할 생각이었던 만큼 석기의 정열을 막아야 할 필요도 느끼지 않았다.

"보경 씨의 말이면 무엇이나 들을게. 나를 멀리만 해 주지 말어."

"필요없는 말을 무엇 때문에 자꾸만 되풀이하세요. 다 알아요."

보경은 석기가 기뻐하는 것을 진심으로 만족스럽게 생각했다.

그래서 그 날 밤 보경은 석기의 요구를 무엇 하나 거역하지 않았다.

다음 날 보경은 석기에게 바친 자기의 처녀성을 아깝게 생각지 않았으며 그럼으로 해서 석기의 사랑이 더 굳어질 것을 즐겁게 생각했다. 석기도,

"보경일 위해서 나는 괴로움을 참을 테야. 어떤 일이 있어두 다시는 그런 짓을 안 할게."

"정말 그래야 해요."

"내가 보경이더러 오라구 한 것두 결국은 내가 보경을 사랑하기 때문이었어. 보경이와 결혼을 못하구 죽으면 나는 뭣이 돼?"

"그래서 나두 내려온 게 아녜요."

"정말 결혼해 줘. 응?"

"다시 재발하지만 않는다면 ——."

보경은 주름살을 활짝 펴고 웃을 수가 있었다.

"위경련 때문에 그놈을 시작했던 거지만 앞으로는 위경련이 일어나두 다시 그놈을 몸에 안 댈 테야."

석기의 결심이 상당한 효과를 냈다. 보름쯤 지난 뒤에는 얼굴에 살도 좀

오르고 눈에도 기운이 돌기 시작했다.

보경은 석기를 믿고 서울로 돌아올 수 있었다.

서울로 돌아오자 아버지와 어머니는 당장에 집을 나가라고 야단이었다.

보경은 부모에게 항거하지를 않았다. 그 대신 석기가 아편을 끊었으니까 결혼을 해도 좋지 않느냐고 부모의 마음을 돌리도록 노력했다.

그러나 부모의 의사를 무시하고 석기의 집에 가서 보름 동안이나 있다 온 보경을 딸이라고 생각할 수 없다고 하여 부모는 보경을 내쫓으려고만 했다.

보경은 집에서 내쫓기어도 겁날 것이 없었다. 석기에게로 가면 그뿐이니까. 그러나 구세대에 속한 부모라 해도 그들에게 쫓겨났다는 소리는 가지고 살고 싶지가 않아 찰거머리처럼 집을 떠나지 않은 것이 부모에 대한 하나의 항거로 보였을지도 모른다.

날이 지남에 따라 부모의 흥분도 조금씩 가라앉아 꼭 내쫓아야만 할 것 같은 태도는 보이지 않기 시작했다. 그러면서도 석기는 다시 재발할 위험성이 많으니까 결혼만은 못한다고 주장했다.

보경은 어머니를 통하여 석기도 물론 석기 부모에게도 석기와 결혼할 것을 약속했다고 말했다. 그것은 정말이었다. 보경이 석기의 집을 떠날 때 석기 부모는 아들을 살려 준 구세주처럼 보경을 고맙게 생각하여 석기와 결혼하여 죽을 때까지 돌보아 주기를 애원했다. 그때 보경은 자기도 그런 결심을 한 것이니 걱정 말라고 확언을 했었다. 그런 만큼 이제 와서 석기와 결혼 안 한다는 생각을 가질 수 없는 보경이기도 했다.

"뭐? 부모의 승낙도 없이 결혼을 해?"

보경의 부모는 다시 흥분하기 시작했다. 어떤 일이 있어도 석기와는 결혼을 못한다고 하여 석기와 편지 왕래만 해도 가만두지 않는다고 협박을 했다.

보경은 부모가 하는 대로 내버려 두었다. 오직 행동만이 있을 뿐이라고 생각했기 때문이었다.

며칠이 지난 뒤 석기가 서울로 올라왔다. 보경이가 그리워 견딜 수 없다는 것이었다. 보경도 석기가 반가웠다. 부모의 박해가 심한 만큼 그것을 이겨 나가는 데도 석기가 옆에 있어 주는 것이 마음 든든한 일이라고 생각했다.

그들은 매일처럼 만났다. 만날 때마다 부풀어오르는 가슴을 걷잡지 못하고 뜨거운 포옹을 마음껏 하였다.

"보경——, 내 얼굴 좋아졌지? 곧 복교 수속을 할 테야. 그놈 때문에 얼마나 손해를 봤는지 참."

석기는 아편에 중독되었던 때가 아득한 옛날이기나 한 것처럼 지금의 자기를 감개무량하게 이야기했다.

"빨리 졸업을 하시도록 해야지요."

보경도 지나간 꿈 같은 일은 완전히 잊어버린 듯이 말했다.

"그렇지만 졸업하기 전에라두 결혼은 할 수 있지 않어?"

"할 수는 있지만 그렇게 서두를 건 없지 않아요?"

"할 건 빨리 하는 게 좋지. 결혼하구는 공부를 못할라구?"

"순서라는 게 있지 않아요?"

"순서는 누가 정한 순서야? 보경, 우리 금년 안으로 결혼을 해. 부모님의 승낙까지 얻구 올라왔어."

보경은 잠시 대답을 주저했다.

"왜 대답을 안 해? 보경의 부모님이 승낙을 해야 된다는 말인가?"

"부모님의 승낙을 받고 결혼할 생각은 안 가지구 있어요. 할 때만 되면 언제라도 하는 거지."

"그럼 금년 안으루 해, 응?"

보경은 그래도 그 날만은 확답을 피했다. 졸업을 하고 결혼해도 절대 늦다고 생각되지가 않는데 졸업 전에 결혼하자고 서두는 석기의 태도가 무엇일까 하는 것이 머리에 떠올랐다.

사실 석기는 결혼 독촉을 너무 심하게 했다. 만날 때마다 그 말이었다. 그러나 보경은 학생생활을 끝내는 날 결혼생활을 출발시키자고 꼭 같은 말로 대했다. 그래야만 할 것 같았다.

그러나 어떤 날 석기가 공연히 초조해하며 안절부절을 하다가 변소에 다녀온 뒤 그의 주머니에 삐죽이 드러나 있는 주사통을 보자 보경은 결혼 독촉 내면에 숨어 있는 석기의 심경을 알고야 말았다.

보경은 하늘이 무너지는 것 같았다. 체내의 열이 온통 얼굴로만 뻗쳐오르는 것 같기도 했다.

한 번 중독이 되었던 사람은 그 중독이 재발되고야 만다고 했던 부모의 말이 머리에 떠올랐다.

보경은 절망만을 느꼈다. 그리고 자기의 진실이 여지없이 깨지고 만 데 끝없는 슬픔을 느꼈다.

그러나 보경은 그 슬픔을 조금도 표현하지 않았다. 아무 말도 안 하고 석기와 헤어져서 집으로 돌아갔다. 집으로 돌아와서야 혼자 울기를 시작했다.

물론 그 뒤부터는 석기를 일절 찾아가지 않았다.

의지가 그렇게까지 약할 뿐 아니라 속이면서까지 자기와 결혼을 하려는 석기가 싫어서만은 아니었다. 이때까지 바친 자기의 진실이 불행감을 느끼게 하고 싶지 않았기 때문이었다. 누가 인정해 주지도 않는 것을 혼자만 기를 쓰고 지켜 오던 진실이었다.

그러한 진실을 무참하게 깨뜨려 놓은 석기를 어떻게 다시 만날 수가 있을 것인가?

그러나 그러한 진실을 석기와 만나지 않는 것으로만 처리해 버린다는 것은 자기 자신을 너무나 가볍게 취급하는 태도 같아 달리 방법이 없을까 연구를 하고 있을 때었다.

기다리다 기다리다 참을 수가 없었던지 석기가 집으로 찾아왔다.

보경은 그의 심정도 알 수 있었으나

"부모들이 야단치실 테니까 아무 말도 말고 빨리 돌아가세요."

그를 돌려 보내려 했다.

"그럼 나와 같이 나가."

"다음에 갈게요."

"흥, 알았어. 내가 싫어졌단 말이지? 그럴 줄 알았어."

"그런 이야기는 다음에 해요."

"다음에? 내가 죽은 뒤 말이지? 내가 그대로 죽을 줄 알아?"

보경은 대문 앞에서 싸울 수가 없어서 골목길을 걸으며 이야기했다. 내일은 꼭 갈 테니까 다른 생각을 말고 기다리라는 말로 석기의 흥분을 가라앉힌 뒤 그를 돌려 보냈다.

석기를 돌려 보내자 보경은 보복적인 행동까지 취하겠다는 석기의 말에 분노 같은 감정을 느꼈다. 자기를 속이며 살아야 하는 인간의 허세라고만 생각하기에는 태도가 너무나 밉살스러웠던 것이다.

그러나 생명에 대한 불안감을 가진 사람에게는 한 가지 생각에만 모든 신경을 집중시킨다는 것을 생각할 때 보경은 석기가 불쌍하다는 생각이 들었다. 결혼이라도 해 보고 죽어야겠다는 것이 석기의 심정일 것 같았던 것이다.

보경은 자기의 진실을 어떻게 하면 경솔하지 않게 처리할 수 있을 것인가에 대하여 오랜 시간을 두고 생각했다. 석기와 결혼할 수 없다는 생각은 이미 결정적 사실이다. 그러나 석기의 재생을 위하여 몸과 마음을 바쳤던 자기의 진실을 결혼할 수 없다는 사실로써 처리해 버리기에는 결혼이라는 것이 너무나 가벼운 것 같았다.

진실은 진실로써 끝을 맺어야 진실일 수 있을 것이 아니겠는가?

다음 날 보경은 사촌오빠 명환을 찾아갔다. 자기에 대해서 무관심만 하려는 명환을 붙잡고

"제가 사랑하던 사람이예요. 아편에 중독된 석기를 구속해서 유치장에서라도 아편을 끊도록 해 주세요."

애원했다.

"아편 중독자와 연애를 했어? 그러니까 너희들 같은 젊은 사람들의 일에 흥미를 가질 수 없단 말야."

명환은 보경에게 무관심한 자기의 본심을 털어놓았다.

"아편 중독자를 사랑한 건 아녜요. 사랑하던 사람이 아편에 중독됐지."

"사랑하던 사람이면 아편 중독자라구 해서 버리지 않겠지?"

"아편 중독자라고 해서 버릴 생각은 없어요. 의지가 박약하고 주체성이 없는 사람이기 때문에 버린 것이지요."

"버린 사람을 잡아 가두란 건 무슨 뜻이냐."

"그건 나를 위해서예요."

"난 모르겠다. 무슨 소린지."

"몰라두 좋아요. 제 소원을 한 번만 들어 주시면 되지 않아요."

"그 남자와 결혼할려는 건 아니지?"

"염려 마세요."

몇 시간 뒤 보경은 오빠 명환을 앞세우고 석기의 하숙집으로 갔다. 집을 가르쳐 주고는 골목길을 빠져 나와 그들이 올 때를 기다렸다. 얼마 안 되어 두 손을 묶인 석기가 힘없이 걸어나오는 것을 멀리 바라볼 때 보경은 눈시울이 뜨거워 왔다.

보경은 못 본 척 그만 발길을 돌려 버렸다. 이제는 석기를 볼 필요도, 생각할 필요도 없을 것 같았다.

학교로 가자 성숙이가 반가운 듯이 옆으로 달려오며,

"오늘 밤에 파티가 있는데 안 갈래?"

라고 말했다. 보경은 웃지도 않으며,

"다음에 내가 가고 싶다고 할 때 청해 줘. 빨리 그런 때가 오기를 바래."

하고 대답했다.

"왜 그 사람 때문에 심경이 변했니?"

"아나. 아무 일두 없어."

보경은 성숙에게까지도 석기와의 관계를 말하고 싶지 않았다.

석기와 완전히 이별했다는 이야기는 더구나 하기가 싫었다.

(원) 《문학예술 17》 1956. 8, (출) 『방관자』 창신문화사, 1960.

정형수술

　남편의 직업에서 물든 생각임에 틀림없지만 수경(秀卿)은 정형수술을 발달된 하나의 화장이라고 생각하게쯤 되었다.

　분을 바르고 루즈를 칠하고 눈썹을 그리는 것들은 여성들의 생활처럼 되어 있다. 만일 그것을 반대하는 사람이 있다면 그는 여성의 아름다움에 대한 본능을 무시한다고 해서 무식한 사람으로 돌려 버리게 된다.

　그렇다면 한 번 세수를 하거나 잠을 자고 일어날 때마다 번거로운 손질을 해야 하는 화장보다도 얼굴 자체의 아름다움을 근본적으로 개조하는 정형수술을 좀더 중요하게 생각하여야 될 것이 여성들의 태도가 아닌가 생각하는 것이었다.

　정형수술을 하려고 병원으로 찾아와서까지 그것을 부끄럽게 여기는 여자들이 있다. 마치 수줍은 처녀가 사랑하는 남자 앞에서 화장하기를 부끄러워하는 태도다. 그럴 때 수경은,

　"약을 먹으면 병이 나을 줄 알면서도 약을 안 먹을 수 있어요? 아름다운 얼굴에 치명상을 주는 부분인데 주저하실 게 뭡니까? 빨리 수술을 하세요." 하고는 그 여자를 의사인 자기 남편 앞으로 끌어들이는 것이었다.

　얼굴을 아름답게 하기 위해서 매일 아침 화장은 하면서도 아름다움을 근본적으로 개조하는 데 부끄러워하거나 주저할 것은 없다고 생각했다.

　그래서 수경은 남편과 의논을 한 뒤 용기가 없는 여성들을 위하여,

　　　'정형수술은 화장의 연장'
이라는 표어를 써서 병원 응접실에 붙이기까지 했다.

　　하기야 수경이도 처음에는 정형수술에 대담하지가 못했었다. 그것은 자기 얼굴이 본시 아름답게 생겼기 때문이기도 했지만 구태여 수술까지 해서 그 이상 더 아름답게 보일 필요가 어디 있을까 하는 생각에서였다. 그렇지 않아도 학생 때는 학교의 퀸[女王]으로 뽑히어 학생들에게 부러움을 받기까지 했었다.
　　지금의 남편 종수(鍾洙)와 연애를 하다가 졸업도 못하고 결혼을 했지만 종수가 수경의 졸업을 기다리지 못하고 결혼을 독촉한 이유도 수경이가 너무나 예쁘기 때문이었다. 예쁜 만큼 빨리 결혼하지 않으면 중도에 무슨 변동이 일어날지도 모른다는 불안에서였다.
　　그만큼 예뻤기 때문에 정형수술을 하고 싶은 마음이 일어날 정도로 얼굴에 대한 불만이 있을 것도 없었다. 뭐니뭐니 해도 화장에 신경을 쓰고 용모에 재간을 부리려는 여자는 자기 얼굴에 자신이 없기 때문이다.
　　그러니 그것이 결점은 아니라 해도 현대 여성은 눈에 쌍꺼풀이 져야 한다며 남편이 눈 수술을 하자고 할 때 수경은 남편의 마음을 의심하기까지 했다. 자기를 예쁘다고 하면서도 그래도 불만이 있는 것인가 하고.
　　그래서 처음에는 수술을 반대했다. 그런데도 귀찮을 정도로 수술을 하자고 할 때 수경은 남편에게,
　　"쌍꺼풀이 있는 여자와 결혼하구려."
하고 짜증을 냈다.
　　"누가 보는 사람이 있는가 또 돈이 드는 일인가 그렇게 싫달 게 뭐요?"
　　남편은 수경의 심정을 알 수 없다는 듯이 끝까지 권했다.
　　그러나 수술을 하면 순간적이나마 고통을 느껴야 하며 또 얼마 동안은 눈을 처매고 다녀야 한다. 현대미를 첨가하기 위해서 그런 수속을 밟아야 한다는 것이 싫었다.
　　"손님들을 위해서라두 수술을 하는 게 좋지 않아? 수술을 하러 왔다가 당

신의 쌍꺼풀을 보면 더욱 용기가 날 거거든……."

남편은 자기의 직업의식까지 갖다 붙였다. 사실 수경이가 수술을 해서 쌍꺼풀을 만든다고 하면 다른 데를 치료하러 왔던 여자라 해도 수경의 얼굴에 매혹하여 생각지도 않았던 쌍꺼풀까지 만들려고 할지 모른다.

자기가 남편을 도우려고 병원엘 나가서 간호부 겸 회계까지 보고 있는 바에야 남편의 사업이 잘 되도록 협력해야 할 것이 아니겠는가?

수경은 그런 생각을 하고서야 겨우 눈 수술을 허락했다.

남편을 위해 생명까지 바치는 사람도 있다는데 그런 희생쯤 못할 것이 무엇이랴 생각했던 것이다. 사실 수경은 남편을 위해 희생하는 것이라 생각했다.

그러나 수술을 하고 달포가 지나니까 전에 없던 쌍꺼풀이 눈에 대한 매력을 더 크게 만들어 준 사실에 수경은 남편을 고맙게 생각했다.

눈을 깜박이든가 감았던 눈을 천천히 뜰 때마다 쌍꺼풀이 겹치면서 속눈썹이 빳빳하게 곧추선다. 눈가의 움직임이 전보다 훨씬 민첩해졌다. 쌍꺼풀이 그림자처럼 눈 가장자리를 덮어 눈 전체가 전에 없이 비밀에 잠겨 있는 듯 그윽해 보이기도 했다.

현대적인 명랑성과 또 지성적인 예리(銳利)가 쌍꺼풀을 통해서 얼굴 전체에 흐르는 것 같기도 했다.

확실히 좋은 결과였다.

그래서 자기가 수술한 뒤부터는 병원을 찾아오는 여성들에게 모두 자기의 쌍꺼풀을 보라고 했고 그 쌍꺼풀이 수술을 해서 만든 것이라 설명했다.

그 말을 들은 여성들로서 수경의 쌍꺼풀을 부러워하지 않는 사람이 거의 없었다. 겉으로는 쌍꺼풀까지 만들지 않아도 예쁘다고 하던 여자가 없지도 않았지만 그런 여자들도 며칠이 안 가서 쌍꺼풀 수술을 하려고 다시 병원을 찾아오고야 마는 것이었다.

수경이가 정형수술을 화장의 연장(延長)이라고까지 생각하게 된 것은 자기가 눈을 수술한 뒤부터의 일이었지만 정형외과에 대한 지식이 늘어 갈수록 그 생각은 점점 굳어 갔다.

얕은 코를 높일 수가 있고, 치째진 눈을 내려뜨릴 수가 있고, 끝이 빳빳하고 멋없는 칼귀를 도톰한 원형으로 균형지게 만들 수 있다. 얼굴의 티나 흠집 같은 것은 물론 얼굴의 윤곽까지도 마음대로 고칠 수가 있다. 아직 우리 나라에서는 성공하지 못하고 있지만 외국에서는 곰보의 얽은 자리까지 빤빤하게 만들고 있다. 얼굴 때문에는 고민할 필요가 없게 된 세상이다.

수경은 양귀비나 클레오파트라가 현대에 살고 있다면 얼마나 더 아름다운 미인이 되었을까 하고 생각했다.

양귀비나 클레오파트라도 화장을 요즘 같이는 못하고 살았을지 모른다. 말하자면 생긴 그대로의 미(美)만을 가졌을 것이다. 그러한 미인을 현대의 정형수술로 조화시키면서 균형된 아름다움을 갖도록 했다면 얼마나 더 아름다울 수가 있었을 것인가?

수경은 자기의 얼굴에 대해서 불만이 없기 때문에 누구보다도 거울을 자주 들여다본다. 하기야 병원에만 나가면 손님들을 위해 걸어 놓은 거울이 벽마다 붙어 있어 안 볼래야 안 볼 도리가 없지만 수경은 거울 앞을 지날 때마다 자기 얼굴을 한 번씩 유심히 들여다보는 버릇을 가지고 있다.

그것은 자기 얼굴이나마 아름다운 것이 추한 얼굴보다 보기 좋다는 마음에서였다. 만약 자기 얼굴이 예쁘지가 못하다면 거울을 싫어했을지 모른다. 거울을 싫어한다는 것은 결국 자기 얼굴에 애착을 느끼지 않는다는 뜻이다. 자기 얼굴에 애착을 느끼지 못한다면 평생 유쾌하지 못한 마음으로 살아가야 할 것이다. 수경은 평생 유쾌한 마음으로 살 수 있다는 그 행복감을 맛보기 위해서라도 남보다 거울 보기를 즐겨했다.

어떤 날 남편 종수가,

"미스 코리아를 선발한다는데 당신 한 번 안 나갈려우?"

하고 은근히 미인대회에 참가하기를 권했다.

수경은 학생 때 교내 미인으로 뽑힌 일은 있지만 결혼까지 한 지금 사람들 앞에 나가 얼굴을 가지고 경쟁하고 싶지는 않았다. 창피한 생각이 들었던 것이다.

그러나 남편은 지나가는 말로 한 것이 아니었다.

"주최자측두 점잖구 권위가 있으니까 한 번 나가 보지."

그래도 수경이가 응하지 않을 때 종수는,

"안 나갈려는 이유가 뭐요?"

하고 따지기 시작했다.

"건 나가 뭣 해요. 얼굴 광고하게요."

"광고하기가 싫어서 안 나간단 말요?"

"그렇죠. 그러다가 당신 예편네 뺏으려 덤버드는 사람이 생기면 그땐 어떡허우?"

"말 같지두 않은 소릴 말어. 내가 한국에서 일등 가는 미인하구 산다면 세상 사람들이 모두 나를 부러워할 거 아냐. 그렇게 되면 내가 얼마나 행복해……."

"내가 참가하지 않아도 일등 당선된 여자보다 더 미인이라구 생각하면 행복하실 게 아녜요."

"남이 인정해 줘야지 나 혼자만 생각하면 뭣 해……."

종수는 며칠을 두고 처음에는 조르듯이 권하다가 나중에는 화까지 내며 남편의 말을 그렇게까지 듣지 않을 작정이냐고 역정을 냈다.

그래도 마음이 내키지가 않아 시원한 대답을 안 했을 때 종수는

"당신이 일등 당선만 되면 우리 병원이 그만큼 더 잘 될 게 아니요?"

하고 쌍꺼풀 수술하던 때의 수법을 다시 썼다.

죽을 때까지 경영해야 할 병원이다. 병원이 잘 되어야만 자기들의 가정이 그만큼 행복해진다.

수경은 그 말에 더 반대할 수가 없었다. 사실은 학생 때 여왕으로 뽑히어 대관식을 거행하던 때의 즐거움을 아직 잊어버리고 있지 않는 수경이었다. 수천 명의 학생들이 부러워하는 눈초리로 자기를 바라보던 때의 만족감.

전국적인 미인으로 당선된다면 학생 때의 만족감이 문제 안 될 것이다. 다만 결혼까지 하고 그런 데 나간다는 것이 창피스러울 뿐이었다.

"병원을 위해 내가 희생해야죠?"

그 말에 종수는 만족스런 웃음을 웃었다. 그리고는 수경의 얼굴을 찬찬히 들여다보며,

"당선은 문제 없을 거야."

하고 장담을 했다.

그러나 다음 날,

"그냥두 당선은 되겠지만 이왕이면 좀더 손질을 하지!"

하고 수경의 코를 만지는 것이었다. 코가 그리 작지는 않지만 역시 좀더 오똑해야만 구라파식 미인이 될 수 있다고 하며 코 수술을 하자고 했다.

"쌍꺼풀이 뚜렷하게 횡으로 선이 지어 있는데 종(縱)으로 되어 있는 코의 선두 뚜렷해야 균형이 잡힐 게 아냐?"

옳은 말이었다. 코가 조금만 더 높으면 쌍꺼풀과 균형이 잡힐 것은 틀림없는 일이었다.

수경은 그렇게 해 달라고 했다. 이왕이면 경쟁자가 없을 정도의 아름다움을 갖추고 나가는 것이 좋을 것이 아니겠는가?

코를 약간 높이는 것은 간단했다.

간단한 데 불만이 있었는지 남편은 코를 날카롭게 하자, 그 뒤에는 그리 큰 흠도 아닌데 약간 꺼무스름한 상처 하나를 발견하고 그것까지 수술하자고 했다. 왼쪽 뺨 바로 한복판에 있지만 유심히 보지 않는 한 눈에 띄지도 않는 흠터였다. 분만 진하게 칠해도 가리워지는 흠터였다.

수경은 그것만은 그만두자고 했다. 그런 흠집을 수술하려면 근육 이식을 해야 하는 것을 알기 때문이었다. 시간도 많이 걸리지만 우선 아플 것이 귀찮았던 것이다.

"이왕이면 조그만 티라두 남길 게 뭐요? 옥의 가치는 티가 없는 데 있는 거 아니겠소."

남편이 또 고집을 피우기 시작했다.

"뵈지두 않는 걸 일부러 수술까지 할 게 뭐예요?"

그래도 남편은,

"내가 정형외과를 안 하는 사람이라면 몰라두 미인 제조업을 하는 사람

으로서 그런 걸 어떻게 모른 척하겠소. 안 그래?”

수경은 남편이 고집을 부리기 시작하면 자기가 지고야 마는 것을 알기 때문에 하고 싶은 대로 하라고 내버려 두지 않을 수 없었다.

얼굴에 마취제 주사를 놓고 홈자리를 수술하였다.

약간 귀찮기는 했지만 수술을 다 하고 수술 자리까지 아물었을 때는 수경이도 공연한 짓을 했다고는 생각지 않았다. 골라 내려야 골라 낼 수 없을 만큼 홈집의 자국도 없어진 그야말로 완전한 얼굴이 된 것이었다.

신기한 일이라고 생각할 따름이었다. 수술로써 불완전한 얼굴이 완전한 얼굴로 변할 수 있다니…….

수경은 거울을 바라보는 데 더욱 자신이 생겼으며 남편이 정형외과를 전문하는 사람이라는 데 무엇보다도 만족을 느꼈다.

미스코리아 심사를 며칠 앞둔 어떤 날이었다.

남편 종수가 볼일이 있다고 하며 나갔다.

남편이 돌아오기를 기다리며 잡지를 뒤적이고 있을 때 홈터를 수술한 뺨이 이상스럽게도 써늘해 옴을 느꼈다. 꼭 마취 주사를 맞았을 때와 같았다. 주사침이 살을 찌를 때와 같은 쇼크는 없어도 근육이 얼떨떨해지는 것이 꼭 마취약이 퍼지는 때의 감각 그대로였다.

무슨 이유인지를 몰라서 수경은 손바닥으로 뺨을 부벼 보았으나 써늘한 부분에 열이 통하지 않고 언제까지나 써늘해 있었다.

수경은 피곤한 까닭인가 하고 생각해 보았다. 적지 않은 손님을 접대할 뿐 아니라 요새 와서는 간호부의 일까지 맡아 보고 있는 만큼 피곤하지 않은 것도 아니었다. 몸이 피곤하면 생각지도 않았던 병이 생기는 것이니까 그저 그런 것이려니 하고 대수롭지 않게 생각한 뒤 잠이나 일찍 자려고 남편이 돌아오기 전부터 자리 속에 들어갔다.

얼마를 잤는지 남편이 방문을 열고 들어올 때야 눈을 떴다.

수경은 시계부터 보았다. 열두 시가 오 분쯤 지났다.

술이 곤드레 취해 가지고 돌아온 종수가 벽에 걸린 양복 웃저고리에서 지갑을 꺼내고 돈을 몇 장 집어 낸 뒤 밖에서 기다리고 있는 자동차 운전수에게 갖다 주라고 내밀었다.

수경은 하라는 대로 돈을 가져다 주고 돌아왔지만 그때는 종수가 이미 자리에 쓰러져 코를 골고 있었다.

수경은 남편의 옷을 벗기고 편히 눕힌 뒤 자기도 그 옆에서 잠이 들려고 했을 때 술김인지 그렇지 않으면 잠꼬대인지 남편이 혼자 중얼거렸다.

"지갑 안에 돈이 없어!"

그리고 한참 뒤에는,

"돈이 없대두. 볼 것 없어."

하고 마치 누가 지갑을 뒤지기라도 하는 것처럼 말하는 것이었다.

수경은 이상한 육감이 들었다. 자기도 모르게 돈을 가지고 다니는 것이 드러날까 겁내는 것이라 해석되었던 것이다. 수경은 이때까지 남편의 지갑이라든가 주머니를 살펴본 일이 없다. 그러나 자기를 속이면서 돈을 가지고 다닌다는 것을 알자 지갑을 꺼내 보고 싶은 순간적 충동이 일어났다.

남편은 취중에도 꺼냈던 지갑을 양복 속주머니에 곱게 넣어 두었다. 역시 지갑에 신경을 쓰는 증거였다.

지갑 속에는 천 환짜리 열 장과 백 환짜리 몇 장이 들어 있었다.

수경은 돈이 많다는 데는 조금도 놀라지 않았다. 그만한 돈쯤은 주머니 속에서 떨어지지 않아야 한다고 생각했다. 철궤 속에서 만 환, 이만 환이 축났을 때도 그것을 가지고 남편과 다퉈 본 일이 없는 수경이었다.

다만 돈이 들어 있는데도 없다고 두 번씩이나 말한 것이 이상스러웠다. 혹시 돈 이외에 다른 비밀이 있지나 않는가 해서 명함 넣는 칸을 들춰 보았을 때였다. 뜻하지 않았던 어떤 여자의 사진이 발견되었다.

수경은 사진을 꺼내 들고 여자의 얼굴을 들여다보았다. 그러나 잠시 뒤 사진을 도로 집어 넣고는 지갑을 주머니 속에 던지듯 넣어 버렸다.

그것은 사진의 얼굴이 너무나 평범했기 때문이었다. 점수로 치자면 오십점 미만이었고 그 위를 오를 수 없는 얼굴이었다.

소중히 가지고 다니려면 하필 그렇게 못난 얼굴을 택할 필요가 어디 있을까? 수경은 그런 의미에서 남편을 경멸하고 싶었다. 그래서 처음에는 잠들어 있는 남편을 건드리지도 않았다.

그러나 곰곰 생각할수록 울화가 치밀어올랐다. 자기를 미인선발대회에 억지로 밀다시피 나가게 하면서 한편으로는 딴 여자와 사진까지 교환하고 있다니…….

사진이 마음에 걸리어 취중에까지 지갑을 다치지 말라고 잠꼬대를 한 남편에게 그 여자의 사진은 확실히 비밀에 속하는 존재가 아닐 수 없다. 그런 존재가 마음 속에 숨어 있다면 남편은 이미 자기를 사랑하지 않고 있는 것이 사실이다.

사랑하지 않으면서도 인정받은 미인과 같이 산다는 것이 얼마나 행복한 일이냐고 하며 정형수술을 해 주고 미인선발대회에까지 나가라고 한 것은 결국 병원의 손님을 끌기 위한 하나의 상업적 수단 이외에 아무것도 아니다. 상업적 수단에 이용당하고 있다는 생각을 하니 남편이 딴 여자와 연애를 한다는 사실보다도 몇 배나 더 분했다.

수경은 취해서 잠든 남편을 꼬집어서라도 일으켜 세우고 싶었다. 그래서 남편의 본심을 알아야 할 것 같았다.

그러나 수경은 밤이 새도록 남편을 깨우지 않았다. 뜬눈으로 밤을 새우면서도 남편을 깨우는 것이 어쩐지 치사스런 일만 같아 멋모르고 코를 고는 남편의 옆에서 괴로운 하룻밤을 지냈다

자기 입으로 말하지 않는 것을 억지로 입을 열게 한다는 것은 훈장을 받기 위하여 대단치 않은 죄인의 죄명을 크게 만들려고 혹독한 고문을 하는 것이나 마찬가지의 일이 아닐 수 없다.

수경은 속는 척하며 관망을 하다가 이혼을 하는 한이 있다고 해도 치사스러운 강짜는 하고 싶지가 않았던 것이다.

다음 날 아침 남편이 눈을 뜨는 즉시로 자기 양복 주머니를 뒤지었으나 수경은 그러는 것을 보고도 속으로 코웃음을 쳤을 뿐 아무 말을 하지 않았다. 남편이,

"지갑이 들어 있지 않은 양복을 입고 나갔다가 망신할 뻔했는데!"

하며 혼자 무색한 웃음을 웃을 때야,

"전화만 걸면 딴 돈이라두 보내 드리지 않아요? 지갑에만 필요 이상의 신경을 쓰시지 않아두 좋으실 텐데……."

하고 한 마디 비꼬아 주었다.

"참, 전화를 걸 걸 그랬군. 그걸 깜박 잊었었는데……."

남편은 좋은 지혜를 가르쳐 주어 고맙다는 듯한 눈으로 수경을 바라보았다. 그것은 자기의 죄가 너그럽게 용서받았을 때와 같은 안도감 비슷한 것이기도 했다.

수경은 지갑 속에서 여자의 사진을 보았다는 말을 한 마디라도 비치고 싶었지만 어쩐지 교양 없는 여자의 행동같이 생각되어 입 밖에 꺼내지를 않았다.

그러면서도 수경은 벌떡 일어났다. 남편 옆에 있으면 남편에 대한 증오심만 커 갈 것 같았던 것이다. 그는 밖으로 나가 세수를 했다.

두 손으로 물을 떠서 얼굴을 씻을 때였다. 수경은 어젯밤 싸늘하던 뺨이 뻣뻣해지고 있음을 느꼈다. 남의 살을 만지는 것과 꼭 같았다. 가죽이 두꺼운 발바닥에도 간지러운 감각이 있는 것이지만 이것은 간지러운 줄도 몰랐다. 도무지 감각이 없다. 그래서 수경은 그 뺨을 꼬집어 보았다. 그러나 아픈 줄도 몰랐다. 수경의 놀람은 더욱 커졌다. 그는 거울 있는 데로 뛰어가 거울을 들여다보았다. 꼭 흉한 흉터 같은 자국이 생겼을 것 같았기 때문이었다. 그러나 살빛이 변한 것도 아니요 살에 주름이 잡힌 것도 아니었다. 아무리 보아도 이상은 없다. 황급히 수경은 남편에게로 뛰어갔다. 그리고는 자기 뺨을 내밀며 보아 달라고 했다. 종수는 영문을 모르고 이 뺨 저 뺨을 어루만져 보았으나,

"아무렇지도 않은데 뭘 그래?"

하고 도리어 수경을 이상스런 눈으로 살펴봤다.

"수술한 자리에 감각이 없어요!"

종수는 그럴 이유를 생각해 내노라고 잠시 말이 없다가,

"이상스런 일인데……."

하고 고개를 기우뚱거렸다.

"수술을 잘못하지 않았어요?"

그때야 종수는,

"참, 수술을 하다가 신경을 건드렸나……."

신경을 건드렸다면 그런 일도 있다는 듯이 말했다.

그 말을 듣자 수경은 갑자기 상기가 되면서 생각지도 않았던 말을 톡 쏘아붙였다.

"안 하겠다는 수술을 강제루 시키구 사람을 병신 만들어 놓는 법이 어디 있어요."

그것은 자기 육체의 일부가 병신이 되었다는 슬픔과 남편의 지갑 속에 들어 있는 어떤 여자의 사진에서 오는 질투가 겹치어 나온 말임에 틀림없었다.

"병신 만들려구 일부러 수술을 시켰을라구…… 같은 값이면 말을 왜 그렇게 해……."

"나 같은 거야 병신이 돼두 아까울 것 없지 않아요?"

"정말 별소리를 다 하는군……."

얼굴 형태에 변함은 없었으나 한편 뺨이 마비 상태에 빠지자 수경은 미인선발대회에도 나가지 않으려고 결심했다. 얼굴을 아름답게 만들기에만 온 정력을 기울이다가 뜻밖의 결과를 가져오게 된 마음의 반발이었는지 모른다.

아름다운 꽃은 아무도 없는 심심 산중에서도 홀로를 즐긴다. 얼굴이 아름답다고 해서 구태여 미인선발대회까지 나가야 할 필요가 어디 있으랴 생각했다.

남편의 병원을 번창하게 하기 위한 행동이라고 타일러 보려고 했으나 그래도 마음이 내키지 않았다. 그러나 남편은 미인선발대회가 며칠 안 남았다고 하면서 수경의 마음을 북돋아 주려고 애썼다. 근육의 마비 상태를 회복시키는 것이라고 하며 주사도 부지런히 놓아 주었다. 마사지도 해 주었다. 미인선발대회의 기사나 후보자들의 사진이 게재된 신문을 들고 와서는 수경이보다 잘생긴 여자가 하나도 없다면서 수경을 격려해 주기도 했다.

수경은 후보자들의 얼굴과 체격을 살펴보았다. 정말 자기보다 월등 뛰어난 여자가 별로 없었다.

그러나 거기에 참가하지 않겠다는 마음에는 변동이 없었다. 수경은 남편이 하는 대로 내버려 두었다가 내일 아침이면 출장하여야 할 그 날 밤 처음으로,

"선발대회에는 안 나가겠어요."

하고 딱 잘라 말했다.

종수는 눈을 번쩍 크게 뜨며 놀랐다.

"근육이 마비되었다구, 누가 그걸 알아?"

"몰라두 싫어요."

"당신이 당선될 것은 확정이라구 모두들 그러는데 갑자기 안 나간다면 어떡해."

"나갈 사람이 싫다는데 무슨 걱정이예요."

"그러지 말어. 내 체면두 생각해 줘야지 않아."

"예편네를 미인대회에서 일등 당선시켜야 체면이 서나요?"

"당신이 참가한다구 돌아다니며 선전을 했는데 갑자기 출장하지 않으면 내 체면이 무엇이 돼?"

"그럼 당신 애인이나 출장시키구려!"

이것은 하려고 하던 말이 아니었다. 억한 마음이 아무래도 시원치가 않기 때문에 무심중 나온 말이었다.

"애인이라구?"

종수가 깜짝 놀라는 얼굴로 반문했다. 아무것도 모르는 줄 알고 그냥 속이려는 심보가 그대로 엿보였다.

"그렇게 소중하게 가지고 다니는 사진의 주인공 말예요."

그때야 종수는,

"오—— 지갑을 뒤져 봤군……."

하고는 지갑을 꺼내어 그 사진을 수경에게 한 번 보이고 나서,

"이것 말이지? 이게 왜 내 애인이야. 친구의 애인 사진인데 처치 곤란하다구 날더러 맡아 달라기에 맡아 두구 있는 건데……."

하고는 수경이가 보는 자리에서 그 사진을 갈기갈기 찢어 버렸다.

　"남의 애인 사진이라면서 왜 찢어 버리세요. 그냥 돌려 줘도 될 텐데요."

　"당신한테 오해를 사면서까지 가지구 다닐 게 뭐야 까짓 거……."

　그리고는 수경을 잡아끌어다가 힘차게 안으면서,

　"내가 당신을 두구 왜 다른 여자를 사랑해? 내가 그럴 사람 같아?"

하고는 키스까지 하는 것이었다.

　수경은 남편의 행동이 순전히 연극으로만 보이지가 않았다. 미심쩍은 데가 없지는 않지만 한 번도 자기를 싫어한 일이 없는 종수인 만큼 자기를 배신할 사람이라곤 생각되지가 않았던 것이다.

　종수는 수경을 안은 채,

　"내 맹세하지. 난 당신을 사랑해. 무얼루 맹세할까? 응? 당신이 그 사진 때문에 우울했었다면 사진을 준 내 친구를 데려오기라두 할 테야……."

하고 정말 울상으로 호소를 했다.

　수경은 종수가 측은하게 보였다. 측은하게 보았다는 것은 결국 남편을 하나의 독립된 인격으로 보려는 마음의 소치일지 모른다. 노예처럼 비굴한 인간으로 만들어서는 안 된다. 남편으로서의 자존심을 가진 남자로 만들어야 했다.

　수경은 자기가 남편을 얼마든지 비굴하게 만들 수 있다고 생각했다. 사진을 가지고 추궁하기만 한다면 남편은 노예처럼 비굴해질 수 있다.

　수경은 그것이 싫었다. 하루를 살다 이혼을 하는 한이 있다 해도 비굴한 남자를 남편으로 가졌다는 생각만은 가지고 싶지가 않았던 것이다.

　"나를 못 믿겠거든 지금이라두 가. 바루 필동(筆洞)에 사는 친구니까 당장에라두 만날 수 있을 거야."

　종수가 억울하다는 듯이 수경의 몸을 흔들며 말했다.

　수경은 그만 숨이 막힐 것 같았다. 관계없는 여자라고 한 마디만 해도 족할 것인데 남편은 왜 그렇게까지 비굴하게 불안해하는 것인가?

　"그만둬요. 당신을 못 믿어서가 아니라 당신 마음을 떠 보느라구 그랬던 거예요. 나 내일 나갈게요."

수경은 내일 출장할 것을 간단하게 말했다.

수영장도 아닌 곳에서 수영복을 입고 적지 않은 심사원 앞으로 한 사람 한 사람 찾아가 얼굴과 육체를 내민다는 것은 그리 유쾌한 일이 아니었다. 더구나 신문사와 잡지사의 사진기자들이 몰려와서 플래시를 함부로 터뜨리는 데는 얼굴살이 찌푸려지지 않을 수 없었다.

그러나 미인을 자신하고 모여든 여자들 가운데 자기보다 더 아름다운 여자가 별로 있지 않은 것 같음을 알았을 때 수경은 어깨가 으쓱해지기도 했다. 정말 개중에는 한길에서 보는 여자들보다도 훨씬 못생긴 여자도 있었다. 얼굴이 그런가 하면 체격도 그러했다. 무엇을 믿고 나왔을까 의심하지 않을 수 없는 여자를 볼 때 수경은 자신이 생겼던 것이다.

수경은 대부분을 노출한 자기의 육체를 바라보기도 했다. 결혼은 했다 해도 아직 어린애가 없다. 처녀와 같은 탄력성이 그대로 살아 있다. 얼굴보다도 하얀 팔과 다리다.

수경은 얼굴의 마비를 치료하는 것으로만 생각했지만 그새 남편이 놓아 준 데포사이렌 주사약이 그의 온 근육에 작용했는지도 모른다. 치마 밑으로 들여다보던 허벅다리보다 수영복을 입고 완전히 드러내 놓은 허벅다리가 더 탐스럽기도 했다.

몸을 팔등분(八等分)해 놓고 미(美)를 심사한다고 하지만 어느 한 부분 빠질 데가 없다는 자신이 생겼다.

하루종일 옆에서 떠나지 않고 있던 남편도,

"걱정 없어."

를 연발하며 자신만만하게 웃었다.

수경도 자신 있는 웃음을 띠었다.

그러나 혹시 낙선이라도 하면 하는 생각이 가슴을 저리게 해서 대꾸를 할 수가 없었다. 심사원들도 자기의 얼굴을 유심히 살피는 것 같았다. 무슨 이야기들이 있은 것 같았다. 그러나 그렇다고 해서 자기가 틀림없이 당선되는 것이라고 장담할 수는 없는 일이었다.

역시 가슴이 떨리었다.

저녁때가 다 되어 심사 결과가 발표될 때까지 수경은 가슴을 떨었다.

그러나 수경이 일등으로 당선되었다는 최종 심사가 끝났을 때 수경은 남편 앞으로 가서 그의 손을 꼭 잡았다. 그것은 허리를 굽히고 절을 하고 싶은 그런 심정의 표현이었다. 또한 품에 안겨 가슴에 얼굴을 부비고 싶은 그런 심정의 표현이기도 했다.

상을 타고 기념사진을 찍고 법석이는 바람에 한참 동안 정신을 차릴 수 없었다. 그러면서도 부풀어오르는 가슴을 건잡을 수가 없었다. 알지도 못하는 남자들이 와서 축하 인사를 할 때 수경은 겸허한 마음으로 고맙다는 뜻을 표했다. 어떤 남자는 악수를 청하며 당선을 축하했다. 그럴 때도 수경은 너그러운 마음으로 악수를 허락해 주었다.

행복이 절정에 올랐을 때는 인색이라는 것이 없어지는 모양이다. 그저 너그럽고 착한 마음만이 발동했다. 어떤 젊은 남자가 와서,

"참으로 아름답습니다."

하고 인사를 했다. 당선을 축하하는 말이라고도 볼 수 있는 말이었지만 축하하는 것보다도 아름다움에 도취된 듯한 표정이었다. 인사의 동기와 인삿말이 내포하고 있는 뜻이 아무래도 좋았다. 수경은 자기의 즐거움을 같이 즐거워해 주는 사람이면 모두가 고마웠다.

"감사합니다."

그가 어떤 사람이든 답례를 안 할 수 없었다.

"저는 김철규(金哲奎)라고 합니다 댁으로 찾아가 뵐 수 있을까요?"

청년이 이런 말을 할 때도 수경은,

"언제라도 오세요."

하고 대답했다. 그것은 아무런 뜻도 없는 대답이었다. 오직 행복감에서 오는 너그러움이었을 뿐이다.

미스코리아로 당선된 뒤 며칠 동안 수경은 모든 세상이 자기를 위하여 마련된 것처럼 즐겁기만 했다. 지나가는 사람들 모두가 자기의 얼굴을 알 리

만무할 것이지만 수경의 마음은 누구 하나 자기를 유심히 바라보지 않는 사람이 없다고만 생각됐다.

그렇게 가슴이 부풀어올라서 그런지 한편 뺨이 마비되어 있는 것도 잊어버리고 있었다.

그러나 부풀어올랐던 가슴이 조금씩 가라앉는 때문인지 무감각해진 한쪽 뺨에 신경이 쓰이기 시작하며 하루에도 수십 번씩 손을 그리로 옮기게 되었다. 전보다 거울을 보는 도수도 점점 더 늘어 갔다.

거울을 볼 때마다 얼굴을 찡그려도 보았다. 웃어도 보았다.

그런데 놀라지 않을 수 없는 것은 찡그리거나 웃음을 웃거나 해도 그편 근육이 조금도 움직이지 않는 것이었다.

수경은 거울을 앞에 놓고 가지각색의 표정을 지어 보았으나 한편은 마음대로 움직이는데 한편만은 죽은 살처럼 표정이 없었다.

'표정이 없는 여자!'

수경은 울고 싶어졌다. 한편 팔다리를 쓰지 못해 반신불수란 말을 듣는 사람이 있다지만 한편 뺨만을 움직이지 못해 불구자란 말을 듣는 사람은 본 일이 없다.

미인은 미인만이 가질 수 있는 슬픔이 따로 마련된 모양이었다.

수경은 치료를 하러 병원에 찾아오는 여러 여성들에게 '금년도 미스 코리아시라죠?' 하고 부러움에 찬 말을 들을 때마다 가슴이 서늘함을 느꼈다. 얼굴 가죽은 예쁠지 모르지만 한 꺼풀만 들추면 신경이 말 안 듣는 불구자인 자기다. 완전히 웃을 줄도 모르고 완전히 울 줄도 모르는 자기를 미인이라고 해서 부러워하는 그 여자들이 불쌍하기도 했다.

그런데 미스코리아로 당선되던 날 집으로 찾아가도 좋으냐고 묻던 김철규가 병원으로 찾아왔다. 찾아와서는 용건도 이야기 안 하고 수경의 얼굴만 바라보고 있었다.

"무슨 말씀이 계신가요?"

수경이가 민망스러워 용건을 물었지만 철규는 황홀한 얼굴을 해가지고 수경의 얼굴을 바라보기에 정신을 차리지 못했다.

"병원에 볼일이 계신가요?"

그때야 철규는,

"미스코리아에 당선되시던 날 인사를 드린 김철규올시다."

하고 자기 소개를 했다.

"그건 들어오실 때부터 알구 있었어요."

"잠깐만 용서해 주십시요. 수경 씨의 얼굴을 조금만 감상하게요."

"별 말씀을 다 하시는군요. 뭐 별다른 얼굴이라구요?"

수경은 철규의 태도가 이해되지도 않았지만 자기 얼굴에 황홀한 사람이라고 해서 무턱 너그러울 수가 없었다.

더구나 수경은 자기 얼굴의 아름다움에 도취하고만 있을 수 없을 만큼 마비된 한편 뺨에 신경을 기울이고 있다.

"저는 수경 씨처럼 아름다운 여성 옆에서 하루만 살아도 한이 없겠습니다. 여성은 아름다워야 합니다. 아름다움 앞에는 아무런 죄악도 있을 수 없으니까요. 오직 황홀과 행복이 있을 뿐입니다."

"제가 한 남자의 아내라는 걸 알아 주셔야겠는데요."

"육체는 한 사람에게만 속할지 모르지만 아름다움은 한 사람에게만 속할 수 없을 것입니다."

"위험한 생각인데요."

"천만의 말씀입니다. 아름다운 꽃은 누구나 보고 즐길 수 있을 것입니다. 아름다움처럼 해방된 것은 없을 것입니다."

"누구에게나 즐거움을 준다는 것은 주는 사람과 받는 사람 모두가 슬퍼지는 일이 아닐까요?"

"많은 사람에게 즐거움을 주는데 왜 슬퍼집니까?"

"준다는 것은 주고 싶을 때, 주고 싶은 사람에게만 주어야 가치가 있는 것이니까요……."

"나는 그렇지 않습니다. 보기만 하면 그뿐입니다. 그래서 이 병원에 자주 올 생각을 가졌습니다. 내 코가 유도선수처럼 조금 삐뚤어졌지요. 그걸 고쳐 주십시요. 그러면 그 동안은 매일처럼 올 수 있을 테니까요."

수경은 환자가 수술을 하러 온다는 것까지 마다고 할 수는 없었다. 남편에게로 안내를 했다.

철규는 의사인 종수가 수경의 남편이라는 소개를 받자,

"선생님은 우리 나라에서 제일 가는 행운아십니다. 부인께서……."

하고는 말을 채 맺지도 못했다.

종수는 철규가 병원에 찾아온 본심도 모르고,

"고맙습니다."

사뭇 만족스럽게 대답했다.

수경은 철규가 심상치 않은 성격의 소유자인 만큼 자기 남편에게 쓸데없는 질투를 갖게 하여 오해나 받지 않을까 해서,

"코 수술을 하시러 왔대요."

하고 딴 소리를 못하게 했다.

그러나 철규는 코의 수술을 받으면서도 연상 수경만을 바라보았으며 치료가 끝나고 돌아갈 때 역시 정신에 이상이 생긴 사람처럼 수경을 흘끔흘끔 바라보았다.

철규를 보내자 수경은 그 심상치 않은 청년이 앞으로 수술을 끝내는 동안 매일처럼 찾아와 어떤 일을 저지를까 적지 않게 걱정되었다.

다음 날 철규가 올 때쯤 되자 수경은 차라리 자기가 몸을 피하는 것이 좋지 않을까 생각했다. 철규가 필요 이상의 이야기를 또 씨부린다면 그것은 자기의 미에 대한 의식을 북돋아 주지를 않고 도리어 그 반대의 효과를 가져다 줄 것 같음이 싫었던 것이다.

철규에게 있어서 자기의 얼굴은 하나의 관상물에 지나지 않는다. 좋은 의미라고 해도 그것은 하나의 화초에 지나지 않을 것이고 나쁘게 생각한다면 동물원의 진기한 동물에 지나지 않는다.

수경은 거울을 다시 들여다보았다. 그리고 마비된 한편 뺨을 만져 보았다. 체온까지 잃어버린 듯 싸늘한 뺨을 만져 볼 때 수경은 자기가 화초라기보다 완상용 동물에 가깝다는 생각이 들지 않을 수 없었다.

수경은 철규가 찾아올 때만 어디로 나갔다 들어오리라 생각하고 병원을 나서려 했다. 바로 그때였다. 어떤 여자 손님이 찾아와서 방 안을 두리번거리었다.

"얼굴을 치료하러 오셨나요?"

수경은 처음 오는 손님이라 친절하게 대하지 않을 수 없었다.

그때 여자 손님은 수경을 아래위로 훑어보고 나서,

"민 선생님 안 계신가요?"

하고 종수를 찾았다. 얼굴을 치료하러 온 손님이 아니라 남편을 만나러 온 여자에 틀림없었다.

남편을 찾아온 여자란 생각을 하니 어떤 충격이 일어났을 때 생기는 반사작용처럼 남편 지갑 속에서 봤던 사진이 머리에 떠올랐다. 완전하게 기억되지는 않지만 그 사진의 주인공임에 틀림없었다.

수경은 당황했다. 남편 종수는 친구의 애인이라 하여 그 사진을 찢어 버렸다. 그렇다면 그 여자는 무엇 때문에 자기 남편을 찾아왔을 것인가. 판단을 내릴 수가 없어서 당황하고 있을 때 어느덧 남편이 진찰실에서 뛰쳐 나왔다. 목소리만 듣고도 그 여자를 알아차린 모양이었다.

종수는 그 여자를 보자마자,

"왜 왔어?"

하고 찾아온 것을 꾸짖었다. 그리고 그의 얼굴에는 수경이보다 몇 배나 더 당황해하는 표정이 드러나 있었다.

"궁금해서 왔어요."

여자는 찾아온 것이 당연하다는 어조로 항변을 했다. 그때 남편은 수경에게 자기의 표정을 보이지 않으려고 몸을 돌이키고 찾아온 여자의 팔을 잡아 끌었다.

나가서 이야기를 하자는 모양이었다. 수경은 그들이 밖으로 나가는 것을 보고 남편이 자기에게 한 말이 모두 거짓말이었다는 것을 알았다. 그리고 두 사람의 사이가 보통이 아니라는 것까지 알아챌 수 있었다.

동시에 눈물이 핑 돌았다. 남편이 딴 여자와 관계를 맺고 있다는 사실도 사실이려니와 그런 관계를 갖고 있으면서도 남편이 자기를 속여 왔다는 것이 더욱 슬펐다.

얼마 뒤 남편이 돌아와서 무엇이라 또 변명을 하려 했다. 그러나 수경은,

"그만둬요. 속이려거든 내가 아주 속도록 속이세요. 변명 같은 것으루 속일려구 하지를 말구……."

하고는 말도 못하게 했다.

남편은 과거지사는 생각할 것 없이 앞으로의 행동만 보면 자기를 믿을 수 있을 것이라고 애절하게 간청했다. 그래도 수경은,

"난 모르구 속는 것이 마음 편할 것 같아요. 그러니까 말할 것두 없이 속이기만 하세요."

했다. 한 번 속인 사람이 두 번 속이지 못하라는 법이 없다. 차라리 아무것도 모른 채 속는 것이 마음 편할 것 같았던 것이다.

남편은 어째서 자기의 마음을 알아 줄 생각도 않느냐고 슬픈 얼굴로 애원하다시피 말했으나 수경은 대꾸도 하지 않았다.

다음 날 아침 수경은 남편보다도 늦게 일어났다. 남편이 세수를 하고 조반을 먹을 때도 자리에 누운 채 남편을 아는 척하지 않았다. 남편은 미안한지 일어나란 말도 않고 병원으로 나갔다. 수경은 밤새 잠을 못 이루며 생각을 했지만 아지까지도 자기 생각을 정리하지 못했다. 만약 남편이 잔악한 성격의 소유자라고 한다면 수경의 마음은 간단히 처리되었을지 모른다. 그러나 남편이 악한 인간이 아니라 극히 선량한 인간이란 생각이 그의 머리를 자꾸만 어지럽게 했다. 비록 자기를 속이며 딴 여자와 관계를 맺었다 해도 그것은 자기에게 불만이 있어서가 아니라는 생각도 지울 수가 없었다. 그리고 자기를 배반하기 위해서 그런 여자와 사귄 것이라고도 생각되지 않았다. 그러나 자기가 배반당한 것만은 사실이다. 속았다는 것도 엄연한 사실이다. 너그럽게 용서만도 할 수 없는 일이었다.

수경은 지금 자기 생각에 어떤 결론을 지으려고 하지도 않고 있다. 정지되지 않는 정신 상태를 즐기고 있는지도 모른다. 폭발될 것 같으면서도 폭

발되지 않는 그런 상태에서 살다 죽는 것이 스릴이 있지 않을까 하는 생각
도 해 본다.

언젠가 한 번은 죽고야 만다. 그러나 죽고야 마는 그 죽음의 불안을 느끼
다가는 또 잊어버리고, 잊어버렸다가는 다시 느끼는 가운데 인간은 살아 있
다는 것을 감각하는 것이 아닐까? 사랑도 그것이 끊어질 듯 말 듯한 상태에
놓였을 때 사랑의 가치를 알게 되는 것 같기도 했다.

수경은 그러한 것을 의식하면서 정리 안 된 자기의 정신 상태를 즐긴 것
인지도 모른다.

어쨌든 그는 해가 중천에 떠오를 때까지 이불 속에서 자기의 정신적인 혼
란을 씹고 있었다. 점심때가 지나서야 누워 있는 것이 도리어 불편함을 느
끼고 자리에서 일어났다. 그리고 잠 못 잔 얼굴이 뻣뻣한 것을 느끼고 세수
를 하고 화장을 했다.

화장을 하면서 마비되어 있는 한편 뺨을 하나의 습관처럼 문지르고 있을
때였다. 수경은 거울을 통하여 본 자기의 얼굴에 또 새로운 변동이 일어났
음을 보았다.

정형수술한 코가 수술 전처럼 약간 내려앉은 데다가 콩알 만한 혹이 하나
솟아난 것이었다. 처음에는 무슨 그을음이 묻은 것이려니만 생각하고 거울
을 보며 손끝으로 그것을 가볍게 문질렀다.

그런데 손끝의 감촉이 달랐다. 수경은 약간 힘을 넣어 콩알 같은 것을 눌
러 보았다. 뼈같이 딱딱하지가 않고 사마귀처럼 물렁했다. 송충이가 몸에 기
어오른 것을 보았을 때처럼 수경은 몸을 떨었다. 그러나 송충이처럼 떨쳐도
떨어지지 않는 혹임을 알았을 때 수경은 방바닥에 꼬꾸라졌다. 머지않아 자
기가 실신하고야 말 것 같은 공포를 느끼며 엎드린 채 그 혹을 다시 한 번
만져 보았다. 거울을 보지 않고도 손바닥만으로도 감촉할 수 있는 작지 않
은 혹임을 재인하는 순간 수경은 병원으로 뛰쳐 나갔다.

남편에게 혹을 만져 보게 한 뒤,

“이런 일두 있을 수 있어요?”

하고 눈물 고인 눈으로 남편을 쏘아보았다.

추한 얼굴로 태어난 여자가 그 부모를 원망하는 그런 눈초리였다.

"외국처럼 상아(象牙)를 쓰면 이런 일은 없지만 주사만 가지구 하니까……."

남편은 자기의 자식이라 해도 그 용모까지는 자기의 책임이 아니라는 듯한 얼굴이었다.

수경도 남편에게 책임을 추궁하고 싶지는 않았다.

"다시 수술을 할 수 없어요?"

"못하지는 않겠지. 잘못하다가 혹을 짜른 자리가 그만큼 패일 것 같아 걱정이지."

"딴 살을 떼다가 메꾸면 되지 않아요?"

"패진 방바닥에 흙을 메꾸듯 말이지? 정형수술이 아직 거기까지는 발달하지 못한 것 같아……."

"차라리 패진 것이 낫지, 그래 이런 혹을 달구 다니란 말예요?"

"정말 혹이라면 짤라 내기가 간단하겠지……. 혹두 아니니까 걱정이구만……."

남편은 수술에 자신이 없는 모양이었다.

수경도 자신이 없는 남편에게 수술을 강요할 수가 없어서 자기도 모르는 새 흘러나오는 눈물을 수건으로 적시기만 하고 있을 때,

"미국엘 가면 수술을 할 수가 있을 거야."

하고 남편이 미국까지라도 보낼 의사를 표시했다.

설사 남편의 애정이 그 수술을 시키기 위하여 미국까지 보낼 수 있는 정도라 해도 수경은 그 애정을 받아들일 수가 없었다.

그런 것을 가지고 애정의 표현이라고 받아들일 만큼 수경의 정신이 미숙하지 않기 때문이었다. 만약 억지로라도 미국까지 보내려고 한다면 그것은 지갑 속의 사진 사건에 대한 하나의 사죄를 꾀하는 행동이라고밖에 해석할 수 없지 않은가?

수경은 응접실로 들어가 소파에 몸을 파묻고 두 손으로 얼굴을 가리었다. 얼굴을 남에게 보이지 않고 또 자기도 자기의 얼굴을 잊어버리고 싶었던 것

이다.

나오고 싶어 세상에 태어난 몸도 아니다. 미인이 되고 싶어서 아름다운 얼굴로 태어난 것은 더구나 아니다. 어쩌다가 어머니 뱃속에서 나온 것이 남보다 아름다운 얼굴로 되어 있었다.

거기에 또 무슨 인공을 가하여 아름다움의 최고를 욕망하였던 것인가? 얼굴이란 미모를 경쟁하기 위해서가 아니라 이름처럼 자기를 표시하기 위해서 만들어진 것이 아니겠는가?

인간은 인간의 운명을 너무나 인위적으로 변경시키려는 데서 불행을 앓게 되는 것이나 아닐까?

수경은 정말 수술을 하기 이전의 자기 얼굴이 그리워졌다. 변형한 얼굴 때문에 오는 슬픈 운명을 막고 싶었던 것이다.

남편이 뒤따라 들어와 얼굴 가린 수경의 두 손을 잡아 내리었다. 위로하기 위함이리라. 그러나 수경은 모두가 귀찮았다.

"슬퍼요. 내버려 둬요."

남편의 손을 뿌리치고 다시 얼굴을 가리었다. 그때 남편이,

"뭐 그렇게 슬픈 얼굴두 아닌데 뭘 그래? 양귀비는 코 밑의 점이 더 매혹적이었다지 않아……."

하고 수경의 마음을 돌리려 했다. 그러나 수경은,

"뭐요?"

하고 발딱 일어섰다.

마비된 뺨으로 말미암아 슬퍼하는 자기의 표정도 슬픈 것으로 보이지 않는다는 남편의 무심한 말이 죽음과 같은 슬픔을 일깨워 주는 것 같았기 때문이었다.

남편은 왜 발작을 하는지를 모르기 때문에 수경을 부둥켜 소파에 앉힌 뒤,

"아직두 어제 일이 생각나서 그래?"

하고 어제 찾아왔던 여자의 이야기를 다시 꺼내려 했다.

"그까짓 여자가 나를 슬프게 할 수 있어요? 나는 지금 슬프다니깐요……."

"그만둬…… 얼굴이 슬픈 얼굴이 아닌 걸 뭐……."

남편은 수경이가 자기를 속이고 있는 것이라고 해석하는 모양이었다. 그러나 수경은 그러한 감정이 문제 아니었다. 슬픈 자기의 얼굴이 슬퍼 보이지 않는다는 남편의 말이 무엇보다도 슬펐다.

수경은 다시 일어나서 병원 뒤에 있는 내실로 들어가려 했다. 표정 잃은 얼굴을 가지고 어찌 얼굴을 곱게 하려고 오는 손님들을 대할 수 있을 것인가? 응접실을 나와 낭하를 걸어가려 할 때였다.

철규가 수경 앞에 서서,

"치료를 받으러 왔습니다."

하고 빨리 치료를 해 달라고 말했다.

"선생님한테 직접 말씀하세요."

수경은 어떻게 해서든 내실로 들어가야만 했다.

그러나 철규가 앞을 가로막고,

"치료를 받는 동안 제 앞에 있어 주셔야지요? 제가 뭣 때문에 이 병원엘 오는데요. 수경 씨 얼굴을 보지 못할 바에야……."

"전 오늘 좀 바빠요."

"아무리 바쁘셔두 치료할 동안만은 옆에 있어 주십시오. 저는 수경 씨의 그 얼굴을 보아야만 산 보람이 있는 것 같습니다."

정상적이 아닌 남자라고밖에 생각지 않을 수 없었다. 그렇다고 해서 해 달라는 대로 해 주기는 또한 수경의 심정이 허락지 않았다.

"아직 잘 모르시는가 보군요. 얼굴은 아무렇게나 마음대로 뜯어 고칠 수가 있게 된 세상입니다. 내 얼굴은 내 얼굴이 아닙니다."

"아무래도 좋습니다. 아름다운 것은 아름다운 것이니까요."

"아름다움에 발광증이 나신 모양이로군요?"

"그렇습니다. 나는 아름다움에 미칠 지경입니다. 아름다움을 생각지 않고서는 살 수가 없습니다."

어떻게도 할 수 없는 사람이었다. 수경은 뒤따라온 남편과 같이 철규를 데리고 치료실로 들어가는 수밖에 없었다.

그러나 남편이 철규의 안면에 마취 주사를 놓고 윗입술과 잇몸 사이를 쩬 뒤 철규의 코 수술을 시작했을 때였다. 메스와 핀셋 그리고 탈지면 같은 것을 쥐어 주며 남편 옆에 붙어 섰던 수경이가 철규의 코를 수술하려고 메스를 잡은 남편의 손을 힘주어 잡은 뒤 철규의 왼편 뺨을 내리눌렀다. 그것은 극히 순간적인 행동이었다. 남편 종수가 손을 잡아빼려 할 때는 이미 메스가 오 부 이상의 깊이로 한 치 길이쯤 내리찢고 있었다.

"이게 웬일이요? 응."

종수가 수경을 노려보며 소리질렀다. 철규는 마취된 얼굴이지만 칼끝으로 자기의 얼굴을 찔렀다는 사실에 누웠던 수술대에서 벌떡 일어났다.

철규의 얼굴에서는 붉은 피가 쏟아져 나오기 시작했다.

"큰일났는데…… 영업 다 했군……."

종수는 당황히 철규를 다시 눕히고 지혈 주사를 놓았다

철규는 정신없이 종수가 시키는 대로 누웠으나,

"아야!"

하는 비명을 올리고는 두 손으로 얼굴을 덮어 쌌다. 수경은,

"아름다움이 아름다운 것이니까 아픈 것쯤 참을 수 있으실 텐데……."

하고는 차가운 웃음을 띤 얼굴로 영업이 안 될까 허둥지둥하는 남편 종수를 바라보며 선 자리에서 움직이지도 않았다.

(원)《사상계 37》 1956. 8, (출)『한국단편문학전집 6 고호』 정음사, 1964.

식모

강경초(姜敬草) 교수가 일 년 만에 미국에서 돌아왔다. 순전히 남의 돈으로 연구생활을 하다가 돌아왔으니 그렇기도 하겠지만 그의 귀국 보따리는 빈약하기 짝이 없었다. 따로 싼 서적을 빼놓는다면 자기가 입던 옷과 남에게 줄 프레젠트 같은 것을 합쳐도 반 트렁크도 채 모자랄 정도였다.

그러나 경초는 빈약한 보따리나마 아내 난영에게 줄 물건이 그 속에 차 있는 것을 가장 기뻐했다.

비행장에 내렸을 때 마중 나온 난영을 보자 경초는 그 동안 고생했을 아내에게 무엇보다도 미안을 느꼈지만 트렁크 속에 들어 있는 아내의 물건들을 생각함으로 그 미안을 어느 정도 메울 수가 있었다.

일 년 동안 생활비를 충족하게 대 주지 못했으니 아내의 꼴이 볼썽사납게 초라하리라 생각했던 것이지만 예상보다 초라하지 않게 보인 것이 우선 그의 마음을 안심시켰다.

어쨌든 경초는 일 년 만에 만나는 아내와 같이 집으로 돌아오자 난영을 힘있게 안아 주고는 그 동안 고생한 이야기를 물어 볼 사이도 없이 미국에서 사 가지고 온 물건들을 꺼내 보이는 데 열심이었다. 하기야 그 동안 어떻게 살아 왔느냐고 아내가 고생한 이야기부터 묻고 싶은 마음이 간절하기는 했지만 그런 이야기를 물음으로 해서 만나자마자 자기가 무책임한 남편이었다는 자책부터 가져야 하는 것이 싫었던 것 또한 숨길 수 없는 사실이었다.

그리고 초라하지 않은 몸차림으로 보아 고생은 했겠지만 그리 궁하지만은 않게 산 것 같은 마음에 우선 고생의 쓰라린 추억을 주는 것보다는 프레젠트로 즐거운 마음을 주는 것이 현명한 일일 것 같기도 했던 것이다.

"이젠 당신도 양장을 좀 해야지. 미국 갔다 온 사람의 부인인데…….."

경초는 난영의 양복을 꺼냈다. 그리고는 블라우스며 팬티 할 것 없이 아내의 몸을 감쌀 수 있는 물건들을 하나하나 꺼내 보이며,

"속만 개장하면 완전한 미국 사람이 되겠는데…….."

하고 웃기까지 했다.

난영은 신발에다 양말과 손수건까지 사 온 경초의 자상한 성격에 놀란 듯

"여기서두 살 수 있는 것까지 사 오셨네."

하며 나일론 양말을 집어 흔들었다.

사실은 옷뿐이 아니었다. 코티며 향수 같은 화장품까지 사 왔다.

난영은 확실히 기뻐했다. 그러나 웃는 얼굴에는 어딘가 그림자가 드리워 있는 것 같았다.

경초는 오래간만에 만났으니 신혼 때처럼 가슴이 뛰기도 하겠지, 정도로만 생각했다. 사실 결혼한 지 칠팔 년 동안 한 번도 헤어져 본 일이 없다가 일 년이나 못 보며 살아 온 만큼 경초도 신혼 때 같은 마음이 없지 않았던 것이다. 경초는 날이 어둡기도 전에 난영을 몇 번이나 안아 봤는지 모른다.

"김치가 잡숫구 싶으셨지요?"

난영이가 저녁 준비를 하며 샐쭉 웃어 보였으나 그 속에 깃들인 부끄러움 같은 것이 정말 신혼 당시를 연상케 하여 경초는 더욱 좋았다.

새색시처럼 부끄러워하며 웃는 난영을 보자 경초는 안아 주고 싶은 충동만을 느꼈다.

"김치보다두 당신이 더 보구 싶던데…….."

밤에 이불 속에서도 경초는 난영이가 그 동안 어떻게 지냈느냐고 가볍게 물었을 뿐 긴 대답을 들으려 하지 않았다. 미국 가 있는 동안도 학교에서 월급이 나왔으니 모자라기는 하나마 보탬은 되었을 게고 또 난영이가 계를 해서 그 돈을 돌려썼다고 하니 크게 고생했을 것 같지가 않았기 때문이었다. 그

런 생각보다도 난영과의 즐거운 속삭임만이 온 신경을 도취시켰던 것이다.

그러나 며칠이 지나는 동안 경초는 아내 난영이가 일 년 전보다 말수가 적어진 것을 느꼈다. 될 수만 있으면 긴 이야기를 피하려는 난영의 태도를 본 것이었다.

"어디 몸이 편치 않우?"

경초는 아내의 침울을 걱정하지 않을 수 없었다.

"아니요. 골치가 가끔 아프기는 해두 괜찮아요."

난영은 그럴 때면 침울한 빛을 없애고 아무렇지도 않다는 듯이 대답을 했다. 골치가 아프면 침울해질 것만은 사실이겠지만 열이 없는 골치쯤 걱정할 것까지는 없으리라 생각하고 경초도 난영의 침울을 대단치 않게 생각했다.

그런데 달포가 거의 되었을 무렵이다. 생일잔치에 초대를 받아 C여자대학교 K강사의 집으로 갔을 때 거기서 뜻하지 않은 난영의 풍설을 들었다.

그 날은 교수회의가 있어 남들보다 늦게 잔치에 참석했던 것이지만 남들이 상을 벌려 놓고 잔이 오락가락할 때 현관 안에 들어선 경초는,

"강 교수가 불쌍하지."

"모르는 게 약이야. 모르구 살면 그만 아냐."

하는 소리를 들을 수 있었다.

경초가 들어오는 것을 모르고 떠들어대는 친구들의 말이었다.

"쉬!"

누가 입을 막는 소리를 했다.

경초는 자기 이야기임에 틀림이 없었지만 늦게 참석한 미안함에 한참 동안은 그 이야기의 내용을 물어 볼 용기가 나지 않았다. 그러나 몇 잔 술을 마시자 옆에 앉아 있는 K강사에게,

"아까 내 이야기들을 하던 것 같은데……."

하고 심상치 않게 들리던 말의 내용을 묻기 시작했다.

"그까짓 건 알아서 뭣 합니까?"

K강사는 집 주인답게 점잖게 말했다.

학교는 다르지만 거의 같은 학과를 담당한 대학교 교수 또는 강사들이라

친불친의 정도는 있어도 모두가 아는 사람들이었다. 그런 만큼 자기 이야기가 화제에 올랐을 때는 이미 모인 사람 전부가 다 알고 있는 이야기일 것이 분명했다.

확실히 전부가 알고 있는 모양이다. 그러기에 K강사도 말하기가 거북스럽다는 뜻을 표명한 것이 아닌가?

경초는 그 말을 듣자 신경이 더 날카로워졌다. 자기 이야기를 남들이 알고 자기만이 모를 수가 있는 것인가? 그리고 그 이야기라는 것이 자기에게 유쾌한 것이 못 됨은 두말 할 나위 없는 일이다.

경초는 참을 수가 없어,

"내 이야기를 내가 모르면 어떡헙니까?"

하고 불만에 찬 어조로 말했다.

그러나 K강사는 계속해서,

"들어서 나쁠 건 안 들으시는 게 좋을 것 같습니다."

하고 종시 말을 안 해 줄 것처럼 경초의 얼굴에서 시선을 피했다.

"굳이 들어야 할 건 없지만 들어서 좋지 않을 것이라고 이야기를 안 해 주는 것은 나를 경원하는 태도가 아닐까요?"

경초는 자작을 해서 술을 한 잔 따라 마시었다. 무척 심각한 표정이었다. 그것을 본 좌중에서 경초와 몇 자리 건너 앉은 S라는 이가,

"강 선생을 위해서 말씀드리는 게 좋을 것 같습니다. 우리가 숨긴다고 해서 안 알려질 것두 아니니까요. 우리는 우리의 성의를 다해야 할 것 같습니다."

하고 K강사와 다른 의견을 말했다.

S씨의 말이 떨어지자 좌중은 두 패로 갈라졌다. 이야기하는 것이 성의 있는 태도란 측과 이야기 안 하는 것이 성의 있는 태도라고 주장하는 측이었다.

그러나 결론이 나기 전에 S씨가,

"나는 말씀드리는 게 성의 있는 태도라고 믿습니다. 그리고 그 문제를 해결하는 데도 우리의 성의 있는 협조가 필요하리라 생각합니다."

하고는 반대파의 의견을 들을 겨를이 없이 말을 계속했다.

"사실은 말씀드리기 거북합니다만 강 선생이 미국 가 계신 동안 부인께서 탈선 행위를 했습니다."

그러자 그 옆에 앉았던 M씨가,

"××온천장에서 봤다는 분이 있으니까 확실한 이야길 겁니다. 사실은 이런 문제가 강 선생 개인의 문제가 아니라 빈약한 월급쟁이 전체의 문제라고 생각되는 만큼 우리는 남의 일처럼 방관만 할 수는 없습니다."

하고 말했다.

경초는 자기의 아내 이야기임을 알자 얼굴이 화끈 달아올랐다. 뜨거워지는 얼굴이 아래로 잦아들기만 하여 좀체 들 수가 없었다.

그는 참을 수가 없었다. 좀더 자세한 이야기를 들어야 할 것이지만 그런 것을 들을 경황이 없었다. 좌중에서 모욕을 당한 것만 같아 자리에서 벌떡 일어나 버렸다. 그리고는 밖으로 뛰쳐 나왔다.

S씨가 뒤따라나오며,

"너무 흥분하지 마십시오. 타격이 크기는 하겠지만 이런 땐 냉정해지셔야 할 겁니다."

하고 절정에 오른 경초의 흥분을 식혀 주려고 했다.

경초는 고맙다는 말을 하고 냉정해질 테니 좀 같이 가 달라고 부탁했다.

경초는 S씨를 데리고 그 중 가까운 다방으로 가서 이야기의 내용을 샅샅이 물었다.

S씨의 말에 의하며 경초의 부인이 어떤 출판사 사장과 눈이 맞아 몇 달 동안 같이 다녔다는 것이었다. 한 사람만 본 것이 아니라고 하며 절대 낭설이 아님을 확언했다.

경초는 미국에서 돌아오는 날, 아내 난영의 모습이 초라하지 않았던 것을 생각했다. 그리고 그 뒤로 난영이 전과 달리 부끄러워하던 것을 생각했다. 모두 근거 없는 일이 아닌 것 같았다.

경초는 분한 생각이 머리털 끝까지 솟구쳐 올랐으나 그보다도 창피한 마음이 더 앞섰다. 어찌 얼굴을 들고 하늘 밑을 걸어다닐 수 있으랴.

더구나 이야기가 퍼져 자기가 가르치고 있는 여학생들까지 알게 된다면 학교에는 무슨 낯으로 나가랴 하는 생각도 들었다.

그러나 당한 일은 당한 일대로 처결하지 않을 수 없었다. 일을 처결하려면 우선 마음이 가라앉아야 했다.

경초는 몇 시간 동안 거리를 걸었다. 걸으면서 앞으로 자기가 취할 태도를 생각했다. 그러면서 흥분을 냉정하게 가라앉힐 수도 있었다.

밤늦게 집으로 돌아가자 경초는 옷을 받아 거는 아내에게,

"내가 없는 동안 재미 많았다지?"

하고 지나가는 이야기처럼 말을 꺼냈다.

"재민 무슨 재미예요. 싱겁게 무슨 그런 소릴 하세요?"

난영은 농담인 줄만 아는 모양이었다.

"출판사 사장하구 온천엘 다 가구 그랬다면서……."

경초는 조금도 대단한 일이 아니라는 것처럼 그러나 약간 비꼬는 투로 말했다. 그러나 난영은 대답을 못했다. 역시 찔리는 데가 있는 모양이었다.

"내가 남편 노릇을 다 못했으니까 그럴 수도 있겠지. 결국은 내가 잘못이었어. 당신 생활을 생각지 않구 떠났던 것이 말야!"

경초는 어디까지나 자기의 부족을 한탄할 뿐 난영의 죄를 추궁치 않을 것처럼 말했다.

"어디서 그런 말을 들으셨어요?"

난영은 확실한 것을 알고 하는 말인가 그것을 먼저 알아야 하겠다는 모양이었다.

"친구들이 그러더군. 그렇지만 지금은 안 그런다면 문제 돼?"

"………"

"내게 잘못이 있으니까 나는 당신의 과거를 묻지 않을려구 그래. 그걸 알면 또 무엇하겠소. 현재는 안 그런다는 것만 말해 주오."

경초는 냉정을 꾸미기 위해서 일부러 이런 투로 말했지만 사실은 진심으로 자기가 아내의 과거를 추궁하지 않는 사람이 되었으면 하고 바랐다. 자기는 난영을 진심으로 사랑해 왔다. 어린애가 없는 것이 다만 하나 섭섭한

일이기는 했지만 그것으로 부부생활에 파탄이 오리라고는 생각지 않고 있었다.

아내의 허물을 묻어 둘 수만 있다면 그냥 묻어 버리고 싶었다. 그러면 생활의 변동이 없을 것이며 그래야만 정신적 타격을 덜 받고 학구적인 생활도 할 수 있을 것 같았다.

"벌써 청산한 지 오랬어요."

난영은 경초의 말만을 믿고 사실을 자백해 버렸다. 그리고는 방바닥에 쓰러져 우는 것이었다. 용서해 달라는 뜻이리라.

그러나 아내의 입으로 남들이 하는 말이 사실이라는 것을 확증해 주는 순간 경초는 죽었던 흥분이 다시 솟구쳐,

"정말이었군……."

하고 책상 앞으로 가서 주먹으로 책상을 탕 쳤다.

"제가 미쳤었어요. 제 정신이 아니었어요. 몇 번이나 말씀드리려구 했지만 무서워서 말씀드리질 못했어요."

난영은 토막토막 끊어지는 말을 허둥지둥 이으면서 자꾸만 우는 것이었다.

"알았소. 그만두시오."

경초는 더 듣고 싶지가 않았다. 알 것을 다 알았으니 이제는 자기 마음만 결정지으면 그뿐이다.

그 뒤 경초는 며칠을 두고 생각했다. 당장에 내보내고 말 것인가. 그렇지 않으면 난영의 태도가 어떻게 돌아가는가를 보면서 결정지을 것인가 하고.

그러나 경초는 무엇보다 남들의 눈이 무서웠다. 적지 않은 사람들이 모인 가운데서 난영이의 이야기가 나왔던 만큼 그들은 모두가 자기 태도를 주목하고 있을 것이다. 그냥 데리고 산다면 모두가 자기를 무능한 남자라고 손가락질을 하겠지. 그것이 무엇보다도 싫었다.

수많은 제자들이 죄지은 여인을 그냥 데리고 산다고 경멸의 눈으로 본다면 교육자로서의 권위도 없어질 것이 분명했다.

경초는 대서소로 가서 이혼 수속에 필요한 종이를 사 왔다. 그리고는 아내에게,

"나는 다른 사람과도 달리 남을 가르치는 사람이오. 남 앞에 서는 사람이
배우는 학생들에게 경멸을 받아서야 교육자가 될 수 있겠소? 괴로운 일이기
는 하나 도장을 찍으시오. 이건 나 자신의 의사라기보다 사회의 의사라구
생각하는 게 옳을 게요."

하고 대서소에서 사 온 서류를 내밀었다.

난영은 정말인지 거짓말인지 구별 못하는 모양이었다. 경초의 얼굴만 한
참 동안 바라보다가 그 자리에 엎드려 울기 시작했다.

"그러면 내가 괴롭지 않소? 빨리 찍으시오."

경초가 재촉했다. 그때서야 난영은 입을 열었다.

"저는 어떻게 살아야 할까요? 차라리 죽여 주세요."

절망에 가득 찬 말소리였다.

"그건 나한테 물을 말이 아니요. 그걸 의논하고 싶거든 일을 저지를 때도
의논을 했어야 할 거 아니겠소."

"의논이 아닙니다. 명령을 바라는 겁니다. 죽으라고 명령을 내려 주세요."

"그런 말 말고 빨리 도장이나 찍어요."

"도장은 의장 빼다지 속에 있어요. 갖다 찍으세요. 마음대루 찍으세요."

난영은 그만 쓰러져 방바닥에 뒹굴기 시작했다. 숨이 막히는지 가슴을 부
여안고 뒹굴었다. 지독한 복통에 정신을 못 차리는 사람처럼 허리도 펴지
못했다. 악을 올리고 울던 어린애가 울음에 지친 때처럼 숨이 금시 넘어갈
것 같기도 했다.

"왜 이러우?"

"으으……."

경초는 도장 찍는 일을 잊었다. 우선 그의 호흡을 돌이켜 주도록 냉수를
떠 와야 했다.

냉수를 마시자 발작을 멈추고 그냥 울기만 하는 난영을 볼 때 경초는 계
속해서 도장 찍으란 말을 못했다. 또 발작을 할 것이 겁났던 것이다.

그러나 다음 날 학교에 가서 K강사를 만난 뒤 경초는 아무래도 도장을
받아야 할 것을 결심했다.

K강사는 아무 말도 않고 자기 얼굴만 보았다. 무슨 말을 해 주리라고 기다리는 얼굴이었다. 난영의 문제를 보고할 의무가 있지 않느냐고 물어 보는 얼굴이었다.

경초는 K강사의 얼굴이 무섭게 보였다. 가슴이 떨렸다. 그래서 다시 한 번 그의 얼굴을 쳐다보았지만 K강사는 말이 있을 때까지 바라보고만 있을 작정인지 시선을 떼지 않고 있었다.

경초는 그만 교수실을 뛰쳐 나왔다. 그러나,

'못난 자식. 여자가 없어서…….'

하는 말이 뒤에서 들리는 것만 같았다.

그 날 저녁 경초는 난영의 도장을 꺼내 자기 손으로 그 도장을 찍었다. 그리고는 난영에게 도장 찍은 사실을 알려만 주었다.

"할 수 없지 않아?"

"마땅한 일이겠지요."

난영도 단념을 한 모양이었다.

"그럼 당신 물건을 다 가지고 나가."

그때 난영은 눈물에 젖은 눈으로,

"갈 데가 어디 있어요? 얼굴을 들구 살 수 없는 여자가 됐는데……."

하고 애절한 음성으로 말했다.

"집엘 가면 되지 않아?"

"죽어두 집엔 안 가요."

"출판사 사장을 찾아가보지 왜?"

"저에게 두 번 죄지으란 말씀인가요? 가야 받아 주지도 않겠지만 거길 갈 바엔 색주가루 가겠어요."

"좋아하던 사람을 찾아가는 건데 왜 죽는단 말을 하우?"

"제발 내쫓지만 말아 주세요."

"내쫓는 건 아니지만 같이 있을 순 없지 않소?"

"식모라두 좋아요. 이 집에서 살게 해 주세요."

"식모는 월급을 줘야지!"

"월급 없는 식모두 좋아요."

될 수 없는 말이었다. 경초는 난영의 옷가지들을 꺼내 쌌다. 그리고는,

"서로 괴로운 일을 맙시다."

"죽는 것보다는 덜 괴로울 것 같아요."

"내게는 죽는 것보다 더 괴로운 걸 어떡해!"

"내쫓지만은 말아 주세요. 네……."

경초도 내쫓지만은 못했다. 목덜미를 잡아끌고 개처럼 쫓아 보낼 수가 없었던 것이다.

경초는 그러지 않아도 난영이가 나가 주리라 믿었다. 안 가겠다는 구실이 서지 않을 것 같았기 때문이었다.

그러나 며칠을 두고 나가야 하지 않느냐고 말했지만 난영은 끝까지 나가 주지를 않았다. 경초는 이혼 수속까지 끝난 뒤에 같이 있다면 남들이 뭐라겠느냐는 말까지 했다. 그래도 난영은 막무가내였다.

"그렇게나 주변머리가 없으면서 바람은 어떻게 피웠누?"

경초는 핀잔을 주는 수밖에 없었다. 그런 말이 안 나올 수 없었다. 나가지 않는 이유를 알 수 없으니까……. 그때 난영이가,

"믿는 도끼에 발목을 찍혔어요. 누가 그럴래서 그랬나요?"

하며 출판사 사장과의 관계를 비로소 입 밖에 냈다. 난영의 말을 빌면 경초의 친구인 ××대학교수 P의 아내 청으로, 납치되어 간 그 P교수의 저서, 재판(再版) 인세를 받으러 출판사에 갔다는 것이다. 돈을 받으러 가서 사장과 이야기를 하는 도중 경초의 이야기가 나와 경초가 귀국하면 경초의 책도 출판해 주겠다면서 사장이 친절하게 해 준 게 죄가 되어 그런 일을 저지르게까지 됐다고 했다.

경초는 이왕 지나간 일이니 그런 이야기는 듣기도 싫다면서 P의 부인한테라도 가서 살라고 했다. 그러나 난영은 P의 아내도 살기가 힘들어 쩔쩔매는데 거길 어떻게 가느냐고 갈 생각을 안 했다.

"결국은 나갈 생각이 없다는 거지?"

경초는 본심을 말해 보라고 했다.

"딴 부인을 얻으세요. 제가 식모로 거들어 드릴게."

난영은 자기가 경초의 아내였다는 눈치도 보이지 않겠다고 말했다.

"당신이 안 나가는데 내가 어떻게 장갈 가우?"

"완전히 이혼을 했는데 어때요. 빨리 결혼을 하세요."

난영의 진심인 것 같았다. 그리고 정말 식모처럼 일을 했고 식모처럼 경초를 대하기까지 했다. 미국서 사 가지고 온 옷들은 전부 안방 의장 속에 간직해 두고 자기는 식모에 어울리는 허름한 옷만 입었다. 그리고 행랑방을 자기 방으로 정하고 거기서 기거를 했다.

어떤 날 학교에서 돌아오니까,

"세무서에서 세금을 받으러 왔길래 그냥 돌려 보냈어요. 다음에 오거든 언제쯤 오라구 그럴까요?"

꼭 식모가 주인에게 하는 투로 말을 했다. 화장도 안 한 얼굴이다. 앞으로는 파마도 안 할 모양이었다. 검정 리넨 치마에 흰 옥양목 저고리를 입은 난영이가 새 사람처럼 보였다. 경초는,

"난영이, 당신은 그래 그렇게 살아두 마음이 편하우?"

하고 물었다.

"내쫓지만 않으시면 그뿐예요."

경초는 다음 말을 계속하지 못했다. 그때 난영이가,

"새 살림을 빨리 꾸미세요. 행복하게 사시는 걸 보면 저는 한이 없겠어요. 정말 외롭게 혼자 살지 마세요."

하고 자기 방으로 뛰어갔다.

경초는 행랑방에서 혼자 앉아 있을 난영을 생각했다. 한 뜰 안에 있는 행랑방이 너무나 멀리 떨어져 있는 것 같은 생각도 들었다.

'지금쯤 천장을 쳐다보고 있겠지.'

이런 생각도 해 보았다. 다음 날 학교에 갔을 때, K강사가

"이혼 수속을 끝내셨다면서요?"

하고 빙긋이 웃었다. 그리고는,

"얌전한 색시를 중매해 드려야겠군."

하고 경초의 얼굴을 바라보았다.

경초는 세상 사람들이 왜 남의 일에 그렇게까지 관여하려고 할까 하고 우선 K강사를 못마땅히 생각했다. 그리고는,

"아직 수속을 끝내지 못했습니다."

하고 대답해 버렸다.

(원)《문학예술》 1956. 8, (출)『한국단편문학전집 6 고호』 정음사, 1964.

방관자—만우 박영준전집 2/단편

2002년 1월 10일 초판 인쇄
2002년 1월 15일 초판 발행

지은이 · 박영준
펴낸이 · 백규서
펴낸곳 · 도서출판 동연
출판등록 · 1992년 6월 12일 제2-1383호
주소 · 서울시 종로구 와룡동 116-1 4층 (우)110-360
전화 · 3675-2122 / 팩스 · 3675-2124

값 15,000원

무단 전재와 복제를 금합니다.
ISBN 89-85467-33-6 04810
ISBN 89-85467-31-X (세트)